世说新语新评

刘强 ○ 撰

·桂林·

世说新语新评
SHISHUO XINYU XIN PING

封面题签：曹昇之

责任编辑：张　洁
营销编辑：赵艳芳
责任技编：伍先林
书籍设计：刘　凛

图书在版编目（CIP）数据

世说新语新评 / 刘强撰．—桂林：广西师范大学出版社，2022.2
　　ISBN 978-7-5598-4410-1

Ⅰ．①世… Ⅱ．①刘… Ⅲ．①笔记小说－中国－南朝时代②《世说新语》－注释 Ⅳ．①I242.1

中国版本图书馆 CIP 数据核字（2021）第 225000 号

广西师范大学出版社出版发行
（广西桂林市五里店路 9 号　邮政编码：541004
　网址：http://www.bbtpress.com ）
出版人：黄轩庄
全国新华书店经销
广西民族印刷包装集团有限公司印刷
（南宁市高新区高新三路 1 号　邮政编码：530007）
开本：787 mm ×1 092 mm　1/16
印张：30　　字数：350 千
2022 年 2 月第 1 版　　2022 年 2 月第 1 次印刷
印数：0 001~5 000 册　　定价：88.00 元

如发现印装质量问题，影响阅读，请与出版社发行部门联系调换。

目次

1 序
4 凡例

1 卷 上
　　　　　　　　德行第一　　　　　　3
　　　　　　　　言语第二　　　　　　26
　　　　　　　　政事第三　　　　　　72
　　　　　　　　文学第四　　　　　　84

129 卷 中
　　　　　　　　方正第五　　　　　　131
　　　　　　　　雅量第六　　　　　　159
　　　　　　　　识鉴第七　　　　　　177
　　　　　　　　赏誉第八　　　　　　190
　　　　　　　　品藻第九　　　　　　233
　　　　　　　　规箴第十　　　　　　261
　　　　　　　　捷悟第十一　　　　　273
　　　　　　　　夙惠第十二　　　　　277
　　　　　　　　豪爽第十三　　　　　281

287　卷　下	容止第十四	289
	自新第十五	301
	企羡第十六	304
	伤逝第十七	307
	栖逸第十八	315
	贤媛第十九	323
	术解第二十	339
	巧艺第二十一	344
	宠礼第二十二	350
	任诞第二十三	353
	简傲第二十四	373
	排调第二十五	380
	轻诋第二十六	402
	假谲第二十七	414
	黜免第二十八	421
	俭啬第二十九	425
	汰侈第三十	429
	忿狷第三十一	435
	谗险第三十二	439
	尤悔第三十三	442
	纰漏第三十四	450
	惑溺第三十五	454
	仇隙第三十六	458

463　跋尾三则

465　两岸学者评鉴

序

◎唐翼明

刘强是位年轻学者,比我晚了一辈,也从未谋过面,但他对《世说新语》的热情和爱好使我深引为同道,尤其是他建立"世说学"的野心,很是搔到我的痒处。虽说《世说新语》最终能否成学,至今也还是个问号,但我却是很早就有此念头的人。三十年前我在哥大东亚语言文化系念博士的时候,就曾经计划以《世说新语》的研究为我的博士论文题目,并且还拟了一个颇详细的计划,分为四个大部分:第一,士族篇;第二,清谈篇;第三,文学篇;第四,语言篇。当时虽然没有提出"世说学"这个名字,但那构想是跟刘强君有很多暗合之处的。这是1989年的事。这个研究提纲得到中国时报基金会的青年学者奖(五千美元),记得评选委员会是余英时先生领衔,当年共有九名青年学者获奖,大陆、台湾、海外的都有。

但我正式动笔写博士论文时,却在我的导师夏志清先生的劝告下修改了这个计划。夏老师说,你这个计划很完备,但是包罗太广,要全部完成恐怕得四五年的时间。你现在已经不年轻了,拖家带口的,还是早点拿到学位,谋个职位要紧。我劝你先把清谈篇写出来，这就够博士论文了，等你找到工作，拿到长俸（tenure）以后，再慢慢去写吧。我觉得夏老师的劝告有道理，后来果然把清谈篇写成了博士论文，英文是《The Voices of Weijin Scholars: A Study of Qingtan》。

二十多年过去了，因为种种原因，我始终未能完成那个野心勃勃的计划，后来虽然有王能宪、蒋凡、范子烨几位同道各自写出了自己的《世说新语研究》，但坦白地说，我都不大满意，因此很遗憾自己未能将当初的计划完成。2012年刘强君出版了《世说学引论》，体大思精，令我大喜，深感后生可畏，也深觉后继有人。《世说新语》无疑是中国传统文化的一部经典，一块瑰宝，其含蕴之深，泽被之广，是够资格成为一个"学"的。我前面之所以说它是否真能成学目前尚不能肯定，主要是因为这本书体例特别，神韵特异，研究实难，研究而成体系更难。还有一个机遇问题。

当年"红学""龙学"之翕然成风，都是某种时势使然，这里可能用得上刘强君自己的话："有时候，人的运气至少和他的才气同等重要，如果不是更为重要的话。"（见《世说学引论·前言》）"世说学"能否成军，也是要靠运气的。刘强君在2007年出版了《世说新语会评》一书，向建立"世说学"正式迈出了第一步。继2012年出版《世说学引论》之后，现在又推出这本《新评》，迈出了更加扎实的一步。《会评》是汇集前人对《世说新语》的评论，《新评》则是刘强君自己的。如果说《引论》是画出了蓝图，吹响了集结号，《会评》是某种先置准备，那么《新评》就是真正的进军了。我衷心地希望刘强君不断地在《世说新语》的研究上做出贡献，同时有更多的青年学者团聚在刘强君已然举起的大纛下，再来一阵学术时势的好风，或许真可把"世说学"送上青云吧。

评点是中国传统文学批评中一种很有用的方法，尤其适合于散文与小说。西风东渐以后，此法几乎已被国人忘记，不是被讥为冬烘，就是被鄙为落伍。这种看法即使不说全错，至少有一棒打倒之嫌，是应该重新反思的。刘强君胆子很大，敢于召回这个亡灵，我看用于《世说新语》的批评倒真有起死回生之效。《世说新语》1130个小故事，零零散散，断断续续，用这个方法对付，倒还真是以子之矛，攻子之盾，恰到好处。评点的优长，在于用简短文言，随处点拨，或介绍背景，或补充史料，或映照互文，或诠释文义，或点出文心，或评论优短，无所不可，好像一个好老师带着学生读书，对青年人和初学者最有益处。这种办法当然也有毛病，最突出的是不成统系，难以长篇说理，所以不易为今天严重西化的中国学术界所接受。评点的话嵌在字里行间，的确也严重影响读者阅读的连贯性。《世说》本来就有刘注，现在又来一刘，实在对读者的耐心是一大考验。我建议把作者的评点抽出印在原文的旁边，并且换一号较小的字体，看起来会不会舒服些？至于《新评》的具体得失，如某处过，某处不及，某处极得我心，某处犹有一间之类，那是读者或细部批评的事，我就不在这里越俎代庖了。

2013年4月28日

凡例

一、本书以南宋绍兴八年（1138）董弅刻本中华书局影印本（简称影宋本）为底本，参校明袁褧嘉趣堂刻本（简称袁本），为保持原貌，基本不改动底本，如影宋本确有讹误，则径依袁本加以订正，一般不出校语。

二、本书之批点涉及门类、正文及刘孝标注，篇评系于每门之前，馀则以夹批和条评为主。为便于读者披阅，篇评、夹批和条评均以红字出之，惟字体、字号有不同。

三、《世说》批点源远流长，蔚然可观，在中国小说评点史上自成一大系统；然古代诸家批点或蜻蜓点水，或虎头蛇尾，不乏胜义而鲜有完帙。职是之故，本书批点不揣谫陋，不畏烦难，步步为营，力求完备，全书1130则正文及数千条刘注绝大部分有夹批，每则之后无一例外有条评。穿针引线，首尾相应，斐然成章或有未逮，瞻前顾后所不敢辞也。

四、与当代诸注译评点本不同，是书批点以浅近文言出之，俾与正文总体风格相统一。

五、本书评点所措意者有五：一是注明人物姓字，二是疏解章句文字,三是臧否人物,四是赏析文法,五是评点刘注。此外,魏晋玄学婉转发展之迹亦有所点逗与阐发,以明《世说》本文于魏晋时代思潮不可替代之价值。

六、本书参考历代诸家评点多见于拙著《世说新语会评》,为避重复计,一般不予采录,惟所见略同且于文义理解有助者,乃以按语引录之,以示不敢掠美。

七、本书对拙著《世说新语会评》又有增补,如上海图书馆所藏明代吴勉学刻本,亦一会评本,惟眉批不注批点者姓字,殊为憾事。今查吴氏刻本辑录刘辰翁、王世懋、凌濛初、钟惺评点甚多,间或羼入陈梦槐、黄辉、李贽零星评语,盖由凌濛初《世说新语》鼓吹本、钟惺《三注钞》批点本、李贽批点《世说新语补》本及张懋辰刻本中录入。此外亦有不少评语未详撰人,或吴氏自为之,姑以"吴勉学云"择要录入,以广见闻。

八、本书既以评点为主,则注释、校勘虽有涉及,然不甚措意,读者欲读通拙评,恐不得不佐以他书耳。囿于才学见闻，舛错不当之处，定复不少，尚请高明君子不吝赐教。

癸巳（2013）秋日识于沪上有竹居

世说新语新评

卷上

德行第一

● 德行者，道德与品行之谓也。在内为德，在外为行。孔子教育弟子，以文、行、忠、信为四教，又以德行、言语、政事、文学为四科；四科之中，德行居首，其余三科无不赖此以大以明。《论语·先进》皇侃疏引范宁曰："德行，谓百行之美也。"又《抱朴子·文行》："德行者，本也；文章，末也。故四科之序，文不居上。"《世说新语》三十六门，以"孔门四科"居首，颇有宗经、征圣之意，故论者径以"新论语"目之。然细读《世说》可知，其旨归趣向，又与《论语》大异其趣，而自有彼一时代之新精神与新风尚者在焉。盖属魏晋之际，天下多故，变乱频仍，儒学渐趋式微，老庄乘势抬头，又加佛教东渐，道教兴起，诸种思潮风云际会，磨合激荡，遂酿成中华文明史上一十分特出而别具光彩之玄学时代。故其时德行、言语、政事、文学之好尚，颇不同于周秦两汉。即以《德行》一门而论，便有儒表道里、礼玄交织之况，如陈蕃以仕访隐、叔度汪汪难测、管宁割席断交、阮籍至慎玄远、嵇康无喜愠之色、乐广以名教中自有乐地、阮裕因人不借而焚车、谢安常自教儿、王恭作人无长物等，皆时代风气作用于人物言行之征也。又《德行》门以仲举礼贤事发端，亦大可注意。盖名教与自然之角力，孔孟与老庄之消长，彼时已露端倪；而士大夫群体之自觉，与夫王纲解纽之乱局适成反对，故党锢之祸于是乎起。换言之，若无东汉人物之风骨节义，所谓"魏晋风度"，实无从着落矣。《世说》虽"小说家言"，而颇重史实与史识，昔人谓其"变史家为说家"，洵非虚语。此读《世说》者，不可不知也。

1. 陈仲举【陈蕃】言为士则，行为世范，【八字警醒。《礼记·中庸》云："君子动而世为天下道，行而世为天下法，言而世为天下则。"此八字所本也。言先行后，正《世说》肌理趣味所在。】登车揽辔，有澄清天下之志。【汉末名通。可与本篇第4则"以天下名教是非为己任"并观。】《汝南先贤传》曰：陈蕃字仲举，汝南平舆人。有室荒芜不扫除，曰："大丈夫当为国家扫天下。"值汉桓之末，阉竖用事，外戚豪横。及拜太傅，与大将军窦武谋诛宦官，反为所害。【仲举一生写照。读《世说》，刘孝标注不可不读，然亦不可视为原文照录而无节略，观此注可知矣。】为豫章太守，《海内先贤传》曰：蕃为尚书，以中正忤贵戚，不得在台，迁豫章太守。【非升迁也，实贬谪也。】至，便问徐孺子【徐稺】所在，欲先看之。【奇！徐孺子何方神圣？】谢承《后汉书》曰：徐稺字孺子，豫章南昌人。清妙高时，超世绝俗。前后为诸公所辟，虽不就，及其死，万里赴吊。常预炙鸡一只，以绵渍酒中，暴干以裹鸡，径到所赴冢隧外，以水渍绵，斗米饭，白茅为藉，以鸡置前，酹酒毕，留谒即去，不见丧主。【冷面热肠真隐士。】主簿白："群情欲府君先入廨。"【主簿有理。】陈曰："武王式商容之闾，席不暇暖。许叔重【许慎】曰：商容，殷之贤人，老子师也。车上跽曰式。吾之礼贤，有何不可！"【掷地有声。】袁宏《汉纪》曰：蕃在豫章，为稺独设一榻，去则悬之。见礼如此。【儒者常有道心。】

◎ 此为全书开篇第一则，颇有发凡起例之效。《世说》自党锢名士发端，大有深意在焉。武王式商容，系圣王礼贤；仲举看孺子，乃儒家访隐，临川其有意乎？盖庙堂之于山林，魏阙之于江湖，辨异而玄同，殊途而同归，正时代大趋势之显影也。《世说》思想旨趣，悠游于儒道、礼玄之间，居然可知矣。

2. 周子居【周乘】常云："吾时月不见黄叔度【黄宪】，则鄙吝之心已复生矣。"【叔度真如万顷陂，可洗涤鄙陋，澡雪精神】子居别见。《典略》曰：黄宪字叔度，汝南慎阳人。时论者咸云"颜子复生"。【四字可思。】而族出孤鄙，父为牛医。颍川荀季和【荀淑】执宪手曰："足下吾师范也！"后见袁奉高，曰："卿国有颜子，宁知之乎？"【颜子者，颜回也。汉末魏晋，颜回乃成人物品藻之高标，此大可注意者。颜回实会通儒道之枢纽人物，其学行风概，正与玄学调和儒道之旨相契合，叔度安贫乐道，玄默守拙，宜乎颜子之目。】奉高曰："卿见吾叔度邪？"戴良少所服下，见宪则自降薄，怅然若有所失。母问："汝何不乐乎？复从牛医儿所来邪？"【知子莫若母。】良曰："瞻之在前，忽焉在后，所谓良之师也。"【《论语·子罕》："颜渊喟然叹曰：'仰之弥高，钻之弥坚，瞻之在前，忽焉在后。夫子循循然善诱人。'"以颜回赞夫子之语赞叔度，则心悦诚服矣。】

◎ 仲举唱罢，子居登场，叔度呼之欲出。《世说》一出大戏，于似断未断处最堪玩味。

3. 郭林宗【郭泰】至汝南，造袁奉高【袁阆】，《续汉书》曰：郭泰字林宗，太原介休人。泰少孤，年二十，行学至城阜屈伯彦精庐，乏食，衣不盖形，而处约味道，不改其乐。【《论语·里仁》："不仁者不可以久处约，不可以长处乐。"又《雍也》："贤哉回也！一箪食，一瓢饮，在陋巷。人不堪其忧，回也不改其乐。"】李元礼一见称之曰："吾见士多矣！无如林宗者也。"及卒，蔡伯喈为作碑，曰："吾为人作铭，未尝不有惭容，唯为郭有道碑颂无愧耳！"【可称"无愧碑"。】初以有道君子征，泰曰："吾观乾象、人事，天之所废，不可支也。"遂辞以疾。【林宗慧眼卓识，于此可见。刘注岂可不读？】《汝南先贤传》曰：袁阆【按：当作袁阆。】字奉高，慎阳人。友黄叔度于童齿，荐陈仲举于家巷。【奉高亦高人。】辟太尉掾，卒。车不停轨，鸾不辍轭；【太心急。】诣黄叔度，乃弥日信宿。【太从容。】人问其故，【正须有此一问。】林宗曰："叔度汪汪如万顷之陂，澄之不清，扰之不浊，【八字蕴藉，魏晋人常言。今人杨合林《世说新语补疏》引葛玄《道德经序》："无为之文，污之不辱，饰之不荣，挠之不浊，澄之不清，自然也。"卢播《阮籍铭》："颐神太素，简旷世局。澄之不清，混之不浊。翱翔区外，遗物度俗。"又，王胡之《与庾安西笺》："此间万顷江湖，挠之不浊，澄之不清。"】其器深广，难测量也！"【名言。所谓小叩小鸣、大叩大鸣也。】《泰别传》曰：薛恭祖问之，泰曰："奉高之器，譬诸氿滥，虽清易挹耳。"【厚此薄彼，盖因器量大小不均。】

◎ 千载之下，叔度令人长想。《周易·文言传》云："夫大人者，与天地合其德，与日月合其明，与四时合其序，与鬼神合其吉凶。"澄之不清，扰之不浊，瞻之在前，忽焉在后，叔度隐士欤？抑大人欤？

4. 李元礼【李膺】风格秀整，高自标持，欲以天下名教是非为己任。【清流自任。】薛莹《后汉书》曰：李膺字元礼，颍川襄城人。抗志清妙，有文武隽才。迁司隶校尉。为党事自杀。【按：《后汉书》本传以为"乃诣诏狱，考死"。】后进之士有升其堂者，皆以为"登龙门"。【此是真卧龙。《论语·先进》："子曰：先进于礼乐，野人也。后进于礼乐，君子也。如用之，则吾从先进。"元礼，君子人也，亦可谓当时"先进"。】《三秦记》曰：龙门一名河津，去长安九百里，水悬绝，龟鱼之属莫能上，上则化为龙矣。

◎ 元礼英风烈烈，数语和盘托出。

5. 李元礼尝叹荀淑、钟皓《先贤行状》曰：荀淑字季和，颍川颍阴人也。所拔韦褐刍牧之中，执案刀笔之吏，皆为英彦。举方正，补朗陵侯相，所在流化。钟皓字季明，颍川长社人。父祖至德著名。皓高风承世，除林虑长，不之官。人位不足，天爵有余。【按《孟子·告子上》："仁义忠信，乐善不倦，此天爵也；公卿大夫，此人爵也。古之人修其天爵，而人爵从之。今之人修其天爵，以要人爵；既得人爵，而弃其天爵，则惑之甚者也，终亦必亡而已矣。"】曰："荀君清识难尚，钟君至德可师。"《海内先贤传》曰：颍川先辈为海内所师者，定陵陈稺叔，颍阴荀淑，长社钟皓。少府李膺宗此三君，常言："荀君清识难尚，陈、钟至德可师。"【观此注，知临川有笔有削也。《史记·孔子世家》："至于为《春秋》，笔则笔，削则削，子夏之徒不能赞一辞。"】

◎ 颍川人才彬彬大盛，于斯为极。元礼盘点乡贤，如数家珍。

6. 陈太丘【陈寔】诣荀朗陵【荀淑】，贫俭无仆役，【未必贫，只是俭。】《陈寔传》曰：寔字仲弓，颍川许昌人。为闻喜令、太丘长，风化宣流。乃使元方【陈纪】将车，《先贤行状》曰：陈纪字元方，寔长子也。至德绝俗，与寔高名并著，而弟谌又配之。每宰府辟召，羔雁成群，世号"三君"，百城皆图画。季方持杖从后，长文尚小，载著车中。【倾巢出动，好看。】既至，荀使叔慈应门，慈明行酒，馀六龙下食，【洒扫、应对、进退之节，一丝不苟，真好家风。】张璠《汉纪》曰：淑有八子：俭、绲、靖、焘、汪、爽、肃、敷。淑居西豪里，县令苑康曰："昔高阳氏有才子八人。"遂署其里为"高阳里"。时人号曰"八龙"。文若亦小，坐著郯前。【阖家迎宾，客主融融，容止可观。】于时太史奏："真人东行。"【不愧"真人"之目。】檀道鸾《续晋阳秋》曰：陈仲弓从诸子侄造荀父子，于时德星聚，太史奏："五百里贤人聚。"【两家三代，祖孙皆是贤人。】

◎ 可做今日家教课本。

7. 客有问陈季方【陈谌】：《海内先贤传》曰：陈谌字季方，寔少子也。才识博达，司空掾公车征，不就。"足下家君太丘，有何功德，而荷天下重名？"【按李康《运命论》："木秀于林，风必摧之；堆出于岸，流必湍之；行高于人，众必非之。"此其验也。】季方曰："吾【按：此处合当有一"于"字】家君，譬如桂树生泰山之阿，上有万仞之高，下有不测之深；上为甘露所霑，下为渊泉所润。当斯之时，桂树焉知泰山之高，渊泉之深？【妙喻。与子贡赞夫子语同调。《论语·子张》子贡曰："夫子之不可及也，犹天之不可阶而升也。"】不知有功德与无也。"【说不知，只是遁词。】

◎ 有其父必有其子，反之亦然。

8. 陈元方子长文【陈群】，有英才，《魏书》曰：陈群字长文，祖寔，尝谓宗人曰："此儿必兴吾宗。"及长，有识度，其所善皆父党。【此儿早熟。】与季方子孝先《陈氏谱》曰：谌子忠，字孝先。州辟不就。各论其父功德，争之不能决。【稚子常以其父比拼。】咨于太丘，太丘曰："元方难为兄，季方难为弟。"【只是和稀泥。】一作"元方难为弟，季方难为兄"。【"难兄难弟"本此。】

◎ 对孙夸子，终是自夸。孟子以"得天下英才而教育之"为君子一乐，太丘得天下英才而儿孙之，无乃更乐乎？

9. 荀巨伯远看友人疾，《荀氏家传》曰：巨伯，汉桓帝时人也，亦出颍川，未详其始末。【又是颍川人。所谓"汝颍多奇士"，观此信然。《世说》以汝颍

【人物开篇，岂偶然哉？】值胡贼攻郡，友人语巨伯曰："吾今死矣，子可去！"【义气。】巨伯曰："远来相视，子令吾去，败义以求生，岂荀巨伯所行邪！"【豪言。】贼既至，谓巨伯曰："大军至，一郡尽空，汝何男子，而敢独止？"巨伯曰："友人有疾，不忍委之，宁以吾身代友人命。"【义举。】贼相谓曰："吾辈无义之人，而入有义之国。"【盗贼尚有自知之明。】遂班军而还，一郡并获全。

◎ 义士有义，盗亦有道。

10. 华歆遇子弟甚整，虽闲室之内，俨若朝典。【俗礼。】《魏志》曰：歆字子鱼，平原高唐人。《魏略》曰：灵帝时，与北海邴原、管宁俱游学相善，时号三人为一龙，谓歆为龙头，宁为龙腹，原为龙尾。【龙头可议。盖以年齿为序也。】陈元方兄弟恣柔爱之道，【真情。】而二门之里，两不失雍熙之轨焉。【雍熙者，和且乐也。难得！】

◎ 齐家路数，有此不同。然华、陈两家，吾人愿为陈家座上客也。

11. 管宁、华歆共园中锄菜【实是锄草】，《傅子》曰：宁字幼安，北海朱虚人，齐相管仲之后也。见地有片金，管挥锄与瓦石不异，华捉而掷去之。【此地无银三百两。心动才有行动，华歆捉、掷之间，画虎不成反类犬，管宁早已不屑矣。】又尝同席读书，有乘轩冕过门者，宁读如故，歆废书出看。【叙事如画。】宁割席分坐，曰："子非吾友也！"【同门曰朋，同志曰友。道不同不相为谋也。写得管宁何等风骨！】《魏略》曰：宁少恬静，常笑邴原、华子鱼有仕宦意。及歆为司徒，上书让宁。宁闻之，笑曰："子鱼本欲作老吏，故荣之耳！"【老吏最堪绝交。】

◎ 管宁心外无俗物，华歆眼中尚有金。作者未下一句判语，而优劣立见，高下立判矣。此诚千古绝妙文字！宜以西人"冰川理论"疏解之。

12. 王朗每以识度推华歆。【老吏亦有佳处。】《魏书》曰：朗字景兴，东海郯人。魏司徒。歆蜡日《礼记》曰："天子大蜡八。伊耆氏始为蜡。蜡，索也。岁十二月，合聚万物而索飨之。"《五经要义》曰："三代名腊：夏曰嘉平，殷曰清祀，周曰大蜡，总谓之腊。"晋博士张亮议曰："蜡者，合聚百物索飨之，岁终休老息民也。腊者，祭宗庙五祀。《传》曰：'腊，接也，祭则新故交接也。'秦、汉以来，腊之明日为祝岁，古之遗语也。"【孝标掉书袋。】尝集子侄燕饮，王亦学之。【学人总是局促。】有人向张华说此事，张曰："王之学华，皆是形骸之外，去之所以更远。"【貌合神离，此语有见。】王隐《晋书》曰：张华字茂先，范阳人也。累迁司空，而为赵王伦所害。

◎ 华歆方管宁不足，比王朗有余。《世说》叙事，褒此贬彼，魔若高一尺，道必高一丈，于是乎可观。

13. 华歆、王朗俱乘船避难，有一人欲依附，歆辄难之。【有远虑，方有近忧。】朗曰："幸尚宽，何为不可？"【是船宽，不是心宽。】后贼追至，王欲舍所携人。【"贼"在心中矣。】歆曰："本所以疑，正为此耳。既已纳其自托，宁可以急相弃邪？"【其言可感，如见其人。】遂携拯如初。世以此定华、王之优劣。【汉末人物品藻，声名成毁，决于片言，此其证也。】华峤《谱叙》曰：歆为下邽令，汉室方乱，乃与同志士郑太等六七人避世。自武关出，道遇一丈夫独行，愿得与俱，皆哀许之。歆独曰："不可。今在危险中，祸福患害，义犹一也。今无故受之，不知其义，若有进退，可中弃乎？"众不忍，卒与俱行。此丈夫中道堕井，皆欲弃之。歆乃曰："已与俱矣，弃之不义。"卒共还，出之而后别。【注与正文不同，盖传闻异辞耳。】

◎ 华、王优劣，比管、华优劣易判。管宁割席分坐之人，亦比王朗俗辈可观，做人如何不是学问？看华、王斗法，管宁似仍在场，《世说》之妙常在此。

14. 王祥事后母朱夫人甚谨。【事后母甚谨，事亲母可想。按：《搜神记》卷十一王祥、王延、楚僚三事，皆事后母甚谨之孝子也。晋世"以孝治天下"，宜乎有此。】《晋诸公赞》曰：祥字休征，琅邪临沂人。《祥世家》曰：祥父融，娶高平薛氏，生祥；继室以庐江朱氏，生览。《晋阳秋》曰：后母数谮祥，屡以非理使祥，弟览辄与祥俱。又虐使祥妇，览妻亦趋而共之。母患。方盛寒冰冻，母欲生鱼，祥解衣，将剖冰求之，【痴货！】会有处冰小解，鱼出。【纯是志怪，临川所以不取。按：刘义庆袭封临川王，本书临川盖指义庆。】萧广济《孝子传》曰：祥后母忽欲黄雀炙，祥念难卒致。须臾，有数十黄雀飞入其幕。母之所须，必自奔走，无不得焉。其诚至如此。【不信，不信。】家有一李树，结子殊好，母恒使守之。时风雨忽至，祥抱树而泣。萧广济《孝子传》曰：祥后母庭中有李，始结子，使祥昼视鸟爵，夜则趁鼠。一夜风雨大至，祥抱泣至晓。母见之恻然。祥尝在别床眠，母自往闇斫之。值祥私起，空斫得被。【恐怖小说乎？】既还，知母憾之不已，因跪前请死。【一出苦肉计，演给谁看！】母于是感悟，爱之如己子。【曲终奏雅。】虞预《晋书》曰：祥以后母故，陵迟不仕。年向六十，刺史吕虔檄为别驾。时人歌之曰："海、沂之康，实赖王祥；邦国不空，别驾之功。"累迁太保。【王祥以孝闻达，司马家仰仗王氏处不少。渡江后，竟至"王与马，共天下"。】

◎ 愚孝未必真感天，愚忠常能迷惑人。临川取舍之间，志人志怪，泾渭殊途矣。

15. 晋文王【司马昭】称阮嗣宗【阮籍】至慎，每与之言，言皆玄远，未尝臧否人物。《魏书》曰：文王讳昭，字子上，宣帝第二子也。《魏氏春秋》曰：阮籍字嗣宗，陈留尉氏人，阮瑀子也。宏达不羁，不拘礼俗。兖州刺史王昶请与相见，终日不得与言。【三缄其口。】昶愧叹之，自以不能测也。口不论事，自然高迈。【沉默是金。】李康【按：当作李秉，形近致误。】《家诫》曰：昔尝侍坐于先帝，时有三长史俱见，临辞出，上曰："为官长当清、当慎、当勤，修此三者，何患不治乎？"并受诏。上顾谓吾等曰："必不得已而去，于斯三者何先？"【老贼居然读《论语》。】或对曰："清固为本。"复问吾，吾对曰："清慎之道，相须而成，必不得已，慎乃为大。"上曰："卿言得之矣，可举近世能慎者谁乎？"吾乃举故太尉荀景倩、尚书董仲达、仆射王公仲。上曰："此诸人者，温恭朝夕，执事有恪，亦各其慎也。然天下之至慎者，其唯阮嗣宗乎！每与之言，言及玄远，而未尝评论时事，臧否人物，可谓至慎乎！"【嗣宗所以"至慎"，只是未到伤心处。"邦无道，危行言孙"，老贼如何不知？】

◎ 谨言慎行，喜怒不形于色，发言玄远，语默时中，乱世中亦是德行，可叹！

16. 王戎云："与嵇康居二十年，未尝见其喜愠之色。"【叔夜虽非至慎，亦够谨慎。避世之人，合当有此。】《康集叙》曰：康字叔夜，谯国铚人。王隐《晋书》曰：嵇本姓奚，其先避怨徙上虞，移谯国铚县。以出自会稽，取国一支，音同本奚焉。虞预《晋书》曰：铚有嵇山，家于其侧，因氏焉。【孝标注引三书，叔夜本末线索宛然，举重若轻，真大注家！】《康别传》曰：康性含垢藏瑕，爱恶不争于怀，喜怒不寄于颜。所知王濬冲在襄城，面数百，未尝见其疾声朱颜。此亦方中之美范，人伦之胜业也。【《康别传》乃康兄嵇喜所作，文生于情，情溢于文，真美文也。】《文章叙录》曰：康以魏长乐亭主婿迁郎中，拜中散大夫。【婚姻于叔夜干系甚大，不可不知。】

◎ 子曰："人不知而不愠，不亦君子乎？"叔夜原本君子人，而身遭乱世，隐忍既久，遂至虎啸龙吟，一发不可收。可叹！可叹！

17. 王戎、和峤同时遭大丧，俱以孝称。王鸡骨支床，和哭泣备礼。《晋诸公赞》曰：戎字濬冲，琅邪人，太保祥宗族也。文皇帝辅政，钟会荐之曰："裴楷清通，王戎简要。"【裴楷清通，下则可见。】即俱辟为掾。晋践祚，累迁荆州刺史，以平吴功，封安丰侯。《晋阳秋》曰：戎为豫州刺史，遭母忧，性至孝，不拘礼制，饮酒食肉，或观棋弈，而容貌毁悴，杖而后起。【居丧无礼，固是阮籍学徒。】时汝南和峤，亦名士也，以礼法自持。处大忧，量米而食，然憔悴哀毁，不逮戎也。【善保养。】武帝【司马炎】谓刘仲雄【刘毅】：王隐《晋书》曰：刘毅字仲雄，东莱掖人，汉城阳景王后也。亮直清方，见有不善，必评论之。王公大人，望风惮之。侨居阳平，太守杜恕致为功曹，沙汰郡吏三百余人。三魏金曰："但闻刘功曹，不闻杜府君。"累迁尚书、司隶校尉。"卿数省王、和不？闻和哀苦过礼，使人忧之。"仲雄曰："和峤虽备礼，神气不损；王戎虽不备礼，而哀毁骨立。臣以和峤生孝，王戎死孝。陛下不应忧峤，而应忧戎。"【生孝关乎礼，死孝致乎情，情礼冲突已见端倪。】《晋阳秋》曰：世祖及时谈以此贵戎也。【时谈已能越名教而体自然。】

◎ 王戎本多情，故于礼不节；和峤尚俭啬，故备礼不过。

18. 梁王【司马肜】、赵王【司马伦】，朱凤《晋书》曰：宣帝张夫人生梁孝王肜，字子徽，位至太宰。桓夫人生赵王伦，字子彝，位至相国。**国之近属，贵重当时。**裴令公《晋诸公赞》曰：裴楷字叔则，河东闻喜人，司空秀之从弟也。父徽，冀州刺史，有俊识。楷特精《易》义。累迁河南尹、中书令，卒。**岁请二国租钱数百万，以恤中表之贫者。**【举贤尚不避亲，济贫自不当避。】**或讥之曰："何以乞物行惠？"裴曰："损有余，补不足，天之道也。"**【妙对。《老子》云："天之道，损有余而补不足。人之道，则不然，损不足以奉有余。"】《名士传》曰：楷行己取与，任心而动，毁誉虽至，处之晏然，皆此类。【晏然可贵。】

◎ 子曰："君子周急不继富。"又曰："以与尔邻里乡党乎！"裴楷所行，非仅天之道，实亦夫子之道也。

19. 王戎云："太保【王祥】居在正始中，不在能言之流。【彼时巧言令色者太多。】及与之言，理中清远，将无以德掩其言？"【琅邪王氏最善自伐。】《晋阳秋》曰：祥少有美德行。

◎ 子曰："有德者必有言，有言者不必有德。"其斯之谓与？

20. 王安丰【王戎】遭艰，至性过人。裴令【裴楷】往吊之，曰："若使一恸果能伤人，濬冲必不免灭性之讥。"《曲礼》曰：居丧之礼，毁瘠不形，视听不衰，不胜丧，乃比于不慈不孝。《孝经》曰：毁不灭性，圣人之教也。【注不可少。】

◎ 清通者为简要者所感。

21. 王戎父浑，【按：晋时有二王浑，一出琅邪，一出太原，此琅邪王浑也。】有令名，官至凉州刺史。《世语》曰：浑字长源，有才望。历尚书、凉州刺史。浑薨，所历九郡义故，怀其德惠，相率致赙数百万，戎悉不受。虞预《晋书》曰：戎由是显名。

◎《德行》门王戎凡五见，前以孝称，此以廉闻，允称孝廉也。然晚节乃至握牙筹、钻李核、蹈粪池，一代名士而自渎如此，岂无由哉？

22. 刘道真【刘宝】尝为徒，《晋百官名》曰：刘宝字道真，高平人。徒，罪役作者。扶风王骏【司马骏】虞预《晋书》曰：骏字子臧，宣帝第十七子，好学至孝。《晋诸公赞》曰：骏八岁为散骑常侍，侍魏齐王讲。晋受禅，封扶风王，镇关中，为政最美。薨，赠武王。西土思之，但见其碑赞者，皆拜之而泣。其遗爱如此。【司马家亦有贤人。】以五百疋布赎之，既而用为从事中郎。【不拘一格降人才。】当时以为美事。【美不在刘道真好运，而在扶风王识人。人才难得、惜才、用才更难得。】

◎ 公冶长处缧绁之中，而夫子嫁女与之；百里奚亡命之间，而得为秦穆公五羖大夫；刘道真以戴罪之身，而为司马骏从事中郎，此皆千古美谈佳话。

23. 王平子【王澄】、胡毋彦国【胡毋辅之】诸人，皆以任放为达，或有裸体者。【裸奔古时已有。】《晋诸公赞》曰：王澄，字平子，有达识，荆州刺史。《永嘉流人名》曰：胡毋辅之字彦国，泰山奉高人，湘州刺史。王隐《晋书》曰：魏末阮籍，嗜酒荒放，露头散发，裸袒箕踞。其后贵游子弟阮瞻、王澄、谢鲲、胡毋辅之之徒，皆祖述于籍，【西施捧心，东施效颦，嗣宗焉知有此不肖徒众哉？】谓得大道之本。故去巾帻，脱衣服，露丑恶，同禽兽。甚者名之为通，次者名之为达也。【以此为通达，难怪乐令要笑。】乐广笑曰："名教中自有乐地，何为乃尔也？"【乐广优游儒道之间，执中有权，故能识名教乐地。】

◎ 庄生齐物之论，本自天真，然亦常导人入此邪道。此则得入《德行》，全在乐令一言。"名教乐地"犹宋儒所谓"孔颜乐处"，圣人大而化之，故能浑然与万物同体，箪食瓢饮，曲肱而枕，而乐在其中。

此乃体道之乐，亦孟子所谓"万物皆备于我，反身而诚，乐莫大焉"之乐，惟圣贤能得之。魏晋时儒道浇薄，玄风大张，中庸之道，民鲜久矣，乐广以玄家之资而能体贴"名教乐地"，真不易得也。有宋一代儒学复兴，"名教乐地"失而复得，故程明道《秋日偶成》诗云："闲来无事不从容，睡觉东窗日已红。万物静观皆自得，四时佳兴与人同。道通天地有形外，思入风云变态中。富贵不淫贫贱乐，男儿到此是豪雄。"此诗颇得圣贤下学上达之旨，可谓元气淋漓，沛然莫之能御者也。

24. 郗公【郗鉴】值永嘉丧乱，在乡里，甚穷馁。【按：郗公即王羲之岳丈，可与《雅量》门"东床坦腹"一则合观。】乡人以公名德，传共饴之。公常携兄子迈及外生周翼二小儿往食。乡人曰："各自饥困，以君之贤，欲共济君耳，恐不能兼有所存。"公于是独往食，辄含饭着两颊边，还，吐与二儿。【如禽鸟衔食喂雏，令人鼻酸肠热。】后并得存，同过江。【"过江"二字不可疏忽。】《郗鉴别传》曰：鉴字道徽，高平金乡人。汉御史大夫郗虑后也。少有体正，耽思经籍，以儒雅著名。永嘉末，天下大乱，饥馑相望，冠带以下，皆割己之资供鉴。元皇征为领军，迁司空、太尉。《中兴书》曰：鉴兄子迈，字思远，有干世才略。累迁少府、中护军。郗公亡，翼为剡县，解职归，席苫于公灵床头，心丧终三年。【按：席苫，谓坐卧于草荐上。心丧，谓不着丧服而心存哀悼也。】《周氏谱》曰：翼字子卿，陈郡人。祖奕，上谷太守。父优，车骑谘议。历剡令、青州刺史、少府卿，六十四而卒。

◎ 郗公果然有德操，周翼不负含饭恩。

25. 顾荣在洛阳，尝应人请，觉行炙人有欲炙之色，因辍己施焉。同坐嗤之。【南人在北，常有此况。】荣曰："岂有终日执之，而不知其味者乎？"【此是夫子恕道。】后遭乱渡江，【渡江，与前"过江"呼应。郗公乃南渡侨姓，顾荣系吴中望族，闲闲写去，隐隐点逗两晋风云，针脚何等绵密！】每经危急，常有一人左右己，问其所以，乃受炙人也。《文士传》曰：荣字彦先，吴郡人。其先越王勾践之支庶，封于顾邑，子孙遂氏焉，世为吴著姓。大父雍，吴丞相。父穆，宜都太守。荣少朗俊机警，风颖标彻，历廷尉正。曾在省与同僚共饮，见行炙者有异于常仆，乃割炙以啖之。后赵王伦篡位，其子为中领军，逼用荣为长史。及伦诛，荣亦被执。凡受戮等辈十有余人。或有救荣者，问其故。曰："某省中受炙臣也。"荣乃悟而叹曰："一飡之惠，恩今不忘，古人岂虚言哉！"【善有善报。信然！】

◎ 施恩不图报，受恩当思还。

26. 祖光禄【祖讷】少孤贫，性至孝，常自为母炊爨作食。【百行孝为先。孝母更甚于孝父。】王隐《晋书》曰：祖讷字士言，范阳道人，九世孝廉。讷诸母三兄，最治行操，能清言，历太子中庶子，廷尉卿。避地江南，温峤荐为光禄大夫。王平北【王乂】闻其佳名，以两婢饷之，因取为中郎。《王乂别传》曰：乂字叔元，琅邪临沂人。时蜀新平，二将作乱，文帝西之长安，乃征为相国司马，迁大尚书，出督幽州诸军事、平北将军。有人戏之者曰："奴价倍婢。"【谓祖为卖身之奴，王乂以两婢换一奴，取笑得习钻。】祖云："百里奚亦何必轻于五羖之皮邪？"【祖讷不讷，竟比王祥能言。】《楚国先贤传》曰：百里奚字井伯，楚国人。少仕于虞，为大夫。晋欲假道于虞以伐虢，谏而不听，奚乃去之。《说苑》曰：秦穆公使贾人载盐于虞，诸贾人买百里奚以五羊皮。穆公观盐，怪其牛肥，问其故，对曰："饮食以时，使之不暴，是以肥也。"公令有司沐浴衣冠之。公孙支让其卿位，号曰"五羖大夫"。

◎ 晋时以孝得官，不仅此例。然以此入《德行》稍显不伦，置诸《言语》《排调》更佳。

27. 周镇罢临川郡，还都，未及上，住泊青溪渚,《永嘉流人名》曰：镇字康时，陈留尉氏人也。祖父和，故安令。父震，司空长史。《中兴书》曰：清约寡欲，所在有异绩。王丞相往看之。【丞相终于出场，好看！】《丞相别传》曰：王导字茂弘，琅邪人。祖览，以德行称。父裁，侍御史。导少知名，家世贫约，恬畅乐道，未尝以风尘经怀也。时夏月，暴雨卒至，舫至狭小，而又大漏，殆无复坐处。【如画。】王曰："胡威之清，何以过此！"即启用为吴兴郡。【以清起复，胜过以孝升官。】《晋阳秋》曰：胡威字伯虎，淮南人。父质，以忠清显。质为荆州，威自京师往省之。及告归，质赐威绢一匹。威跪曰："大人清高，于何得此？"质曰："是吾俸禄之余，故以为汝粮耳。"威受而去。每至客舍，自放驴，取樵爨炊。食毕，复随旅进道。质帐下都督阴赏粮要之，因与为伴。每事相助经营之，又进少饭。威疑之，密诱问之，乃知都督也。谢而遣之。后以白质，质杖都督一百，除其吏名。父子清慎如此。及威为徐州，世祖赐见，与论边事及平生。帝叹其父清，因谓威曰："卿清孰与父？"对曰："臣清不如也。"帝曰："何以为胜汝邪？"对曰："臣父清畏人知，臣清畏人不知，是以不如远矣。"【又是善夸父者。】

◎ 周镇清操，王导清识，可谓双美。

28. 邓攸始避难，于道中弃己子，全弟子。【为父弃子，于心何忍？】《晋阳秋》曰：攸字伯道，平阳襄陵人。七岁丧父母及祖父母，持重九年。性清慎平简。邓粲《晋纪》曰：永嘉中，攸为石勒所获，召见，立幕下与语，悦之，坐而饭焉。攸车所止，与胡人邻毂，胡人失火烧车营，勒吏案问胡，胡诬攸。攸度不可与争，乃曰："向为老姥作粥，失火延逸，罪应万死。"勒知，遣之。所诬胡厚德攸，遗其驴马，护送令得逸。王隐《晋书》曰：攸以路远，研坏车，以牛马负妻子以叛，贼又掠其牛马。攸语妻曰："吾弟早亡，唯有遗民。今当步走，担两儿，尽死，不如弃己儿，抱遗民。吾后犹当有儿。"妇从之。【邓家二子，真是"难兄难弟"。】《中兴书》曰：攸弃儿于草中，儿啼呼追之，至暮复及。攸明日系儿于树而去。遂渡江，至尚书左仆射，卒。弟子绥，服攸齐衰三年。既过江，取一妾，甚宠爱。历年后，讯其所由，妾具说是北人遭乱，忆父母姓名，乃攸之甥也。【娶妾无伤，乱伦可耻。】攸素有德业，言行无玷，闻之哀恨，终身遂不复畜妾。【不复畜妾，则此妾如何安置？不过文过饰非耳。】

◎ 子曰："始作俑者，其无后乎？"邓攸弃子不慈，妾甥不义，无后不孝，实有辱"德行"之科。"素有德业，言行无玷"云云，从何谈起？

29. 王长豫【王悦】为人谨顺，事亲尽色养之孝。【色养之孝最难。《论语·为政》子曰："色难。有事，弟子服其劳，有酒食，先生馔，曾是以为孝乎？"】《中兴书》曰：王悦字长豫，丞相导长子也。仕至中书侍郎。丞相见长豫辄喜，见敬豫辄嗔。【非丞相偏心，实敬豫不肖。】《文字志》曰：王恬字敬豫，导次子也。少卓荦不羁，疾学尚武，不为导所重。至中军将军。多才艺，善隶书，与济阳江彪【按：当作江彣。】以善弈闻。长豫与丞相语，恒以慎密为端。丞相还台，及行，未尝不送至车后。恒与曹夫人并当箱箧。【长豫诚孝子楷模，宜乎丞相偏心。】长豫亡后，丞相还台，登车后，哭至台门；【如见如闻。】曹夫人作簏，封而不忍开。【唯恐睹物思人也。】《王氏谱》曰：导娶彭城曹韶女，名淑。【丞相惧内，曹淑不淑。】

◎ 子孝父慈，丞相家事，历历在目。

30. 桓常侍【桓彝】闻人道深公【竺法深】者，辄曰："此公既有宿名，加先达知称，又与先人至交，不宜说之。"【为尊长者讳也。】《桓彝别传》曰：彝字茂伦，谯国龙亢人，汉五更桓荣十世孙也。父颢，有高名。彝少孤，识鉴明朗，避乱渡江，累迁散骑。僧法深，不知其俗姓，盖衣冠之胤也。道徽高扇，誉播山东，为中州刘公弟子。值永嘉乱，投迹扬土，居止京邑，内持法纲，外允具瞻，弘道之法师也。以业滋清净，而不耐风尘，考室剡县东二百里岬山中，同游十余人，高栖浩然。支道林宗其风范，与高丽道人书，称其德行。【支公曾向深公"买山而隐"，事见《排调》第28则。】年七十有九，终于山中也。

◎ 此则似与德行无涉，却可见作者匠心。盖东晋立国后，门阀操国柄，王、庾、桓、谢，轮流摄政，此相邻数条，依次交代四姓人物，岂偶然哉？《世说》叙事，知所先后，似断实连，次第井然，前此笔记所未见，未可仅以"丛残小语""尺寸短书"目之也。

31. 庾公【庾亮】乘马有的卢【按：的卢，凶马也。辛弃疾词"马作的卢飞快"本此。】，《晋阳秋》曰：庾亮字元规，颍川鄢陵人，明穆皇后长兄也。渊雅有德量，时人方之夏侯太初、陈长文之伦。侍从父琛，避地会稽，端拱凝然，郡人严惮之，觐接之者，数人而已。累迁征西大将军、荆州刺史。《伯乐相马经》曰：马白额入口至齿者，名曰榆雁，一名的卢。奴乘客死，主乘弃市，凶马也。或语令卖去，《语林》曰：殷浩劝公卖马。庾云："卖之必有买者，即当害其主，宁可不安己而移于它人哉？昔孙叔敖杀两头蛇以为后人，古之美谈。贾谊《新书》曰：孙叔敖为儿时，出道上，见两头蛇，杀而埋之。归见其母，泣。问其故，对曰："夫见两头蛇者，必死。今出见之，故尔。"母曰："蛇今安在？"对曰："恐后人见，杀而埋之矣。"母曰："夫有阴德，必有阳报，尔无忧也。"【此母宜有此子。】后遂兴于楚朝。及长，为楚令尹。效之，不亦达乎！"【此是真达。】

◎ 庾公江左名臣，果然不同凡响，宜乎"端委庙堂"之目也。

32. 阮光禄【阮裕也。《世说》避宋武帝刘裕讳，不称其名。】在剡，曾有好车，借者无不皆给。有人葬母，意欲借而不敢言。阮后闻之，叹曰："吾有车，而使人不敢借，何以车为？"遂焚之。【名士做派，不免矫揉。】《阮光禄别传》曰：裕字思旷，陈留尉氏人。祖略，齐国内史。父顗，汝南太守。裕淹通有理识，累迁侍中。以疾筑室会稽剡山。征金紫光禄大夫，不就。年六十一，卒。

◎ 子路尝言："愿车马衣裘与朋友共，敝之而无憾。"焚车可感，亦可怪，君子不为也。观此可知名士与君子之别。

33. 谢奕【谢安长兄。】作剡令，《中兴书》曰：谢奕字无奕，陈郡阳夏人。祖衡，太子少傅。父裒，吏部尚书。奕少有器鉴，辟太尉掾，剡令，累迁豫州刺史。有一老翁犯法，谢以醇酒罚之，乃至过醉，而犹未已。【过分。】太傅【谢安也。】时年七八岁，著青布绔，在兄膝边坐，谏曰："阿兄，老翁可念，何可作此！"【谢安宅心仁厚。为兄而有此弟，兄之造化也。】奕于是改容曰："阿奴欲放去邪？"遂遣之。【亦善纳雅言者。】

◎ 有德不在年高，闻道岂拘长幼？以谢奕烘托谢安，可观。

34. 谢太傅绝重褚公【褚裒】，常称"褚季野虽不言，而四时之气亦备"。【按：皮里阳秋之谓也。可与《赏誉》第66则并观。】《文字志》曰：谢安字安石，奕弟也。世有学行，安弘粹通远，温雅融畅。桓彝见其四岁时，称之曰："此儿风神秀彻，当继踪王东海。"善行书。累迁太保，录尚书事。赠太傅。《晋阳秋》曰：褚裒字季野，河南阳翟人。祖䂮，安东将军。父洽，武昌太守。裒少有简贵之风，冲默之称。累迁江、兖二州刺史，赠侍中、太傅。

◎《论语·阳货》:"子曰:天何言哉?四时生焉,百物生焉,天何言哉?"谢公隐以此语赞褚公,虽显托大,亦可见不言有胜能言处。

35. 刘尹【刘惔】在郡,临终绵惙,闻阁下祠神鼓舞,正色曰:"莫得淫祀!"【棒喝《礼记·曲礼下》:"非其所祭而祭之,名曰淫祀,淫祀无福。"子曰:"非其鬼而祭之,谄也。"】《刘尹别传》曰:惔字真长,沛国萧人也。汉氏之后。真长有雅裁,虽筚门陋巷,晏如也。历司徒左长史、侍中、丹阳尹。为政务镇静信诚,风尘不能移也。外请杀车中牛祭神,真长答曰:"丘之祷久矣,【《论语·述而》:子疾病,子路请祷。子曰:"有诸?"子路对曰:"有之。《诔》曰:'祷尔于上下神祇。'"子曰:"丘之祷久矣。"孝标未注,是其失也。】勿复为烦!"《包氏论语》曰:祷,请也。孔安国曰:孔子素行合于神明,故曰:"丘之祷久矣。"【子曰:"获罪于天,无所祷也"。】

◎ 真长实为江左第一流人物,玄心洞见,一览无余。此公"居官无官官之事,处事无事事之心",然亦熟读《论语》,且以夫子之心为心。可知晋人外虽主自然,内实未尝毁名教也。观此则,真长可谓知命者矣。

36. 谢公夫人【刘惔妹也】教儿,问太傅:"那得初不见君教儿?"【今之为母者亦常有此说。声口毕肖】答曰:"我常自教儿。"【非言教也,实身教也】《谢氏谱》曰:安娶沛国刘耽女。案:太尉刘子真,清洁有志操,行己以礼。而二子不才,并渎货致罪。子真坐免官。客曰:"子奚不训道之?"子真曰:"吾之行事,是其耳目所闻见,而不放效,岂严训所变邪?"安石之旨,同子真之意也。【此注可思】

◎ 仍是夫子教诲《论语·述而》:"子曰:二三子以我为隐乎?吾无隐乎尔。吾无行而不与二三子者,是丘也。"盖夫子之教,行在言先。东晋最重家学家教者,舍谢公其谁?

37. 晋简文【司马昱】为抚军时,【简文出场】《续晋阳秋》曰:帝讳昱,字道万，中宗少子也。仁明有智度。穆帝幼冲，以抚军辅政。大司马桓温废海西公而立帝，在位三年而崩。所坐床上，尘不听拂，见鼠行迹，视以为佳。【鼠迹自然如画，赏之者乃有玄心。】有参军见鼠白日行，以手板批杀之，抚军意色不悦。【不悦，由不忍。】门下起弹，教曰："鼠被害，尚不能忘怀，今复以鼠损人，无乃不可乎？"【此又推鼠及人也。婉转可爱。】

◎ 东晋人主，简文可称真名士。刘辰翁云："此复何足与于《德行》？正应弹鼠，不应弹人。"此真皮相之见。岂不闻夫子"钓而不纲，弋不射宿"乎？晋人虽尚老、庄，亦何尝无圣人仁民爱物之心哉？惟仁心与玄心妙合无间，则人格之美始成，其人始为可赏也。

38. 范宣年八岁，后园挑菜，误伤指，大啼。人问："痛邪？"答曰："非为痛，'身体发肤，不敢毁伤'，是以啼耳。"【《孝经》云："身体发肤，受之父母，不敢毁伤，孝之始也；立身行道，扬名于后世，以显父母，孝之终也。"此子不唯能背书，亦可见根性纯良，后孺子果成儒师也。】《宣别传》曰：宣字子宣，陈留人，汉莱芜长范丹后也。年十岁，能诵《诗》《书》。儿童时，手伤改容，家人以其年幼，皆异之。征太学博士、散骑常侍，一无所就。年五十四卒。宣洁行廉约，韩豫章【韩康伯】遗绢百匹，不受；《中兴书》曰：宣家至贫，罕交人事。豫章太守殷羡见宣茅茨不完，欲为改室，宣固辞。羡爱之，【按：《晋书·范宣传》作"庾爱之"，当是。】以宣贫，加年饥疾疫，厚饷给之，宣又不受。《续晋阳秋》曰：韩伯字康伯，颍川人。好学，善言理。历豫章太守、领军将军。减五十疋【按：疋同匹】，复不受。如是减半，遂至一疋，既终不受。【送礼如此执着，更须防着。】韩后与范同载，就车中裂二丈与范，【只是做减法。看你要不要。】云："人宁可使妇无裈邪？"【急转直下，出其不意。康伯可谓善解纷者。】范笑而受之。【不得不受。】

◎ 此一则"范宣受绢"，可与"仲举礼贤"并参，以观汉晋风俗之变。儒者仲举为豫章而拜隐士徐孺，玄家康伯为豫章而交儒者范宣，两百年间，儒道出处易位矣。范宣乃东晋儒者，精于《三礼》，不涉老庄而屡征不仕；康伯乃当时玄家，精通《周易》，位居显宦而志在玄同。

康伯遗绢，意在测其志；范宣受绢，妙在可与权。授受之间，儒道相视一笑，莫逆于心矣。

39. 王子敬【王献之】病笃，道家上章应首过，【按：首过即自首己过，犹耶教之临终告解。】问子敬："由来有何异同得失？"子敬云："不觉有余事，惟忆与郗家离婚。"【人之将死，其言也善。细味此语，楚楚可怜。】《王氏谱》曰：献之娶高平郗昙女，名道茂，后离婚。《献之别传》曰：祖父旷，淮南太守。父羲之，右将军。咸宁中，诏尚余姚公主，迁中书令，卒。

◎ 王家与郗家，两代婚姻，聚散皆关乎政治。子敬临终怀旧，可谓一往情深。

40. 殷仲堪既为荆州，值水俭，【按：水俭，谓水涝成灾而谷物歉收。】食常五椀盘，外无馀肴，饭粒脱落盘席间，辄拾以啖之。【如见。】虽欲率物，【为人表率也。】亦缘其性真素。每语子弟云："勿以我受任方州，云我豁平昔时意，今吾处之不易。贫者士之常【名言。子曰："君子固穷，小人穷，斯滥矣。"】，焉得登枝而捐其本？【妙喻。登枝不可捐其本，饮水自当思其源。】尔曹其存之。"《晋安帝纪》曰：仲堪，陈郡人，太常融孙也。车骑将军谢玄请为长史，孝武说之，俄为黄门侍郎。自杀袁悦之后，上深为晏驾后计，故先出王恭为北蕃。荆州刺史王忱死，乃中诏用仲堪代焉。

◎ 殷仲堪善清谈，与韩康伯齐名，为荆州而能以仁孝节俭为政，登枝捐本之论，虽言日用，实与儒道本末之理暗通。玄学非以道易儒，实以援道入儒、调和名教自然之张力为旨归，读者不可不察也。

41. 初，桓南郡【桓玄】、杨广共说殷荆州【殷仲堪】，宜夺殷觊南蛮以自树。【上则言其弟，此则道其兄，可谓草蛇灰线，藕断丝连。】《桓玄别传》曰：玄字敬道，谯国龙亢人，大司马温少子也。幼童中，温甚爱之。临终，命以为嗣。年七岁，袭封南郡公，拜太子洗马、义兴太守。不得志，少时去职，归其国。与荆州刺史殷仲堪素旧，情好甚隆。周祗《隆安记》曰：广字德度，弘农人，杨震后也。《晋安帝纪》曰：觊字伯道，陈郡人。由中书郎出为南蛮校尉。觊亦以率易才悟著称，与从弟仲堪俱知名。《中兴书》曰：初，仲堪欲起兵，密邀觊，觊不同。杨广与弟佺期劝杀觊，仲堪不许。【仲堪事父至孝，事兄自悌，当然不许。】觊亦即晓其旨。尝因行散，【按：服五石散后须外出活动以散发药力，谓之行散，亦曰行药。】率尔去下舍，便不复还，内外无预知者。【神不知，鬼不觉。惟天知地知，你知我知。服散后"神超形越"，此其例也。】意色萧然，远同斗生之无愠。时论以此多之。《春秋传》曰：楚令尹子文，斗氏也。《论语》曰：令尹子文，三仕为令尹，无喜色；三已之，无愠色。【又是《论语》。】

◎ 不以物喜，不以己悲。晋人浸淫老、庄，沐浴玄风，言行常能有此洒脱气象。

42. 王仆射【王愉】在江州，为殷、桓所逐，奔窜豫章，存亡未测。徐广《晋纪》曰：王愉字茂和，太原晋阳人，安北将军坦之次子也。以辅国司马出为江州刺史。愉始至镇，而桓玄、杨佺期举兵以应王恭，乘流奄至，愉无防，惶遽奔临川，为玄所得。玄篡位，迁尚书左仆射。王绥在都，既忧戚在貌，居处饮食，每事有降。时人谓为"试守孝子"。【按刘应登云："未测其父存亡而先为丧容，故曰'试守'。"此语大有讥讽。】《中兴书》曰：绥字彦猷，愉子也。少有令誉。自王泽【当作王浑。】至坦之，六世盛德，绥又知名，于时冠冕，莫与为比。位至中书令、荆州刺史。桓玄败后，与父愉谋反，伏诛。

◎ 试守孝子亦是孝子。晋人以孝治天下，故不忠则可，不孝则不可。王愉、王绥父子并为叛臣，竟以孝行入《德行》之科，是知临川王之取舍予夺，不拘一格，《世说》所以为"新语"者正在此。

43. 桓南郡玄也。既破殷荆州，【此则紧承前几则，一路写来，人物故实，有条不紊，真史笔也。】收殷将佐十许人，咨议罗企生亦在焉。【企生可观。】《玄别传》曰：玄克荆州，杀殷道护及仲堪参军罗企生、鲍季札，皆仲堪所亲仗也。桓素待企生厚，将有所戮，先遣人语云："若谢我，当释罪。"【独夫语。】企生答曰："为殷荆州吏，今荆州奔亡，存亡未判，我何颜谢桓公？"【丈夫语。】《中兴书》曰：企生字宗伯，豫章人。殷仲堪初请为府功曹，桓玄来攻，转咨议参军。仲堪多疑少决，企生深忧之，谓其弟遵生曰："殷侯仁而无断，事必无成。成败天也，吾当死生以之。"【企生早有死志，可谓忠人之事者。】及仲堪走，文武并无送者，唯企生从焉。路经家门，遵生绐之曰："作如此分别，何可不执手？"企生回马授手，遵生便牵下之，【如见。】谓曰："家有老母，将欲何行？"企生挥涕曰："今日之事，我必死之。汝等奉养，不失子道。一门之内，有忠与孝，亦复何恨！"遵生抱之愈急，仲堪于路待之。企生遥呼曰："今日死生是同，愿少见待！"【如闻。】仲堪见其无脱理，策马而去。俄而玄至，人士悉诣玄，企生独不往，而营理仲堪家。或谓曰："玄性猜急，未能取卿诚节，若遂不诣，祸必至矣！"企生正色曰："我殷侯吏，见遇以国士，不能共殄丑逆，致此奔败，何面目就桓求生乎？"玄闻，怒而收之。谓曰："相遇如此，何以见负？"企生曰："使君口血未干，而生此奸计，自伤力劣，不能翦定凶逆，我死恨晚尔！"玄遂斩之。时年三十有七，众咸悼之。【此一大段，历历可观，真善叙事者之辞。】既出市，桓又遣人问："欲何言？"答曰："昔晋文王杀嵇康，而嵇绍为晋忠臣。王隐《晋书》曰：绍字延祖，谯国铚人。父康有奇才俊辩。绍十岁而孤，事母孝谨，累迁散骑常侍。惠帝败于荡阴，百官左右皆奔散，唯绍俨然端冕，以身卫帝。兵交御辇，飞箭雨集，遂以见害也。从公乞一弟以养老母。"【以嵇绍作例为弟求情，隐有弟委桓玄之意乎？企生为保存门户，心细如此，非乞怜也，实不得已。】桓亦如言宥之。桓先曾以一羔裘与企生母胡，胡时在豫章，企生问至，即日焚裘。【烧得好！企生之母，堪比范滂之母。】

◎ 忠孝节义，手足情深，骨肉恩重，尽显于此。

44. 王恭从会稽还，周祗《隆安记》曰：恭字孝伯，太原晋阳人。祖父濛，司徒左长史，风流标望。父蕴，镇军将军，亦得世誉。《恭别传》曰：恭清廉贵峻，志存格正。起家著作郎，历丹阳尹、中书令。出为五州都督前将军，青、兖二州刺史。王大看之。王忱，小字佛大。《晋安帝纪》曰：忱字元达，北平将军坦之第四子也。甚得名于当世，与族子恭少相善，齐声见称。仕至荆州刺史。见其坐六尺簟，因语恭："卿东来，故应有此物，可以一领及我。"【言甚无礼。】恭无言。【"无言"二字有味。】大去后，即举所坐者送之。【真舍得。】既无馀席，便坐荐上。【由簟而席，由席而荐，每况愈下矣。】后大闻之，甚惊，曰："吾本谓卿多，故求耳。"对曰："丈人不悉恭，恭作

人无长物。"【名言。】

◎ 王恭此语，可与《任诞》篇"名士不必须奇才"数语相发明。今可下一转语："名士不必须奇才，但使常得无事，痛饮酒，熟读《离骚》，作人无长物，便可称名士。"

45. 吴郡陈遗，未详。家至孝，母好食铛底焦饭，【按：焦饭，犹今之所谓锅巴也。】遗作郡主簿，恒装一囊，每煮食，辄贮录焦饭，归以遗母。【有儿如此，足慰人意。】后值孙恩贼出吴郡，《晋安帝纪》曰：孙恩一名灵秀，琅邪人。叔父泰，事五斗米道，以谋反诛。恩逸逃于海上，聚众十万人，攻没郡县。后为临海太守辛昺斩首送之。袁府君山松别见。即日便征。遗以聚敛得数斗焦饭，未展归家，遂带以从军。战于沪渎，败。军人溃散，逃走山泽，皆多饿死，遗独以焦饭得活。【多死与独活，大不是滋味。孝则孝矣，尚未为仁。】时人以为纯孝之报也。【亦是巧合。】

◎ 此亦彰显孝道，然是志人，而非志怪，故比卧冰、埋儿之类变态故事为佳。

46. 孔仆射【孔安国】为孝武侍中，豫蒙眷接。烈宗山陵，孔时为太常，形素羸瘦，着重服，竟日涕泗流涟，【如丧考妣。】见者以为真孝子。【事君如父，以孝移忠，真耶？伪耶？】《续晋阳秋》曰：孔安国字安国【名、字相同者，多乎哉？不多也。】，会稽山阴人，车骑愉第六子也。少而孤贫，能善树节，以儒素见称。历侍中、太常、尚书，迁左仆射，特进，卒。

◎ 孝亲至于孝君，古来帝王所望于臣下者也。安国言忠臣则真，言孝子则伪。

47. 吴道助【吴坦之】、附子【吴隐之】兄弟，居在丹阳郡后。遭母童夫人艰，道助，坦之小字。附子，隐之小字也。《吴氏谱》曰：坦之字处靖，濮阳人。仕至西中郎将功曹。父坚,取东苑童侩女,名秦姬。朝夕哭临。及思至,宾客吊省,号踊哀绝,路人为之落泪。韩康伯时为丹阳,母殷在郡,每闻二吴之哭,辄为悽恻,语康伯曰:"汝若为选官,当好料理此人。"【韩母善卜卦乎?何出此言?】康伯亦甚相知。韩后果为吏部尚书。【果为选官,乃证韩母先见之明。】大吴不免哀制,小吴遂大贵达。【大吴死孝,小吴生孝。】郑缉《孝子传》曰:隐之字处默,少有孝行,遭母丧,哀毁过礼。时与太常韩康伯邻居。康伯母,扬州刺史殷浩之妹,聪明妇人也。隐之每哭,康伯母辄辍事流涕,悲不自胜,终其丧如此。【兔死狐悲,顾影自怜。】谓康伯曰:"汝后若居铨衡,当用此辈人。"后康伯为吏部尚书,乃进用之。《晋安帝纪》曰:隐之既有至性,加以廉洁,奉禄颁九族,冬月无被。桓玄欲革岭南之敝,以为广州刺史。去州二十里,有贪水,世传饮之者其心无厌。隐之乃至水上,酌而饮之,因赋诗曰:"石门有贪泉,一歃重千金。试使夷、齐饮,终当不易心。"【诗话。】为卢循所攻,还京师。历尚书、领军将军。《晋中兴书》曰:旧云:往广州,饮贪泉,失廉洁之性。吴隐之为刺史,自酌贪泉饮之,题石门为诗,云云。

◎ 晋时以孝治天下,故孝子贤孙所在多有,以孝闻名乃至做官者史不绝书,此清谈时代清议虽式微,而名教尚未陵夷沉沦之证。《德行》一门流连于儒道之间,而孝行独彰,正时代思潮之投影也。

言语第二

● 言语，善于辞令之谓也。《说文》："直言曰言，论难曰语。"《论语·先进》："言语：宰我，子贡。"邢昺疏："若用其言语辩说以为行人，使适四方，则有宰我、子贡二人。"是知言语应对乃君子必备之能力，所谓"诵诗三百，授之以政，不达；使于四方，不能专对。虽多，亦奚以为？"然孔子于言语之巧又颇警惕，尝谓："巧言令色，鲜矣仁"；"刚、毅、木、讷近仁"；"君子欲讷于言而敏于行"；"仁者其言也讱"；甚至视伶牙俐齿者为"佞"，谓其"御人以口给，屡憎于人，……焉用佞？"盖孔子以为，言行之间，行重于言，故子贡问君子，子曰："先行其言，而后从之。""古者言之不出，耻躬之不逮也。"盖言语过巧而无实行，诚未足以言德行也。夫子又曰："有德者必有言，有言者不必有德。"此语正可为魏晋之言语生态"传神写照"。《左传·襄公二十四年》云："太上有立德，其次有立功，其次有立言，虽久不废，此之谓不朽。"立德、立言既同属不朽，故不能立德者，则不妨立言。与前代重视言语之义、论辩之理不同，魏晋尤重言语之趣、应对之妙、修辞之美，故《言语》门一百零八则，无不精彩隽永，如孔融"必当了了"之对、谢玄"芝兰玉树"之答，又如"孔雀杨梅""朱门蓬户"之语，皆非泛泛所能道，读之令人悠然发思古之幽情。盖魏晋之际，玄学风行，雅尚清谈，故锦心绣口、舌灿莲花者所在多有，其发言遣词，真如云兴霞蔚，尽态极妍。明末曹臣撰有《舌华录》，全书分慧语、名语、豪语、狂语、傲语、冷语、谐语、谑语、清语、韵语、俊语、讽语、讥语、愤语、辩语、颖语、浇语、凄语等凡十八门，实《世说·言语》门之增广也。然，似王祥辈"以德掩其言"者固有，而如王澄辈"终日妄语"者亦不乏其人，此可证夫子"听其言而观其行"之训为不刊也。瑕瑜良莠，取舍与夺，知者不言，读者明鉴。

1. 边文礼【边让】见袁奉高，闵也。【按："闵"当为"闻"之误。】失次序。【次序二字有味。】《文士传》曰：边让字文礼，陈留人。才隽辩逸，大将军何进闻其名，召署令史，以礼见之。让占对闲雅，声气如流，坐客皆慕之。让出就曹，时孔融、王朗等并前为掾，共书刺从让，让平衡与交接。后为九江太守，为魏武帝所杀。【阿瞒嗜杀。可恨！】奉高曰："昔尧聘许由，面无怍色。皇甫谧曰：由字武仲，阳城槐里人也。尧舜皆师而学事焉，后隐于沛泽之中，尧乃致天下而让焉。由为人据义履方，邪席不坐，邪馔不食，闻尧让而去。其友巢父闻由为尧所让，以为污己，乃临池洗耳。池主怒曰："何以污我水？"由于是遁耕于中岳颖水之阳，箕山之下，终身无经天下色。死葬箕山之颠，在阳城之南十里。尧因就其墓，号曰箕山公神，以配食五岳，世世奉祀，至今不绝也。先生何为颠倒衣裳？"《诗·齐风·东方未明》："东方未明，颠倒衣裳。颠之倒之，自公召之。"】文礼答曰："明府初临，尧德未彰，是以贱民颠倒衣裳耳。"【似美实刺，不卑不亢。】按：袁闳卒于太尉掾，未尝为汝南，斯说谬矣。【亦未说为汝南。孝标只是不信。】

◎ 文礼高才雅士，何见官失措，自称贱民？奉高不能停林宗之车，而以尧自况，亦不自知。官大半级压死人，古今同理。

2. 徐孺子穉也。年九岁，尝月下戏，人语之曰："若令月中无物，当极明邪？"【想当然耳。】《五经通议》曰：月中有兔、蟾蜍者何？月，阴也；蟾蜍，亦阴也；而与兔并明，阴系于阳也。【今人则曰：月上亦有环形山。】徐曰："不然。譬如人眼中有瞳子，无此必不明。"【月明与物无关，眼明端赖瞳子。解虽不浃洽，亦足见其捷才机辩，斐然可观。】

◎ 此子早慧，及长果得令名，仲举贤而礼之，无可无不可。

3. 孔文举融也。年十岁，随父到洛。时李元礼有盛名，为司隶校尉。诣门者，皆俊才清称及中表亲戚乃通。【"龙门"果然有门槛。】文举至门，谓吏曰："我是李府君亲。"【会扯谎。】既通，前坐。元礼问曰："君与仆有何亲？"【须有此问。】对曰："昔先君仲尼与君先人伯阳有师资之尊，是仆与君奕世为通好也。"【只是套近乎，然亦非常人可及。】元礼及宾客莫不奇之。太中大夫陈韪后至，人以其语语之，韪曰："小时了了，大未必佳。"【所言有理。子不曰乎："苗而不秀者有矣夫！秀而不实者有矣夫！"】文举曰："想君小时，必当了了。"【所答更妙。子又曰："后生可畏，焉知来者之不如今也。"】韪大踧踖。【窘态如画。】《续汉书》曰：孔融字文举，鲁国人，孔子二十四世孙也。【按：当作二十世孙。】高祖父尚，钜鹿太守。父宙，泰山都尉。《融别传》曰：融四岁，与兄食梨，辄取小者。人问其故？答曰："小儿，法当取小者。"【《三字经》云："融四岁，能让梨。弟于长，宜先知。"】年十岁，随父诣京师。河南尹李膺有重名，融欲观其为人，遂造之。膺问："高明父祖，尝与仆周旋乎？"融曰："然。先君孔子与君先人李老君，同德比义，而相师友。【按钟惺云："此语为儒、道二家说合解纷。"有理。】则融与君累世通家也。"众坐莫不叹息，佥曰："异童子也！"太中大夫陈韪后至，同坐以告。韪曰："人小时了了者，长大未必能奇。"融应声曰："即如所言，君之幼时，岂实慧乎？"【此番对答，文理辞气，不如《世说》远矣。】膺大笑，顾谓融曰："长大必为伟器。"【问："何器也？"曰："瑚琏也。"】

◎ 此则实埋大关钥。汉末士人群体自觉及人格嬗变，均在此显影。孔融若不登龙门，则世上多一文人，少一国士。李膺死于党锢之祸，孔融死于曹操之手，嵇康见杀于司马昭，实则无不死于清议。文举仰慕元礼，叔夜心仪文举，其《家诫》云："若临朝让官，临义让生，若孔文举求代兄死，此忠臣烈士之节。"岂偶然哉？故王夫之云："孔融死而士气灰，嵇康死而清议绝。"以此观之，李膺，飞龙也；孔融，亢龙也；嵇康，卧龙也。三龙一体，翔舞汉魏，击首则尾应，击尾则首应，宜乎龙性难驯、铁骨铮铮之目也。

4. 孔文举有二子，大者六岁，小者五岁。昼日父眠，小者床头盗酒饮之，大儿谓曰："何以不拜？"【庄。】答曰："偷，那得行礼！"【谐。】

◎ 此与钟会兄弟偷酒事重出，盖传闻异辞耳。

5. 孔融被收，中外惶怖。时融儿大者九岁，小者八岁，【距偷酒不过三年矣。可叹！】二儿故琢钉戏【"故"字写出二儿豪气。】，了无遽容。融谓使者曰："冀罪止于身，二儿可得全不？"【爱子心切。】儿徐进曰："大人岂见覆巢之下，复有完卵乎？"【达言。按《史记·孔子世家》孔子谓："覆巢毁卵则凤凰不翔。"语或本此。】寻亦收至。《魏氏春秋》曰：融对孙权使有讪谤之言，坐弃市。二子方八岁、九岁，融见收，弈棋端坐不起。左右曰："而父见执。"二子曰："安有巢毁而卵不破者哉！"遂俱见杀。【可哀。】《世语》曰：魏太祖以岁俭禁酒，融谓酒以成礼，不宜禁。由是惑众，太祖收法焉。【欲加之罪，何患无辞？】二子耆龀，融见收，顾谓二子："何以不辟？"二子曰："父尚如此，复何所辟？"裴松之以为：《世语》云融儿不辟，知必俱死，犹差可安。孙盛之言，诚所未譬。八岁小儿，能悬了祸患，聪明特达，卓然既远，则其忧乐之情，固亦有过成人矣。安有见父被执，而无变容，弈棋不起，若在暇豫者乎？昔申生就命，言不忘父，不以己之将死而废念父之情也。父安尚犹若兹，而况颠沛哉！盛以此为美谈，无乃"贼夫人之子"与？盖由好奇情多，而不知言之伤理也。【裴注亦是评语。】

◎ 有其父必有其子。留下一典，二子不枉此生矣。

6. 颍川太守髡陈仲弓。【按：古时刑罚，去发称髡。】按寔之在乡里，州郡有疑狱不能决者，皆将诣寔，或到而情首，或中途改辞，或托狂悖，皆曰："宁为刑戮所苦，不为陈君所非。"岂有盛德感人若斯之甚，而不自卫，反招刑辟，殆不然乎？此所谓东野之言耳！客有问元方："府君何如？"【颍川太守，未详何人。】元方曰："高明之君也。""足下家君何如？"曰："忠臣孝子也。"客曰："《易》称：'二人同心，其利断金；同心之言，其臭如兰。'【语出《周易·系辞上》。】王廙注《系辞》曰：金至坚矣，同心者，其利无不入。兰芳物也，无不乐者。言其同心者，物无不乐也。何有高明之君，而刑忠臣孝子者乎？"元方曰："足下言何其谬也！故不相答。"客曰："足下但因伛为恭，而不能答。"【逼人太甚。】元方曰："昔高宗放孝子孝己，《帝王世纪》曰：殷高宗武丁有贤子孝己，其母早死，高宗惑后妻之言，放之而死，天下哀之。尹吉甫放孝子伯奇，《琴操》曰：尹吉甫，周卿也，有子伯奇，母死更娶。后妻生子曰伯邽。乃谮伯奇于吉甫，于是放伯奇于野。宣王出游，吉甫从，伯奇乃作歌，以言感之。宣王闻之，曰："此孝子之辞也。"吉甫乃求伯奇于野，而射杀后妻。董仲舒放孝子符起。未详。唯此三君，高明之君；唯此三子，忠臣孝子。"【绝妙辩词。】客惭而退。

◎ 元方可谓"善继人之志，善述人之事"者也。

7. 荀慈明【荀爽】与汝南袁阆相见，荀爽，一名谞。《汉南纪》曰：谞文章典籍无不涉，时人谚曰："荀氏八龙，慈明无双。"潜处笃志，征聘无所就。张璠《汉纪》曰：董卓秉政，复征爽，爽欲遁去，吏持之急。起布衣，九十五日而至三公。问颍川人士，慈明先及诸兄。【如数家珍。】阆笑曰："士但可因亲旧而已乎？"慈明曰："足下相难，依据者何因？"阆曰："方问国士，而及诸兄，是以尤之耳。"【诸兄既是国士，岂可埋没不彰？看似有私，实出公心。此亦合夫子"举尔所知，尔所不知，人其舍诸？"之教也。】慈明曰："昔者祁奚内举不失其子，外举不失其仇，以为至公。《春秋传》曰：祁奚为中军，请老，晋侯问嗣焉。称解狐，其仇也。将立而卒。又问焉。对曰："午也可。"其子也。君子谓祁奚可谓能举善矣。称其仇，不为谄；立其子，不为比。【此注可观。】公旦《文王》之诗，不论尧、舜之德而颂文、武者，亲亲之义也。《春秋》之义，内其国而外诸夏。且不爱其亲而爱他人者，不为悖德乎？"【爱本有差等。所谓大公，亦非全无私爱也。】

◎ 此亦儒家亲亲尊尊、推己及人之道。

8. 祢衡被魏武谪为鼓吏，正月半试鼓，衡扬枹为《渔阳掺挝》，渊渊有金石声，四座为之改容。【此处似有脱略。赖刘注始明个中原委。】

《典略》曰：衡字正平，平原般人也。《文士传》曰：衡，不知先所出，逸才飘举。少与孔融作尔汝之交，【按：尔汝，谓彼此以尔汝相称，交情深厚，不拘形迹。】时衡未满二十，融已五十。敬衡才秀，共结殷勤，不能相违。以建安初北游，或劝其诣京师贵游者，衡怀一刺，遂至漫灭，竟无所诣。融数与武帝笺，称其才，帝倾心欲见。衡称疾不肯往，而数有言论。帝甚忿之，以其才名不杀，图欲辱之，乃令录为鼓吏。后至八月朝会，大阅试鼓节，作三重阁，列坐宾客。以帛绢制衣，作一岑牟、一单绞及小裈。鼓吏度者，皆当脱其故衣，著此新衣。次传衡，衡击鼓为《渔阳掺挝》，蹋地来前，蹀躞脚足，容态不常，鼓声甚悲，音节殊妙。坐客莫不忼慨，知必衡也。既度，不肯易衣。吏呵之曰："鼓吏何独不易服？"衡便止。当武帝前，先脱裈，次脱馀衣，裸身而立。【裸体以示抗议，祢衡堪为先驱。】徐徐乃著岑牟，次著单绞，后乃著裈。毕，复击鼓，掺槌而去，颜色无怍。【真狂生也。】武帝笑谓四坐曰："本欲辱衡，衡反辱孤。"【实话实说，奸雄本色。】至今有《渔阳掺挝》，自衡造也。为黄祖所杀。孔融曰："祢衡罪同胥靡，不能发明王之梦。"【用典解纷。】皇甫谧《帝王世纪》曰："武丁梦天赐己贤人，使百工写其像，求诸天下。见筑者胥靡衣褐于傅岩之野，是谓傅说。"【无此注必不得其解。】张晏曰："胥靡，刑名。胥，相也；靡，从也。谓相从坐轻刑也。"【按：此非孝标原注，张晏者不知何人，解得牵强。】魏武惭而赦之。【奸雄亦有羞恶之心。】

◎ 以孔融映带祢衡，又以祢衡引出曹操，以下说三国人物，纹丝不乱。

9. 南郡庞士元【庞统】闻司马德操【司马徽】在颍川，故二千里候之。【二千里固夸张，可见其心之诚。】至，遇德操采桑，士元从车中谓曰："吾闻丈夫处世，当带金佩紫，焉有屈洪流之量，而执丝妇之事？"【只是试探。】《蜀志》曰：庞统字士元，襄阳人。少时朴钝，未有识者。颍川司马徽有知人之鉴，士元弱冠往见徽，徽采桑树上，坐士元树下，共语，自昼至夜。徽异之曰："生当为南州士人之冠冕。"由是渐显。《襄阳记》曰：士元，德公之从子也。年少未有识者，唯德公重之。年十八，使往见德操，与语，叹曰："德公诚知人，实盛德也。"后刘备访世事于德操，德操曰："俗士岂识时务，此间自有伏龙、凤雏。"谓诸葛孔明与士元也。《华阳国志》曰：刘备引士元为军师中郎将，从攻洛，为流矢所中，卒，时年三十八。德操曰：《司马徽别传》曰：徽字德操，颍川阳翟人。【又一颍川人。】有人伦鉴识。居荆州，知刘表性暗，必害善人，乃括囊不谈议。时人有以人物问徽者，初不辨其高下，每辄言"佳"。其妇谏曰："人质所疑，君宜辩论，而一皆言佳，岂人所以咨君之意乎？"徽曰："如君所言，亦复佳。"【此"好好先生"出典也。】其婉约逊遁如此。尝有妄认徽猪者，便推与之。后得其猪，叩头来还，徽又厚辞谢之。刘表子琮往候徽，遣问在不。会徽自锄园，琮左右问："司马君在耶？"徽曰："我是也。"琮左右见其丑陋，骂曰："死庸！将军诸郎欲求见司马君，汝何等田奴，而自称是邪！"【小人常以貌取人。】徽归，刘头著帻出见。琮左右见徽故是向老翁，恐，向琮道之。琮起，叩头辞谢。徽乃谓曰："卿真不可，然吾甚羞之。此自锄园，唯卿知之耳。"有人临蚕求蔟箔者，徽自弃其蚕而与之。或曰："凡人损己以赡人者，谓彼急我缓也。今彼此正等，何为与人？"徽曰："人未尝求，则已，求之不与，将惭。何有以财物令人惭者！"【人总在物上。庄子所谓"物物而不物于物"，正此意也。】人谓刘表曰："司马德操，奇士也，但未遇耳。"表后见之，曰："世间人为妄语，此直小书生耳。"【无识。】其智而能愚皆此类。荆州破，为曹操所得，操欲大用，会其病死。"子且下车。子适知邪径之速，不虑失道之迷。"【棒喝。】昔伯成耦耕，不慕诸侯之荣；【一典。】《庄子》曰：尧治天下，伯成子高立为诸侯。禹为天子，伯成辞诸侯而耕于野。禹往见之，趋就下风而问焉。子高曰："昔尧治天下，不赏而民劝，不罚而民畏。今子赏罚而民且不仁，德自此衰，刑自此立。夫子盍行邪？毋落吾事！"原宪桑枢，不易有官之宅。【二典。】《家语》曰：原宪字子思，宋人，孔子弟子。居鲁，环堵之室，茨以生草，蓬户不完，桑枢而瓮牖，上漏下湿，坐而弦歌。子贡轩车不容巷，往见之，曰："先生何病也？"宪曰："宪闻无财谓之贫，学而不能行谓之病。今宪贫也，非病也。夫希世而行，比周而友，学以为人，教以为己。仁义之慝，舆马之饰，宪不忍为也。"【此真夫子高足。】何有坐则华屋，行则肥马，侍女数十，然后为奇？【是俗也，何奇之有？】此乃许、父许由、巢父。所以慷慨，【三典。】夷、齐所以长叹。【四典。】《孟子》曰："伯夷、叔齐目不视恶色，耳不听恶声，与乡人居，若在涂炭，盖圣人之清也。"虽有窃秦之爵，【五典。】千驷之富，【六典。】《古史考》曰："吕不韦为秦子楚行千金货于华阳夫人，请立子楚为嗣。及子楚立，封不韦洛阳十万户，号文信侯。"以诈获爵，故曰窃也。《论语》曰：齐景公有马千驷，民无德而称焉。孔安国曰："千驷，四千匹。"不足贵也。"【连用六典，浩浩汤汤，笔力何等雄健！】士元曰："仆生出边垂，寡见大义，若不一叩洪钟，伐雷鼓，则不识其音响也！"【士元此行不虚。】

◎ 士元以名教小叩，德操以自然大鸣。嵇康"越名教而任自然"之先声也。

10. 刘公幹【刘桢】以失敬罹罪。【如何失敬，却不说透，只待孝标逞才炫博矣。】《典略》曰：刘桢字公幹，东平宁阳人。建安十六年，世子为五官中郎将，妙选文学，使桢随侍太子。酒酣坐欢，乃使夫人甄氏出拜，坐上客多伏，而桢独平视。【所谓非礼勿视。】他日公闻，乃收桢，减死，输作部。【阿瞒醋坛子，愈老愈酸。】《文士传》曰：桢性辩捷，所问应声而答。坐平视甄夫人，配输作部，使磨石。【只是磨人罢了。】武帝至尚方观作者，见桢匡坐正色磨石。武帝问曰："石何如？"【给台阶来也。】桢因得喻己自理，跪而对曰："石出荆山悬岩之巅，外有五色之文，内含卞氏之珍。磨之不加莹，雕之不增文，禀气坚贞，受之自然。顾其理枉屈纤绕而不得申。"【公幹饶舌，便是求饶意。】帝顾左右大笑，即日赦之。文帝问曰："卿何以不谨于文宪？"【曹丕不如乃父小心眼。】桢答曰："臣诚庸短，亦由陛下纲目不疎。"【妙对。】《魏志》曰：帝讳丕，字子桓，受汉禅。按诸书咸云桢被刑魏武之世，建安二十年病亡。后七年文帝乃即位。而谓桢得罪黄初之时，谬矣。【按：陛下盖指曹操，此注可删。】

◎ 无礼之人偏叫别人有礼，阿瞒可憎。

11. 钟毓、钟会少有令誉，【令从何来？】《魏书》曰：毓字稚叔，颍川长社人，相国繇长子也。年十四，为散骑侍郎，机捷谈笑有父风，仕至车骑将军。年十三，魏文帝闻之，语其父钟繇《魏志》曰：繇字元常，家贫好学，为《周易》《老子》训。历大理、相国，迁太傅。曰："可令二子来。"于是敕见。毓面有汗，帝曰："卿面何以汗？"毓对曰："战战惶惶，汗出如浆。"复问会："卿何以不汗？"对曰："战战慄慄，汗不敢出。"【贼子胆大。】

◎ 钟会可谓巧言乱德者矣，幼时已见端倪。

12. 钟毓兄弟小时，值父昼寝，因共偷服药酒。【不知是何药酒？】其父时觉，且托寐以观之。毓拜而后饮，会饮而不拜。《魏志》曰：会字士季，繇少子也。敏惠凤成。中护军蒋济著论，谓观其眸子，足以知人。【按：此意孟子已道。《孟子·离娄上》："存乎人者，莫良于眸子。眸子不能掩其恶。胸中正，则眸子瞭焉；胸中不正，则眸子眊焉。听其言也，观其眸子，人焉廋哉？"】会年五岁，繇遣见济。济甚异之，曰："非常人也！"及壮，有才数，精练名理，累迁黄门侍郎。诸葛诞反，文王征之，会谋居多，时人谓之子房。拜镇西将军，伐蜀。蜀平，进位司徒。自谓功名盖世，不可复为人下。谓所亲曰："我淮南已来，画无遗策，四海共知，将此欲安归乎？"遂谋反，见诛，时年四十。【钟会小传。】既而，问毓："何以拜？"毓曰："酒以成礼，不敢不拜。"【迂腐小子。按《左传·庄公二十二年》："君子曰：'酒以成礼，不继以淫，义也。以君成媚动，弗纳于淫，仁也。'"】又问会："何以不拜？"会曰："偷本非礼，所以不拜。"【奸佞本色。】

◎ 钟氏昆仲不如孔融二子远矣。

13. 魏明帝【曹叡】为外祖母筑馆于甄氏【再写甄氏。带出曹氏祖孙三代。】，《魏本传》曰：帝讳叡，字元仲，文帝太子。以其母废，未立为嗣。文帝与俱猎，见子母鹿，文帝射其母，应弦而倒。复令帝射其子，帝置弓泣曰："陛下已杀其母，臣不忍复杀其子。"文帝曰："好语动人心。"遂定为嗣，是为明帝。《魏书》曰：文昭甄皇后，明帝母也。父逸，上蔡令。烈宗即位，追封上蔡君。嫡孙象袭爵，象薨，子畅嗣，起大第，车驾亲自临之。既成，自行视，谓左右曰："馆当以何为名？"侍中缪袭曰：《文章叙录》曰：袭字熙伯，东海兰陵人。有才学，累迁侍中、光禄勋。"陛下圣思齐于哲王，罔极过于曾、闵。【罔极，盖指父母恩德无穷。按《诗·小雅·蓼莪》："父兮生我，母兮鞠我。……欲报之德，昊天罔极。"朱熹《诗集传》："言父母之恩，如天无穷，不知所以为报也。"曾、闵，即孔子弟子曾参、闵子骞，皆以孝闻。】此馆之兴，情钟舅氏，宜以'渭阳'为名。"《秦诗》曰：渭阳，康公念母也。康公之母，晋献公之女。文公遭骊姬之难，未反而秦姬卒。穆公纳文公，康公时为太子，赠送文公于渭之阳，念母之不见也。我见舅氏，如母存焉。按《魏书》：帝于后园为象母起观，名其里曰"渭阳"。然则象母即帝之舅母，非外祖母也。且"渭阳"为馆名，亦乖旧史也。【渭阳，喻甥舅情谊之典。《诗·秦风·渭阳》："我送舅氏，曰至渭阳。"又朱熹《诗集传》："舅氏，秦穆公之舅，晋公子重耳也。出亡在外，穆公召而纳之。时康公为太子，送之渭阳而作此诗。"可与刘注并参。】

◎ 缪袭果是好顾问。

14. 何平叔【何晏】云："服五石散，非唯治病，亦觉神明开朗。"【广告词。】《魏略》曰：何晏字平叔，南阳宛人，汉大将军进孙也。或云何苗孙也。

尚主，又好色，故黄初时无所仕。正始中，曹爽用为中书，主选举，宿旧者多得济拔。为司马宣王所诛。秦丞相【按：相，当作祖。】《寒食散论》曰：寒食散之方虽出汉代，而用之者寡，靡有传焉。魏尚书何晏首获神效，由是大行于世，服者相寻也。

◎ 张仲景发明五石汤，何平叔促销寒食散。伤寒症未得根治，嗑药风由斯而行。何晏不惟清谈祖师，亦嗑药祖师也。

15. 嵇中散【嵇康】语赵景真【赵至】：嵇绍【嵇康子】《赵至叙》曰：至字景真，代郡人。汉末，其祖流宕客缑氏。令新之官，至年十二，与母共道傍看，母曰："汝先世非微贱家也，汝后能如此不？"至曰："可尔耳。"归便就师诵书，早闻父耕叱牛声，释书而泣。师问之，答曰："自伤不能致荣华，而使老父不免勤苦。"【其言可感。】年十四，入太学观，时先君【按：先君，指嵇康。】在学写石经古文，事讫，去。遂随车问先君姓名。先君曰："年少何以问我？"至曰："观君风器非常，故问耳。"先君具告之。至年十五，伴病，数数狂走五里三里，为家追得，又灸身体十数处。【少年常有此狂。】年十六，遂亡命，径至洛阳，求索先君不得。至邺，沛国史仲和是魏领军史涣孙也，至便依之，遂名翼，字阳和。先君到邺，至具道太学中事，便逐先君归山阳经年。【赵至可谓古之"追星族"也。】至长七尺三寸，洁白，黑发，赤唇，明目，须不多，闲详安谛，体若不胜衣。先君常谓之曰："卿头小而锐，瞳子白黑分明，视瞻停谛，有白起风。"至论议清辩，有从横才，然亦不以自长也。孟元基辟为辽东从事，在郡断九狱，见称清当。自痛弃亲远游，母亡不见，吐血发病，服未竟而亡。【死非其命，可叹！】"卿瞳子白黑分明，有白起之风。严尤《三将叙》曰：白起，平原君劝赵孝成王受冯亭，王曰："受之，秦兵必至，武安君必将，谁能当之者乎？"对曰："渑池之会，臣察武安君小头而面锐，瞳子白黑分明，视瞻不转。小头而面锐者，敢断决也；瞳子白黑分明者，见事明也；视瞻不转者，执志强也。可与持久，难与争锋。廉颇为人，勇鸷而爱士，知难而忍耻，与之野战则不如，持守足以当之。"王从其计。恨量小狭。"【叔夜亦善相人。】赵云："尺表能审玑衡之度，《周髀》曰：夏至，北方二万六千里，冬至，南方十三万五千里，日中树表则无影矣。周髀长八尺，夏至日，暑尺六寸。髀，股也；暑，勾也。正南千里，勾尺五寸；正北千里，勾尺七寸。周髀之书也。寸管能测往复之气。《吕氏春秋》曰：黄帝使伶伦自大夏之西、昆仑之阴，取竹之嶰谷生，其窍厚薄均者，断两节，间而吹之，以为黄钟之管。制十二筩，以听凤凰之鸣。雄鸣六，雌亦六，以为律吕。《续汉书·律历志》曰：十二律之变，至于六十，以律候气。候气之法：为室三重，户闭，涂衅必周，密布缇幔，以木为案，加律其上，以葭莩灰抑其内，为气所动者，其灰散也。以此候之。何必在大？但问识如何耳。"【妙对。魏晋常以器识论人，赵至器虽小，识则不让，由其仰慕追随嵇康矢志不渝，可证。】

◎ 何晏与嵇康前后相连，定有深意。此二子，皆曹氏女婿，又皆死于司马氏之手，魏晋易代之政治风云，隐然可见。

16. 司马景王【司马师】东征，《魏书》曰：司马师字子元，相国宣文侯长子也。以道德清粹，重于朝廷，为大将军，录尚书事。毌丘俭反，师自征之。薨，谥景王。取上党李喜，以为从事中郎。因问喜曰："昔先公辟君不就，今孤召君，何以来？"【明知故问。奸雄常常有此。】喜对曰："先公以礼见待，故得以礼进退；明公以法见绳，喜畏法而至耳。"【不卑不亢。义士不得不尔。】《晋诸公赞》曰：喜字季和，上党铜鞮人也。少有高行，研精艺学。宣帝为相国，辟喜，喜固辞疾。景帝辅政，为从事中郎，累迁光禄大夫，特进。赠太保。

◎ 司马懿未必真有礼，司马师实则最无法。以父讥子，李喜智勇可嘉。

17. 邓艾口吃，语称"艾艾"。【自称也。】《魏志》曰：艾字士载，棘阳人，少为农人养犊。年十二，随母至颍川，读故太丘长碑文曰"言为世范，行为士则"。【与陈仲举"言为士则，行为士范"可并参。】遂名范，字士则。后宗族有同者，故改焉。每见高山大泽，辄规度指画军营处所，时人多笑焉。后见司马宣帝，王辟为掾，累迁征西将军，伐蜀。蜀平，进位太尉。为卫瓘所害。晋文王【写完师，再写昭，次第可观。】戏之曰："卿云'艾艾'，定是几艾？"【奸雄常喜嘲戏，古今皆然。今人或以幽默视之，近乎谑也。】对曰："凤兮凤兮，故是一凤。"朱凤《晋纪》曰：文王讳昭，字子上，宣帝次子也。《列仙传》曰：陆通者，楚狂接舆也。好养性，游诸名山。尝遇孔子而歌曰："凤兮凤兮，何德之衰！往者不可谏，来者犹可追。"后入蜀，在峨嵋山中也。【《论语·微子》："楚狂接舆歌而过孔子曰：'凤兮凤兮！何德之衰？往者不可谏，来者犹可追。已而，已而！今之从政者殆而！'孔子下，欲与之言。趋而辟之，不得与之言。"】

◎ 邓艾口吃心灵，可击节三叹！

18. 嵇中散既被诛，向子期【向秀】举郡计入洛，文王引进，问曰："闻君有箕山之志，何以在此？"【此问无耻，师、昭果然兄弟。】对曰："巢、许狷介之士，不足多慕。"【子期亦让人心寒。】王大咨嗟。《向秀别传》曰：秀字子期，河内人。少为同郡山涛所知，又与谯国嵇康、东平吕安友善，并有拔俗之韵，其进止无固必，【按《论语·子罕》："子绝四：毋意，毋必，毋固，毋我。"】而造事营生业，亦不异常。与嵇康偶锻于洛邑，与吕安灌园于山阳，不虑家人有无，外物不足怫其心。弱冠著《儒道论》，弃而不录，好事者或存之。或云是其族人所作，困于不行，乃告秀，欲假其名。秀笑曰："何复尔耳？"后康被诛，秀遂失图。【"失图"二字，亦可谓"失途"，可见秀之为康辅翼也。身既不在，羽翼何施？】乃应岁举，到京师，诣大将军司马文王，文王问曰："闻君有箕山之志，何能自屈？"秀曰："常谓彼人不达尧意，本非所慕也。"【此语近乎谄媚，未可信。】一坐皆悦。随次转至黄门侍郎、散骑常侍。【此事若在《思旧赋》前，其人可谅；若在《思旧赋》后，其人可哀。按：向秀《思旧赋并序》云："余与嵇康、吕安居至接近，其人并有不羁之才；然嵇志远而疏，吕心旷而放，其后各以事见法。嵇博综技艺，于丝竹特妙。临当就命，顾视日影，索琴而弹之。余逝将西迈，经其旧庐。于时日薄虞渊，寒冰凄然。邻人有吹笛者，发音寥亮。追思曩昔游宴之好，感音而叹，故作赋云：将命适于远京兮，遂旋反而北徂。济黄河以泛舟兮，经山阳之旧居。瞻旷野之萧条兮，息予驾乎城隅。践二子之遗迹兮，历穷巷之空庐。叹'黍离'之愍周兮，悲'麦秀'于殷墟。惟古昔以怀今兮，心徘徊以踌躇。栋宇存而弗毁兮，形神逝其焉如！昔李斯之受罪兮，叹黄犬而长吟。悼嵇生之永辞兮，顾日影而弹琴。托运遇于领会兮，寄余命于寸阴。听鸣笛之慷慨兮，妙声绝而复寻。停驾言其将迈兮，遂援翰而写心！"又按李贽《焚书》卷五云："向秀《思旧赋》，只说康高才妙技而已。夫康之才之技，亦今古所有，但其人品气骨，则古今所希也。岂秀方图自全，不敢尽耶？则此赋可无作也，旧亦可无尔思矣。秀后康死，不知复活几年，今日俱安在也？康犹为千古人豪所叹，而秀则已矣，谁复更思秀者，而乃为此无尽算计也耶！且李斯叹东门，比拟亦大不伦。竹林七贤，此为最无骨头者，莫曰先辈初无臧贬'七贤'者也。"】

◎ 向秀思想取径，本与嵇康有异，观二人《养生》之论难可知。叔夜见杀，子期失图，遂委身仕晋，看似不得已，实亦与山涛、王戎、嵇喜辈同调耳。嵇康在时，诸人闻风响应，至其见杀于司马昭，诸人则作鸟兽散矣。嵇康人中龙凤，必然与诸人殊途。此既可见嵇康人格引力之大，亦可见无道之世陷人之深。

19. 晋武帝【司马炎】始登阼，探策得"一"。【探策，犹言占卜。】《晋世谱》曰：世祖讳炎，字安宇，咸熙二年受魏禅。王者世数，系此多少。帝既不悦，群臣失色，莫能有言者。侍中裴楷进曰："臣闻天得一以清，地得一以宁，侯王得一以为天下贞。"【背书也。《老子》第三十九章云："昔之得一者：天得一以清，地得一以宁，神得一以灵，谷得一以盈，万物得一以生，侯王得一以为天下贞。"】帝悦，群臣叹服。【服其三寸不烂之舌善解纷。】王弼《老子注》云：一者，数之始，物之极也。各是一物之所以为主也。各以其一，致此清、宁、贞。

◎ 裴楷清通，于此可见。然观其语，亦近乎谀佞之辈。

20. 满奋畏风。在晋武帝坐，北窗作琉璃扇屏风，实密似疏，奋有难色。帝笑之。荀绰《冀州记》曰：奋字武秋，高平人，魏太尉宠之孙也。性清平有识，自吏部郎出为冀州刺史。《晋诸公赞》曰：奋体量清雅，有曾祖宠之风，迁尚书令，为荀颉所害。奋答曰："臣犹吴牛，见月而喘。"【按刘辰翁云："谓其作劳过多，畏见月疑日，若见月而喘，直常语耳。"】今之水牛，唯生江淮间，故谓之吴牛也。南土多暑，而此牛畏热，见月疑是日，所以见月则喘。

◎ 吴牛喘月，蜀犬吠日，其事正对。

21. 诸葛靓在吴，于朝堂大会。《晋诸公赞》曰：靓字仲思，琅邪人，司空诞少子也。雅正有才望。诞以寿阳叛，遣靓入质于吴，以靓为右将军、大司马。孙皓问："卿字仲思，为何所思？"【问极无聊。】对曰："在家思孝，事君思忠，朋友思信，如斯而已。"【人之为人，不可无思。《论语·季氏》："孔子曰：'君子有九思：视思明，听思聪，色思温，貌思恭，言思忠，事思敬，疑思问，忿思难，见得思义。'"又，《孟子·告子上》："心之官则思，思则得之，不思则不得也。"】

◎ 亦可称"三思"。

22. 蔡洪《洪集录》曰：洪字叔开，吴郡人，有才辩。初仕吴朝，太康中，本州从事举秀才。王隐《晋书》曰：洪仕至松滋令。赴洛，洛中人问曰："幕府初开，群公辟命，求英奇于仄陋，采贤隽于岩穴。君吴、楚之士，亡国之馀，【南人最不爱听此语。】有何异才而应斯举？"【大有逐客之意。】蔡答曰："夜光之珠，不必出于孟津之河；旧说云：隋侯出行，有蛇斩而中断者，侯连而续之，蛇遂得生而去。后衔明月珠以报其德，光明照夜同昼，因曰隋珠。左思《蜀都赋》所谓"隋侯鄙其夜光也"。盈握之璧，不必采于昆仑之山。《韩氏》曰：和氏之璧，盖出于井里之中。大禹生于东夷，文王生于西羌。案《孟子》曰："舜生于诸冯，东夷人也；文王生于岐周，西戎人也。"则东夷是舜，非禹也。【按陆贾《新语·术事》："文王生于东夷，大禹出于西羌。"又桓宽《盐铁论·国疾》："禹出西戎，文王生北夷。"】圣贤所出，何必常处？【连用五典，以证英雄不问出处。】昔武王伐纣，迁顽民于洛邑，《尚书》曰：成周既成，迁殷顽民，作《多士》。孔安国《注》曰：殷大夫心不则德义之经，故徙于王都，迩教诲也。得无诸君是其苗裔乎？"【以子之矛，攻子之盾。】按华令思举秀才入洛，与王武子相酬对，皆与此言不异，无容二人同有此辞。疑《世说》穿凿也。

◎ 以蔡洪赴洛，交代三国归晋、南北矛盾事，环环相扣，线索宛然。蔡洪所对，堪称西晋太康年间之《谏逐客书》。

23. 诸名士共至洛水戏，《竹林七贤论》曰：王济诸人尝至洛水解禊事。明日，或问济曰："昨游，有何语议？"济云云。还，乐令广也。问王夷甫【王衍】曰："今日戏乐乎？"虞预《晋书》曰：王衍字夷甫，琅邪临沂人，司徒戎从弟，父乂，平北将军。夷甫早知名，以清虚通理称，仕至太尉，为石勒所害。王曰："裴仆射【裴頠】善谈名理，混混有雅致；【正宗清谈。】"《晋惠帝起居注》曰：裴頠字逸民，河东闻喜人，司空秀之少子也。《冀州记》曰：頠弘济有清识，稽古善言名理。履行高整，自少知名。历侍中、尚书左仆射，为赵王伦所害。张茂先【张华】论《史》《汉》，靡靡可听；【茂先直一讲史人。】《晋阳秋》曰：华博览洽闻，无不贯综。世祖尝问汉事，及建章千门万户，华画地成图，应对如流，张安世不能过也。我与王安丰戎也。说延陵、子房，亦超超玄著。"【品题人物。】《晋诸公赞》曰：夷甫好尚谈称，为时人物所宗。

◎ 此是清谈乐地，令人长想。混混、靡靡、超超，真神来之语。

24. 王武子、《晋诸公赞》曰：王济字武子、太原晋阳人，司徒浑第二子也。有隽才，能清言。起家中书郎，终太仆。孙子荆《文士传》曰：孙楚字子荆，太原中都人也。《晋阳秋》曰：楚，骠骑将军资之孙，南阳太守宏之子。乡人王济，豪俊公子，为本州大中正，访问宏为乡里品状，济曰："此人非乡评所能名，吾自状之，曰：'天才英特，亮拔不群。'"仕至冯翊太守。各言其土地、人物之美。王云："其地坦而平，其水淡而清，其人廉且贞。"【好句。】孙云："其山崔巍以嵯峨，其水㳌渫而扬波，其人磊砢而英多。"【好韵。】按：《三秦记》《语林》载蜀人伊籍称吴土地人物，与此语同。【按王世懋云："注是也。吴蜀当此，语是本色。按王、孙同为太原人，不当土风之异如此。"】

◎ 一方水土一方人。夸家乡亦是自伐也。

25. 乐令【乐广】女适大将军成都王颖【司马颖】，虞预《晋书》曰：乐广字彦辅，南阳人。清夷冲旷，加有理识。累迁侍中、河南尹。在朝廷用心虚淡，时人重其贞贵，代王戎为尚书令。《八王故事》曰：司马颖字叔度，世祖第十九子，封成都王、大将军。王兄长沙王【司马乂】执权于洛，《晋百官名》曰：司马乂字士度，封长沙王。《八王故事》曰：世祖第十七子。遂构兵相图。长沙王亲近小人，远外君子，凡在朝者，人怀危惧。乐令既处朝望，加有婚亲，群小谮于长沙。长沙尝问乐令，乐令神色自若，徐答曰："岂以五男易一女？"【妙对。亦沉痛语。】《晋阳秋》曰：成都王之起兵，长沙王猜广，广曰："宁以一女而易五男？"乂犹疑之，遂以忧卒。【乐广死因。】由是释然，无复疑虑。

◎ 乐令不辱"言语"之科。此一则写八王之乱，中朝历史一带而过。

26. 陆机诣王武子【王济】，《晋阳秋》曰：机字士衡，吴郡人。祖逊，吴丞相。父抗，大司马。机与弟云并有俊才。司空张华见而说之，曰："平吴之利，在获二隽。"《机别传》曰：博学善属文，非礼不动。入晋，仕著作郎，至平原内史。武子前置数斛羊酪，指以示陆曰："卿江东何以敌此？"陆云："有千里莼羹，但未下盐豉耳。"【难解处在"千里"二字。明末人徐树丕《识小录》卷三云："千里，湖名，其地莼菜最佳。陆机答谓未下盐豉，尚能敌酪；若下盐豉，酪不能敌矣。"】

◎ 好一场南北高峰论坛，主题无他，盖饮食也。士衡小胜武子。

27. 中朝有小儿，父病，行乞药。主人问病，曰："患疟也。"【按：疟，亦写作瘧。】主人曰："尊侯明德君子，何以病疟？"【话里有话。】俗传行疟鬼小，多不病巨人。故光武尝谓景丹曰："尝闻壮士不病疟，大将军反病疟耶？"答曰："来病君子，所以为疟耳。"【话里有刺。】

◎ 绝妙占对，可惜小儿无名。

28. 崔正熊【崔豹】诣都郡，都郡将姓陈，问正熊："君去崔杼几世？"【崔杼即弑齐庄公者，古之乱臣也。】答曰："民去崔杼，如明府之去陈恒。"【陈恒，即田恒，亦作田常，弑简公自任齐相，亦齐国乱臣。】《晋百官名》曰：崔豹字正熊，燕国人，惠帝时官至太傅丞。

◎ 陈将自讨没趣，崔豹腹笥可观。以姓氏家讳取笑，晋人一大陋习，故此则可入《轻诋》。

29. 元帝【司马睿】始过江【"过江"二字吃紧！以下全写东晋事。】，朱凤《晋书》曰：帝讳叡，字景文。祖伷，封琅邪王，父恭王瑾嗣。帝袭爵为琅邪王。少而明惠，因乱过江起义，遂即皇帝位。《谥法》曰：始建国都曰元。谓顾骠骑曰："寄人国土，心常怀惭。"【尚有自知之明。】荣跪对曰："臣闻王者以天下为家，是以耿、亳无定处，《帝王世纪》曰："殷祖乙徙耿，为河所毁。"今河东皮氏耿乡是也。"盘庚五迁，复南居亳。"今景亳是也。九鼎迁洛邑。《春秋传》曰："武王克商，迁九鼎于洛邑。"今之偃师是也。愿陛下勿以迁

都为念。"【亡国之馀竟成南面之君，正宜河东、河西之叹。】

◎ 此话须顾荣辈说出方妙。

30. 庾公【庾亮】造周伯仁【周颛】，虞预《晋书》曰：周颛字伯仁，汝南安城人，扬州刺史浚长子也。《晋阳秋》曰：颛有风流才气，少知名，正体嶷然，侪辈不敢媟也。汝南贡泰，渊通清操之士，尝叹曰："汝颍固多贤士，自顷陵迟，雅道殆衰，今复见周伯仁。伯仁将祛旧风，清我邦族矣。"举寒素，累迁尚书仆射，为王敦所害。伯仁曰："君何所欣悦而忽肥？"【以身体相调侃，朋辈间常有此。】庾曰："君复何所忧惨而忽瘦？"【不答反问。妙！】伯仁曰："吾无所忧，直是清虚日来，滓秽日去耳。"【以脂肪为滓秽，明褒暗贬，语极讲究。按《淮南子·精神》："故子夏见曾子，一臞一肥。曾子问其故，曰：'出见富贵之乐而欲之，入见先王之道又说之。两者心战，故臞；先王之道胜，故肥。'"】

◎ 不说富润屋，德润身，反说清虚日来，滓秽日去，盖江左玄风吹拂，士人无不涵养道心也。

31. 过江诸人，每至美日，辄相邀新亭，藉卉饮宴。《丹阳记》曰：新亭，吴旧立，先基崩沦。隆安中，丹阳尹司马恢之徙创今地。周侯颛也。中坐而叹曰："风景不殊，正自有山河之异！"皆相视流泪。【风景未殊，山河已变，寄人篱下，不胜今昔之感。吾辈在坐，恐亦不免潸然矣。】唯王丞相导也。愀然变色曰："当共戮力王室，克复神州，何至作楚囚相对！"【丞相此语，沉郁顿挫，振聋发聩。】《春秋传》曰：楚伐郑，诸侯救之。郑执郧公钟仪献晋，景公观军府，见而问之曰："南冠而絷者为谁？"有司对曰："楚囚也。"使脱之。问其族，对曰："伶人也。""能为乐乎？"曰："先父之职，敢有二事。"与之琴，操南音。范文子曰："楚囚，君子也。乐操土风，不忘旧也。君盍归之？以合晋、楚之成。"【注甚详，不可无。】

◎ 美日美景，佳人佳言，千载之下，犹令人唏嘘低回。

32. 卫洗马【卫玠】初欲渡江，形神惨悴，【四字如画】语左右云："见此茫茫，不觉百端交集。苟未免有情，亦复谁能遣此！"【情何以堪，情何以堪！】《晋诸公赞》曰：卫玠字叔宝，河东安邑人。祖父瓘，太尉。父恒，黄门侍郎。《玠别传》曰：玠颖识通达，天韵标令，陈郡谢幼舆敬以亚父之礼。论者以为出王眉子、平子、武子之右。世咸谓"诸王三子，不如卫家一儿"。娶乐广女。裴叔道曰："妻父有水清之姿，婿有璧润之望，所谓秦晋之匹也。"为太子洗马。永嘉四年，南至江夏，与兄别于梁里涧，语曰："在三之义，【按《国语·晋语一》："'民生于三，事之如一。'父生之，师教之，君食之。非父不生，非食不长，非教不知，生之族也，故壹事之，唯其所在，则致死焉。"韦昭注："三：君、父、师也。"后以"在三"为礼敬君、父、师之典。】人之所重，今日忠臣致身之运，可不勉乎？"行至豫章，乃卒。【竟不言"看杀"。】

◎ 叔宝口吐莲花，字字珠玑，不愧玉人之目。

33. 顾司空【顾和】未知名，诣王丞相。丞相小极，对之疲睡。顾思所以叩会之，《顾和别传》曰：和字君孝，吴郡人。祖容，吴荆州刺史。父相，晋临海太守。和总角知名，族人顾荣雅相器爱，曰："此吾家之骐骥也，必振衰族。"累迁尚书令。因谓同坐曰："昔每闻元公顾荣。道公协赞中宗，保全江表。邓粲《晋纪》曰：导与元帝有布衣之好。知中国将乱，劝帝渡江，求为安东司马，政皆决之，号仲父。晋中兴之功，导实居其首。体小不安，令人喘息。"【喘息二字有味。】丞相因觉，谓顾曰："此子珪璋特达，机警有锋。"【按《礼记·聘义》："圭璋特达，德也。"】

◎ 顾和果是令仆才。

34. 会稽贺生【贺循】，体识清远，言行以礼。贺循，别见。不徒东南之美，《尔雅》曰：东南之美者，有会稽之竹箭焉。实为海内之秀。【按：《晋书·顾和传》以"不徒东南之美，实为海内之俊"两句属顾和。】

◎ 体识清远属自然，言行以礼系名教，此子可谓礼玄双修。

35. 刘琨虽隔阂寇戎，志存本朝。王隐《晋书》曰：琨字越石，中山魏昌人。祖迈，有经国之才。父蕃，光禄大夫。琨少称隽朗，累迁司徒长史、尚书右丞。迎大驾于长安，以有异勋，封广武侯。年三十五，出为并州刺史。为段匹磾所害。谓温峤曰："班彪识刘氏之复兴，马援知汉光之可辅。【暗指元帝司马睿必可为中兴之主。】"《汉书叙传》曰：彪字叔皮，扶风人，客于天水。陇西隗嚣有窥觎之志，彪作《王命论》以讽之。《东观汉记》曰：马援字文渊，茂陵人。从公孙述、隗嚣游。后见光武曰："天下反覆，盗名字者不可胜数，今见陛下寥廓大度，同符高祖，乃知帝王自有真也。"帝甚壮之。今晋祚虽衰，天命未改，吾欲立功于河北，使卿延誉于江南。子其行乎？"【英雄语也。可思。】温曰："峤虽不敏，才非昔人，明公以桓、文之姿，建匡立之功，岂敢辞命！"虞预《晋书》曰：峤字太真，太原祁人。少标俊清徹，英颖显名，为司空刘琨左司马。是时二都倾覆，天下大乱，琨闻元皇受命中兴，忼慨幽、朔，志存本朝。使峤奉使，峤喟然对曰："峤虽乏管、张之才，而明公有桓、文之志，敢辞不敏，以违高旨？"以左长史奉使劝进，累迁骠骑大将军。

◎ 温峤为刘琨出使江左，此临行前所言也。是行果然成就温太真，惜乎刘越石出师未捷身先死矣。"何意百炼钢，化为绕指柔？"正刘琨一生写照也。

36. 温峤初为刘琨使，来过江。【紧承上条，滴水不漏。】于时，江左营建始尔，纲纪未举。温新至，深有诸虑。既诣王丞相，陈主上幽越、社稷焚灭、山陵夷毁之酷，有《黍离》之痛。温忠慨深烈，言与泗俱；丞相亦与之对泣。【感极而泣，与楚囚相对自别。】叙情既毕，便深自陈结，丞相亦厚相酬纳。【酬纳二字有味。】既出，欢然言曰："江左自有管夷吾，此复何忧！"【一波三折，曼妙有致。】《史记》曰：管仲夷吾者，颍上人。相齐桓公，九合诸侯，一匡天下。《语林》曰：初温奉使劝进，晋王大集宾客见之。温公始入，姿形甚陋，合座尽惊。既坐，陈说九服分崩，皇室陁绝，晋王君臣莫不欷歔。及言天下不可以无主，闻者莫不踊跃，植发穿冠。王丞相深相付托。温公既见丞相，便游乐不住，曰："既见管仲，天下事无复忧。"【《语林》亦可观。】

◎ 王导之于元帝，堪比管仲之于齐桓。微丞相，东晋焉可撑拄百年？

37. 王敦兄含，为光禄勋。《含别传》曰：含字处弘，琅邪临沂人。累迁徐州刺史、光禄勋，与弟敦作逆，伏诛。敦既逆谋，屯据南州，含委职奔姑熟。邓粲《晋纪》曰：初，王导协赞中兴，敦有方面之功。敦以刘隗为间己，举兵讨之。故含南奔武昌，朝廷始警备也。王丞相诣阙谢。【兄弟为逆，丞相不得不谢罪。】《中兴书》曰：导从兄敦，举兵讨刘隗，导率子弟二十余人，旦旦到公车，泥首谢罪。司徒、丞相、扬州官僚问讯，仓卒不知何辞。顾司空【顾和】时为扬州别驾，授翰曰："王光禄远避流言，明公蒙尘路次，群下不宁，不审尊体起居何如？"【此语诚可暖心。】

◎ 顾和可谓善解人意者。

38. 郗太尉【郗鉴】拜司空，语同坐曰："平生意不在多，值世故纷纭，遂至台鼎。朱博翰音，实愧于怀。"《汉书》曰：朱博字子元，杜陵人。为丞相，临拜，延登受策，有大声如钟鸣。上问扬雄，雄对曰："《洪范》所谓鼓妖者也。人君不聪，空名得进，则有无形之声。"博后坐事自杀。故《序传》曰：博之翰音，鼓妖先作。《易·中孚》曰：上九，翰音登于天，贞凶。王弼《注》曰：翰，高飞也。音者，音飞而实不从也。

◎ 含饭喂儿之人，终究未忘其本。郗公自是明白人。

39. 高座【按：一作高坐。】道人不作汉语。或问此意，简文曰："以简应对之烦。"【名言。不愧"简文"之谥。】《高座别传》曰：和尚胡名尸黎密，西域人。传云国王子，以国让弟，遂为沙门。永嘉中，始到此土，止于大市中。和尚天姿高朗，风韵道迈。丞相王公一见奇之，以为吾之徒也。周仆射领选，抚其背而叹曰："若选得此贤，令人无恨！"俄而周侯遇害，和尚对其灵坐，作胡咒数千言，音声高畅，既而挥涕收泪，其哀乐废兴皆此类。性高简，不学晋语。诸公与之言，皆因传译。【晋时即有口译者也。】然神领意得，顿在言前。《塔寺记》曰：尸黎密冢曰高坐，在石子冈。常行头陀，卒于梅冈，即葬焉。晋元帝于冢边立寺，因名"高座"。

◎ 胡人不作汉语，汉人常作胡语，古已有之，于今为烈！

40. 周仆射【周𫖮】雍容好仪形。诣王公【王导】，初下车，隐数人【隐，倚也。】，王公含笑看之。既坐，傲然啸咏。王公曰："卿欲希嵇、阮邪？"【意为嵇康、阮籍等竹林中人方有此简傲气度。希，仰慕也。】答曰："何敢近舍明公，远希嵇、阮！"【以丞相比肩嵇、阮，伯仁似有谄媚之嫌。】邓粲《晋纪》曰：伯仁仪容弘伟，善于俯仰应答，精神足以荫映数人。深自持，能致人，而未尝往焉。【或以此注中"荫映"释"隐"字，实则两不相关。刘盼遂氏有详论，可参。】

◎ 伯仁也有口佞时。

41. 庾公【庾亮】尝入佛图【佛寺】，见卧佛，《涅槃经》云：如来背痛，于双树间北首而卧，故后之图绘者为此象。曰："此子疲于津梁。"【犹谓疲于渡人。】于时以为名言。

◎ 庾公可谓脱口秀。只怕佛要被其唤醒。

42. 挚瞻曾作四郡太守、大将军户曹参军，复出作内史。《挚氏世本》曰：瞻字景游，京兆长安人，太常虞兄子也。父育，凉州刺史。瞻少善属文，起家著作郎。中朝乱，依王敦为户曹参军。历安丰、新蔡、西阳太守。见敦以故坏表赐老病外部都督，瞻谏曰："尊裘虽故，不宜与小吏。"敦曰："何为不可？"瞻时因醉，曰："若上服皆可用赐，貂蝉亦可赐下乎？"敦曰："非喻，所引如此，不堪二千石。"瞻曰："瞻视去西阳，如脱屣耳！"敦反，乃左迁随郡内史。年始二十九。尝别王敦，敦谓瞻曰："卿年未三十，已为万石，亦太早。"【后生可畏。】瞻曰："方于将军，少为太蚤；比之甘罗，已为太老。"【妙对。】《挚氏世本》曰：瞻高亮有气节，故以此答敦。后知敦有异志。建兴四年，与第五琦据荆州以拒敦，竟为所害。【此注不可少。王敦狼抗刚愎可见。】《史记》曰：甘罗，秦相茂之孙也。年十二，而秦相吕不韦欲使张唐相燕，唐不肯行，甘罗说而行之。又请车五乘以使赵，还报秦。秦封甘罗为上卿，赐以甘茂田宅。

◎ 挚瞻后竟死于敦手，此处早埋引线也。

43. 梁国杨氏子九岁，甚聪惠。孔君平王隐《晋书》曰：孔坦字君平，会稽山阴人。善《春秋》，有文辩。历太子舍人，累迁廷尉卿。诣其父，父不在，乃呼儿出。为设果，果有杨梅。【待客之道】孔指以示儿曰："此是君家果。"【奇！】儿应声答曰："未闻孔雀是夫子家禽。"【妙！】

◎ 洽景洽情，妙趣横生。以姓氏吐嘱应对，古今无出此右者。

44. 孔廷尉【孔坦】以裘与从弟沉，《孔氏谱》曰：沉字德度，会稽山阴人。祖父奕，全椒令。父群，鸿胪卿。沉至琅邪王文学。沉辞不受。【只待再劝】廷尉曰："晏平仲之俭，祠其先人，豚肩不掩豆，犹狐裘数十年，刘向《别录》曰：晏平仲名婴，东莱夷维人。事齐灵公、庄公，以节俭力行重于齐。《礼记》曰："晏平仲祀其先人，豚肩不掩豆，君子以为俭也。"又曰："晏子一狐裘三十年，晏子焉知礼？"注："豚，俎实也。豆，径尺。言并豚之两肩不能掩豆，喻少也。"卿复何辞此！"于是受而服之。【笑纳】

◎ 晏子竟成说客口实，孔沉初不受而终受，足见名之惑人更甚于利也。

45. 佛图澄与诸石游，《澄别传》曰：道人佛图澄，不知何许人，出于燉煌，好佛道，出家为沙门。永嘉中至洛阳，值京师有难，潜遁草泽。闻石勒雄异好杀害，因勒大将军郭默略见勒。以麻油涂掌，占见吉凶；数百里外听浮图铃声，逆知祸福。勒甚敬信之。虎即位，亦师澄，号大和尚。自知终日，开棺无尸，唯袈裟法服存焉。林公曰："澄以石虎为海鸥鸟。"【刘辰翁云："谓玩虎于掌中耳。"】《赵书》曰：虎字季龙，勒从弟也。征伐每斩将搴旗。勒死，诛勒诸儿，袭位。《庄子》曰：海上之人好鸥者，每旦之海上从鸥游，鸥之至者数百而不止。其父曰："吾闻鸥鸟从汝游，取来玩之。"明日之海上，鸥舞而不下。【程炎震云："今本《庄子》无海鸥鸟事，乃在《列子·黄帝篇》耳。……疑今本《庄子》有佚文也。"今按《列子·黄帝篇》："海上之人有好沤鸟者，每旦之海上，从沤鸟游，沤鸟之至者百住而不止。其父曰：'吾闻沤鸟皆从汝游，汝取来，吾玩之。'明日之海上，沤鸟舞而不下也。"又《吕氏春秋·精谕》："圣人相谕不待言，有先言言者也。海上之人有好蜻者，每居海上，从蜻游，蜻之至者百数而不止，前后左右尽蜻也，终日玩之而不去。其父告之曰：'闻蜻皆从女居，取而来，吾将玩之。'明日之海上，而蜻无至者矣。"两事相近，录此以广见闻。】

◎ 无注，殆不可解；有注，又似无谓。

46. 谢仁祖【谢尚】年八岁，谢豫章鲲。子别见。将送客。尔时语已神悟，自参上流。诸人咸共叹之，曰："年少，一坐之颜回。"【言其闻一知十，举一反三，有颜回之颖悟。】仁祖曰："坐无尼父，焉别颜回？"【所答出人意表，于众人意上翻进一层，似嘲，似谦，不愧颜回之目。】《晋阳秋》曰：谢尚字仁祖，陈郡人，鲲之子也。韶龀丧兄，哀恸过人。及遭父丧，温峤唁之，尚号叫极哀。既而收涕告诉，有异常童。峤奇之，由是知名，仕至镇西将军、豫州刺史。

◎ 颜子在魏晋极受推崇，盖孔颜乐处实与老庄之道明通暗合。

47. 陶公【陶侃】疾笃，都无献替之言，【献替，即献可替否。进献可行者，废去不可行者。按《左传·昭公二十年》："君所谓可，而有否焉，臣献其否，以成其可；君所谓否，而有可焉，臣献其可，以去其否。"】朝士以为恨。《陶氏叙》曰：侃字士衡，其先鄱阳人，后徙寻阳。侃少有远概纲维宇宙之志。察孝廉入洛，司空张华见而谓曰："后来匡主宁民，君其人也。"刘弘镇江南，取为长史，谓侃曰："昔吾为羊太傅参佐，见语云：'君后当居身处。'今相观，亦复然矣。"累迁湘、广、荆三州刺史，加羽葆鼓吹，封长沙郡公、大将军。赞拜不名，剑履上殿。进太尉，赠大司马，谥桓公。按：王隐《晋书》载侃《临终表》曰："臣少长孤寒，始愿有限，过蒙先朝历世异恩。臣年垂八十，位极人臣，启手启足，当复何恨！但以徐寇未诛，山陵未复，所以愤慨兼怀，唯此而已！犹冀犬马之齿，尚可少延，欲为陛下北吞石虎，西诛李雄，势遂不振，良图永息。临书扼腕，涕泗横流。伏愿遴选代人，使必得良才，足以奉宣王猷，遵成志业。则虽死之日，犹生之年。"有表若此，非无献替。仁祖闻之，曰："时无竖刁，故不贻陶公话言。"【陶公暮年，可谓国老。惜其子孙不肖。】《吕氏春秋》曰管仲病，桓公问曰："子如不讳，谁代子相者？竖刁何如？"管仲曰："自宫以事君，非人情，必不可用！"后果乱齐。时贤以为德音。

◎ 又是谢尚佳话。

48. 竺法深在简文坐，刘尹问："道人何以游朱门？"答曰："君自见朱门，贫道如游蓬户。"【朱门蓬户一如也。】《高逸沙门传》曰：法师居会稽，皇帝重其风德，遣使迎焉，法师暂出应命。司徒会稽王天性虚澹，与法师结殷勤之欢。师虽升履丹墀，出入朱邸，泯然旷达，不异蓬宇也。或云卞令。【或云可删。】别见。

◎ 视朱门如蓬户，纵非真放达，亦是真高逸。

49. 孙盛为庾公记室参军，《中兴书》曰：盛字安国，太原中都人。博学强识，历著作郎，浏阳令。庾亮为荆州，以为征西主簿，累迁秘书监。从猎，将其二儿俱行，庾公不知，忽于猎场见齐庄，时年七八岁，庾谓曰："君亦复来邪？"应声答曰："所谓'无小无大，从公于迈'。"【按：语出《诗·鲁颂·泮水》。】

◎ 此则可入《夙慧》。

50. 孙齐由【孙潜】、齐庄【孙放】二人，小时诣庾公。公问齐由何字，答曰："字齐由。"公曰："欲何齐邪？"曰："齐许由。"《晋百官名》曰：孙潜字齐由，太原人。《中兴书》曰：潜，盛长子也。豫章太守殷仲堪下讨王国宝，潜时在郡，逼为谘议参军，固辞不就，遂以忧卒。齐庄何字，答曰："字齐庄。"公曰："欲何齐？"曰："齐庄周。"公曰："何不慕仲尼而慕庄周？"【问得好！】对曰："圣人生知，故难企慕。"【答亦妙！今按：《论语·季氏》孔子曰："生而知之者，上也；学而知之者，次也；困而学之，又其次也；困而不学，民斯为下矣。"然夫子从未以圣人自诩，尝云："我非生而知之者，好古，敏以求之者也。"又云："若圣与仁，则吾岂敢？抑为之不厌，诲人不倦，则可谓云耳已矣。"夫子所以超凡入圣者无他，惟"博文约礼""好古敏求""下学而上达"而已矣。】庾公大喜小儿对。【庾公礼玄双修，当然大喜。】《孙放别传》曰：放字齐庄，监君次子也。年八岁，太尉庾公召见之。放清秀，欲观试，乃授纸笔令书，放便自疏名字。公题后问之曰："为欲慕庄周邪？"放书答曰："意欲慕之。"公曰："何故不慕仲尼而慕庄周？"放曰："仲尼生而知之，非希企所及；至于庄周，是其次者，故慕耳。"公谓宾客曰："王辅嗣应答，恐不能胜之。"【此番问答，可为魏晋玄学作一注脚。晋人沐浴玄风，并未遗落圣人之教，于斯可见也。】卒长沙王相。

◎ 自然名教之微言大义，竟从八岁小儿口中道破，拨云见日，岂不大奇！今之八岁小儿当作何想？今之教育者当作何想？今之为人父母者又当作何想？

51. 张玄之、顾敷是顾和中外孙，皆少而聪惠。和并知之，而常谓顾胜，亲重偏至。张颇不厌【按：不厌，犹言不满。】。敷，别见。《续晋阳秋》曰：张玄之字祖希，吴郡太守澄之孙也。少以学显，历吏部尚书，出为冠军将军、吴兴太守。会稽内史谢玄同时之郡，论者以为南北之望。玄之名亚谢玄，时亦称"南北二玄"，卒于郡。于时张年九岁，顾年七岁，和与俱至寺中，见佛般泥洹像，弟子有泣者，有不泣者。和以问二孙。玄谓："彼亲故泣，彼不亲故不泣。"【家常语。按："彼亲""不彼亲"，亦作"被亲""不被亲"，似以后者为佳。】敷曰："不然。当由忘情故不泣，不能忘情故泣。"【见道语。】《大智度论》曰：佛在阴庵罗双树间入般涅槃，床北首，大地震动。诸三学人，【朱铸禹云："佛家谓初果、二果、三果为三学人。"】愈然不乐，郁伊交涕。诸无学人，但念诸法，一切无常。

◎ 观二儿所言，顾敷果然胜玄之。顾和眼力自不差。

52. 庾法畅【按：庾当作康。】造庾太尉，握麈尾至佳。公曰："此至佳，那得在？"法畅曰："廉者不求，贪者不与，故得在耳。"【意为廉者若求自当奉，贪者纵求亦不与也。】法畅氏族所出未详。法畅著《人物论》，自叙其美云："悟锐有神，才辞通辩。"

◎ 名言。极有滋味。

53. 庾穉恭【庾翼】为荆州，《庾翼别传》曰：翼字穉恭，颍川鄢陵人也。少有大度，时论以经略许之。兄太尉亮薨，朝议推才，乃以翼都督七州。进征南将军、荆州刺史。以毛扇上武帝，武帝疑是故物。【按：武帝，或以为成帝之误。】傅咸《羽扇赋序》曰：昔吴人直截鸟翼而摇之，风不减方、圆二扇，而功无加，然中国莫有生意者。灭吴之后，翕然贵之，无人不用。按：庾怿以白羽扇献武帝，帝嫌其非新，反之。不闻翼也。侍中刘劭曰：《文字志》曰：劭，字彦祖，彭城谏亭人。祖讷，司隶校尉。父松，成皋令。劭博识好学，多艺能，善草隶。初仕领军参军，太傅出东，劭谓京洛必危，乃单马奔扬州。历侍中、豫章太守。"柏梁云构，工匠先居其下；管弦繁奏，钟、夔先听其音。钟，钟期也。夔，舜乐正。穉恭上扇，以好不以新。"【善说。】庾后闻之，曰："此人宜在帝左右。"【在帝左右焉用佞？】

◎ 侍中常有此利口儿。前有缪袭，此有刘劭。

54. 何骠骑【何充】亡后，【一出场便亡，可哀。】何充，别见。征褚公【褚裒】入。既至石头，王长史【濛】、刘尹【惔】同诣褚。褚曰："真长何以处我？"【如见，如闻。】真长顾王曰："此子能言。"【踢皮球。】因视王，王曰："国自有周公。"【周公，乃指会稽王司马昱，即后之简文帝。】《晋阳秋》曰：充之卒，议者谓太后父裒宜秉朝政。裒自丹徒入朝，吏部尚书刘遐劝裒曰："会稽王令德，国之周公也，足下宜以大政付之。"裒长史王胡之亦劝归藩，于是固辞归京口。

◎ 褚公识度渊雅，而与国柄擦肩而过，幸耶？不幸耶？

55. 桓公【桓温】北征，经金城，见前为琅邪时种柳，皆已十围，慨然曰："木犹如此，人何以堪！"【千钧之力，正在此八字间。按曹丕《柳赋》："在余年之二七，植斯柳乎中庭。始围寸而高尺，今连拱而九成。嗟日月之逝迈，忽冉冉以遒征。昔周游而处此，今倏忽而弗形。感遗物而怀故，俯惆怅以伤情。"桓公当悉此赋。】攀枝执条，泫然流泪。【此八字亦不可少。】《桓温别传》曰：温字元子，谯国龙亢人，汉五更桓荣后也。父彝，有识鉴。温少有豪迈风气，为温峤所知。累迁琅邪内史，进征西大将军，镇西夏。时逆胡未诛，余烬假息。温亲勒郡卒，建旗致讨，清荡伊、洛，展敬园陵。薨，谥宣武侯。【桓温小传。】

◎ 英雄韵语，直指人心。桓公真乃有情豪杰、落拓名士也，远胜王敦之流。庾信《枯树赋》："昔年种柳，依依汉南；今逢摇落，凄怆江潭；树犹如此，人何以堪？"全由此化出，读之令人凄恻不已。

56. 简文【司马昱】作抚军时，尝与桓宣武【桓温】俱入朝，更相让在前，宣武不得已而先之，因曰："伯也执殳，为王前驱。"【桓公亦可与言诗已矣。】《卫诗》也。殳，长一丈二尺，无刃。简文曰："所谓'无小无大，从公于迈'。"【珠联璧合，与小儿背诗自别。】

◎ 此可谓"诵诗三百，可以专对"也。简文以《诗》对《诗》，似胜一筹。

57. 顾悦【顾恺之父也。】与简文同年，而发蚤白。《中兴书》曰：悦字君叔，晋陵人。初为殷浩扬州别驾。浩卒，上疏理浩。或谏以浩为太宗所废，必不依许，悦固争之，浩果得申，物论称之。后至尚书左丞。简文曰："卿何以先白？"对曰："蒲柳之姿，望秋而落；松柏之质，凌霜犹茂。"【比兴之体，绝妙好辞。】顾恺之为父《传》曰：君以直道，陵迟于世。入见王，王发无二毛，而君已斑白。问君年，乃曰："卿何偏早白？"君曰："松柏之姿，凌霜犹茂；臣蒲柳之质，望秋先零。受命之异也。"王称善久之。【《传》文不如《世说》之有韵。】

◎ 夫子曰："事君尽礼，人以为谄也。"顾悦尽礼以对，故不可谓之谄。

58. 桓公入峡，绝壁天悬，腾波迅急，【心画也，心声也。】《晋阳秋》

曰：温以永和二年，率所领七千余人伐蜀，拜表辄行。洒叹曰："既为忠臣，不得为孝子，如何？"【忠孝自古难以两全，英雄唯有徒唤奈何。】《汉书》曰：王阳为益州刺史，行部至邛崃九折坂，叹曰："奉先人遗体，奈何数乘此险！"以病去官。后王尊为刺史，至其坂，问吏曰："非王阳所畏之道邪？"吏曰："是。"叱其驭曰："驱之！王阳为孝子，王尊为忠臣。"

◎ 慨痛至深。为慈母之孝子易，作昏君之忠臣难。桓公之痛，千古犹未彰显。

59. 初，荧惑入太微，【火星犯帝星，不祥。】寻废海西【晋废帝司马奕】，《晋阳秋》曰：泰和六年闰十月，荧惑守太微端门。十一月，大司马桓温废帝为海西公。《晋安帝纪》曰：桓温于枋头奔败，知民望之去也，乃屠袁真于寿阳。既而谓郗超曰："足以雪枋头之耻耳。"超曰："未厌有识之情也。公六十之年，败于大举，不建高世之勋，未足以镇厌民望。"因说温以废立之事。时温凤有此谋，深纳超言，遂废海西。简文登阼，复入太微，帝恶之。【不祥之兆，如何不恶？】徐广《晋纪》曰：咸安元年十二月，荧惑逆行入太微，至二年七月，犹在焉。帝惩海西之事，心甚忧之。时郗超为中书，在直。《中兴书》曰：超字景兴，高平人，司空愔之子也。少而卓荦不羁，有旷世之度。累迁中书郎、司徒左长史。引超入曰："天命修短，故非所计。政当无复近日事否？"【近日事，盖指桓温废立之事。此事郗超为主谋，解铃还须系铃人，故有此问。】超曰："大司马方将外固封疆，内镇社稷，必无若此之虑。臣为陛下以百口保之。"【是安抚，亦是保证。】帝因诵庾仲初诗庾阐《从征诗》也。曰："志士痛朝危，忠臣哀主辱。"声甚悽厉。郗受假还东，帝曰："致意尊公【尊公，即超父郗愔】，家国之事，遂至于此。由是身不能以道匡卫，思患预防。愧叹之深，言何能喻！"因泣下流襟。《续晋阳秋》曰：帝外厌强臣，忧愤不得志，在位二年而崩。【实则简文在位不足八月矣，正合天象。】

◎ 过江之初，乃"王与马，共天下"，此时可谓"桓与马，共天下"矣。

60. 简文在暗室中坐，召宣武，宣武至，问："上何在？"简文曰："某在斯。"时人以为能。《论语》曰："师冕见，及阶，子曰：'阶也。'及席，子曰：'席也。'皆坐，子告之曰：'某在斯，某在斯。'"注："历告坐中人也。"

◎ "某在斯"本为孔子导盲语，所谓相师之道。简文反用之，言下之意，似讥桓温位高权重，目中无人。简文能言，常以四两拨千斤，故而为能也。

61. 简文入华林园，【名园。】顾谓左右曰："会心处不必在远，【名言。】翳然林水，便自有濠、濮间想也，【名典。】濠、濮，二水名也。《庄子》曰：庄子与惠子游濠梁水上，庄子曰："儵鱼出游从容，是鱼乐也。"惠子曰："子非鱼，安知鱼之乐耶？"庄子曰："子非我，安知我之不知鱼之乐也？"【此注疏略，可增。】庄周钓在濮水，楚王使二大夫造焉，愿以境内累庄子。庄子持竿不顾，曰："吾闻楚有神龟者，死已三千年矣，巾笥而藏于庙。此宁曳尾于涂中，宁留骨而贵乎？"二大夫曰："宁曳尾于涂中。"庄子曰："往矣！吾亦宁曳尾涂中。"【此段注与正文旨意不合，可删。】不觉鸟兽禽鱼自来亲人。"

◎ 晋人独能以玄心对山水，以痴情体万物。简文此言，真如春风化雨，油然而生，沛然莫之能御也。

62. 谢太傅【谢安】语王右军【王羲之】曰："中年伤于哀乐，与亲友别，辄作数日恶。"【谢公仁心，于此可见。】王曰：《文字志》曰：王羲之字逸少，琅邪临沂人。父旷，淮南太守。羲之少朗拔，为叔父廙所赏。善草隶，累迁江州刺史、右军将军、会稽内史。"年在桑榆，自然至此，正赖丝竹陶写，恒恐儿辈觉，损欣乐之趣。"【中年之哀，儿辈哪得知？丝竹管弦，非享乐之具，实解忧之具也。故刘辰翁云："自家潦倒，忧及儿辈，真钟情语也。此少有喻者。"日人秦士铉《世说笺本》云："晚年只赖丝竹陶写忧愁，得延日耳。夫我为之，不过与陶写忧愁而已，而常恐儿辈识我好之，遂亦仿效以为欣乐之具，为虑儿辈沉溺，致损我欣乐之趣。考宋苏轼诗云：'况复情所钟，感慨萃中年。正赖丝与竹，陶写有余欢。常恐儿辈觉，坐令高趣阑。'又：'人生此乐须天赋，莫遣儿曹取次知！'可以阐明其意。案'陶'与'淘'通。陶写，意谓淘汰、消遣也。"】

◎ 明写丝竹之乐，暗写中年之哀。汉武帝《秋风辞》云："欢乐极兮哀情多，少壮几时兮奈老何！"千古同慨。

63. 支道林【支遁】常养数匹马。【支公善宠物者，不唯爱马，亦好鹤。】或言："道人畜马不韵。"【韵犹雅也。】支曰："贫道重其神骏。"【"神骏"二字可嘉，有君子比德之意。】《高逸沙门传》曰：支遁字道林，河内林虑人。或曰陈留人，本姓关氏。少而任心独往，风期高亮，家世奉法。尝于余杭山沉思道术，行吟独畅。年二十五始释形入道。年五十三，终于洛阳。

◎ 夫子岂不云乎："骥不称其力，称其德也。"支公可谓伯乐也。

64. 刘尹【刘惔】与桓宣武【桓温】共听讲《礼记》。桓云："时有入心处，便觉咫尺玄门。"【此亦"名教乐地"也。】刘曰："此未关至极，自是金华殿之语。"【至极云何？真长恐亦难言。】《汉书叙传》曰：班伯少受《诗》于师丹。大将军王凤荐伯于成帝，宜劝学，召见宴昵，拜为中常侍。时上方向学，郑宽中、张禹朝夕入说《尚书》《论语》于金华殿，诏伯受之。

◎ 细味真长此言，似非不屑《礼记》，只不屑桓温耳。盖桓温"咫尺玄门"之语，会通礼玄儒道，浃洽无间，乃真悟道语也。真长金华殿之语，反落名相窠臼，未得玄家精髓，其不屑桓温之语，或出嫉妒，亦未可知也。

65. 羊秉为抚军参军，少亡，有令誉，夏侯孝若为之《叙》，极相赞悼。《羊秉叙》曰：秉字长达，太山平阳人。汉南阳太守续曾孙。大父魏郡府君，即车骑掾元子也。府君夫人郑氏无子，乃养秉。韶龀而佳，小心敬慎。十岁而郑夫人薨，秉思容尽哀，俄而公府掾及夫人并卒，秉群从率礼相承，人不间其亲，雍雍如也。任参抚军将军事，将奋千里之足，挥冲天之翼，惜乎春秋三十有二而卒。昔罕虎死，子产以为无与为善，自夫子之没，有子产之叹矣！亡后，有子男，又不育，是何行善而祸繁也？岂非司马生之所惑欤？【司马生，盖指司马迁。按《史记·伯夷列传》："或曰：'天道无亲，常与善人。'若伯夷、叔齐，可谓善人者非邪？积仁洁行，如此而饿死。且七十子之徒，仲尼独荐颜渊为好学。然回也屡空，糟糠不厌，而卒蚤夭。天之报施善人，其何如哉？盗跖日杀不辜，肝人之肉，暴戾恣睢，聚党数千人，横行天下，竟以寿终，是遵何德哉？此其尤大彰明较著者也。若至近世，操行不轨，事犯忌讳，而终身逸乐，富厚累世不绝。或择地而蹈之，时然后出言，行不由径，非公正不发愤，而遇祸灾者，不可胜数也。余甚惑焉，傥所谓天道，是邪非邪？"】羊权为黄门侍郎，侍简文坐。帝问曰："夏侯湛别见。作《羊秉叙》，绝可想。是卿何物？【何物，犹言何人。】有后不？"《羊氏谱》曰：权字道舆，徐州刺史悦之子也。仕至尚书左丞。权潸然对曰："亡伯令问凤彰，而无有继嗣；名播天听，然胤绝圣世。"帝嗟慨久之。【简文真多情者。】

◎ 苗而不秀者有矣夫，秀而不实者有矣夫！

66. 王长史【王濛】与刘真长【刘惔】别后相见，《王长史别传》曰：濛字仲祖，太原晋阳人。其先出自周室，经汉、魏，世为大族。祖父佐，北军中候。父讷，叶令。濛神气清韶，年十余岁，放迈不群。弱冠检尚，风流雅正，外绝荣竞，内寡私欲。辟司徒掾、中书郎，以后父赠光禄大夫。王谓刘曰："卿更长进。"答曰："此若天之自高耳。"【真长大言欺人。意谓非我长进，实卿长进耳。按《论语·子张》："夫子之不可及也，犹天之不可阶而升也。"《墨子·尚贤中》："圣人之德，若天之高，若地之普。"又，《庄子·田子方》："至人之于德也，不修而物不能离焉，若天之自高，地之自厚，日月之自明，夫何修焉！"】《语林》曰：仲祖语真长曰："卿近大进。"刘曰："卿仰看邪？"王问："何意？"刘曰："不尔，何由测天之高也。"【注文亦佳。】

◎ 不知天者，始敢以天自比。真长号称江左第一流人物，观此，知其非真见道者，直狂简而已！

67. 刘尹云："人想王荆产佳，此想长松下当有清风耳。"【以物喻人，晋人常有此。今人无此丰沛想象矣。】荆产，王微小字也。【按：王微或生于王澄荆州刺史任上，故名荆产。】《王氏谱》曰：微字幼仁，琅邪人。祖父义，平北将军。父澄，荆州刺史。微历尚书郎、右军司马。

◎ 此则似有言外之意。长松喻王澄，清风喻王微。真长此语，似谓王微不如其父王澄，时人以之为佳，盖以长松下当有清风，想当然耳。真长从来不饶人。

68. 王仲祖【王濛】闻蛮语不解，茫然曰："若使介葛卢来朝，故当不昧此语。"【按刘应登云："介葛卢能辨牛语，谓蛮语亦然。"朱铸禹云："介是东夷，故其人当有知者。王之意盖比蛮人于鸟兽也。"】《春秋传》曰："介葛卢来朝鲁，闻牛鸣，曰：'是生三牺，皆用之矣。其音云。'问之而信。"杜预《注》曰："介，东夷国。葛卢，其君名也。"

◎ 此则亦可入《轻诋》。

69. 刘真长为丹阳尹，许玄度【许询】出都就刘宿，《续晋阳秋》曰：许询字玄度，高阳人，魏中领军允玄孙。总角秀惠，众称神童，长而风情简素，司徒掾辟，不就，蚤卒。床帷新丽，饮食丰甘。【金华殿竟在此。】许曰："若保全此处，殊胜东山。"【隐士而有此言，非真隐。】刘曰："卿若知吉凶由人，吾安得不保此！"【达人而有此言，非真达。】《春秋传》曰：吉凶无门，唯人所召。王逸少【王羲之】在坐，曰："令巢、许遇稷、契，当无此言。"【棒喝！】二人并有愧色。【不愧才怪。按李贽《初潭集·君臣·能言之臣》云："许初刺刘，最诮薄得好；刘亦不受许刺，直自认真去，又好。王乃并刺刘、许，落在刘、许圈襀中矣。余因代刘客一转语云：'我自有玄度新许，不用巢、由旧许也。'"卓吾此解，乃为许、刘文过，自作聪明，而与原旨乖离也。】

◎ 玄度隐逸，只是求乐；真长放达，只是邀名。

70. 王右军【王羲之】与谢太傅【谢安】共登冶城，《扬州记》曰：冶城，吴时鼓铸之所。吴平，犹不废。王茂弘所治也。谢悠然远想，有高世之志。王谓谢曰："夏禹勤王，手足胼胝；《帝王世纪》曰：禹治洪水，手足胼胝。世传禹病偏枯，足不相过，今称禹步是也。文王旰食，日不暇给。《尚书》曰：文王自朝至于日昃，不遑暇食。文王旰食，日不暇给。今四郊多垒，《礼记》曰：四郊多垒，卿大夫之辱也。【按：《礼记·曲礼》又云："地广大，荒而不治，此亦士之辱也。"】宜人人自效；而虚谈废务，浮文妨要，恐非当今所宜。"【有理。】谢答曰："秦任商鞅，二世而亡，《战国策》曰：卫鞅，卫诸庶孽子也，名鞅，姓公孙氏。少好刑名学，为秦孝公相，封于商。岂清言致患邪？"【更有理。其言何其速也，其理何其正也。右军之言极落实，反显不及。】

◎ 谢公为清谈辩诬，千载之下，犹掷地有声。袁中道云："二公俱有经济，但大小乘耳，谢大王小。"良有以也。

71. 谢太傅寒雪日内集，与儿女讲论文义，俄而雪骤，公欣然曰："白雪纷纷何所似？"【考官出题。】兄子胡儿曰：胡儿，谢朗小字也。《续晋阳秋》曰：朗字长度，安次兄据之长子。安蚤知之。文义艳发，名亚于玄，仕至东阳太守。"撒盐空中差可拟。"【果是胡儿，拟盐太俗。谢玄何在？】兄女曰："未若柳絮因风起。"【柳絮比撒盐，上达与下达之间也。所谓"堪怜咏絮才"，曹雪芹笔下之林黛玉当有此女影子也。】公大笑乐。即公大兄无奕女，左将军王凝之妻也。【补叙一笔，遥引"天壤王郎"之典。】《王氏谱》曰：凝之字叔平，右将军羲之第二子也。历江州刺史、左将军、会稽内史。《晋安帝纪》曰：凝之事五斗米道。孙恩之攻会稽，凝之谓民吏曰："不须备防，吾已请大道，许遣鬼兵相助，贼自破矣。"既不设备，遂为恩所害。《妇人集》曰：谢夫人名道蕴，有文才。所著诗、赋、诔、颂传于世。

◎ 好一幅谢公家教图。今之为人父母者，当知羞愧！古之天才少年甚夥，端赖此家学渊源，浸淫熏染。抚今追昔，可发一叹。

72. 王中郎【王坦之】令伏玄度【伏滔】、习凿齿《王中郎传》曰：坦之字文度，太原晋阳人。祖东海太守承，清淡平远。父述，贞贵简正。坦之器度淳深，孝友天至，誉缉朝野，标的当时。累迁侍中、中书令，领北中郎将，徐、兖二州刺史。《中兴书》曰：伏滔，字玄度，平昌安丘人。少有才学，举秀才。大司马桓温参军，领大著作，掌国史，游击将军，卒。习凿齿字彦威，襄阳人。少以文称，善尺牍。桓温在荆州，辟为从事。历治中、别驾，迁荥阳太守。论青、楚人物，《滔集》载其《论》略曰："滔以春秋时鲍叔、管仲、隰朋、召忽、轮扁、宁戚、麦丘人、逢丑父、晏婴、涓子；战国时公羊高、孟轲、邹衍、田单、荀卿、邹奭、莒大夫、田子方、檀子、鲁连、淳于髡、盼子【按：袁本作"盼子"。】、田光、颜歜、黔子、於陵仲子、王叔、即墨大夫；前汉时伏征君、终军、东郭先生、叔孙通、万石君、东方朔、安期先生；后汉时大司徒伏三老、江革、逢萌、禽庆、承宫子、徐防、薛方、郑康成、周孟玉、刘祖荣、临孝存、侍其元矩、孙宾硕、刘仲谋、刘公山、王仪伯、郎宗、祢正平、刘成国；魏时管幼安、邴根矩、华子鱼、徐伟长、任昭先、伏高阳。此皆青土有才德者也。【一部青楚人物小史，一气呵成，可谓韩信点兵，多多益善。】凿齿以神农生于黔中，《邵南》咏其美化，春秋称其多才，《汉广》之风，不同《鸡鸣》之篇，子文、叔敖，羞与管仲比德。接舆之歌《凤兮》，渔父之咏《沧浪》，汉阴丈人之折子贡，市南宜僚、屠羊说之不为利回，鲁仲连不及老莱夫妻，田光【按：此处似脱一字。】于屈原、邓禹、卓茂无敌于天下，管幼安不胜庞公，庞士元不推华子鱼，何、邓二尚书，独步于魏朝，乐令无对于晋世。昔伏羲葬南郡，少昊葬长沙，舜葬零陵。比其人，则准的如此；论其土，则群圣之所葬；考其风，则诗人之所歌；寻其事，则未有赤眉、黄巾之贼。此何如青州邪？"滔与相往反，凿齿无以对也。临成，以示韩康伯，康伯都无言。王曰："何故不言？"韩曰："无可无不可。"【按《论语·微子篇》子曰："……我则异于是，无可无不可。'"】马融注《论语》曰："唯义所在。"

◎ 韩康伯可谓"以简应对之烦"。

73. 刘尹云："清风朗月，辄思玄度。"《晋中兴士人书》曰：许询能清言，于时士人皆钦慕仰爱之。

◎ 真长对玄度可谓一往情深。

74. 荀中郎【荀羡】在京口，《晋阳秋》曰：荀羡字令则，颍川人，光禄大夫崧之子也。清和有识裁，少以主婿为驸马都尉。是时殷浩参谋百揆，引羡为援，频莅义兴、吴郡，超授北中郎将、徐州刺史，以蕃屏焉。《中兴书》曰：羡年二十八，出为徐、兖二州。中兴方伯之少，未有若羡者也。登北固望海云：《南徐州记》曰：城西北有别岭入江，三面临水，高数十丈，号曰北固。"虽未睹三山，便自使人有陵云意。【"陵云"二字佳妙。】若秦、汉之君，必当褰裳濡足。"【秦皇、汉武至此，当有求仙问道之想。按《诗·郑风·褰裳》："子惠思我，褰裳涉溱。"《后汉书·崔骃传》："与其有事，则褰裳濡足，冠挂不顾。"】

《史记·封禅书》曰：蓬莱、方丈、瀛洲，此三山，世传在海中，去人不远。尝有至者，言诸仙人不死药在焉。黄金白银为宫阙，草物禽兽尽白，望之如云。及至，反居水下。欲到，即风引船而去，终莫能至。秦始皇登会稽，并海上，冀遇三神山之奇药。汉武帝既封泰山，无风雨变至，方士更言蓬莱诸药可得，于是上欣然东至海，冀获蓬莱者。【此注显非《史记》原文，乃孝标择要述之，不可不察。今人以孝标注为直引原文，非也。】

◎ 登山临海，世人常有出世之想。刘勰《文心雕龙·神思》："登山则情满于山，观海则意溢于海。"此之谓也。

75. 谢公云："贤圣去人，其间亦迩。"【此言从谢公口中道出，遥开宋明儒学士希贤、贤希圣、圣希天及格物致知之方便法门。】子侄未之许。【浅识何能解深旨？】公叹曰："若郗超闻此语，必不至河汉。"【郗超之才识，尚在谢家子弟之上。】《超别传》曰：超精于理义，沙门支道林以为一时之俊。《庄子》曰："肩吾问于连叔曰：'吾闻言于接舆，大而无当，往而不反。怪怖其言，犹河汉而无极也。'"

◎ 此则道出玄家主脑，即学道至高明处，便见圣人在焉。老庄谈无，圣人体无，源头处，儒道百虑一致，殊途同归。谢公妙达此旨，可谓"会心处不必在远"。

76. 支公【支遁，字道林，时称林公。】好鹤，住剡东岇山。《支公书》曰：山去会稽二百里。有人遗其双鹤，少时，翅长欲飞，支意惜之，乃铩其翮。【铩翮乃因有情。】鹤轩翥不复能飞，乃反顾翅，垂头，视之如有懊丧意。林曰："既有陵霄之姿，何肯为人作耳目近玩！"养令翮成，置使飞去。【使飞乃因忘情。此亦"存天理，灭人欲"耳。支公乃真能爱物者。后人障于所知，未达此意。】

◎ 支公之鹤，便是又一支公。如庄周梦蝶，蝶便是又一庄周。此时之支公，直与天地万物为一体，故去贤圣不远矣。

77. 谢中郎【谢万】经曲阿后湖，问左右："此是何水？"《中兴书》曰：谢万字万石，太傅安弟也。才气高俊，蚤知名，历吏部郎、西中郎将、豫州刺史、散骑常侍。答曰："曲阿湖。"《太康地记》曰：曲阿本名云阳，秦始皇以有王气，凿北阬山以改其势，截其直道，使其阿曲，故曰曲阿也。吴还为云阳，今复名曲阿。谢曰："故当渊注渟箸，纳而不流。"【好摹写。】

◎ "渊注渟箸，纳而不流"，画出曲阿湖婉转往复之势。

78. 晋武帝【司马炎】每饷山涛恒少，谢太傅安也。以问子弟，车骑玄也。答曰："当由欲者不多，而使与者忘少。"【有趣。】《谢车骑家传》曰：玄字幼度，镇西奕第三子也。神理明俊，善微言。叔父太傅尝与子侄燕集，问："武帝任山公以三事，任以官人。至于赐予，不过斗合。当有旨不？"玄答："有辞致也。"【无味。】

◎ 谢玄真能举一反三者。叔侄俱佳。

79. 谢胡儿【谢朗】语庾道季【庾龢】：道季，庾龢小字。徐广《晋纪》曰：龢字道季，太尉亮子也。风情率悟，以文谈致称于时。历仕至丹阳尹，兼中领军。"诸人莫当【犹言或许会。】就卿谈，可坚城垒。"【下战书。】庾曰："若文度来，我以偏师待之；康伯来，济河焚舟。"【誓师辞。】《春秋传》曰："秦伯伐晋，济河焚舟。"杜预曰："示必死。"

◎ 清谈常有兵法语，妙极，妙极。庾公此语，意似不屑王坦之，而深畏韩康伯。

80. 李弘度【李充】常叹不被遇。《中兴书》曰：李充字弘度，江夏鄳人也。祖秉，父矩，皆有美名。充初辟丞相掾、记室参军，以贫，求剡县，迁大著作、中书郎。殷扬州殷浩别见。知其家贫，问："君能屈志百里不？"【犹谓愿为县令否？】李答曰："北门之叹，久已上闻；《卫诗·北门》，刺仕不得志也。【按：《邶风·北门》云："出自北门，忧心殷殷。终窭且贫，莫知我艰。已焉哉！天实为之，谓之何哉！"】穷猿奔林，岂暇择木？"【好句！】遂授剡县。

◎ "穷猿奔林，岂暇择木"，当与曹操"月明星稀，乌鹊南飞，绕树三匝，何枝可依？"并诵，感慨良多。

81. 王司州【王胡之】至吴兴印渚中看，《王胡之别传》曰：胡之字修龄，琅邪临沂人也。虞之子也。历吴兴太守，征侍中、丹阳尹、秘书监，并不就。拜使持节，都督司州诸军事、西中郎将、司州刺史。《吴兴记》曰：於潜县东七十里，有印渚，渚傍有白石山，峻壁四十丈。印渚盖众溪之下流也。印渚已上至县，悉石濑恶道，不可行船；印渚已下，水道无险，故行旅集焉。叹曰："非唯使人情开涤，亦觉日月清朗。"【颇类何晏五石散之广告词。】

◎ 山水真能提神醒脑，胜过服药行散之苦。

82. 谢万作豫州都督，新拜，当西之，都邑相送累日，谢疲顿。于是高侍中往，《中兴书》曰：高崧字茂琰，广陵人。父悝，光禄大夫。崧少好学，善史传，累迁吏部郎、侍中，以公累免官。径就谢坐，因问："卿今仗节方州，当疆理西蕃，何以为政？"谢粗道其意。高便为谢道形势，作数百语。【惜未留下一言。】谢遂起坐。高去后，谢追曰："阿酃故粗有才具。"阿酃，崧小字也。谢因此得终坐。【谢万性急，难得终坐矣。】

◎ 高崧才具若何，读者只能想见而已。有辱"言语"之科。

83. 袁彦伯【袁宏】为谢安南司马，安南，谢奉，别见。都下诸人送至濑乡。将别，既自凄惘，叹曰："江山辽落，居然有万里之势！"【道出空间可憎！】《续晋阳秋》曰：袁宏字彦伯，陈郡人，魏郎中令涣六世孙也。祖猷，侍中。父勖，临汝令。宏起家建威参军，安南司马记室。太傅谢安赏宏机捷辩速，自吏部郎出为东阳郡，乃祖之于冶亭，时贤皆集。安欲卒迫试之，执手将别，顾左右取一扇而赠之。宏应声答曰："辄当奉扬仁风，慰彼黎庶。"合坐叹其要捷。性直亮，故位不显也。在郡卒。

◎ 黯然销魂，唯别而已。山水深情，伤如之何！

84. 孙绰赋《遂初》【按：遂初，谓遂其初愿。去官隐居之意。刘歆已有《遂初赋》】，筑室畎川，自言见止足之分。【按：止足，谓凡事知止知足，勿贪得无厌。《老子》第四十四章："知足不辱，知止不殆，可以长久。"】《中兴书》曰：绰字兴公，太原中都人。少以文称，历太学博士、大著作、散骑常侍。《遂初赋叙》曰：余少慕老庄之道，仰其风流久矣。却感於陵贤妻之言，怅然悟之。乃经始东山，建五亩之宅，带长阜，倚茂林，孰与坐华幕、击钟鼓者同年而语其乐哉！斋前种一株松，恒自手壅治之。高世远【高崇。袁本作高柔】时亦邻居，世远，高柔字也。别见。语孙曰："松树子非不楚楚可怜，但永无栋梁用耳！"孙曰："枫柳虽合抱，亦何所施？"【余嘉锡云："兴公为孙子荆之孙。高柔之言，乃斥其祖之名以戏之。孙答语中当亦还斥高柔祖父之名，但不可考耳。"】

◎ 只是轻诋。

85. 桓征西【桓温】治江陵城甚丽，盛弘之《荆州记》曰：荆州城临汉江，临江王所治。王被征，出城北门而车轴折，父老泣曰："吾王去不还矣！"从此不开北门。会宾僚出江津望之，云："若能目此城者，有赏。"顾长康时为客，在坐，目曰："遥望层城，丹楼如霞。"【画师出口亦如画】桓即赏以二婢。【岂不曰"奴价倍婢"耶？一笑】

◎ 治城属立功，目城乃立言，赖此不朽矣。

86. 王子敬【王献之】语王孝伯【王恭】曰："羊叔子自复佳耳，然亦何与人事？《晋诸公赞》曰：羊祜字叔子，太山平阳人也。世长吏二千石，至祜九世，以清德称。为儿时，游汶滨，有行父止而观焉，叹息曰："处士大好相，善为之，未六十，当有重功于天下。即富贵，无相忘！"遂去，莫知所在。累迁都督荆州诸军事。自在南夏，吴人悦服，称曰"羊公"，莫敢名者。南州人闻公丧，号哭罢市。故不如铜雀台上妓。"《魏武遗令》曰：以吾妾与妓人皆著铜雀台上，施六尺床，缥帷，月朝十五日，辄使向帐作伎。

◎ 此正夫子所谓"吾未见好德如好色者也"。盖羊公有德，铜雀台上妓有色。子敬虽江左第一流雅士，终未脱纨绔轻薄习气。

87. 林公见东阳长山，曰："何其坦迤！"《会稽土地志》曰：山靡迤而长，县因山得名。

◎ 恺之目城，林公目山，晋人目击心遇，时或斐然成章。

88. 顾长康【顾恺之】从会稽还，人问山川之美，顾云："千岩竞秀，万壑争流，草木蒙笼其上，若云兴霞蔚。"【又有霞字。画师最爱丹青。】丘渊之《文章录》曰：顾恺之字长康，晋陵人。父悦，尚书左丞。恺之，义熙初为散骑常侍。

◎ 绝妙好辞！不是山水诗，胜似山水诗。四句可敌谢灵运百句，以其生气灌注、丹青流行也。

89. 简文崩，孝武【司马曜】年十馀岁，立，至暝不临。宋明帝《文章志》曰：孝武皇帝讳昌明，简文第三子也。初，简文观谶书曰："晋氏祚尽昌明。"及帝诞育，东方始明，故因生时以为讳，而相与忘告。简文问之，乃以讳对。简文流涕曰："不意我家昌明便出。"帝聪惠，推贤任才。年三十五崩。左右启："依常应临。"帝曰："哀至则哭，何常之有？"【童言无忌而有理。按《礼记·杂记下》："曾申问于曾子曰：'哭父母有常声乎？'曰：'中路婴儿失其母焉，何常声之有？'"】

◎ 此儿可谓圭璋特达。

90. 孝武将讲《孝经》，谢公兄弟与诸人私庭讲习。【好风教。今不可见矣。】《续晋阳秋》曰：宁康三年九月九日，帝讲《孝经》。仆射谢安侍坐，吏部尚书陆纳、兼侍中卞耽读，黄门侍郎谢石、吏部袁宏兼执经，中书郎车胤、丹阳尹王混摘句。【刘应登云："摘句者，摘其疑以问。"】车武子难苦问谢，车胤，别见。谓袁羊曰："不问，则德音有遗；多问，则重劳二谢。"【晚辈谦辞，甚得体。】袁羊，乔小字也。《袁氏家传》曰：乔字彦升，陈郡人。父瑰，光禄大夫。乔历尚书郎、江夏相。从桓温平蜀，封湘西伯、益州刺史。袁曰："必无此嫌。"车曰："何以知尔？"袁曰："何尝见明镜疲于屡照，【按《庄子·应帝王》："至人之用心若镜，不将不迎，应而不藏，故能胜物而不伤。"】清流惮于惠风？"【佳句。可谓善取譬者也。】

◎ 明镜不疲屡照，清流不惮惠风。为师者诚当如此。

91. 王子敬【王献之】云："从山阴道上行，《会稽土地志》曰：邑在山阴，故以名焉。山川自相映发，使人应接不暇。若秋冬之际，尤难为怀。"【如诗如画，有景有情，非大才难能。】《会稽郡记》曰：会稽境特多名山水，峰崿隆峻，吐纳云雾。松栝枫柏，擢干疏条，潭壑镜彻，清流泻注。王子敬见之曰："山水之美，使人应接不暇。"

◎ 钟嵘评谢灵运诗，有"名章迥句，处处间起；丽典新声，络绎奔会"之誉，此真可移于子敬也。

92. 谢太傅问诸子侄："子弟亦何预人事，而正欲使其佳？"【善问。】诸人莫有言者，车骑答曰：谢玄。"譬如芝兰玉树，欲使其生于阶庭耳。"【妙答。】

◎ 谢公常有大哉问，不易。谢玄联类譬喻，遂使形下之问获形上之想，尤不易。此子真谢公高足弟子也。

93. 道壹道人好整饰音辞，王珣《游严陵濑诗叙》曰：道壹姓竺氏。《名德沙门题目》曰：道壹文锋富赡，孙绰为之《赞》曰："驰骋游说，言固不虚。唯兹壹公，绰然有馀。譬若春圃，载芬载敷。条柯猗蔚，枝干扶疏。"【孙绰文采斐然，口吐锦绣，此是一例。】从都下还东山，经吴中。已而会雪下，未甚寒，诸道人问在道所经。壹公曰："风霜固所不论，乃先集其惨澹；

【按：先集，盖出《诗·小雅·颊弁》："如彼雨雪，先集维霰。"此以风霜比霰雪。】郊邑正自飘瞥，林岫便已皓然。"【写出雪景次第，动静冷暖，辉映成趣，绝佳六言诗。】

◎《世说》中写江南雪景处不少，此其佳者，今此景唯北国可见也。

94. 张天锡为凉州刺史，称制四隅。既为苻坚所禽，用为侍中。后于寿阳俱败，至都，张资《凉州记》曰：天锡字纯嘏，安定乌氏人，张耳后也。曾祖轨，永嘉中为凉州刺史，值京师大乱，遂据凉土。天锡篡位，自立为凉州牧。苻坚使将姚苌攻没凉州，天锡归长安，坚以为侍中、比部尚书、归义侯。从坚至寿阳，坚军败，遂南归。拜散骑常侍、西平公。《中兴书》曰：天锡后以贫拜庐江太守。薨，赠侍中。为孝武所器。每入言论，无不竟日。颇有嫉己者，于坐问张："北方何物可贵？"【分明南人口吻，讥北方无佳物也。】张曰："桑椹甘香，鸱鸮革响。《诗·鲁颂》曰："翩彼飞鸮，集于泮林。食我桑椹，怀我好音。"【意谓桑葚甘香，鸱鸮食之，可改恶声为好音。】淳酪养性，人无嫉心。"【天锡口占四言诗。按刘应登云："讥问者之嫉己。"】《西河旧事》曰：河西牛羊肥，酪过精好，但写酪置革上，都不解散也。

◎ 天锡可儿。

95. 顾长康【顾恺之】拜桓宣武【桓温】墓，作诗云："山崩溟海竭，鱼鸟将何依！"【观此可知桓温遇之甚厚。】宋明帝《文章志》曰：恺之为桓温参军，甚被亲昵。人问之曰："卿凭重桓乃尔，哭之状其可见乎？"【排调也。】顾曰："鼻如广莫长风，眼如悬河决溜。"【只是夸张。】《春秋考异邮》曰：距不周风四十五日，广莫风至。广莫者，精大备也。盖北风也，一曰寒风。或曰："声如震雷破山，泪如倾河注海。"【或曰更佳。】

◎ 恺之号称三绝：才绝、痴绝、画绝。此可见前二绝矣。

96. 毛伯成【毛玄】既负其才气，常称："宁为兰摧玉折，不作萧敷艾荣。"【兰玉与萧艾对峙，颇有峥嵘气象。《离骚》云："何昔日之芳草兮，今日直为此萧艾也?"】《征西寮属名》曰：毛玄字伯成，颍川人。仕至征西行军参军。

◎ 毛玄不唯有才，更复多气。

97. 范宁作豫章，《中兴书》曰：宁字武子，慎阳县人。博学通览，累迁中书郎、豫章太守。八日请佛，有板。【按：板，即礼请佛像之文书。】众僧疑，【迟疑。】或欲作答。有小沙弥在坐末，【叨陪末座也。】曰："世尊默然，则为许可。"【默许也。】众从其义。【可谓从善如流。】

◎ 小沙弥虽在末座，慧根则在上流，不可限量也。

98. 司马太傅【司马道子】斋中夜坐，《孝文王传》曰：王讳道子，简文皇帝第五子也。封会稽王，领司徒、扬州刺史，进太傅。为桓玄所害，赠丞相。于时天月明净，都无纤翳，太傅叹为佳。【诚佳。】谢景重【谢重】在坐，《续晋阳秋》曰：谢重字景重，陈郡人。父朗，东阳太守。重明秀有才名，终骠骑长史。答曰："意谓乃不如微云点缀。"【画师之语。徐孺子已言。】太傅因戏谢曰："卿居心不净，乃复强欲滓秽太清邪?"【欲加之罪。】

◎ 景重谈景，道子论道，原非一处，然闲时嘲戏，亦有味。

99. 王中郎【王坦之】甚爱张天锡，问之曰："卿观过江诸人，经纬江左轨辙，有何伟异？后来之彦，复何如中原？"张曰："研求幽邃，自王、何以还；【王、何，即王弼、何晏。】因时修制，荀、乐之风。"荀颉、荀勖修定法制，乐则未闻。【乐乃乐广也。】王曰："卿知见有余，何故为苻坚所制？"张资《凉州记》曰：天锡明鉴颖发，英声少著。答曰："阳消阴息，故天步屯蹇；不【同否，音匹。】剥成象，岂足多讥？"【屯蹇否剥，皆是卦象，盛衰之理，一言蔽之。甚佳！】

◎ 天锡过江，频遭讥刺，而能妙语解纷，的是大才。

100. 谢景重【谢重】女适王孝伯【王恭】儿，二门公甚相爱美。《谢女谱》曰：重女月镜，适王恭子憘之。谢为太傅长史，被弹。王即取作长史，带晋陵郡。太傅已构嫌孝伯，不欲使其得谢，还取作谘议，外示縻维，而实以乖间之。【司马道子居心亦不净。按刘应登云："谓谢已与道子有嫌，王亦与道子成隙，恐谢去职而还，为道子所害，故留之依己也。"此解有误。留之依己者非孝伯，乃道子。】及孝伯败后，太傅绕东府城行散，《丹铅记》曰：东府城西，有简文为会稽王时第，东则孝文王道子府。道子领扬州，仍住先舍，故俗称"东府"。僚属悉在南门，要望候拜。时谓谢曰："王宁异谋，阿宁，王恭小字也。云是卿为其计。"【只是诈他。】谢曾无惧色，【居心诚净，何惧滓秽污太清？】敛笏对曰："乐彦辅【乐广】有言：'岂以五男易一女？'"【《世说》中人引《世说》人语，此是一例。大有味。】太傅善其对，因举酒劝之曰："故自佳，故自佳。"

◎ 奸雄叹佳处，直臣落泪时。伴君如伴虎，凄怆有谁知？

101. 桓玄义兴【按：义兴，即今江苏宜兴。玄尝为义兴太守，后弃官归南郡。】还后，见司马太傅，太傅已醉，坐上多客。问人云："桓温来欲作贼，如何？"【半是恐吓，半是挑衅。】《晋安帝纪》曰：温在姑熟，讽朝廷，求九锡。谢安使吏部郎袁宏具其草，以示仆射王彪之。彪之作色曰："大夫岂以此事语人邪？"安徐问其计。彪之曰："闻其疾已笃，且可缓其事。"安从之，故不行。【补叙一段桓温旧事。】桓玄伏不得起。【此时如何敢起？】谢景重时为长史，举板答曰："故宣武公黜昏暗，登圣明，功超伊、霍，纷纭之议，裁之圣鉴。"【按刘应登云："按此乃道子醉中易言耳。谢乃举其废立之事言之，盖温废海西、立简文，道子乃简文第五子也。可谓善解纷矣。"】太傅曰："我知，我知。"【吃水已忘挖井人矣。】即举酒云："桓义兴，劝卿酒！"桓出谢过。【此时谢过，他日必将杀来。】檀道鸾论之曰：道子可谓易于由言，谢重能解纷纭矣。

◎ 桓玄本有反骨，奈何以其父激之？晋末乱象丛生，道子难辞其咎，后桓玄起兵叛乱，道子为其所杀，此时便种恶因也。

102. 宣武【桓温】移镇南州，制街衢平直。【前有江陵，今有南州，桓温真善治城。】人谓王东亭【王珣】曰:《王司徒传》曰：王珣字元琳，丞相导之孙，领军洽之子也。少以清秀称。大司马桓温辟为主簿，从讨袁真，封交趾望海县东亭侯，累迁尚书左仆射、领选、进尚书令。"丞相初营建康，无所因承，而制置纡曲，方此为劣。"【碌碌凡才，焉知纡曲之妙？】《晋阳秋》曰：苏峻既诛，大事克平之后，都邑残荒。温峤议徙都豫章，以即丰全。朝士及三吴豪杰，谓可迁都会稽，王导独谓："不宜迁都。建业，往之秣陵，古者既有帝王所治之表，又孙仲谋、刘玄德俱谓是王者之宅。今虽凋残，宜修劳来旋定之道，镇静群情。且百堵皆作，何患不克复乎！"终至康宁，导之策也。东亭曰："此丞相乃所以为巧。江左地促，不如中国；若使阡陌条畅，则一览而尽；故纡余委曲，若不可测。"【说出治城须因地制宜，甚妙。东亭乃丞相嫡孙，岂会数典忘祖？】

◎ 两幅城市规划图，今之执政者可观焉。千篇一律之城市，信可鄙哉！

103. 桓玄诣殷荆州【殷仲堪】，殷在妾房昼眠，左右辞不之通。桓后言及此事，殷云："初不眠，纵有此，岂不以贤贤易色也！"【抵赖。所谓"巧言令色鲜矣仁"。《论语·学而》："子夏曰：'贤贤易色，事父母能竭其力，使君能致其身，虽曰未学，吾必谓之学矣。'"】孔安国注《论语》曰：言以好色之心好贤人，则善。【此注可称。】

◎ 于国家大事中忽插入闺房秘闻，摇曳多姿，跌宕可观。

104. 桓玄问羊孚:《羊氏谱》曰：孚字子道，泰山人。祖楷，尚书郎。父绥，中书郎。孚历太学博士、州别驾、太尉参军。年四十六卒。"何以共重吴声？"羊曰："当以其妖而浮。"【笃论。】

◎ 吴声多艳体，可谓"儿女情多，风云气少"，观南朝民歌可知。南朝终为北朝所统，岂偶然哉！

105. 谢混问羊孚："何以器举瑚琏？"《晋安帝纪》曰：混字叔源，陈郡人，司空琰少子也。文学砥砺立名。累迁中书令、尚书左仆射。坐党刘毅伏诛。《论语》："子贡问曰：'赐也何如？'子曰：'汝，器也。'曰：'何器也？'曰：'瑚琏也。'"郑玄注曰："黍稷器。夏曰瑚，殷曰琏。"羊曰："故当以为接神之器。"【此是《论语》注脚。】

◎ 早忘夫子"君子不器"之训矣。

106. 桓玄既篡位后，【一写桓玄篡位。】御床微陷，群臣失色。【凶兆。】侍中殷仲文进曰：《续晋阳秋》曰：仲文字仲文，陈郡人。祖融，太常。父康，吴兴太守。闻玄平京邑，弃郡投焉。玄甚悦之，引为谘议参军。时王谧见礼而不亲，卞范之被亲而少礼。其宠遇隆重，兼于王、卞矣。及玄篡位，以佐命亲贵，厚自封崇。舆马器服，穷极绮丽，后房妓妾数十，丝竹不绝音。性甚贪吝，多纳贿赂，家累千金，常若不足。玄既败，先投义军。累迁侍中、尚书。以罪伏诛。"当由圣德渊重厚，地所以不能载。"【谄语厚颜。】时人善之。【时人者，俗人也。】

◎ 仲文不及仲堪，无怪乎为后世所詈骂。

107. 桓玄既篡位，【再写桓玄篡位。】将改置直馆，问左右："虎贲中郎省应在何处？"有人答曰："无省。"当时绝废旨。问："何以知无？"答曰："潘岳《秋兴赋叙》曰：'余兼虎贲中郎将，寓直散骑之省。'"【不知此人是谁？以诗证史，堪称孤明先发。】岳别见。其《赋叙》曰：晋十有四年，余年三十二，始见二毛，以太尉掾兼虎贲中郎将，寓直散骑之省。高阁连云，阳景罕曜。仆野人也，猥厕朝列，譬犹池鱼笼鸟，有江湖山薮之思。于是染翰操纸，慨然而赋。时秋至，故以秋兴命篇。玄咨嗟称善。刘谦之《晋纪》曰：玄欲复虎贲中郎将，宜应直与不，访之僚佐，咸莫能定。参军刘简之对曰："昔潘岳《秋兴赋序》云：'余兼虎贲中郎将，寓直于散骑之省。'以此言之，是应直

也。"玄欢然从之。此语微异，又答者未知姓名，故详载之。【竟是刘简之。孝标注不可不读。】

◎ 此非"言语"，当另设"博闻强记"科也。

108. 谢灵运好戴曲柄笠，丘渊之《新集录》曰：灵运，陈郡阳夏人。祖玄，车骑将军。父涣，秘书郎。灵运历秘书监、侍中、临川内史。伏诛。孔隐士【孔淳之】谓曰："卿欲希心高远，何不能遗曲盖之貌？"【讥其貌合神离。】《宋书》曰：孔淳之字彦深，鲁国人。少以辞荣就约，征聘无所就。元嘉初，散骑郎征，不到，隐上虞山。谢答曰："将不畏影者未能忘怀。"【刺其黏滞于物。】《庄子》云：渔父谓孔子曰："人有畏影恶迹而去之走者，举足逾数而迹逾多，走逾疾而影不离，自以尚迟，疾走不休，绝力而死。不知处阴以休影，处静以息迹，愚亦甚矣！子修心守真，还以物与人，则无异矣。不修身而求之人，不亦外事者乎？"【按余嘉锡云："笠者，野人高士之服，而曲柄笠，笠上有柄，曲而后垂，绝似曲盖之形。灵运好戴之，故淳之讥其虽希心高远，而不能忘情于轩冕也。灵运以为惟畏影者乃始恶迹，心苟漠然不以为意，何迹之足畏？如淳之言，将无犹有贵贱之形迹存于胸中，未能尽忘乎？"】

◎ 不能遗貌是外累，未能忘怀是心障，一问一答，机锋尽在。孔隐士并未看错，谢客终未能忘情于世事，唯词捷口快而已。

政事第三

● 此亦"孔门四科"之一。政事者，为政治国之事也。人道敏政，为政在人。孔子言政，主张"为政以德"，"道之以德，齐之以礼"，故其反对杀伐，提倡垂范。夫子尝言："政者，正也。子帅以正，孰敢不正？""子为政，焉用杀？子欲善而民善矣。"又主"无为而治"，尝言："无为而治者，其为舜与？夫何为哉？恭己正南面而已矣。"此与老子"我无为，而民自化；我好静，而民自正；我无事，而民自富；我无欲，而民自朴""无为而无不为"诸说本同末异，若合符节。夫汉晋之际，天下方乱，群雄虎争，为政之道亦从贵刑名、用重典向尚宽简、务清静渐次转型。《政事》一门，首写陈寔，次写山涛，复次王承，以至于王导、庾亮、桓温、谢安诸宰辅，正可窥见此中消息。盖正始以迄江左，玄学当令，为政者多为清谈宗主，颇以老庄无为之道为旨归，虽豪杰刚猛如桓温，亦"耻以威刑肃物"，故好为"察察之政"者如刁协、庾冰诸人，皆为时流所不屑，而王导之"愦愦之政"，反成门阀政治时代之主流耳。又临川王编撰《世说》时，刘宋立国未久，皇室与藩王互相猜忌，为政不免严苛过当，故义庆以世路多艰，乃自求外镇，终身不复跨马，此正韬光养晦以求自保也。观此篇二十六则故事，则义庆中年心事，宛然可见。夫仁政惠治，人人所慕，唯彼缺陷世界，不易可得也。

1. 陈仲弓【陈寔】为太丘长，时吏有诈称母病求假。事觉，收之，令吏杀焉。【只是病母求假，杀之太狠。】主簿请付狱考众奸，【主簿倒有不忍人之心。】仲弓曰："欺君不忠，病母不孝，不忠不孝，其罪莫大。考求众奸，岂复过此？"【汉时以孝治天下，故罪莫大于不孝。】陈寔，已别见。

◎ 太丘称誉乡里，而不免好杀。虽说乱世用重典，亦不免矫枉过正之讥。

2. 陈仲弓为太丘长，有劫贼杀财主，主者捕之。未至发所，道闻民有在草不起子者，【刘应登云："谓生子不收育之。"】回车往治之。主簿曰："贼大，宜先按讨。"【此主簿当是彼主簿，可惜未知其名。】仲弓曰："盗杀财主，何如骨肉相残？"【太丘在理。】按后汉时贾彪有此事，不闻寔也。【余嘉锡云："仲弓、伟节，同时并有此事，何其相类之甚也？疑为陈氏子孙剽取旧闻，以为美谈，而临川误以为实。然观孝标之注，固已疑之矣。"】

◎ 盗杀财主固有罪，骨肉相残诚非人。太丘眼里揉不进沙子也。清议型政治家常有此峻烈性情。

3. 陈元方年十一时，陈纪已见。候袁公。袁公问曰："贤家君在太丘，远近称之，何所履行？"【似有不服。】元方曰："先父【按：疑当作老父。】在太丘，强者绥之以德，弱者抚之以仁，恣其所安，【可谓仁政、德治也。】久而益敬。"【《论语·公冶长》："子曰：'晏平仲善与人交，久而敬之。'"】袁宏《汉纪》曰：寔为太丘，其政不严而治，百姓敬之。袁公曰："孤往者尝为邺令，正行此事。不知卿家君法孤，孤法卿父？"【好似武人踢馆也。】检众《汉书》，袁氏诸公未知谁为邺令。故阙其文，以待通识者。元方曰："周公、孔子，异世而出，周旋动静，万里如一。周公不师孔子，孔子亦不师周公。"【打太极。言周公不师孔子则可，言孔子不师周公则非。孔子学无常师，然一生皆师周公也。尝言："周监于二代，郁郁乎文哉，吾从

周。""甚矣！吾衰也，久矣吾不复梦见周公！"此皆孔子师周公之证。】

◎ 有太丘其父，乃有元方其子。元方捍卫太丘，有似子贡捍卫仲尼。

4. 贺太傅【贺邵】作吴郡，初不出门。吴中诸强族轻之，【按：吴中诸强，无外顾、陆、朱、张四姓。】乃题府门云："会稽鸡，不能啼。"环济《吴纪》曰：贺邵字兴伯，会稽山阴人。祖齐，父景，并历吴官。邵历散骑常侍，出为吴郡太守。后迁太子太傅。贺闻，故出行，至门反顾，索笔足之曰："不可啼，杀吴儿。"【联句逼出杀气。】于是至诸屯邸，检校诸顾、陆役使官兵及藏逋亡，悉以事言上，罪者甚众。【县官不如现管。】陆抗时为江陵都督，《吴录》曰：抗字幼节，吴郡人，丞相逊子，孙策外孙也。为江陵都督，累迁大司马、荆州牧。故下请孙皓，然后得释。【刘辰翁云："谓以此故下都，不成语。"】

◎ 观此可知，三国时，南北大族之纷争尚未抬头，江南不同郡望间之倾轧已甚剧。然贺邵乃清德雅士，不宜有此。

5. 山公【山涛】以器重朝望【山公终是一器。】，年踰七十，犹知管时任。虞预《晋书》曰：山涛字巨源，河内怀人。祖本，郡孝廉。父曜，宛句令。涛蚤孤而贫，少有器量，宿士犹不慢之。年十七，宗人谓宣帝曰："涛当与景、文共纲纪天下者也。"帝戏曰："卿小族，那得此快人邪？"好《庄》《老》，与嵇康善。为河内从事，与石鉴共传宿，涛夜起蹴鉴曰："今何等时而眠也！知太傅卧何意？"鉴曰："宰相三日不朝，与尺一令归第，君何虑焉？"涛曰："咄！石生，无事马蹄间也。"投传而去。果有曹爽事，遂隐身不交世务。【器识可见。】累迁吏部尚书、仆射、太子少傅、司徒。年七十九薨，谥康侯。【山公可谓善终。】贵胜年少，若和【峤】、裴【楷】、王【济】之徒，并共言咏。【山涛可谓善与人交也。】有署阁柱曰："阁东有大牛【喻山涛也】，和峤鞅【鞅，套在牛颈上之皮套。】，裴楷鞦，【按：鞦，络在牲口股后之皮带。】王济剔嬲【纠缠搅扰之意。】不得休。"王隐《晋书》曰：初，涛领吏部，潘岳内非之，密为作谣曰：

"阁东有大牛，王济鞅，裴楷鞧，和峤刺促不得休。"【竟是潘岳手笔。】《竹林七贤论》曰：涛之处选，非望路绝，故贻是言。或云潘尼作之。【总是潘家人。】《文士传》曰：尼字正叔，荥阳人。祖勖，尚书左丞。父满，平原太守。并以文学称。尼少有清才，文词温雅。初应州辟，终太常卿。

◎ 盖讽刺山公处选官之重位，却为贵胜年少如和峤、裴楷、王济辈所操纵，与世俯仰，和光同尘，以致铨选擢拔有违公正也。然山公实开王导、谢安辈宽简为政一路，此正玄风吹拂之下，士大夫为政策略之变化耳，未可轻否之。

6. 贾充初定律令，【此人可恨。】《晋诸公赞》曰：充字公闾，襄陵人。父逵，魏豫州刺史。充早知名，起家为尚书郎，迁廷尉，听讼称平。晋受禅，封鲁郡公。充有才识，明达治体，加善刑法，由此与散骑常侍裴楷共定科令，蠲除密网，以为《晋律》。薨，赠太宰。与羊祜共咨太傅郑冲，王隐《晋书》曰：冲字文和，荥阳开封人。有核练才，清虚寡欲，喜论经史，草衣缊袍，不以为忧。累迁司徒、太保。晋受禅，进太傅。冲曰："皋陶严明之旨，非仆闇儜所探。"【谦辞似诙。似对贾充所言。】羊曰："上意欲令小加弘润。"【此语非羊公不可。】冲乃粗下意。《续晋阳秋》曰：初，文帝命荀勖、贾充、裴秀等分定礼仪律令，皆先咨郑冲，然后施行。

◎ 观此，郑冲可谓低调人。

7. 山司徒【山涛】前后选，殆周遍百官，举无失才，凡所题目，【题目，犹言品评。】皆如其言。唯用陆亮，是诏所用，与公意异，争之不从。【按《论语·宪问篇》："子路问事君。子曰：'勿欺也，而犯之。'"又《礼记·檀弓上》："事君有犯而无隐。"山涛可谓善事君者。】亮亦寻为贿败。【不幸言中。】《晋诸公赞》曰：亮字长兴，河内野王人，太常陆又兄也。性高明而率烈，至为贾充所亲待。【贾充一党，自为山公所不齿。】山涛为左仆射领选，涛行业既与充异，自以为世祖所敬，选用之事，与充谘论，充每不得其所欲。好事者说充："宜授心腹人为吏部尚书，参同选举。若意不齐，事不得谐，可不召公与选，而实得叙所怀。"充以为然。乃启亮公忠无私。涛以亮将与己异，又恐其协情不允，累启亮可为左丞，初非选官才。世祖不许，涛乃辞疾还家。【辞官以争，山公可谓骨鲠之臣。】亮在职果不能允，坐事免官。

◎ 此则亦可入《识鉴》一科。山公慧眼卓识，于此可见。

8. 嵇康被诛后，山公举康子绍为秘书丞。《山公启事》曰：诏选秘书丞。涛荐曰："绍平简温敏，有文思，又晓音，当成济也。犹宜先作秘书郎。"诏曰："绍如此，便可为丞，不足复为郎也。"《晋诸公赞》：康遇事后二十年，绍乃为涛所拔。【按：嵇绍十岁而孤，二十年后当为三十岁。】王隐《晋书》曰：时以绍父康被法，选官不敢举。年二十八，山涛启用之，世祖发诏，以为秘书丞。绍谘公出处，《竹林七贤论》曰：绍惧不自容，将解褐，故咨之于涛。公曰："为君思之久矣。【不负叔夜之托也。】天地四时，犹有消息，而况人乎？"【此语悲慨。语本《周易·丰》："日中则昃，月盈则食；天地盈虚，与时消息，而况于人乎？"】王隐《晋书》曰：绍字延祖，雅有文才，山涛启武帝云云。

◎ 此山涛平生最受诟病之事。如顾炎武即云："昔者嵇绍之父康被杀于晋文王，至武帝革命之时，而山涛荐之入仕。绍时屏居私门，欲辞不就。涛谓之曰：'为君思之久矣！天地四时，犹有消息，而况人乎？'一时传诵以为名言，而不知其败义伤教，至于率天下而无父也。夫绍之于晋，非其君也。忘其父而事其非君，当其未死，三十馀年之间，为无父之人，亦已久矣。而荡阴之死，何足以赎其罪乎？且其入仕之初，岂知必有乘舆败绩之事，而可树其忠名，以盖于晚也。"（《日知录》卷十三）近人余嘉锡亦云："绍自为山涛所荐，后遂死于荡阴之难。夫食焉不避其难。既食其禄，自不得临难苟免。绍之死无可议，其失在不当出仕耳。……劝之出者岂非陷人于不义乎！所谓'天地四时，犹有消息'，尤辩而无理。大抵清谈诸人，多不明出处之义。"二先生之说固大义凛然，终未能具了解之同情。窃谓嵇康临终托孤，明告其子曰："巨源在，汝不孤矣。"则知叔夜临终，本已超越政见之不同，欲以托孤之事弥合与山涛之关系。孟子云："少而无父谓之孤。"叔夜此言，意以稚子父事山涛，可使嵇绍不受父罪之影响，另寻生存之道，其所撰《家诫》谆谆告诫，盖亦此意。托孤之时，山、嵇之间或另有何种默契，外人岂可得知？后之诟病皆从名教立论，岂不知叔夜早有"越名教而任自然"之论在先耶？夫竹林诸贤，本已体道破执，故能超越名相，与时消息，后之诋诃或有激于现实，而不免迁执一端，未从玄学时代之世道人情立论，可谓"明于知礼义而陋于知人心"者也。

9. 王安期【王承】为东海郡。《名士传》曰：王承字安期，太原晋阳人。父湛，汝南太守。承冲淡寡欲，无所修尚。累迁东海内史，为政清静，吏民怀之。避乱渡江，是时道路寇盗，人怀忧惧，承每遇艰险，处之怡然。元皇为镇东，引为从事中郎。小吏盗池中鱼，纲纪推之。王曰："文王之囿，与众共之。《孟子》曰：齐宣王问："文王之囿，方七十里，有诸？若是其大乎？"对曰："民犹以为小也。"王曰："寡人之囿，方四十里，民犹以为大，何邪？"孟子曰："文王之囿，刍荛者往焉，与民同之，民以为小，不亦宜乎？今王之囿，杀麋鹿者如杀人罪，是以四十里为阱于国中也，民以为大，不亦宜乎？"池鱼复何足惜！"【真通脱！与夫子"伤人乎，不问马"意同。】

◎ 可谓仁政。安期号为中朝名士第一流，正在其为政宽简，不为察察之政也。临川以此入《政事》，岂无因乎？

10. 王安期作东海郡，吏录一犯夜人来。【按：宵禁出行，是谓"犯夜"。】王问："何处来？"云："从师家受书还，不觉日晚。"【犹今之"夜自习"。】王曰："鞭挞宁越，以立威名，恐非致理之本。"《吕氏春秋》曰：宁越者，中牟鄙人也。苦耕稼之劳，谓其友曰："何为可以免此苦也？"其友曰："莫如学也。学二十岁，则可以达矣。"宁越曰："请以十五岁。人将休，吾不敢休；人将卧，吾不敢卧。"【《中庸》有云："人一能之，己百之；人十能之，己千之。"又，孔子赞颜回："吾见其进也，未见其止也。"宁越之好学，堪比颜回。】学十五岁而为周成公之师也。使吏送令归家。【好待遇。】

◎ 安期所言甚佳。然自古"鞭挞宁越，以立威名"之事史不绝书，知易行难，于斯可见。

11. 成帝【司马衍】在石头，《晋世谱》曰：帝讳衍，字世根，明帝太子。年二十二崩。任让在帝前录侍中钟雅、《晋阳秋》曰：让，乐安人，诸任之后。随苏峻作乱。《雅别传》曰：雅字彦胄，颍川长社人，魏太傅钟繇弟仲常曾孙也。少有才志，累迁至侍中。右卫将军刘超。【任让全不知"让"。】《晋阳秋》曰：超字世瑜，琅邪人，汉成阳景王六世孙。封临沂慈乡侯，遂家焉。父征为琅邪国上将军。超为县小吏，稍迁记室掾、安东舍人。忠清慎密，为中宗所拔。自以职在中书，绝不与人交关书疏，闭门不通宾客，家无担石之储。讨王敦有功，封零阳伯，为义兴太守。而受拜及往还朝，莫有知者，其慎默如此。迁右卫大将军。帝泣曰："还我侍中。"【皇帝皆爱侍中，只是小儿声口，可怜！】让不奉诏，遂斩超、雅。【公然撕票，任让可恨】《雅别传》曰：苏峻逼主上幸石头，雅与刘超并侍帝侧匡卫，与石头中人密期拔至尊出，事觉被害。事平之后，陶公【陶侃】与让有旧，欲宥之。【不可宥。】许柳《许氏谱》曰：柳字季祖，高阳人。祖允，魏中领军。父猛，吏部郎。刘谦之《晋纪》曰：柳妻，祖逖子涣女。苏峻招祖约为逆，约遣柳以众会峻。既克京师，拜丹阳尹。后以罪诛。儿思妣者至佳，诸公欲全之；《许氏谱》曰：永字思妣。若全思妣，则不得不为陶全让。于是欲并宥之。事奏，帝曰："让是杀我侍中者，不可宥！"【成帝虽少，却知念旧。】诸公以少主不可违，并斩二人。

◎ 任让虽不杀思妣，思妣实因之而死。可叹！

12. 王丞相【王导】拜扬州，宾客数百人并加霑接，人人有悦色。唯有临海一客姓任《语林》曰：任名顒，时官在都，预王公坐。及数胡人为未洽。公因便还到，过任边，云："君出，临海便无复人。"【导为侨姓，任为吴姓，鸠占鹊巢，岂可怠慢？】任大喜悦。【客套语，要看谁说。】因过胡人前，弹指云："兰阇，兰阇。"【亦作"兰奢"。梵语或伊朗语译音，盖为褒赞之辞。】群胡同笑，四坐并欢。【刘辰翁云："如此为佞，亦足称'政事'耶？"李贽云："第一美政，只少人解。"辰翁只是不懂。】《晋阳秋》曰：王导接诱应会，少有迕者。虽疏交常宾，一见多输写款诚，自谓为导所遇，同之旧昵。

◎ 丞相欲和靖江东，正须从善如流，多方周旋，此亦不得不尔，非乐此不疲也。

13. 陆太尉【陆玩】诣王丞相谘事，过后辄翻异，王公怪其如此。后以问陆，《陆玩别传》曰：玩字士瑶，吴郡吴人。祖瑁，父英，仕郡有誉。玩器量淹雅，累迁侍中、尚书左仆射、尚书令，赠太尉。陆曰："公长民短，临时不知所言，既后觉其不可耳。"【似谦，似讽。刘应登云："'民'乃自称之辞，为身有长短，当时闻之不悉，过后方觉耳。"】

◎ 陆玩实颃，观《方正》篇导请婚于玩，而玩以"不为乱伦之始"相拒，居然可知。盖陆氏乃吴中望族，本不以过江诸人为意也。

14. 丞相尝夏月至石头看庾公【庾冰】，庾公正料事。丞相云："暑，可小简之。"【体己话。】庾公曰："公之遗事，天下亦未以为允。"【竟不留情。】《殷羡言行》曰：王公薨后，庾冰代相，网密刑峻。羡时行，遇收捕者于途，慨然叹曰："丙吉问牛喘，似不尔！"尝从容谓冰曰："卿辈自是网目不失，皆是小道小善耳。至如王公，故能行无理事。"【无理事常有理。殷羡可谓丞相知音。】谢安石每叹咏此唱。庾赤玉曾问羡："王公治何似？谁是所长？"羡曰："其馀令绩，不复称论。然三捉三治，三休三败。"

◎ 庾冰分明以王导为"闷闷""愦愦"，观下则可知。

15. 丞相末年，略不复省事，正封篆，诺之。【犹今之官僚但会写"同意"二字。】自叹曰："人言我愦愦，后人当思此愦愦。"【愦愦，犹言糊涂。】徐广《历纪》曰：导阿衡三世，经纶夷险，政务宽恕，事从简易，故垂遗爱之誉也。【"遗爱"二字可思。按陈寅恪云："导自言'后人当思此愦愦'，实有深意。江左之所以能立国历五朝之久，内安外攘者，即由于此。故若仅就斯言立论，导自可称为民族之大功臣，其子孙亦得与东晋南朝三百年之世局同其兴废。岂偶然哉！"】

◎ 聪明容易糊涂难。此大有宁武子"愚不可及"、郑板桥"难得糊涂"之妙。清谈型政治家尚自然，通老庄，故能不粘滞于一事一物。

16. 陶公【陶侃】性检厉，勤于事。【恰与王导作对照。】《晋阳秋》曰：侃练核庶事，勤务稼穑，虽戎陈武士，皆劝厉之。有奉馈者，皆问其所由。若力役所致，欢喜慰赐；若它所得，则呵辱还之。是以军民勤于农稼，家给人足。性纤密好问，颇类赵广汉。尝课营种柳，都尉夏施盗拔武昌郡西门所种。侃后自出，驻车施门，问："此是武昌西门柳，何以盗之？"施惶怖首伏，三军称其明察。侃勤而整，自强不息。又好督劝于人，常云："民生在勤，大禹圣人，犹惜寸阴，至于凡俗，当惜分阴。岂可游逸，生无益于时，死无闻于后，是自弃也。又《老》《庄》浮华，非先王之法言而不敢行。君子当正其衣冠，摄以威仪，何有乱头养望，自谓宏达邪？"【陶公痛批老庄浮华，适与裴、王坦之同调。】《中兴书》曰：侃尝检校佐吏，若得樗蒲、博弈之具，投之曰："樗蒲，老子入胡所作，外国戏耳。围棋，尧、舜以教愚子。博弈，纣所造。诸君国器，何以为此？若王事之暇，患邑邑者，文士何不读书？武士何不射弓？"谈者无以易也。【陶公所言亦不错。】作荆州时，敕船官悉录锯木屑，不限多少。咸不解此意。后正会，值积雪始晴，听事前除，雪后犹湿。于是悉用木屑覆之，都无所妨。【木屑可防滑。】官用竹，皆令录厚头，积之如山。后桓宣武伐蜀，装船，悉以作钉。【竹头可作钉。】又云，尝发所在竹篙，有一官长连根取之，仍当足。【刘应登云："谓就连竹根用为篙，以代铁足。"】乃超两阶用之。

◎ "竹头木屑"，皆可大用。陶侃克勤克俭，诚是立功办事人。陶公、丞相，用则双美，舍则两伤。

17. 何骠骑【何充】作会稽，《晋阳秋》曰：何充字次道，庐江人。思韵淹通，有文义才情。累迁会稽内史、侍中、骠骑将军、扬州刺史。赠司徒。虞存弟謇作郡主簿，孙统《存诔叙》曰：存字道长，会稽山阴人也。祖阳，散骑常侍。父伟，州西曹。存幼而卓拔，风情高逸，历卫军长史、尚书吏部郎。范汪《棋品》曰：謇字道真，仕至郡功曹。以何见客劳损，欲断常客，使家人节量，择可通者，作白事成以见存。【白事，文书也。按刘应登云："谓择可通者书之以白，所书成，以示其兄。"】存时为何上佐，正与謇共食，语云："白事甚好，待我食毕作教。"食竟，取笔题白事后云："若得门亭长如郭林宗者，当如所白。《泰别传》曰：泰字林宗，有人伦鉴识。题品海内之士，或在幼童，或在里肆，后皆成英彦六十余人。自著书一卷，论取士之本，未行，遭乱亡失。**汝何处得此人？**"【刘应登注云："谓司客之人如林宗之鉴别，则可以择人而白见之也。"此注甚是。又余嘉锡云："充之为人，乃不择交友者。其作会稽时，必已如此。虞謇盖嫌其宾客繁猥，故欲加以节量，不独虑其劳损而已。"】謇于是止。

◎ 何充有此虞氏兄弟，可以无忧矣。

18. 王、刘与林公【支遁】共看何骠骑，骠骑看文书，不顾之。【不顾其人】《晋阳秋》曰：何充与王濛、刘惔好尚不同，由此见讥于当世。王谓何曰："我今故与林公来相看，望卿摆拨常务，应对共言，那得方低头看此邪？"【无事人常作无事言】何曰："我不看此，卿等何以得存？"【不顾其面】诸人以为佳。【固佳】

◎ 何充非不好谈，只是看不惯比他更好谈者。

19. 桓公在荆州，全欲以德被江、汉，耻以威刑肃物。【德政】《温别传》曰：温以永和元年自徐州迁荆州刺史，在州宽和，百姓安之。令史受杖，正从朱衣上过。桓式年少，从外来，式，桓歆小字也。《桓氏谱》曰：歆字叔道，温第三子，仕至尚书。云："向从阁下过，见令史受杖，上捎云根，下拂地足。"【说得生动】意讥不著。桓公云："我犹患其重。"【按凌濛初云："每见桓公有仁厚之处，愈觉阿黑之狠。"阿黑，即王敦。】

◎ 桓公可谓"以不忍人之心，行不忍人之政"也。虽有可欲在心，终胜过王敦辈狼抗好杀。

20. 简文为相，事动经年，然后得过。桓公甚患其迟，常加劝勉。太宗曰："一日万机，那得速！"【简文诚是能言】《尚书·皋陶谟》："一日万机。"孔安国曰："几，微也。言当戒惧万事之微。"

◎ 桓温对简文，是以快领慢；简文对桓温，是以静制动。

21. 山遐去东阳，王长史【王濛】就简文索东阳，【刘应登云："谓求为代也。"】云："承藉猛政，故可以和静致治。"《东阳记》云：遐字彦林，河内人。祖涛，司徒。父简，仪同三司。遐历武陵王友、东阳太守。《江惇传》曰：山遐之为东阳，风政严苛，多任刑杀，郡内苦之。【不类乃祖也。】惇隐东阳，以仁恕怀物，遐感其德，为微损威猛。

◎ 迅雷之后，必有和风；苛政之余，宜布德泽。

22. 殷浩始作扬州，《浩别传》曰：浩字渊源，陈郡长平人。祖识，濮阳相。父羡，光禄勋。浩少有重名，仕至扬州刺史、中军将军。《中兴书》曰：建元初，庾亮兄弟、何充等相寻薨，太宗以抚军辅政，征浩为扬州，从民誉也。刘尹【刘惔】行，日小欲晚，便使左右取襆。【打道回府。】人问其故，答曰："刺史严，不敢夜行。"【县官不如现管。】

◎ 殷浩乃庾亮一系，礼玄双修，故为政不若王导之宽简。真长为人傲诞，尚且不敢夜行，百姓可想而知。

23. 谢公时，兵厮逋亡，多近窜南塘，下诸舫中。或欲求一时搜索，谢公不许，云："若不容置此辈，何以为京都？"【京都非京都人之京都，乃天下人之京都也。】《续晋阳秋》曰：自中原丧乱，民离本域，江左造创，豪族并兼，或客寓流离，名籍不立。太元中，外御强氏，蒐简民实，三吴颇加澄检，正其里伍。其中时有山湖遁逸，往来都邑者。后将军安方接客，时人有于坐言：宜纠舍藏之失者。安每以厚德化物，去其烦细；又以强寇入境，不宜加动人情。乃答之云："卿所忧，在于客耳！然不尔，何以为京都？"言者有惭色。

◎ 谢公此言，可为今之药石。收容制度，合当取缔也。

24. 王大【王忱】为吏部郎，王忱，已见。尝作选草，临当奏，王僧弥【王珉】来，聊出示之。僧弥，王珉小字也。《珉别传》曰：珉字季琰，琅邪人，丞相导孙，中领军洽少子。有才艺，善行书，名出兄珣右，累迁侍中、中书令。赠太常。僧弥得，便以己意改易所选者近半。【不在其位，亦谋其政。】主人甚以为佳，更写即奏。【按李贽云："如此选郎，千载一见。"】

◎ 选官一事，无可无不可。故余嘉锡云："为王珉易，为王忱难。"

25. 王东亭【王珣】与张冠军【张玄】善。张玄，已见。王既作吴郡，人问小令【王珉，王珣弟也。】曰：《续晋阳秋》曰：王献之为中书令，王珉代之，时人曰"大小王令"。"东亭作郡，风政何似？"答曰："不知治化何如，唯与张祖希情好日隆耳。"【朱铸禹云："考张玄为当时所重，与谢玄有'南北二玄'之称，王与之善即尊贤敬能，可见其风政。盖珉不欲显称其兄，故以此见意。】

◎ 子曰："君子笃于亲，则民兴于仁。故旧不遗，则民不偷。"可作此则小注。

26. 殷仲堪当之荆州，王东亭问曰："德以居全为称，仁以不害物为名。方今宰牧华夏，处杀戮之职，与本操将不乖乎？"【问到痒处。】殷答曰："皋陶造刑辟之制，不为不贤；《古史考》曰：庭坚号曰皋陶，舜谋臣也。舜举之于尧，尧令作士，主刑。孔丘居司寇之任，未为不仁。"【妙对。】《家语》曰：孔子自鲁司空为大司寇，三日而诛乱法大夫少正卯。【按：此事无稽，纯为后世法家借夫子以自重也。今人徐复观已辨其诬，可参看。】

◎ 仁德，不在其位，在其人；不在其事，在其心。

文学第四

● 此"孔门四科"最后一科。孔门之"文学",盖文献、典章及学术之谓。《论语·公冶长》:"子贡曰:'夫子之文章,可得而闻也,夫子之言性与天道,不可得而闻也。'"同书《泰伯》:"子曰:'大哉尧之为君也。……巍巍乎其有成功也,焕乎其有文章!'"此两处"文章"略与"文学"同义,亦指文献、典章制度及学术,皆与今所谓"纯文学"者不同。文学渐次于学术中分离,乃魏晋间事。曹丕《典论·论文》所谓"经国之大业,不朽之盛事"之"文章",及陆机《文赋》所论之"文",已与"孔门四科"之"文学"大不同,论者以魏晋为"文学自觉"之时代,良有以也。逮及刘宋文帝时,乃立儒、玄、史、文四馆,至此,"文学"始脱胎于学术而独立。《世说》正此一时代之产物也,故《文学》一门,继往开来,承前启后,大可注意。如《世说》各门所记,均依时序而排列,一般先后汉,次三国,再次西晋,复次东晋,次序井然。独《文学》一门为例外。该门前六十五则,照例以时为序,所记依次为经学、玄学、清谈及佛学,俨然一部"学术流变史";而至第六十六则,忽又自曹植"七步诗"写起,直至篇末近四十则皆为诗、赋、文、笔,属今之所谓"纯文学"。此一体例之"突变",明人王世懋谓之"一目中复分两目",前半部好似"汉晋学案",后半部则如"魏晋诗话",质而言之,正时代思潮之显影,文学独立之折射也。至于此门中人物故事,无不文采斐然,胜义可观,读者欲窥中古学术之嬗变,领略彼时名士之风流,不可不读,亦不可不知也。

1. 郑玄在马融门下，【马、郑皆汉末大儒，足撑"文学"一科门户。】《融自叙》曰：融字季长，右扶风茂陵人。少而好问，学无常师。大将军邓骘召为舍人，弃，游武都。会羌虏起，自关以西道断。融以谓古人有言："左手据天下之图，而右手刎其喉，愚夫不为。何则？生贵于天下也。岂以曲俗咫尺为羞，灭无限之身哉？"因往应之，为校书郎，出为南郡太守。三年不得相见，高足弟子传授而已。【言其未得亲炙真传也。已埋伏笔。】尝算浑天不合，诸弟子莫能解。【师徒均不能解。为下文蓄势。】或言玄能者，融召令算，一转便决，众咸骇服。【天才常骇庸人。】及玄业成辞归，既而融有"礼乐皆东"之叹。【观此可知融于礼乐之事，自叹不如玄也。又《十三经注疏》中《毛诗》《周礼》《仪礼》《礼记》四经，皆郑玄所笺注，不愧"礼乐皆东"之誉。】《高士传》曰：玄字康成，北海高密人。八世祖崇，汉尚书。《玄别传》曰：玄少好学书数，十三诵《五经》，好天文、占候、风角、隐术。年十七，见大风起，诣县曰："某时当有火灾。"至时果然，智者异之。年二十一，博极群书，精历数图纬之言，兼精算术。【难怪"一转便决"。】遂去吏，师故兖州刺史第五元。先就东郡张恭祖受《周礼》《礼记》《春秋传》。周流博观，每经历山川，及接颜一见，皆终身不忘。扶风马季长以英儒著名，玄往从之，参考同异。季长后戚，嫚于待士，玄不得见，住左右，自起精庐，既因绍介得通。时涿郡卢子幹【卢植】为门人冠首，季长又不解剖裂七事，玄思得五，子幹得三。季长谓子幹曰："吾与汝皆弗如也。"【《论语·公冶长》："子谓子贡曰：'女与回也孰愈？'对曰：'赐也何敢望回。回也闻一以知十，赐也闻一以知二。'子曰：'弗如也！吾与女弗如也。'"】季长临别，执玄手曰："大道东矣，子勉之！"后遇党锢，隐居著述，凡百余万言。大将军何进辟玄，乃缝掖相见。玄长八尺余，须眉美秀，姿容甚伟。进待以宾礼，授以几杖。玄多所匡正，不用而退。袁绍辟玄，及去，饯之城东，欲玄必醉。会者三百余人，皆离席奉觞，自旦及暮，度立饮三百余杯，而温克之容，终日无怠。献帝在许都，征为大司农，行至元城卒。【此注委细可观。】恐玄擅名而心忌焉。玄亦疑有追，乃坐桥下，在水上据屐。【心思如此缜密，令人悚然。】融果转式逐之，【按：式即栻，古时用以观察天象、制定历法、占卜吉凶时日之一种转盘式器具。】告左右曰："玄在土下水上而据木，此必死矣。"【刘辰翁云："式所以卜追也，其兆如此，故知其死而不知其出于逃遁之术也。"】遂罢追。玄竟以得免。马融海内大儒，被服仁义。郑玄名列门人，亲传其业，何猜忌而行鸩毒乎？委巷之言，贼夫人之子。【所疑有理。刘应登亦云："师友之懿如此，而谓融忌其能，使人追杀之，有此理否？玄又先疑其师追之，预坐桥下。融以其在土下水上，便以为死，皆谬乱之词。此一节当生于'礼乐皆东'一句。"】

◎ 如在"礼乐皆东"处收束，可称信史；而今敷衍追杀一段，则是小说家言。此亦《世说》旨趣，盖清人钱曾所谓"变史家为说家"、近人鲁迅所谓"远实用而近娱乐"也。

2. 郑玄欲注《春秋传》，尚未成，时行与服子慎【服虔】遇宿客舍。先未相识，服在外车上，与人说己注《传》意，《汉南纪》曰：服虔字子慎，河南荥阳人。少行清苦，为诸生，尤明《春秋左氏传》，为作训解。举孝廉，为尚书郎、九江太守。玄听之良久，多与己同。玄就车与语曰："吾久欲注，尚未了。听君向言，多与我同，今当尽以所注与君。"【慷慨人。李贽云："便是大贤心事。"】遂为《服氏注》。【郑氏今果无《春秋传注》流传，《服氏注》亦因杜预《春秋左传注》独行而渐亡矣。】

◎ 学术乃天下公器，郑公不欲与人同，反能成人之美，此等胸次，千古一人也。

3. 郑玄家奴婢皆读书。【家风可嘉。】尝使一婢。不称旨，将挞之。方自陈说，玄怒，使人曳著泥中。【鞭挞奴婢，不似读书人所行，不足为信。】须臾，复有一婢来，问曰："胡为乎泥中？"【目击心遇，脱口而出，此婢好学问。】卫《式微》诗也。【《邶风·式微》也。】毛公曰："泥中，卫邑名也。"答曰："薄言往愬，逢彼之怒。"【此婢可爱更甚可怜。】卫、邶《柏舟》之诗。【此引《诗经·邶风·柏舟》。】

◎ 事未必可信，然读之解颐。"郑玄婢"遂成佳话。《世说》好奇，往往类此。读者若拘泥考据，反拂作者美意。

4. 服虔既善《春秋》，将为注，欲参考同异；闻崔烈集门生讲传，挚虞《文章志》曰：烈字威考，高阳安平人，骃之孙，瑗之兄子也。灵帝时，官至司徒、太尉，封阳平亭侯。遂匿姓名，为烈门人赁作食。每当至讲时，辄窃听户壁间。【此可谓"偷学"。】既知不能踰己，稍共诸生叙其短长。烈闻，不测何人。然素闻虔名，意疑之。【好见闻，好眼力。】明蚤往，及未寤，便呼："子慎！子慎！"【也是使诈。】虔不觉惊应，遂相与友善。【四字暖心。】

◎ 又一学林掌故，令人长想。

5. 钟会撰《四本论》，【经学叙完，始入玄学，次第可观，纹丝不乱。】始毕，甚欲使嵇公一见，置怀中，既定，畏其难，怀不敢出，于户外遥掷，便回急走。【士季心虚。盖犹王武子之于卫叔宝，"珠玉在侧，觉我形秽"也。刘辰翁云："令人畏至此，那得不为所中？"】《魏志》曰：会论才性同异，传于世。四本者：言才性同，才性异，才性合，才性离也。尚书傅嘏论同，中书令李丰论异，侍郎钟会论合，屯骑校尉王广论离。文多不载。【孝标不该偷懒。】

◎ 观此可知，钟会当初几视嵇公若神明，何其敬畏乃尔！然君子小人原本殊途，岂可苟且相交？士季此时尚有自知之明，奈何一朝权位在手，便欲乘肥衣轻结交叔夜哉？而使叔夜面争过激，士季怀恨在心，酿成杀身之祸者，岂命矣夫！是知形同冰炭、势同水火者，最好不使接触，否则一触即发，终至灰飞烟灭。后嵇康坐吕安事见羁，钟会乃谗言构陷于马昭，谓叔夜卧龙，不可起，以坚其杀心，真可谓借刀杀人。沿波讨源，二人之仇隙，实萌芽于此也。

6. 何晏为吏部尚书，有位望，时谈客盈坐。【非吃客，非说客，却是谈客，正始风会如此，亦极可观。】《文章叙录》曰：晏能清言，而当时权势，天下谈士，多宗尚之。【可谓清谈宗主。】《魏氏春秋》曰：晏少有异才，善谈《易》《老》。【谈《易》《老》，实即会通儒道礼玄，不可不察也。】王弼未弱冠，往见之。晏闻弼名，《弼别传》曰：弼字辅嗣，山阳高平人。少而察惠，十馀岁便好《庄》《老》。通辩能言，为傅嘏所知。吏部尚书何晏甚奇之，题之曰："后生可畏。若斯人者，可与言天人之际矣！"以弼补台郎。弼事功雅非所长，益不留意，颇以所长笑人，故为时士所嫉。又为人浅而不识物情。初与王黎、荀融善，黎夺其黄门郎，于是恨黎，与融亦不终好。正始中以公事免。其秋遇疠疾亡，时年二十四。【大天才而不免小心眼，可惜可叹！】弼之卒也，晋景帝嗟叹之累日，曰：

"天丧予！"其为高识悼惜如此。因条向者胜理语弼曰："此理，仆以为理极，可得复难不？"弼便作难，一坐人便以为屈。于是弼自为客主数番，皆一坐所不及。【按《颜氏家训·勉学篇》云："何晏、王弼祖述玄宗，递相夸上，景附草靡，皆以黄、农之化，在乎己身；周孔之业，弃之度外。直取其清谈雅论，剖玄析微，宾主往复，娱心悦耳，非济世成俗之要也。"】

◎ 正始之音，清谈盛况，赖此则以传。当浮一大白！

7. 何平叔【何晏】注《老子》，始成，诣王辅嗣【王弼】，见王注精奇，乃神伏，【神伏必先心服。】曰："若斯人，可与论天人之际矣！"【极赞。】因以所注为《道》《德》二论。【按吴勉学云："王注《老子》今尚传，然似是晋人清言，与《老》无与。"】《魏氏春秋》曰：弼论道约美不如晏，然自然出拔过之。

◎ 平叔亦有雅量。今之学阀、学霸当思。

8. 王辅嗣弱冠诣裴徽，《永嘉流人名》曰：徽字文季，河东闻喜人，太常潜少弟也。仕至冀州刺史。徽问曰："夫无者，诚万物之所资，圣人莫肯致言，而老子申之无已，何邪？"【大哉问！】《弼别传》曰：弼父为尚书郎，裴徽为吏部郎，徽见异之，故问。弼曰："圣人体无，无又不可以训，故言必及有；【此本言不尽意之旨。】老、庄未免于有，恒训其所不足。"【妙答。王弼此言，道破老庄未能真体无，故离圣人之境尚远。此已开孙齐庄所言"圣人生知，故难企慕"之端倪也。此意后之学者多未能深察，如王世懋云："弼明老庄，此言似为退一舍，恐非本色。"凌濛初亦云："皮肤语耳，未是妙理。"李贽云："王弼胡说。"此皆似是而非之论也。】

◎ 王弼虽畅言老庄，阐发玄理，然其大旨仍不离儒道，故于圣人之学，独能阐幽发微，发前人未发之覆。后人常以玄学家目之，而无视其儒学根柢，实未得辅嗣本心也。

9. 傅嘏善言虚胜，《魏志》曰：嘏字兰硕【按：《魏志》本传作"兰石"。】，北地泥阳人，傅介子之后也。累迁河南尹、尚书。嘏尝论才性同异，钟会集而论之。《傅子》曰：嘏既达治好正，而有清理识要，好论才性，原本精微，鲜能及之。司隶钟会年甚少，嘏以朋知交会。荀粲谈尚玄远。【可知虚胜、玄远，本是二理。】《粲别传》曰：粲字奉倩，颍川颍阴人，太尉彧少子也。粲诸兄儒术论议各知名。粲能言玄远，常以子贡称"夫子之言性与天道，不可得而闻也"，然则六籍虽存，固圣人之糠秕。【看似嘲圣，实则仍是宗圣，惟反对宗经也。终不乖"言不尽意"之理。】能言者不能屈。每至共语，有争而不相喻。【争而不能喻，实固执理障，未能超越名相义理、辨异玄同故也。】裴冀州释二家之义，通彼我之怀，常使两情皆得，彼此俱畅。【裴徽高于傅、荀辈远矣。】《粲别传》曰：粲太和初到京邑，与傅嘏谈，嘏善名理，而粲尚玄远，宗致虽同，仓卒时或格而不相得意。裴徽通彼我之怀，为二家释。顷之，粲与嘏善。《管辂传》曰：裴使君有高才逸度，善言玄妙也。【虚胜、玄远，皆在玄妙之下矣。按朱铸禹云："玄与虚同为清谈而实两派。大抵虚胜似禅家临济宗，玄远似曹洞宗。"】

◎ 能通彼我之怀，使两情皆得，彼此俱畅者，方是真玄家。

10. 何晏注《老子》未毕，见王弼自说注《老子》旨，何意多所短，不复得作声，但应之。【后生可畏。】遂不复注，因作《道》《德》二论。【盖言改注为论，撰《道论》《德论》二文。按凌濛初云："此与前一条同，不足复出。"】《文章叙录》曰：自儒者论以老子非圣人，绝礼弃学。晏说与圣人同，著论行于世也。【此注价值高于正文。"晏说与圣人同"，此语最可注意。可知平叔著论，大旨不离儒宗，正所谓援老入儒、以道解儒也。】

◎ 此与第七则大同小异，盖传闻异辞耳。

11. 中朝时，有怀道之流，有诣王夷甫【王衍】谘疑者。值王昨已语多，小极，【犹言小疲。】不复相酬答，乃谓客曰："身今少恶，裴逸民亦近在此，君可往问。"《晋诸公赞》曰：裴𬱖谈理，与王夷甫不相推下。【裴、王互为劲敌。】

◎ 明写王衍，暗写裴颜。《世说》叙事，常有主宾显隐之妙。

12. 裴成公【裴颜】作《崇有论》，【其论曰："夫至无者无以能生，故始生者自生也。自生而必体有，则有遗而生亏矣。生以有为己分，则虚无是有之所谓遗者也。"】时人攻难之，莫能折，【所向本无敌。】唯王夷甫来，如小屈。【克星却在此。】时人即以王理难裴，理还复申。【非理不胜王，实气先馁也。】《晋诸公赞》曰：自魏太常夏侯玄、步兵校尉阮籍等，皆著《道德论》。于时侍中乐广、吏部郎刘汉亦体道而言约，尚书令王夷甫讲理而才虚，散骑常侍戴奥以学道为业，后进庾敱之徒皆希慕简旷。颜疾世俗尚虚无之理，故著《崇有》二论以折之。【裴颜可谓真儒。】才博喻广，学者不能究。后乐广与清闲欲说理，而颜辞喻丰博，广自以体虚无，笑而不复言。【乐广乃真能体道者，观其言"名教中自有乐地"可知。其笑而不言，盖以裴所论与己并不冲突，多言反以为忤也。】《惠帝起居注》曰：颜著二论以规虚诞之弊。文词精富，为世名论。

◎ 裴颜不敌王衍，其因有三：王衍位高权重，一也；王衍乃王戎从弟，裴颜系王戎女婿，王乃裴之长辈，二也；王衍谈玄，过即更改，信口雌黄，巧言令色，辞胜于理，三也。有此三者，裴颜常落下风，不亦宜乎？可谓一物降一物也。

13. 诸葛宏年少不肯学问，始与王夷甫谈，便已超诣。【后起之秀。】王叹曰："卿天才卓出，若复小加研寻，一无所愧。"宏后看《庄》《老》，【《庄》《老》便是王衍家底。】更与王语，便足相抗衡。【谈何容易？】王隐《晋书》曰：宏字茂远，琅邪人，魏雍州刺史绪之子。有逸才，仕至司空主簿。

◎ 观此可知，夷甫谈功不过尔尔，一初生牛犊便可与抗衡矣。

14. 卫玠总角时，问乐令"梦"，【小儿常有大问。】乐云："是想。"卫曰："形神所不接而梦，岂是想邪？"【问得好！】乐云："因也。【因字好似佛家语。】未尝梦乘车入鼠穴、捣齑啖铁杵，皆无想、无因故也。"【按刘应登云："谓无此事，即无此梦。世无鼠穴容车、斋堪铁杵之事。"又，吴勉学云:"此理却正,终不可破。"】《周礼》有六梦:一曰正梦,谓无所感动,平安而梦也。二曰噩梦,谓惊愕而梦也。三曰思梦,谓觉时所思念也。四曰寤梦,谓觉时道之而梦也。五曰喜梦,谓喜说而梦也。六曰惧梦,谓恐惧而梦也。按乐所言"想"者,盖思梦也。"因"者,盖正梦也。【此注殆不可少。】卫思"因",经日不得,遂成病。【叔宝羸病此时种下病根也。】乐闻,故命驾为剖析之,卫即小差。【按:差,同瘥。病愈曰瘥。】乐叹曰:"此儿胸中当必无膏肓之疾!"【看错了也。叔宝二十七岁卒,亦可曰病杀。余嘉锡云:"乐令未闻学佛,又晋时禅学未兴,然此与禅家机锋,抑何神似?盖老、佛同源,其顿悟固有相类者也。"】《春秋传》曰:"晋景公有疾,求医于秦,秦伯使医缓为之。未至,公梦疾为二竖子。曰:'彼,良医也。惧伤我焉!'其一曰:'居肓之上,膏之下,若我何?'医至,曰:'疾不可为也!在肓之上,膏之下,攻之不可达,刺之不可及,药不至焉。'公曰:'良医也。'"注:"肓,鬲也。心下为膏。"【注佳。】

◎ 魏晋清谈实况,常苦无传,此则堪做标本矣。可谓之"梦的解析"。

15. 庾子嵩【庾颙】读《庄子》,开卷一尺便放去,曰:"了不异人意。"【开卷一尺,《逍遥游》尚未读完。】《晋阳秋》曰:庾颙字子嵩,颍州人,侍中峻第三子。恢廓有度量,自谓是老、庄之徒。曰:"昔未读此书,意尝谓至理如此。今见之,正与人意暗同。"【子路尝言:"何必读书,然后为学?"子嵩可谓子路传人。】仕至豫州长史。

◎ 人既皆可为尧、舜,自然皆可为老、庄。子嵩学不师授,而暗通庄子,正是读《庄子》法门。

16. 客问乐令"旨不至"者,【《庄子·天下篇》:"指不至,至不绝。"陆德明《经典释文》引司马彪注:"夫指之取物,不能自至,要假物,故至也,然假物由指不绝也。"亦犹西方符号语言学所谓能指(声音、形象)与所指(事物、概念),所指不能穷尽能指也。】乐亦不复剖析文句,直以麈尾柄确几,曰:"至不?"客曰:"至。"乐因又举麈尾曰:"若至者,那得去?"【王世懋云:"此皆禅机转语。"】夫藏舟潜往,交臂恒谢,一息不留,忽焉生灭。故飞鸟之影,莫见其移;驰车之轮,曾不掩地。是以去不去矣,庸有至乎?至不至矣,庸有去乎？然则前至不异后至，至名所以生；前去不异后去，去名所以立。今天下无去矣，而去者非假哉？既为假矣，而至者岂实哉？【此注若是孝标手笔，则亦可谓谈家矣。】于是客乃悟服。【已有禅宗"顿悟"之端倪。】乐辞约而旨达，皆此类。【吴勉学云："六朝人名理，观此可想。"】

◎ 乐广清谈辞约旨达，好比禅宗机锋，羚羊挂角，无迹可求。今人钱锺书曰："禅宗未立，已有禅机。"

17. 初，注《庄子》者数十家，【数十家为谁？惜已不详。】莫能究其旨要。向秀于旧注外为解义，妙析奇致，大畅玄风，《秀别传》曰：秀与嵇康、吕安为友，趣舍不同。嵇康傲世不羁，安放逸迈俗，而秀雅好读书。二子颇以此嗤之。后秀将注《庄子》，先以告康、安，康、安咸曰："此书讵复须注？徒弃人作乐事耳！"【不信。】及成，以示二子。康曰："尔故复胜不？"安乃惊曰："庄周不死矣！"【先不信，后极赞，真朋友方能如此。】后注《周易》，大义可观，而与汉世诸儒互有彼此，未若隐《庄》之绝伦也。秀本传或言，秀游托数贤，萧屑卒岁，都无注述。唯好《庄子》，聊隐崔谭所注，以备遗忘云。《竹林七贤论》云：秀为此义，读之者无不超然，若已出尘埃而窥绝冥，始了视听之表。有神德玄哲，能遗天下，外万物。虽复使动竞之人顾观所徇，皆怅然自有振拔之情矣。唯《秋水》《至乐》二篇未竟而秀卒。【可知嵇康被害后，向秀惟以此注打发余年矣。】秀子幼，义遂零落，然犹有别本。【可惜！】郭象者，为人薄行，有俊才，《文士传》曰：象字子玄，河南人。少有才理，慕道好学，托志《老》《庄》。时人咸以为王弼之亚，辟司空掾、太学博士。见秀义不传于世，遂窃为己注，乃自注《秋水》《至乐》二篇，又易《马蹄》一篇，【郭象亦有心裁。】其余众篇，或定点文句而已。【写得其状可恶。】《文士传》曰：象作《庄子注》，最有清辞遒旨。后秀义别本出，故今有向、郭二《庄》，其义一也。【故今之言此注者，向、郭并称。】

◎ 向、郭二《注》本末，乃学术史上一大悬案，迄无定论。《晋书·郭象传》以此则入书，致为人诟病。近人刘盼遂撰文申论，为郭象辩诬洗冤，读者可参。

18. 阮宣子有令闻。太尉王夷甫见而问曰："老庄与圣教同异？"【亦可谓"自然与名教同异"。】对曰："将无同。"【词是疑词，见是成见。】太尉善其言，辟之为掾。【如此得官，形同儿戏，而实与时代风气攸关。】世谓"三语掾"。卫玠嘲之曰："一言可辟，何假于三！"宣子曰："苟是天下人望，亦可无言而辟，复何假于一！"【三而一，一而无，可谓"为道日损"矣。】遂相与为友。【尚简通无之人，合当为友。】《名士传》曰：阮修字宣子，陈留尉氏人。好《老》《易》，能言理。不喜见俗人，时误相逢，即舍去。傲然无营，家无担石之储，晏如也。琅邪王处仲为鸿胪卿，谓曰："鸿胪丞差有禄，卿常无食，能作不？"修曰："为复可耳。"遂为鸿胪丞、太子洗马。

◎ 阮修实是王衍肚中蛔虫，"将无同"三字，正解开王衍辈心中之千千结矣。有此理据，则尽可遗落世事而虚谈废务，端居庙堂而祖述虚无，纵使王纲解钮，五胡乱华，神州倾覆，万里丘墟，在所不惜也。"清谈误国"之说，推本溯源，实在此三字！然究其实，清谈未必定误国，误国者无他，在以王衍辈治国也。近人章太炎云："五朝所以不竞，由任世贵，又以言貌举人，不在玄学。"

19. 裴散骑【裴遐】娶王太尉【王衍】女，【裴氏又作王家女婿。晋人婚姻，叠床架屋，藤环蔓绕，剪不断，理还乱。】婚后三日，诸婿大会，【大会二字，写出气势。】《晋诸公赞》曰：裴遐字叔道，河东人。父纬，长水校尉。遐少有理称，辟司空掾、散骑郎。《永嘉流人名》：衍字夷甫，第四女适遐也。当时名士、王、裴子弟悉集。郭子玄【郭象】在坐，挑与裴谈。【"挑"字写出子玄心浮气躁。】子玄才甚丰赡，始数交，未快；【先让子玄逞能。】郭陈张甚盛，裴徐理前语，【却会后发制人。】理致甚微，四坐咨嗟称快。【此"快"非彼"快"也。一"甚盛"，一"甚微"，高下可见。】邓粲《晋纪》曰：遐以辩论为业，善叙名理，辞气清畅，泠然若琴。闻其言者，知与不知，无不叹服。【服其辞，非服其理。】王亦以为奇，谓语诸人曰："君辈勿为尔，将受困寡人女婿。"【王衍自称寡人，俨然人望，语极不伦。刘辰翁云："此岂王夷甫口中语？可笑，可憎，门市妇所不道。"】

◎ 西晋清谈，非理中之谈，辞胜于理者常有，观此可知。

20. 卫玠始度江，【渡江又作两晋转关。按：度江，一本作渡江。】见王大将军。《敦别传》曰：敦字处仲，琅邪临沂人。少有名理，累迁青州刺史。避地江左，历侍中、丞相、大将军、扬州牧。以罪伏诛。因夜坐，大将军命谢幼舆。【便欲坐山观虎斗。】《晋阳秋》曰：谢鲲字幼舆，陈郡人。父衡，晋硕儒。鲲性通简，好《老》《易》，善音乐，以琴书为业。避乱江东，为豫章太守，王敦引为长史。《鲲别传》曰：鲲四十三卒，赠太常。玠见谢，甚悦之，都不复顾王，遂达旦微言，【棋逢对手，将遇良才，早已旁若无人矣。】王永夕不得豫。【王敦粗人，安得雅谈其门而入？】玠体素羸，恒为母所禁。【禁字写出爱字。母爱子也，子爱谈也。奈何？】尔夕忽极，于此病笃，遂不起。【此可谓"膏肓之疾"。刘辰翁云："却不是'看杀'，是论极。"诚哉是言！】《玠别传》曰：玠少有名理，善《易》《老》，自抱羸疾，初不于外擅相酬对。时友叹曰："卫君不言，言必入冥。"武昌见大将军王敦，敦与谈论，咨嗟不能自已。

◎ 此番清谈，可谓永嘉之音。

21. 旧云："王丞相过江左，止道《声无哀乐》、嵇康《声无哀乐论》略曰：夫他方异俗，歌笑不同。使错而用之，或闻哭而欢，或听歌而戚，然哀乐之情均也。今用均同之情，发万殊之声，斯非音声之无常乎？【临刑东市，广陵散绝，又岂可谓之"声无哀乐"也？】《养生》、嵇叔夜《养生论》曰：夫虱著头而黑，麝得柏而香，颈处险而瘿，齿居晋而黄。岂唯蒸之使重无使轻，芬之使香勿使延哉？诚能蒸以灵芝，润以醴泉，无为自得，体妙心玄。庶与羡门比寿，王乔争年。何为不可养生哉？【知养生者未得全生保命，可叹。】《言尽意》欧阳坚石《言尽意论》略曰：夫理得于心，非言不畅。物定于彼，非名不辨。名逐物而迁，言因理而变，不得相与为二矣。苟无其二，言无不尽矣。【言尽意，实亦贱无崇有之意。】三理而已，然宛转关生，无所不入。"【吴勉学云："是晋人名理，今了不知佳处。"】

◎ 此三理，可谓"小三玄"。魏晋玄学，略有三变：正始名士以注疏为尚，竹林名士一变而为著论，至中朝则又变为口谈，江左更趋细密，由"三玄"而至"三理"也。盖彼时清谈，犹今所谓"研究之研究"矣。如殷浩善谈《四本论》，支遁善谈《庄子·逍遥游》，阮裕善谈《白马论》，谢安善谈《庄子·渔父》等，皆可窥当时谈风之一斑。

22. 殷中军【殷浩】为庾公【庾亮】长史，按《庾亮僚属名》及《中兴书》，浩为亮司马，非为长史也。下都，【殷浩是客。】王丞相为之集，桓公【桓温】、王长史【王濛】、王蓝田【王述】、《王述别传》曰：述字怀祖，太原晋阳人。祖湛，父承，并有高名。述蚤孤，事亲孝谨，箪瓢陋巷，宴安永日。由是为有识所知，袭爵蓝田侯。谢镇西【谢尚】并在。丞相自起解帐带麈尾，【王导是主。】语殷曰："身今日当与君共谈析理。"【观此语，丞相俨然清谈魁首，当仁不让。刘辰翁云："《世说》身字，时或可厌。"按：总比"寡人"耐看些。】既共清言，遂达三更。【可谓剧谈矣。】丞相与殷共相往反，其余诸贤略无所关。【诸贤作壁上观，水泼不进，正是清谈佳处。】既彼我相尽，丞相乃叹曰："向来语，乃竟未知理源所归。【辞欲赡，理难明，今之辩论会亦常有此。】至于辞喻不相负，正始之音，正当尔耳。"【以正始之音自况，丞相颇自负。】明旦，桓宣武语人曰："昨夜听殷、王清言，甚佳，仁祖亦不寂寞，我亦时复造心；顾看两王掾，王濛、王述，并为王导所辟。辄翣如生母狗馨。"【补叙桓温眼中所见，果然别开生面。】

◎ 王导、殷浩此番清谈，可遥追何晏、王弼正始之音，江左谈座，以此为盛。

23. 殷中军见佛经，【以上诸条为玄学清谈，此条则入佛学。】云："理亦应阿堵上。"佛经之行中国尚矣，莫详其始。《牟子》曰：汉明帝夜梦神人，身有日光，明日，博问群臣。通人傅毅对曰："臣闻天竺有道者号曰佛，轻举能飞，身有日光，殆将其神也。"于是遣羽林将军秦景、博士弟子王遵等十二人之大月氏国，写取佛经四十二部，在兰台石室。【疑即《四十二章经》。】刘子政《列仙传》曰：历观百家之中，以相检验，得仙者百四十六人，其七十四人已在佛经，撰得七十。可以多闻博识者遐观焉。如此，即汉成、哀之间，已有经矣。与《牟子》《传记》便为不同。《魏略·西戎传》曰：天竺城中有临儿国。《浮屠经》云："其国王生浮图。浮图者，太子也。父曰屑头邪，母曰莫邪。浮图者，身服色黄，发如青丝，爪如铜。其母梦白象而孕。及生，从右胁出，而有髻，坠地能行七步。"天竺又有神人曰沙律。昔汉哀帝元寿元年，博士弟子景卢，受大月氏王使伊存口传《浮屠经》。曰复豆【即"浮屠"，皆音译。】者，其人也。《汉武故事》曰：昆邪王杀休屠王，以其众来降，得其金人之神，置之甘泉宫。金人皆长丈余，其祭不用牛羊，唯烧香礼拜。上使依其国俗祀之。此神全类于佛，岂当汉武之时，其经未行于中土，而但神明事之耳。故验刘向、鱼豢之说，佛至自哀、成之世明矣。然则牟传所言四十二者，其文今存非妄。盖明帝遣使广求异闻，非是时无经也。

◎ 殷浩既通玄学，又精佛学，唯儒学稍逊，故其一睹佛经，即高呼真理在此。此佛学形上之智慧，与玄学虚无之理可互相证成之例。故佛经翻译中以道解佛之"格义"之学始能大行其道也。

24. 谢安年少时，请阮光禄【阮裕】道《白马论》，【前之焚车即此公。】《孔丛子》曰：赵人公孙龙云："白马非马。马者所以命形，白者所以命色。夫命色者非命形，故曰白马非马也。"【按《白马论》云："白者不定所白，忘之而可也。白马者言白，定所白也。定所白者，非白也。"除《白马论》，公孙龙尚有《坚白论》："'坚、白、石：三，可乎？'曰：'不可。'曰：'二，可乎？'曰：'可。'曰：'何哉？'曰：'无坚得白，其举也二；无白得坚，其举也二。'"又云："视不得其所坚而得其所白者，无坚也。拊不得其所白而得其所坚，得其坚也，无白也。"故主张"离坚白"。可谓古之逻辑学也。】为论以示谢。于时谢不即解阮语，重相咨尽。【好学必好问。】阮乃叹曰："非但能言人不可得，正索解人亦不可得！"【名言。】《中兴书》曰：裕甚精论难。

◎ 此则述名家之学。谢公少时惑于名相，故师事阮裕，后学问精进，儒道兼通，遂不复以阮裕为"可推"也。按《方正篇》第61则：王右军与谢公诣阮公，至门，语谢："故当共推主人。"谢曰："推人正自难。"

25. 褚季野语孙安国褚裒、孙盛并已见。云："北人学问，渊综广博。"孙答曰："南人学问，清通简要。"【按：刘应登云"褚北人，孙南人"，盖想当然耳。孙盛太原中都人，实亦北人。盖过江之后，季野秉性难移，安国则能入乡随俗矣。故其论不失平允。】支道林闻之，曰："圣贤固所忘言。

【圣人生知，故不以学问为意。】自中人以还，北人看书，如显处视月；南人学问，如牖中窥日。"【中人学知，故有南北之别。】支所言，但譬成孙、诸之理也。然则学广则难周，难周则识闇，故如显处视月；学寡则易覈，易覈则智明，故如牖中窥日也。【注解甚精。按余嘉锡云："此言北人博而不精，南人精而不博。"亦是。】

◎ 学分南北，自此而开。《北史·儒林传序》曰："南人约简，得其英华；北学深芜，穷其枝叶。"后禅宗分南、北，书画分南、北，文学亦分南、北，皆同此路数。然亦大概言之，未为笃论。

26. 刘真长【刘惔】与殷渊源【殷浩】谈，刘理如小屈，殷曰："恶！卿不欲作将善云梯仰攻？"【谈家偏用兵家语，妙极。】《墨子》曰：公输般为高云梯，欲以攻宋。墨子闻之，自鲁往，裂裳裹足，日夜不休，十日十夜而至于郢。见楚王曰："闻大王将攻宋，有之乎？"王曰："然！"墨子曰："请令公输般设攻宋之具，臣请试守之。"于是公输般设攻宋之计，墨子紫带守之。输九攻之，而墨子九却之。不能入，遂辍兵。【此注甚洽。按王世懋云："此言戏刘虽善攻，不能当己之墨守。"】

◎ 真长此役不敌渊源。

27. 殷中军【殷浩】云："康伯未得我牙后惠。"【轻薄语。拾人牙慧本此。按刘盼遂云："按牙后慧，犹所谓齿牙余论（《南齐书·谢朓传》）。美韩能含其菁华，吐其渣滓也。从来引者多未识此语。"】《浩别传》曰：浩善《老》《易》，能清言。康伯，浩甥也，甚爱之。

◎ 殷浩非但不屑康伯，亦大有睥睨当世之概。

28. 谢镇西【谢尚】少时，闻殷浩能清言，故往造之。殷未过有所通，为谢标榜诸义，作数百语，既有佳致，兼辞条丰蔚，甚足以动心骇听。【四字传神。】谢注神倾意，不觉流汗交面。【不该出汗。】殷徐语左右："取手巾与谢郎拭面。"【点出流汗，殷浩得理不饶人也。】按殷浩大谢尚三岁，便是时流。或当贵其胜致，故为之挥汗。【按王世懋云："此等正不必解，注似痴人前说梦，宁是孝标手段？"凌濛初云："按刘（应登）本原无此注。"此注或为宋以后人窜入，亦未可知。】

◎ 连续数条皆殷浩事，其人虽躁，亦可称一时之标。

29. 宣武【桓温】集诸名胜【即名流。】讲《易》，《易乾凿度》曰："孔子曰：'易者，易也，变易也，不易也。三成德为道，包籥者，易也。其德也光明四通，日月星辰布，八卦序，四时和也。变也者，天地不变，不能成朝；夫妇不变，不能成家。不易者，其位也。天在上，地在下；君南面，臣北面；父坐，子伏。此其不易也。故易者，天地人道也。'"郑玄序《易》曰："易之为名也，一言而函三义：简易一也，变易二也，不易三也。《系辞》曰：'乾坤，易之蕴也，易之门户也。'又曰：'乾隤然示人易矣，坤隤然示人简矣。易则易知，简则易从。'此言其简易法则也。又曰：'其为道也屡迁，变动不居，周流六虚，上下无常，刚柔相易，不可以为典要，唯变所适。'此则言其从时出入移动也。又曰：'天尊地卑，乾坤定矣；卑高以陈，贵贱位矣；动静有常，刚柔断矣。'此则言其张设布列不易也。"据此三义而说易之道，广矣，大矣。曰说一卦。【便是定议程规矩。】简文欲听，闻此便还，曰："义自当有难易，其以一卦为限邪？"【李贽云："简文言是。"吴勉学亦云："极是。"】

◎ 简文欲听未听，便打道回府，亦失之轻率。盖宿怨在心，因人废言也。桓温于清谈，可称名家，日说一卦，有何不可？

30. 有北来道人好才理，与林公【支遁】相遇于瓦官寺，讲《小品》。【小品，佛经名。本篇第43"殷中军读《小品》"条刘注云："释氏《辨空经》，有详者焉，有略者焉。详者为《大品》，略者为《小品》。"又，《高僧传·康僧渊传》以《道行经》为《小品》，《放光经》为《大品》。】于时竺法深、孙兴公【孙绰】悉共听。此道人语，屡设疑难，林公辩答清析，辞气俱爽。此道人每辄摧屈。【其时学术重心南移，北来道人焉可企及？】孙问深公："上人常【按："常"，一作"当"。】是逆风家，【余嘉锡云："言法深学义不在道林之下，当不至从风而靡，故谓之逆风家。"】向来何以都不言？"庾法畅【按：当作康法畅】。《人物论》曰：法深学义渊博，名声蚤著，弘道法师也。深公笑而不答。林公曰："白旃檀非不馥，焉能逆风？"【林公气势正盛，深公亦不入其法眼。】《成实论》曰：波利质多天树，其香则逆风而闻。深公得此义，夷然不屑。【深公可谓人不知而不愠。王世懋云："林公意谓波利质多天树，才能逆风闻香；白旃檀虽香，非天树比，焉能逆风？以天树自许，而以白旃檀比深公，故深公不屑。"】

◎ 佛理可作清谈口实，名僧亦是风流名士。

31. 孙安国【孙盛】往殷中军【殷浩】许共论，往反精苦，客主无间。左右进食，冷而复暖者数四。彼我奋掷麈尾，悉脱落，满餐饭中。【如画。】宾主遂至莫忘食。殷乃语孙曰："卿莫作强口马，我当穿卿鼻！"孙曰："卿不见决牛鼻，人当穿卿颊！"【殷浩本好斗，又是主场，然仍处下风，孙盛谈锋，直能杀人。余嘉锡云："牛鼻乃为人所穿，马不穿鼻也。然穿鼻者常决鼻逃去，穿颊则莫能遁矣。"】《续晋阳秋》曰：孙盛善理义。时中军将军殷浩擅名一时，能与剧谈相抗者，唯盛而已。【只是斗嘴。】

◎ 动口复动手，清谈超众流。雅器变凶器，做马又做牛。孙、殷一场口水仗，竟成清谈史上佳话，不亦乐乎？

32.《庄子·逍遥篇》，旧是难处，诸名贤所可钻味，而不能拔理于郭、向之外。支道林在白马寺中，将冯太常【冯怀】共语，《冯氏谱》曰：冯怀字祖思，长乐人。历太常、护军将军。因及《逍遥》。支卓然标新理于二家之表，立异义于众贤之外，皆是诸名贤寻味之所不得。后遂用支理。【后出专精，自然独传。】向子期、郭子玄《逍遥义》曰：夫大鹏之上九万，尺鷃之起榆枋，小大虽差，各任其性。苟当其分，逍遥一也。然物之芸芸，同资有待，得其所待，然后逍遥耳。唯圣人与物冥而循大变，为能无待而常通，岂独自通而已。又从有待者不失其所待；不失，则同于大道矣。【向、郭之义太俗，其于大达亦远矣。虽有可观之辞，致远恐泥。】支氏《逍遥论》曰：夫逍遥者，明至人之心也。庄生建言人道，而寄指鹏、鷃。鹏以营生之路旷，故失适于体外；鷃以在近而笑远，有矜伐于心内。至人乘天正而高兴，游无穷于放浪；物物而不物于物,【口诀。】则遥然不我得,玄感不为,不疾而速,则逍然靡不适。此所以为逍遥也。若夫有欲当其所足,足于所足,快然有似天真。犹饥者一饱,渴者一盈,岂忘烝尝于糗粮,绝觞爵于醪醴哉?苟非至足,岂所以逍遥乎?此向、郭之《注》所未尽。【刘辰翁云:"支论有何高妙,而称道甚至?"按:窃谓支公所见,思接庄子,视通万有,确在向、郭之上。】

◎ 支公善标新领异,后来居上,非开一代之谈风,亦开一代之文风与学风也。

33. 殷中军浩。尝至刘尹所清言。良久,殷理小屈,游辞不已,【犹负隅顽抗、困兽犹斗。】刘亦不复答。殷去后,乃云:"田舍儿,强学人作尔馨语!"【以牙还牙。】刘惔,已见。

◎ 真长主场作战,殷浩又成败军之将。二人谈功,半斤八两。

34. 殷中军【殷浩】虽思虑通长,然于才性偏精。忽言及《四本》,【即钟会所撰之《四本论》。】便若汤池铁城,无可攻之势。《神农书》曰:夫有石城十仞,汤池百步,带甲百万而无粟者,不能自固也。

◎《四本论》乃殷浩胜场,宜其固若金汤,坚不可摧也。

35. 支道林造《即色论》,【造者,作也。有述有作,支公果然了得。】支道林《集妙观章》云:夫色之性也,不自有色。色不自有,虽色而空。故曰色即为空,色复异空。论成,示王中郎,王坦之,已见。中郎都无言。【不能赞一词。】支曰:"默而识之乎?"《论语》曰:默而识之,诲人不倦,何有于我哉?王曰:"既无文殊,谁能见赏?"《维摩诘经》曰:文殊师利问维摩诘云:"何者是菩萨入不二法门?"时维摩诘默然无言。文殊师利叹曰:"是真入不二法门者也。"

◎ 支欲王赏誉,王偏守口如瓶。此非默而知之,实是默而许之,

此时无声胜有声也。支公未识其意，可谓不解风情。一笑。】

36. 王逸少【王羲之】作会稽，初至，支道林在焉。孙兴公【孙绰】谓王曰："支道林拔新领异，胸怀所及乃自佳，卿欲见不？"王本自有一往儁气，殊自轻之。【琅邪王氏本是骄傲家族，羲之一门尤其简傲，目中何时有人？】后孙与支共载往王许，王都领域，【刘辰翁云："'领域'，未喻。"按：或犹崖岸自高也。】不与交言。须臾支退。【知难而退，不逆其意，可谓通。】后正值王当行，车已在门，支语王曰："君未可去，贫道与君小语。"【迎难而上，胸有成竹。可谓达。】因论《庄子·逍遥游》。【此支公胜场。】支作数千言，【数千言，非小语也。】才藻新奇，花烂映发。【花团锦簇，锦心绣口，好看！可想！】王遂披襟解带，流连不能已。【又要坦腹矣！写得何等活泼动人！】《支法师传》曰：法师研十地，则知顿悟于七住；寻庄周，则辩圣人之逍遥。当时名胜，咸味其音旨。《道贤论》以七沙门比竹林七贤。支比向秀，雅尚《庄》《老》。二子异时，风尚玄同也。【"玄同"二字吃紧。向秀乃玄同名教自然，支公则玄同释迦老庄，魏晋玄风关钥，正在此"玄同"二字。】

◎ 逸少初轻支公，盖以貌取人，以门第凌人，不意支公貌虽丑异，而义理新奇，辩才无碍，自有夺人之处。羲之本有识度，岂能薰莸莫辨、良莠不分？

37. 三乘佛家滞义，支道林分判，使三乘炳然。【"炳然"犹"明白"。】诸人在下坐听，皆云可通。支下坐，自共说，正当得两，入三便乱。【弟子终究不如师。】今义弟子虽传，犹不尽得。【弟子如此，所传恐亦支公糟粕。】《法华经》曰：三乘者：一曰声闻乘，二曰缘觉乘，三曰菩萨乘。声闻者，悟四谛而得道也。缘觉者，悟因缘而得道也。菩萨者，行六度而得道也。然则罗汉得道，全由佛教，故以声闻为名。辟支佛得道，或闻因缘而解，或听环佩而得悟。神能独达，故以缘觉为名也。菩萨者，大道之人也。方便则止行六度，真教则通修万善，功不为己，悉皆广济，故以大道为名也。【按王世懋云："意谓大乘与最上乘，总是一乘。故云正当得两。注似未喻。"又云："详林公意，岂以声闻、缘觉总之为一乘理耶？"又凌濛初云："意惟支能三乘炳然，诸人则浑矣。敬美之解未是。'自共说'者，诸人共说也。"】

◎ 支公诚是妙解人。

38. 许掾询也。年少时，人以比王苟子，苟子，王修之小字也。《文字志》曰：修字敬仁，太原晋阳人。父濛，司徒左长史。修明秀有美称，善隶行书，号曰"流奕清举"。起家著作佐郎，琅邪王文学，转中军司马，未拜而卒，时年二十四。昔王弼之没，与修同年，故修弟熙叹曰："无愧于古人，而年与之齐也。"【年齐终觉有愧。】许大不平。【自谓远过之，故不平。】时诸人士及林法师并在会稽西寺讲，王亦在焉。许意甚忿，便往西寺与王论理，共决优劣，苦相折挫，王遂大屈。【一败。】许复执王理，王执许理，更相覆疏，王复屈。【再败。许询欺人太甚。】许谓支法师曰："弟子向语何似？"【邀誉也。许询固是好名之人。】支从容曰："君语佳则佳矣，何至相苦邪？岂是求理中之谈哉？"【支公却有仁者之心。】

◎ 观此，当三诵夫子之训："血气方刚，戒之在斗。"

39. 林道人诣谢公，东阳【谢朗】时始总角，新病起，体未堪劳。与林公讲论，遂至相苦。【不知谁苦谁。支公若苦谢朗，则不成语。】东阳，谢朗也，已见。《中兴书》曰：朗博涉有逸才，善言玄理。母王夫人在壁后听之，再遣信令还，而太傅留之。【谢公只要看戏，好玩。】王夫人因自出，云："新妇少遭家难，一生所寄，唯在此儿。"【似有"贼夫人之子"意。】因流涕抱儿以归。谢公语同坐曰："家嫂辞情慷慨，致可传述，恨不使朝士见！"【谢公擅转圜，不知可悟自己之失。王世懋云："此亦可入《贤媛》。"甚是。又李贽云："叔母欲劳，而谢母患其劳，何爱之不若也！乃谢公击节叹赏，恨朝士不得见，何哉？"按：卓吾似未看懂。】《谢氏谱》曰：朗父据，取太康王韬女，名绥。

◎ 谢朗母王绥不让须眉，可赏可敬。

40. 支道林、许掾诸人共在会稽王简文。斋头。支为法师，【解经者为法师，犹今之主讲，负责诠释经文。】许为都讲。【唱经者为都讲，犹今之助教，负责摘句问难。】《高逸沙门传》曰：道林时讲《维摩诘经》。支通一义，四坐莫不厌心。许送一难，众人莫不抃舞。但共嗟咏二家之美，不辩其理之所在。【与王导所谓"未知理源所归，辞喻不相负"同调。刘辰翁云："理诚有之，各以辞胜，偏曲未有不通也。"】

◎ 佛理与玄理，辉映成趣；名僧与名士，相得益彰。妙哉！妙哉！

41. 谢车骑【谢玄】在安西艰中，安西，谢奕。已见。林道人往就语，将夕乃退。有人道上见者，问云："公何处来？"答云："今日与谢孝剧谈一出来。"【按日人秦士铉云："剧谈，《史记·扬雄传》：'雄吃，不能剧谈。'《注》：'剧，疾也。'《索解》：'此谓谈言过甚也。'"】《玄别传》曰：玄能清言，善名理。

◎ 孝子丁艰，禁酒肉，摒丝竹，何以不禁清谈？清谈之乐，不在酒肉丝竹之下矣。

42. 支道林初从东出，住东安寺中。《高逸沙门传》曰：遁居会稽，晋哀帝钦其风味，遣中使至东迎之。遁遂辞丘壑，高步天邑。王长史【王濛】宿构精理，并撰其才藻，往与支语，不大当对。【宿构亦不当对，王濛贻笑大方。】王叙致数百语，自谓是名理奇藻。【浅识者常自是。】支徐徐谓曰："身与君别多年，君义言了不长进。"【棒喝！】王大惭而退。

◎ 支公佛道兼修，清谈臻于化境，自是啖名客如王濛辈之试金石。

43. 殷中军读《小品》，《释氏辨空经》，有详者焉，有略者焉。详者为《大品》，略者为《小品》。下二百签，皆是精微，世之幽滞。尝欲与支道林辩之，竟不得。【千古遗憾。】今《小品》犹存。【不知何在。】《高逸沙门传》曰：殷浩能言名理，自以有所不达，欲访之于遁。遂邂逅不遇，深以为恨。其为名识赏重，如此之至焉。《语林》曰：浩于佛经有所不了，故遣人迎林公，林乃虚怀欲往。王右军驻之曰："渊源思致渊富，既未易为敌，且己所不解，上人未必能通。纵复服从，亦名不益高。若佻脱不合，便丧十年所保。可不须往！"林公亦以为然，遂止。【逸少机心太重，挫成美于千载，有辱清流。凌濛初云："惜哉！逸少一阻，遂令妙义永绝。"又曰："犹是救饥术，王啖名念重。"李贽亦云："耽名废实。"皆可参。】

◎ 殷浩与支公孰愈？竟成一大谜团，王羲之不得不任其责。

44. 佛经以为祛练神明，则圣人可致。《释氏经》曰：一切众生，皆有佛性。但能修智慧，断烦恼，万行具足，便成佛也。【观此，则佛儒原有相通处，亦可辨异玄同也。】简文云："不知便可登峰造极不？"【成语"登峰造极"本此。】然陶练之功，尚不可诬。"【"陶练之功"，实亦佛学之修行，儒学之工夫之谓也。《文心雕龙·时序》云："简文勃兴，渊乎清峻，微言精理，函满玄席；澹思浓采，时洒文囿。"观此则，果非虚誉。】

◎ 简文登峰造极一语，实见道之言。盖谓学佛学圣，于最高境界上原可比肩而立，唯峰极之境，凡人难以达至也。魏晋玄学，便是从峰极处立论。然晋人唯重上达，而忽视下学，性灵有余而工夫未到，故可体道而顿悟，终难载道以成德也。

45. 于法开始与支公争名，后情渐归支，意甚不分，【犹不忿也。】遂遁迹剡下。遣弟子出都，语使过会稽。于时支公正讲《小品》。开戒弟子："道林讲，比汝至，当在某品中。"因示语攻难数十番，【面授机宜。】云："旧此中不可复通。"【知己知彼，百战不殆。】弟子如言诣支公。正值讲，因谨述开意，往反多时，林公遂屈。【林公亦有屈时，不忍。】厉声曰："君何足复受人寄载来！"【林公看出破绽来。寄载，犹指使，授意。】《名德沙门题目》曰：于法开才辨从横【即纵横】，以数术弘教。《高逸沙门传》曰：法开初以义学著名，后与支遁有竞，故遁居剡县，更学医术。【法开改弦更张，仍未尽弃前嫌。】

◎ 若使于法开自来，支公未必便屈。窃谓林公输在猝不及防，方寸大乱。子曰："君子可欺也，不可罔也。"其斯之谓欤？

46. 殷中军问："自然无心于禀受，何以正善人少，恶人多？"【问得好！世人常有此惑。王坦之《废庄论》："然则天下之善人少，不善人多。"】诸人莫有言者。刘尹答曰："譬如写水着地【按：写通"泻"】，正自纵横流漫，略无正方圆者。"【设譬虽佳，然粘滞于名相，终非体道之言。又，以水言性，古已有之。如《管子·形势解》："民之从利也，如水之走下，于四方无择也。"《孟子·告子上》："告子曰：'性犹湍水也，决诸东方则东流，决诸西方则西流。人性无分于善不善也，犹水之无分于东西也。'"《荀子·君道》："君者，盘也，盘圆而水圆。君者，盂也，盂方而水方。"《汉书·董仲舒传》："夫万民之从利也，如水之走下，不以教化堤防之，不能止也。是故教化立而奸邪皆止者，其堤防完也；教化废而奸邪并出，刑罚不能胜者，其堤防坏也。"又《太平御览》三百六十引《傅子》："人之性如水焉，置之圆则圆，置之方则方，澄之则淳而清，动之则流而浊。"裴頠《崇有论》："众之从上，犹水之居器也。"参杨合林《世说新语补疏》。】一时绝叹，以为名通。【名通云者，取其词采而已。】《庄子》曰："天籁者，吹万不同，而使其自己也。"郭子玄注曰："无既无矣，则不能生有。有之未生，又不能为生。然则生生者谁哉？块然而自生耳，非我生也。我不生物，物不生我，则自然而已，然谓之天然。天然非为也，故以天言之，所以明其自然故也。"

◎ 真长此语，看似睿智玄妙，实亦老庄唾余，不足为训。是知晋人昧于老庄玄理，而于儒学形上之道甚为隔膜。《中庸》所谓"天命之谓性，率性之谓道，修道之谓教"，孟子所谓尽心、知性、知天，以及存心、养性、事天之论，皆被道家"自然"一词所取代，故天命流行、天道下贯人道之理，遂成认知盲区。至如当时第一流名士如刘惔辈，无不昧于现象界之已然，不知求其所以然，争相以口吐玄虚为尚，以不婴事务为高，养成所谓玄学人格。然玄学人格虽具审美价值，终非人伦至善。某非不爱真长，然《大学》所谓"好而知其恶，恶而知其美"，亦私心向往之境也。

47. 康僧渊初过江，未有知者，恒周旋市肆，乞索以自营。【便是僧丐。】忽往殷渊源许，值盛有宾客，殷使坐，粗与寒温，遂及义理，语言辞旨，曾无愧色，领略粗举，一往参诣。【朱铸禹云："参诣，谓谈理参义，至到深远也。"】由是知之。僧渊氏族，所出未详。疑是胡人。尚书令沈约撰《晋书》，亦称其有义学。【义学，即义理之学，已着宋明理学先鞭也。】

◎ 来的都是客，全凭嘴一张。以言貌举人，是晋人可爱处，亦晋人局促地。

48. 殷、谢诸人共集。殷浩、谢安。谢因问殷："眼往属万形，万形入眼不？"【大哉问！关乎物我之关系，晋人思致，常在天人之际也。】《成实论》曰："眼识不待到而知，虚尘假空与明，故得见色。若眼到色到，色间则无空明。如眼触目，则不能见色。当知眼识不到而知。"依如此说，则眼不往，形不入，遥属而见也。谢有问，而殷无答，疑阙文。【注有理。】

◎ "万形入眼"四字，实亦点逗出《世说》之大观视角。万形森然，目击心遇，自然成理；人眼若明镜，亦不拒万物来相照也。

49. 人有问殷中军："何以将得位而梦棺器，将得财而梦屎秽？"殷曰："官本是臭腐，所以将得而梦棺尸；财本是粪土，所以将得而梦秽污。"【殷浩此语，故作放达，未可尽信。李贽云："既是臭腐之物，何以终日书空？"看穿其底细也。】时人以为名通。【按郝懿行《晒书堂集》外集卷下云："尝读《世说》，人有问殷中军：'何以将得位而梦棺器，将得财而梦矢秽？'殷曰：'官本是臭腐，所以将得官而梦棺尸；财本是粪土，所以将得而梦秽污。'时人以为名通。余覆按之，知其说缪戾而不通也。审如所言，稷、契、皋、夔，当辞爵位而慕巢、由，舜不当富有四海。《大学》何言有土有财？无财是无养生之具，无官何有治事之人？晋人清谈废事，正坐此弊。就其所谈，亦绝无名理而苟取悦，人何以明之？官真臭腐，则尸位不为忝；财果粪土，则食货不足订；而岂理也哉？详此两言，当出古占梦之书，必有理据。余今代为之解曰：《曲礼》有言：'在床曰尸，在棺曰柩。尸者，陈也。'又言：主也。主守常而陈就列，官实有焉。官之为言，管也。守死而不移，临危而无变，岂非有似于尸乎？凡人于尸，敬而惮之，食而荐之，奉为神明而莫之敢犯。官亦然。直而静专，重而勿迁，不苟笑言，动而引古昔而法圣贤，抑若尸然。梦而得官，固其宜矣。财非官之所得言也，乃其理亦有可参。财者，裁也。裁制而不苟，裁成而不过，皆财之义。财即货也。货从化声，兼有化义。书言化居即货居也。其在周官，饬化八材，化治丝枲，皆化之义。物化而为财，谷化而为粪。故官溥说，粪字似米非米，米非化而并为滞，财非通而蕴为孽，粪字从采读若辨，辨者分别之言。积而能散之意也。财实有，然梦而得之，不亦宜乎？旁参术家之说，剋我者，官剋制之，使不动。官与鬼同。鬼即尸之变也。我剋者财，剋兼化制二义，粪从化而制于人，亦其义矣。"】

◎ 也是痴人说梦。

50. 殷中军被废东阳，浩黜废事，别见。始看佛经。【佛经正在此时看方有味。】初视《维摩诘》，僧肇注《维摩经》曰：维摩诘者，秦言"净名"，盖法身之大士，见居此土，以弘道也。疑"般若波罗蜜"太多；后见《小品》，恨此语少。波罗蜜，此言到彼岸也。《经》云："到者有六焉：一曰檀；檀者，施也。二曰毗黎；毗黎者，持戒也。三曰羼提；羼提者，忍辱也。四曰尸罗；尸罗者，精进也。五曰禅；禅者，定也。六曰般若；般若者，智慧也。然则五者为舟，般若为导，导则为绝有相之流，升无相之彼岸也。故曰波罗蜜也。"渊源未畅其致，少而疑其多；已而究其宗，多而患其少也。【此注兼有评语，甚佳。】

◎ 此犹顾恺之食甘蔗，渐入佳境矣。

51. 支道林、殷渊源俱在相王许。【支公与殷浩亦相往还。】简文。相王谓二人："可试一交言。而才性殆是渊源崤、函之固，【与"汤池铁城"呼应。】崤，谓二陵之地；函，函谷关也。并秦之险塞，王者之居。左思《魏都赋》曰：崤、函帝王之宅。君其慎焉！"支初作，改辙远之；【远离四本之论也。可谓避实击虚之法。】数四交，不觉入其玄中。【入其玄中，四字尤妙。】相王抚肩笑曰："此自是其胜场，安可争锋！"【简文显然回护殷浩。故刘辰翁云："作如此语，更不成文。"】

◎ 有此一役，难怪支公不敢往教佛理。

52. 谢公因子弟集聚，问："毛诗何句最佳？"【谢公最善启发子弟。】遏称曰：谢玄小字。已见。"昔我往矣，杨柳依依；今我来思，雨雪霏霏。"【《诗·小雅·采薇》句。】公曰："訏谟定命，远猷辰告。"《大雅》诗也。毛苌注曰："訏，大也。谟，谋也。辰，时也。"郑玄注曰："猷，图也。大谋定命，谓正月始和，布政于邦国都鄙。"谓此句偏有雅人深致。【雅人深致，真好言辞。王夫之《姜斋诗话》卷下云："谢太傅于《毛诗》取'訏谟定命，远猷辰告'，以此八字如一串珠，将大臣经营国事之心曲，写出次第；故与'昔我往矣，杨柳依依；今我来思，雨雪霏霏'同一达情之妙。"此言得之。】

◎ 谢公此语，盖不欲子弟专注于文人雅趣，而当心怀天下，志存修齐。雅人深致云云，实亦儒者情怀也。谢公体道希圣之人，故家教中不取风花雪月，唯恐子弟玩物丧志耳。

53. 张凭举孝廉，出都，负其才气，谓必参时彦。欲诣刘尹【刘惔】，乡里及同举者共笑之。【众人眼里，真长几不可攀。】张遂诣刘。刘洗濯料事，处之下坐，唯通寒暑，神意不接。【此非待客之礼。】张欲自发无端。顷之，长史【王濛】诸贤来清言，客主有不通处，张乃遥于末坐判之，言约旨远，足畅彼我之怀，一坐皆惊。【又一裴徽、乐广矣。】真长延之上坐，清言弥日，因留宿。【真长倒也闻义能徙，不善能改。】至晓，张退，刘曰："卿且去，正当取卿共诣抚军。"【抚军，即简文。】张还船，同侣问何处宿，张笑而不答。【如见。】须臾，真长遣传教觅张孝廉船，同侣愕愕。【有眼不识泰山。】即同载诣抚军。至门，刘前进，谓抚军曰："下官今日为公得一太常博士妙选。"既前，抚军与之话言，咨嗟称善，曰："张凭勃窣为理窟。"【理窟二字，可与武库并观。】即用为太常博士。宋明帝《文章志》曰：凭字长宗，吴郡人。有意气，为乡间所称。学尚所得，敏而有文。太守以才选举孝廉，试策高第。为惔所举，补太常博士。累迁吏部郎、御史中丞。

◎ 子曰："君子不以言举人，不以言废人。"晋人固不尚君子之道，然以言举人，终胜过以言废人。

54. 汰法师云："'六通'、'三明'同归，正异名耳。"《安法师传》曰："竺法汰者，体器弘简，道情冥到，法师友而善焉。"一说法汰即安公弟子也。《经》云："六通者，三乘之功德也。一曰天眼通，见远方之色；二曰天耳通，闻障外之声；三曰身通，飞行隐显；四曰他心通，水镜万虑；五曰宿命通，神知已往；六曰漏尽通，慧解累世。三明者，解脱在心，朗照三世者也。"然则天眼、天耳、身通、他心、漏尽此五者，皆见在心之明也。宿命则过去心之明也。因天眼发未来之智，则未来心之明也。同归异名，义在斯矣。【此则赖刘注而明。】

◎ 同归而异名，正可见名相不可执著。

55. 支道林、许、谢盛德，共集王家，许询、谢安、王濛。谢顾诸人曰："今日可谓彦会，时既不可留，此集固亦难常，当共言咏，以写其怀。"【绝佳开场白。今之学术会议焉得有此？】许便问主人："有《庄子》不？"正得《渔父》一篇。《庄子》曰：孔子游乎缁帷之林，休坐乎杏坛之上。孔子弦歌鼓琴，奏曲未半，有渔者下船而来，须眉交白，被发揄袂，行原以上，距陆而止，左手据膝，右手持颐以听。曲终而招子贡、子路语曰："彼何为者也？"曰："孔氏。"曰："孔氏何治？"子贡曰："服忠信，行仁义，饰礼乐，选人伦，孔氏之所治也。"曰："有土之君欤？"曰："非也。"渔父曰："仁则仁矣，恐不免其身。"孔子闻而求问之，遂言八疵、四病，以诫孔子。谢看题，便各使四坐通。支道林先通，作七百许语，叙致精丽，才藻奇拔，众咸称善。【支公一时谈宗，不可不多写几笔。】于是四坐各言怀。言毕，【略写众人，只为烘托谢公。烘云托月法。】谢问曰："卿等尽不？"皆曰："今日之言，少不自竭。"谢后粗难，因自叙其意，作万余语，才峰秀逸。【众已尽而犹作万余语，谢公清谈，可谓登峰造极。】《文字志》曰：安神情秀悟，善谈玄远。既自难干，加意气拟托，萧然自得，四坐莫不厌心。支谓谢曰："君一往奔诣，故复自佳耳。"【一往奔诣，是何境界！谢公真乃丞相之后，又一风流宰相矣。按陈梦槐云："有此叙致，一日风流，千载可怀。"又吴勉学云："观此则见晋人清言，定非后世能及。今《秋水篇》具在，使彦会一堂，通作数语，揽陈缬新，窘窘蠢蠢；不过百十许言，气息便不属矣，何能叙致精丽，才藻奇拔，作七百许语？又何能于诸贤竭思屑干之后，拟托萧然，才峰秀逸，更作万余语也？惜不尽传其谈，想其雅集之快。"】

◎ 此一盛会，可与丞相诸人并美千古。正始之音，正当尔耳。

56. 殷中军、孙安国、王、谢能言诸贤，悉在会稽王【简文】许，殷与孙共论《易》象妙于见形。其论略曰：圣人知观器不足以达变，故表圆应于蓍龟。圆应不可为典要，故寄妙迹于六爻。周流唯化所适，故虽一画而吉凶并彰，微一则失之矣。拟器托象而庆咎交著，系器则失之矣。故设八卦者，盖缘化之影迹也。天下者，寄见之一形也。圆影备未备之象，一形兼未形之形。故尽二仪之道，不与《乾》《坤》齐妙。风雨之变，不与《巽》《坎》同体矣。孙语道合，意气干云，一坐咸不安孙理，而辞不能屈。【安国气盛于理。】会稽王慨然叹曰："使真长来，故应有以制彼。"即迎真长，【搬救兵也。】孙意已不如。【气馁必败。】真长既至，先令孙自叙本理，孙粗说己语，亦觉绝不及向。【亦是心理作用耳。】刘便作二百许语，辞难简切，孙理遂屈。【所谓一物降一物。】一坐同时拊掌而笑，称美良久。【凌濛初云："写得安国小巫形态逼真。"】

◎ 写得谈座如战场，煞是好看！

57. 僧意在瓦官寺中，未详僧意氏族所出。王苟子来，苟子，王修小字。与共语，便使其唱理。意谓王曰："圣人有情不？"【大关目。盖从"天地不仁，以万物为刍狗；圣人不仁，以百姓为刍狗"中来。】王曰："无。"【答太匆忙。本何晏之理，王弼驳之甚精，苟子奈何置若罔闻？按王弼云："圣人茂于人者，神明也；同于人者，五情也。神明茂，故能体冲和以通无；五情同，故不能无哀乐以应物。然则圣人之情，应物而无累于物者也。今以其无累，便谓不复应物，失之多矣。"】重问曰："圣人如柱邪？"【问得好！】王曰："如筹算，虽无情，运之者有情。"【已入彀中。】僧意云："谁运圣人邪？"【步步紧逼，妙！】苟子不得答而去。诸本无僧意最后一句，意疑其阙，广校众本，皆然。唯一书有之，故取以成其义。然王修善言理，如论，特不近人情，犹疑斯文为谬也。【此则或为孝标补缀而成，亦未可知。】

◎ 圣人有情无情，乃魏晋清谈一大命题。《中庸》云："喜怒哀乐之未发谓之中，发而皆中节谓之和。"圣人非无情，不过发而中节合度，即王弼所谓"体冲和以通无"耳。

58. 司马太傅【司马道子】问谢车骑【谢玄】："惠子其书五车，何以无一言入玄？"【玄之又玄，众妙之门。本非通玄之人，如何入玄？】谢曰："故当是其妙处不传。"《庄子》曰：惠施多方，其书五车，其道舛驳，其言不中。谓卵有毛，鸡三足，马有卵，犬可为羊，火不热，目不见，龟长于蛇，丁子有尾，白狗黑，连环可解。能胜人之口，不能服人之心。盖辩者之囿也。【惠施所言，皆名相之辨，小道可观，致远恐泥也。】

◎ 惠施有何妙处？便有，亦被庄子遮蔽矣。

59. 殷中军被废，徙东阳，大读佛经，皆精解。唯至"事数"处不解。事数：谓若五阴、十二入、四谛、十二因缘、五根、五力、七觉之属。遇见一道人，问所签，便释然。

◎ 道人竟胜支公也。可惜无名。

60. 殷仲堪精覈玄论，人谓莫不研究。【谀辞】殷乃叹曰："使我解《四本》，谈不翅尔。"【朱铸禹云："按'翅'与'啻'同义，谓'不啻如此'。"】周祗《隆安记》曰：仲堪好学而有理思也。

◎ 同是殷氏，仲堪不如渊源。

61. 殷荆州【仲堪】曾问远公：张野《远法师铭》曰：沙门释惠远，雁门楼烦人。本姓贾氏，世为冠族。年十二，随舅令狐氏游学许、洛。年二十一，欲南渡，就范宣子学，道阻不通，遇释道安以为师。抽簪落发，研求法藏。释昙翼每资以灯烛之费。识鉴淹远，高悟冥赜。安常叹曰："道流东国，其在远乎？"【可与"礼乐皆东"媲美。】襄阳既没，振锡南游，结宇灵岳。自年六十，不复出山。名被流沙，彼国僧众，皆称汉地有大乘沙门。每至然香礼拜，辄东向致敬。年八十三而终。"《易》以何为体？"答曰："《易》以感为体。"【感，即咸卦，此意为感应。按《易·咸》："咸，感也。柔上而刚下，二气感应以相与。……天地感而万物化生，圣人感人心而天下和平，观其所感，而天地万物之情可见矣。"】殷曰："铜山西崩，灵钟东应，便是《易》耶？"【远公言道体，仲堪言现象，所谓"尽意莫若象"，然欲"得意"又不能不"忘象"也。观此，知远公果"远"。】《东方朔传》曰：孝武皇帝时，未央宫前殿钟无故自鸣，三日三夜不止。诏问太史待诏王朔，朔言恐有兵气。更问东方朔，朔曰："臣闻铜者山之子，山者铜之母，以阴阳气类言之，子母相感，山恐有崩㡳者，故钟先鸣。《易》曰：'鸣鹤在阴，其子和之。'精之至也。其应在后五日内。"居三日，南郡太守上书言山崩，延袤二十馀里。《樊英别传》曰：汉顺帝时，殿下钟鸣，问英。对曰："蜀岷山崩。山于铜为母，母崩子鸣，非圣朝灾。"后蜀果上山崩，日月相应。二说微异，故并载之。远公笑而不答。【远公可谓不落言筌。刘辰翁云："不答最是。"王世懋云："按《易》理精微广大，谓此非《易》不可，执此言《易》又不可，远公所以笑而不答。"笑而不答，最堪玩味。】

◎ 子曰："天何言哉？四时行焉，百物生焉，天何言哉！"远公此时似法天。

62. 羊孚弟娶王永言女，孚弟，辅也。《羊氏谱》曰：辅字幼仁，太山人。祖楷，尚书郎。父绥，中书郎。辅仕至卫军功曹。娶琅邪王讷之女，字僧首。及王家见婿，孚送弟俱往。时永言父东阳尚在，《王氏谱》曰：讷之字永言，琅邪人。祖彪之，光禄大夫。父临之，东阳太守。讷之历尚书左丞、御史中丞。殷仲堪是东阳女婿，亦在坐。【可谓诸婿大会。】《殷氏谱》曰：仲堪娶琅邪王临之女，字英彦。孚雅善理义，乃与仲堪道《齐物》，《庄子》篇也。殷难之。羊云："君四番后，当得见同。"【清谈亦如围棋，走一步可算四步也。】殷笑曰："乃可得尽，何必相同？"【取和而不同之意。】乃至四番后一通。殷咨嗟曰："仆便无以相异。"【果然。】叹为新拔者久之。

◎ 子绝四：毋意、毋必、毋固、毋我。仲堪可谓绝四者也。

63. 殷仲堪云："三日不读《道德经》，便觉舌本间强。"【按王世懋云："'强'作去声，如今俗语。"】《晋安帝纪》曰：仲堪有思理，能清言。

◎《道德经》琅琅上口，可令唇吻道会，舌绽莲花。

64. 提婆初至，为东亭【王珣也，封东亭侯，故称。】第讲《阿毗昙》。《出经叙》曰：僧伽提婆，罽宾人，姓瞿昙氏。俊朗有深鉴，苻坚至长安，出诸经。后渡江，远法师请译《阿毗昙》。远法师《阿毗昙叙》曰："阿毗昙心者，三藏之要领，咏歌之微言。源流广大，管综众经，领其宗会，故作者以心为名焉。有出家开士字法胜，以《阿毗昙》源流广大，卒难寻究，别撰斯部，凡二百五十偈，以为要解，号之曰'心'。罽宾沙门僧伽提婆，少玩斯文，因请令译焉。"《阿毗昙》者，晋言大法也。道标法师曰："阿毗昙者，秦言无比法也。"始发讲，坐裁半，僧弥【王珉小字僧弥，王珣弟也。】便云："都已晓。"【心有灵犀一点通。】即于坐分数四有意道人，【晋时以道人称和尚】更就余屋自讲。【犹今之小组讨论也。】提婆讲竟，东亭问法冈道人曰：法冈，未详氏族。"弟子都未解，阿弥那得已解？所得云何？"【兄不如弟。】曰："大略全是，故当小未精覈耳。"【可谓奇才。】《出经叙》曰：提婆以隆安初游京师，东亭侯王珣迎至舍讲《阿毗昙》。提婆宗致既明，振发义奥，王僧弥一听便自讲，其明义易启人心如此。未详年卒。

◎ 东亭难为兄，僧弥难为弟。

65. 桓南郡【桓玄】与殷荆州【仲堪】共谈，每相攻难。【一山难容二虎。】年余后但一两番，桓自叹才思转退，【转攻为守。】殷云："此乃是君转解。"【一语道尽理中之谈佳处。余嘉锡云："言彼此共谈既久，玄于己所言转能了解，故攻难渐少，非才退也。"】周祇《隆安记》曰：玄善言理，弃郡还国，常与殷荆州仲堪终日谈论不辍。

◎ 桓玄固非仲堪敌手，然亦能择善而从。岂料二人后竟反目成仇，转相攻杀，世事如此，可发一叹！王世懋批云："以上以玄理论文学，文章另出一条，从魏始，盖一目中复分两目也。"可谓别具只眼！

66. 文帝【曹丕】尝令东阿王【曹植】七步作诗，不成者行大法。应声便为诗曰："煮豆持作羹，漉菽以为汁。萁在釜下燃，豆在釜中泣；本是同根生，相煎何太急？"帝深有惭色。【按《三国演义》第七十九回云："时殿上悬一水墨画，画着两只牛，斗于土墙之下，一牛坠井而亡。丕指画曰：'即以此画为题。诗中不许犯着二牛斗墙下，一牛坠井死字样。'植行七步，其诗已成。诗曰：'两肉齐道行，头上带凹骨。相遇块山下，郯起相搪突。二敌不俱刚，一肉卧土窟。非是力不如，盛气不泄毕。'曹丕及群臣皆惊。丕又曰：'七步成章，吾犹以为迟。汝能应声而作诗一首否？'植曰：'愿即命题。'丕曰：'吾与汝乃兄弟也。以此为题。亦不许犯着"兄弟"字样。'植略不思索，即口占一首曰：'煮豆燃豆萁，豆在釜中泣，本是同根生，相煎何太急！'曹丕闻之，潸然泪下。"小说笔法，几可乱真。】《魏志》曰：陈思王植字子建，文帝同母弟也。年十余岁诵诗论及辞赋数万言。善属文，太祖尝视其文曰："汝倩人耶？"【谓请人代笔。】植跪曰："出言为论，下笔成章，顾当面试，奈何倩人？"时邺铜雀台新成，太祖悉将诸子登之，使各为赋。植援笔立成，可观。性简易，不治威仪，舆马服饰，不尚华丽。每见难问，应声而答，太祖宠爱之，几为太子者数矣。文帝即位，封鄄城侯，后徙雍丘，复封东阿。植每求试不得，而国亟迁易，汲汲无懽。年四十一薨。

◎ 自此以下为诗文歌赋，犹今所谓纯文学也。《世说》成书于刘宋年间，其时文学已与儒、史、玄并列于学官，可谓文学独立之时代，故《文学》门有此畛域。曹植有"才高八斗"之誉，以其七步诗之典置诸纯文学篇首，不亦宜乎？

67. 魏朝封晋文王【司马昭】为公，备礼九锡，【按："锡"同"赐"。九锡乃汉晋皇帝给权臣之九种赏赐，含车马、衣服、乐器、朱户、纳陛、虎贲、弓矢、斧钺、秬鬯诸物】文王固让不受。公卿将校当诣府敦喻。司空郑冲驰遣信就阮籍求文。籍时在袁孝尼家，【袁孝尼，即曾向嵇康求学《广陵散》者。】《袁氏世纪》曰：准字孝尼，陈郡阳夏人。父涣，魏郎中令。准忠信居正，不耻下问，唯恐人不胜己也。世事多险，故恬退不敢求进。著书十万余言。荀绰《兖州记》曰：准有隽才，太始中位给事中。宿醉扶起，书札为之，无所点定，乃写付使。【宿醉耶？宿构耶？】时人以为神笔。【刘应登云："此即以居摄之事启之，嗣宗此笔为大节之玷矣。"吴勉学亦云："当时以为美谈，在嗣宗未免惭德。步兵此举，有愧中散儿。"】顾恺之《晋文章记》曰：阮籍《劝进》，落落有宏致，至转说徐而摄之也。一本注阮籍《劝进文》略曰：窃闻明公固让，冲等卷卷，实怀愚心。以为圣王作制，百代同风，褒德赏功，其来久矣。周公籍【当作藉。】已成之业，据既安之势，光宅曲阜，奄有龟蒙。明公宜奉圣旨，受兹介福也。

◎ 文章千古事，得失寸心知。嗣宗心苦，外人哪得知？

68. 左太冲【左思】作《三都赋》初成，《思别传》曰：思字太冲，齐国临淄人。父雍，起于笔札，多所掌练，为殿中御史。思少孤，不甚教其书学。及长，博览名文，遍阅百家。司空张华辟为祭酒，贾谧举为秘书郎。谧诛，归乡里，专思著述。齐王冏请为记室参军，不起。时为《三都赋》未成也。后数年疾终。其《三都赋》改定，至终乃止。初，作《蜀都赋》云："金马电发于高冈，碧鸡振翼而云披。鬼弹飞丸以礌礈，火井腾光以赫曦。"今无鬼弹，故其赋往往不同。思为人无吏干而有文才，又颇以椒房自矜，【按：椒房为嫔妃代称。左思妹左棻选入后宫，封贵嫔。】故齐人不重也。时人互有讥訾，思意不惬。后示张公，张华已见。张曰："此《二京》可三。【谓《三都赋》可与张衡《二京赋》鼎足而三。】然君文未重于世，宜以经高名之士。"思乃询求于皇甫谧，王隐《晋书》曰：谧字士安，安定朝那人，汉太尉嵩曾孙也。祖叔献，灞陵令。父叔侯，举孝廉。谧族从皆累世富贵，独守寒素。所养叔母叹曰："昔孟母以三徙成子，曾父以烹豕存教，岂我居不卜邻，何尔曹之甚乎？修身笃学，自汝得之，于我何有？"因对之流涕，谧乃感激。年二十余，就乡里席坦受书，遭人而问，少有宁日。武帝借其书二车，遂博览。太子中庶子、议郎征，并不就，终于家。谧见之嗟叹，遂为作《叙》。【作叙即延誉也。】于是先相非贰者，莫不敛衽赞述焉。【吴勉学云："当日赋以叙重，今日叙借赋以传。"】《思别传》曰：思造张载，问岷、蜀事，交接亦疏。皇甫谧西州高士，挚仲治宿儒知名，非思伦匹。刘渊林、卫伯舆并蚤终，皆不为思赋序注也。凡诸注解，皆思自为，欲重其名，故假时人名姓也。【别传所言，几近诽谤，孝标此注，不啻蛇足。王世懋云："思三赋不朽，士安非此序几不传，时人薄思，故肆讥弹耳。士安一序，何足重思，而时人传乃尔，孝标于是为无识矣。"】

◎ 太冲一生屯寒，终因诗文而不朽，其《咏史》八首，风骨遒劲，足可傲视太康群英，岂赖《三都》哉！

69. 刘伶著《酒德颂》，意气所寄。【"意气"二字可思。】《名士传》曰：伶字伯伦，沛郡人。肆意放荡，以宇宙为狭。常乘鹿车，携一壶酒，使人荷锸随之，云："死便掘地以埋。"【便是庄子"一死生"意。】土木形骸，遨游一世。《竹林七贤论》曰：伶处天地间，悠悠荡荡，无所用心。尝与俗士相迕，其人攘袂而起，欲必筑之。伶和其色曰："鸡肋岂足以当尊拳！"其人不觉废然而返。未尝措意文章，终其世，凡著《酒德颂》一篇而已。【一篇而不朽，羞煞后世多少文人。】其辞曰："有大人先生者，以天地为一朝，万期为须臾，日月为扃牖，八荒为庭衢。行无轨迹，居无室庐，幕天席地，纵意所如。行则操卮执觚，动则挈榼提壶，唯酒是务，焉知其余？有贵介公子，缙绅处士，闻吾风声，议其所以。乃奋袂攘襟，怒目切齿，陈说礼法，是非锋起。先生于是方捧罂承槽，衔杯漱醪，奋髯踑踞，枕麹藉糟。无思无虑，其乐陶陶。兀然而醉，慌尔而醒，静听不闻雷霆之声，熟视不见太山之形，不觉寒暑之切肌，利欲之感情。俯观万物之扰扰，如江、汉之载浮萍。二豪侍侧焉，如蜾蠃之与螟蛉。"【分明刘伶自画像。按李贽《焚书》卷五云："《法言》曰：'螟蛉之子，蜾蠃祝之曰："类我类我"，久则肖之矣。速哉七十子之肖仲尼也。'李轨曰：'螟蛉桑虫，蜾蠃蜂虫。蜂虫无子，取桑虫蔽而殪之，幽而养之，祝曰"类我"，久则化成蜂虫矣。'此颂唯结语独新妙，非《法言》引用意，读者详之！今人言养子为螟蛉子即此。然则道学先生、礼法俗士，举皆蜂虫之螟蛉子哉！犹自谓二豪，悲欤！"】

◎ 此则写竹林七贤之刘伶，按例当置于阮籍与左思之间。

70. 乐令【乐广】善于清言，而不长于手笔。将让河南尹，请潘岳为表。《晋阳秋》曰：岳字安仁，荥阳人。凤以才颖发名。善属文，清绮绝世，蔡邕未能过也。仕至黄门侍郎，为孙秀所害。潘云："可作耳，要当得君意。"乐为述己所以为让，标位二百许语，潘直取错综，便成名笔。【吴勉学云："岳文不多，如《秋兴》《闲居》赋序，不愧此二字。"】时人咸云："若乐不假潘之文，潘不取乐之旨，则无以成斯矣。"

◎ 乐广善鼓舌，潘岳爱捉刀，可称双美。

71. 夏侯湛作《周诗》成，《文士传》曰：湛字孝若，谯国人。魏征西将军夏侯渊曾孙也。有盛才，文章巧思，善补雅词，名亚潘岳。历中书侍郎。湛

《集》载其《叙》曰:《周诗》者,《南陔》《白华》《华黍》《由庚》《崇丘》《由仪》六篇,有其义而亡其辞。湛续其亡,故云《周诗》也。【吴勉学云:"人知束皙《补亡》,不知夏侯湛《补亡》。"】示潘安仁,安仁曰:"此非徒温雅,乃别见孝悌之性。"其诗曰:"既殷斯虔,仰说洪恩。夕定辰省,奉朝侍昏。宵中告退,鸡鸣在门。孳孳恭诲,夙夜是敦。"潘因此遂作《家风诗》。岳《家风诗》载其宗祖之德及自戒也。【按《艺文类聚》卷二三载潘岳《家风诗》云:"绾发绾发,发亦鬓止。日祇日祇,敬亦慎止。靡专靡有,受之父母。鸣鹤匪和,析薪弗荷。隐忧孔疚,我堂靡构。义方既训,家道颖颖。岂敢荒宁,一日三省。"】

◎《容止》篇载潘安仁、夏侯湛并有美容,喜同行,时人谓之"连璧"。二人非以清谈见长,而以诗文名世。盖西晋时,清谈名士与文学之士已殊途矣。

72. 孙子荆【孙楚】除妇服,作诗以示王武子【王济】。孙楚《集》云:妇胡毋氏也。其诗曰:"时迈不停,日月电流。神爽登遐,忽已一周。礼制有叙,告除灵丘。临祠感痛,中心若抽。"【子荆此诗,亦可称《悼亡》,早于潘岳《悼亡诗》三首。】王曰:"未知文生于情,情生于文?一作文于情生,情于文生。览之凄然,增伉俪之重。"【千古名言。按《淮南子·缪称》:"文者,所以接物也,情系于中而欲发外者也。以文灭情则失情,以情灭文则失文。文情理通,则凤麟极矣。"】

◎ 情文相生,自古而然。自作者观之,是文生于情;自读者观之,是情生于文。王武子临文生情,故有此叹。刘勰"为文造情""为情造文"之说,盖肇端于此。

73. 太叔广甚辩给,而挚仲治【挚虞】长于翰墨,俱为列卿。每至公坐,广谈,仲治不能对;退,著笔难广,广又不能答。王隐《晋书》曰:广字季思,东平人。拜成都王为太弟。欲使诣洛,广子孙多在洛,虑害,乃自杀。挚虞字仲治,京兆长安人。祖茂,秀才。父模,太仆卿。虞少好学,师事皇甫谧,善校练文义,多所著述。历秘书监、太常卿。从惠帝至长安,遂流离鄠、杜间。性好博古,而文籍荡尽。永嘉五年,洛中大饥,遂饿而死。虞与广名位略同，广长口才，虞长笔才，俱少政事。众坐广谈，虞不能对；虞退笔难广，广不能答。于是更相嗤笑，纷然于世。广无可记，虞多所录，于斯为胜也。【按：挚虞有《三辅决录注》七卷、《文章流别志论》二卷传世。】

◎ 徒逞口舌者湮没无闻，长于文笔者名传后世。潘岳、挚虞尚有文集可观，乐广、太叔广今人谁晓？今之学者，能不思之？

74. 江左【江左即东晋。以地域称时代，紧承上条，过渡自然。】殷太常父子，【指殷融、殷浩叔侄。晋人叔侄亦可称父子，犹今之"爷儿俩"。】并能言理，亦有辩讷之异。【按刘应登云："浩长于谈，融长于笔也。"又凌濛初云："此'亦有辩讷'，'亦'字承上太叔来。"】扬州【殷浩】口谈至剧，太常【殷融】辄云："汝更思吾论。"《中兴书》曰：殷融字洪远，陈郡人。桓彝有人伦鉴，见融，甚叹美之。著《象不尽意》《大贤须易论》，理义精微，谈者称焉。兄子浩，亦能清言，每与浩谈，有时而屈，退而著论，融更居长。为司徒左西属。饮酒善舞，终日啸咏，未尝以世务自婴。累迁吏部尚书、太常卿，卒。

◎ 口谈不易捕捉，捷才利齿者胜任愉快；笔谈白纸黑字，思路缜密者乐见喜闻。

75. 庾子嵩【庾敳】作《意赋》成，《晋阳秋》曰：敳永嘉中为石勒所害。先是敳见王室多难，知终婴其祸，乃作《意赋》以寄怀。从子文康【庾亮】见，问曰："若有意邪，非赋之所尽；若无意邪，复何所赋？"【问得刁钻。】答曰："正在有意无意之间。"【答得蕴藉。千古名言。】

◎ "有意无意之间"，颇有孔子"无可无不可"之意。非有玄心者不可道。

76. 郭景纯【郭璞】诗云："林无静树，川无停流。"【绝佳四言诗。】王隐《晋书》曰：郭璞字景纯，河东闻喜人。父瑗，建平太守。《璞别传》曰：璞奇博多通，文藻粲丽，才学赏豫，足参上流。其诗赋诔颂，并传于世，而讷于言。

【又一讷言者。】造次咏语，常人无异。又不持仪检，形质颓索，纵情嫚惰，时有醉饱之失。友人干令升【干宝】戒之曰："此伐性之斧也。"璞曰："吾所受有分，恒恐用之不尽，岂酒色之能害！"王敦取为参军。敦纵兵都辇，乃谘以大事，璞极言成败，不为回屈。敦忌而害之。诗，璞《幽思篇》者。阮孚【阮遥集，即阮咸所谓"人种"也。事见《任诞》篇第15条。】云："泓峥萧瑟，实不可言。每读此文，辄觉神超形越。"【如此读者，可谓知音。绝好诗话也。】

◎ 神超形越，正是晋人用心处，达人口诀！

77. 庾阐始作《扬都赋》，道温、庾云：【刘应登云："疑温峤、庾亮俱曾为扬州。"】"温挺义之标，庾作民之望。方响则金声，比德则玉亮。"庾公闻赋成，求看，兼赠贶之。【润笔】阐更改"望"为"隽"，以"亮"为"润"云。【果然"润"了。刘应登云："欲避庾公名，故并更旁韵也。"又云："作佞之俑。"】《中兴书》曰：阐字仲初，颍川人，太尉亮之族也。少孤，九岁便能属文。迁散骑侍郎，领大著作。为《扬都赋》，邈绝当时。五十四卒。

◎ 殊胜未改时。

78. 孙兴公【孙绰】作《庾公诔》，袁羊曰："见此张缓。"【张缓二字难解。刘辰翁云："似谓'此张纸'耳。"朱铸禹云："张缓，似谓铺叙开张，音节阐缓。"吴勉学云："张缓，或是当日名流。"】于时以为名赏。《袁氏家传》曰："乔有文才。"

◎ 窃谓张缓，乃悲戚紧张之情得以舒张缓解之意。盖溢美之辞也。

79. 庾仲初【庾阐】作《扬都赋》成，以呈庾亮。【与前重出而有异。】亮以亲族之怀，大为其名价云："可三《二京》、四《三都》。"【广告词。】于此人人竞写，都下纸为之贵。【太冲令洛阳纸贵，仲初使建康纸贵。】谢太傅云："不得尔，此是屋下架屋耳，事事拟学，而不免俭狭。"【吴勉学云："具眼人一语破尽一夥耳食。"】王隐论扬雄《太玄经》曰：玄经虽妙，非益也。是以古人谓其屋下架屋。

◎ 谢安一语道尽模拟之弊、新变之难。

80. 习凿齿史才不常【犹言不凡。】，宣武甚器之，未三十，便用为荆州治中。凿齿谢笺亦云："不遇明公，荆州老从事耳！"【感戴之言。】后至都见简文，返命，宣武问："见相王何如？"答云："一生不曾见此人。"【赞美之辞。】从此忤旨，出为荥阳郡，【贬谪也。】性理遂错。【神智错乱矣。刘辰翁云："与奸雄语，正自难，然亦何至狂疾？"】于病中犹作《汉晋春秋》，品评卓逸。《续晋阳秋》曰：凿齿少而博学，才情秀逸，温甚奇之。自州从事，岁中三转至治中。后以忤旨，左迁户曹参军、衡阳太守。在郡著《晋汉春秋》【按：当作《汉晋春秋》。】，斥温觊觎之心也。凿齿《集》载其论，略曰："静汉末累世之交争，廓九域之蒙晦，大定千载之盛功者，皆司马氏也。若以魏有代王之德，则不足；有静乱之功，则孙、刘鼎立，共工、秦政，犹不见叙于帝王，况暨制数州之众哉？且汉有系周之业，则晋无所承魏之迹矣。春秋之时，吴、楚称王。若推有德，彼必自系于周，不推吴、楚者也。况长辔庙堂，吴、蜀两定，天下之功也。"【赞司马，便是不臣于桓温，则《汉晋春秋》，亦可谓之"谤书"也。】

◎ 子曰："直而无礼则绞。""好直不好学，其蔽也绞。"习凿齿邦有道如矢，邦无道如矢，然亦不免于狂绞。

81. 孙兴公云："《三都》《二京》，《五经》鼓吹。"【按王世懋云："(鼓吹)二字殊妙。"】言此五赋，是经典之羽翼。

◎ 五赋配五经，其事正对。

82. 谢太傅问主簿陆退：《陆氏谱》曰：退字黎民，吴郡人。高祖凯，吴丞相。祖仰，吏部郎。父伊，州主簿。退仕至光禄大夫。"张凭何以作母诔，而不作父诔？"退答曰："故当是丈夫之德，表于事行；妇人之美，非诔不显。"【是遁词，也是实话。】《陆氏谱》曰：退，凭婿也。【女婿为岳丈解纷。】

◎ 绝妙应对，盖因男主外、女主内也。

83. 王敬仁【王修】年十三，作《贤人论》，长史【王濛】送示真长【刘惔】，真长答云："见敬仁所作论，便足参微言。"【对父夸子，便是夸父。】修《集》载其《论》曰："或问：'《易》称贤人，黄裳元吉，苟未能闻与理会，何得不求通？求通则有损，有损则元吉之称将虚设乎？'答曰：'贤人诚未能闻与理会，当居然体从，比之理肃，犹一豪之领一梁。一豪之领一梁，虽于理有损，不足以挠梁。贤有情之至寡，豪有形之至小，豪不至挠梁，于贤人何有损之者哉？'"【吴勉学云："此论不解。"又余嘉锡云："此论所言，浅薄无取。'一豪之领一梁'云云，尤晦涩难通。晋人之所谓微言，如此而已。"】

◎ 王修年十三而能作《贤人论》，不易得也。

84. 孙兴公云："潘文烂若披锦，无处不善；《续文章志》曰：岳为文，选言简章，清绮绝伦。陆文若排沙简金，往往见宝。"【按钟嵘《诗品·卷上·晋黄门郎潘岳》云："谢混云：'潘诗烂若舒锦，无处不佳，陆文如披沙简金，往往见宝。'"】《文章传》曰：机善属文，司空张华见其文章，篇篇称善，犹讥其作文太冶。谓曰："人之作文，患于不才；至子为文，乃患太多也。"【吴勉学云："绝好品题，注亦佳。"又云："深中陆文之病。"】

◎ 兴公人虽俗，却有好眼力，好文才。

85. 简文称许掾云："玄度五言诗，可谓妙绝时人。"《续晋阳秋》曰：询有才藻，善属文。自司马相如、王褒、扬雄诸贤，世尚赋颂，皆体则《诗》《骚》，傍综百家之言。及至建安，而诗章大盛。逮乎西朝之末，潘、陆之徒，虽时有质文，而宗归不异也。正始中，王弼、何晏好《庄》《老》玄胜之谈，而世遂贵焉。至过江，佛理尤盛。故郭璞五言始会合道家之言而韵之。询及太原孙绰转相祖尚，又加以三世之辞，而《诗》《骚》之体尽矣。询、绰并为一时文宗，自此作者悉体之。至义熙中，谢混始改。【一部魏晋诗歌小史。吴勉学云："诗家渊源。"又李详云："魏文帝《与吴质书》：'孔融，其五言诗之善者，妙绝时人。'简文用曹语。"今按：孔融当为刘桢。原文为"公干有逸气，但未遒耳。其五言诗之善者，妙绝时人"。】

◎ 简文称许太过，许询玄言诗，可称者不多。

86. 孙兴公作《天台赋》成，以示范荣期【范启】，《中兴书》曰：范启字荣期，慎阳人。父坚，护军。启以才义显于世，仕至黄门郎。【范启与叔度、袁阆、戴良同乡也。】云："卿试掷地，要作金石声。"【孙绰自负其才，每致高士轻诋。】范曰："恐子之金石，非宫商中声。"【只是不屑。】然每至佳句，"赤城霞起而建标，瀑布飞流而界道"。此赋之佳处。辄云："应是我辈语。"【不喜其人，但喜其语。《世说》中"我辈"二字甚妙，常胜过千言万语。】

◎ 自夸不如人夸，范启亦是雅人。

87. 桓公见谢安石作《简文谥议》，看竟，掷【如见。】与坐上诸客曰："此是安石碎金。"【意有不忿。若无谢安，简文禅让于温矣。刘辰翁云："此语无识。列之'文学'亦然。"】刘谦之《晋纪》载安《议》曰："谨按《谥法》：'一德不懈曰简，道德博闻曰文。'《易》简而天下之理得，观乎人文，化成天下，仪之景行，犹有仿佛。宜尊号曰太宗，谥曰简文。"【确是碎金。】

◎ 碎金乃琐屑言辞而有可观者，然终非安石大手笔也。

88. 袁虎少贫，虎，袁宏小字也。尝为人佣载运租。【李贽云："此人亦为'佣'乎？"】谢镇西【谢尚】经船行，其夜清风朗月，闻江渚间估客船上有咏诗声，甚有情致；【行家识货。】所诵五言，又其所未尝闻，叹美不能已。即遣委曲讯问，乃是袁自咏其所作《咏史诗》。【咏史一体班固首创，左思张大之，袁宏后继者也。其诗云："周昌梗概臣，辞达不为讷。汲黯社稷器，栋梁天表骨。陆贾厌解纷，时与酒棒机。婉转将相门，一言和平、勃。取舍各有之，俱令道不没。"又云："无名困蝼蚁，有名世所疑。中庸难为体，狂狷不及时。杨恽非忌贵，知及有余辞。躬耕南山下，芜秽不遑治。赵瑟奏哀音，秦声歌新诗。吐音非凡唱，负此欲何之。'"】因此相要，大相赏得。《续晋阳秋》曰：虎少有逸才，文章绝丽，曾为咏史诗，是其风情所寄。少孤而贫，以运租为业。镇西谢尚，时镇牛渚，乘秋佳风月，率尔与左右微服泛江。会虎在运租船中讽咏，声既清会，辞又藻拔。非尚所曾闻，遂住听之，乃遣问讯。答曰："是袁临

汝郎诵诗，即其咏史之作也。"尚佳其率有胜致，即遣要迎，谈话申旦。自此名誉日茂。【《续晋阳秋》所叙亦有佳致。】

◎ 镇西可谓伯乐。晋人相赏，常能摆落俗念，直达妙境，清风朗月，微旨好音，最移人情。李白《夜泊牛渚怀古》诗云："牛渚西江夜，青天无片云。登舟望秋月，空忆谢将军。余亦能高咏，斯人不可闻。明朝挂帆席，枫叶落纷纷。"题下原注："此地即谢尚闻袁宏咏史处。"

89. 孙兴公云："潘文浅而净，陆文深而芜。"【刘应登云："此二语又自作'披锦''排沙'注脚。"】

◎ 孙绰言必称潘陆，甚有赏会。

90. 裴郎【裴启】作《语林》，始出，大为远近所传。时流年少，无不传写，各有一通。载王东亭作《经王公酒垆下赋》，【按《轻诋》第24条注引《续晋阳秋》："而有人于谢坐，叙其黄公酒垆，司徒王珣为之赋。"知此"王公"当作"黄公"。】甚有才情。【刘辰翁云："与黄公垆语不多争。"盖指《伤逝》门王戎"邈若山河"诸语也。】《裴氏家传》曰："裴启字荣期【按：裴启，影宋本作裴荣，非是，今据袁本改。】河东人。父稚，丰城令。荣期少有风姿才气，好论古今人物。撰《语林》数卷，号曰《裴子》。"檀道鸾谓：裴松之以为启作《语林》，荣傥别名启乎?【凌濛初云："范启字荣期，裴郎或亦名启，字荣期耳，以为名荣者因字而误也。"】

◎ 此尚未言谢公一语废《语林》也。

91. 谢万作《八贤论》，与孙兴公往反，小有利钝。《中兴书》曰：万善属文，能谈论。万《集》载其叙四隐四显，为八贤之论，谓渔父、屈原、季主、贾谊、楚老、龚胜、孙登、嵇康也。其旨以处者为优，出者为劣。孙绰难之，以谓体玄识远者，出处同归。【亦名教自然将无同之意。】文多不载。【不载可惜。兴公曾有《道贤论》，以七僧方七贤，当时人物品藻已由个人转向群体，盖汉末清议标榜人物之余绪也。】谢后出以示顾君齐，《顾氏谱》曰：夷字君齐，吴郡人。祖廞，孝廉。父霸，少府卿。夷辟州主簿，不就。顾曰："我亦作知卿，当无所名。"【王世懋云："此语难解，似谓我亦算作相知者，然不能为卿名也。"】

◎ 所谓推人正自难。

92. 桓宣武命袁彦伯【袁宏】作《北征赋》，《续晋阳秋》曰：宏从温征鲜卑，故作《北征赋》，宏文之高者。既成，公与时贤共看，咸嗟叹之。时王珣在坐，云："恨少一句。得'写'字足韵，当佳。"袁即于坐揽笔益云："感不绝于余心，泝【同"溯"。】流风而独写。"【吴勉学云："二语以捷取佳。"】公谓王曰："当今不得不以此事推袁。"宏《集》载其《赋》云：闻所闻于相传，云获麟于此野。诞灵物以瑞德，奚授体于虞者。悲尼父之恸泣，似实恸而非假。岂一物之足伤，实致伤于天下。感不绝于余心，溯流风而独写。《晋阳秋》曰：宏尝与王珣、伏滔同侍温坐，温令滔续其赋，至"致伤于天下"，于此改韵。云："所咏慨深千载。今于'天下'之后便移韵，于写送之致，如为未尽。"滔乃云："得益'写'一句，或当小胜。"桓公语宏："卿试思益之。"宏应声而益，王、伏称善。【应声而益，颇有七步成韵之妙。】

◎ 佣人竟成文豪，袁宏故自不凡。

93. 孙兴公道曹辅佐【曹毗】："才如白地明光锦，《中兴书》曰：曹毗字辅佐，谯国人，魏大司马休曾孙也。好文籍，能属辞，累迁太学博士、尚书郎、光禄勋。裁为负版绔，【明光锦正好做负版绔，好喻相联。】《论语》曰："孔子式负版者。"郑氏《注》曰："版，谓邦国籍也。负之者，贱隶人也。"非无文采，酷无裁制。"【刘勰《情采》《熔裁》二篇在此已酝酿矣。】

◎ 兴公每有兴会，辄出佳言如屑，可谓口头批评家。

94. 袁彦伯作《名士传》成，【一部魏晋名士列传。】宏以夏侯太初、何平叔、王辅嗣为正始名士，阮嗣宗、嵇叔夜、山巨源、向子期、刘伯伦、阮仲容、王濬冲为竹林名士，裴叔则、乐彦辅、王夷甫、庾子嵩、王安期、阮千里、卫叔宝、谢幼舆为中朝名士。【如许名字，无不令人心动。】见谢公，公笑曰："我尝与诸人道江北事，特作狡狯耳，【周一良云："狡狯，犹今玩皮、捣乱、开玩笑之类，为六代习语。"】彦伯遂以著书。"【凌濛初云："作《世说》亦然。"准此则义庆亦为谢、袁传人矣。】

◎ 谢公实是名士推手，只是述而不作。

95. 王东亭【王珣】到桓公吏，既伏阁下，桓令人窃取其白事，东亭即于阁下更作，【又一捷才。】无复向一字。【刘应登云："谓一字不犯前本。"】《续晋阳秋》曰：珣学涉通敏，文高当世。

◎ 无复向一字，此最难。

96. 桓宣武北征，《温别传》曰：温以太和四年上疏，自征鲜卑。袁虎时从，被责免官。会须露布文，唤袁倚马前令作。手不辍笔，俄得七纸，绝可观。东亭在侧，极叹其才。【小巫见大巫。】袁虎云："当令齿舌间得利。"【此语歧解纷纭。如刘应登云："谓文须利口也。"又刘辰翁云："谓露布流传，须剪裁浏亮可称颂。"王世懋云："言袁有此才，而官不利，徒得东亭叹赏，齿舌间得利而已，何益于事？"二刘先生所言尚可，世懋则不免冬烘耳。或其夫子自道亦未可知。】

◎ 亦唇吻道会、不使舌本间强之意。

97. 袁宏始作《东征赋》，都不道陶公。【不该。】胡奴诱之狭室中，临以白刃，胡奴，陶范。别见。曰："先公勋业如是！君作《东征赋》，云何相忽略？"【胡奴可爱。】宏窘蹙无计，便答："我大道公，何以云无？"因诵曰："精金百炼，在割能断。功则治人，职思靖乱。长沙之勋，为史所赞。"【本未写出，临时胡诌也，犹胜宿构。】《续晋阳秋》曰：宏为大司马记室参军，后为《东征赋》，悉称过江诸名望。时桓温在南州，宏语众云："我决不及桓宣城。"【温父桓彝曾为宣城太守，故云。】时伏滔在温府，与宏善，苦谏之，宏笑而不答。滔密以启温，温甚忿，以宏一时文宗，又闻此赋有声，不欲令人显问之。后游青山饮酌，既归，公命宏同载，众为危惧。行数里，问宏曰："闻君作《东征赋》，多称先贤，何故不及家君？"宏答曰："尊公称谓，自非下官所敢专，故未呈启，不敢显之耳。"温乃云："君欲为何辞？"宏即答云："风鉴散朗，或搜或引。身虽可亡，道不可陨。则宣城之节，信为允也。"【以此邀宠，君子不取。】温泫然而止。二说不同，故详载焉。

◎ 治人靖乱，便是陶公一生写照。

98. 或问顾长康【顾恺之】："君《筝赋》何如嵇康《琴赋》？"【所赋皆乐器，故而可比也。】顾曰："不赏者，作后出相遗。深识者，亦以高奇见贵。"【便是自矜意。凌濛初云："'后出相遗'，人人然，古亦然，今亦然。"】《中兴书》曰：恺之博学有才气，为人迟钝而自矜尚，为时所笑。宋明帝《文章志》曰：桓温云："顾长康体中痴黠各半，合而论之，正平平耳。"世云有三绝：画绝、文绝、痴绝。《续晋阳秋》曰：恺之矜伐过实，诸年少因相称誉以为戏弄。为散骑常侍，与谢瞻连省，夜于月下长咏，自云得先贤风制，瞻每遥赞之。恺之得此，弥自力忘倦。瞻将眠，语槌脚人令代，恺之不觉有异，遂几申旦而后止。【吴勉学云："长康岂易戏弄？恐仍是诸少年心粗。"】

◎ 称道便是深识，不赏则属无识。自古才子多自负，恺之尤甚。

99. 殷仲文天才宏赡，《续晋阳秋》曰：仲文雅有才藻，著文数十篇。而读书不甚广，博亮亮，别见。【按诸评注本，博亮当为傅亮。】叹曰："若使殷仲文读书半袁豹，丘渊之《文章叙》曰：豹字士蔚，陈郡人。祖耽，历阳太守。父质，琅邪内史。豹隆安中著作佐郎，累迁太尉长史、丹阳尹。义熙九年卒。才不减班固。"《续汉书》曰：固字孟坚，右扶风人。幼有隽才，学无常师，善属文，经传无不究览。

◎ 观此可知，读书可增才气，然袁豹既善读书，何以才名竟不如殷仲文？可见才学相长，不可执一而论也。

100. 羊孚作《雪赞》云："资清以化，乘气以霏。遇象能鲜，即洁成辉。"桓胤遂以书扇。【按刘辰翁云："未造理所。"又吴勉学云："不及《雪赋》中佳句。"】《中兴书》曰：胤字茂祖，谯国人。祖冲，太尉。父嗣，江州刺史。胤少有清操，以恬退见称，仕至中书令。玄败，徙安成郡，后见诛。

◎ 桓胤可谓雅士。以《雪赞》书扇，盖以文字降温取凉也。

101. 王孝伯【王恭】在京，行散【王世懋云："散是五石散，行散，行药也。"】至其弟王睹户前，睹，王爽小字也。《中兴书》曰：爽字季明，恭第四弟也。仕至侍中，恭事败，赠太常。问："古诗中何句为最？"睹思未答。孝伯咏："'所遇无故物，焉得不速老？'此句为佳。"【诚佳。】

◎ 服散后有此雅致，亦佳。

102. 桓玄常登江陵城南楼云："我今欲为王孝伯作诔。"【刘应登云："王恭为司马道子所害，桓玄复杀道子。"】因吟啸良久，随而下笔。一坐之间，诔以之成。【吴勉学云："所谓'文生于情'。"】《晋安帝纪》曰："玄文翰之美，高于一世。"玄《集》载其《诔叙》曰："隆安二年九月十七日，前将军青、兖二州刺史太原王孝伯薨。川岳降神，哲人是育。既爽其灵，不贻其福。天道芒昧，孰测倚伏？犬马反噬，豺狼翘陆。岭摧高梧，林残松竹。人之云亡，邦国丧牧。于以诔之，爰旌芳郁。"文多不载。

◎ 灵宝不唯达，亦有文才，惜为叛逆之污名所掩。可惜！

103. 桓玄初并西夏，领荆、江二州、二府、一国。《玄别传》曰：玄既克殷仲堪，杀杨佺期，遣使讽朝廷，朝廷以玄都督八州，领江州、荆州二刺史。于时始雪，五处俱贺，五版并入。玄在厅事上，版至，即答版后，皆粲然成章，不相揉杂。【按刘应登云："谓答贺雪之版。"】

◎ 下雪亦有贺文，古人心思到底不同。《红楼梦》中多次写雪景之中吟诗作对，真可谓"诗意栖居"也。今人落雪即扫，恨俗！

104. 桓玄下都，羊孚时为兖州别驾，从京来诣门，笺云："自顷世故睽离，心事纶蕴。明公启晨光于积晦，澄百流以一源。"【谀辞。】桓见笺，驰唤前，云："子道，子道，来何迟！"即用为记室参军。孟昶别见。为刘牢之主簿，《续晋阳秋》曰：牢之字道坚，彭城人，世以将显。父逎，征虏将军。牢之沈毅多计数，为谢玄参军。苻坚之役，以骁猛成功。及平王恭，转徐州刺史。桓玄下都，以牢之为前锋，行征西将军。玄至归降，用为会稽内史。欲解其兵，奔而缢死。诣门谢，见云："羊侯，羊侯，百口赖卿。"【有似丞相求周侯。】

◎ 羊孚谀辞自荐，与"文学"何干？

世说新语新评

卷中

方正第五

● 方正者，端方正直之谓也。《管子·形势解》云："人主身行方正……行发于身而为天下法式者，人唯恐其不复行也。"又《史记·屈原贾生列传》："屈平疾王听之不聪也，谗谄之蔽明也，邪曲之害公也，方正之不容也，故忧愁幽思而作《离骚》。"是方正实为德行之具体显现，故而可为楷则示范也。汉代选举官吏，遂以方正为一科，与贤良、文学、孝廉、茂才等同受擢拔，当时之人物品藻，亦以方正为口实也。《世说》乃一"品人"之书，其以《方正》缀于"孔门四科"后，足见方正一目，于当时人伦识鉴中影响甚巨。而通观此篇，又可知降及魏晋，"方正"之内涵渐趋复杂，既有彰显儒家清操正节之旧意涵（如夏侯玄之拒钟会，陈泰之谏诛贾充），又有门阀制度下士族自矜门第之新风气（如王濛、刘惔不食小人所赠酒，王修龄不受陶范所馈米）。故方正之为方正，已非仅指群体公认之内在品性，而更扩展至于人己之间互相对待时之自我确认。此正魏晋士人标举自我、张扬个性之具体表现，所谓"我与我周旋久，宁作我"也。故其人其事虽不免可商，其性其情则颇有可观，见仁见智，执中与权，读者其详之。

1. 陈太丘【陈寔】与友期行，期日中。过中不至，太丘舍去，去后乃至。【不至、舍去、乃至，一波三折，极有思致。】元方时年七岁，门外戏。【真有戏看。】陈寔及纪，并已见。客问元方："尊君在不？"答曰："待君久不至，已去。"友人便怒曰："非人哉！与人期行，相委而去。"【子曰："吾未见能见其过而内自讼者也。"此人如此，真不配为太丘友。】元方曰："君与家君期日中，日中不至，则是无信；对子骂父，则是无礼。"【好说辞。】友人惭，下车引之。元方入门不顾。

◎ 太丘重然诺，可谓方正；元方责损友，亦可谓方正。

2. 南阳宗世林【宗承】，魏武【曹操】同时，而甚薄其为人，不与之交。及魏武作司空，总朝政，从容问宗曰："可以交未？"【盛气凌人，岂可交？】答曰："松柏之志犹存。"【子曰："岁寒然后知松柏之后凋也。"】世林既以忤旨见疏，位不配德。文帝兄弟每造其门，皆独拜床下。【敬以父执，因有父命。】其见礼如此。《楚国先贤传》曰：宗承字世林，南阳安众人。父资，有美誉。承少而修德雅正，确然不群，征聘不就，闻德而至者如林。魏武弱冠，屡造其门，值宾客猥积，不能得言。乃伺承起，往要之，捉手请交，承拒而不纳。帝后为司空，辅汉朝，乃谓承曰："卿昔不顾吾，今可为交未？"承曰："松柏之志犹存。"帝不说，以其名贤，犹敬礼之。敕文帝修子弟礼，就家拜汉中太守。【阿瞒老谋深算。】武帝平冀州，从至邺，陈群等皆为之拜。帝犹以旧情介意，薄其位而优其礼，就家访以朝政，居宾客之右。文帝征为直谏大夫。明帝欲引以为相，以老固辞。

◎ 位高者常以尊位卑者为秀场，不足据。然宗世林直道而行，可谓"方正"。

3. 魏文帝【曹丕】受禅，陈群有戚容。【半真半假。】帝问曰："朕应天受命，卿何以不乐？"群曰："臣与华歆服膺先朝，今虽欣圣化，犹义形于色。"【两不得罪，善为佞说。钟惺云："老奸欺世，正在此四字见出。"】华峤《谱叙》曰：魏受禅，朝臣三公以下，并受爵位。华歆以形色忤时，徙为司空，不进爵。文帝久不怿，以问尚书令陈群曰："我应天受命，百辟莫不悦喜，形于声色；而相国及公独有不怡者，何邪？"群起，离席长跪曰："臣与相国曾事汉朝，心虽悦喜，义干其色，亦惧陛下，实应见憎。"帝大悦，叹息良久，遂重异之。【陈群乃太丘之孙，元方之子，如此行径，有愧父祖也。】

◎ 佞辞巧言，有辱"方正"。

4. 郭淮作关中都督，甚得民情，亦屡有战庸【战功也】。《魏志》曰：淮字伯济，太原阳曲人。建安中，除平原府丞。黄初元年，奉使贺文帝践祚，而稽留不及。群臣欢会，帝正色责之曰："昔禹会诸侯于涂山，防风氏后至，便行大戮。今溥天同庆，而卿最留迟，何也？"淮曰："臣闻五帝先教，导民以德，夏后政衰，始用刑辟。今臣遭唐、虞之世，是以知免防风氏之诛。"帝悦之，擢为雍州刺史，迁征西将军。淮在关中二十余年，功绩显著，迁仪同三司，赠大将军。淮妻，太尉王凌之妹，坐凌事，当并诛，《魏略》曰：凌字彦云，太原祁人。历司空、太尉、征东将军。密欲立楚王彪，司马宣王自讨之。凌自缚归罪，遥谓太傅曰："卿直以折简召我，我当不至邪？"太傅曰："以卿非肯逐折简者也。"遂使人送至西。凌自知罪重，试索棺钉，以观太傅意，太傅给之。凌行至项城，夜呼掾属与决曰："行年八十，身名俱灭。命邪！"遂自杀。【曹魏忠臣，司马死敌。】使者征摄甚急。淮使戒装，克日当发。州府文武及百姓劝淮举兵，淮不许。至期遣妻，百姓号泣追呼者数万人。行数十里，淮乃命左右追夫人还，于是文武奔驰，如徇身首之急。【数句写出郭淮盛德。】既至，淮与宣帝书曰："五子哀恋，思念其母。其母既亡，则无五子；五子若殒，亦复无淮。"【便是以死铭志。刘辰翁云："语甚感动，节次皆是。"】宣帝乃表特原淮妻。《世语》曰：淮妻当从坐，侍御史往收。督将及羌胡渠帅数千人叩头，请淮上表留妻，淮不从。妻上道，莫不流涕，人人扼腕，欲劫留之。淮五子叩头流血请淮，淮不忍视，乃命追之。于是数千骑往追还。淮以书白司马宣王曰："五子哀母，不惜其身。若无其母，是无五子，五子若亡，亦无淮也。今辄追还，若于法未通，当受罪于主者。"书至，宣王乃表原之。【王世懋云："《世语》简而尽，前后相应，叙事工拙见矣。"】

◎ 郭淮事即此一见，千载如生。

5. 诸葛亮之次渭滨，关中震动。《蜀志》曰：亮字孔明，琅邪阳都人。客于荆州，躬耕垄亩，好为《梁甫吟》。长八尺，每自比管仲、乐毅，时人莫之许也。唯博陵崔州平、颍川徐元直谓为信然。先主屯新野，徐庶见先主曰："诸葛孔明，卧龙也。将军岂愿见之乎？"先主曰："君与俱来。"庶曰："此人可就见，不可屈致也。"先主遂诣亮，谓关羽、张飞曰："孤之有孔明，犹鱼之有水也。"累迁丞相、益州牧。率众北征，卒于渭南。**魏明帝深惧晋宣王战，乃遣辛毗为军司马。**【辛毗可谓灭火器。】《魏志》曰：毗字佐治，颍川阳翟人。累迁卫尉。宣王既与亮对渭而陈，亮设诱谲万方，宣王果大忿，【"果"字照应前"惧"字。】将欲应之以重兵。亮遣间谍觇之，还曰："有一老夫，毅然仗黄钺，【醒目。】当军门立，军不得出。"亮曰："此必辛佐治也。"【猜得准。】《晋阳秋》曰：诸葛亮寇郿，据渭水南原，诏使高祖拒之。亮善抚御，又戎政严明，且侨军远征，粮运艰涩，利在野战。朝廷每闻其出，欲以不战屈之，高祖亦以为然。而拥大军御侮于外，不宜远露怯弱之形以亏大势，故秣马坐甲，每见吞并之威。亮虽挑战，或遗高祖巾帼。巾帼，妇女之饰，欲以激怒，冀获曹咎之利。朝廷虑高祖不胜忿愤，而卫尉辛毗骨鲠之臣，帝乃使毗仗节为高祖军司马。亮果复挑战，高祖乃奋怒，将出应之。毗仗节中门而立，高祖乃止。将士闻见者益加勇锐。识者以人臣虽拥众千万，而屈于王人，大略深长，皆如此之类也。【吴勉学云："注犹详尽。"】

◎ 一夫当关，万夫莫开。佐治立于军门，非拒外也，实防内也。以今观之，有惊无险，不过一场皮影戏耳。

6. 夏侯玄既被桎梏，《魏氏春秋》曰：玄字太初，谯国人，夏侯尚之子，大将军前妻兄也。风格高朗，弘辩博畅。正始中，护军。曹爽诛，征为太常。内知不免，不交人事，不畜笔研。及太傅薨，许允谓玄曰："子无复忧矣！"玄叹曰："士宗，卿何不见事乎？此人尤能以通家年少遇我，子元、子上，不吾容也。"【太初自知，亦知人。】后中书令李丰恶大将军执政，遂谋以玄代之。大将军闻其谋，诛丰，收玄，送廷尉。干宝《晋纪》曰：初，丰之谋也，使告玄，玄答曰："宜详之尔。"不以闻也，故及于难。**时钟毓为廷尉，钟会先不与玄相知，因便狎之。**【小人常爱狎君子。】玄曰："虽复刑馀之人，未敢闻命。"【何等傲岸之人！】《世语》曰：玄至廷尉，不肯下辞。廷尉钟毓自临履玄。玄正色曰："吾当何辞？为令史责人邪？卿便为吾作。"毓以玄名士，节高不可屈，而狱当竟，夜为作辞，令与事相附。流涕以示玄，玄视之曰："不当若是邪？"钟会年少于玄，玄不与交。是曰，于毓坐狎玄，玄正色曰："钟君，何得如是！"《名士传》曰：初，玄以钟毓志趣不同，不与之交。玄被收时，毓为廷尉，执玄手曰："太初，何至于此？"玄正色曰："虽复刑馀之人，不可得交。"按：郭颁，西晋人，时世相近，为《魏晋世语》，事多详核。孙盛之徒皆采以著书，并云玄距钟会。而袁宏《名士传》最后出，不依前史，以为钟毓，可谓谬矣。**考掠初无一言，临刑东市，颜色不异。**《魏志》曰：玄格量弘济，临斩，颜色不异，举止自若。

◎ 太初雅量，可与叔夜并美。二人均有龙性高识，器量恢弘，志不苟且，钟会兄弟鸡鸣狗盗之辈，岂可与交？

7. 夏侯泰初与广陵陈本善，本与玄在本母前宴饮，《世语》曰：本字休元，临淮东阳人。《魏志》曰：本，广陵东阳人。父矫，司徒。本历郡守、廷尉。所在操纲领，举大体，能使群下自尽，有率御之才。不亲小事，不读法律，而得廷尉之称。迁镇北将军。**本弟骞**《晋阳秋》曰：骞字休渊，司徒第二子，无謇谔风，滑稽而多智谋。仕至大司马。**行还，径入，至堂户。泰初因起曰："可得同，不可得而杂。"**【意谓君子本来和而不同，退而求其次，即使同，亦不得杂。】《名士传》曰：玄以乡党贵齿，本不论德位，年长者必为拜。与陈本母前饮，骞来而出，其可得同，不可得而杂者也。

◎ 古之君子不交非类，便是方正之科。此"玉树"不屑"蒹葭"也。

8. 高贵乡公【曹髦】薨，内外喧哗。《魏志》曰：高贵乡公，讳髦，字彦士，文帝孙，东海定王霖之子也。初封郯县。高贵乡公好学夙成。齐王废，群臣迎之，即皇帝位。《汉晋春秋》曰：自曹芳事后，魏人省彻宿卫，无复铠甲，诸门戎兵，老弱而已。曹髦见威权日去，不胜其忿。召侍中王沉【按：一作王沈】、尚书王经、散骑常侍王业谓曰："司马昭之心，路人所知也。吾不能坐受废辱，今日当与卿自出讨之。"王经谏，不听，乃出怀中板令投地，曰："行之决矣！正使死，何所恨！况不必死邪？"于是入白太后。沉、业奔走告昭，昭为之备。髦遂率僮仆数百，鼓噪而出。昭弟屯骑校尉伷入，遇髦于东止车门，左右呵之，伷众奔走。中护军贾充又逆髦，战于南阙下。髦自用剑，众欲退。太子舍人成济问充曰："事急矣！当云何？"充曰："公畜汝等，正为今日。今日之事，无所问也。"济即前刺髦，刃出于背。【如见。】《魏氏春秋》曰：帝将诛大将军，诏有司复进位相国，加九锡。

帝夜自将冗从仆射李昭、黄门从官焦伯等下陵云台，铠仗授兵，欲因际会，遣使自出致讨，会雨而却。明日，遂见王经等，出黄素诏于怀曰："是可忍也，孰不可忍？今当决行此事。"帝遂拔剑升辇，率殿中宿卫苍头官僮，击战鼓，出云龙门。贾充自外而入，帝师溃散。帝犹称天子，手剑奋击，众莫敢逼。充率厉将士，骑督成倅弟济以矛进，帝崩于师。时暴雨，雷电晦冥。【天怒人怨，写得凄怆。】司马文王问侍中陈泰曰：《魏志》曰：泰字玄伯，司空群之子也。"何以静之？"【犹今所谓如何灭火？心虚故有此问。】泰云："唯杀贾充以谢天下。"【有理。】文王曰："可复下此不？"【退而求其次。】对曰："但见其上，未见其下。"【不杀不足以谢天下。】干宝《晋纪》曰：高贵乡公之杀，司马文王召朝臣谋其故，太常陈泰不至。使其舅荀颛召之，告以可不。泰曰："世之论者，以泰方于舅，今舅不如泰也。"子弟内外咸共逼之，垂涕而入。文王待之曲室，谓曰："玄伯，卿何以处我？"对曰：'可诛贾充以谢天下。'"文王曰："为吾更思其次。"泰曰："唯有进于此，不知其次。"文王乃止。《汉晋春秋》曰：曹髦之薨，司马昭闻之，自投于地曰："天下谓我何？"于是召百官议其事。昭垂泪问陈泰曰："何以居我？"泰曰："公光辅数世，功盖天下，谓当并迹古人，垂美于后，一旦有杀君之事，不亦惜乎！速斩贾充，犹可以自明也。"昭曰："公闾不可得杀也，卿更思余计。"泰厉声曰："意唯有进于此耳，馀无足委者也。"归而自杀。【注更委细。】《魏氏春秋》曰：泰劝大将军诛贾充，大将军曰："卿更思其他。"泰曰："岂可使泰复发后言。"遂呕血死。

◎ 陈泰比乃父气节凛然，不辱"方正"二字。

9. 和峤为武帝【司马炎】所亲重，语峤曰："东宫【太子也。】顷似更成进，卿试往看。"还，问何如。答曰："皇太子圣质如初。"【犹言还是傻小子。刘应登云："'似更成进'，谓太子近胜于前也。'圣质如初'，谓无进处。"】《晋诸公赞》曰：峤字长舆，汝南西平人。父迪，太常，知名。峤少以雅量称，深为贾充所知，每向世祖称之。历尚书、太子少傅。干宝《晋纪》曰：皇太子有醇古之风，美于信受。侍中和峤数言于上曰："季世多伪，而太子信，非四海之主。忧太子不了陛下家事，愿追思文、武之祚。"上既重长适，又怀齐王，朋党之论弗入也。后上谓峤曰："太子近入朝，吾谓差进，卿可与荀侍中共往言。"及颛奉诏还，对上曰："太子明识弘新，有如明诏。"问峤，峤对曰："圣质如初。"上默然。《晋阳秋》曰：世祖疑惠帝不可承继大业，遣和峤、荀勖往观察之。既见，勖称叹曰："太子德更进茂，不同于故。"峤曰："皇太子圣质如初，此陛下家事，非臣所尽。"天下闻之，莫不称峤为忠，而欲灰灭勖也。【荀勖有才无德，故成众矢之的。】

按：荀颛清雅，性不阿谀。校之二说，则孙盛为得也。【此按语不似孝标口气。】

◎ 前一则刚杀魏少帝，这一则又立傻皇储。魏晋两代灭亡引信在此点燃，亦可称草蛇灰线。

10. 诸葛靓后入晋，除大司马，召不起。以与晋室有仇，常背洛水而坐。【古有背水一战，此有背水一坐。】与武帝有旧，帝欲见之而无由，乃请诸葛妃呼靓。既来，帝就太妃间相见。礼毕，酒酣，帝曰："卿故复忆竹马之好不？"靓曰："臣不能吞炭漆身，今日复睹圣颜。"因涕泗百行。【哭得好痛！】帝于是惭悔而出。【发小竟成陌路，古之政争可恶乃尔！】《晋诸公赞》曰：吴亡，靓入洛，以父诞为太祖所杀，誓不见世祖。世祖叔母琅邪王妃，靓之姊也。帝后因靓在姊间，往就见焉，靓逃于厕中。于是以至孝发名。时嵇康亦被法，而康子绍死荡阴之役。谈者咸曰："观绍、靓二人，然后知忠孝之道，区以别矣。"【吴勉学云："靓是王裒一辈人，较绍为高。"此亦皮相之见。嵇绍未必不孝，诸葛未必不忠，各守天命性分而已，外人哪得知？】

◎ 此亦可入《仇隙》。

11. 武帝语和峤曰："我欲先痛骂王武子【王济】，然后爵之。"峤曰："武子隽爽，恐不可屈。"【知人之言。】遂召武子，苦责之，因曰："知愧不？"《晋诸公赞》曰：齐王当出藩，而王济谏请无数，又累遣常山主与妇长广公主共入，稽颡陈乞留之。世祖甚恚，谓王戎曰："我兄弟至亲，今出齐王，自朕家计，而甄德、王济连遣妇入来，生哭人邪？【朱铸禹云："'生哭'者，谓以生人为死人而哭之也。"】济等尚尔，况余者乎？"济自此被责，左迁国子祭酒。武子曰："'尺布斗粟'之谣，常为陛下耻之！"【有胆。】《汉书》曰：淮南厉王长，高祖少子也。有罪，文帝徙之于蜀，不食而死。民作歌曰："一尺布，尚可缝；一斗粟，尚可舂。兄弟二人，不能相容。"瓒注曰："言一尺布帛，可缝而共衣；一斗米粟，可舂而共食。况以天子之属，而不相容也。"他人能令疏亲，臣不能使亲疏。以此愧陛下。"【按《晋书·王济传》作"他人能亲疏，臣不能使亲亲"。窃谓"他人能令亲疏，臣不能令亲疏"，似亦可通。】

◎ 一耻之，一愧之，武子有勇，皇帝无颜。

12. 杜预之荆州，顿七里桥，朝士悉祖。【祖，饯行也。】王隐《晋书》曰：预字元凯，京兆杜陵人，汉御史大夫延年十一世孙。祖畿，魏太保。父恕，幽州、荆州刺史。预智谋渊博，明于治乱，常称立德者非所企及，立功、立言所庶几也。【果不食言。平吴之功，《春秋》之注，允称不朽也。】累迁河南尹，为镇南将军，都督荆州诸军事，镇襄阳。以平吴勋封当阳侯。预无伎艺之能，身不跨马，射不穿札，而每有大事，辄在将帅之限。赠征南将军，仪同三司。预少贱，好豪侠，不为物所许。杨济既名氏雄俊，不堪，不坐而去。《八王故事》曰：济字文通，弘农人，杨骏弟也。有才识，累迁太子太保，与骏同诛。须臾，和长舆【和峤】来，问："杨右卫何在？"客曰："向来，不坐而去。"长舆曰："必大夏门下盘马。"【猜着了。】往大夏门，果大阅骑，长舆抱内车，共载归，坐如初。【按吴勉学云："征南名士何物？杨济倚外戚为豪，讵列《方正》中？"】

◎ 杨济只是矫情，何预方正？

13. 杜预拜镇南将军，朝士悉至，皆在连榻坐，《语林》曰：中朝方镇还，不与元凯共坐。预征吴还，独榻，不与宾客共也。时亦有裴叔则【裴楷】。羊稚舒后至，曰："杜元凯乃复连榻坐客！"【轻慢至此，盖因门第骄人，何足道哉！】不坐便去。《晋诸公赞》曰：羊琇字稚舒【羊琇】，泰山人。通济有才干，与世祖同年相善，谓世祖曰："后富贵时，见用作领、护军各十年。"世祖即位，累迁左将军、特进。杜请裴追之。羊去数里住马，既而俱还杜许。

◎ 以贵势骄人为方正，殆不成语。

14. 晋武帝时，荀勖为中书监，虞预《晋书》曰：勖字公曾，颍川颍阴人，汉司空爽曾孙也。十余岁能属文，外祖钟繇曰："此儿当及其曾祖。"为安阳令，民生为立祠，累迁侍中、中书监。和峤为令。故事，【按：故事即旧制、老例也。】监、令由来共车。峤性雅正,常疾勖谄谀。王隐《晋书》曰:勖性佞媚,誉太子,出齐王。当时私议:损国害民,孙、刘之匹也。后世若有良史,当著《佞幸传》。【诚然。然荀勖首创四部图籍之法,亦不可抹杀。又吴勉学云:"同一荀勖而虞、王两《晋书》所载人品若相反,史书安可尽信?"】后公车来,【鄙视便有公车,有趣。】峤便登,正向前坐,不复容勖。勖方更觅车,然后得去。监、令各给车,自此始。【亦成一故事矣。】曹嘉之《晋纪》曰:中书监、令常同车入朝。至和峤为令,而荀勖为监,峤意强抗,专车而坐,乃使监、令异车,自此始也。

◎ 和峤可谓真方正。

15. 山公大儿短,著帢,车中倚。武帝欲见之,山公不敢辞。问儿,儿不肯行。【天子呼来不上船,此儿不短。】时论乃云胜山公。【果胜。刘辰翁云:"直自愧其矮耳,不足言胜。"按:辰翁难免小人之心。】《晋诸公赞》曰:山该字伯伦,司徒涛长子也。雅有器识,仕至左卫将军。

◎ 山公有韬略,其子有正骨,皆是一美而互不相犯。

16. 向雄为河内主簿,有公事不及雄,【刘应登云:"谓非雄之罪,而太守杖之,故憾之之深也。"】而太守刘淮横怒,遂与杖遣之。雄后为黄门郎,刘为侍中,初不交言。武帝闻之,敕雄复君臣之好。【古之君臣亦可指上下级之间,此为其证。】雄不得已,诣刘,再拜曰:"向受诏而来,而君臣之义绝,何如?"于是即去。【来是受诏,走是义绝,进退皆不失据。】武帝闻尚不和,乃怒问雄曰:"我令卿复君臣之好,何以犹绝?"《汉晋春秋》曰:雄字茂伯,河内人。《世语》曰:雄有节概,仕至黄门郎、护军将军。按:王隐《孙盛不与故君相闻议》曰:"昔在晋初,河内温县领校向雄,送御牺牛,不先呈郡,辄随比送洛。值天大热,郡送牛多暍死。台法甚重,太守吴奋召雄与杖,雄不受杖,曰:'郡牛者亦死也,呈牛者亦死也。'奋大怒,下雄狱,将大治之。会司隶辟雄都官从事。数年,为黄门侍郎。奋为侍中,同省,相避不相见。武帝闻之,给雄酒礼,使诣奋解,雄乃奉诏。"此则非刘准也。【考校甚详。】《晋诸公赞》曰:淮字君平,沛国杼秋人。少以清正称。累迁河内太守、侍中、尚书仆射、司徒。雄曰："古之君子，进人以礼，退人以礼；今之君子，进人若将加诸膝，退人若将坠诸渊。臣于刘河内，不为戎首亦已幸甚，安复为君臣之好？"【只是记仇，不是方正。】武帝从之。《礼记》曰："穆公问于子思曰：'为旧君反服，古邪？'子思曰：'古之君子，进人以礼，退人以礼，故有旧君反服之礼；今之君子，进人若将加诸膝，退人若将坠诸渊。无为戎首，不亦善乎，又何反服之有？'"郑玄曰："为兵主来攻伐，故曰戎首也。"

◎ 成人之恶，亦是成人之美。

17. 齐王冏为大司马辅政，虞预《晋书》曰：冏字景治，齐王攸子也。少聪惠，及长，谦约好施。赵王伦篡位，冏起义兵诛伦，拜大司马，加九锡，政皆决之。而恣用群小，不复朝觐，遂为长沙王所诛。嵇绍为侍中，诣冏谘事。冏设宰会，召葛旟、《齐王官属名》曰：旟字虚旟，齐王从事中郎。《晋阳秋》曰：齐王起义，转长史。既克赵王伦，与董艾等专执威权。冏败，见诛。董艾等《八王故事》曰：艾字叔智，弘农人。祖遇，魏侍中。父绥，秘书监。艾少好功名，不修士检。齐王起义，艾为新汲令，赴军，用艾领右将军。王败，见诛。共论时宜。旟等白冏："嵇侍中善于丝竹，【有父风。】公可令操之。"遂送乐器。绍推却不受，冏曰："今日共为欢，卿何却邪？"绍曰："公协辅皇室，令作事可法。绍虽官卑，职备常伯。操丝比竹盖乐官之事，不可以先王法服，为伶人之业。【戴安道摔琴，与此同调。】今逼高命，不敢苟辞，当释冠冕，袭私服，此绍之心也。"旟等不自得而退。

◎ 不卑不亢，有理有节，不愧中散之子。

18. 卢志于众坐《世语》曰：志字子通，范阳人，尚书斑少子。少知名。起家邺令，历成都王长史、卫尉卿、尚书郎。问陆士衡【陆机】："陆逊、陆抗，是君何物？"【何物，犹言何人。】抗已见。《吴书》曰：逊字伯言，吴郡人，世为冠族。初领海昌令，号神君，累迁丞相。答曰："如卿于卢毓、卢斑。"《魏志》曰：毓字子家，涿人。父植，有名于世。累迁吏部郎、尚书。选举，先性行而后言才，进司空。斑，咸熙中为泰山太守，字子笏，位至尚书。士龙【陆云】

失色，云别见。既出户，谓兄曰："何至如此？彼容不相知也。"【凌濛初云："士龙亦自雅量。"便是和稀泥。】士衡正色曰："我父、祖名播海内，宁有不知，鬼子敢尔！"【只是恣狷、简傲，不类方正。"鬼子"一语显系附会，观刘注可知。】《孔氏志怪》曰：卢充者，范阳人。家西三十里有崔少府墓。充先冬至一日，出家西猎，见一獐，举弓而射，即中之。獐倒而复起，充逐之，不觉远。忽见一里门如府舍，门中一铃下有唱家前。充问："此何府也？"答曰："少府府也。"充曰："我衣恶，那得见贵人？"即有人提襥新衣迎之。充著，尽可体，便进见少府，展姓名。酒炙数行，崔曰："近得尊府君书，为君索小女婚，故相延耳。"即举书示充。充父亡时虽小，然已见父手迹，便歔欷无辞。崔即敕内，令女郎庄严，使充就东廊。充至，妇已下车，立席头，共拜。三日毕，还见，崔曰："君可归矣。女有娠相，生男，当以相还；生女，当归自养。"敕外严车送客。崔送至门，执手零涕，离别之感，无异生人。复致衣一袭，被褥一副。充便上车，去如电逝，须臾至家。家人相见，悲喜推问，知崔是亡人，而入其墓，追以懊恨。居四年，三月三日临水戏，忽见一犊车，乍浮乍没。既上岸，充往开车后户，见崔氏女与三岁男儿共载。充见之忻然，欲捉其手。女举手指后车曰："府君见人。"即见少府，充往问讯。女抱儿还充，又与金椀，别，并赠诗曰："煌煌灵芝质，光丽何猗猗！华艳当显时，嘉异表神奇。含英未及秀，中夏罹霜萎。荣曜长幽灭，世路永无施。不悟阴阳运，哲人忽来仪。会浅离别速，皆由灵与祇。何以赠余亲，金椀可颐儿。爱恩从此别，断绝伤肝脾。"充取儿椀及诗，忽不见二车处。将儿还，四坐谓是鬼魅，佥遥唾之，形如故。问儿："谁是汝父？"儿迳就充怀。众初怪恶，传省其诗，慨然叹死生之玄通也。充诣市卖椀，高举其价，不欲速售，冀有识者。欻有一老婢，问充得椀之由。还报其大家，即女姨也。遣视之，果是。谓充曰："我姨姊，崔少府女，未嫁而亡，家亲痛之，赠一金椀，著棺中。今视卿椀甚似，得椀本末，可得闻不？"充以事对。即诣充家迎儿。儿有崔氏状，又似充。姨曰："我舅生三月末间产。父曰：春暖，温也，愿休强也。即字温休。温休盖幽婚也。其兆先彰矣。"儿遂成为令器。历数郡二千石，皆著绩。其后生植，为汉尚书。植子毓，为魏司空。冠盖相承至今也。【此一大段志怪，死生玄通，幽明交接，情致婉约，犹今之玄幻小说，盖欲坐实"鬼子"二字也。】议者疑二陆优劣，谢公以此定之。【补叙一笔，二陆优劣已成百年以后谈资矣。】

◎ 士衡刚烈，而汲汲功名，遂使士龙陪葬，华庭鹤唳，不可复闻矣。一时优劣，何足挂齿？

19. 羊忱性甚贞烈，赵王伦为相国，忱为太傅长史，乃版以参相国军事。使者卒至，忱深惧豫祸，不暇被马，于是帖骑而避。使者追之，忱善射，左右发，使者不敢进，遂得免。【英姿如见。】《文字志》曰：忱字长和，一名陶，泰山平阳人。世为冠族。父繇，车骑掾。忱历太傅长史、扬州刺史，迁侍中。永嘉五年，遭乱被害，年五十馀。

◎ 威武不能屈，羊忱可谓大丈夫。

20. 王太尉不与庾子嵩交，王夷甫、庾敳。庾曰卿之不置。王曰："君不得为尔。"【王衍以"君"称子嵩，正是崖岸自高意。】庾曰："卿自君我，我自卿卿；我自用我法，卿自用卿法。"【偏要与你卿卿我我。】

◎ 妙语。可与王戎妻"卿卿我我"语并观。然纯是调侃，无关"方正"。

21. 阮宣子伐社树，阮修已见。《春秋传》曰：共工氏有子曰勾龙，为后土，后土为社。《风俗通》曰："《孝经》称，社者土也，广博不可备敬，故封土以为社而祀之报功也。"然则社自祀勾龙，非土之祭也。有人止之，宣子曰："社而为树，伐树则社亡；树而为社，伐树则社移矣。"【王世懋云："可称曰'辨'，未是'方正'。"又，吴勉学云："妙辨。"】

◎ 与下则"鬼神有无"之辨同理。

22. 阮宣子论鬼神有无者。或以人死有鬼，宣子独以为无，曰："今见鬼者，云著生时衣服，若人死有鬼，衣服复有鬼邪？"【刘应登云："此两则皆言阮不信鬼神，前谓若因社而树之，则其社亡；今因树而社之，则此树不在社又移而他之矣。后谓若言所见之鬼者，死人之精神，则鬼所著衣服，亦死人衣服之精神耶？"又吴勉学云："此语殊深入，可作辨端。"】《论衡》曰：世谓人死为鬼，非也。人死不为鬼，无知，不能害人。审鬼者死人精神，人见之宜从裸袒之形，无为见衣带被服也。何则？衣无精神也。由此言之，见衣服象人，则形体亦象人。象人，知非死人之精神也。凡天地之间有鬼，非人死之精神也。【王世懋云："此王充痴语，世以阮宣子论无鬼，故附会此说，注引《论衡》有意。"】

◎ 子曰："敬鬼神而远之，可谓知矣。"宣子有智慧巧辩，然不懂敬远之道，终不过是《论衡》学徒。

23. 元皇帝【司马睿】既登祚，以郑后之宠，欲舍明帝而立简文。【大公案】时议者咸谓："舍长立少，既于理非伦，且明帝以聪亮英断，益宜为储副。"周、王诸公并苦争恳切，《中兴书》曰：郑太后字阿春，荥阳人。少孤，先嫁田氏，夫亡，依舅氏。时中宗敬后虞氏先崩，将纳吴氏。后与吴氏女游后园，有言之于中宗者，纳为夫人，甚宠。生简文。帝即位，尊之曰文宣太后。唯刁玄亮【刁协】独欲奉少主以阿帝旨。【刁协直又一荀勖也】元帝便欲施行，虑诸公不奉诏，于是先唤周侯、丞相入，然后欲出诏付刁。刁协。周、王既入，始至阶头，帝逆遣传诏，遏使就东厢。【写得委细可观】周侯未悟，即却略【陶珽云："却略是当时方言，意犹趑趄不前，杜诗'却略罗峻屏'，用此意。"】下阶。丞相披拨传诏，径至御床前，曰："不审陛下何以见臣？"帝默然无言，乃探怀中黄纸诏裂掷之。【皇帝不识大体，却还识趣】由此皇储始定。周侯方慨然愧叹曰："我常自言胜茂弘，今始知不如也！"【知人之智易，自知之明难】《中兴书》曰：元皇以明帝及琅邪王衰，并非敬后所生，而谓衰有大成之度，胜于明帝。因从容问王导曰："立子以德不以年，今二子孰贤？"导曰："世子、宣城俱有爽明之德，莫能优劣。如此，故当以年。"于是更封衰为琅邪王。而此与《世说》互异，然法盛采摭典故，以何为实。且从容讽谏，理或可安。岂有登阶一言，曾无奇说，便为之改计乎？【驳得有理，然《世说》常略貌取神，亦不足深责。】

◎ 丞相并不总愤愤也。观此则，诚为"方正"之选。

24. 王丞相初在江左，欲结援吴人，请婚陆太尉【陆玩】。对曰："培塿无松柏，薰莸不同器。杜预《左传注》曰：培塿，小阜。松柏，大木也。薰，香草。莸，臭草。玩虽不才，义不为乱伦之始。"【刘辰翁云："'乱伦'似谓不类耳。"】玩已见。

◎ 只是吴人骄矜排外语，未足为"方正"。

25. 诸葛恢大女适太尉庾亮儿【庾会】，《恢别传》曰：恢字道明，琅邪阳都人。祖诞，司空。父靓，亦知名。恢少有令问，称为明贤。避难江左，中宗召补主簿，累迁尚书令。《庾氏谱》曰："庾亮子会，娶恢女，名文彪。"庾会别见。次女适徐州刺史羊忱儿。《羊氏谱》曰：羊楷字道茂。祖繇，车骑掾。父忱，侍中。楷仕至尚书郎。娶诸葛恢次女。亮子被苏峻害，改适江虨。虨别见。恢儿娶邓攸女。《诸葛氏谱》曰：恢子衡，字峻文，仕至荥阳太守。娶河南邓攸女。于时谢尚书求其小女婚，恢乃云："羊、邓是世婚，江家我顾伊，庾家伊顾我，【好言语。犹言互相照顾、荣辱与共也。】不能复与谢裒儿婚。"【谢氏乃新出门户，故不屑下嫁耳。】《永嘉流人名》曰：裒字幼儒，陈郡人。父衡，博士。裒历侍中、吏部尚书、吴国内史。及恢亡，遂婚。《谢氏谱》曰：裒子石，娶恢小女，名文熊。《中兴书》曰：石字石奴，历尚书令，聚敛无厌，取讥当世。于是王右军往谢家看新妇，犹有恢之遗法：威仪端详，容服光整。王叹曰："我在，遣女裁得尔耳！"【刘应登云："谓恢亡，遣女能如此，我虽在，亦仅能如此也。"】

◎ 诸葛恢可谓"女儿外交家"。

26. 周叔治【周谟】作晋陵太守，周侯【周𫖮】、仲智【周嵩】往别。叔治以将别，涕泗不止。仲智恚之曰："斯人乃妇女，与人别，唯啼泣！"【骂得狠。】便舍去。【做得绝。】邓粲《晋纪》曰：周谟字叔治，𫖮次弟也。仕至中护军。嵩字仲智，谟兄也。性绞直果侠，每以才气凌物。【一语道破仲智劣根。】𫖮被害，王敦使人吊焉。嵩曰："亡兄，天下有义人，为天下无义人所杀，复何所吊？"【此言始不愧"方正"。】敦甚衔之。犹取为从事中郎，因事诛嵩。《晋阳秋》曰：嵩事佛，临刑犹诵经。周侯独留与饮酒言话，临别流涕，抚其背曰："阿奴，好自爱。"【如闻其声。】阿奴，谟小字。

◎ 伯仁不愧长兄，所行所言，深合兄弟怡怡之道。

27. 周伯仁【周𫖮】为吏部尚书，在省内，夜疾危急。时刁玄亮为尚书令，营救备亲好之至。【写出刁协另一面。】良久小损。【谓病情差减，转危为安。】虞预《晋书》曰：刁协字玄亮，渤海饶安人。少好学，虽不研精，而多所博涉。中兴制度，皆禀于协。累迁尚书令，中宗信重之。为王敦所忌，举兵讨之，奔至江南，为人所杀。明旦，报仲智，仲智狼狈来。【狼狈二字写出牵挂，正为后文做反衬。】始入户，刁下床对之大泣，说伯仁昨危急之状。【佞人未必无真情。】仲智手批之，刁为辟易于户侧。既前，都不问病，直云："君在中朝，与和长舆齐名，那与佞人刁协有情？"径便出。【刘应登云："仲智如恚弟之泣别，责兄之容佞，其言似正，亦大不近人情矣。"又吴勉学云："周谟处兄弟间一往戾气，何得列之《方正》？"】

◎ 仲智对弟傲狠，待兄无情，乃意、必、固、我之人，不过今所谓"愣头青"，何"方正"之有？

28. 王含作庐江郡，贪浊狼籍。王敦护其兄，故于众坐称："家兄在郡定佳，庐江人士咸称之！"时何充为敦主簿，在坐，正色曰："充即庐江人，所闻异于此！"敦默然。【哑口无言。】旁人为之反侧，充晏然，神意自若。【大有人不堪其忧，回也不改其乐之慨，难得！】《中兴书》曰：王敦以震主之威，收罗贤隽，辟充为主簿。充知敦有异志，逡巡疏外。及敦称含有惠政，一坐畏敦，击节而已，充独抗之。其时众人为之失色。由是忤敦，出为东海王文学。

◎ 处仲狼抗，次道敢犯其颜，不惟方正，亦是可人！今之所谓领导，无此胆大秘书也。

29. 顾孟著【顾显】尝以酒劝周伯仁【周顗】，伯仁不受。顾因移劝柱，而语柱【劝柱语柱，狡狯如见。】曰："讵可便作栋梁自遇！"【醉翁之意不在"柱"。刘应登云："言伯仁以栋梁自居而绝人也。"】周得之欣然，遂为衿契。【衿契二字甚妙。】徐广《晋纪》曰：顾显字孟著，吴郡人，骠骑荣兄子。少有重名，泰兴中为骑郎。蚤卒，时为悼惜之。

◎ 绝妙劝酒法。

30. 明帝【司马绍】在西堂，会诸公饮酒，未大醉，帝问："今名臣共集，何如尧舜？"【大言炎炎。】时周伯仁为仆射，因厉声曰："今虽同人主，复那得等于圣治！"【实话实说。】帝大怒，还内，作手诏满一黄纸，遂付廷尉令收，因欲杀之。【因言废人，明帝不明。】按明帝未即位，顗已为王敦所杀，此说非也。【王世懋云："注是。或当作元帝。"】后数日，诏出周。群臣往省之。周曰："近知当不死，罪不足至此。"

◎ "言论罪"不至杀头，伯仁早已言明，何千古而不彰？

31. 王大将军当下，【谓起兵东下。】时咸谓无缘尔。【无缘，盖无理耳。】伯仁曰："今主非尧、舜，何能无过？且人臣安得称兵以向朝廷？处仲狼抗刚愎，王平子【王澄】何在？"【刘应登云："王澄常抗王敦，为所害。此谓咸言敦未必至此。伯仁言其为人如此，必有此事，如杀王平子可见。"】《顗别传》曰：王敦讨刘隗，时温太真为东宫庶子，在承华门外，与顗相见，曰："大将军此举有在，义无有滥。"顗曰："君年少，希更事，未有人臣若此而不作乱，共相推戴数年而为此者乎？处仲狼抗而强忌，平子何在？"《晋阳秋》曰：王澄为荆州，群贼并起，乃奔豫章。而恃其宿名，犹陵侮敦，敦伏勇士路戎等搤而杀之。《裴子》曰：平子从荆州下，大将军伺欲杀之。而平子左右有二十人，甚健，皆持铁楯马鞭，平子恒持玉枕。大将军乃犒荆州文武，二十人积饮食，皆不能动，乃借平子玉枕，便持下床。平子手引大将军带绝，与力士斗甚苦，乃得上屋上，久许而死。【平子骁勇，惨死敦手，可叹！】

◎ 伯仁眼毒，早看出王敦狼子野心矣。

32. 王敦既下，【前云当下，此云既下，次第不乱。】住船石头，欲有废明帝意。宾客盈坐，敦知帝聪明，欲以不孝废之。每言帝不孝之状，而皆云："温太真所说。温尝为东宫率，后为吾司马，甚悉之。"【说的太真谮旧主，媚新主，不是好人。】须臾，温来，敦便奋其威容，问温曰："皇太子作人何似？"温曰："小人无以测君子。"【以君子目太子，驳得有力。】敦声色并厉，欲以威力使从己，乃重问温："太子何以称佳?"温曰:"钩深致远,盖非浅识所测。然以礼侍亲,可称为孝。"【余嘉锡云:"此言皇太子是否有钩深致远之才,诚非己之浅识所能测度。但观其以礼事亲,固不失为孝子也。"】刘谦之《晋纪》曰:敦欲废明帝,言于众曰:"太子道有亏,温司马昔在东宫,悉其事。"峤既正言,敦忿而愧焉。

◎ 太真威武不屈,可谓一语定乾坤。

33. 王大将军既反,至石头,周伯仁往见之。【往见之,实是兵败被收。】谓周曰:"卿何以相负?"【问得颟顸。】对曰:"公戎车犯正,下官忝率六军,而王师不振,以此负公。"【答得严正。】《晋阳秋》曰:王敦既下,六军败绩。颛长史郝嘏及左右文武劝颛避难,颛曰:"吾备位大臣,朝廷倾挠,岂可草间求活,投身胡虏邪?"乃与朝士诣敦。敦曰:"近日战有馀力不?"对曰:"恨力不足,岂有馀邪?"【心有馀而力不足,可叹!】

◎ 伯仁虽有小疵,然大德不逾闲,其人风神气节,正在此处显。

34. 苏峻既至石头,百僚奔散,【树倒猢狲散。】王隐《晋书》曰:峻字子高,长广掖人。少有才学,仕郡主簿,举孝廉。值中原乱,招合流旧六千余家,结垒本县,宣示王化,收葬枯骨,远近感其恩义,咸共宗焉。讨王敦有功,封公,迁历阳太守。峻外营将表曰:"鼓自鸣。"峻自斫鼓曰:"我乡里时,有此则空城。"有顷,诏书征峻。峻曰:"台下云我反,反岂得活邪?我宁山头望廷尉,不能廷尉望山头。"【韵语。】乃作乱。【一不做,二不休。苏峻之乱,实亦被庾亮辈所逼,有其不得已处。】《晋阳秋》曰:峻率众二万,济自横江,至于蒋山,王师败绩。唯侍中钟雅独在帝侧。【"独"字醒目。】或谓钟曰:"见可而进,知难而退,古之道也。【名言。】君性亮直,必不容于寇仇,何不用随时之宜,而坐待其弊邪?"钟曰:"国乱不能匡,君危不能济,而各逊遁以求免,吾惧董狐将执简而进矣!"【按:董狐乃春秋时晋国史官,因秉笔直书晋卿赵盾弑君事,而成后之良史代名词。吴勉学云:"可为三叹。"】

◎ 国破城陷,庾亮难辞其咎;临难不辞,钟雅独照千秋。

35. 庾公临去，【去者，逃也。】顾语钟后事，【凌濛初云："按此钟因承上文，遂不言名字。《世说》原有断而不断之意，不得擅搀改。"今按：凌氏所言极是，钟即钟雅也。】深以相委。钟曰："栋折榱崩，谁之责邪？"【问得好！】庾曰："今日之事，不容复言，卿当期克复之效耳！"【许愿。】钟曰："想足下不愧荀林父耳。"【激将之法。刘应登云："谓林父终以功赎败也。"】《春秋传》曰：楚庄王围郑，晋使荀林父率师救郑，与楚战于邲，晋师败绩。桓子归，请死。晋平公将许之，士贞子谏而止。后林父败赤狄于曲梁，赏桓子、狄臣千室，亦赏士伯以瓜衍之佰，曰："吾获狄田，子之功也。微子，吾丧伯氏矣。"

◎ 钟雅正色临朝，辞气俊爽，不愧方正之选。

36. 苏峻时，孔群在横塘，为匡术所逼。王丞相保存术，《会稽后贤记》曰：群字敬休，会稽山阴人。祖竺，吴豫章太守。父奕，全椒令。群有智局，仕至御史中丞。《晋阳秋》曰：匡术为阜陵令，逃亡无行。庾亮征苏峻，术劝峻诛亮，遂与峻同反。后以宛城降。因众坐戏语，令术劝群酒，以释横塘之憾。群答曰："德非孔子，厄同匡人。【妙语。自嘲亦兼嘲人。】《家语》曰：孔子之宋，匡简子以甲士围之。子路怒，奋戟将战。孔子止之曰："夫《诗》《书》之不讲，礼乐之不习，是丘之过也。若述先王之道而为咎者，非丘罪也。命也夫！歌，予和汝。"子路弹剑，孔子和之。曲三终，匡人解甲罢。虽阳和布气，鹰化为鸠，至于识者，犹憎其眼。"【设譬巧妙，谓匡术虽已臣服朝廷，然其曾为乱臣，面目可憎，令人无法释怀。】《礼记·月令》曰："仲春之月，鹰化为鸠。"郑玄曰：鸠，播谷也。《夏小正》曰：鹰则为鸠。鹰也者，其杀之时也；鸠也者，非杀之时也。善变而之仁，故具之。【注甚详明。】

◎ 孔子曾畏于匡地，孔群为匡术所逼，其事正对。"鹰化为鸠，犹憎其眼"，八字写出愤慨不平之气。

37. 苏子高【苏峻】事平，《灵鬼志·谣征》曰：明帝初，有谣曰："高山崩，石自破。"高山，峻也。硕，峻弟也。后诸公诛峻，硕犹据石头，溃散而逃，追斩之。王、庾诸公欲用孔廷尉为丹阳。孔坦。乱离之后，百姓凋弊。孔慨然曰："昔肃祖临崩，诸君亲升御床，并蒙眷识，共奉遗诏。孔坦疏贱，不在顾命之列。既有艰难，则以微臣为先。今犹俎上腐肉，任人脍截耳！"【语甚鄙。】于是拂衣而去，诸公亦止。按王隐《晋书》：苏峻事平，陶侃欲将坦，上用为豫章太守，坦辞母老不行。台以为吴郡。吴郡多名族，而坦年少，乃授吴兴内史，不闻尹京。

◎ 心怀私愤，临难苟免，临命苟辞，孔坦不识大体，是何名士？

38. 孔车骑【孔愉】与中丞【孔群】共行，《孔愉别传》曰：愉字敬康，会稽山阴人。初辟中宗参军，讨华轶有功，封余不亭侯。愉少时尝得一龟，放于余不溪中，龟中路左顾者数过。及后铸印，而龟左顾，更铸犹如此。印师以闻，愉悟，取而佩焉。累迁尚书左仆射、赠车骑将军。中丞，孔群也。在御道逢匡术，宾从甚盛。【场景与前不同。】因往与车骑共语。中丞初不视，直云："鹰化为鸠，众鸟犹恶其眼。"术大怒，便欲刃之。【匡术果然可恨。】车骑下车，抱术曰："族弟发狂，卿为我宥之！"始得全首领。【按刘辰翁云："与前则同，而造次几恶语异，故知记载难。"】

◎ 与前则大同小异，盖传闻异辞耳。观匡术所为，直如一饿鹰猛犬矣。

39. 梅颐尝有惠于陶公【陶侃】，后为豫章太守，有事，王丞相遣收之。侃曰："天子富于春秋，万机自诸侯出，【诸侯二字影射王导。】王公既得录，陶公何为不可放！"【州官既可放火，百姓自可点灯。陶作此语，乃自壮声威也。】乃遣人于江口夺之。【放人须先劫人。】《晋诸公赞》曰：颐字仲真，汝南西平人。少以学隐退，而才实进止。《永嘉流人名》曰：颐，领军司马。颐弟陶，字叔真。邓粲《晋纪》曰：初，有谮侃于王敦者，乃以从弟廙代侃为荆州，左迁侃广州。侃文武距廙而求侃，敦闻大怒。及侃将莅广州，过敦，敦陈兵欲害侃。敦谘议参军梅陶谏敦，乃止，厚礼而遣之。王隐《晋书》亦同。按二书所叙，则有惠于陶是梅陶，非颐也。颐见陶公，拜，陶公止之。颐曰："梅仲真膝，明日岂可复屈邪？"【当拜。】

◎ 知恩图报，投桃报李，自有佳处，然亦非方正。

40. 王丞相作女伎，施设床席。蔡公先在坐，不悦而去，王亦不留。【留他不住，所以不留。】《蔡司徒别传》曰：谟字道明，济阳考城人。博学有识，避地江左。历左光禄、录尚书事、扬州刺史。薨，赠司空。

◎ 蔡公礼法之士，丞相性情中人。

41. 何次道【何充】、庾季坚【庾冰】二人并为元辅。《晋阳秋》曰：庾冰字季坚，太尉亮之弟也。少有检操，兄亮常器之，曰："吾家晏平仲。"【按：晏平仲即春秋时齐相晏婴，有政绩令名。】累迁车骑将军、江州刺史。成帝初崩，于时嗣君未定。何欲立嗣子，庾及朝议以外寇方强，嗣子冲幼，乃立康帝。《中兴书》曰：帝讳岳，字世同，成帝同母弟也。成帝崩，即位，年二十二。康帝登阼，会群臣，谓何曰："朕今所以承大业，为谁之议？"【谁是伯乐？】何答曰："陛下龙飞，此是庾冰之功，非臣之力。于时用微臣之议，今不睹盛明之世。"【不贪功，不阿谀，婉辞正气，绵里藏针。】《晋阳秋》曰：初，显宗临崩，庾冰议立长君，何充谓宜奉皇子。争之不得，充不自安，求处外任。及冰出镇武昌，充自京驰还，言于帝曰："冰不宜出。昔年陛下龙飞，使晋德再隆者，冰之勋也。臣无与焉。"帝有惭色。【知惭就好。】

◎ 事君之道，勿欺也，而犯之。次道正色立朝，故可称方正。

42. 江仆射年少，王丞相呼与共棋。王手尝不如两道许，而欲敌道戏，【欲敌道戏，犹今下对手棋，互不让子。】试以观之。【丞相促狭，如一老顽童。】江不即下。【此真不愿为"乱伦"也。】王曰："君何以不行？"江曰："恐不得尔。"【不愿辱没流品耳。亦是痴！】徐广《晋纪》曰：江彪字思玄，陈留人。博学知名，兼善弈，为中兴之冠。累迁尚书左仆射、护军将军。傍有客曰："此年少，戏乃不恶。"【打圆场。】王徐举首曰："此年少，非唯围棋见胜。"【丞相观棋知人，亦可谓别擅胜场。】范汪《棋品》曰：彪与王恬等，棋第一品，导第五品。

◎ 江彪乃围棋九段国手，中兴之冠，不以丞相位高而妥协，故其胜不仅在围棋，亦在胸中一股正气。今之下属与上峰下棋搓麻打球者，孰不知相让逢迎之道？晋人之美，正在此一往清气与痴气！

43. 孔君平【孔坦】疾笃，庾司空为会稽，省之，庾冰。相问讯甚至，为之流涕。庾既下床，孔慨然曰："大丈夫将终，不问安国宁家之术，迺作儿女子相问！"【刘辰翁云："此却非周嵩比。"】庾闻，回谢之，请其话言。【刘辰翁又云："惜不见'话言'以下。"今按：话言不载，可见不过寻常之语。】王隐《晋书》曰：坦方直而有雅望。

◎ 君平话虽磊落，总觉不近人情。前曾临难苟免，此又临死说论，全是高自标置，并非襟怀洒落之人。庾冰只做"临终关怀"，何尝以家国之事相托？况儿女之情何必定不如家国之术？方正之人，有时不免头巾气，且不自量也。

44. 桓大司马【桓温】诣刘尹【刘惔】，卧不起。【"发小"相见，正有此景。】桓弯弹弹刘枕，丸迸碎床褥间。【丸碎可见枕坚。叙事如画。】刘作色而起曰："使君如馨地，宁可斗战求胜？"【便是君子动口不动手意。】《中兴书》曰：温曾为徐州刺史。沛国属徐州，故呼温使君。斗战者，以温为将也。桓甚有恨容。【当言：我不如此，卿又如何由卧而起？】刘尹，真长。已见。

◎ 桓、刘乃布衣之交，周旋已久，不拘小节，故常有童心谐趣，可观，好笑。

45. 后来年少，多有道深公【竺法深】者。【所道恐非好话。】深公谓曰："黄吻年少，勿为评论宿士。昔尝与元、明二帝、王、庾二公周旋。"【语鄙。刘辰翁云："此语可，第深公自道不可。"王世懋云："道人乃藉人主名卿拒人，口吻宁是'方正'？"】《高逸沙门传》曰：晋元、明二帝，游心玄虚，托情道味，以宾友礼待法师。王公、庾公倾心侧席，好同臭味也。

卷中 方正第五

◎ 观此，深公诚有可道者。借人自重，何得为"方正"？

46. 王中郎年少时，坦之，已见。江彪为仆射，领选，欲拟之为尚书郎。有语王者，王曰："自过江来，尚书郎正用第二人，何得拟我！"【按王世懋云："王氏有名者，初出多作秘书郎，故以尚书郎为第二人。"】江闻而止。按《王彪之别传》曰：彪之从伯导谓彪之曰："选曹举汝为尚书郎，幸可作诸王佐邪？"此知郎官，寒素之品也。

◎ 坦之自诩为第一流人，故不愿屈就，所谓方正，常有崖岸自高意，不过以自为方、以己为正也。

47. 王述转尚书令，事行便拜。文度【坦之】曰："故应让杜、许。"蓝田云："汝谓我堪此不？"【问得好。】文度曰："何为不堪？但克让是美事，恐不可阙。"【腐语，不是真让。】蓝田慨然曰："既云堪，何为复让？人言汝胜我，定不如我。"【豪语，是真不让。】《述别传》曰：述常以谓人之处世，当先量己而后动，义无虚让，是以应辞便固执。其贞正不谕，皆此类。【王世懋云："注引《别传》以实述之'方正'，真临川忠臣也。"】

◎ 当仁不让，蓝田与坦之，可谓有其父必有其子。

48. 孙兴公【孙绰】作《庾公诔》，文多托寄之辞。【托寄二字可思，似言兴公有借诔自重之嫌。】绰《集》载诔文曰："咨予与公，风流同归。拟量托情，视公犹师。君子之交，相与无私。虚中纳是，吐诚诲非。虽实不敏，敬佩弦韦。永戢话言，口诵心悲。"既成，示庾道恩【庾羲】。庾见，慨然送还之，曰："先君与君，自不至于此。"【便是打人脸。按刘应登云："恶其自托谄交。"王世懋云："孙多秽行，故累受此辱。"】道恩，庾羲小字。徐广《晋纪》曰：羲字叔和，太尉亮第三子。拔尚率到。位建威将军、吴国内史。

◎ 子曰："匿怨而友其人，左丘明耻之，丘亦耻之。"庾羲之拒兴公，便是直道而行，因此可敬。

49. 王长史【王濛】求东阳,抚军不用。简文。后疾笃,临终,抚军哀叹曰:"吾将负仲祖于此!"命用之。【刘应登云:"此谓抚军于其临终,方以此命之。"】长史曰:"人言会稽王痴,真痴。"【痴字乃一审美人格与境界,千古独美。】王濛,已见。

◎ 临终而能关怀他人,简文真是情痴!清谈皇帝,胜过独夫民贼远矣!

50. 刘简作桓宣武别驾,后为东曹参军,《刘氏谱》曰:简字仲约,南阳人。祖乔,豫州刺史。父挺,颍川太守。简仕至大司马参军。颇以刚直见疏。尝听讯,简都无言。宣武问:"刘东曹何以不下意?"答曰:"会不能用。"宣武亦无怪色。【刘辰翁云:"谓我若言,君亦不用。'听讯'谓同坐问因,语都不白。'不下意',如不著意。"】

◎ 一个问得直:"卿何以不说话?"一个答得真:"说了也白说。"行政宽松方有此君臣问答。桓公过人处在此。

51. 刘真长【刘惔】、王仲祖【王濛】共行,日昳未食。有相识小人贻其餐,肴案甚盛,真长辞焉。仲祖曰:"聊以充虚,何苦辞?"真长曰:"小人都不可与作缘。"【犹谓万不可与小人周旋交道也。刘辰翁云:"谓从此作因缘。"吴勉学云:"名言。此语足定二人优劣。"】孔子称:"唯女子与小人为难养,近之则不逊,远之则怨。"刘尹之意,盖从此言也。

◎ 不可与小人作缘,便是自命为君子。此处小人非道德之小人,实名位之小人,故真长此语,只是贵族气,而非君子风,不足为训,然当时矜重门第流品,常以此为高。是可知晋人风流,大抵与仁心德操渐行渐远矣。

52. 王修龄尝在东山,甚贫乏。司州,已见。陶胡奴【陶范】为乌程令，胡奴，陶范小字也。《陶侃别传》曰：范字道则，侃第十子也。侃诸子中最知名。历尚书、秘书监。何法盛以为第九子。送一船米遗之，却不肯取。【不取则可，不该辱人。】直答语："王修龄若饥，自当就谢仁祖索食，不须陶胡奴米。"【谢仁祖何不送米？刘辰翁云："恶其人，却其物。"今按：非也。唯仁者能好人，能恶人。修龄只是恶物，未能好人，非仁者，只凡才耳。】

◎ 只是士族轻视寒门，是何方正？

53. 阮光禄【阮裕已见。】赴山陵，至都，不往殷、刘许，过事便还。【来去萧然，旁人望之岂不若仙？】诸人相与追之。【追了便俗。犹今之追星一族。】既亦知时流必当逐己，乃遄疾而去，【偏不让你追上。阮公甚妙！】至方山不相及。【还是不相及好。相及了又有何趣？"所谓伊人，在水一方"，方是佳境！】《中兴书》曰：裕终日颓然，无所错综，而物自宗之。刘尹时索会稽，乃叹曰："我入，当泊安石渚下耳，【按王世懋云："安石渚，会稽地名。"】不敢复近思旷傍。伊便能捉杖打人不易。"【正是要打汝等啖名客！】

◎ 写出思旷之旷，群贤所不及。追之不及，便有《蒹葭》之妙。

54. 王、刘【王濛、刘惔。】与桓公共至覆舟山看。【按：覆舟山在今南京东北钟山西侧，形如覆舟，故名。】酒酣后，刘牵脚加桓公颈，【欺人太甚。】桓公甚不堪，举手拨去。【理当拨去。】既还，王长史语刘曰："伊讵可以形色加人不？"【刘应登云："薄温之词。"盖以桓温为兵家，合该受气也。】《温别传》曰：温有豪迈风气也。

◎ 王濛只是多嘴。桓、刘自有默契，干卿何事？

55. 桓公问桓子野【桓伊】："谢安石料万石必败，何以不谏？"【疑案。】子野，桓伊小字也。《续晋阳秋》曰：伊字叔夏，谯国铚人。父景，护军将军。伊少有才艺，又善声律，加以标悟省率，为王濛、刘惔所知。累迁豫州

刺史，赠右将军。子野答曰："故当出于难犯耳。"【想当然。】桓作色曰："万石挠弱凡才，有何严颜难犯！"【一语破的。】

◎ 窃谓安石不谏，实亦教其弟吃一堑长一智也。

56. 罗君章【罗含】曾在人家，主人令与坐上客共语，答曰："相识已多，不烦复尔。"【口诀。今人不知其妙。】《罗府君别传》曰：罗含字君章，桂阳枣阳人。盖楚熊姓之后，启土罗国，遂氏族焉。后寓湘境，故为桂阳人。含，临海太守彦曾孙，荥阳太守绥少子也。桓宣武辟为别驾，以官廨喧扰，于城西池小洲上立茅茨，伐木为床，织苇为席，布衣蔬食，晏若有余。桓公尝谓众坐曰："此自江左之清秀，岂唯荆楚而已！"【好赏誉。】累迁散骑常侍、廷尉、长沙相。致仕中散大夫，门施行马。含自在官舍，有一白雀栖集堂宇。及致仕还家，阶庭忽兰菊挺生。岂非至行之征邪？

◎ 人生得一知己足矣，不烦复与新人周旋。君章旷远，的是妙人！

57. 韩康伯病，拄杖前庭消摇。韩伯，已见。见诸谢皆富贵，轰隐交路，【轰隐，谓车马辐辏、门庭若市之状。】叹曰："此复何异王莽时？"【讽刺语含嫉妒意。】《汉书》曰：王莽宗族凡十侯、五大司马，外戚莫盛焉。

◎ 观此语，康伯病得不轻。

58. 王文度【坦之】为桓公长史时，桓为儿求王女，王许诺蓝田。王坦之、王述并已见。既还，蓝田爱念文度，虽长大，犹抱著膝上。【溺爱若此，千古罕见。】文度因言桓求己女婚。蓝田大怒，排文度下膝，曰："恶见文度已复痴！畏桓温面，兵，那可嫁女与之！"【按《晋书·王述传》作"汝竟痴耶？讵可畏温面，而以女妻兵也！"】文度还报云："下官家中先得婚处。"桓公曰："吾知矣，此尊府君不肯耳。"后桓女遂嫁文度儿。【男可下娶，女不可下嫁。】《王氏谱》曰：坦之子恺，娶桓温第二女，字伯子。"《中兴书》曰：恺字茂仁，历吴国内史、丹阳尹，赠太常。

◎ 门第血统常可凌驾权势地位，晋人风度超然，机关在此。今之攀龙附凤之辈，可令羞死！

59. 王子敬【献之】数岁时，尝看诸门生樗蒱，【博戏也。】见有胜负，因曰："南风不竞。"《春秋传》曰："楚伐郑，师旷曰：'不害，吾骤歌南风。南风不竞，多死声，楚必无功。'"杜预曰："歌者次律，以咏八风，南风音微，故曰不竞也。"门生辈轻其小儿，乃曰："此郎亦管中窥豹，时见一斑。"【八字名言。】子敬瞋目曰："远惭荀奉倩【荀粲】，近愧刘真长【刘惔】！"【犹言所愧者皆古今高名之士，二三子岂在话下？按：嵇康《幽愤诗》有"昔惭柳惠，今愧孙登"语，子敬盖仿此，而自有奇气。】遂拂衣而去。荀、刘，已见。

◎ 子敬乃江左第一流人物，虽在幼童，胸次不减名士。若成人如此说，便不足观。

60. 谢公闻羊绥佳，致意令来，终不肯诣。【不肯诣，便是不肯屈。】《羊氏谱》曰：绥字仲彦，太山人。父楷，尚书郎。绥仕至中书侍郎。后绥为太学博士，因事见谢公，公即取以为主簿。【还是被谢公拿下。】

◎ 令来不逢迎，举用不矜慢，君子时中，顺其自然。羊绥果然佳。

61. 王右军【羲之】与谢公【谢安】诣阮公，阮思旷也。【阮公，便是为王、刘辈所追而不及者。】至门，语谢："故当共推主人。"【右军亦有俗气。】谢曰："推人正自难。"【王世懋云："意未肯降。"谢公自不俗。】

◎ 谢公不推阮公，非自高也，唯不愿自欺欺人耳。不欺便是诚，相比之下，右军反显其伪。

62. 太极殿始成，徐广《晋纪》曰：孝武宁康二年，尚书令王彪之等启改作新宫。太元三年二月，内外军六千人始营筑，至七月而成。太极殿高八丈，长二十七丈，广十丈。尚书谢万监视，赐爵关内侯。大匠毛安之，关中侯。王子敬时为谢公长史，谢送版，使王题之。王有不平色，语信云："可掷箸门外。"【虽是骄矜语，然气势夺人。】谢后见王，曰："题之上殿何若？昔魏朝韦诞诸人，亦自为也。"【按：韦诞事见《巧艺》篇。】王曰："魏祚所以不长。"谢以为名言。【确是名言。】宋明帝《文章志》曰：太元中，新宫成，议者欲屈王献之题榜，以为万代宝。谢安与王语次，因及魏时起陵云阁，忘题榜，乃使韦仲将具橙上题之。比下，须发尽白，裁余气息。还语子弟云："宜绝楷法！"【详见《巧艺》篇。】安欲以此风动其意。王解其旨，正色曰："此奇事。韦仲将魏朝大臣，宁可使其若此，有以知魏德之不长。"安知其心，乃不复逼之。【按王世懋云："注更委悉。"】

◎ 子敬骄慢，愈显谢公器量渊雅，此犹水愈涨而船愈高也。

63. 王恭欲请江卢奴【江敳】为长史，晨往诣江，江犹在帐中。王坐，不敢即言。良久乃得及。江不应，【不应，既是不答，也是不屑写得可观。】卢奴，江敳小字也。《晋安帝纪》曰：敳字仲凯，济阳人。祖正，散骑常侍。父彪【按：彪，当作彪】，仆射。并以义正器素，知名当世。敳历位内外，简退著称。历黄门侍郎、骠骑谘议。直唤人取酒，自饮一碗，又不与王。【慢而无礼。】王且笑且言："那得独饮？"【太尴尬。】江曰："卿亦复须邪？"【卿字要紧。便是不臣意。】更使酌与王。王饮酒毕，因得自解去。【不得不去。】未出户，【三字要紧。】江叹曰："人自量，固为难！"【犹夫子"小人哉！樊须也！"之叹。王恭听见，不知当做何想？】《宋书》曰：敳即湘州江夷之父也。夷字茂远，湘州刺史。

◎ 王恭行事可谓低调，然在江敳眼里，仍是不自量，江之量果如江乎？

64. 孝武【司马曜】问王爽："卿何如卿兄？"王答曰："风流秀出，臣不如恭；忠孝，亦何可以假人！"【假人，犹言让人。】《中兴书》曰：爽忠孝正直。烈宗崩，王国宝夜开门入，为遗诏。爽为黄门郎，距之曰："大行晏驾，太子未立，敢有先入者，斩！"国宝惧，乃止。

◎ 也是大实话。可入《品藻》。

65. 王爽与司马太傅【司马道子】饮酒，太傅醉，呼王为"小子"。【大是轻薄。】王曰："亡祖长史【王濛】，与简文皇帝为布衣之交；亡姑、亡姊，侁俪二宫。何小子之有？"【观此语，诚是"小子"。】《中兴书》曰：王濛女讳穆之，为哀帝皇后。王蕴女，讳法惠，为孝武皇后。

◎ 自矜门第高贵，亦非方正。

66. 张玄与王建武先不相识，张玄已见。建武，王忱也。《晋安帝纪》曰：忱初作荆州刺史，后为建武将军。后遇于范豫章许，范令二人共语。范宁已见。张因正坐敛衽，王孰视良久，不对。【不睬伤人。】张大失望，便去，范苦譬留之，遂不肯住。【张亦要脸。】范是王之舅，《王氏谱》曰：王坦之娶顺阳郡范汪女，名盖，即宁妹也，生忱。乃让【让，责备之意。】王曰："张玄，吴士之秀，亦见遇于时，而使至于此，深不可解。"王笑曰："张祖希若欲相识，自应见诣。"【托大。】范驰报张，张便束带造之。【张执礼甚恭，不易得也。】遂举觞对语，宾主无愧色。【吴勉学云："交际之理自应耳。"】

◎ 只是骄人，何关"方正"？

雅量第六

● 雅量，即恢宏之气度与过人之器量，乃魏晋名士心向神往之理想人格与生命境界。如谓方正乃处理人己关系之品格，雅量则为处理物我关系乃至天人关系之高标。简言之，雅量乃是一从容恒定之人格状态，即不以外在环境之变故，改变内在人格之稳定性。所谓临危不乱，处变不惊，不以物喜，不以己悲；又所谓"泰山崩于前而色不变，麋鹿兴于左而目不瞬"也。以一己之"不变"，以应外物之"万变"，雅量之为人格，犹置千钧之重于鸿毛之轻，又如"高高山上立，深深海底行"，其壮其美，有可意会而不可言传者焉。观《雅量》一门所记，皆魏晋名士处各种变故时之卓绝表现，或白描直叙，或对比烘托，无不惊心动魄，溢彩流光。嵇康临刑东市而神色不变，索琴而奏《广陵散》，人格何其伟岸！谢安大敌当前，闲敲棋子，气定神闲，谈笑间樯橹灰飞烟灭，风度何其潇洒！至如羲之东床坦腹，以无待为达；顾和觅虱如故，以不求为高。凡此种种，正雅量人格妩媚迷人处。是知方正、雅量之间，方正乃代表自己与人对话，雅量则代表人类与上帝对话，故《雅量》一门虽处《方正》之后，精神价值反在其上也。

1. 豫章太守顾劭,环济《吴纪》曰:劭字孝则,吴郡人。年二十七,起家为豫章太守,举善以教民,风化大行。是雍之子。【顾雍曾为吴丞相,顾氏乃江东大族也。】劭在郡卒。雍盛集僚属自围棋,《江表传》曰:雍字元叹,曾就蔡伯喈,伯喈赏异之,以其名与之。《吴志》曰:雍累迁尚书令,封阳遂乡侯,拜侯还第,家人不知。为人不饮酒,寡言语。孙权尝曰:"顾侯在坐,令人不乐。"位至丞相。外启信至,而无儿书,虽神气不变,【不变吃紧。雅量人格,要在"不变"二字。】而心了其故,以爪掐掌,血流沾褥。【如画。】宾客既散,方叹曰:"已无延陵之高,岂可有丧明之责!"【一语引季子、子夏丧子二典,皆与父子礼度相关,晋人谙熟儒家经典,可见一斑。】《礼记》曰:延陵季子适齐,及其反也,其长子死,葬于嬴、博之间。孔子曰:"延陵季子,吴之习于礼者也。"往而观其葬焉。其坎深不至于泉,其敛以时服。既葬而封,广轮掩坎,其高可隐也。既封,左袒,右还其封,且号者三,曰:"骨肉归复于土,命也。若魂气,则无不之也。"而遂行。孔子曰:"延陵季子之于礼也,其合矣乎!"子夏丧【按:丧,一作哭。】其子而丧其明,曾子吊之,曰:"朋友丧明则哭之。"曾子哭,子夏亦哭,曰:"天乎!予之无罪也。"曾子怒曰:"商,汝何无罪也?吾与汝事夫子于洙、泗之间,退而老于西河之上,使西河之民,疑汝于夫子,尔罪一也。丧尔亲,使民未有闻焉,尔罪二也。丧尔子,丧尔明,尔罪三也。"子夏投其杖而拜曰:"吾过矣!吾过矣!"【注得详实。】于是豁情散哀,颜色自若。【自若仍是不变。吴勉学云:"得理之中。"】

◎ 丧子之痛,于"血流沾褥"四字尽显;器度雅量,于"不变""自若"四字照出。

2. 嵇中散临刑东市,神气不变。【还是不变。此二字真可力透纸背,重若千钧!】索琴弹之,【索琴,一奇也;弹之,二奇也。】奏《广陵散》。【刑场奏此绝唱,三奇也。】曲终,【竟能终曲,四奇也。】曰:"袁孝尼尝请学此散,吾靳固未与,《广陵散》于今绝矣!"【不哀此身而哀此曲,五奇也!有此五奇,则其人不朽,其文不朽!】《晋阳秋》曰:初,康与东平吕安亲善。安嫡兄逊淫安妻徐氏,安欲告逊遣妻,以谘于康,康喻而抑之。逊内不自安,阴告安挝母,表求徙边。安当徙,诉自理,辞引康。【包藏祸心,吕逊当死。】《文士传》曰:吕安罹事,康诣狱以明之。钟会庭论康曰:"今皇道开明,四海风靡,边鄙无诡随之民,街巷无异口之议。而康上不臣天子,下不事王侯,轻时傲世,不为物用,无益于今，有败于俗。昔太公诛华士，孔子戮少正卯，以其负才乱群、惑众也。今不诛康，无以清洁王道。"【深文周纳，钟会该杀！】于是录康闭狱。临死，而兄弟亲族咸与共别。康颜色不变，问其兄曰："向以琴来不邪？"兄曰："以来。"【幸亏嵇喜带琴来。好兄长！】康取调之，为《太平引》，曲成，叹曰："《太平引》于今绝也！"太学生三千人上书，请以为师，不许。【不敢许】文王亦寻悔焉。【不悔杀人，悔在得不偿失矣。】王隐《晋书》曰：康之下狱，太学生数千人请之，于时豪俊皆随康入狱，悉解喻，一时散遣。康竟与安同诛。

◎ 叔夜之死，惊天地泣鬼神，堪与苏格拉底之死相媲美，实人类史上最壮美之死亡矣！《广陵散》于是乎千古不绝。

3. 夏侯太初【夏侯玄】尝倚柱作书，【如此作书法，已险。】时大雨，霹雳破所倚柱，【霹雳破柱，尤险。】衣服燋然，【燃着衣服，触及皮肉，可谓险象环生。】神色无变，书亦如故。【无变，如故，写出肝胆！】宾客左右，皆跌荡不得住。【刘应登云："言太初无变色，众人莫不辟易。"】见顾恺之《书赞》。【按：此注明出处，于《世说》注例不同，疑非孝标手笔。】《语林》曰：太初从魏帝拜陵，陪列于松柏下。时暴雨霹雳，正中所立之树。冠冕燋坏，左右睹之皆伏，太初颜色不改。臧荣绪又以为诸葛诞也。

◎ 太初临刑，颜色不变，观此信然！

4. 王戎七岁，尝与诸小儿游。看道边李树多子折枝，【李子多而大，故令折枝。】诸儿竞走取之，唯戎不动。【王世懋云："此自是'凤惠'，何关'雅量'？"】人问之，答曰："树在道边而多子，此必苦李。"【有灵机。】取之，信然。《名士传》曰：戎由是幼有神理之称也。

◎ 竞走与不动，区以别之，便是雅量。

5. 魏明帝【曹叡】于宣武场上断虎爪牙，纵百姓观之。王戎七岁，亦往看。虎承间攀栏而吼，其声震地，观者无不辟易颠仆，戎湛然不动，了无恐色。【八字写出神采来。】《竹林七贤论》曰：明帝自阁上望见，使人问戎姓名而异之。

◎ 处变不惊，临危不惧，便是雅量。故雅量亦与胆量有关。然王戎彼时不过七岁，混沌未开，或由无知者无畏，亦未可知。

6. 王戎为侍中，南郡太守刘肇遗筒中笺布五端，【按：古时二丈为一端。】戎虽不受，厚报其书。【不受而报书，未免矫情。】《晋阳秋》曰：司隶校尉刘毅奏："南郡太守刘肇以布五十疋、杂物遗前豫州刺史王戎，请槛车征付廷尉治罪，除名终身。"戎以书未达，不坐。【未达始得幸免，达则未免连坐。】《竹林七贤论》曰：戎报肇书，议者佥以为讥。世祖惠之，乃发口言曰："以戎之为士，义岂怀私？"议者乃息，戎亦不谢。

◎ 不纳货可谓"德行"，不畏虎则是"雅量"，哭孺子归入"伤逝"，钻李核沦为"俭啬"，王戎一生，恰如《世说》门类，由褒而贬，每况愈下矣。

7. 裴叔则【裴楷】被收，神气无变，举止自若。求纸笔作书，【当是求救书。】书成，救者多，乃得免。后位仪同三司。《晋诸公赞》曰：楷息瓒，取杨骏女。骏诛，以楷婚党，收付廷尉。侍中傅祗证楷素意，由此得免。《名士传》曰：楚王【司马玮】之难，李肇恶楷名重，收将害之。楷神色不变，举动自若，诸人请救，得免。《晋阳秋》曰：楷与王戎，俱加仪同三司。

◎ 裴楷因与外戚杨骏联姻，骏诛，楷坐事被收，本无活理，然其临危不乱，作书自救，终得幸免。裴楷与王戎齐名，自不辱"雅量"之科。

8. 王夷甫【王衍】尝属族人事，经时未行。遇于一处饮燕，因语之曰："近属尊事，那得不行？"族人大怒，便举樏掷其面。【族人亦是粗人。】夷甫都无言，盥洗毕，牵王丞相臂，与共载去。【哑剧，好看！】在车中照镜，【当是铜镜。车中照镜，堪比何晏行步顾影。】语丞相曰："汝看我眼光，洒出牛背上。"【按：牛背乃着鞭之处，或由王导意存体恤，故衍出语宽之，盖自嘲解纷矣。】王夷甫盖自谓风神英俊，不至与人校。【按：校同较。】

◎ 犯而不校，亦是雅量应有之义。王衍辈谈空说无，不婴事务，至口不言钱，自然应有此虚怀。

9. 裴遐在周馥所，馥设主人。【按：设主人，即设宴做东。】邓粲《晋纪》曰：馥字祖宣，汝南人。代刘淮为镇东将军，镇寿阳。移檄四方，欲奉迎天子。元皇使甘卓攻之，馥出奔，道卒。遐与人围棋。馥司马行酒。【行酒，即劝酒。】遐正戏，不时为饮，司马恚，因曳遐坠地。【司马亦是粗人。】遐还坐，举止如常，颜色不变，复戏如故。【如常、不变、如故、不异，皆是雅量关键词。】王夷甫问遐："当时何得颜色不异？"【交流心得。】答曰："直是闇当故耳。"一作闇故当耳。一作真是斗将故耳。【王世懋云："闇当之解，似云默受。"】

◎ 雅量者不唯好胆量，亦须好脾气。雅量便是修养工夫。

10. 刘庆孙【刘舆】在太傅府，【按：太傅，即东海王司马越。】于时人士多为所构，唯庾子嵩【庾敳】纵心事外，无迹可间。后以其性俭家富，说太傅令换千万，冀其有吝，于此可乘。【小人心细。可恨！】《晋阳秋》曰：刘舆字庆孙，中山人。有豪侠才算，善交结。为范阳王虓所暱。虓薨，太傅召之，大相委仗，用为长史。《八王故事》曰：司马越字元超，高密王泰长子。少尚布衣之操，为中外所归。累迁司空、太傅。太傅于众坐中问庾，庾时颓然已醉，帻堕几上，以头就穿取。【醉客常有此异行。历历如见。】徐答云："下官家故可有两娑千万，【刘盼遂云："按：两娑千万者，两三千万也。娑以声借作三。娑、三双声，今北方多读三如沙，想当典午之世而已然矣。《世说》多录当日方言，此亦一斑。"】随公所取。"【滴水不漏，恐未真醉。】于是乃服。后有人向庾道此，庾曰："可谓以小人之虑，度君子之心。"【名言。】

◎ 纵心事外，脱略形迹，庾子嵩何必减王夷甫。

11. 王夷甫【王衍】与裴景声【裴邈】志好不同，景声恶欲取之，卒不能回。【谓景声不欲为夷甫所用而不得。】乃故诣王，肆言极骂，要王答己，欲以分谤。【分谤，即分担非议。分明拉人下水。】王不为动色，徐曰："白眼儿遂作。"【便是打太极。按：盖裴邈詈骂时频翻白眼，非阮籍之青白眼也。】《晋诸公赞》曰：邈字景声，河东闻喜人。少有通才，从兄頠器赏之，每与清言，终日达曙。自谓理构多知，辄每谢之，然未能出也。历太傅从事中郎、左司马，监东海王军事。少为文士，而经事为将，虽非其才，而以干重称也。

◎ "不为动色"，四字要紧。藏污纳垢，大肚能容，夷甫果然好工夫！

12. 王夷甫长裴成公【裴頠】四岁，不与相知。时共集一处，皆当时名士，谓王曰："裴令令望何足计！"王便"卿"裴，【庾子嵩卿王衍，王衍又卿裴，皆有竞心而流于骄慢，可谓"损友"。】裴曰："自可全君雅志。"【雅志云云，讽其乐居人上之俗念也。】裴頠，已见。

◎ 裴公方是真雅量。

13. 有往来者云："庾公【庾亮】有东下意。"【流言可畏。东下意，即自荆州东下侵犯京师意。】或谓王公："可潜稍严，以备不虞。"【防人之心，常是小人之心。】王公曰："我与元规虽俱王臣，本怀布衣之好。【布衣之好，缠绵可思。庾公若闻，必然息心。】若其欲来，吾角巾径还乌衣，《丹阳记》曰：乌衣之起，吴时乌衣营处所也。江左初立，琅邪诸王所居。何所稍严？"【虚漠冲淡，可敌万千锋刃。】《中兴书》曰：于是风尘自消，内外缉穆。【一语定乾坤。吴勉学云："引《中兴书》补上，意甚妙，真临川功臣。"】

◎ 丞相虚怀若谷，潇洒磊落，以不变应万变，便是和光同尘、无为而治意。

14. 王丞相主簿欲检校帐下,【便是窃听监视,犹今所谓思想警察也。】公语主簿:"欲与主簿周旋,无为知人机案间事。"【水至清则无鱼,人至察则无徒。丞相高明在此。】

◎ 用人不疑,疑人不用。丞相愦愦之政,原极蕴藉,后人当思。然此盖非常时所用,若承平之世,权力忌滥用,公私宜分明,监察之政尤不可废也。

15. 祖士少【祖约】好财,阮遥集【阮孚】好屐,并恒自经营。同是一累,而未判其得失。【同是为物所累,难分优劣。】《祖约别传》曰:约字士少,范阳遒人。累迁平西将军、豫州刺史,镇寿阳。与苏峻反,峻败,约投石勒。约本幽州冠族,宾客填门,勒登高望见车骑,大惊。又使占夺乡里先人田地,地主多恨。勒恶之,遂诛约。《晋阳秋》曰:阮孚字遥集,陈留人,咸第二子也。少有智调,而无隽异。累迁侍中、吏部尚书、广州刺史。人有诣祖,见料视财物,【盘点家资】客至,屏当未尽,余两小簏,著背后,倾身障之,意未能平。【写得毕肖】或有诣阮,见自吹火蜡屐,【犹今之做护理也】因叹曰:"未知一生当着几量屐!"【妙笔!屐本形下之物,有此一叹,则扶摇而成形上之思,人生苦短,物是人非,诸般滋味,尽在其间矣。】神色闲畅。于是胜负始分。【吴勉学云:"以韵胜。"】《孚别传》曰:孚风韵疏诞,少有门风。

◎ 此一则大有深意。"意未能平"四字,写出物我关系之紧张,我未能尽超物上,反为物所羁绁,人为物役,玩物丧志,士少于是乎尽显卑琐;"神色闲畅"四字,写出物我对待之从容,我虽爱物,物却在我之环中,此正庄子"物物而不物于物"之意,遥集于是乎尽显高情。晋人品藻人物,在神不在形,在我不在物,居然可知矣。

16. 许侍中【许璪】、顾司空【顾和】俱作丞相从事,尔时已被遇,游宴集聚,略无不同。《晋百官名》曰:"许璪字思文,义兴阳羡人。《许氏谱》曰:璪祖艳,字子良,永兴长。父裴,字季显,乌程令。璪仕至吏部侍郎。尝夜至丞相许戏,【已戏过。】二人欢极,丞相便命使入己帐眠。【还有戏。】顾至晓回转,不得快熟。【有顾虑而辗转,许是择床?】许上床便呴台大鼾。【无心肝且熟睡,只管做梦。】丞相顾诸客曰:"此中亦难得眠处。"顾和字君孝,少知名。族人顾荣曰:"此吾家骐骥也,必兴吾宗。"仕至尚书令。五子:淳、隗、淳、履之。

◎ 丞相床丞相帐,可容酣睡;睡得着睡不着,全凭造化。

17. 庾太尉【庾亮】风仪伟长,不轻举止,时人皆以为假。【伪装便是假。】亮有大儿数岁,雅重之质,便自如此,人知是天性。【天性便非假。】温太真【温峤】尝隐幔怛之,【朱铸禹云:"意谓隐藏于帐幔之后以惊恐之也。"】此儿神色恬然,【难得!】乃徐跪曰:"君侯何以为此?"【犹言君侯何以为老不尊?】论者谓不减亮。苏峻时遇害。《庾氏谱》曰:会字会宗,太尉亮长子。年十九,咸和六年遇害。或云:"见阿恭,知元规非假。"阿恭,会小字也。

◎ 明写阿恭,暗写庾亮,太真可谓试金石。

18. 褚公【褚裒,便是"皮里阳秋"者。】于章安令迁太尉记室参军,按庾亮《启参佐名》,裒时直为参军,不掌记室也。名字已显而位微,人未多识。【铺垫。】公东出,乘估客船,送故吏数人投钱唐亭住。《钱唐县记》曰:县近海,为潮漂没,县诸豪姓敛钱雇人,辇土为塘,因以为名也。尔时,吴兴沈为县令,未详。当送客过浙江,客出,亭吏驱公移牛屋下。【被驱牛屋而处之泰然,褚公便自不凡。】潮水至,沈令起彷徨,【潮来彷徨欲观,似是雅人。】问:"牛屋下是何物人?"【王先谦云:"何物人,犹言何等人。"】吏云:"昨有一伧父来寄亭中,《晋阳秋》曰:吴人以中州人为伧。有尊贵客,权移之。"令有酒色,因遥问:"伧父欲食饼不?姓何等?可共语。"【语甚不敬,然亦非恶意。】褚因举手答曰:"河南褚季野。"【自报家门。】远近久承公名,令于是大遽,不敢移公,便于牛屋下修刺诣公,更宰杀为馔，具于公前，鞭挞亭吏，欲以谢惭。【写出沈令前倨后恭，数语可见世态炎凉。】公与之酌宴，言色无异，状如不觉。【褚公雅量，正在"无异""不觉"处显露。】令送公至界。

◎《德行》第34则谢安常称"褚季野虽不言，而四时之气亦备"，观此信然。

19. 郗太傅【郗鉴】在京口，遣门生与王丞相书，求女婿【有戏看！】。丞相语郗信【按：信即使者】："君往东厢，任意选之。"门生归，【不写东厢所见，却写使者归家，妙笔！】白郗曰："王家诸郎，亦皆可嘉，闻来觅婿，咸自矜持，唯有一郎在东床上坦腹卧，如不闻。"【诸郎自使者眼中画出，优劣已有分判。使者便是逸少红娘。】郗公云："正此好！"【略貌取神，遗名求实，郗公慧眼。按《庄子·田子方》："宋元君将画图，众史皆至，受揖而立；舐笔和墨，在外者半。有一史后至者，儃儃然不趋，受揖不立，因之舍。公使人视之，则解衣般礴裸。君曰：'可矣，是真画者也。'"王羲之一代书圣，与此画师千古同调。】访之，乃是逸少，因嫁女与焉。【不是逸少也要嫁女，刘辰翁云："晋人风致，著此故为第一。在古人中真不可无。"】《王氏谱》曰：逸少，羲之小字。羲之妻，太傅郗鉴女，名璇，字子房也。

◎ 逸少坦腹东床固佳，郗公能赏之，亦佳。不有此翁，岂有此婿？

20. 过江初，拜官，舆饰供馔。【故事】羊曼拜丹阳尹，客来早者，并得佳设。日晏渐罄，不复及精，随客早晚，不问贵贱。【只是走过场。】《曼别传》曰：曼字延祖，泰山南城人。父监，阳平太守。曼颓纵宏任，饮酒诞节，与陈留阮放等号兖州八达。累迁丹阳尹，为苏峻所害。羊固拜临海，竟日皆美供，虽晚至，亦获盛馔。【却是真请客。】时论以固之丰华，不如曼之真率。【时论未必高论。然晋人尚真率，亦于此可见。】明帝《东宫僚属名》曰：固字道安，太山人。《文字志》曰：固父坦，车骑长史。固善草行，著名一时，避乱渡江，累迁黄门侍郎。襃其清俭，赠大鸿胪。

◎ 羊曼不问贵贱，却分早晚，目中无人，任性疏懒，真率未见其长；羊固不惜财物，不惮烦难，善体物情，一视同仁，丰华亦非其短。选贤任能，定荐羊固，不取羊曼。

21. 周仲智【周嵩】饮酒醉，瞋目还面谓伯仁曰："君才不如弟，而横得重名！"【所谓羡慕、嫉妒、恨。】须臾，举蜡烛火掷伯仁，伯仁笑曰："阿奴火攻，固出下策耳！"【伯仁好脾气。朱铸禹云："以火攻，明照易于抵御，故曰下策。"】《孙子兵法》曰：火攻有五：一曰火人，二曰火积，三曰火车，四曰火军，五曰火队。凡军必知五火之变，故以火攻者，明也。

◎ 出言不逊，出手无礼，有弟若此，伯仁难为兄！

22. 顾和始为扬州从事，【按：王导时为扬州刺史。】月旦当朝，未入顷，停车州门外。周侯【周顗】诣丞相，历和车边，《语林》曰：周侯饮酒已醉，箸白袷，凭两人，来诣丞相。和觅虱，夷然不动。【觅虱本俗事，于此竟显雅意。】周既过，反还，指顾心曰："此中何所有？"顾搏虱如故，徐应曰："此中最是难测地。"【知人知面难知心。】周侯既入，语丞相曰："卿州吏中有一令仆才。"【按：令仆，乃尚书令与尚书仆射之合称。】《中兴书》曰：和有操量，弱冠知名。

◎ 顾和入丞相床帐，耿耿难寐，便是有此"难测地"。

23. 庾太尉【庾亮】与苏峻战，败，率左右十馀人乘小船西奔，《晋阳秋》曰：苏峻作逆，诏亮都督征讨，战于建阳门外，王师败绩，亮于陈携二弟奔温峤。乱兵相剥掠，射，误中柂工，应弦而倒，举船上咸失色分散。亮不动容，徐曰："此手那可使著贼！"【刘辰翁云："谓此箭若著贼，则亦当应弦而倒矣。谬喜其射艺之工，以悦安之。"】众迺安。

◎ 庾公虽败逃之中，亦能从容不迫，安抚众人，不辱"雅量"之科。

24. 庾小征西【庾翼】尝出未还，妇母阮，是刘万安【刘绥】妻，《刘氏谱》曰：刘绥妻陈留阮蕃女，字幼娥。绥，别见。与女上安陵城楼上。俄顷，翼归，策良马，盛舆卫。【丈母娘看女婿也。】阮语女："闻庾郎能骑，我何由得见？"妇告翼，《庾氏传》曰：翼娶高平刘绥女，字静女。翼便为于道开卤簿【卤簿，犹今之仪仗队也。】盘马，【便要露一手。】始两转，坠马堕地，意色自若。【刘辰翁云："颜之厚耳，非'雅量'。"】

◎ 失手而不失色，方是英雄本色。

25. 宣武桓温。与简文、太宰武陵王晞。共载，密令人在舆前后鸣鼓大叫。【设局试探。】卤簿中惊扰，太宰惶怖，求下舆。顾看简文，穆然清恬。【桓公所见。】宣武语人曰："朝廷间故复有此贤。"【心服口服。】《续晋阳秋》曰：帝性温深，雅有局镇。尝与桓温、太宰武陵王晞同乘，至板桥，温密敕令无因鸣角鼓噪，部伍并惊驰，温伴骇异，晞大震，帝举止自若，音颜无变。温每以此称其德量，故论者谓温服惮也。

◎ 简文非但能清言，亦有雅量局度，江左命脉，端赖此人延宕数十年。

26. 王劭、王荟共诣宣武，【桓公门前，常有好戏。】《劭荟别传》曰：劭字敬伦，丞相导第五子。清贵简素，研味玄赜。大司马桓温称为"凤雏"。累迁尚书仆射、吴国内史。荟字敬文，丞相最小子。有清誉，夷泰无竞，仕至镇军将军。正值收庾希家。《中兴书》曰：希字始彦，司空冰长子。累迁徐、兖二州刺史。希兄弟贵盛，桓温忌之，讽免希官，遂奔于暨阳。初，郭璞筮冰子孙必有大祸，唯固三阳可以有后。故希求镇山阳，弟友为东阳，希自家暨阳。及温诛希，弟柔、倩闻希难，逃于海陵。后还京口聚众，事败，为温所诛。荟不自安，逡巡欲去。劭坚坐不动，待收信还，得不定，乃出。论者以劭为优。【诚优。】

◎ 静为躁君，重为轻根。雅量人格无他，要在以静制动，临事不变。

27. 桓宣武与郗超议芟夷【按：芟夷，音删夷，犹言杀戮。】朝臣，条牒既定，其夜同宿。【同谋方可同宿，此其一例。】《续晋阳秋》曰：超谓温雄武，当乐推之运，遂深自委结。温亦深相器重，故潜谋密计，莫不预焉。明晨起，呼谢安、王坦之入，掷疏示之。【掷字可观。此疏便是"黑名单"。】郗犹在帐内。谢都无言，王直掷还，【掷字有力。】云："多！"宣武取笔欲除，郗不觉窃从帐中与宣武言。【桓温欲除，可见主谋在超，超忍不住帐中指点，其必不以为多矣。】谢含笑曰："郗生可谓入幕宾也。"【吴勉学云："留此为后人口实。"】帐，一作帷。

◎ 郗超字嘉宾，"入幕宾"盖双关语，嘲讽其乃幕后黑手。此时王、谢尚不在诛夷之列，后则入"黑名单"矣。

28. 谢太傅盘桓东山时，【此时谢公尚未出山。】与孙兴公诸人泛海戏。《中兴书》曰：安先居会稽，与支道林、王羲之、许询共游处。出则渔弋山水，入则谈说属文，未尝有处世意也。风起浪涌，孙、王诸人色并遽，便唱使还。太傅神情方王，吟啸不言。舟人以公貌闲意说【按：说，通"悦"。】犹去不止。既风转急，浪猛，诸人皆喧动不坐。公徐云："如此，将无归！"众人即承响而回。于是审其量，足以镇安朝野。【吴勉学云："不愧雅量。"】

◎ 与谢公泛海戏者，皆当世名流，然风急浪猛时，无不举止失措，唯谢公气定神闲，胸次浩然，其精神超迈，远在时贤之上。矫情镇物者，焉得有此气象！

29. 桓公伏甲设馔，广延朝士，因此欲诛谢安、王坦之。【又一鸿门宴。】《晋安帝纪》曰：简文晏驾，遗诏桓温，依诸葛亮、王导故事。温大怒，以为黜其权，谢安、王坦之所建也。入赴山陵，百官拜于道侧，在位望者，战栗失色。或云自此欲杀王、谢。王甚遽，问谢曰："当作何计？"谢神意不变，【又是不变。】谓文度曰："晋阼存亡，在此一行。"【第一回合，王输谢一招。】相与俱前。王之恐状，转见于色；谢之宽容，愈表于貌。【好对子！第二回合，王又落下风。】望阶趋席，方作"洛生咏"，讽"浩浩洪流。"【按：即嵇康《赠秀才入军》其十三，诗云："浩浩洪流，带我邦畿。萋萋绿林，奋荣扬晖。鱼龙瀺灂，山鸟群飞。驾言出游，日夕忘归。思我良朋，如渴如饥。愿言不获，怆矣其悲。"嵇康为司马昭所杀而名垂后世，此诗又系歌咏兄弟手足之情，此时此刻而咏此人此诗，谢公岂无意乎？】桓遂【按：遂，一本作惮。】其旷远，乃趣解兵。【第三回合，竟是谢安独角戏。李贽云："谢固旷远，桓亦惜才"】按宋明帝《文章志》曰：安能作洛下书生咏，而少有鼻疾，语音浊。后名流多效其咏，莫能及，手掩鼻而吟焉。桓温止新亭，大陈兵卫，呼安及坦之，欲于坐害之。王入失厝，倒执手版，汗流霑衣。【王更不堪。】安神姿举动，不异于常。【谢真妙人！】举目遍历温左右卫士，谓温曰："安闻诸侯有道，守在四邻。明公何须壁间著阿堵辈？"温笑曰："正自不能不尔。"于是矜庄之心顿尽。命却左右，促燕行觞，笑语移日。【此注可与正文相发明。】王、谢旧齐名，于此始判优劣。【缘何始判？谢公处变不惊，临危不乱，何止一事？时人无识矣。】

◎ 桓公大摆鸿门宴，却为王谢搭戏台。千古彪炳洛生咏，无边雅量滚滚来。

30. 谢太傅与王文度共诣郗超，日旰未得前。【郗超摆谱，让人不齿。】王便欲去，谢曰："不能为性命忍俄顷？"【小不忍则乱大谋。】超得宠桓温，专杀生之威。

◎ 坦之有小正直，安石具大智慧。晋祚存亡，在此一"忍"。

31. 支道林还东，《高逸沙门传》曰：遁为哀帝所迎，游京邑久，心在故山，乃拂衣【拂衣便是隐居意。】王都，还就岩穴。时贤并送于征虏亭。《丹阳记》曰：太安中，征虏将军谢安立此亭，因以为名。蔡子叔【蔡系】前至，坐近林公；《中兴书》曰：蔡系字子叔，济阳人，司徒谟第二子。有文理，仕至抚军长史。谢万石后来，坐小远。蔡暂起，谢移就其处。【抢位子。】蔡还，见谢在焉，因合褥举谢掷地，【力气不小。】自复坐。谢冠帻倾脱，乃徐起，振衣就席，神意甚平，不觉瞋沮。【脸皮真厚。】坐定，谓蔡曰："卿奇人，殆坏我面。"蔡答曰："我本不为卿面作计。"其后，二人俱不介意。【刘辰翁云："送一僧何至争近至此？子叔小人，语更深狠。"】

◎ 若不要脸便是雅量，今之雅量者多矣。

32. 郗嘉宾【郗超】钦崇释道安德问，【吴勉学云："德问，犹言声问。"】《安和上传》曰：释道安者，常山薄柳人，本姓卫，年十二作沙门。神性聪敏，而貌至陋，佛图澄甚重之。值石氏乱，于陆浑山木食修学，为慕容俊所逼，乃住襄阳。以佛法东流，经籍错谬，更为条章，标序篇目，为之注解。自支道林等皆宗其理。无疾卒。饷米千斛，修书累纸，意寄殷勤。道安答，直云："损米。愈觉有待之为烦。"【刘辰翁云："是道人语。"按：和尚主"无待"，便是佛道合流明证。】

◎ 嘉宾虽有恶处，然亦有远志，每能慷慨相助隐士沙门，堪为佛道慈善家。

33. 谢安南【谢奉】免吏部尚书还东，《晋百官名》曰：谢奉字弘道，会稽山阴人。《谢氏谱》曰：奉祖端，散骑常侍。父凤，丞相主簿。奉历安南将军、广州刺史、吏部尚书。谢太傅【谢安】赴桓公司马，出西，相遇破冈。【还东乃隐退，出西则升迁。不期而遇，另有好戏。】既当远别，遂停三日共语。【有话要说。】太傅欲慰其失官，安南辄引以他端。【偏不让说。】遂信宿中涂，竟不言及此事。【终未说出。】太傅深恨在心未尽，谓同舟曰："谢奉故是奇士。"【还是不说为妙。】

◎ 不能言而能不言，智者；能言而能不言，高人。谢奉奇士，谢安高人。

34. 戴公【戴逵】从东出，谢太傅往看之。谢本轻戴，【戴恐亦知谢轻己。】见，但与论琴书，戴既无吝色，【知其轻己而无吝色，难！】而谈琴书愈妙。【渐入佳境，更难！】谢悠然知其量。【刘辰翁云："甚善，我辈所不及。"又，吴勉学云："此真难及。"】《晋安帝纪》曰：戴逵字安道，谯国人。少有清操，恬和通任，为刘真长所知。性甚快畅，泰于娱生。好鼓琴，善属文，【琴书便是胜场。】尤乐游燕，多与高门风流者游，谈者许其"通隐"。【"通隐"二字可观。】屡辞征命，遂著高尚之称。

◎ 谢公眼里不揉沙子，阮裕当世高人，世人所推，而谢不愿与人共推；然安道竟能令谢公悠然知其量，世人谓其"清操""通隐""高尚"云云，不亦宜乎！

35. 谢公与人围棋，俄而谢玄淮上信至，看书竟，默然无言，徐向局。【此时无声胜有声。】客问淮上利害，【等不及也。须知淮上利害，便是家国兴亡。】答曰："小儿辈大破贼。"【一小一大，何其家常，然雷霆万钧之势，亦全在此六字。】意色举止，不异于常。【八字绝妙。《晋书·谢安传》云："既罢，还内，过户限，心喜甚，不觉屐齿之折，其矫情镇物如此。"按：《晋书》作者以小人之心度君子之腹，不仅以"折屐齿"坐实谢安"心甚喜"，且讥以"矫情镇物"，此刻画无盐，唐突西子也，难免画蛇添足之讥。须知谢公雅量高识，早已可参天人之际，其所言所行，要在上体天道，下通人事，虽非圣贤，亦可谓达者，凡俗之辈坐井观天，岂可尽知其美！】《续晋阳秋》曰：初，苻坚南寇，京师大震。谢安无惧色，方命驾出墅，与兄子玄围棋。夜还乃处分，少日皆办。破贼又无喜容。其高量如此。《谢车骑传》曰：氐贼苻坚，倾国大出，众号百万。朝廷遣诸军距之，凡八万。坚进屯寿阳，玄为前锋都督，与从弟琰等选精锐决战。射伤坚，俘获数万计，得伪辇及云母车，宝器山积，锦罽万端，牛、马、驴、骡、驼十万头。

◎ 谢公运筹帷幄，决胜千里，不以物喜，不以己悲，此一番围棋破贼，真可谓泰山崩于前而色不变，其高情雅量，千古一人。李白《永王东巡歌》诗云："三川北虏乱如麻，四海南奔似永嘉。但用东山谢安石，为君谈笑靖胡沙。"正用此典。谢公将清谈精神与雅量人格，镌刻于史册，风流宰相之名，洵非浪得也。

36. 王子猷、子敬曾俱坐一室，上忽发火，子猷遽走避，不惶取屐；【狼狈。】《晋百官名》曰：王徽之，字子猷。《中兴书》曰：徽之，羲之第五子。卓荦不羁，欲为傲达，仕至黄门侍郎。子敬神色恬然，徐唤左右，扶凭而出，不异平常。【淡定】《续晋阳秋》曰：献之虽不修常贯，而容止不妄。世以此定二王神宇。【神宇，犹言精神器宇也。】

◎ 神宇犹器量，有大小之别、雅俗之分。

37. 苻坚游魂近境，【游魂，犹言幽灵。蔑视敌寇也。】坚，别见。谢太傅谓子敬曰："可将当轴，了其此处。"【当轴，盖指执政者。】

◎ 谢公此语难解，似是擒贼先擒王意，又似趁我当轴，先下手为强，了结此患意。

38. 王僧弥、谢车骑共王小奴许集。王珉、谢玄并已见。小奴，王荟小字也。僧弥举酒劝谢云："奉使君一觞。"谢曰："可尔。"谢玄曾为徐州，故云使君。僧弥勃然起，作色曰："汝故是吴兴溪中钓碣耳，【按：碣，同羯，谢玄小字。谢玄好钓鱼，故蔑称其为钓羯。】何敢诪张！"【按：诪张，同侜张，犹言嚣张、跋扈。】玄叔父安，曾为吴兴，玄少时从之游。故珉云然。谢徐抚掌而笑曰："卫军【王荟也】，僧弥殊不肃省，乃侵陵上国也。"【亦称其小字，以牙还牙。余嘉锡云："珉先斥玄小字，故玄以此报之，不必更论长幼也。然珉语近于丑诋，想见声色俱厉，而玄出之以游戏，固足称为雅量。"】

◎ 此亦可入《轻诋》门。

39. 王东亭【王珣】为桓宣武主簿，既承藉有美誉，【按：东亭为王导孙，王洽子，承藉，谓其凭借门第祖荫而有美名。】公甚欲其人地为一府之望。【正好做"托儿"。】初，见谢失仪，而神色自若。坐上宾客即相贬笑，公曰："不然。观其情貌，必自不凡，吾当试之。"【桓公又要设局。】后因月朝阁下伏，公于内走马直出突之，【与试简文、太宰同法。吴勉学云："晋人喜作此伎俩。"】左右皆宕仆，而王不动。【果然不凡。】名价于是大重，咸云："是公辅器也。"【按：公辅，三公、宰辅之合称。公辅器正对令仆才。】《续晋阳秋》曰：珣初辟大司马掾，桓温至重之，常称"王掾必为黑头公，未易才也"。

◎ 王珣与郗超同为桓温宠信，至有"髯参军（超多须）、短主簿（珣短小），能令公喜，能令公怒"之谚。桓公试之，实为其延誉也。其才识器量，果不负所望。

40. 太元末，长星见，孝武心甚恶之。徐广《晋纪》曰："泰元二十年九月，有蓬星如粉絮，东南行，历须女、至央星。"按泰元末，唯有此妖，不闻长星也。且汉文八年，有长星出东方。文颖注曰："长星有光芒，或竟天，或长十丈，或二三丈，无常也。"此星见，多为兵革事。此后十六年，文帝乃崩。盖知长星非关天子，《世说》虚也。【吴勉学云："引证历历，此等处，真临川忠臣。"按：孝标炫学逞才，指摘《世说》，不唯忠臣，亦可谓诤臣矣。】夜，华林园中饮酒，举杯属星云："长星！劝尔一杯酒，自古何时有万岁天子！"【按：蒋经国氏晚年云："没有永远的执政党。"与此差可同调。】

◎ 此是达者，非关雅量。

41. 殷荆州【殷仲堪】有所识，作赋，是束皙慢戏之流。《文士传》曰：皙字广微，阳平元城人，汉太子太傅疎广后也。王莽末，广曾孙孟达自东海避难元城，改姓，去"疎"之足以为束氏。皙博学多识，问无不对。太康中，有人自嵩高山下得竹简一枚，上两行科斗书。司空张华以问皙，皙曰："此明帝显节陵中策文也。"检校果然。曾为《饼赋》诸文，文甚俳谑。三十九岁卒，元城为之废市。殷甚以为有才，【慢戏也是才】语王恭："适见新文，甚可观。"便于手巾函中出之。王读，殷笑之不自胜；【逗他笑】王看竟，既不笑，亦不言好恶，但以如意帖之而已。【偏不笑】殷怅然自失。【别人失言，殷则失笑。】

◎ 不苟言笑，外息诸缘，亦是雅量。

42. 羊绥第二子孚，少有俊才，与谢益寿【谢混】相好。益寿，谢混小字也。尝蚤往谢许，未食。俄而王齐、王睹来。王睹已见。齐，王熙小字也。《中兴书》曰：熙字叔和，恭次弟。尚鄱阳公主，太子洗马，蚤卒。既先不相识，王向席，有不说色，欲使羊去。【王不愿交。】羊了不眄，唯脚委几上，咏瞩自若。【羊不愿走。】谢与王叙寒温数语毕，还与羊谈赏，王方悟其奇，乃合共语。【悟其能谈。】须臾食下，二王都不得餐，唯属羊不暇。【劝其多吃。】羊不大应对之，而盛进食，食毕便退。遂苦相留，羊义不住，直云："向者不得从命，中国尚虚。"【刚才不去，是肚子尚空，现已饱腹，自然告辞。】二王是孝伯两弟。【刘辰翁云："写得直截可憎，又自如见，人情有此，传闻之秽，小说不厌。"】

◎ 羊孚只是贪吃，有辱雅量。二王兄弟凡才，不足挂齿。

识鉴第七

● 识鉴者，识察鉴别人物之谓也。先秦诸子，皆重"知人"。老子尝云："知人者智，自知者明。"显以"知人"为高。孔门弟子樊迟问智，孔子答曰："知人。"盖不知人，不足以言智也。孔子又曰："不患人之不己知，患不知人也。"其"知人"之法有多种，一曰："视其所以，观其所由，察其所安，人焉廋哉？"二曰："人之过也，各于其党，观过，斯知仁（人）矣。"三曰："听其言而观其行""察言而观色""不知言，无以知人也。"孟子则主"眸子论"，曰："存乎人者，莫良于眸子。眸子不能掩其恶。胸中正，则眸子瞭焉；胸中不正，则眸子眊焉。听其言也，观其眸子，人焉廋哉？"又倡"知人论世"说："颂其诗，读其书，不知其人可乎？是以论其世也。"而孔子之"观色""察言"，孟子之"观眸子"，颇有相术色彩，实已开人物识鉴之衢路矣。降及两汉，选官以征辟、察举为主，尤重品评人物，识鉴才性，故卜相、预测、阴阳五行之学大行，王充、王符诸人均有专文论列，此不赘。又，汉末郭泰、许劭之流，皆为人物品鉴巨擘，其评骘褒贬，百不失一，士人声名成毁，决于片言，一时蔚成风气。三国魏刘邵所撰《人物志》，专论人物才性，堪为人伦识鉴学之集大成者。《世说》特辟《识鉴》一门，正当时风气之写照，可谓"人物志"之故事版也。夫孔子五十而知天命，尝叹曰："知我者，其天乎！"细读此门人物故事，读者恐亦不免废书而叹："识鉴之高者，非唯知人，亦知天命也欤！"

1. 曹公【曹操】少时见乔玄,【按:一作桥玄。汉末名臣,与大乔、小乔之父非系一人。】玄谓曰:"天下方乱,群雄虎争,拨而理之,非君乎? 然君实是乱世之英雄,治世之奸贼。【好品题。吴文仲云:"按诸书皆云'治世之能臣,乱世之奸雄',若云'奸贼',恐不应太峻如此。"】恨吾老矣,不见君富贵,当以子孙相累。"《续汉书》曰:玄字公祖,梁国睢阳人。少治《礼》及严氏《春秋》。累迁尚书令。玄严明有略,长于知人。初,魏武帝为诸生,未知名也,玄甚异之。《魏书》曰:玄见太祖曰:"吾见士多矣,未有若君者! 天下将乱,非命世之才不能济也。能安之者,其在君乎?"按《世语》曰:玄谓太祖:"君未有名,可交许子将。"太祖乃造子将,子将纳焉。孙盛《杂语》曰:太祖尝问许子将:"我何如人?"固问,然后子将答曰:"治世之能臣,乱世之奸雄。"太祖大笑。【钟惺云:"无'乱世奸雄'一语,决不大笑。"又云:"魏武命世奸雄,频为名士所轻,如宗承、许邵辈,公亦无如之何,所以感激于桥玄之知敬也。"《世说》所言谬矣。【观刘注,则乔玄所云,实非一时一地,一人一事,盖联缀诸说,坐实其事耳。非《世说》之谬,乃小说常情。】

◎ "英雄"与"奸贼",合观便是"奸雄",此正曹操之目也。乔玄看出奸雄本色,便是知人之鉴。

2. 曹公问裴潜曰:"卿昔与刘备共在荆州,卿以备才如何?"潜曰:"使居中国,能乱人,不能为治;若乘边守险,足为一方之主。"【此亦才性之论。刘辰翁云:"此语未有喻者。"王世懋云:"此语似事后论人,不宜预知至此。"又吴勉学云:"确论。"】《魏志》曰:潜字文行,河东人。避乱荆州,刘表待之宾客礼。潜私谓王粲、司马芝曰:"刘牧非霸王之才,而欲以西伯自处,其败无日!"累迁尚书令,赠太常。

◎ 观此语,可谓料事如神,岂有"事前诸葛亮"乎?

3. 何晏、邓飏、夏侯玄并求傅嘏交,而嘏终不许。【傅嘏是何人物而托大如此?】《魏略》曰:邓飏字玄茂,南阳宛人,邓禹之后也。少得士名。明帝时为中书郎,以与李胜等为浮华被斥。正始中,迁侍中、尚书。为人好货,臧艾以父妾与飏,得显官。京师为之语曰:"以官易妇邓玄茂。"何晏选不得人,颇由飏,以党曹爽诛。诸人乃因荀粲说合之,谓嘏曰:"夏侯太初一时之杰士，虚心于子，而卿意怀不可交。合则好成，不合则致隙。二贤若穆，则国之休。此蔺相如所以下廉颇也。"【好说客。】《史记》曰：相如以功大拜上卿，位在廉颇右。颇怒，欲辱之。相如每称疾，望见，引车避匿。其舍人欲去之，相如曰："夫以秦王之威，而吾廷叱之，何畏廉将军哉？顾秦强赵弱，秦以吾二人，故不敢加兵于赵。今两虎斗，势不俱生，吾以公家急而后私仇也。"颇闻，谢罪。【此注可删。】傅曰："夏侯太初志大心劳，能合虚誉，诚可谓利口覆国之人。何晏、邓飏有为而躁，博而寡要，外好利而内无关籥，贵同恶异，多言而妒前。多言多衅，妒前无亲。以吾观之，此三贤者，皆败德之人尔，远之犹恐罹祸，况可亲之邪？"【便是盖棺论定，如何可信？】后皆如其言。《傅子》曰：是时，何晏以才辩显于贵戚之间。邓飏好交通，合徒党，鬻声名于闾阎。夏侯玄以贵臣子，少有重名，皆求于嘏，嘏不纳也。嘏友人荀粲有清识远志，然犹劝嘏结交云。【按：此事若出《傅子》一书，犹不可信。】

◎ 所谓人伦识鉴，常有先见之明甚于后来之实者。此说傅嘏简直如神，读之可观，思之可厌。故王世懋云："据此传，兰硕颇先识择交，故当动与福会，而别传乃云钟会年少，嘏以明智交会。交太初，不犹胜于交叛臣乎？"诚哉是言也！

4. 晋武帝【司马炎】讲武于宣武场，帝欲偃武修文，亲自临幸，悉召群臣。山公谓不宜尔，因与诸尚书言孙、吴用兵本意。【刘辰翁云："兵不当废，何在孙吴？"】遂究论，举坐无不咨嗟，皆曰："山少傅乃天下名言。"【可惜名言不传于今。否则《山公启事》后又有《山公兵法》也。】《史记》曰：孙武，齐人。吴起，卫人。并善兵法。《竹林七贤论》曰：咸宁中，吴既平，上将为桃林、华山之事，息弭役兵，示天下以大安。于是州郡悉去兵，大郡置武吏百人，小郡五十人。时京师犹讲武，山涛因论孙、吴用兵本意。涛为人常简默，盖以为国者不可以忘战，故及之。《名士传》曰：涛居魏、晋之间，无所标名。尝与尚书卢钦言及用兵本意。武帝闻之，曰："山少傅名言也。"后诸王骄汰，轻遘祸难。于是寇盗处处蚁合，郡国多以无备，不能制服，遂渐炽盛，皆如公言。【便是偃武修文之祸。】时人以谓"山涛不学孙、吴，而暗与之理会"。王夷甫亦叹云："公闇与道合！"《竹林七贤论》曰：永宁之后，诸王构祸，狡虏欻起，皆如涛言。《名士传》曰：王夷甫推叹涛"晻晻为与道合，其深不可测"。皆此类也。

◎ 山公慧眼卓识，于正始风云中便已显露。不读老庄，而暗与道合，不学孙吴，而暗与理会，有晋一代，山公乃真有韬略识度者。

5. 王夷甫父乂为平北将军，有公事，使行人论，【按：行人，犹使者。】不得。时夷甫在京师，命驾见仆射羊祜、尚书山涛。【刘辰翁云："代父致辞。"】夷甫时总角，姿才秀异，叙致既快，事加有理，涛甚奇之。【慧眼为之一亮。】既退，看之不辍，乃叹曰："生儿不当如王夷甫邪？"【可与辛稼轩"生子当如孙仲谋"同看。】羊祜曰："乱天下者，必此子也！"【一语成谶。吴勉学云："从何处看出？眼力又在山少傅上。"】《晋阳秋》曰：夷甫父乂，有简书，将免官。夷甫年十七，见所继从舅羊祜，申陈事状，辞甚俊伟。祜不然之，夷甫拂衣而起。祜顾谓宾客曰："此人必将以盛名处当世大位，然败俗伤化者，必此人也！"《汉晋春秋》曰：初，羊祜以军法欲斩王戎，夷甫又忿祜言其必败，不相贵重。天下为之语曰："二王当朝，世人莫敢称羊公之有德。"

◎《晋书》本传云："王衍，字夷甫，神清明秀，风姿详雅。总角尝造山涛，涛嗟叹良久，既去，目而送之曰：'何物老妪，生宁馨儿！然误天下苍生者，未必非此人也。'"乃合两事为一事，不若此则，能显羊公鉴识视山公为深远也。

6. 潘阳仲【潘滔】见王敦小时，谓曰："君蜂目已露，但豺声未振耳。必能食人，亦当为人所食。"【按《汉书·王莽传》："时有用方技待诏黄门者，或问以莽形貌，待诏曰：'莽所谓鸱目、虎吻、豺狼之声者也，故能食人，亦当为人所食。'"】《晋阳秋》曰：潘滔字阳仲，荥阳人，太常尼从子也。有文学才识。永嘉末，为河南尹，遇害。《汉晋春秋》曰：初，王夷甫言东海王越，转王敦为扬州。潘滔初为太傅长史，言于太傅曰："王处仲蜂目已露，豺声未发，今树之江外，肆其豪强之心，是贼之也。"【王世懋云："无容面斥之，注语是也。"吴勉学云："《世说》是事后语，此却近是。"】《晋阳秋》曰："敦为太子舍人，与滔同僚，故有此言。"习、孙二说，便小迁异。《春秋传》曰：楚令尹子上谓世子商臣："蜂目而豺声，忍人也。"

◎ 潘滔所言，直是看相人语，未必可信。

7. 石勒不知书，【不识字也。】《石勒传》曰：勒字世龙，上党武乡人，匈奴之苗裔也。雄勇好骑射。晋元康中，流宕山东，与平原茌平人师欢家庸，耳恒闻鼓角鞞铎之音，勒私异之。初，勒乡里原上地中生石，日长，类铁骑之象。国中生人参，葩叶甚盛。于时父老相者皆云："此胡体貌奇异，有不可知。"劝邑人厚遇之，人多哂而不信。永嘉初，豪杰并起，与胡王阳等十八骑诣汲桑，为左前督。桑败，共推勒为主。攻下州县，都于襄国。后僭正号，死，谥明皇帝。使人读《汉书》。闻郦食其劝立六国后，刻印将授之，大惊曰："此法当失，云何得遂有天下？"【绝妙点评。】至留侯谏，乃曰："赖有此耳！"【写得此虏甚可爱。】邓粲《晋纪》曰：勒不知书，目不识字，每于军中令人诵读，听之，皆解其意。《汉书》曰：项羽急围汉王于荥阳，汉王与郦食其谋挠楚权。食其劝立六国后，王令趣刻印。张良入谏，以为不可。辍食吐哺，骂郦生曰："竖儒！几败乃公事！"趣令销印。

◎ 石勒虽胡虏，识鉴却在刘邦之上，不减张良。

8. 卫玠年五岁，神衿可爱。祖太保【卫瓘】曰："此儿有异，顾吾老，不见其大耳！"《晋诸公赞》曰：瓘字伯玉，河东安邑人。少以明识清允称。傅嘏极贵重之，谓之宁武子。【《论语·公冶长》："子曰：'宁武子，邦有道则知；邦无道则愚。其知可及也，其愚不可及也。'"】仕至太保，为楚王玮所害。《玠别传》曰：玠有虚令之秀，清胜之气，在群伍之中，有异人之望。祖太保见玠五岁，曰："此儿神爽聪令，与众大异，恐吾年老，不及见尔。"

◎ 此语虽不祥，而极有识鉴。

9. 刘越石【刘琨】云："华彦夏【华轶】识能不足，强果有余。"【朱铸禹云："强果，似谓倔强，果敢。故终以不从帝命而诛。"】虞预《晋书》曰：华轶字彦夏，平原人，魏太尉歆曾孙也。累迁江州刺史。倾心下士，甚得士欢心。以不从元皇命见诛。《汉晋春秋》曰：刘琨知轶必败，谓其自取之也。

◎ 刘琨不唯英武绝人，亦有知人之智。

10. 张季鹰【张翰】辟齐王【司马冏】东曹掾，在洛，见秋风起，因思吴中菰菜羹、鲈鱼脍，【名言可赏。馋虫勾起乡思，千古如斯。】曰："人生贵得适意尔，何能羁宦数千里以要名爵？"【名言可诵。】遂命驾便归。俄而齐王败，时人皆谓见机。【见其败机耳。吴勉学云："妙在无迹。"】《文士传》曰：张翰字季鹰。父俨，吴大鸿胪。有清才美望，博学善属文，造次立成，辞义清新。大司马齐王冏辟为东曹掾。翰谓同郡顾荣曰："天下纷纷未已，夫有四海之名者，求退良难。吾本山林间人，无望于时久矣。子善以明防前，以智虑后。"荣捉其手，怆然曰："吾亦与子采南山蕨，饮三江水尔！"翰以疾归，府以辄去除吏名。性至孝，遭母艰，哀毁过礼。自以年宿，不营当世，以疾终于家。

◎ 秋风鲈鱼，令人长想。张翰以思鲈鱼莼羹而归乡，又以归乡而幸免于难，弃"名爵"而求"适意"，岂仅"见机"而已，亦可谓"越名教而任自然"。

11. 诸葛道明【诸葛恢】初过江左，自名道明，名亚王、庾之下。【王导、庾亮。】《中兴书》曰：恢避难过江，与颍川荀道明、陈留蔡道明俱有名誉，号曰"中兴三明"。时人为之语曰："京都三明各有名，蔡氏儒雅荀、葛清。"先为临沂令，丞相谓曰："明府当为黑头公。"【朱铸禹云："谓黑头公卿，'黑头'言发尚未至颁白也。"】《语林》曰：丞相拜司空，诸葛道明在公坐，指冠冕曰："君当复著此。"

◎ 诸葛恢善嫁女，然终未黑头至三公。此丞相戏言，未可当真。

12. 王平子【王澄】素不知眉子【王玄】，【不知，便是不赏。】曰："志大无量，终当死坞壁间。"【坞壁盖谓坞堡壁垒。死坞壁间，即不得好死意。王世懋云："言败可耳，何得定知死坞壁间？傅会多如此。"】《晋诸公赞》曰：王玄字眉子，夷甫子也。东海王越辟为掾，后行陈留太守。大行威罚，为坞人所害。【不幸言中。】

◎ 按《轻诋》门载王太尉问眉子："汝叔名士，何以不相推重？"

眉子曰："何有名士终日妄语？"盖王澄、王玄叔侄，素有嫌隙，此王澄论王玄，"终当死坞壁间"，颇有诅咒意，诚属妄语，非识鉴之选也。

13. 王大将军【王敦】始下，杨朗苦谏不从，遂为王致力。乘"中鸣云露车"径前，曰："听下官鼓音，一进而捷。"【子曰："事父母几谏，见志不从，又敬不违，劳而无怨。"杨朗事王敦，犹孝子事父母，可叹！】王先把其手曰："事克，当相用为荆州。"【王敦善许愿。】既而忘之。以为南郡。【奸雄常食言。】《晋百官名》曰：朗字世彦，弘农人。《杨氏谱》曰：朗祖器，典军校尉。父准，冀州刺史。王隐《晋书》曰：朗有器识才量，善能当世。仕至雍州刺史。王败后，明帝收朗，欲杀之。帝寻崩，得免。后兼三公，署数十人为官属。此诸人当时并无名，后皆被知遇。于时称其知人。

◎ 能识诸人有才，未识王敦必败，杨朗知人，仅此而已。

14. 周伯仁母，冬至举酒赐三子曰："吾本谓度江托足无所，尔家有相，尔等并罗列，吾复何忧？"【儿子还是自家的好。】周嵩起，长跪而泣曰："不如阿母言。【前已犯兄辱弟，此又犯母，不肖之尤。】伯仁为人志大而才短，名重而识闇，好乘人之弊，此非自全之道；嵩性狼抗，亦不容于世；唯阿奴碌碌，当在阿母目下耳。"【李贽云："真自知之明，知兄之明也。"】邓粲《晋纪》曰：阿奴，嵩之弟周谟也。三周并已见。

◎ 仲智虽明于识人，然暗于处世，其语咄咄逼人，终不可听。

15. 王大将军既亡，王应欲投世儒【王彬】，世儒为江州；王含欲投王舒，舒为荆州。含语应曰："大将军平素与江州云何，而汝欲归之？"应曰："此乃所以宜往也。《晋阳秋》曰：应字安期，含子也。敦无子，养为嗣，以为武卫将军，用为副贰，伏诛。江州当人强盛时，能抗同异，此非常人所行。【盖指哭伯仁、责王敦也。】及睹衰厄，必兴慜恻。【子曰："唯仁者能好人，能恶人。"王彬便是其例。吴勉学云："此处过茂弘远甚。"】《王彬别传》曰：彬字世儒，琅邪人。祖览，父正，并有名德。彬爽气出侪类，有雅正之韵。与元帝姨兄弟，佐佑皇业，累迁侍中。从兄敦下石头，害周伯仁。彬与颛素善，往哭其尸，甚恸。既而见敦，敦怪其有惨容而问之。答曰："向哭周伯仁，情不能已。"敦曰："伯仁自致刑戮，汝复何为者哉？"彬曰："伯仁清誉之士，有何罪？"因数敦曰："抗旌犯上，杀戮忠良！"音辞慷慨，与泪俱下。敦怒甚。丞相在坐，代为之解，命彬曰："拜谢。"彬曰："有足疾。比来见天子尚不欲拜，何跪之有？"敦曰："脚疾何如颈疾？"以亲故不害之。累迁江州刺史、左仆射，赠卫将军。荆州守文，岂能作意表行事？"【王应有见。】含不从，遂共投舒。舒果沉含父子于江。【王舒可恨！】《传》曰：舒字处明，琅邪人。祖览，知名。父会，御史。舒器业简素，有文武干。中宗用为北中郎将、荆州刺史、尚书仆射。出为会稽太守。父名会，累表自陈。讨苏峻有功，封彭泽侯，赠车骑大将军。彬闻应当来，密具船以待之。竟不得来，深以为恨。【李贽云：嗟嗟，予安得世儒而投之！】含之投舒，舒遣军逆之，含父子赴水死。昔郦寄卖友见讥，况贩兄弟以求安，舒非人矣！

◎ 一门父子，而识见霄壤。王含死不足惜，王应竟为其愚父垫背，可叹，可哀！

16. 武昌孟嘉作庾太尉州从事，已知名。褚太傅【河南褚季野是也。】有知人鉴，罢豫章，还过武昌，问庾曰："闻孟从事佳，今在此不？"庾云："试自求之。"褚昕睐良久，指嘉曰："此君小异，得无是乎？"【小异要紧。常人所缺正在此。】庾大笑曰："然。"于时既叹褚之默识，又欣嘉之见赏。《嘉别传》曰：嘉字万年，江夏鄳人。曾祖父宗，吴司空。祖父揖，晋庐陵太守。宗葬武昌阳新县，子孙家焉。嘉少以清操知名。太尉庾亮，领江州，辟嘉部庐陵从事。下都还，亮引问风俗得失。对曰："待还，当问从事吏。"亮举麈尾掩口而笑，语弟翼曰："孟嘉故是盛德人。"转劝学从事。太傅褚裒有器识，亮正旦大会，裒问亮："闻江州有孟嘉，何在？"亮曰："在坐，卿但自觅。"裒历观久之，指嘉曰："将无是乎？"亮欣然而笑，喜裒得嘉，奇嘉为裒所得，乃益器之。后为征西桓温参军，九月九日，温游龙山，参寮毕集，时佐史并著戎服，风吹嘉帽堕落，温戒左右勿言，以观其举止。嘉初不觉，良久如厕，命取还之。令孙盛作文嘲之，成，著嘉坐。嘉还即答，四坐嗟叹。嘉善酣畅，愈多不乱。温问："酒有何好，而卿嗜之？"嘉曰："明公未得酒中趣尔。"又问："听伎，丝不如竹，竹不如肉，何也？"答曰："渐近自然。"【名言。】转从事中郎，迁长史。年五十三而

卒。【吴勉学云："此传出自陶靖节笔。"按：孟嘉乃渊明外祖父，故得作此别传。】

◎ 褚公默识，孟嘉见赏，妙在无迹，如镜花水月，可谓双美。

17. 戴安道【戴逵】年十馀岁，在瓦官寺画。长史【王濛】见之，曰："此童非徒能画，《续晋阳秋》曰：逵善图画，穷巧丹青也。亦终当致名。恨吾老，不见其盛时耳！"【李详云："长史年仅三十九，猥云年老，亦晋人崇饰虚伪之一端。"】

◎ 此语与乔玄目阿瞒、卫瓘赏叔宝同慨。

18. 王仲祖【王濛】、谢仁祖【谢尚】、刘真长【刘惔】俱至丹阳墓所省殷扬州【殷浩】，绝有确然之志。【按《周易·乾·文言》："不易乎世，不成乎名；遯世无闷，不见是而无闷；乐则行之，忧则违之，确乎其不可拔，潜龙也。"确然之志，盖指隐居之志也。】《中兴书》曰：浩栖迟积年，累聘不至。既反，王、谢相谓曰："渊源不起，当如苍生何？"深为忧叹。刘曰："卿诸人真忧渊源不起邪？"【此言有味。是真忧其不起，抑忧其真不起耶？赞猜。】

◎ 独真长看穿渊源确然之志不确然，可谓巨眼。

19. 小庾【庾翼】临终，自表以子园客为代。【代其为荆州刺史也。】园客，爱之小字也。《庾氏谱》曰：爱之字仲真，翼第二子。《中兴书》曰：爱之有父翼风，桓温徙于豫章。年三十六而卒。朝廷虑其不从命，未知所遣，乃共议用桓温。刘尹曰："使伊去，必能克定西楚，然恐不可复制。"【知言。】《陶侃别传》曰：庾翼薨，表其子爱之代为荆州。何充曰："陶公重勋也，临终高让。丞相未薨，敬豫为四品将军，于今不改。亲则道恩，优游散骑，未有超卓若此之授。"乃以徐州刺史桓温为安西将军、荆州刺史。宋明帝《文章志》曰：翼表其子代任，朝廷畏惮之。议者欲以授桓温。时简文辅政，然之。刘惔曰："温去必能定西楚，然恐不能复制。愿大王自镇上流，惔请为从军司马。"简文不许。

温后果如惔所算也。

◎ 真长言必有中，是真能识人者。然长于知人，短于自知，故可为风流名士，不可为乱世宰辅。

20. 桓公将伐蜀，在事诸贤咸以李势在蜀既久，承藉累叶，且形据上流，三峡未易可尅。唯刘尹云："伊必能克蜀。观其蒲博，不必得，则不为。"【凌濛初云："如此料法，靡有不中。"】《华阳国志》曰：李势字子仁，洛阳临渭人。本巴西宕渠賨人也。其先李特，因晋乱据蜀。特子雄，称号成都。势祖骧，特弟也。骧生寿，寿篡位自立，势即寿子也。晋安西将军伐蜀，势归降，迁之扬州。自起至亡，六世三十七年。《温别传》曰：初，朝廷以蜀处险远，而温众寡少，悬军深入，甚以忧惧。而温直指成都，李势面缚。《语林》曰：刘尹见桓公每嬉戏必取胜，谓曰："卿乃尔好利，何不焦头？"及伐蜀，故有此言。

◎ 知桓温者，莫如真长。此亦夫子所谓"视其所以，观其所由，察其所安"者也。

21. 谢公在东山畜妓，简文曰："安石必出。既与人同乐，亦不得不与人同忧。"【刘辰翁云："此语别见发微者也。与真长说殷浩同。"又，李贽云："安石真率外见，故简文见其真；渊源矫情为高，故真长识其假。"】宋明帝《文章志》曰：安纵心事外，疏略常节，每畜女妓，携持游肆也。

◎ 简文可谓谢公知音。然此语不尽然：世上与人同乐、不与人同忧者多矣，岂可执一而论？

22. 郗超与谢玄不善。【起。】苻坚将问晋鼎，既已狼噬梁、岐，又虎视淮阴矣。车频《秦书》曰：苻坚字永固，武都氐人也。本姓蒲，祖父洪，诈称谶文，改曰"苻"。言已当王，应命也。坚初生，有赤光流其室。及诞，背赤色隐起，若篆文。幼有美度。石虎司隶徐正名知人，坚六岁时，尝戏于路，正见而异焉，问曰："苻郎！此官街，小儿行戏，不畏缚邪？"坚曰："吏缚有罪，不缚小儿。"正谓左右曰："此儿有王霸相。"石氏乱，伯父健及父雄西入关，健梦天神使者朱衣冠，拜肩头为龙骧将军。肩头，坚小字也。健即拜为龙骧，以应神命。后健僭帝号。死，子生立，凶暴，群臣杀之而立坚。坚立十五年，遣长乐公丕攻没襄阳。十九年，大兴师伐晋，众号百万，水陆俱进，次于项城。自项城至长安，连旗千里，首尾不绝。乃遣告晋曰："已为晋君于长安城中建广夏之室，今故大举渡江相迎，克日入宅也。"于时朝议遣玄北讨，人间颇有异同之论。【承】唯超曰："是必济事。吾昔尝与共在桓宣武府，见使才皆尽，虽履屐之间，亦得其任。以此推之，容必能立勋。"【转】元功既举，时人咸叹超之先觉，又重其不以爱憎匿善。【合】《中兴书》曰：于时氏贼强盛，朝议求文武良将可镇靖北方者。卫大将军安曰："唯兄子玄可任此事。"中书郎郗超闻而叹曰："安违众举亲，明也。玄必不负其举。"

◎ 先觉易，不以爱憎匿善难。嘉宾（郗超字）真可嘉也。

23. 韩康伯与谢玄亦无深好。玄北征后，巷议疑其不振。康伯曰："此人好名，必能战。"【似褒似贬风凉话，站着说话不腰疼。吴勉学云："不通。"】《续晋阳秋》曰：玄识局贞正，有经国之才略。玄闻之甚忿，常于众中厉色曰："丈夫提千兵入死地，以事君亲，故发，不得复云为名！"【吴勉学云："正论。千古成大功者，不出此数语。"】

◎ 古语云："木秀于林，风必摧之，堆出于岸，流必湍之；行高于人，众必非之。"谢玄名门之后，文武全才，自为众人所忌。曹植《白马篇》诗云："名编壮士籍，不得中顾私。捐躯赴国难，视死忽如归。"壮士出征，九死未悔，岂皆因好名哉！观此则，康伯不如嘉宾远矣。

24. 褚期生【褚爽】少时，谢公甚知之，恒云："褚期生若不佳者，仆不复相士。"【"相士"二字可思。可见识鉴确如相人也。】期生，褚爽小字也。《续晋阳秋》曰：爽字茂弘，河南人。太傅衰之孙，秘书监歆之子。太傅谢安见其少时，叹曰："若期生不佳，我不复论士。"及长，果俊迈有风气。好《老》《庄》之言，当世荣誉，弗之屑也。唯与殷仲堪善。累迁中书郎、义兴太守。女为恭帝皇后。

◎ 谢公绝重褚公，尝谓："褚季野虽不言，而四时之气亦备。"褚爽乃褚公之孙，自然见赏。

25. 郗超与傅瑗周旋。瑗见其二子，并总发【按：犹言束发。盖未成年也。】，超观之良久，谓瑗曰："小者才名皆胜，然保卿家者，终当在兄。"即傅亮兄弟也。《傅氏谱》曰：瑗字叔玉，北地灵州人。历护军长史、安城太守。《宋书》曰：迪字长猷，瑗长子也。位至五兵尚书。赠太常。丘渊之《文章录》曰：亮字季友，迪弟也。历尚书令，左光禄大夫。元嘉三年，以罪伏诛。

◎ 嘉宾眼力自不差。

26. 王恭随父在会稽，王大自都来拜墓，【祭扫坟墓。】恭父蕴、王忱，并已见。恭暂往墓下看之。二人素善，遂十馀日方还。父问恭："何故多日？"对曰："与阿大语，蝉连不得归。"【叔侄有缘】因语之曰："恐阿大非尔之友，终乖爱好。"果如其言。【叔侄终反目成仇。】忱与恭为王绪所间，终成怨隙。别见。【按：见《赏誉》第153则、《忿狷》第7则。】

◎ 王蕴知其子，又知其族弟，见识不凡。

27. 车胤父作南平郡功曹，太守王胡之避司马无忌之难，置郡于酆阴。是时胤十馀岁，胡之每出，尝于篱中见而异焉。【何必篱中？】谓胤父曰："此儿当致高名。"后游集，恒命之。胤长，又为桓宣武所知。清通于多士之世，【多士之世，四字有味。】官至选曹尚书。《续晋阳秋》曰：胤字武子，南平人。父育，为郡主簿。太守王胡之有知人识，裁见，谓其父曰："此儿当成卿门户，宜资令学问。"胤就业恭勤，博览不倦。家贫不常得油，夏月则练囊盛数十萤火以继日焉。【"囊萤夜读"典出于此。】及长，风姿美劭，机悟敏率。桓温在荆州，取为从事，一岁至治中。胤既博学多闻，又善于激赏。当时每有盛坐，胤必同之，皆云："无车公不乐。"太傅谢公游集之日，开筵以待之。累迁丹阳尹、护军将军、吏部尚书。

◎ 王胡之所言，不过励志劝学语，设车胤不勤学，有何高名可致？

28. 王忱死，西镇未定，朝贵人人有望。时殷仲堪在门下，虽居机要，资名轻小，人情未以方岳相许。【仲堪不是人望。】晋孝武欲拔亲近腹心，遂以殷为荆州。事定，诏未出，王珣问殷曰："陕西何故未有处分？"殷曰："已有人。"王历问公卿，咸云："非。"王自许才地，必应任己。复问："非我邪？"殷曰："亦似非。"【几番问答，写出次第，不可增删一字。】其夜，诏出用殷。王语所亲曰："岂有黄门郎而受如此任！仲堪此举，迺是国之亡征。"【负气语。】《晋安帝纪》曰：孝武深为晏驾后计，擢仲堪代王忱为荆州。仲堪虽有美誉，议者未以方岳相许也。既受腹心之任，居上流之重，议者谓其殆矣。终为桓玄所败。【李贽云："说着了。王珣自宜用。"按：王珣文采可观，然亦不堪大用。】

◎ 王珣竟是"乌鸦嘴"。后殷仲堪为荆州，终为桓玄所败。桓玄之乱，果使晋祚不永。

赏誉第八

● 赏誉，即欣赏赞誉。《墨子·尚同中》云："古者圣王为刑政赏誉也，甚明察以审信。是以举天下之人，皆欲得上之赏誉。"《晏子春秋·谏上三》："以刑罚自防者，劝乎为非；以赏誉自劝者，惰乎为善。"又《韩非子·内储说上》："赏誉薄而谩者，下不用；赏誉厚而信者，下轻死。"是先秦时，赏誉皆自上出，且与刑政对举者也。夫孔子乃天纵之圣，知人、知命亦知言，故最善赏誉。如其称颜回"人不堪其忧，回也不改其乐""不迁怒，不贰过"；称仲弓"雍也可使南面""犁牛之子骍且角"；道南容"邦有道不废，邦无道免于刑戮"，道宁武子"邦有道则知，邦无道则愚；其知可及也，其愚不可及也"；谓蘧伯玉"邦有道则仕，邦无道则可卷而怀之"；又谓闵子骞"言必有中"，伯夷叔齐"求仁得仁"，晏婴"善与人交"；赞子贡、子夏"可与言诗"，子贱"君子哉若人"；凡此，皆可见夫子之通达人我、真赏妙会。然孔子论人，常自德行立论；而汉晋人物品藻，则随时变风会，而渐次由德行而才性、由才性而审美，终成一多角度、立体式、开放性之人物美学体系。至于赏誉中淡化名教自然之对立，打通尊卑上下之畛域，弭合古今天人之分际，则为其尤显而特著者。彼时名士通人各擅胜场，各显神通，玄心、洞见、妙赏、深情，呼之欲出，络绎缤纷，遂使人格之高标、风流之品位、心灵之迈迈、言语之妩媚，如花之绽放而极妍，如月之流光而极明，无往而不可流连，无处而不可驻足也。读者诸君，当澡雪精神，细味而深玩之。

1. 陈仲举【陈蕃】常叹曰："若周子居【周乘】者，真治国之器。《汝南先贤传》曰：周乘字子居，汝南安城人。天姿聪明，高峙岳立，非陈仲举、黄叔度之俦则不交也。仲举常叹曰："周子居者，真治国之器也。"为太山太守，甚有惠政。譬诸宝剑，则世之干将。"【妙誉】《吴越春秋》曰：吴王阖闾请干将作剑。干将者，吴人，其妻曰莫邪。干将采五山之精，六金之英，候天地，司阴阳，百神临视，而金铁之精未流。夫妻乃剪发及爪而投之炉中，金铁乃濡，遂成二剑。阳曰"干将"，而作龟文；阴曰"莫邪"，而作漫理。干将匿其阳，出其阴以献阖闾，阖闾甚宝重之。

◎ 子居国器，不见叔度犹鄙吝复生，读此则，当思叔度风节。

2. 世目李元礼【李膺】："谡谡如劲松下风"。【君子比德也。子曰："岁寒然后知松柏之后凋也。"】《李氏家传》曰：膺岳峙渊清，峻貌贵重。华夏称曰："颍川李府君，颙颙如玉山。汝南陈仲举，轩轩如千里马。南阳朱公叔，飂飂如行松柏之下。"【叠词反复有韵。】

◎ 劲松下风，何等气度人品！

3. 谢子微【谢甄】见许子将【许劭】兄弟，曰："平舆之渊，有二龙焉。"见许子政【许虔】弱冠之时，叹曰："若许子政者，有干国之器。【与子居"治国之器"同。】正色忠謇，则陈仲举之匹；《汝南先贤传》曰：谢甄字子微，汝南邵陵人。明识人伦，虽郭林宗不及甄之鉴也。见许子将兄弟弱冠时，则曰："平舆之渊有二龙。"仕为豫章从事。许虔字子政，平舆人。体尚高洁，雅正宽亮。谢子微见虔兄弟，叹曰："若许子政者，干国之器也。"虔弟劭，声未发时，时人以谓不如虔。虔恒抚髀称劭，自以为不及也。释褐为郡功曹，黜奸废恶，一郡肃然。年三十五卒。《海内先贤传》曰：许劭字子将，虔弟也。山峙渊停，行应规表。邵陵谢子微高才远识，见劭十岁时，叹曰："此乃希世之伟人也。"初，劭拔樊子昭于市肆，出虞承贤于客舍，召李叔才于无闻，擢郭子瑜于小吏。广陵徐孟本来临汝南，闻劭高名，召功曹。时袁绍以公族为濮阳长，弃官还，副车从骑，将入郡界，乃叹曰："许子将秉持清格，岂可以吾舆服见之邪？"遂单马而归。辟公府掾，敦辟皆不就。避地江南，卒于豫章也。伐恶退不肖，有范孟博之风。"【竟不见赞子将。】张璠《汉纪》曰：范滂字孟博，汝南伊阳人。为功曹，辟公府掾。升车揽辔，有澄清天下之志。【此语原出《后汉书·范滂传》，《世说》移以评仲举也。】百城闻滂高名，皆解印绶去。为党事见诛。

◎ 子政能兼仲举、孟博之长，何其拔俗！至于后竟无闻，则可忽略不计矣。赏誉之文，皆当下珠玑，不做事后附会，读来更胜识鉴。

4. 公孙度目邴原："所谓云中白鹤，非燕雀之网所能罗也。"【"燕雀安知鸿鹄之志"哉！吴勉学云："度亦不凡。"】《魏书》曰：度字叔济，襄平人。累迁冀州刺史、辽东太守。《邴原别传》曰：原字根矩，东管朱虚人。少孤，数岁时过书舍而泣。师问曰："童子何泣也？"原曰："凡得学者，有亲也。一则愿其不孤，二则羡其得学，中心感伤，故泣耳。"师恻然曰："苟欲学，不须资也。"于是就业。长则博览洽闻，金玉其行。知世将乱，避世辽东。公孙度厚礼之。中国既宁，欲还乡里，为度禁绝。原密自治严，谓部落曰："移北近郡。"以观其意。皆曰："乐移。"原旧有捕鱼大船，请村落，皆令熟醉，因夜去之。数日，度乃觉，吏欲追之。度曰："邴君所谓云中白鹤，非鹑鹦之网所能罗也。"【语有异，意则同。】魏王辟祭酒，累迁五官中郎长史。

◎ 邴原与管宁同为汉末高隐，公孙度一语，遂使"云中鹤"三字成千古高士品目。蒋士铨《临川梦》杂剧中出场诗云："装点山林大架子，附庸风雅小名家。终南捷径无心走，处士声名尽力夸。獭祭诗书充著作，蝇营钟鼎润烟霞。翩然一只云中鹤，飞来飞去宰相衙。"世易时移，云中鹤早已变节易操，飞来飞去，沦同燕雀也。

5. 钟士季【钟会】目王安丰【王戎】："阿戎了了解人意。"【便是小时了了。】王隐《晋书》曰：戎少清明晓悟。谓裴公之谈，经日不竭。裴颜已见。【按：此注有误，裴颜当作裴楷。】吏部郎阙，文帝问其人于钟会，会曰："裴楷清通，王戎简要，皆其选也。"于是用裴。按诸书皆云：钟会荐裴楷、王戎于晋文王，文王辟以为掾，不闻为吏部郎。【注驳是。】

◎ 王戎、裴楷，皆与嵇康、阮籍相交，而又与钟会周旋，此事若有，当在嵇康被诛之后。清通简要，乃成一代品题。

6. 王濬冲【王戎】、裴叔则【裴楷】二人，总角诣钟士季【钟会】，须臾去，后客问钟曰："向二童何如？"钟曰："裴楷清通，王戎简要。后二十年，此二贤当为吏部尚书，冀尔时天下无滞才。"【未必。】《晋阳秋》曰：戎为儿童，钟会异之。

◎ 与前一则传闻异辞。

7. 谚曰："后来领袖有裴秀。"【袖、秀叶韵。】虞预《晋书》曰：秀字季彦，河东闻喜人。父潜，魏太常。秀有风操，八岁能著文。叔父徽，有声名。秀年十馀岁，有宾客诣徽，出则过秀。时人为之语曰："后进领袖有裴秀。"大将军辟为掾。父终，推财与兄。年二十五，迁黄门侍郎。晋受禅，封钜鹿公。后累迁左光禄、司空。四十八薨，谥元公，配食宗庙。

◎ 后来领袖，便是后进楷模。惜其服药不慎而卒。

8. 裴令公【裴楷】目夏侯太初："肃肃如入廊庙中，不修敬而人自敬。"【修己以敬，故人自敬。】《礼记》曰：周丰谓鲁哀公曰："宗庙社稷之中，未施敬而民自敬。"一曰："如入宗庙，琅琅但见礼乐器。"【何器也？瑚琏也。】见钟士季："如观武库，但睹矛戟。"【看得准。此人须防着些。】见傅兰硕："汪𢈔【犹言汪洋，盖言其广大也。】靡所不有。"见山巨源："如登山临下，幽然深远。"【一语道出山涛之仁厚。吴勉学云："评山公语尤妙。"】玄、会、嘏、涛，并已见上。

◎ 观此品藻，便知裴楷"清通"妙处。妙在以物喻人，物我无间，天人和合也。

9. 羊公【羊祜】还洛，郭奕为野王令。《晋诸公赞》曰：奕字泰业，太原阳曲人。累世旧族。奕有才望，历雍州刺史、尚书。羊至界，遣人要之，郭便自往。既见，叹曰："羊叔子何必减郭太业！"【一见尚自大。】复往羊许，小悉还，又叹曰："羊叔子去人远矣！"【再见便自卑。】羊既去，郭送之弥日，一举数百里，遂以出境免官。【多见竟自弃也。】复叹曰："羊叔子何必减颜子！"【颜子者，颜回也。吴勉学云："如此留连叹赏，方是真臭味。"】

◎ 郭奕三叹，便是"见贤思齐"三种境界。古人有此，今人不知也。可为三叹！

10. 王戎目山巨源【山涛】："如璞玉浑金，人皆钦其宝，莫知名其器。"【王戎简要，此真简明切要之目。】顾恺之《画赞》曰：涛无所标名，淳深渊默，人莫见其际，而嚣然亦入道。故见者莫能称谓，而服其伟量。

◎ 璞玉浑金，不待切磋琢磨，犹浑沌之为物，不待凿七窍也。此为山公画一"道貌"——此二字，读者万不可以轻薄之心目之也。

11. 羊长和【羊忱】父繇与太傅祜【羊祜】同堂相善，仕至车骑掾。蚤卒。长和兄弟五人，幼孤。《羊氏谱》曰：繇字堪甫，太山人。祖续，汉太尉，不拜。父秘，京兆太守。繇历车骑掾，娶乐国祯女，生五子：秉、洽、式、亮、忱也。祜来哭，见长和哀容举止，宛若成人，【少年老成，羊忱早熟。】乃叹曰："从兄不亡矣！"

◎ 羊忱是能"生孝"者。

12. 山公举阮咸为吏部郎，目曰："清真寡欲，万物不能移也。"【刘辰翁云："绝妙举词。" 按：山涛举嵇绍遭诟病，举阮咸则无异辞。】《名士传》曰：咸字仲容，陈留人，籍兄子也。任达不拘，当世皆怪其所为。及与之处，少嗜欲【吴勉学云："三字是任达之根。"】，哀乐至到，过绝于人，然后皆忘其向议。为散骑侍郎。山涛举为吏部，武帝不用。太原郭奕见之心醉，不觉叹服。【郭奕前曾三叹羊公，今又叹服阮咸，真是好学者。】解音，好酒以卒。【似是说醉死。】山涛《启事》曰：吏部郎史曜出，处缺当选。涛荐咸曰："素寡欲，深识清浊，万物不能移也。若在官人之职，必妙绝于时。"【语有异同。】诏用陆亮。【竟被陆亮补缺。】《晋阳秋》曰：咸行己多违礼度。涛举以为吏部郎，世祖不许。《竹林七贤论》曰：

山涛之举阮咸，固知上不能用，盖惜旷世之隽，莫识其意故耳。夫以咸之所犯，方外之意；称其清真寡欲，则迹外之意自见耳。

◎ 仲容是真达者，方外之意，不在乃叔之下。

13. 王戎目阮文业【阮武】："清伦有鉴识，汉元以来未有此人。"
杜笃《新书》曰：阮武字文业，陈留尉氏人。父谌，侍中。武阔达博通，渊雅之士。《陈留志》曰：武，魏末清河太守。族子籍，年总角，未知名，武见而伟之，以为胜己。知人多此类。著书十八篇，谓之《阮子》，【惜此书不传。】终于家。郭泰友人宋子俊称泰："自汉元以来，未有林宗之匹。"【王戎学人说话。余嘉锡云："林宗为人伦领袖，高名盖世，故宋子俊称之如此。王戎取以称阮武，信如所言，先无以处林宗。此名士标榜之言，不足据也。"】

◎ 王戎姑妄言之，我辈姑妄听之。

14. 武元夏【武陔】目裴、王曰："戎尚约，楷清通。"【凌濛初云："'清通'、'简要'，何以叠见？"】虞预《晋书》曰：武陔字元夏，沛国竹邑人。父周，魏光禄大夫。陔及二弟韶、茂皆总角见称，并有器望，乡人诸父，未能觉其多少。时同郡刘公荣名知人，尝造周，周见其三子。公荣曰："君三子皆国士。元夏器量最优，有辅佐之风，力仕宦，可为亚公。叔夏、季夏不减常伯、纳言也。"陔至左仆射。

◎ 武元夏、钟士季，异口同声，不知谁抄谁。

15. 庾子嵩【庾敳】目和峤："森森如千丈松，虽磊砢有节目，施之大厦，有栋梁之用。"【好品目。】《晋诸公赞》曰：峤常慕其舅夏侯玄为人，故于朝士中岿然不群，时类传其风节。

◎ 和峤居家至孝，正色立朝，风节可想。

16. 王戎云："太尉神姿高彻，如瑶林琼树，自然是风尘外物。"【神仙中人也。】《名士传》曰：夷甫天形奇特，明秀若神。《八王故事》曰：石勒见夷甫，谓长史孔苌曰："吾行天下多矣！未尝见如此人，当可活不？"苌曰："彼晋三公，不为我用。"勒曰："虽然，要不可加以锋刃也。"夜使推墙杀之。【死法可观。便是"墙倒众人推"。】

◎ 何物老妪，生此宁馨儿！然中朝倾覆，神州陆沉，夷甫亦难辞其咎也。

17. 王汝南【王湛】既除所生服，遂停墓所。兄子济每来拜墓，略不过叔，叔亦不候。济脱时过，止寒温而已。【叔侄不契。欲扬先抑之法。】后聊试问近事，答对甚有音辞，出济意外，济极惋愕；仍与语，转造精微。【渐入佳境。】济先略无子侄之敬，既闻其言，不觉懔然，心形俱肃。【王济识货。】遂留共语，弥日累夜。济虽隽爽，自视缺然，乃喟然叹曰："家有名士，三十年而不知！"济去，叔送至门。【一节。写清谈事。】济从骑有一马绝难乘，少能骑者。济聊问叔："好骑乘不？"曰："亦好尔。"济又使骑难乘马，叔姿形既妙，回策如萦，名骑无以过之。济益叹其难测，非复一事。【又一节。写骑马。】邓粲《晋纪》曰：王湛字处冲，太原人。隐德，人莫之知，虽兄弟宗族，亦以为痴，唯父昶异焉。昶丧，居墓次，兄子济往省湛，见床头有《周易》，谓湛曰："叔父用此何为？颇曾看不？"湛笑曰："体中佳时，脱复看耳。今日当与汝言。"因共谈《易》。剖析入微，妙言奇趣，济所未闻，叹不能测。济性好马，而所乘马骏驶，意甚爱之。湛曰："此虽小驶，然力薄不堪苦。近见督邮马，当胜此，但养不至耳。"济取督邮马谷食十数日，与湛试之。湛未尝乘马，卒然便驰骋，步骤不异于济，而马不相胜。湛曰："今直行车路，何以别马胜不？唯当就蚁封耳！"于是就蚁封盘马，果倒踣，其俊识天才乃尔。《晋纪》所载更明细，或为《世说》所本。】既还，浑问济："何以暂行累日？"【便似王蕴问王恭。】济曰："始得一叔。"浑问其故，济具叹述如此。浑曰："何如我？"济曰："济以上人。"【三节。父子问答。王世懋云："不言如父，而言胜己，居然有王子敬意，然济实有胜父处。"】武帝每见济，辄以湛调之，曰："卿家痴叔死未？"济常无以答。既而得叔，【得叔二字有味。】后武帝又问如前，济曰："臣叔不痴。"称其实美。帝曰："谁比？"济曰："山涛以下，魏舒以上。"【四节。君臣问答。写出痴叔不痴，不唯不痴，反成大美。】《晋阳秋》曰：济有人伦鉴识，其雅俗是非，少所优调。见湛，叹服其德宇。时人谓湛："上方山涛不足，下比魏舒有馀。"湛闻之曰："欲以我处季、孟之间乎？"王隐《晋书》曰：魏舒字阳元，任城人。幼孤，为外氏宁家所养。宁氏起宅，相者曰："当出贵甥。"外祖母意以盛氏甥小而惠，谓应相也。舒曰："当为外氏成此宅相。"少名迟钝。叔父衡使守水碓，每言："舒堪八百户长，我愿毕矣。"舒不以介意。身长八尺二寸，【长人也。】不修常人近事。少工射，著韦衣入山泽，每猎大获。为后将军钟毓长史，毓与参佐射戏，舒常为坐画筹。后值朋人少，以舒充数，于是发无不中，加博措闲雅，殆尽其妙。毓叹谢之曰："吾之不足尽卿，如此射矣！"转相国参军。晋王每朝罢，目送之曰："魏舒堂堂，人之领袖！"累迁侍中、司徒。于是显名，年二十八始宦。【按：前王济言家有名士三十年不知，此又谓湛年二十八始宦，则王济年长其叔数岁可知矣。济年少知名，而能服下，难得！】

◎ 此则叙事婉转，浓淡相生，历历如见，便是顾恺之一幅写意人物画。故张懋辰云："写事疏婉近情，凡三百字，妙无逾此。"

18. 裴仆射，时人谓为"言谈之林薮"。【林薮写出森然气象。】《惠帝起居注》曰：頠理甚渊博，赡于论难。

◎ 妙喻。

19. 张华见褚陶，语陆平原【陆机】曰："君兄弟龙跃云津，顾彦先【顾荣】凤鸣朝阳。【《诗·大雅·卷阿》："凤凰鸣矣，于彼高冈。梧桐生矣，于彼朝阳。"】谓东南之宝已尽，不意复见褚生。"陆曰："公未睹不鸣不跃者耳！"《褚氏家传》曰：陶字季雅，吴郡钱塘人，褚先生后也。陶聪惠绝伦，年三十，作《鸥鸟》《水碓》二赋。宛陵严仲弼见而奇之曰："褚先生复出矣！"弱不好弄，清淡闲默，以《坟》《典》自娱。语所亲曰："圣贤备在黄卷中，舍此何求？"州郡辟不就。吴归命世祖，补台郎、建忠校尉。司空张华与陶书曰："二陆龙跃于江、汉，彦先凤鸣于朝阳，自此以来，常恐南金已尽，而复得之于吾子！故知延州之德不孤，渊、岱之宝不匮。"仕至中尉。

◎ 褚陶虽不鸣不跃，亦是东南之宝。

20. 有问秀才【蔡洪】:"吴旧姓如何?"答曰:"吴府君【吴展】圣王之老成,明时之隽乂。朱永长【朱诞】理物之至德,清选之高望。严仲弼【严隐】九皋之鸣鹤,空谷之白驹。顾彦先【顾荣】八音之琴瑟,五色之龙章。张威伯【张畅】岁寒之茂松,幽夜之逸光。陆士龙【陆云】鸿鹄之裴回,悬鼓之待槌。秀才,蔡洪也。《集》载洪《与刺史周俊书》曰:一日侍坐,言及吴士,询于刍荛,遂见下问。造次承颜,载辞不举,敕令条列名状,退辄思之。今称疏所知:吴展字士季,下邳人。忠足矫非,清足厉俗,信可结神,才堪干世。仕吴为广州刺史、吴郡太守。吴平,还下邳,闭自守,不交宾客。诚圣王之老成,明时之俊乂也。朱诞字永长,吴郡人。体履清和,黄中通理。吴朝举贤良,累迁议郎,今归在家。诚理物之至德,清选之高望也。严隐字仲弼,吴郡人。禀气清纯,思度渊伟。吴朝举贤良,宛陵令。吴平,去职。九皋之鸣鹤,空谷之白驹也。张畅字威伯,吴郡人。禀性坚明,志行清朗,居磨涅之中,无淄磷之损。岁寒之松柏,幽夜之逸光也。《陆云别传》曰:云字士龙,吴大司马抗之第五子,机同母之弟也。儒雅有俊才,容貌瑰伟,口敏能谈,博闻强记。善著述,六岁便能赋诗,时人以为项托、扬乌之畴也。年十八,刺史周俊命为主簿。俊常叹曰:"陆士龙,当今之颜渊也!"【又一颜回,与叔度、羊公、谢尚同其赏誉也。】累迁太子舍人、清河内史。为成都王所害。凡此诸君:以洪笔为钼耒,以纸札为良田;以玄默为稼穑,以义理为丰年;以谈论为英华,以忠恕为珍宝;著文章为锦绣,蕴五色为缯帛;坐谦虚为席荐,张义让为帷幕;行仁义为室宇,修道德为广宅。"【王思任云:"语为宋式秀才,虽晋亦腐也。"今按:腐不在言,而在人。】按蔡所论士十六人,无陆机兄弟,又无"凡此诸君"以下,疑益之。

◎ 观刘注引蔡洪《集》,知此则乃为"文章摘要",故而下笔琳琅,不如口谈之潇洒摇曳也。

21. 人问王夷甫【王衍】:"山巨源【山涛】义理何如?是谁辈?"王曰:"此人初不肯以谈自居,然不读《老》《庄》,时闻其咏,往往与其旨合。"顾恺之《画赞》曰:"涛有而不恃。"【《老子》第十章云:"生而不有,为而不恃,长而不宰。是谓玄德。"又第二章:"为而弗恃,功成而弗居也。"】皆此类也。

◎ 山公不以谈自居，盖以言不尽意、巧言乱德耳。不能言而能不言，与王祥、褚裒差可同调。

22. 洛中雅雅有三嘏：刘粹字纯嘏，宏字终嘏，漠字冲嘏，是亲兄弟，王安丰甥，并是王安丰女婿。【王世懋云："不可解，必有误。"按：岂三外甥皆为女婿耶？舅甥三成翁婿，殆不成语。】宏，真长祖也。【祖以孙显，此一例也。】《晋诸公赞》曰：粹，沛国人。历侍中、南中郎将。宏，历秘书监、光禄大夫。《晋后略》曰：漠少以清识为名，与王夷甫友善，并好以人伦为意，故世人许以才智之名。自相国右长史出为襄州刺史。以贵简称。按《刘氏谱》：刘邠妻，武周女，生粹、宏、漠。非王氏甥。【此注可释前疑。】洛中铮铮冯惠卿，名荪，是播子。《晋后略》曰：播字友声，长乐人。位至大宗正，生荪。《八王故事》曰：荪少以才悟，识当世之宜。蚤历清职，仕至侍中。为长沙王所害。荪与邢乔俱司徒李胤外孙，及胤子顺并知名。时称："冯才清，李才明，纯粹邢。"【甥舅并称，此亦一例。】《晋诸公赞》曰：乔字曾伯，河间人。有才学，仕至司隶校尉。顺字曼长，仕至太仆卿。

◎ 裙带如网，纲举目张。

23. 卫伯玉【卫瓘】为尚书令，见乐广与中朝名士谈议，奇之，曰："自昔诸人没已来，常恐微言将绝。今乃复闻斯言于君矣！"【正始之音，正当尔尔。】命子弟造之，曰："此人，人之水镜也，见之若披云雾睹青天。"《晋阳秋》曰：尚书令卫瓘见广曰："昔何平叔诸人没，常谓清言尽矣，今复闻之于君！"王隐《晋书》曰：卫瓘有名理，及与何晏、邓飏等数共谈讲，见广奇之曰："每见此人，则莹然犹廓云雾而睹青天也。"

◎ 止水、明镜、青天，皆澄明可鉴之物，如此人，能不令人喜闻乐见？

24. 王太尉【王衍】曰："见裴令公【裴楷】精明朗然，笼盖人上，非凡识也。若死而可作，当与之同归。"或云王戎语。《礼记》曰：

"赵文子与叔誉观于九原，文子曰：'死者如可作也，吾谁与归？'"郑玄曰："作，起也。"

◎ 裴楷能令人视死如归，魅力可想。

25. 王夷甫自叹："我与乐令谈，未尝不觉我言为烦。"《晋阳秋》曰："乐广善以约言厌人心，其所不知，默如也。太尉王夷甫、光禄大夫裴叔则能清言，常曰：'与乐君言，觉其简至，吾等皆烦也。'"

◎ 夷甫信口雌黄，乐广言约旨达，正是躁人之辞多，吉人之辞寡。

26. 郭子玄【郭象】有隽才，能言《老》《庄》，庾敳尝称之，每曰："郭子玄何必减庾子嵩！"【子嵩读《庄子》展卷一尺，便曰："了不异人意。"书尚未读完，何得比肩郭象？】《名士传》曰：郭象字子玄，黄门郎，为太傅主簿，任事用势，倾动一府。敳谓象曰："卿自是当世大才，我畴昔之意，都已尽矣！"其伏理推心，皆此类也。

◎ 子嵩之言，便是"表扬与自我表扬"。

27. 王平子【王澄】目太尉："阿兄形似道，而神锋太俊。"【便是道貌岸然标准像。】太尉答曰："诚不如卿落落穆穆。"【王世懋云："兄弟间品题略尽。"】王隐《晋书》曰：澄通朗好人伦，情无所系。

◎ 也是难兄难弟。所谓"夷甫难为兄，平子难为弟"也。

28. 太傅府有三才：刘庆孙【刘舆】长才，《晋阳秋》曰：太傅将召刘舆，或曰："舆犹腻也，近将污人。"太傅疑而御之。舆乃密视天下兵簿，诸屯戍及仓库处所，人谷多少，牛马器械，水陆地形，皆默识之。是时军国多事，每会议事，自潘滔以下皆不知所对。舆便屈指筹计，所发兵仗处所，粮廪运转，事无凝滞。于是太傅遂委仗之。潘阳仲【潘滔】大才，裴景声【裴邈】清才。《八王故事》曰：刘舆才长综覈，潘滔以博学为名，裴邈强立方正，皆为东海王所暱，俱显一府。故时人称曰：舆长才，滔大才，邈清才也。【余嘉锡云："此三人者，刘舆最为邪鄙。裴邈事迹不甚详，惟潘滔能识王敦，可谓智士。要之为司马越所昵，辅之为恶，皆非君子也。"】

◎ 长才、大才、清才，三才可称，德则不论也。

29. 林下诸贤，各有隽才子：籍子浑，器量弘旷；《世语》曰：浑字长成，清虚寡欲，位至太子中庶子。康子绍，清远雅正；已见。涛子简，疏通高素；虞预《晋书》曰：简字季伦，平雅有父风。与嵇绍、刘漠等齐名。迁尚书，出为征南将军。咸子瞻，虚夷有远志，瞻弟孚，爽朗多所遗；《名士传》曰：瞻字千里，夷任而少嗜欲，不修名行，自得于怀。读书不甚研求，而识其要。仕至太子舍人。年三十卒。《中兴书》曰：孚风韵疏诞，少有门风。初为安东参军，蓬发饮酒，不以王务婴心。秀子纯、悌，并令淑有清流；《竹林七贤论》曰：纯字长悌，位至侍中。悌字叔逊，位至御史中丞。《晋诸公赞》曰：洛阳败，纯、悌出奔，为贼所害。戎子万子，有大成之风，"苗而不秀"；《晋诸公赞》曰：王绥字万子，辟太尉掾，不就。年十九卒。《晋书》曰：戎子万，有美号而太肥，戎令食糠，而肥愈甚也。唯伶子无闻。凡此诸子，唯瞻为冠，绍、简亦见重当世。【王思任云："字不乱下，俱错落安致。"】

◎ 诸子触目琳琅，各有其美，然终不及父辈惊魂动魄，文采风流。

30. 庾子躬【庾琮】有废疾，【废疾，即残疾。】甚知名，家在城西，号曰："城西公府。"虞预《晋书》曰：琮字子躬，颍川人，太常峻第二子，仕至太尉掾。

◎ 私邸而号公府，果然知名。

31. 王夷甫语乐令："名士无多人，故当容平子知。"《王澄别传》曰：澄风韵迈达，志气不群。从兄戎、兄夷甫，名冠当年。四海人士，一为澄所题目，则二兄不复措意，云"已经平子"，其见重如此。是以名闻益盛，天下知与不知，莫不倾注。澄后事迹不逮，朝野失望。及旧游识见者，犹曰："当今名士也。"

【钟惺云:"吠声捉影,汉末以来自有此一等习气。"】

◎ 兄弟标榜语,平子当愧。

32. 王太尉云:"郭子玄【郭象】语议,如悬河写水,注而不竭。"【成语"口若悬河"本此。】《名士传》曰:子玄有隽才,能言《庄》《老》。

◎ 不若乐令言约旨达,要言不烦。

33. 司马太傅【东海王司马越】府多名士,一时隽异。庾文康【庾亮】云:"见子嵩【庾敳】在其中,常自神王。"【神王,神旺也。】《晋阳秋》曰:敳为太傅从事中郎。

◎ 好叔侄,相得益彰。

34. 太傅东海王【司马越】镇许昌,以王安期【王承】为记室参军,雅相知重。敕世子毗曰:"夫学之所益者浅,体之所安者深。闲习礼度,不如式瞻仪形;讽味遗言,不如亲承音旨。【知言。惜其有知人之智,无自知之明。】王参军人伦之表,汝其师之。"或曰:"王、赵、邓三参军,人伦之表,汝其师之。"谓安期、邓伯道、赵穆也。《赵吴郡行状》曰:穆字季子,汲郡人。真淑平粹,才识清通。历尚书郎、太傅参军。代太傅越与穆及王承、阮瞻、邓攸书曰:"《礼》:八岁出就外傅,十年曰幼学,明可以渐先王之教也。然学之所受者浅,体之所安者深。是以闲习礼度,不如式瞻轨仪;讽味遗言,不如亲承辞旨。小儿毗既无令淑之资,未闻道德之风,欲屈诸君,时以闲豫,周旋燕诲也。"穆历晋明帝师、冠军将军、吴郡太守,封南乡侯。袁宏作《名士传》,直云王参军。或云,赵家先犹有此本。【吴勉学云:"绝不似晋人牍。"】

◎ 尺牍中亦有妙语。

35. 庾太尉【庾亮】少为王眉子【王玄】所知，庾过江，叹王曰："庇其宇下，使人忘寒暑。"【妙喻】《晋诸公赞》曰：玄少希慕简旷。《八王故事》曰：玄为陈留太守。或劝玄过江投琅邪王。玄曰："王处仲得志于彼，家叔犹不免害，岂能容我？"谓其器宇不容于敦也。

◎ 忘寒暑，便是沐春风。眉子果有佳处。

36. 谢幼舆【谢鲲】曰："友人王眉子清通简畅，嵇延祖【嵇绍】弘雅劭长，董仲道【董养】卓荦有致度。"王隐《晋书》曰：董养字仲道，太始初，到洛下，干禄求荣。永嘉中，洛城东北角步广里中地陷，中有二鹅，苍者飞去，白者不能飞。问之博识者，不能知。养闻，叹曰："昔周时所盟会狄泉，此地也。卒有二鹅，苍者胡象，后胡当入洛，白者不能飞，此国讳也。"谢鲲《元化论序》曰：陈留董仲道，于元康中见惠帝废杨悼后，升太学堂叹曰："建此堂也，将何为乎？每见国家赦书，谋反逆皆赦，孙杀王父母，子杀父母不赦，以为王法所不容也。奈何公卿处议，文饰礼典以至此乎？天人之理既灭，大乱斯起。"顾谓谢鲲、阮孚曰："《易》称：知几其神乎！君等可深藏矣！"乃与妻荷儋入蜀，莫知其所终。【吴勉学云："第一高识，第一高人。"按：高识无疑，第一则谬。】

◎ 谢鲲亦可谓能"知人"。

37. 王公【王导】目太尉："岩岩清峙，壁立千仞。"顾恺之《夷甫画赞》曰：夷甫天形瑰特，识者以为岩岩秀峙，壁立千仞。

◎ 似是清高人，唯死得难看。

38. 庾太尉在洛下，问讯中郎，庾敳。中郎留之云："诸人当来。"【当时神情可想。】寻温元甫、《晋诸公赞》曰：温几字元甫，太原人。才性清婉。历司徒右长史、湘州刺史，卒官。刘王乔、曹嘉之《晋纪》曰：刘畴字王乔，彭城人。父讷，司隶校尉。畴善谈名理。曾避乱坞壁，有胡数百欲害之。畴无惧色，援笳而吹之，为出塞、入塞之声，以动其游客之思。于是群胡皆泣而去之。位至司徒左长史。裴叔则【裴楷】俱至，酬酢终日。庾公犹忆刘、裴之才隽，元甫之清中。中，一作平。

◎ 才隽尚可想，清中便入玄，晋人品目，常作此等语。

39. 蔡司徒【蔡谟】在洛，见陆机兄弟在参佐廨中，三间瓦屋，士龙住东头，士衡住西头。士龙为人文弱可爱，士衡长七尺馀，声作钟声，言多慷慨。《文士传》曰：云性弘静，怡怡然为士友所宗。机清厉有风格，为乡党所惮。【吴勉学云："好叙法，错综有雅致。"又云："如见。"】

◎ 此亦可入《容止》。

40. 王长史【王濛】是庾子躬【庾琮】外孙，《王氏谱》曰：濛父讷，娶颍川庾琮之女，字三寿也。丞相目子躬云："入理泓然，我已上人。"子躬，子嵩兄也。

◎ 丞相最会夸人。子躬可谓附骥尾也。

41. 庾太尉目庾中郎【庾敳】："家从谈谈之许。"《名士传》曰：敳不为辨析之谈，而举其旨要。太尉王夷甫雅重之也。一作"家从谈之祖。"从，一作诵。许，一作辞。

◎ 知是赞语，只是难解。王世懋云："注已不能解。按《史记》：'涉之为王沉沉者'，注：沉沉，犹谈谈，俗言深也。谈谈二字见此，意言深深见许也。"可参。

42. 庾公目中郎："神气融散，差如得上。"《晋阳秋》曰：敳颓然渊放，莫有动其听者。

◎ 庾亮道其叔，如数家珍。有侄如此，叔复何求？

43. 刘琨称祖车骑【祖逖】为朗诣【二字有味】，曰："少为王敦所叹。"虞预《晋书》曰：祖逖字士稚，范阳遒人。豁荡不修仪检，轻财好施。《晋阳秋》曰：逖与司空刘琨俱以雄豪著名。年二十四，与琨同辟司州主簿，情好绸缪，共被而寝。中夜闻鸡鸣，俱起曰："此非恶声也。"每语世事，或中宵起坐，相谓曰："若四海鼎沸，豪杰共起，吾与足下相避中原耳！"【吴勉学云："写豪杰相与情状，踊跃在目。"】为汝南太守，值京师倾覆，率流民数百家南度，行达泗口，安东板为徐州刺史。逖既有豪才，常慷慨以中原为己任，乃说中宗雪复神州之计，拜为豫州刺史，使自招募。逖遂率部曲百余家，北度江，誓曰："祖逖若不清中原而复济此者，有如大江！"【吴勉学又云："人杰哉！刘生阅至此，唾壶击碎。"】攻城略地，招怀义士，屡摧石虎，虎不敢复窥河南，石勒为逖母墓置守吏。刘琨与亲旧书曰："吾枕戈待旦，志枭逆虏，常恐祖生先吾著鞭耳！"会其病卒。先有妖星见豫州分，逖曰："此必为我也！天未灭寇故耳！"赠车骑将军。

◎ 既为"可儿"所叹，祖逖亦可称"可儿"。按《赏誉》第79条："桓温行经王敦墓边过，望之云：'可儿！可儿！'"

44. 时人目庾中郎："善于托大，长于自藏。"【好品题】《名士传》曰：敳虽居职任，未尝以事自婴，从容博畅，寄通而已。是时天下多故，机事屡起，有为者拔奇吐异，而祸福继之。敳常默然，故忧喜不至也。

◎ 既有恢弘气象，又能擅自收摄，中郎确是高人。

45. 王平子【王澄】迈世有隽才，少所推服。每闻卫玠言，辄叹息绝倒。【佩服之极。犹言倾倒。】《玠别传》曰：玠少有名理，善通《庄》《老》。琅邪王平子高气不群，迈世独傲，每闻玠之语议，至于理会之间、要妙之际，辄绝倒于坐。前后三闻，为之三倒。【三闻三倒，宛然可见。】时人遂曰："卫君谈道，平子三倒。"

◎ 不可不倒。

46. 王大将军《与元皇表》云："舒风概简正，允作雅人，自多于邃，王舒已见。《王邃别传》曰：邃字处重，琅邪人，舒弟也。意局刚清，以政事称。累迁中领军、尚书左仆射。舒、邃，并敦从弟。最是臣少所知拔。中间夷甫、澄见语：'卿知处明【王舒】、茂弘【王导】。茂弘已有令名，真副卿清论；处明亲疏无知之者。吾常以卿言为意，绝未有得，恐已悔之。'臣慨然曰：'君以此试。顷来始乃有称之者。'言常人正自患知之使过，不知使负实。"【全引王敦表文，称道其弟，亦有可观。】使，一作便。【按凌濛初云："古今同患。"朱铸禹云："意谓知之者，称誉使其过实；不知者，遂使有负其实。"】

◎ 观此表，王敦虽狼抗，亦非村夫野人。

47. 周侯【周颉】于荆州败绩，还，未得用。王丞相与人书曰："雅流宏器，何可得遗？"邓粲《晋纪》曰：颉为荆州，始至，而建平民傅密等叛逆蜀贼。颉狼狈失据，陶侃求之，得免。颉至武昌，投王敦，敦更选侃代颉。颉还建康，未即得用也。

◎ 相知语，令人长思。

48. 时人欲题目高坐而未能，桓廷尉【桓彝】以问周侯，周侯曰："可谓卓朗。"桓公曰："精神渊箸。"《高坐传》曰：庾亮、周颉、桓彝，一代名士，一见和尚，披衿致契。曾为和尚作目，久之未得。有云："尸利密可称卓朗。"于是桓始咨嗟，以为标之极。桓宣武尝云："少见和尚，称其精神渊箸，当年出伦。"其为名士所叹如此。

◎ 好品语，只是难解。

49. 王大将军称其儿云："其神候似欲可。"王应也。【吴勉学云："是家翁语。"朱铸禹云："谓其神情似欲使人许可。所谓其辞似憾，实深喜之也。"按：孟子曰："可欲之谓善。"此语或由此出。】

◎ 欲可，或犹今所谓"尚可"，孺子可教之意也。

50. 卞令【卞壶】目叔向："朗朗如百间屋。"《春秋左氏传》曰：叔向，羊舌肸也。晋大夫。【刘注或误。按吴勉学云："忽及春秋时人，与例不合，或尔时另有一叔向邪？"余嘉锡云："凡题目人者，必亲见其人，挹其风流，听其言论，观其气宇，察其度量，然后为之品题。其言多用比兴之体，以极其形容。如本篇世目李元礼'谡谡如劲松下风'，公孙度目邴原为'云中白鹤'，以及裴令公之目夏侯太初等，庾子嵩之目和峤皆是也。卞令目叔向'朗朗如百间屋'，盖言其气度恢宏，此非与之亲熟者不能道。若为春秋时之晋大夫，卞望之与之相去且千年，安得见其人而为之题目乎？然则叔向之非羊舌肸，亦已明矣。称叔向而不言其姓，周氏以为卞令之叔，不为无理也。"】

◎ 朗朗百间屋，谓其神宇阔大，光明通透，此君子人格之外现也。

51. 王敦为大将军，镇豫章，卫玠避乱，从洛投敦，相见欣然，谈话弥日。【王敦能谈，此即一证。】于时谢鲲为长史，敦谓鲲曰："不意永嘉之中，复闻正始之音。阿平若在，当复绝倒。"【已被绝杀矣】《玠别传》曰：玠至武昌见王敦，敦与之谈论，弥日信宿。敦顾谓僚属曰："昔王辅嗣吐金声于中朝，此子今复玉振于江表，微言之绪，绝而复续。不悟永嘉之中，复闻正始之音。阿平若在，当复绝倒矣。"

◎ 此与卫瓘赞乐广同调。卫玠为瓘孙、广婿，而能复振正始之音于永嘉之末，岂偶然哉？

52. 王平子【王澄】与人书，称其儿"风气日上，足散人怀"。【刘辰翁云："傲也。"】《永嘉流人名》曰：澄弟四子微。《澄别传》曰：微迈上有父风。

◎ 夸儿乎？自夸乎？

53. 胡毋彦国吐佳言如屑，后进领袖。言谈之流，靡靡如解木出屑也。

◎ 佳言如木屑，端是好木匠。

54. 王丞相云："刁玄亮之察察，【按《老子》第二十章："众人昭昭，我独昏昏。众人察察，我独闷闷。"】戴若思之岩岩【威严貌】，虞预《书》曰：戴俨字若思，广陵人。才义辩济，有风标锋颖。累迁征西将军，为王敦所害。赠左光禄大夫，仪同三司。卞望之之峰距。"《卞壶别传》曰：壶字望之，济阴冤句人。父粹，太常卿。壶少以贵正见称，累迁御史中丞，权门屏迹，转领军、尚书令。苏峻作乱，率众拒战，父子二人俱死王难。邓粲《晋纪》曰：初，咸和中，贵游子弟能谈嘲者，慕王平子、谢幼舆等为达。壶厉色于朝曰："悖礼伤教，罪莫斯甚！中朝倾覆，实由于此！"【不为无理。】欲奏治之。王导、庾亮不从，乃止。其后皆折节为名士。《语林》曰：孔坦为侍中，密启成帝，不宜拜曹夫人。丞相闻之曰："王茂弘驽痴耳！若卞望之之岩岩，刁玄亮之察察，戴若思之峰距，当敢尔不？"此言殊有由绪，故聊载之耳。【按王世懋云："此须注乃得了然。"吴勉学云："当时有此高识人。"】

◎ 丞相有怨不匿，可谓"能好人，能恶人"。

55. 大将军语右军："汝是我佳子弟，按《王氏谱》，羲之是敦从父兄子。当不减阮主簿。"《中兴书》曰：阮裕少有德行，王敦闻其名，召为主簿，知敦有不臣之心，纵酒昏酣，不综其事。

◎ 王敦素喜羲之，此其一证。阮裕后为羲之所推，似是自愧不如。

56. 世目周侯："嶷如断山"。【王思任云："言其独立。"按：不若言其陡峭惊险为宜。】《晋阳秋》曰：顗正情嶷然，虽一时侪类，皆无敢媟近。

◎ 周侯外方内圆，虽望之俨然，亦不免千里一曲。

57. 王丞相召祖约夜语，至晓不眠。明旦有客，公头鬓未理，亦小倦。【如画。】客曰："公昨如是，似失眠。"【客亦问得直。】公曰："昨与士少语，遂使人忘疲。"【忘疲语妙。按吴勉学云："士少奴才，去乃兄

天壤，有何佳处，使人忘疲？"】

◎ 夫子有教无类，丞相有谈无类。士少虽输遥集一等，亦可称谈家而无愧。

58. 王大将军与丞相书，称杨朗曰："世彦识器理政，才隐明断。既为国器，且是杨侯淮之子。《世语》曰：淮字始立，弘农华阴人。曾祖彪，祖修，有名前世。父暨，典军校尉。淮元康末为冀州刺史。荀绰《冀州记》曰：淮见王纲不振，遂纵酒不以官事规意，消摇卒岁而已。成都王知淮不治，犹以其名士，惜而不遣，召为军咨议祭酒。府散停家。关东诸侯欲以淮补三事，以示怀贤尚德之事，未施行而卒。时年二十有七矣。【与卫玠卒年相同，可叹！】位望绝为陵迟【陵迟，低微意。】，卿亦足与之处。"【吴勉学云："佳牍。"】

◎ 便是朋友中介信。有此佳致，而竟为逆，可戒，可叹！

59. 何次道【何充】往丞相许，丞相以麈尾指坐，呼何共坐曰："来，来，此是君坐。"【声气可闻。】何充已见。

◎ 既有座位，岂无座次？不知次道于丞相府中，坐何交椅。

60. 丞相治扬州廨舍，按行而言曰："我正为次道治此尔！"何少为王公所重，故屡发此叹。《晋阳秋》曰：充，导妻姊之子，明穆皇后之妹夫也。思韵淹济，有文义才情，导深器之。由是少有美誉，遂历显位。导有副贰己使继相意，故屡显此指于上下。

◎ 舅甥之谊，居然可见。举贤不避亲，此之谓欤？

61. 王丞相拜司徒而叹曰："刘王乔【刘畴】若过江，我不独拜公。"曹嘉之《晋纪》曰：畴有重名，永嘉中为阎鼎所害。司徒蔡谟每叹曰："若使刘王乔得南渡，司徒公之美选也。"【朱铸禹云："此蔡自谓不如刘畴，言若刘乃

克当司徒之选也。"按：此与陈蕃"叔度若在，吾不敢先佩印绶矣"之语，差可同调。】

◎ 只此一叹，刘王乔不朽矣！

62. 王蓝田【王述】为人晚成，【晚成当是大器。】时人乃谓之痴。《晋阳秋》曰：述体道清粹，简贵静正，怡然自足，不交非类。虽群英纷纷，俊乂交驰，述独蔑然，曾不慕羡。由是名誉久蕴。王丞相以其东海子，辟为掾。常集聚，王公每发言，众人竞赞之。述于末坐曰："主非尧、舜，何得事事皆是？"【吴勉学云："自是德音。"】丞相甚相叹赏。言非圣人，不能无过。意讥赞述之徒。【凌濛初云："赞丞相也。注云赞述，误。"】

◎ 末座之人偏有凌云之志，蓝田此慨，远胜食鸡子时。

63. 世目杨朗："沈审经断。"蔡司徒云："若使中朝不乱，杨氏作公方未已。"谢公云："朗是大才。"《八王故事》曰：杨淮有六子，曰：乔、髦、朗、琳、俊、伸，皆得美名。论者以谓悉有台辅之望。文康庾公每追叹曰："中朝不乱，诸杨作公未已也。"

◎ 可谓交口称赞。然观杨朗为人，可知此亦诸人一时兴到语，未为笃论。

64. 刘万安，即道真从子，庾公琮字子躬。所谓"灼然玉举"。又云："千人亦见，百人亦见。"《刘氏谱》曰：绥字万安，高平人。祖奥，太祝令。父斌，著作郎。绥历骠骑长史。

◎ 便是鹤立鸡群意。

65. 庾公【庾亮】为护军，属桓廷尉【桓彝】觅一佳吏，乃经年。桓后遇见徐宁而知之，遂致于庾公，曰："人所应有，其不必有；人所应无，已不必无，真海岱清士。"《徐江州本事》曰：徐宁字安期，东海剡【按：剡当作郯】人。通朗有德素，少知名。初为舆县令。谯国桓彝有人伦鉴识，尝去职无事，至广陵寻亲旧，遇风，停浦中累日。在船忧邑，上岸消摇，见一空宇，有似廨署。彝访之，云："舆县廨也，令姓徐名宁。"彝既独行，思逢悟赏，聊造之。宁清惠博涉，相遇怡然。遂停宿，因留数夕，与宁结交而别。至都，谓庾亮曰："吾为卿得一佳吏部郎。"亮问所在，彝即叙之。累迁吏部郎、左将军、江州刺史。

◎ 人所应有，其不必有；人所应无，已不必无。玄哉此言也！

66. 桓茂伦【桓彝】云："褚季野【褚裒】皮里阳秋。"谓其裁中也。【按：阳秋即春秋，避简文宣郑太后阿春讳，以阳代春。裁中，谓胸中有裁断。《晋书·裒传》作"季野有皮里阳秋。言其外无臧否、而内有褒贬也。"亦可参。】《晋阳秋》曰：裒简穆有器识，故为彝所目也。

◎ 便可想被驱牛屋下时其人音容风貌。可与《雅量》第18条并参。

67. 何次道【何充】尝送东人，瞻望，见贾宁在后轮中，【按：后轮，即后车也。】曰："此人不死，终为诸侯上客。"《晋阳秋》曰：宁字建宁，长乐人，贾氏孽子也。初自结于王应、诸葛瑶。应败，浮游吴会，吴人咸侮辱之。闻京师乱，驰出，投苏峻，峻甚昵之，以为谋主。及峻闻义军起自姑孰屯于石头，是宁之计。峻败，先降。仕至新安太守。

◎ 盖谓大难不死，必有后福。然贾宁曾助苏峻为逆，已为"诸侯上客"矣，后福何来？

68. 杜弘治【杜乂】墓崩【指晋明帝驾崩也。】，哀容不称。庾公顾谓诸客曰："弘治至羸，不可以致哀。"【《论语·子张》："子游曰：'丧致乎哀而止。'"】《晋阳秋》曰：杜乂字弘治，京兆人。祖预，父锡，有誉前朝。又少有令名，仕丹阳丞，早卒。成帝纳乂女为后。又曰："弘治哭不可哀。"

211

◎ 哭不可哀，直悯其羸弱，何与《赏誉》？

69. 世称"庾文康【庾亮】为丰年玉，稚恭【庾翼】为荒年谷"。庾家论云，是文康称"恭为荒年谷，庾长仁为丰年玉"。【按：庾长仁即庾统，庾亮从子，小字赤玉。】谓亮有廊庙之器，翼有匡世之才，各有用也。

◎ 庾亮可谓锦上添花，稚恭可谓雪中送炭。

70. 世目"杜弘治标鲜，季野穆少"。《江左名士传》曰：乂，清标令上也。

◎ 标鲜、穆少，只可意会，不可言传。晋人言语，迷离惝恍，恍兮惚兮有若此。

71. 有人目杜弘治："标鲜清令，盛德之风，可乐咏也。"《语林》曰：有人目杜弘治："标鲜甚清令，初若熙怡，容无韵非，盛德之风，可乐咏也。"【按：此则当从《语林》出。】

◎ 美极！妙极！

72. 庾公云："逸少国举。"故庾倪【庾倩】为碑文云："拔萃国举。"倪，庾倩小字也。徐广《晋纪》曰：倩字少彦，司空冰子，皇后兄也。有才具，仕至太宰长史。桓温以其宗强，使下邳王晃诬与谋反而诛之。

◎ 国举，犹言一国所举，众望所归。

73. 庾稚恭【庾翼】与桓温书称："刘道生【刘惔】日夕在事，大小殊快。义怀通乐既佳，且足作友，正实良器，推此与君，同济艰不者也。"【刘辰翁云："真稚恭怀抱。"吴勉学云："是晋人尺牍。"】宋明帝《文章志》曰：刘惔字道生，沛国人。识局明济，有文武才。王濛每称其思理淹通，蕃屏之高选，为车骑司马。年三十六卒，赠前将军。

◎ 稚恭荐举贤才，雅意修辞，不逊《山公启事》。

74. 王蓝田【王述】拜扬州，主簿请讳。教云："亡祖、先君，名播海内，远近所知；内讳不出于外。《礼记》曰：妇人之讳不出门。余无所讳。"【吴勉学云："大家数语。"】

◎ 似傲，似达？亦傲，亦达。

75. 萧中郎【萧轮】，孙承公【孙统】妇父。刘尹在抚军坐，时拟为太常。刘尹云："萧祖周不知便可作三公不？自此以还，无所不堪。"【意谓三公恐不可，余则无不胜任。】《晋百官名》曰："萧轮字祖周，乐安人。"刘谦之《晋纪》曰："轮有才学，善《三礼》，历常侍、国子博士。"【精通《三礼》，便是经师。】

◎ 刘尹可谓简文高参。不为吏部，胜似吏部。

76. 谢太傅【谢安】未冠，始出西，诣王长史，清言良久。去后，苟子问曰：王濛、子修并已见。"向客何如尊？"长史曰："向客亹亹，【按：亹亹，同娓娓。言谈精妙不绝，使人忘倦意。】为来逼人。"【刘辰翁云："问向客，答向客，可观。"】

◎ 谢安反客为主，咄咄逼人，正是善者不来，来者不善。

77. 王右军语刘尹【刘惔】："故当共推安石。"刘尹曰："若安石东山志立，当与天下共推之。"【入则为远志，出则为小草。吴勉学云："风刺语入微。"】《续晋阳秋》曰：初，安家于会稽上虞县，优游山林，六七年间，征召不至。虽弹奏相属，继以禁锢，而晏然不屑也。

◎ 真长此语，大不厚道。不似推人上山，反似推人下井。是妒语，非赏誉。

78. 谢公称蓝田："掇皮皆真。"【按：掇皮，剥落表皮，即通体如何之意。】徐广《晋纪》曰：述贞审，真意不显。

◎ 赞其不虚、不伪、不谀、不媚，通体天真，殆无纹饰。

79. 桓温行经王敦墓边过，望之云："可儿！可儿！"【刘应登云："犹可人也。"】孙绰与庾亮《笺》曰：王敦可人之目，数十年间也。

◎ 心画心声，脱口而出，管他后人，说三道四。桓温素不喜王敦，此刻竟道"可儿"，原是同气相求、惺惺相惜之意。枭雄心事，外人哪得知？

80. 殷中军【殷浩】道王右军云："逸少清贵人，吾于之甚至，一时无所后。"《文章志》曰：羲之高爽有风气，不类常流也。

◎ 羲之才高气盛，殷浩不得不避其锋芒也。

81. 王仲祖【王濛】称殷渊源【殷浩】："非以长胜人，处长亦胜人。"【此语可思。】《晋阳秋》曰：浩善以通和接物也。

◎ 殷浩善于自处，故能言"我与我周旋久，宁作我"。

82. 王司州【王胡之】与殷中军语，叹云："己之府奥，蚤已倾写而见；殷陈【按：陈同阵。】势浩汗，众源未可得测。"【不愧渊源二字。】徐广《晋纪》曰："浩清言妙辩玄致，当时名流，皆为其美誉。"

◎ 胡之之叹，道出殷浩佳处。

83. 王长史【王濛】谓林公："真长可谓金玉满堂。"【谓其经纶满腹，流光溢彩。】林公曰："金玉满堂，复何为简选？"【观此知真长清谈，非如悬河泻水，而似小溪潺潺，明灭可见。】王曰："非为简选，直致言处自寡耳。"谓吉人之辞寡，非择言而出也。

◎ 真长不轻言，而言必有中，故有此誉。然纵是吉人辞寡，亦未尝不择言而出，王濛偏爱真长，是以处处回护。

84. 王长史道江道群【江灌】："人可应有，乃不必有；人可应无，己必无。"【前句尚有韵，后句却无趣。】《中兴书》曰：江灌字道群，陈留人，仆射彪从弟也。有才器，与从兄迪名相亚。仕尚书、中护军。

◎ 与庾亮赞徐宁语，形相类而神不如。

85. 会稽孔沉、魏颛、虞球、虞存、谢奉并是四族之俊，于时之杰。沉、存、颛、奉，并别见。《虞氏谱》曰：球字和琳，会稽余姚人。祖授，吴广州刺史。父基，右军司马。球仕至黄门侍郎。孙兴公【孙绰】目之曰："沉为孔家金，颛为魏家玉，虞为长、琳宗，谢为弘道伏。"长、琳，即存及球字也。弘道，谢奉字也。言虞氏宗长、琳之才，谢氏伏弘道之美也。

◎ 孙绰专为人鼓吹，人却不为其延誉，可悲复可怜！

86. 王仲祖、刘真长造殷中军谈，谈竟，俱载去。刘谓王曰："渊源真可。"【心服口服。】王曰："卿故堕其云雾中。"《中兴书》曰：浩能言理，谈论精微，长于《老》《易》，故风流者皆宗归之。"

◎ 真长能服善，仲祖所不及。

87. 刘尹每称王长史云："性至通而自然有节。"《濛别传》曰：濛之交物，虚已纳善，恕而后行，希见其喜愠之色。凡与一面，莫不敬而爱之。然少孤，事诸母甚谨，笃义穆亲，不修小洁，以清贫见称。

◎ 知音之言。《晋书·王濛传》濛曰："刘君知我，胜我自知。"亦从《世说·赏誉》中来。

88. 王右军道谢万石："在林泽中，为自遒上。"叹林公："器朗神隽。"【林公爱马，亦重其神骏，良有以也。】《支遁别传》曰：遁任心独往，风期高亮。道祖士少："风领毛骨，【犹言风度体貌，不同凡响。】恐没世不复见如此人。"道刘真长："标云柯而不扶疏。"《刘尹别传》曰：惔既令望，姻娅帝室，故屡居达官。然性不偶俗，心淡荣利。虽身登显列，而每挹降，闲静自守而已。【此注解得恰当。】

◎ 读罢义之赞美辞，再看今日表扬稿，相去何啻霄壤？

89. 简文目庾赤玉【庾统】："省率治除。"谢仁祖云："庾赤玉胸中无宿物。"【诚为不易。】赤玉，庾统小字。《中兴书》曰：统字长仁，颍川人，卫将军择子也。少有令名，仕至寻阳太守。

◎ 胸无城府，心无芥蒂，一派天真，赤玉者，亦赤子也。

90. 殷中军道韩太常【韩康伯】曰："康伯少自标置，居然是出群器；及其发言遣辞，往往有情致。"【情致二字紧要。】《续晋阳秋》曰：康伯清和有思理，幼为舅殷浩所称。【殷是韩之舅也。】

◎ 长辈赏誉晚辈语。

91. 简文道王怀祖【王述】："才既不长，于荣利又不淡；直以真率少许，便足对人多多许。"【王世懋云："道尽蓝田，简文妙于言乃尔。"】

《晋阳秋》曰：述少贫约，箪瓢陋巷，不求闻达，由是为有识所重。

◎ 仍是"掇皮皆真"意，然用语摇曳，自然佳妙。

92. 林公谓王右军云："长史【王濛】作数百语，无非德音，如恨不苦。"【林公之恨，便是林公之失。理中之谈，正不必以苦人为意。】苦谓穷人以辞。王曰："长史自不欲苦物。"【苦物，犹言苦人、逼人。】

◎ 不苦人，便不积口业。然长史当面不苦人，背后却常轻人，大家公子，常有此弊。

93. 殷中军与人书，道谢万："文理转遒，成殊不易。"《中兴书》曰：万才器隽秀，善自衒曜，故致有时誉。兼善属文，能谈论，时人称之。

◎ 先进赏誉后进语。

94. 王长史云："江思悛【江惇】思怀所通，不翅儒域。"【不翅，即不啻也。】徐广《晋纪》曰：江惇字思悛，陈留人，仆射虨弟也。性笃学，手不释书，博览坟典，儒道兼综。【四字紧要，可为时代一大注脚。】征聘无所就，年四十九而卒。

◎ 长史以道自居，故有此语。然以儒、道二家气象境界论，儒实可蕴道，道未必涵儒，故儒道兼综者，往往自儒而道，而又能以儒为本。观江惇行迹，实即孔子所谓"隐居以求其志"者也。

95. 许玄度【许询】送母，始出都，人问刘尹："玄度定称所闻不？"【所见不称所闻者常有，故有此诘。】刘曰："才情过于所闻。"【真长夸人，不易得也。】《许氏谱》曰：玄度母，华轶女也。按询《集》，询出都迎姊，于路赋诗，《续晋阳秋》亦然。而此言送母，疑缪矣。

◎ 人常可经"百闻",难能受"一见"。玄度能令真长"百闻不如一见",其高情美质,文采风流,居然可想矣。

96. 阮光禄【阮裕】云:"王家有三年少:右军、安期、长豫。"阮裕、王悦、安期、王应,并已见。【此注有误。当作:"阮裕、羲之、王应、王悦,并已见。"晋时字安期者一为太原王承,二为琅邪王应。此处王家盖指琅邪王氏。】

◎ 可名之曰:王家三少。

97. 谢公道豫章【谢鲲】:"若遇七贤,必自把臂入林。"【妙赏!】《江左名士传》曰:鲲通简有识,不修威仪。好迹逸而心整,形浊而言清。居身若秽,动不累高。邻家有女,尝往挑之。女方织,以梭投折其两齿。既归,傲然长啸曰:"犹不废我啸歌。"其不事形骸如此。【此注令人喷饭。】

◎ 折齿啸歌,乃"八达"后进,何预"七贤"?谢安明夸其叔,实乃引以自况耳。

98. 王长史叹林公:"寻微之功,不减辅嗣。"《支遁别传》曰:遁神心警悟,清识玄远,尝至京师,王仲祖称其造微之功【犹言清谈精妙入微之程度。】,不异王弼。

◎ 林公不愧此誉。

99. 殷渊源【殷浩】在墓所几十年。于时朝野以拟管、葛【管仲、诸葛亮也。】,起不起,以卜江左兴亡。【吴勉学云:"渊源墓所,安石东山,迹同事异,虚名如何定士?"】《续晋阳秋》曰:时穆帝幼冲,母后临朝,简文亲贤民望,任登宰辅。桓温有平蜀、洛之勋,擅强西陕。帝自料文弱,无以抗之。陈郡殷浩,素有盛名,时论比之管、葛,故征浩为扬州。温知意在抗己,甚忿焉。【余嘉锡云:"然则浩之起,但能速晋之亡耳。江左苍生,其如何何?唐史臣之论浩曰:'入处国钧,未有嘉谋善政;出总戎律,唯闻丧国丧师。是知风流异贞固之士,谈论非奇正之要。'谅哉!晋人之赏誉,多不足据;如殷浩者,可以鉴矣!"】

◎ 渊源本非治世理乱之才，晚节虽有负众望，然亦有无辜可谅处。其败黜之后，终日书空，似言江左兴亡寄予一身，岂非呫呫怪事！

100. 殷中军道右军："清鉴贵要。"《晋安帝纪》曰：羲之风骨清举也。

◎ 正是前言"清贵人"注脚。

101. 谢太傅为桓公司马。《续晋阳秋》曰：初，安优游山水，以敷文析理自娱。桓温在西蕃，知其盛名，讽朝廷请为司马。以世道未夷，志存匡济。年四十，起家应务也。桓诣谢，值谢梳头，遽取衣帻。桓公云："何烦此？"因下共语至暝。既去，谓左右曰："颇曾见如此人不？"【便是教尔等开眼之意。】

◎ 太傅虽风流，犹不废礼；桓公固豪雄，尚知爱才。

102. 谢公作宣武司马，属门生数十人于田曹中郎赵悦子。【谢公好长裙带！】伏滔《大司马寮属名》曰：悦字悦子，下邳人。历大司马参军、左卫将军。悦子以告宣武，宣武云："且为用半。"【便是裁员令。犹今打对折也。】赵俄而悉用之，【好大胆。】曰："昔安石在东山，缙绅敦逼，恐不豫人事。况今自乡选，反违之邪？"【用人不疑，疑人不用。】

◎ 照单全收，悦子果然令人悦。然今之公务员考试，如此则不可也。

103. 桓宣武《表》云："谢尚神怀挺率，少致民誉。"温《集》载其《平洛表》曰：今中州既平，宜时绥定。镇西将军、豫州刺史尚，神怀挺率，少致人誉，是以入论百揆，出蕃方司。宜进据洛阳，抚宁黎庶。谓可本官都督司州诸军事。

◎ 镇西少有颜回之誉，自是不差。

104. 世目谢尚为"令达"。阮遥集【阮孚】云:"清畅似达。"或云:"尚自然令上。"《晋阳秋》曰:尚率易挺达,超悟令上也。

◎ 子曰:"君子上达,小人下达。"谢尚既"令达"又"令上",庶几乎"君子上达"矣。然此"令达"恐与夫子所谓"上达"不同。

105. 桓大司马【桓温】病。谢公往省病,从东门入。温时在姑熟。桓公遥望,叹曰:"吾门中久不见如此人!"

◎ 与前言"颇曾见如此人否",语气相似而感慨不同。彼时桓公大势已去,来日无多矣。

106. 简文目敬豫为"朗豫"。【刘辰翁云:"此一字连其人名,如谑如谥,更自高简。"】王恬已见。《文字志》曰:恬识理明贵,为后进冠盖也。

◎ 目敬豫为朗豫,似有替人改名意。

107. 孙兴公为庾公参军,共游白石山,卫君长【卫永】在坐。《卫氏谱》曰:永字君长,成阳人,位至左军长史。孙曰:"此子神情都不关山水,而能作文。"【按孙绰《庾亮碑文》曰:"公雅好所托,常在尘垢之外。虽柔心应世,蠖屈其迹,而方寸湛然,固以玄对山水。"此又以神情关乎山水始能作文,则兴公为人虽鄙,却有高情远志,此语可为山水文学兴起作先声也。】庾公曰:"卫风韵虽不及卿诸人,倾倒处亦不近。"【按:不近,犹言不俗,不浅,便是风雅玄远意。】孙遂沐浴此言。【大受用。】

◎ 神情关山水,胸中有丘壑。晋人风貌,常与自然同其幽眇。

108. 王右军目陈玄伯【陈泰】:"垒块有正骨"。【朱铸禹云:"此似言虽胸中不平,然风骨自正。"又吴勉学云:"高贵乡公事可见。"】陈泰已见。

◎ 此亦右军夫子自道。

109. 王长史云："刘尹知我，胜我自知。"【名言。】《濛别传》曰：濛与沛国刘惔齐名，时人以濛比袁曜卿，惔比荀奉倩，而共交友，甚相知赏也。

◎ 相知如此，羡煞我辈。

110. 王【濛】、刘【惔】听林公讲，王语刘曰："向高坐者，故是凶物。"【按：凶物，犹言恶人。林公貌丑，故相调侃也。】复更听，王又曰："自是钵钎后王、何人也。"【按：钵钎后，犹言如来传法后，盖指佛法世界。朱铸禹云："王、何者，王弼、何晏也，六朝人多称誉有才辩者为王、何。"】《高逸沙门传》曰：王濛恒寻遁，遇祇洹寺中讲，正在高坐上。每举麈尾，常领数百言，而情理俱畅。预坐百馀人，皆结舌注耳。濛云听讲众僧："向高坐者，是钵钎后王、何人也。"

◎ 钵钎王、何，正与前言"寻微之功，不减辅嗣"同理。

111. 许玄度【许询】言："《琴赋》所谓'非至精者，不能与之析理'，刘尹其人；'非渊静者，不能与之闲止'，简文其人。"嵇叔夜《琴赋》也。刘惔真长，丹阳尹。

◎ 以琴理论人物，亦极洽浃。

112. 魏隐兄弟少有学义，《魏氏谱》曰：隐字安时，会稽上虞人。历义兴太守、御史中丞。弟遏，黄门郎。总角诣谢奉。奉与语，大说之，曰："大宗虽衰，魏氏已复有人。"

◎ 可入《识鉴》。

113. 简文云："渊源语不超诣简至，然经纶思寻处，故有局陈。"

【布局阵势也。陈通阵。】

◎ 渊源谈功，常有兵家气象，非此一例也。

114. 初，法汰北来，未知名，车频《秦书》曰：释道安为慕容俊所掠，欲投襄阳，行至新野，集众议曰："今遭凶年，不依国主，则法事难举。"仍分僧众，使竺法汰诣扬州，曰："彼多君子，上胜可投。"法汰遂渡江，至扬土焉。王领军【王洽】供养之。《中兴书》曰：王洽字敬和，丞相导第三子，累迁吴郡内史，为士民所怀。征拜中领军，寻加中书令，不拜。年二十六而卒。每与周旋，行来往名胜许，【按：名胜，即名流雅士。许，家也。】辄与俱。不得汰，便停车不行。因此名遂重。《名德沙门题目》曰：法汰高亮开达。孙绰为汰《赞》曰：凄风拂林，明泉映壑。爽爽法汰，校德无怍。事外萧洒，神内恢廓。实从前起，名随后跃。《泰元起居注》曰：法汰以十二年卒。烈宗诏曰："法汰师丧逝，哀痛伤怀，可赠钱十万。"

◎ 形影不离，便是最好广告。只是如此显名，何足道哉？

115. 王长史与大司马【桓温】书，道渊源【殷浩】："识致安处，足副时谈。"

◎ 渊源名不虚传。

116. 谢公云："刘尹语审细。"孙绰为《愍诔叙》曰：神犹渊镜，言必珠玉。

◎ "审细"，可与前言"简选"同参。真长本"金玉满堂"，犹自"审细""简选"，故能字字珠玑。今之腹空嘴贱者宜戒！

117. 桓公语嘉宾："阿源有德有言，向使作令仆，足以仪刑百揆，【按：百揆即百官。仪刑百揆，犹言总理百官也。】朝廷用违其才耳。"【言下之意，北伐之事，舍我其谁？】嘉宾，郗超小字也。阿源，殷浩也。

◎ 桓公与渊源为布衣交，所言极是。渊源才非其用，故而终日书空！

118. 简文语嘉宾："刘尹语末后亦小异，回复其言，亦乃无过。"

◎ 真长善为修辞，前后弭合，自比王衍"口中雌黄"为高！

119. 孙兴公、许玄度共在白楼亭，《会稽记》曰：亭在山阴，临流映壑也。共商略先往名达。林公既非所关，听讫，云："二贤故自有才情。"

◎ 才情二字要紧。晋人风流钥匙也。

120. 王右军道东阳【王临之】："我家阿林，章清太出。""林"应为"临"。《王氏谱》曰：临之字仲产，琅邪人，仆射彪之子。仕至东阳太守。

◎ 羲之夸临之，亦是自夸。

121. 王长史与刘尹书，道渊源"触事长易"。

◎ "触事长易"，谈锋甚利，渊源终是"可儿"。

122. 谢中郎【谢万】云："王修载【王耆之】乐托之性，出自门风。"《王氏谱》曰：耆之字修载，琅邪人，荆州刺史廙第三子。历中书郎、鄱阳太守、给事中。

◎ 乐托，即落拓。琅邪王氏自王祥、王览兄弟始以孝友忠廉发家，至王敦、王澄辈，渐走放达落拓一路也。

123. 林公云："王敬仁【王修之】是超悟人。"《文字志》曰：修之少有秀令之称。

◎ 超悟人是何等人？可思，可想。

124. 刘尹先推谢镇西【推者，推重也。】，谢后雅重刘，曰："昔尝北面。"【按：北面，犹言礼敬。《汉书·于定国传》："北面，备弟子礼。"】按谢尚年长于惔，神颖凤彰。而曰北面于刘，非可信。【凌濛初云："推重耳，何足致疑？况刘亦堪此，勿论年长。"】

◎ 能推人处且推人，亦是雅量。

125. 谢太傅称王修龄曰："司州可与林泽游。"《王胡之别传》曰：胡之常遗世务，以高尚为情，与谢安相善也。

◎ 可与谢鲲若遇七贤"必自把臂入林"并观。太傅两度言此，早已神游林中矣！

126. 谚曰："扬州独步王文度，后来出人郗嘉宾。"【按：出人，犹言出类拔萃也。】《续晋阳秋》曰：超少有才气，越世负俗，不循常检。时人为一代盛誉者，语曰："大才槃槃谢家安，江东独步王文度，盛德日新郗嘉宾。"其语小异，故详录焉。

◎ 妙赏乎？佳言也！

127. 人问王长史江彪兄弟群从。【群从，即诸子侄辈。】王答曰："诸江皆复足自生活。" 彪及弟淳，从灌，并有德行，知名于世。

◎ 足自生活，犹言支撑门户，显亲扬名，独当一面也。

128. 谢太傅道安北："见之乃不使人厌，然出户去，不复使人思。"安北，王坦之也。《续晋阳秋》曰：谢安初携幼稚同好，养志海滨，襟情超畅，尤好声律。然抑之以礼，在哀能至。弟万之丧，不听丝竹者将十年。及辅政，而修室第园馆，丽车服，虽期功之惨，不废妓乐。王坦之因苦谏焉。案：谢公盖以王坦之好直言，故不思尔。【注解牵强。谢公非不喜坦之直言，只不喜其迂执耳。】

◎ 坦之无趣乏味，于此可见。

129. 谢公云："司州造胜遍决。"【刘辰翁云："不可解，亦不足取。"又朱铸禹云："此似誉其谈玄理能造其胜，而又能周遍断决也。"朱解可取。】宋明帝《文章志》曰：胡之性简，好达玄言也。

◎ 注称胡之性简好达，犹言为道日损。

130. 刘尹云："见何次道饮酒，使人欲倾家酿。"【妙！按《晋书·何充传》："充能饮酒，雅为刘惔所贵。"】充饮酒能温克。【温克费解，似言其酒风优雅，能克己而不及乱也。】

◎ 家酿本不欲倾倒，然遇佳客人，则让人忘吝。写得次道风采特出，令人遐想。

131. 谢太傅语真长："阿龄于此事，故欲太厉。"【按：此事未详。故刘辰翁云："何等语？"或以此事指清谈。】修龄，王胡之小字也。刘曰："亦名士之高操者。"《胡之别传》曰：胡之治身清约，以风操自居。

◎ 真长能不蔽人善，亦可谓高操者。

132. 王子猷说："世目士少【祖约】为朗，我家亦以为傲朗。"【刘应登云："傲，或作彻。"袁本作"彻朗"。刘辰翁云："一字是病，一字是德。"盖傲是病，朗是德也。】《晋诸公赞》曰：祖约少有清称。

◎ 士少好财，意未能平，"傲"亦何据？"朗"在何处？故王思任云："晋人常在舌间转一字作生活。"

133. 谢公云："长史语甚不多，可谓有令音。"《王濛别传》曰：濛性和畅，能清言，谈道贵理中，简而有会。商略古贤，显默之际，辞旨劭令，往往有高致。

◎ 王濛与真长一路人，皆不待烦言而能移人情者也。

134. 谢镇西【谢尚】道敬仁【王修】："文学镞镞，无能不新。"《语林》曰：敬仁有异才，时贤皆重之。王右军在郡迎敬仁，叔仁辄同车，常恶其迟。【不守时者自可恶。】后以马迎敬仁，虽复风雨，亦不以车也。【羲之好恶，有似孩童，可爱得紧。】

◎ 八字吃紧，便是文学转关、好为新变之号角。

135. 刘尹道江道群："不能言而能不言。"【绝妙好辞！】江灌已见。

◎ 不能言，似愚；能不言，实智。《论语》云："时然后言，人不厌其言。"《荀子》亦有云："言而当，知也；默而当，亦知也。故知默犹知言也。"能言而不能默，痴汉一个也！

136. 林公云："见司州，警悟交至，【警悟二字，机警捷悟也。】使人不得住，【欲罢不能，末由也已。】亦终日忘疲。"《王胡之别传》曰：胡之少有风尚，才器率举，有秀悟之称。

◎ 能终日忘疲，盖因让人喜闻乐见。胡之风采可想而见也。

137. 世称："苟子秀出，阿兴清和。"苟子已见。阿兴，王蕴小字。

◎ 秀出，清和，刚柔相济，兄友弟恭也。

138. 简文云："刘尹茗柯有实理。"【刘应登云："言如茗之枝柯小，实非外博而中虚也。"】柯，一作朾，又作仃，又作打。【按黄生《义府》云："即酩酊，后转为懵懂，皆一义。此云茗芋有实理，言当其醉中，亦无妄语。"亦可通。】

◎ 茗柯有实理，实与褚季野"皮里阳秋"同调。

139. 谢胡儿【谢朗】作著作郎，尝作《王堪传》。《晋诸公赞》曰：堪字世胄，东平寿张人，少以高亮义正称。为尚书左丞，有准绳操。为石勒所害，赠太尉。不谙堪是何似人，咨谢公。【叔侄便是师徒，谢公家风可怀】谢公答曰："世胄亦被遇。堪，烈之子。《晋诸公赞》曰：烈字阳秀，早知名。魏朝为治书御史。阮千里【阮瞻】姨兄弟，潘安仁【潘岳】中外。安仁诗所谓'子亲伊姑，我父唯舅'。是许允婿。"【吴勉学云："六朝最重门族，此则可见。"】岳《集》曰：堪为成都王军司马。岳送至北邙别，作诗曰："微微发肤，受之父母。峨峨王侯，中外之首。子亲伊姑，我父唯舅。"【安仁常有如此好词。】

◎ 著作郎乃世家子弟起家处，必以撰亲旧别传为功课，晋时私家修史之风大炽，盖与此攸关。然观此则可知，必通晓天理人事之常，家族婚宦之变，方可下笔作文也。率尔操觚者，所失必多，怨者必众。

140. 谢太傅重邓仆射【邓攸】，常言："天地无知，使伯道无儿。"《晋阳秋》曰：邓攸既弃子，遂无复继嗣，为有识伤惜。

◎ 伯道无儿，正是天地有知处。谢公得无作反语哉？

141. 谢公与王右军书曰："敬和【王洽，王导第三子。】栖托【安身之资，寄托之本。】好佳。"《中兴书》曰：洽于公子中最知名，与颍川荀羡俱有美称。

◎ 敬和天资聪颖，禀赋卓异，不负丞相积功累德。

142. 吴四姓旧目云："张文，朱武，陆忠，顾厚。"《吴录·士林》曰：吴郡有顾、陆、朱、张，为四姓。三国之间，四姓盛焉。

◎ 文、武、忠、厚，皆是美誉。

143. 谢公语王孝伯【王恭，王蕴子，王述侄】："君家蓝田，举体无常人事。"【举体，可与"掇皮"并观。】按：述虽简，而性不宽裕，投火怒蝇，方之未甚。若非太傅虚相襃饰，则《世说》谬设斯语也。【王世懋云："注驳是。"按：注驳无理。无常人事，乃指实之论，与"掇皮皆真"同，不可谓之虚相襃饰也。】

◎ 似襃，似贬，似赏，似刺。

144. 许掾【许询】尝诣简文，尔夜风恬月朗【四字可玩。】，乃共作曲室中语。【曲室中语，亦佳。能升堂入室者，殆非俗人也。】襟情之咏，偏是许之所长。辞寄清婉，有逾平日。简文虽契素，此遇尤相咨嗟，不觉造膝，共叉手语，达于将旦。【写得宛至，未见如见，未闻如闻。】既而曰："玄度才情，故未易多有许。"【与真长同慨。】《续晋阳秋》曰：询能言理，曾出都迎姊。简文皇帝刘真长，说其情旨及襟怀之咏，每造膝赏对，夜以系日。

◎ 玄言妙境，雅人深致，正从字里行间流出。

145. 殷允出西，郗超与袁虎书云："子思求良朋，托好足下，勿以开美求之。"【开美，犹言开朗俊美。嘉宾真乃性情中人，宜乎谢公见赏。按刘辰翁云："此语疑劝袁勿友殷，自襃其美。"真不知从何说起。】《中兴书》曰：允字子思，陈郡人，太常康第六子。恭素谦退，有儒者之风。【儒者之风，四字吃紧。】历吏部尚书。世目袁为"开美"，故子敬诗曰："袁生开美度。"

◎ "勿以开美求之"，极可思量。似言殷乃儒者，虽不如袁生有"开美"之度，然亦庄矜谦退，自有其美，万勿以彼我不类，失此"良朋"也。

146. 谢车骑【谢玄】问谢公："真长至峭，何足乃重？"【只是想不通。按：峭者，峻拔苛刻之谓也。】答曰："是不见耳！【闻名不如见面。按程炎震云："刘惔卒时，谢玄才六七岁，故不见也。"】阿见子敬，尚使人不能已。"【刘辰翁云："不说真长说子敬，晋语高之。"又刘盼遂云："阿，我也。乃谢公自谓。……此谓我见子敬，尚不能已已，则汝见真长，足重可知矣。"按：子敬好冤！平白被人比下去也。】《语林》曰：羊骑因酒醉，抚谢左军谓太傅曰："此家讵复后镇西？"太傅曰："汝阿见子敬，便沐浴为论兄辈。"推此言意，则安以玄不见真长，故不重耳。见子敬尚重之，况真长乎？【此注解得融洽。真长若在，当顿首谢之。】

◎ 谢公真赏，自比谢玄辈为高。

147. 谢公领中书监，王东亭【王珣】有事，应同上省。王后至，坐促，王、谢虽不通，【不通者，有嫌隙在前也。】太傅犹敛膝容之。【狭路相逢仁者胜。】王、谢不通事，别见。王神意闲畅，【四字要紧。盖与阮遥集蜡屐同，便是雅量。】谢公倾目。【倾目者，倾慕也，青眼也。谢公自美，亦能赏王之美。写得两妙！】还谓刘夫人曰："向见阿瓜，【刘应登云："阿瓜，王小字，又小字法护。"】故自未易有。【犹言不可多得。】按王珣小字法护，而此言阿瓜，未尔可解，傥小名有两耳？虽不相关，正自使人不能已已。"【按：不能已已，犹言情不自禁也。】

◎ 真名士，自风流。谢公能摆落私嫌，纯赏人物之美，可谓"神超形越"。

148. 王子敬语谢公："公故萧洒。"【从容洒脱。】谢曰："身不萧洒，【按：身，我也。】君道身最得，身正自调畅。"【王世懋云："谢公自知。"】《续晋阳秋》曰：安弘雅有器，风神调畅也。

◎ 望之潇洒易得，身心调畅难为。

149. 谢车骑【谢玄】初见王文度【坦之】，曰："见文度，虽萧洒相遇，【又是萧洒。】其复愔愔竟夕。"【按：愔愔，和悦貌。】

◎ 望之俨然，即之也温，文度确有君子之风。

150. 范豫章谓王荆州：范宁、王忱并已见。"卿风流隽望，真后来之秀。"王曰："不有此舅，焉有此甥？"

◎ 舅甥互相标榜，不足道。

151. 子敬与子猷书，道："兄伯萧索寡会，遇酒则酣畅忘反，乃自可矜。"【朱铸禹云："可矜，谓可怜悯也。"按：此注未安。可矜，犹言可贵也。】

◎ 酒亦可使人人自近。

152. 张天锡世雄凉州，以力弱诣京师，虽远方殊类，亦边人之杰也。天锡已见。闻皇京多才，钦羡弥至。犹在渚住，司马著作往诣之。未详。【为人陪衬者，未详最好。】言容鄙陋，无可观听。【兴味索然。】天锡心甚悔来，以遐外可以自固。王弥有隽才美誉，当时闻而造焉。《续晋阳秋》曰：珉风情秀发，才辞富赡。既至，天锡见其风神清令，言话如流，陈说古今，无不贯悉。又谙人物氏族，中来【李慈铭云："'中来'当是'中表'之误，魏晋重婚姻门望，上谢胡儿欲作《王堪传》，咨谢公一条，谢公便历举其中外姻亲，即此可证。"】皆有证据。天锡讶服。

◎ 王珉为皇京名士挽回颜面也。然天锡时而甚悔，时而讶服，非是真赏之人。其后为苻坚所攻，兵败投降，淝水之战，又弃坚降晋，实反复之徒，王珉求其见赏，亦甚无谓。

153. 王恭始与王建武【按：王忱字元达，小字佛大，因官至建武将军，故称。】甚有情，后遇袁悦之间，遂至疑隙。【小人可恨。】《晋安帝纪》曰：初，忱与族子恭少相善，齐声见称。及并登朝，俱为主相所待，内外始有不咸之论。恭独深忧之，乃告忱曰："悠悠之论，颇有异同，当由骠骑简于朝觐故也。将无从容切言之邪？若主相谐睦，吾徒得戮力明时，复何忧哉？"忱以为然，而虑弗见用，乃令袁悦具言之。悦每欲间恭，乃于王坐嗔让恭曰："卿何妄生同异，疑误朝野！"其言切厉。恭虽愧怅，谓忱为构己也。忱虽心不负恭，而无以自亮。于是情好大离，而怨隙成矣。然每至兴会，故有相思时。恭尝行散【二字吃紧。】至京口射堂，于时清露晨流，新桐初引，【绝美文字。按李清照《念奴娇》词云："萧条庭院，又斜风细雨，重门须闭。宠柳娇花寒食近，种种恼人天气。险韵诗成，扶头酒醒，别是闲滋味。征鸿过尽，万千心事难寄。楼上几日春寒，帘垂四面，玉栏干慵倚。被冷香消新梦觉，不许愁人不起。清露晨流，新桐初引，多少游春意！日高烟敛，更看今日晴未？"径以此八字入词，清新妥贴，天衣无缝。】恭目之曰："王大故自濯濯。"【按：濯濯，清朗明净貌。《容止》第39则："有人叹王恭形茂者，云：'濯濯如春月柳。'"可与并参。】

◎ 行散时常有神超形越之想，观此可知。

154. 司马太傅【道子】为二王目曰："孝伯亭亭直上，阿大罗罗清疏。"恭，正直亢烈；忱，通朗诞放。

◎ 罗罗，亭亭，靡靡可听；直上，清疏，历历可想。

155. 王恭有清辞简旨，能叙说而读书少，颇有重出。【可见腹笥不多。】《中兴书》曰：恭虽才不多，而清辩过人。有人道孝伯："常有新意，

不觉为烦。"【刘辰翁云："正是刺讥。"按：不觉为烦，或其人貌美，话烦时但赏其面。】

◎ 常有新意者，如"作人无长物"便是。

156. 殷仲堪丧后，桓玄问仲文【仲文乃桓玄姊夫，桓玄作乱，为其心腹。】："卿家仲堪，定是何似人？"仲文曰："虽不能休明一世，足以映彻九泉。"《续晋阳秋》曰：仲堪，仲文之从兄也，少有美誉。【刘辰翁云："苦语痛事。"余嘉锡云："桓玄夙轻仲堪，侮弄之于前，又屠割之于后，乃复问其为人于仲文者，欲观其应对耳。盖仲堪为仲文之兄，而灵宝之仇，过毁过誉，皆不可也。休明一世，意以指玄。言仲堪平生之功业，虽不及玄，然固是一时名士，故身死之后，犹能光景常新。"】

◎ 仲文此语，不卑不亢，彼时彼景，不易得也。

品藻第九

● 品藻，即品评人物，第其高下。天地生人，品类各异，气禀万殊，故有高下、优劣、雅俗之别。孔子深谙人之根性有等差，尝言："中人以上，可以语上也；中人以下，不可以语上也。"又云："生而知之者，上也；学而知之者，次也；困而学之，又其次也；困而不学，民斯为下矣。""唯上智与下愚不移。"是夫子显以人分三等：生知为上智，学知、困知为中人，困而不学为下愚。此盖"性三品"论之滥觞也。孔子评价门弟子，如谓子贡："汝与回也孰愈？"复论子路、子贡、冉有三人曰："由也果""赐也达""求也艺"；又道子高、曾参、子张、子路四人："柴也愚，参也鲁，师也辟，由也喭。"是皆有品藻之意也。至班固列《古今人表》，论人以九品，曹魏"九品中正"之制承此而开。按《汉书·扬雄传下》："爰及名将尊卑之条，称述品藻。"颜师古注："品藻者，定其差品及文质。"又，刘知幾《史通·杂说上》："如班氏之《古今人表》者，唯以品藻贤愚，激扬善恶为务尔。"可知品藻乃品第众人，由比较以显高下，与赏誉之品评个人者不同。《世说》特设《品藻》一门，与《识鉴》《赏誉》鼎足而三，皆当时人物品藻风气之真实记录，亦清谈最鲜活之资料。其所记八十八则掌故，或两两相对，或数人同行；或时论臧否，胜负悬于一线；或自我抑扬，贤愚关乎一言；或赏非其类而不屑；或未预高流而失色；读之不免惊心，玩之时足解颐，真天下第一等绝妙文字。读者自可披枝而振叶，窥波以观澜，径入灵府，直造心源也。

1. 汝南陈仲举【陈蕃】、颍川李元礼【李膺】二人，共论其功德，不能定先后。【吴勉学云："似不当自论功德，或小有误。"按：此非陈、李自论功德，乃时人共论也。蔡邕晚出三十年，此时陈、李皆已作古。】蔡伯喈【蔡邕】《续汉书》曰：蔡伯喈，陈留圉人。通达有俊才，博学善属文，伎艺术数，无不精综。仕至左中郎将，为王允所诛。评之曰："陈仲举强于犯上，李元礼严于摄下，犯上难，摄下易。【犯上欲顶不忠之罪，故难。】张璠《汉纪》曰：时人为之语曰："不畏强御【《诗·大雅·烝民》："不侮矜寡，不畏强御。"】陈仲举，天下模楷李元礼。"仲举遂在'三君'之下，谢沉《汉书》曰：三君者，一时之所贵也。窦武、刘淑、陈蕃，少有高操，海内尊而称之，故得因以为目。元礼居'八俊'之上。"【按：后二句多以不属蔡邕，窃谓"三君""八俊"之属，乃党锢祸前时人所目，与蔡邕无涉，故此当为蔡揣摩之语，不可分于句外。】薛莹《汉书》曰：李膺、王畅、荀绲、朱㝢、魏朗、刘佑、杜楷、赵典为八俊。《英雄记》曰：先是张俭等相与作冠衣礼弹，弹中人相调，言："我弹中诚有八俊、八及，犹古之八元、八凯也。"【按《左传·文公十八年》："高辛氏有才子八人：伯奋、仲堪、叔献、季仲、伯虎、仲熊、叔豹、季狸，忠肃共懿，宣慈惠和，天下之民谓之'八元'。"又同书云："昔高阳氏有才子八人：苍舒、隤敱、梼戭、大临、尨降、庭坚、仲容、叔达，齐圣广渊，明允笃诚，天下之民谓之'八恺'。"孔颖达疏："恺，和也，言其和于物也。"】谢沉《书》曰：八俊者，卓出之名也。姚信《士纬》曰：陈仲举胜气烈烈，有王臣之节。李元礼忠壮正直，有社稷之能。海内论之未决，蔡伯喈抑一言以变之，疑论乃定也。

◎ 蔡邕以"三君""八俊"作品藻，陈、李高下乃定，足见汉末清流标榜之目，非同凡响。

2. 庞士元【庞统】至吴，吴人并友之。《蜀志》曰：周瑜为岭南郡，士元为功曹。瑜卒，士元送丧至吴，吴人多闻其名；及当还西，并会阊门，与士元言。见陆绩、《文士传》曰：绩字公纪，幼有隽朗才数，博学多通。庞士元年长于绩，共为交友。仕至郁林太守。自知亡日，年三十二而卒。顾劭、全琮，环济《吴纪》曰：琮字子黄，吴郡钱塘人。有德行义概，为大司马。而为之目曰："陆子所谓驽马，有逸足之用；顾子所谓驽牛，可以负重致远。"【何独不言全子耶？】或问："如所目，陆为胜邪？"曰："驽马虽精速，能致一人耳。驽牛一日行百里，所致岂一人哉？"吴人无以难。"全子好声名，【好，读作去声。】似汝南樊子昭。"【全子竟在此。中间"或问"一段乃吴人插话，此种写法，《左传》已有，《世说》独此一例。可观。】蒋济《万机论》曰：许子将褒贬不平，以拔樊子昭而抑许文休。刘晔难曰："子昭拔自贾竖，年至七十，退能守静，进不苟竞。"济答曰："子昭诚自幼至长，容貌完洁。然观其插齿牙，树颊颔，吐唇吻，自非文休之敌。"《三国志·庞统传》："统曰：'陆子可谓驽马，有逸足之力，顾子可谓驽牛，能负重致远也。'谓全琮曰：'卿好施慕名，有似汝南樊子昭。虽智力不多，亦一时之佳也。'"按：据此则知全琮好名，三人中居末矣。】

◎ 驽马不如驽牛，陆绩不如顾劭。《品藻》一开篇，便此消彼长，不可开交，好看煞人！

3. 顾劭尝与庞士元【庞统】宿语，问曰："闻子名知人，吾与足下孰愈？"【夫子问子贡"女与回也孰愈"，顾劭竟言"吾与足下孰愈"，何其咄咄逼人！】曰："陶冶世俗，与时浮沉，吾不如子；《吴志》曰：劭好乐人伦，自州郡庶几及四方人事，往来相见，或讽议而去，或结友而别，风声流闻，远近称之。论王霸之馀策，览倚伏【按《道德经》："祸兮，福之所倚；福兮，祸之所伏。"】之要害，吾似有一日之长。"劭亦安其言。【不得不安也。】《吴录》曰：劭安其言，更亲之。

◎ 观士元答语，则高下自别。

4. 诸葛瑾、弟亮及从弟诞，《吴书》曰：瑾字子瑜，其先葛氏，琅邪诸县人，后徙阳都。阳都先有姓葛者，时人谓"诸葛"，因为氏。瑾少以至孝称。累迁豫州牧，六十八卒。《魏志》曰：诞字公休，为吏部郎，人有所属托，辄显其言而亟用之。后有得失当不，则公议其得失，以为褒贬。自是群僚莫不慎其所举。累迁扬州刺史、镇东将军，以其谋逆，伏诛。并有盛名，各在一国。于时以为蜀得其龙，吴得其虎，魏得其狗。诞在魏，与夏侯玄齐名；瑾在吴，吴朝服其弘量。【蜀龙众所周知，可归省略。凌濛初云："不目武侯，特妙，《世说》佳处正以此。"又吴勉学云："观末二语，武卿地位可想。"】《吴书》曰：瑾避乱渡江，大皇帝取为长史，遣使蜀，但与弟亮公会相见，退无私面。而又有容貌思度，时人服其弘量。

◎ 品藻人物，常以禽兽为喻，龙虎姑且不论，狗则语带轻诋，于诸葛诞为不公。余嘉锡以为此狗"乃功狗之狗"，虽属好意，终乖厥旨。

5. 司马文王【司马昭】问武陔："陈玄伯【陈泰】何如其父司空【陈群】？"陔曰："通雅博畅，能以天下声教为己任者，不如也；明练简至，立功立事，过之。"【王世懋云："亦似得之，但未及其正骨耳。"按：《赏誉》篇有云：王右军目陈玄伯："垒块有正骨。"】《魏志》曰：陔与泰善，故文王问之。【此本《三国志·陈泰传》。】

◎ 陈群只会"义形于色"，首鼠两端，玄伯则能犯颜直谏，以致呕血而亡。父不及子远矣。

6. 正始中，人士比论，【人士比论，实即人物品藻。】以五荀方五陈：荀淑方陈寔，荀靖方陈谌，《逸士传》曰：靖字叔慈，颍川人。有隽才，以孝著名。兄弟八人，号"八龙"。隐身修学，动止合礼。弟爽，亦有才学，显名当世。或问汝南许掾："爽与靖孰贤？"章曰："二人皆玉也。慈明外朗，叔慈内润。"太尉辟，不就。年五十终，时人惜之，号玄行先生。**荀爽方陈纪，荀彧方陈群，**《典略》曰：彧字文若，颍川人。为汉侍中，守尚书令。彧为人英伟，折节待士，坐不累席。其在台阁间，不以私欲挠意。年五十薨，谥曰敬侯。以其名德高，追赠太尉。**荀颛方陈泰。**《晋诸公赞》曰：颛字景倩，彧之子。蹈礼立德，思义温雅，加深识国体，累迁光禄大夫。晋受禅，封临淮公。典朝仪，刊正国式，为一代之制。转太尉，为台辅，德望清重，留心礼教。卒谥康公。**又以八裴方八王：裴徽方王祥，裴楷方王夷甫，裴康方王绥，**《晋百官名》曰：康字仲豫，徽之子。《晋诸公赞》曰：康有弘量，历太子左率。**裴绰方王澄，**《王朝目录》曰：绰字仲舒，楷弟也，名亚于楷。历中书、黄门侍郎。**裴瓒方王敦，**《晋诸公赞》曰：瓒字国宝，楷之子。才气爽隽，终中书郎。**裴遐方王导，裴頠方王戎，**

【按：裴頠乃王戎女婿，疑为裴楷之误。】裴邈方王玄。

◎ 方者比也，品者评也，藻者词也。此仅列其纲，未言其目，容或有失。

7. 冀州刺史杨淮二子乔与髦，俱总角为成器。【小时了了，大未必佳。】淮与裴頠、乐广友善，遣见之。頠性弘方，爱乔之有高韵，谓淮曰："乔当及卿，髦小减也。"广性清淳，爱髦之有神检，谓淮曰："乔自及卿，然髦尤精出。"淮笑曰："我二儿之优劣，乃裴、乐之优劣。"【此句尤妙。】论者评之，以为乔虽高韵，而检不匝；乐言为得。然并为后出之隽。荀绰《冀州记》曰：乔字国彦，爽朗有远意。髦字士彦，清平有贵识。并为后出之隽。为裴頠、乐广所重。《晋诸公赞》曰：乔似淮而疏，皆为二千石。髦为石勒所害。

◎ 弘方与高韵，清淳与神检，各有其美，未必定有高下之分。

8. 刘令言【刘讷】始入洛，《刘氏谱》曰：讷字令言，彭城蒙亭人。祖瑾，乐安长。父魁，魏洛阳令。讷历司隶校尉。见诸名士而叹曰："王夷甫太鲜明，【按：袁本作解明。】乐彦辅我所敬，【乐广言约旨达，久而生敬。】张茂先我所不解，【张华博物知周，备极精微，常人哪得解？】周弘武巧于用短，王隐《晋书》曰：周恢字弘武，汝南人。祖斐，永宁少府。父隆，州从事。恢仕至秦相，秩中二千石。杜方叔拙于用长。"【凌濛初云："巧于用短，短亦长；拙于用长，长亦短。"】《晋诸公赞》曰：杜育字方叔，襄城定陵人，杜袭孙也。育幼便岐嶷，号神童。及长，美风姿，有才藻，时人号曰"杜圣"。累迁国子祭酒。洛阳将没，为贼所杀。

◎ "巧于用短"，似褒实贬；"拙于用长"，似贬实褒。用语蕴藉，与庾中郎（敳）"善于托大，长于自藏"有同工之妙。然中郎一人而兼得二美，真不可多得也。

9. 王夷甫【王衍】云："闾丘冲【闾丘，复姓。】荀绰《兖州记》曰：冲字宾卿，高平人，家世二千石。冲清平有鉴识，博学有文义。累迁太傅长史，虽不能立功盖世，然闻义不惑，当世莅事，务于平允。操持文案，必引经诰，饰以文采，未尝有滞。性尤通达，不矜不假。好音乐，侍婢在侧，不释弦管。出入乘四望车，居之甚夷，不能亏损恭素之行，淡然肆其心志。论者不以为侈，不以为僭。至于白首，而清名令望，不渝于始。为光禄勋，京邑未溃，乘车出，为贼所害，时人皆痛惜之。优于满奋、郝隆。【凌濛初云："此郝隆非晒书之郝隆。"】《晋诸公赞》曰：隆字弘始，高平人。为人通亮清识。为吏部郎、扬州刺史。齐王冏起义，隆应檄稽留，为参军王邃所杀。此三人并是高才，冲最先达。"《兖州记》曰：于时高平人士偶盛，满奋、郝隆达在冲前，名位已显，而刘宝、王夷甫犹以冲之虚贵，足先二人。

◎ 三人并出高平，又有高才，故可比论。

10. 王夷甫以王东海【王承】比乐令，《江左名士传》曰：承言理辩物，但明其旨要，不为辞费，有识伏其约而能通。太尉王夷甫一世龙门，见而雅重之，以比南阳乐广。故王中郎【坦之】作碑云："当时标榜，为乐广之俪。"【按：坦之乃东海孙，作碑而称"乐广之俪"，则乐广声望可知矣。】

◎ 乐广言约旨达，东海约而能通，果然同志。

11. 庾中郎【庾敳】与王平子雁行。《晋阳秋》曰：初，王澄有通朗称，而轻薄无行。兄夷甫有盛名，时人许以人伦鉴识。常为天下士目曰："阿平第一，子嵩第二，处仲第三。"【夷甫果然袒护其弟。】敳以澄、敦莫己若也。及澄丧，敦败，敳世誉如初。

◎ 雁行，双飞也。然平子轻薄，终不及中郎真率。

12. 王大将军在西朝时，见周侯，辄扇障面不得住。敦性强梁，自少及长，季伦斩妓，曾无异色，【事见《汰侈》第一则。】若斯傲很，岂惮于周颛乎？此言不然也。【王世懋云："亦未可便云不然。"】后度江左，不能复尔，王叹曰："不知我进，伯仁退？"沈约《晋书》曰：周顗，王敦素惮之，见辄面热，虽复腊月，亦扇面不休。其惮如此。【王世懋又云："观注引沈《书》实之，则前注驳语，似非刘笔。"按：刘笔盖指孝标，世懋读书心细如发，我辈当学也。】

◎ 以王敦个性，此语便是"我进伯仁退"之意。实则过江之后，"王与马，共天下"，伯仁纵不谦退，王敦岂不小人得志，肆无忌惮？是敦不进反退也。

13. 会稽虞騑，元皇时与桓宣武同侠，其人有才理胜望。《虞光禄传》曰：騑字思行，会稽馀姚人。虞翻曾孙，右光禄潭兄子也。虽机干不及潭，而至行过之。历吏部郎、吴兴守，征为金紫光禄大夫，卒。王丞相尝谓騑曰："孔愉有公才而无公望，丁潭有公望而无公才，【按：公望、公才之公，盖指三公也。】愉已见。《会稽后贤记》曰：潭字世康，山阴人，吴司徒固曾孙也。沈婉有雅望，少与孔愉齐名。仕至光禄大夫。《晋阳秋》曰：孔敬康、丁世康、张伟康俱著名，时谓"会稽三康"。伟康名茂，尝梦得大象，以问万雅。雅曰："君当为大郡而不善也。象，大兽也，取其音犹，故为大郡，然象以齿丧身。"后为吴郡，果为沈充所杀。兼之者，其在卿乎？"騑未达而丧。【刘辰翁云："故是，福不及耳。"】《虞光禄传》曰：騑未登台鼎，时论称屈。

◎ 丞相知人而不知命，可惜可惜！

14. 明帝【司马绍】问周伯仁："卿自谓何如郗鉴？"周曰："鉴方臣，如有功夫。"复问郗，郗曰："周顗比臣，有国士门风。"邓粲《晋纪》曰：伯仁清正嶷然，以德望称之。

◎ 郗公、伯仁，皆有君子风度。夫子云："君子无所争，……揖让而升，下而饮，其争也君子。"其斯之谓与？

15. 王大将军下，庾公问："闻卿有四友，何者是？"答曰："君家中郎【庾敳】、我家太尉【王衍】、阿平【王澄】、胡毋彦国【辅之】。

《八王故事》曰：胡毋辅之少有雅俗鉴识，与王澄、庾敳、王敦、王夷甫为四友。【实为五友也。】今故答也。阿平故当最劣。"【王敦比王衍真率。】庾曰："似未肯劣。"【最劣另有其人。】庾又问："何者居其右？"【如阿平最劣，最优为谁？】王曰："自有人。"【可谓"王顾左右而言他"。】又问："何者是？"【步步紧逼。】王曰："噫？其自有公论。"【不便自认，只好游词不已。刘辰翁云："此语庾目中无王，王目中无庾。"】左右蹑公，【蹑字如见！】公乃止。【此一段问答，环环相扣，心画心声，煞是好看！】敦自谓右者在己也。

◎ 品藻人物好比排座次，兀自惊心。观庾公意，似以王敦为最劣也。

16. 人问王丞相："周侯何如和峤？"答曰："长舆嵯櫱。"【刘辰翁云："嵯櫱，犹今言牙槎。"按：此解不知何意。嵯櫱，山高峻之貌。】虞预《晋书》曰：峤厚自封植，嶷然不群。

◎ 和峤、伯仁皆有方正之目，丞相与伯仁素熟稔，故以周不如和峤拔有风骨。

17. 明帝问谢鲲："君自谓何如庾亮？"答曰："端委庙堂，使百僚准则，臣不如亮；一丘一壑，自谓过之。"【知人，亦自知。】《晋阳秋》曰：鲲随王敦下，入朝，见太子于东宫，语及夕。太子从容问鲲曰："论者以君方庾亮，自谓孰愈？"对曰："宗庙之美，百官之富，臣不如亮。纵意丘壑，自谓过之。"【此意似比正文为显豁。】邓粲《晋纪》曰：鲲与王澄之徒，慕竹林诸人，散首披发，裸袒箕踞，谓之"八达"。故邻家之女，折其两齿。世为谣曰："任达不已，幼舆折齿。"鲲有胜情远概，为朝廷之望，故时以庾亮方焉。【谢鲲达人，庾亮名臣，正是两极，有何可方？】

◎ 谢鲲妙语，终为顾长康作画思。

18. 王丞相二弟不过江，【刘应登云："不过江，卒于度江前也。"】曰颖、曰敞。时论以颖比邓伯道【邓攸】，敞比温忠武【温峤】，议郎、祭酒者也。《王氏谱》曰：颖字茂英，位至议郎，年二十卒。敞字茂平，丞相祭酒，不就。袭爵堂邑公，年二十有二而卒。

◎ 丞相二弟不及过江而亡，良可痛惜！若过江，逢王氏贵盛，不止议郎、祭酒耳。

19. 明帝问周侯："论者以卿比郗鉴，云何？"周曰："陛下不须牵颛比。"按颛死弥年，明帝乃即位。《世说》此言妄矣。【此注无理。明帝未即位时，亦可有此问也。明帝、陛下云云，史家追记之辞，《世说》多有，何必拘泥？】

◎ 周侯自以远胜郗鉴。

20. 王丞相云："顷下论，以我比安期【王承】、千里【阮瞻】。亦推此二人；唯共推太尉【王衍】，此君特秀。"《晋诸公赞》曰：夷甫性矜峻，少为同志所推。

◎ 丞相标榜，亦有门户私心。

21. 宋祎曾为王大将军妾，后属谢镇西【谢尚】。镇西问祎："我何如王？"【问得轻薄。】答曰："王比使君，田舍、贵人耳。"【答得鄙贱。】镇西妖冶故也。【刘应登云："言王近粗俗，不如谢之冶。"】未详宋祎。【按：据《太平御览》引《俗说》，宋祎乃石崇宠姬绿珠之女弟，貌美，善吹笛，先后属晋明帝、阮孚、王敦、谢尚等。】

◎ 仁祖有此一问，大愧颜回之目。谢氏果是"新出门户，笃而无礼"。

22. 明帝问周伯仁："卿自谓何如庾元规【庾亮】？"对曰："萧条方外，亮不如臣；从容廊庙，臣不如亮。"【余嘉锡云："此条语意，全同谢鲲，必传闻之误也。"】按诸书皆以谢鲲比亮，不闻周颛。

◎ 传闻异辞。"从容廊庙"不如"一丘一壑"洒落。

23. 王丞相辟王蓝田为掾，庾公问丞相："蓝田何似？"王曰："真独简贵，不减父祖，旷然澹处，故当不如尔。"王述猖隘故也。【刘应登云："言述性褊也。"按《赏誉》记："简文道王怀祖：'才既不长，于荣利又不淡，直以真率少许，便足对人多多许。'"此处所论，恐与猖隘无关。】

◎ 蓝田虽真，终不及父祖冲淡。

24. 卞望之【卞壶】云："郗公体中有三反：方于事上，好下佞己，一反；治身清贞，大修计校，二反；自好读书，憎人学问，三反。"按：太尉刘寔论王肃：方于事上，好下佞己，性嗜荣贵，不求苟合，治身不秽，尤惜财物。王、郗志性，傥亦同乎？【刘辰翁云："人人同。"吴勉学云："亦是通病。"】

◎ 三反之说，直是打人脸。然郗公立身检束，行事磊落，当不至如此。疑卞壶夫子自道也。

25. 世论温太真【温峤】，是过江第二流之高者。时名辈共说人物，第一将尽之间，温常失色。【刘应登云："恐不及己。"又余嘉锡云："太真智勇兼备，忠义过人，求之两晋，殆罕其匹。而当时以为第二流，盖自汝南月旦评以来，所谓人伦鉴裁者，久矣夫不足尽据矣。"】《温氏谱序》曰：晋大夫郤至封于温，子孙因氏，居太原祁县，为郡著姓。

◎ 名士无不好名，温公虽通脱豪爽，亦不能免俗也。

26. 王丞相云："见谢仁祖，恒令人得上。"【得上二字吃紧。】与何次道【何充】语，唯举手指地曰："正自尔馨。"【刘盼遂云："按：玩下文以手指地，则王丞相说谢仁祖时，当以手指天，方合令人得上语气。《世说》善于图貌者矣。"】前篇及诸书皆云王公重何充，谓必代己相。而此章以手指地，意如轻诋。或清言析理，何不逮谢故邪？【余嘉锡云："导与充言，而充辄曰'正自尔馨'。是充与导意见相合，无复疑难。《论语》所谓'于吾言无所不说'也。导之赏充，正在于此，似无轻诋之意。"】

◎ 一上一下，正是天人之际。丞相所言，皆溢美之辞也。

27. 何次道为宰相，人有讥其信任不得其人。《晋阳秋》曰：充所昵庸杂，以此损名。阮思旷【阮裕】慨然曰："次道自不至此。但布衣超居宰相之位，可恨唯此一条而已！"【真恨！】《语林》曰：阮光禄闻何次道为宰相，叹曰："我当何处生活？"此则阮未许何为鼎辅。二说便相符也。

◎ 此不似品藻，倒有轻诋意。

28. 王右军少时，丞相云："逸少何缘复减万安邪？"【刘辰翁云："谓更胜耳。"】刘绥已见。

◎ 刘万安何许人，岂可比肩逸少？

29. 郗司空【郗愔】家有伧奴，【刘应登云："伧奴，北人。"】知及文章，事事有意。王右军向刘尹称之。刘问："何如方回【郗愔】？"【便是落井下石。】《郗愔别传》曰：愔字方回，高平金乡人，太宰鉴长子也。渊端纯素，无执无竞，简昵交游。历会稽内史、侍中、司徒。王曰："此正小人有意向耳，何得便比方回？"【右军到底厚道些。】刘曰："若不如方回，故是常奴耳。"【以奴比主，大是轻薄。】

◎ 明是方回比伧奴，暗是右军比真长。

30. 时人道阮思旷【阮裕】："骨气不及右军【羲之】，简秀不如真长【刘惔】，韶润不如仲祖【王濛】，思致不如渊源【殷浩】，而兼有诸人之美。"【好品题！】《中兴书》曰：裕以人不须广学，正应以礼让为先。故终日颓然，无所修综，而物自宗之。

◎ 思旷如此，似得中和之美，可谓儒道兼综者。难得！

31. 简文云："何平叔【何晏】巧累于理，嵇叔夜【嵇康】俊伤其道。"【刘辰翁云："笃论。"】理本真率，巧则乖其致；道唯虚澹，俊则违其宗。所以二子不免也。

◎ 观此可知，平叔臻于理境，叔夜达于道境。然"理本真率，巧则乖其致；道唯虚澹，俊则违其宗"。二贤同为曹氏女婿，又值无理、无道之世，虽欲高飞远鬻，岂可得乎？

32. 时人共论晋武帝【司马炎，司马昭长子。】出齐王【司马攸，司马昭次子。】之与立惠帝【司马衷，司马炎之子。】，其失孰多？《晋阳秋》曰：齐王攸，字大猷，文帝第二子。孝敬忠肃，清和平允，亲贤下士，仁惠好施。能属文，善尺牍。初，荀勖、冯𫄧为武帝亲幸，攸恶勖之佞。勖惧攸或嗣立，必诛己，且攸甚得众心，朝贤景附。会帝有疾，攸及皇太子入问讯，朝士皆属目于攸，而不在太子。至是，勖从容曰："陛下万年后，太子不得立也。"帝曰："何故？"勖曰："百寮内外，皆归心于齐王，太子安得立乎？陛下试诏齐王归国，必举朝谓之不可。若然，则臣言征矣。"侍中冯𫄧又曰："陛下必欲建诸侯，成五等，宜从亲始，亲莫若齐王。"帝从之。于是下诏，使攸之国。攸闻勖、𫄧间己，忿恣不知所为。入辞，出，欧血薨。【可惜！】帝哭之恸。冯𫄧侍曰："齐王名过其实，而天下归之。今自薨殒，陛下何哀之甚？"帝乃止。刘毅闻之，故终身称疾焉。**多谓立惠帝为重。**【笃论】桓温曰："不然，使子继父业，弟承家祀，有何不可？"武帝兆祸乱，覆神州，在斯而已。舆隶且知其若此，况宣武之弘俊乎？此言非也。

◎ 此言却要桓温说出才妙，盖枭雄心地，正不要与人同也。

33. 人问殷渊源【殷浩】："当世王公以卿比裴叔道【裴遐】，云何？"殷曰："故当以识通暗处。"遐与浩并能清言。【暗处，玄理深处也。】

◎ 自得之辞。

34. 抚军问殷浩："卿定何如裴逸民【裴颜】？"良久答曰："故当胜耳。"【实是以"贵无"胜"崇有"。】

◎ 自负之语。

35. 桓公少与殷侯【殷浩】齐名，常有竞心。桓问殷："卿何如我？"【问得直。】殷云："我与我周旋久，宁作我。"【以直报直。刘辰翁云："此不肯逊，又不敢竞之意。"按：分明是最佳自我宣言。】

◎ 殷未必胜桓，只以此言便不逊桓。

36. 抚军【司马昱】问孙兴公【孙绰】："刘真长何如？"曰："清蔚简令。""王仲祖何如？"曰："温润恬和。"徐广《晋纪》曰：凡称风流者，皆举王、刘为宗焉。"桓温何如？"曰："高爽迈出。""谢仁祖何如？"曰："清易令达。""阮思旷何如？"曰："弘润通长。""袁羊何如？"曰："洮洮清便。""殷洪远何如？"曰："远有致思。"【连评七人，语不重出，而别有心裁，孙绰果然高才。】"卿自谓何如？"【自谓最难也。】曰："下官才能所经，悉不如诸贤；至于斟酌时宜，笼罩当世，亦多所不及。然以不才，时复托怀玄胜，远咏《老》《庄》，萧条高寄，不与时务经怀，自谓此心无所与让也。"【便是一丘一壑意。刘辰翁云："语烦。"】

◎ 简文却不问自己何如。

37. 桓大司马【桓温】下都，问真长【刘惔】曰："闻会稽王【简文】语奇进，尔邪？"【分明不信。】《桓温别传》曰：兴宁九年，以温尅复旧京，肃静华夏，进都督中外诸军事、侍中、大司马，加黄钺，使入参朝政。刘曰："极进，然故是第二流中人耳。"【温峤亦在第二流。】桓曰："第一流复是

谁?"刘曰:"正是我辈耳!"【"我辈"乃复数,桓温亦在其列也。极自负语,又极体贴语。刘辰翁云:"矜而无味。"】

◎ 简文清言,皇帝中第一流也。

38. 殷侯【殷浩】既废,桓公语诸人曰:"少时与渊源共骑竹马,【青梅却无。一笑。】我弃去,已辄取之。故当出我下。"【人弃己取,说得渊源好不难看。然少儿玩耍,常有此景,又有何伤?《续晋阳秋》曰:简文辅政,引殷浩为扬州,欲以抗桓。桓素轻浩,未之惮也。【温少时便有心理优势也。同学少年,万不可轻屈人下,否则一生不得翻身。】

◎ 既生温,何生浩?

39. 人问抚军【简文】:"殷浩谈竟何如?"答曰:"不能胜人,差可献酬群心。"【简文此语,似有轻浩意。】

◎ 不能胜人?盖未谈《四本论》也。谈则所向披靡。

40. 简文云:"谢安南清令不如其弟,安南,谢奉也。已见。【按:《雅量》第33则谢安称:"谢奉故是奇士。"】《谢氏谱》曰:奉弟聘,字弘远。历侍中、廷尉卿。学义不及孔岩,《中兴书》曰:岩字彭祖,会稽山阴人。父伦,黄门侍郎。岩有才学,历丹阳尹、尚书、西阳侯,在朝多所匡正。为吴兴太守,大得民和。后卒于家。居然自胜。"【自有胜人之处。】言奉任天真也。

◎ 尺有所短,寸有所长,但看所比为何耳。

41. 未废海西【按:海西公,指司马奕,兴宁三年立为帝,太和六年被大司马桓温所废。】时,王元琳【王珣】问桓元子【桓温】:"箕子、比干迹异心同,不审明公孰是孰非?"曰:"仁称不异,宁为管仲!"【刘辰翁云:"元子欲为管仲,政以家有桓公。"按:元琳乃丞相之孙,桓温欲作管仲,正效丞相为"江左夷吾"也。】《论语》曰：微子去之，箕子为之奴，比干谏而死。子曰："殷有三仁焉。"【此见《论语·微子》。】子路曰："桓公杀公子纠，召忽死之，管仲不死，曰未仁乎？"子曰："桓公九合诸侯，一匡天下，不以兵车，管仲之力。如其仁！如其仁！"【此出《论语·宪问》。同篇又云：子曰："管仲相桓公，霸诸侯，一匡天下，民到于今受其赐。微管仲，吾其被发左衽矣！"是孔子以管仲为仁者。】

◎ 桓温希慕管仲，欲兴匡复之业，建百世之功，志向不可谓不宏大，岂可以乱臣视之耶！

42. 刘丹阳【刘惔】、王长史【王濛】在瓦官寺集，桓护军亦在坐，桓伊已见。共商略【按：商略，即品藻也。】西朝及江左人物。【似有以江左方中朝人物意。】或问："杜弘治【杜乂】何如卫虎【卫玠】？"桓答曰："弘治肤清，卫虎奕奕神令。"王、刘善其言。虎，卫玠小字。《玠别传》曰：永和中，刘真长、谢仁祖共商略中朝人。或问："杜弘治可方卫洗马不？"谢曰："安得比！其间可容数人。"【此语甚妙！比方人物，正看其间可容几多人。】《江左名士传》曰：刘真长曰："吾请评之，弘治肤清，叔宝神清。"论者谓为知言。【刘注与正文可相发明。】

◎ 肤清属形，神令属神，正谓杜不如卫也。

43. 刘尹【刘惔】抚王长史背曰："阿奴比丞相，但有都长。"【刘应登云："刘与丞相不相得，故为优濛之言，谓皆胜之也。"】阿奴，濛小字也。都，美也。《司马相如传》曰：闲雅甚都。《语林》曰：刘真长与丞相不相得，每曰："阿奴比丞相，条达清长。"

◎ 真长自称"天之自高"，临终又云"丘之祷久矣"，显以圣贤自居，长史自当居其下。今真长又言长史胜丞相，则丞相更在己下也。真长固佳，然其胸次终显太小。

44. 刘尹、王长史同坐，长史酒酣起舞。刘尹曰："阿奴今日不复减向子期【向秀】。"类秀之任率也。

◎ 向秀何曾醉舞?

45. 桓公问孔西阳【孔岩】:"安石何如仲文?"【问得蹊跷,二人中间,不知又可容几人也。】西阳即孔岩也。孔思未对,反问公曰:"何如?"【知其有答案,故不对反问。】答曰:"安石居然不可陵践,其处故胜也。"【不可陵践,犹今言神圣不可侵犯也。此事恐在"鸿门宴"后。】

◎ 知安石者,桓大司马也。

46. 谢公与时贤共赏说,遏【谢玄】、胡儿【谢朗】并在坐,公问李弘度【李充】曰:"卿家平阳【李重,李充伯父】,何如乐令【乐广】?"《晋诸公赞》曰:李重字茂曾,江夏钟武人。少以清尚见称。历吏部郎、平阳太守。于是李潸然流涕曰:"赵王【司马伦】篡逆,乐令亲授玺绶。【乐令不令矣。】《晋阳秋》曰:赵王伦篡位,乐广与满奋、崔随进玺绶。亡伯雅正,耻处乱朝,遂至仰药,恐难以相比。此自显于事实,非私亲之言。"《晋诸公赞》曰:赵王为相国,取重为左司马,重以伦将篡,辞疾不就。敦喻之,重不复自治,至于笃甚。扶曳受拜,数日卒。时人惜之。赠散骑常侍。谢公语胡儿曰:"有识者果不异人意。"【谢公早有此意也。】

◎ 难以相比,便是已比;不异人意,便是深得吾心。品藻中有此语,令人神旺!

47. 王修龄【王胡之】问王长史:"我家临川【王羲之】,何如卿家宛陵【王蓝田】?"长史未答,修龄曰:"临川誉贵。"长史曰:"宛陵未为不贵。"【比贵不比富,今人不如。】《中兴书》曰:羲之自会稽王友,改授临川太守。王述从骠骑功曹,出为宛陵令。述之为宛陵,多修为家之具,初有劳苦之声。丞相王导使人谓之曰:"名父之子,屈临小县,甚不宜尔。"述答曰:"足自当止。"【名言。】时人未知达也。后屡临州郡,无所造作,世始叹服之。

◎ 琅邪王氏,太原王氏,人才辈出而常有竞心;羲之与蓝田恃贵而骄，竟成仇隙，可叹可惜！

48. 刘尹至王长史许清言，时荀子【王修】年十三，倚床边听。既去，问父曰："刘尹语何如尊？"【为此儿父，不易。】长史曰："韶音令辞，不如我；往辄破的，胜我。"【佳言！】《刘惔别传》曰：惔有隽才，其谈咏虚胜，理会所归，王濛略同，而叙致过之。其词当也。

◎ 王濛理不胜辞，刘惔理过其辞，可谓伯仲之间矣。

49. 谢万寿春败后，简文问郗超："万自可败，那得乃尔失卒情？"超曰："伊以率任之性，欲区别智勇。"【刘辰翁云："人人有区别，正坐失士卒情处，可以为戒。"】《中兴书》曰：万之为豫州，氐、羌暴掠司、豫，鲜卑屯结并、冀。万既受方任，自率众入颍，以援洛阳。万矜豪傲物，失士众之和。北中郎郗昙以疾还彭城，万以为贼盛致退，便回还南，遂自溃乱，狼狈单归。太宗责之，废为庶人。

◎ 有率任之性，无智勇之仁，正坐晋人病根也。

50. 刘尹谓谢仁祖【谢尚】曰："自吾有四友，【按："四友"，或以为"回也"之误，细推文义，又加仁祖自幼有"颜回"之目，故此说有理。】门人加亲。"谓许玄度曰："自吾有由，恶言不及于耳。"【按：由，本指仲由，字子路，亦孔子弟子。】二人皆受而不恨。【方苞云："自居于师，而以弟子待人，其招恨宜也。"】《尚书大传》曰：孔子曰："文王有四友，自吾得回也，门人加亲，是非胥附邪？自吾得赐也，远方之士至，是非奔走邪？自吾得师也，前有辉，后有光，是非先后邪？自吾得由也，恶言不入于耳，是非御侮邪？"

◎ 真长曾自比为天，此又以仲尼自居，视时贤朋辈为门人弟子，狂妄乎？调侃乎？吾不得而知之矣。

51. 世目殷中军【殷浩】："思纬淹通，比羊叔子。"羊祜德高一世，才经夷险。渊源蒸烛之曜，岂喻日月之明也。【亦不可仅以事功论人物，孝标此言，

有失公允。】

◎ 渊源或无羊公之韬略，然思辨言理，比羊公有过之而无不及。

52. 有人问谢安石、王坦之优劣于桓公。桓公停欲言，中悔，【欲言又止，盖心中有数而不便轻言也。】曰："卿喜传人语，不能复语卿。"【刻画传神。】

◎ 桓公故自可爱。

53. 王中郎【王坦之】尝问刘长沙【刘奭】曰："我何如荀子【王修】?"《大司马官属名》曰：刘奭字文时，彭城人。《刘氏谱》曰：奭祖昶，彭城内史。父济，临海令。奭历车骑咨议、长沙相、散骑常侍。刘答曰："卿才乃当不胜荀子，然会名处多。"【有轻诋意。按：会名处，一说融会名理处。】王笑曰："痴!"【不成语。】

◎ 坦之自比荀子，分明自取其辱。

54. 支道林【支遁】问孙兴公【孙绰】："君何如许掾【许询】?"孙曰："高情远致，弟子蚤已服膺；一吟一咏，许将北面。"【刘辰翁云："甚未可也。"】

◎ 高情远致，孙不如许；一吟一咏，许亦未肯北面矣。兴公于作文颇自负。

55. 王右军问许玄度："卿自言何如安石?"许未答，【未答便是自忖不如。】王因曰："安石故相与雄，阿万当裂眼争邪?"【按：阿万，即安弟谢万。】《中兴书》曰：万器量不及安石，虽居藩任，安在私门之时，名称居万上也。

250

◎ 玄度与谢公尚可一比，谢万裂眼争亦无用。

56. 刘尹云："人言江虨田舍，江乃自田宅屯。"谓能多出有也。【注不可解。】

◎ 江虨如此，亦可谓成人之美。唯下棋则当仁不让。

57. 谢公云："金谷中苏绍最胜。"绍是石崇姊夫，苏则孙，愉子也。石崇《金谷诗叙》曰：【有此一叙，石崇不朽矣！】余以元康六年，从太仆卿出为使，持节监青、徐诸军事、征虏将军。有别庐在河南县界金谷涧中，或高或下，有清泉茂林，众果、竹柏、药草之属，莫不毕备。又有水碓、鱼池、土窟，其为娱目欢心之物备矣。时征西大将军祭酒王诩当还长安，余与众贤共送往涧中，昼夜游宴，屡迁其坐。或登高临下，或列坐水滨。时琴瑟笙筑，合载车中，道路并作。【咏而归乎？】及住，令与鼓吹递奏。遂各赋诗，以叙中怀。或不能者，罚酒三斗。感性命之不永，惧凋落之无期。故具列时人官号、姓名、年纪，又写诗着后。后之好事者，其览之哉！凡三十人，吴王师、议郎、关中侯，始平武功苏绍，字世嗣，年五十，为首。【最胜竟是最老。】《魏书》曰：苏则字文师，扶风武功人。刚直疾恶，常慕汲黯之为人。仕至侍中、河东相。《晋百官名》曰：愉字休豫，则次子。山涛《启事》曰：愉忠义有智意，位至光禄大夫。

◎ 既是"最胜"，何必"撦家谱"？

58. 刘尹目庾中郎【庾敳】："虽言不愔愔似道，突兀差可以拟道。"【似道，拟道，二词可思。】《名士传》曰："敳颓然渊放，莫有动其听者。"【善听天籁者自不为人籁所动。】

◎ 自然便可近道。老子云："道法自然。"其斯之谓欤？

59. 孙承公【按：孙统，孙楚孙。】云："谢公清于无奕，《中兴书》曰：孙统字承公，太原人。善属文，时人谓其有祖楚风。仕至余姚令。润于林道。"【刘辰翁云："谁知二贤，只见谢公清润耳。"】《陈逵别传》曰：逵字林道，颍川许昌人。祖淮，太尉。父畛，光禄大夫。逵少有干，以清敏立名。袭封广陵公、黄门郎、西中郎将，领梁、淮南二郡太守。

◎ 以清润论人，别具只眼。允称清润者，舍谢公其谁？

60. 或问林公："司州何如二谢？"林公曰："故当攀安提万。"【朱铸禹云："谓上攀谢安，下提谢万，即比安不足，比万有余也。"】《王胡之别传》曰：胡之好谈谐，善属文辞，为当世所重。

◎ 攀安提万，何其鲜明！晋人品藻，直是搭人梯！

61. 孙兴公、许玄度皆一时名流。或重许高情，则鄙孙秽行；或爱孙才藻，而无取于许。【好句式，后人常用。】宋明帝《文章志》曰：绰博涉经史，长于属文，与许询俱有负俗之谈。询卒不降志，而绰婴纶世务焉。《续晋阳秋》曰：绰虽有文才，而诞纵多秽行，时人鄙之。

◎ 高情本在才藻上，犹神在形上，道在器上，学在术上。然晋人于文辞才艺中别见洞天，故能同赏之。

62. 郗嘉宾【郗超】道谢公："造膝【按：犹言促膝。此指清言。】虽不深彻，而缠绵纶至。"【四字可想。谢公清谈，辞旨隽永，靡靡可听，使人忘疲。】又曰："右军诣嘉宾。"【按：诣，即造诣深湛也。】嘉宾闻之云："不得称诣，政得谓之朋耳。"【嘉宾亦不让人】谢公以嘉宾言为得。凡彻、诣者，盖深瓝之名也。谢不彻，王亦不诣。谢、王于理，相与为朋俦也。【刘应登云："此云诣非其它造之之谓，乃目其理深诣，即谢之深彻皆瓝至之名。谢不彻，王亦不诣，其于理但相朋耳，无大高下也。"吴勉学云："品题自别。"】

◎ 观此可知，谢公极重嘉宾，不在右军之下。

63. 庾道季【庾龢】云："思理伦和，吾愧康伯；志力强正，吾愧文度。自此已还，吾皆百之。"【按：百之，百倍之也。】庾龢已见。

◎ 自负语。道季姑妄言之，我辈姑妄听之。

64. 王僧恩轻林公，蓝田曰："勿学汝兄，【秦士铉云："'汝兄'指王坦之，坦之尝轻林公，故云。"】汝兄自不如伊。"【刘辰翁云："似佞其子，而党林公。"】僧恩，王祎之小字也。《王氏世家》曰：祎之字文劭，述次子。少知名，尚寻阳公主。仕至中书郎，未三十而卒。坦之悼念，与桓温称之，赠散骑常侍。

◎ 知子莫若父。坦之自不及林公。

65. 简文问孙兴公："袁羊何似？"答曰："不知者不负其才，知之者无取其体。"【人常不免如此。】言其有才而无德也。

◎ 轻诋一变，至于品藻；品藻一变，至于赏誉。

66. 蔡叔子【按：当作蔡子叔。蔡系字子叔，司徒蔡谟子。】云："韩康伯虽无骨干，然亦肤立。"【余嘉锡云："康伯为人肥壮，故《轻诋篇》注引范启云：'韩康伯似肉鸭。'此言其虽无骨干，而其见于外者亦足自立也。"】

◎ 既能肤立，比之肉鸭，不如方之企鹅。

67. 郗嘉宾问谢太傅曰："林公谈何如嵇公？"【以林公比嵇公，足见林公风头之劲。】谢云："嵇公勤著脚，裁可得去耳。"【余嘉锡云："《高僧传》四曰：'郗超问谢安："林公谈何如嵇中散？"安曰："嵇努力裁得去耳。"'此云'勤著脚'，盖谓嵇须努力向前，方可及支。"按：窃谓余解有误。去者，离也。谢公盖云嵇公须勤加脚力，方可摆脱林公追赶矣。依旧胜其一筹。】《支遁传》曰：遁神悟机发，风期所得，自然超迈也。又问："殷何如支？"谢曰："正尔有超拔，支乃过殷；然譻譻论辩，恐□【按：当作殷。】欲制支。"【支、殷乃在伯仲之间。】

◎ 谢公此言，便是臧贬七贤。唯在臧不在贬。

68. 庾道季云："廉颇、蔺相如虽千载上死人，懔懔恒有生气；【《史记》曰：廉颇者，赵良将也，以勇气闻诸侯。蔺相如者，赵人也。赵惠文王时，得楚和氏璧，秦昭王请以十五城易之。赵遣相如送璧，秦受之，无还城意。相如请璧示其瑕，因持璧却立倚柱，怒发上冲冠，曰："王欲急臣，臣头今与璧俱碎。"秦王谢之。后秦王使赵王鼓瑟，相如请秦王击筑。赵以相如功大，拜上卿，位在廉颇上。】曹蜍、【蜍，曹茂之小字也。《曹氏谱》曰：茂之字永世，彭城人也。祖韶，镇东将军司马。父曼，少府卿。茂之仕至尚书郎。】李志【《晋百官名》曰：志字温祖，江夏钟武人。《李氏谱》曰：志祖重，散骑常侍。父慕，纯阳令。志仕至员外常侍、南康相。】虽见在，厌厌如九泉下人。【臧克家诗云："有的人死了，他还活着；有的人活着，他已经死了。"可与共参。】人皆如此，便可结绳而治，但恐狐狸猯貉噉尽。"【凌濛初云："独言廉蔺，何也？狐狸猯貉，噉者故亦不止曹李。"】言人皆如曹、李质鲁淳憨，则天下无奸民，可结绳致治。然才智无闻，功迹俱灭，身尽于狐狸，无擅世之名也。【刘盼遂云："按：详《注》意，谓曹李身噉于狐狸也，其说远失。庾道季本谓天下人尽如曹李之疏于世虑，则谁将烈山泽而焚之，谁复殷虎豹犀象而远之。如是则禽兽逼人，人尽为狐狸猯貉之馂馀矣。"】

◎ 以今人比古贤，道季难免严苛之讥。道季之智，去曹、李辈不远矣。

69. 卫君长【卫永】是萧祖周【萧轮】妇兄，谢公问孙僧奴【孙腾】："僧奴，孙腾小字也。《晋百官名》曰：腾字伯海，太原人。《中兴书》曰：腾，统子也。博学。历中庶子、廷尉。】"君家道卫君长云何？"孙曰："云是世业人。"谢曰："殊不尔，卫自是理义人。"【问答殊妙。】于时以比殷洪远【殷融】。

◎ 世业人，理义人，原不相背，丞相、谢公可谓得兼也。此则非以不同人物相比，乃以人之不同才性境界相比，亦是品藻佳例。

70. 王子敬问谢公："林公何如庾公？"谢殊不受，答曰："先辈初无论，【刘应登云："谓不闻说庾胜林耳。"】庾公自足没林公。"【庾公若能没林公，更在稚公以上矣，谁信？】《殷羡言行》曰：时有人称庾太尉理者。羡曰："此公好举宗本槌人。"

◎ 谢公似有难言之隐。

71. 谢遏【谢玄】诸人共道"竹林"优劣，谢公曰："先辈初不臧贬'七贤'。"【谢公前已臧贬矣】《魏氏春秋》曰："山涛通简有德，秀、咸、戎、伶、朗达有隽才。于时之谈，以阮为首，王戎次之，山、向之徒，皆其伦也。"若如盛言，则非无臧贬。此言谬也。

◎ 谢公此语用心良苦，盖七贤未尝无优劣，然竹林之精神实浑然一体，有沛然莫之能御者在焉。割裂观之，必伤其真髓，损其元气，所谓见木不见林矣。

72. 有人以王中郎【坦之】比车骑【谢玄】，车骑闻之曰："伊窟窟成就。"【余嘉锡云："谢玄有经国之略，其平生使才，虽履屐间，咸得其任。是亦能掊搦用其心力者。卒之克建大勋，为晋室安危所系，与王坦之功名略等。其称坦之之言，殆即所以自寓也。"】《续晋阳秋》曰：坦之雅贵有识量，风格峻整。

◎ 坦之与谢安齐名，谢玄岂敢"越位"？然究二人功业，可谓旗鼓相当。

73. 谢太傅谓王孝伯【王恭】："刘尹亦奇自知，然不言胜长史。"【王、刘齐名而相友，不便言耳。】

◎ 有"天之自高"在前，谁曰"不言"？

74. 王黄门兄弟三人【按：指王徽之、王操之、王献之，是王羲之第

五、第六、第七子。因子猷官至黄门侍郎，故称。】俱诣谢公，子猷、子重多说俗事，《王氏谱》曰：操之字子重，羲之第六子。历秘书监、侍中、尚书、豫章太守。子敬寒温而已。【寒温亦是俗事，然不及余事，便显不俗。】既出，坐客问谢公："向三贤孰愈？"【好比面试考官相问。】谢公曰："小者最胜。"客曰："何以知之？"谢公曰："吉人之辞寡，躁人之辞多。推此知之。"

◎ 吉人辞寡，躁人辞多，语出《周易》。可见古语不诳人。

75. 谢公问子敬："君书何如君家尊？"答曰："固当不同。"【不同吃紧。不同便是不服也。】公曰："外人论殊不尔。"【外人便有谢公自己。凌濛初云："安石不重献之书，得之，断作铰纸，或大批纸尾，还之。"】王曰："外人那得知！"【外人，犹今之外行人也。】宋明帝《文章志》曰：献之善隶书，变右军法为今体。字画秀媚，妙绝时伦，与父俱得名。其章草疏弱，殊不及父。或讯献之云："羲之书胜不？""莫能判。"有问羲之云："世论卿书不逮献之？"答曰："殊不尔也。"它日见献之，问："尊君书何如？"献之不答。又问："论者云，君固当不如？"献之笑而答曰："人那得知之也。"【父子俱不谦让，可观。】

◎ 有其父必有其子。《中庸》云："夫孝者，善继人之志，善述人之事者也。"是献之可谓真孝子。

76. 王孝伯问谢太傅："林公何如长史？"【"何如"二字，最揪心。】太傅曰："长史韶兴。"问："何如刘尹？"谢曰："噫！刘尹秀。"王曰："若如公言，并不如此二人邪？"谢云："身意正尔也。"【如此搭人梯，置嵇公于何地？】

◎ 谢公独推王、刘，盖二人皆有清逸之气也。若能温润可喜，便是理想人物。观东晋诸贤，惟谢公独得清润之妙。

77. 人有问太傅："子敬可是先辈谁比？"谢曰："阿敬近撮王、刘之标。"【王、刘，即王濛、刘惔。】《续晋阳秋》曰：献之文义并非所长，而能撮其胜会，故擅名一时，为风流之冠也。

◎ 王、刘已不在，子敬称独步。谢公有似裁判官，已置身局外矣。

78. 谢公语孝伯："君祖【王濛】比刘尹，故为得逮。"孝伯云："刘尹非不能逮，直不逮。"【此语大有深意。王世懋云："孝伯自私其祖，未为公论，毕竟刘胜王。"】言濛质而惔文也。【注解有理。子曰："质胜文则野，文胜质则史。文质彬彬，然后君子。"】

◎ 王、刘优劣，竟是当时谈家口实。

79. 袁彦伯【袁宏】为吏部郎，子敬与郗嘉宾【郗超】书曰："彦伯已入，殊足顿兴往之气。【大材小用，挫其锐气。】故知捶挞自难为人，冀小却，当复差耳。"【按汉魏旧例：郎官有过，当受杖责。差，减也。】

◎ 王世懋云："足窥子敬狭中。"按：子敬看似狭中，实则亦是一片婆心。

80. 王子猷、子敬兄弟共赏《高士传》人及《赞》【按：《传》《赞》皆嵇康所作。】，子敬赏井丹高洁。子猷云："未若长卿慢世。"【吴勉学云："所赏之优劣，便是二王之优劣。"按：非定为优劣，趣好不同耳。】嵇康《高士传》曰：丹字大春，扶风郿人。博学高论，京师为之语曰："《五经》纷纶井大春，未尝书刺谒一人。"北宫五王更请，莫能致。新阳侯阴就使人要之，不得已而行。侯设麦饭、葱菜，以观其意，丹推却曰："以君侯能供美膳，故来相过，何谓如此！"乃出盛馔。侯起，左右进辇，丹笑曰："闻桀、纣驾人车，此所谓人车者邪？"侯即去辇。越骑梁松，贵震朝廷，请交丹，丹不肯见。后丹得时疾，松自将医视之，病愈。久之，松失大男磊，丹一往吊之。时宾客满廷，丹裘褐不完，入门，坐者皆悚，望其颜色。丹四向长揖，前与松语。客主礼毕后，长揖径坐，莫得与语。不肯为吏，径出，后遂隐遁。其《赞》曰："井丹高洁，不慕荣贵。抗节五王，不交非类。显讥辇车，左右失气。披褐长揖，义陵群萃。"【井丹实亦叔夜心仪之人。】司马相如者，蜀郡成都人，字长卿。初为郎，事景帝。梁孝王来朝，从游说士邹阳等，相如说之，因病免游梁。后过临邛，富人卓王孙女文君新寡，好音，相如以琴心挑之，文君奔之，俱归成都。后居贫，至临邛买酒舍，文君当垆，相如著犊鼻裈，涤器市中。为人口吃，善属文。仕宦不慕高爵，常托疾不与公卿大事。终于家。其《赞》曰："长卿慢世，越礼自放。犊鼻居市，不耻其状。托疾避官，蔑此卿相。乃赋《大人》，超然莫尚。"【相如则是嗣宗、仲容辈楷模。七贤诸人，性情亦自不同。】

◎ 子猷、子敬，趣舍不同，而不妨其手足情深。正如叔夜、嗣宗，各为其主而能莫逆于心。晋人常破我执，得其环中，故自有一种潇洒风韵。

81. 有人问袁侍中【袁恪之】《袁氏谱》曰：恪之字元祖，陈郡阳夏人。祖王孙，司徒从事中郎。父纶，临汝令。恪之仕黄门侍郎。义熙初，为侍中。曰："殷仲堪何如韩康伯？"答曰："理义所得，优劣乃复未辨；然门庭萧寂，居然有名士风流，殷不及韩。"故殷作《诔》云："荆门昼掩，闲庭晏然。"【好句！】

◎ 似以仲堪不如康伯，盖康伯风流而仲堪俭恪也。品藻人物，常在紧要处见分晓。

82. 王子敬问谢公："嘉宾何如道季？"答曰："道季诚复钞撮清悟，嘉宾故自上。"谓超拔也。【郗超果超。余嘉锡云："此云'钞撮清悟'，与《续晋阳秋》言王献之于文义能撮其胜会同意。言庾龢之谈名理，虽复采取群言，得其清悟，然不如郗超之自然超拔也。"】

◎ 一语定谳。道季与嘉宾，岂可同年而语？

83. 王珣疾，临困，问王武冈【王谧】曰：《中兴书》曰：谧字雅远，丞相导孙，车骑劭子。有才器，袭爵武冈侯，位至司徒。"世论以我家领军【王洽】比谁?"武冈曰："世以比王北中郎【王坦之】。"东亭转卧向壁，叹曰："人固不可以无年!"【痛语可伤。东亭可谓孝子。】领军王洽，珣之父也。年二十六卒。珣意以其父名德过坦之而无年，故致此论。

◎ 若天假以年，王洽自足没中郎。

84. 王孝伯道："谢公浓至"。又曰："长史虚，刘尹秀，谢公融。"谓条畅也。

◎ 清、润之外，又加浓、融二字，谢公气象，已在道中矣。

85. 王孝伯问谢公："林公何如右军?"谢曰："右军胜林公。林公在司州前，亦贵彻。"不言若羲之，而言胜胡之。

◎ 若论清谈，右军又在林公之下。人物品藻，每有语境，如五行相生相克，一物降一物也，故不可迁执。谢公高明处，正在不执。

86. 桓玄为太傅，大会，朝臣毕集，坐裁竟，问王桢之曰："我何如卿第七叔?"《王氏谱》曰：桢之字公幹，琅邪人，徽之子。历侍中、大司马长史。第七叔，献之也。于时宾客为之咽气。【咽气语妙。盖皆以为桓玄不如献之也。】王徐徐答曰："亡叔是一时之标，公是千载之英。"【凌濛初云："直是怕他。"吴勉学云："未免佞桓。"】一坐欢然。【由"咽气"至"欢然"，于时宾客如在目前。】

◎ 形格势禁，不得不如此。然此是场面话，不是真品藻。

87. 桓玄问刘太常【刘瑾】曰："我何如谢太傅?"【此与前则恐是同一场景。桓玄既与子敬比，又与谢公比，真个皮厚!】《刘瑾集叙》曰：瑾字仲璋，南阳人。祖遐，父畅。畅娶王羲之女，生瑾。瑾有才力，历尚书、太常卿。刘答曰："公高，太傅深。"【高是仗势欺人，深是厚德载物。】又曰："何如贤舅子敬?"【一问再问，便是自愧不如。】答曰："楂、梨、橘、柚，各有其美。"【凌濛初云："最好答法。"】《庄子》曰：楂、梨、橘、柚，其味相反，皆可于口也。【名言。按《淮南子·说林》："梨、橘、枣、栗不同味，而皆调于口。"】

◎ 刘瑾答问，远胜桢之。刘瑾智，桢之佞。侄不如甥，可叹！

88. 旧以桓谦比殷仲文。《中兴书》曰：谦字敬祖，冲第三子。尚书仆射、中军将军。《晋安帝纪》曰：仲文有器貌才思。桓玄时，仲文入，桓于庭中望见之，谓同坐曰："我家中军【桓谦】，那得及此也！"【大实话。】

◎ 桓玄直如照妖镜，照人则明，自照则暗。

规箴第十

● 规箴者，规讽告诫之意也。《左传·昭公十六年》云："子宁以他规我。"杜预注称："规，正也。"同书《昭公二十六年》："子孝而箴。"注云："箴，谏也。"又《文心雕龙·铭箴》："箴者，针也，所以攻疾防患，喻针石也。""夫箴诵于官，铭题于器，名目虽异，而警戒实同。"可知规、箴二字，本同而末异，皆劝人迁善改过也。然魏晋之际，崇自我，尚个性，君臣朋侪，亲旧夫妇，皆师心以自用，故其应对表现，颇不同于往昔：有闻过知耻者，亦有虽谏不从者；有从善如流者，亦有反戈一击者；有以不谏而谏者，更有顾左右而言他者；一颦一笑，一言一行，亦足见其性情，辨其雅俗耳。子游有云："事君数，斯辱矣；朋友数，斯疏矣。"是故知规箴易、善规箴难也。

1. 汉武帝【刘彻】乳母尝于外犯事，帝欲申宪，【按：申宪犹言诉诸法律也。】乳母求救东方朔。《汉书》曰：朔字曼倩，平原厌次人。《朔别传》曰：朔，南阳步广里人。《列仙传》云：朔是楚人。武帝时上书说便宜，拜郎中。宣帝初，弃官而去，共谓岁星也。朔曰："此非唇舌所争，尔必望济者，将去时，但当屡顾帝，慎勿言！此或可万一冀耳。"【面授机宜。】乳母既至，朔亦侍侧，因谓曰："汝痴耳！帝岂复忆汝乳哺时恩邪！"【正话反说，规箴在此。】帝虽才雄心忍，亦深有情恋，【情恋二字可思。武帝亦一多情种子也，有其诗文为证。】乃凄然愍之，即敕免罪。《史记·滑稽传》曰：

汉武帝少时，东武侯母尝养帝，后号大乳母。其子孙从奴横暴长安中，当道夺人衣物。有司请徙乳母于边，奏可。乳母入辞。帝所幸倡郭舍人，发言陈辞虽不合大道，然令人主和说。乳母乃先见，为下泣。舍人曰："即入辞，勿去，数还顾。"乳母如其言。舍人疾言骂之曰："咄！老女子，何不疾行？陛下已壮矣，宁尚须乳母活邪？尚何还顾邪？"于是人主怜之。诏止毋徙，罚请者。【王世懋云："本郭舍人事，附会东方生以为奇。"今按：附会东方朔，盖以其名高也。】

◎ 此则回溯至西汉武帝时人事，可谓逆流而上。《世说》虽大抵起于汉末，迄于东晋，然亦有逸出此时限者，此即一例。

2. 京房与汉元帝【刘奭】共论，因问帝："幽、厉之君何以亡？所任何人？【四字累赘，可删。】"答曰："其任人不忠。"房曰："知不忠而任之，何邪？"曰："亡国之君各贤其臣，岂知不忠而任之？"房稽首曰："将恐今之视古，亦犹后之视今也。"【千古名言。】《汉书》：京房字君明，东郡顿丘人。尤好钟律，知音声，以孝廉为郎。是时，中书令石显专权，及友人五鹿充宗为尚书令，与房同经，论议相是非，而此二人用事。房尝宴见，问上曰："幽、厉之君何以亡？所任何人？"上曰："君亦不明，而臣巧佞。"房曰："知其巧佞而任之邪？将以为贤邪？"上曰："贤之。"房曰："然则今何以知其不贤？"上曰："以其时乱而君危知之。"房曰："是任贤而理，任不肖而乱，自然之道也。幽、厉何不觉悟而更纳贤？何为卒任不肖以至亡？"于是上曰："乱亡之君，各贤其臣。令皆觉悟，安得乱亡之君？"房曰："齐桓、二世，何不以幽、厉卜之，而任竖刁、赵高，政治日乱邪？"上曰："唯有道者能以往知来耳。"房曰："自陛下即位，盗贼不禁，刑人满市"云云，问上曰："今治邪？乱也？"上曰："然愈于彼。"房曰："前二君皆然。臣恐后之视今，犹今之视前也。"【文眼在此。】上曰："今为乱者谁？"房曰："上所亲与图事帷幄中者。"房指谓石显及充宗。显等乃建言，宜试房以郡守，遂以房为东郡。显发其私事，坐弃市。【观注可知，此则出自《汉书·京房传》。】

◎ 此则最能见出《世说》叙事截取片段、化整为零之法，略貌取神，片言折狱，正在后两句耳。

3. 陈元方【陈纪】遭父丧，哭泣哀恸，躯体骨立。【哀毁过当，于礼不该。】其母愍之，窃以锦被蒙上。【此亦不该。】郭林宗吊而见之，谓曰："卿海内之隽才，四方是则，如何当丧，锦被蒙上？孔子曰：'衣夫锦也，食夫稻也，于汝安乎？'《论语》曰：宰我问："三年之丧，期已久矣。"子曰："食夫稻，衣夫锦，于汝安乎？夫君子居丧，食旨不甘，闻乐不乐，居处不安，故不为也。今汝安，则为之。"吾不取也！"奋衣而去。自后宾客绝百所日。【按凌濛初云："无意中受谤，莫可自解，古来同恨。"】所，一作许。

◎ 林宗一言九鼎，元方百口莫辩。亦非规箴，直是痛责。

4. 孙休好射雉，至其时，则晨去夕反。群臣莫不止谏曰："此为小物，何足甚耽？"休曰："虽为小物，耿介过人，朕所以好之。"【小物不小，语极有韵。】环济《吴纪》曰：休字子烈，吴大帝第六子。初封琅邪王，梦乘龙上天，顾不见尾。孙琳废少主，迎休立之。锐意典籍，欲毕览百家之事。颇好射雉，至春，晨出莫反，唯此时舍书。崩，谥景皇帝。《条列吴事》曰：休在位烝烝，无有遗事，唯射雉可讥。【按《三国志·潘濬传》裴注引《江表传》云："权数射雉，濬谏权，权曰：'相与别后，时时蹔出耳，不复如往日之时也。'濬曰：'天下未定，万机务多，射雉非急，弦绝括破，皆能为害，岂特为臣姑息置之。'濬出，见雉翳故在，乃手自撤坏之。权由是自绝，不复射雉。"是知孙休射雉乃有家族遗传，而其纳谏之雅量，尚不及乃父孙权。】

◎ 孙休以"耿介过人"自饰，亦自耿介过人也。

5. 孙皓问丞相陆凯曰："卿一宗在朝有几人？"陆曰："二相、五侯、将军十余人。"皓曰："盛哉！"陆曰："君贤臣忠，国之盛也；父慈子孝，家之盛也。今政荒民弊，覆亡是惧，臣何敢言盛！"【有骨头。王世懋云："忠臣之言。"】《吴录》曰：凯字敬风，吴人，丞相逊族子。忠鲠有大节，笃志好学。初为建忠校尉，虽有军事，手不释卷。累迁左丞相。时后主暴虐，凯正直强谏，以其宗族强盛，不敢加诛也。

◎ 国士牢骚语，亦凛然有生气。不辱《规箴》之科。

6. 何晏、邓飏令管辂作卦，云："不知位至三公不？"卦成，辂称引古义，深以戒之。飏曰："此老生之常谈。"【邓飏自视甚高，实未入道。】《辂别传》曰：辂字公明，平原人也。明《周易》，声发徐州。冀州刺史裴徽举秀才，谓曰："何、邓二尚书有经国才略，于物理无不精也。何尚书神明清彻，殆破秋豪，君当慎之。自言不解《易》中九事，必当相问。比至洛，宜善精其理。"辂曰："若九事比王义，不足劳思。若阴阳者，精之久矣。"辂至洛阳，果为何尚书问九事，皆明。何曰："君论阴阳，此世无双也。"时邓尚书在，曰："此君善《易》，而语初不论《易》中辞义，何邪？"辂答曰："夫善《易》者不论《易》也。"何尚书含笑赞之曰：'可谓要言不烦也。'【要言不烦，其事难能。】因谓辂曰："闻君非徒善论《易》，至于分蓍思爻，亦为神妙。试为作一卦，知位当至三公不？又梦青蝇数十来鼻头上，驱之不去，有何意故？"辂曰："鸱，天下贱鸟也。及其在林，食其桑椹，则怀其好音。况辂心过草木，注情葵藿，敢不尽忠？唯察之尔。昔元、凯之相重华，宣慈惠和，仁义之至也。周公之翼成王，坐以待旦，敬慎之至也。故能流光六合，万国咸宁。然后据鼎足而登金铉，调阴阳而济兆民。此履道之休应，非卜筮之所明也。今君侯位重东岳，势若雷霆，望云赴景，万里驰风。而怀德者少，畏威者众，殆非小心翼翼，多福之士。又鼻者，艮也，此天中之山，高而不危，所以长守贵也。今青蝇，臭恶之物，而集之焉。位峻者颠，轻豪者亡，必至之分也。夫变化虽相生，极则有害；虚满虽相受，溢则有竭。圣人见阴阳之性，明存亡之理，损益以为衰，抑进以为退。是故山在地中曰《谦》，雷在天上曰《大壮》。《谦》则裒多益寡，《大壮》则非礼不履。伏愿君侯上寻文王六爻之旨，下思尼父象象之义，则三公可决，青蝇可驱。"邓曰："此老生之常谈。"辂曰："夫老生者见不生，常谈者见不谈。"【答语甚妙。】晏曰："知幾其神乎，古人以为难；交疏而吐诚，今人以为难。今君一面，尽二难之道，可谓'明德惟馨'。【按：四字本《尚书·君陈》。】《诗》不云乎，'中心藏之，何日忘之！'"【按：出自《诗·小雅·隰桑》。】《名士传》曰：是时曹爽辅政，识者虑有危机。晏有重名，与魏姻戚，内虽怀忧，而无复退也。著五言诗以言志曰："鸿鹄比翼游，群飞戏太清。常畏大网罗，忧祸一旦并。岂若集五湖，从流唼浮萍。永宁旷中怀，何为怵惕惊。"盖因辂言，惧而赋诗。【平叔尚有戒慎恐惧之心，不愧清谈祖师之誉。】

◎ 公明知幾，平叔知命，亦可称二难。

7. 晋武帝【司马炎】既不悟太子【司马衷】之愚，必有传后意，诸名臣亦多献直言。帝尝在陵云台上坐，卫瓘在侧，欲申其怀。因如醉，跪帝前，以手抚床曰："此坐可惜！"【可谓醉谏。】帝虽悟，因笑曰："公醉邪？"《晋阳秋》曰：初，惠帝之为太子，咸谓不能亲政事。卫瓘每欲陈启废之而未敢也。后因会醉，遂跪床前曰："臣欲有所启。"帝曰："公所欲言者，何邪？"瓘欲言而复止者三，因以手抚床曰："此坐可惜。"帝意乃悟，因谬曰："公真大醉也。"帝后悉召东宫官属大会，令左右赍尚书处事以示太子，令处决。太子不知所对。贾妃以问外人，代太子对，多引古词义。给使张弘曰："太子不学，陛下所知，宜以见事断，不宜引书也。"妃从之。弘具草奏，令太子书呈，帝大说，以示瓘。于是贾充语妃曰："卫瓘老奴，几败汝家。"妃由是怨瓘，后遂诛之。【楚歌饶恨曲，"南风"多死声。贾妃血债多矣。】

◎ 此座可惜，忠臣可叹！

8. 王夷甫妇，郭泰宁女，【郭氏性妒。】《晋诸公赞》曰：郭豫字太宁，太原人。仕至相国参军。知名，蚤卒。才拙而性刚，聚敛无厌，干豫人事。夷甫患之而不能禁。时其乡人幽州刺史李阳，京都大侠，【家事中突兀插入一京都大侠，跌宕有致。】《晋百官名》曰：阳字景相，高平人。武帝时为幽州刺史。《语林》曰：阳性游侠，盛暑，一日诣数百家别，宾客与别，常填门，遂死于几下，故惧之。犹汉之楼护，《汉书·游侠传》曰：护字君卿，齐人。学经传，甚得名誉。母死，送葬车三千两。仕至天水太守。郭氏惮之。夷甫骤谏之，乃曰："非但我言卿不可，李阳亦谓卿不可。"【搬救兵。】郭氏小为之损。【凌濛初云："为畏内者开门户。"】

◎ 夷甫惧内，恐是琅邪王氏门风。王戎、王导、王敦辈皆有此弊。晋人雅尚玄远，守雌柔之道，故士夫之家，多乾纲不振，夷甫以夫谏妇，可为当时缩影。

9. 王夷甫雅尚玄远，常嫉其妇贪浊，口未尝言"钱"字。【假清高，真矫情。】《晋阳秋》曰：夷甫善施舍，父时有假贷者，皆与焚券，未尝谋货利之事。王隐《晋书》曰：夷甫求富贵得富贵，资财山积，用不能消，安须问钱乎？而世以不问为高，不亦惑乎！妇欲试之，令婢以钱绕床，不得行。夷甫晨起，见钱阂行，呼婢曰："举却阿堵物！"【其声可闻。刘应登云："阿堵物，

犹言这个物，非以名钱。"】

◎ 阿堵物，孔方兄，原是一物。

10. 王平子【按：即王澄，夷甫弟。】年十四五，见王夷甫妻郭氏贪欲，令婢路上儋粪。平子谏之，并言不可。郭大怒，谓平子曰："昔夫人临终，以小郎嘱新妇，不以新妇嘱小郎。"【声口毕肖。】《永嘉流人名》曰：澄父乂，第三取乐安任氏女，生澄。急捉衣裾，将与杖。平子饶力，争得脱，踰窗而走。【所以踰窗，盖门已被堵住矣。写得惊心动魄。】

◎ 夫谏尚不可，何况小叔？郭氏之贪浊、善妒、刻毒，亦有家风。

11. 元帝【司马睿】过江犹好酒，王茂弘【王导】与帝有旧，常流涕谏。帝许之，命酌酒，一酣，从是遂断。【比刘伶果断。凌濛初云："遂断，不足纪；一酣而断，乃有致。"】邓粲《晋纪》曰：上身服俭约，以先时务。性素好酒，将渡江，王导深以谏。帝乃令左右进觞，饮而覆之，自是遂不复饮。克己复礼，官修其方，而中兴之业隆焉。

◎ 一善谏，一善听，王与马，故可共天下。

12. 谢鲲为豫章太守，从大将军下，至石头。敦谓鲲曰："余不得复为盛德之事矣！"【好比破罐破摔。】鲲曰："何为其然？但使自今已后，日亡日去耳。"【胡三省云："言日复一日，浸忘前事，则君臣猜嫌之迹日去耳。"】《鲲别传》曰：鲲之讽切雅正，皆此类也。敦又称疾不朝，鲲谕敦曰："近者明公之举，虽欲大存社稷，然四海之内，实怀未达。若能朝天子，使群臣释然，万物之心，于是乃服。仗民望以从众怀，尽冲退以奉主上，如斯则勋侔一匡，名垂千载。"【动情晓理，绝好说辞。】时人以为名言。《晋阳秋》曰：鲲为豫章太守，王敦将肆逆，以鲲有时望，逼与俱行。既克京邑，将旋武昌，鲲曰："不就朝觐，鲲惧天下私议也。"敦曰："君能保无变乎？"对曰："鲲近日入觐，主上侧席，迟得见公，宫省穆然，必无不虞之虑。公若入朝，鲲请侍从。"敦曰："正复杀君等数百，何损于时？"遂不朝而去。

◎ 谢鲲虽有放诞之举，然临大节而不可夺，石头之言，深明大义，远在"八达"之上。

13. 元皇帝【司马睿】时，廷尉张闿葛洪《富民塘颂》曰：闿字敬绪，丹阳人，张昭孙也。《中兴书》曰：闿，晋陵内史，甚有威德。转至廷尉卿。在小市居，私作都门，早闭晚开。【早闭晚开，犹如路障，故招人厌。】群小患之，诣州府诉，不得理；遂至枻登闻鼓，犹不被判。闻贺司空【贺循】出，至破冈，连名诣贺诉。【彼时已有联名诉状】《贺循别传》曰：循字彦先，会稽山阴人。本姓庆，高祖纯，避汉帝讳，改为贺氏。父劭，吴中书令，以忠正见害。循少婴家祸，流放荒裔，吴平乃还。秉节高举，元帝为安东王，循为吴国内史。贺曰："身被征作礼官，不关此事。"【按：指太常卿一职】群小叩头，曰："若府君复不见治，便无所诉。"贺未语，令："且去，见张廷尉当为及之。"张闻，即毁门，自至方山迎贺，贺出见辞之，曰："此不必见关，但与君门情，相为惜之。"【按：门情犹私家交情。李慈铭云："贺循祖贺齐，为吴将军，与闿祖张昭交善，固云门情。"】张愧谢曰："小人有如此，始不即知，早已毁坏。"【张闿闻义能徙，亦非可厌之人。】

◎ 动之以情，晓之以理，亦可谓"几谏"。

14. 郗太尉【郗鉴】晚节好谈，既雅非所经，而甚矜之。【不自知，故自矜。】《中兴书》曰：鉴少好学博览，虽不及章句，而多所通综。后朝觐，以王丞相末年多可恨，每见，必欲苦相规诫。王公知其意，每引作他言。【丞相已意会，郗公当适可而止。】临还镇，故命驾诣丞相，翘须厉色，上坐便言："方当乖别，必欲言其所见。"【非说不可时，正可三缄其口。】意满口重，辞殊不流。【捉襟见肘，郗公此时必愧悔交加。】王公摄其次，曰："后面未期，亦欲尽所怀，愿公勿复谈。"【丞相亦得理不饶人。】郗遂大瞋，冰矜【凌濛初云："'冰矜'意者，寒战也。人怒极，恒有此。"余嘉锡云："盖郗公不善言辞，故瞠怒之余，惟觉其颜色冷若冰霜，而有矜奋之容也。"】而出，不得一言。

◎ 子游云："事君数，斯辱矣；朋友数，斯疏矣。"劝谏不可苦逼，郗公之病正在一"数"字。

15. 王丞相为扬州，遣八部从事之职。顾和时为下传【下传，即按察下属之官吏】，还，同时俱见。诸从事各奏二千石官长得失，至和独无言。【独无言正是有话说。】王问顾曰："卿何所闻？"答曰："明公作辅，宁使网漏吞舟，【按：语本《史记·酷吏列传序》："网漏于吞舟之鱼，而吏治烝烝，不至于奸，黎民艾安。"又《盐铁论·论菑》："是以古者，明王茂其德教，而缓其刑罚也。网漏吞舟之鱼，而刑审于绳墨之外。及臻其末，而民莫犯禁也。"】何缘采听风闻，以为察察之政？"丞相咨嗟称佳，诸从事自视缺然也。【按《老子》五十八章："其政闷闷，其民淳淳；其政察察，其民缺缺。"】

◎ 水至清则无鱼，人至察则无徒。过江诸人，寄人国土，心常怀惭，正不可为察察之政也。王导作辅，为政宽和，从善如流，虽遭訾议于当世，终使东晋基业历百余年而不倒，厥功伟矣，岂可仅以愦愦视之？

16. 苏峻东征沈充，《晋阳秋》曰：充字士居，吴兴人。少好兵，诣事王敦。敦克京邑，以充为车骑将军，领吴国内史。明帝伐王敦，充率众就王含，谓其妻曰："男儿不建豹尾，不复归矣！"敦死，充将吴儒斩首于京都。请吏部郎陆迈与俱。《陆碑》曰：迈字功高，吴郡人。器识清敏，风检澄峻。累迁振威太守、尚书吏部郎。将至吴，密敕左右，令入闾门放火以示威。陆知其意，谓峻曰："吴治平未久，必将有乱。若为乱阶，可从我家始。"峻遂止。【刘应登云："陆恐其放火以祸其乡，故先为此言，以破其计。"】

◎ 古有一言兴邦者，如陆迈，可谓一言安邦。

17. 陆玩拜司空，《玩别传》曰：是时王导、郗鉴、庾亮相继薨殂，朝野忧惧，以玩德望，乃拜司空。玩辞让不获，乃叹息谓朋友曰："以我为三公，是天下无人矣。"时人以为知言。有人诣之，索美酒，得，便自起，泻著梁柱间地，祝曰："当今乏才，以尔为柱石之用，莫倾人栋梁。"【熟人间常有此恶作剧。】玩笑曰："戢卿良箴。"【按：戢，收藏，铭记。】

◎ 此亦可入《雅量》。

18. 小庾【庾翼】在荆州，公朝大会，问诸僚佐曰："我欲为汉高、魏武，何如？"【似有不臣之心。】翼别见。宋明帝《文章志》曰：庾翼名辈，岂应狂狷如此哉？若有斯言，亦传闻者之谬矣。一坐莫答。长史江虨曰："愿明公为桓、文之事，【按：桓、文，即齐桓、晋文也。】不愿作汉高、魏武也。"

◎ 小庾不自量力，即桓、文之事尚且不足为，遑论汉高、魏武耶？人真不可为荆州，盖荆州心腹之地，常令人有反心。王敦、桓温且不论，小庾甫为荆州，竟亦狂顾顿缨、跃跃欲试矣。

19. 罗君章【罗含】为桓宣武从事，《含别传》曰：刺史庾亮初命含为部从事，桓温临州，转参军。谢镇西【谢尚】作江夏，往检校之。《中兴书》曰：尚为建武将军、江夏相。罗既至，初不问郡事，径就谢数日饮酒而还。桓公问有何事？君章云："不审公谓谢尚何似人？"桓公曰："仁祖是胜我许人。"【桓公尚知谦退。】君章云："岂有胜公人而行非者？故一无所问。"桓公奇其意而不责也。

◎ 此则有乖《规箴》之旨，置诸《品藻》《任诞》差可。

20. 王右军与王敬仁【王修】、许玄度【许询】并善，二人亡后，右军为论议更剋。【按：剋通刻，苛刻之意。】孔岩戒之曰："明府昔与王、

269

许周旋有情，及逝没之后，无慎终之好，民所不取。"【《老子》第六十四章："慎终如始，则无败事。"按："民"，盖孔岩自称。】右军甚愧。

◎ 右军虽骨鲠之人，然恃才傲物，为人难免刻薄寡恩。

21. 谢中郎【谢万】在寿春败，临奔走，犹求玉帖镫。【刘应登云："玉帖镫，马上具也。"】太傅在军，前后初无损益之言。尔日犹云："当今岂须烦此！"按：万未死之前，安犹未仕。高卧东山，又何肯轻入军旅邪？《世说》此言，迂谬已甚。【王世懋云："注驳是。"凌濛初云："万北征时，太傅亦常俱行。注驳未是。"】

◎ 谢万败走，尚求马镫，只是纨绔习气；谢公处时顺变，心无挂碍，方显风流本色。"当今岂须烦此！"正与"不能为性命忍俄顷"，同其慷慨！

22. 王大【王忱】语东亭【王珣】："卿乃复论成【按："论成"，唐写本作"伦伍"。盖言品藻人物之次第也。】不恶，那得与僧弥【王珉】戏？"【刘应登云："言东亭虽不恶，那得及王珉也。"《续晋阳秋》曰："珉有隽才，与兄珣并有名，而声出珣右。故时人为之语曰：'法护非不佳，僧弥难为兄。'"】

◎ 兄弟为名所累，竟不能相戏，大失兄弟怡怡之道。

23. 殷觊病困，看人政见半面。【余嘉锡云："殷觊之病困，正坐因小病而误服寒食散至热之药，又违失节度，饮食起居，未能如法，以致诸病发动，至于困剧耳。凡散发之病，巢氏所引皇甫谧语列举诸症，多至五十余条。今虽不知觊病为何等，而其看人政见半面，明系热气冲肝，上奔两眼，晕眩之极，遂尔瞑瞑漠漠，目光欲散，视瞻无准，精候不与人相当也。散发至此，病已沈重。甚者用冷水百余石不解。晋司空裴秀即以此死。觊既病困，益以忧惧，固宜其死耳。"】殷荆州【殷仲堪】兴晋阳之甲，《春秋公羊传》曰：晋赵鞅取晋阳之甲，以逐荀寅、士吉射。寅、吉射者，君侧之恶人。往与觊别，涕零，属以消息所患。

【按：消息所患，犹言好好养病。消息，将息调养也。】觊答曰："我病自当差，正忧汝患耳！"【患者，病也。犹言我病说好便好，汝之病却难治也。又李贽云："各人忧各人，最是。"】《晋安帝纪》曰：殷仲堪举兵，觊弗与同，且以己居小任，唯当守局而已；晋阳之事，非所宜豫也。仲堪每邀之，觊辄曰："吾进不敢同，退不敢异。"遂以忧卒。

◎ 殷觊病患，仲堪病祸，皆有因果也。

24. 远公在庐山中，《豫章旧志》曰：庐俗字君孝，本姓匡，夏禹苗裔东野王之子。秦末，百越君长与吴芮助汉定天下，野王亡军中。汉八年，封俗鄡阳男，食邑兹部，印曰"庐君"。俗兄弟七人，皆好道术，遂寓于洞庭之山，故世谓庐山。孝武元封五年，南巡狩，浮江，亲睹神灵，乃封俗为大明公，四时秩祭焉。【匡庐由来，可广闻见。】远法师《庐山记》曰：山在江州寻阳郡，左挟彭泽，右傍通川，有匡俗先生，出自殷、周之际，遁世隐时，潜居其下。或云：匡俗受道于仙人，而共游其岭，遂室崖岫，即岩成馆，故时人谓为"神仙之庐"而命焉。【神仙之庐良可思。】《法师游山记》曰：自托此山二十三载，再践石门，四游南岭，东望香炉峯，北眺九江。传闻有石井方湖，中有赤鳞踊出，野人不能叙，直叹其奇而已矣。虽老，讲论不辍。【老而弥坚，远公不远。】弟子中或有惰者，远公曰："桑榆之光，理无远照，但愿朝阳之晖，与时并明耳。"【励志箴言，知深爱重。】执经登坐，讽咏朗畅，词色甚苦，高足之徒，皆肃然增敬。

◎ 远公绝是好老师。

25. 桓南郡【桓玄】好猎，每田狩，车骑甚盛，五六十里中，旌旗蔽隰。骋良马，驰击若飞，双甄所指，不避陵壑。或行陈不整，麏兔腾逸，参佐无不被系束。【《老子》云："驰骋畋猎，使人心发狂。"观此信然。】桓道恭，玄之族也，《桓氏谱》曰：道恭字祖猷，彝同堂弟也。父赤之，太学博士。道恭历淮南太守、伪楚江夏相。义熙初，伏诛。时为贼曹参军，颇敢直言。常自带绛绵绳，著腰中，玄问："此何为？"答曰："公猎，好缚人士，会当被缚，手不能堪芒也。"【谓不能忍受芒刺在肤之苦也。讽谏佳法。】玄自此小差。

◎ 言非若是，言是若非，桓道恭可谓善解纷者。《史记·滑稽列传》中常有此人物，才情可观。

26. 王绪、王国宝相为唇齿，并上下权要。【犹言上下其手，擅威弄权。】《王氏谱》曰：绪字仲业，太原人。祖延，父乂，抚军。《晋安帝纪》曰：绪为会稽王从事中郎，以佞邪亲幸。王珣、王恭恶国宝与绪乱政，与殷仲堪尅期同举，内匡朝廷。及恭表至，乃斩绪以悦诸侯。国宝，平北将军坦之第三子。太傅谢安，国宝妇父也，恶而抑之不用。安薨，相王辅政，迁中书令，有妾数百。从弟绪有宠于王，深为其说，国宝权动内外。王珣、王恭、殷仲堪为孝武所待，不为相王所眄。恭抗表讨之，车胤又争之。会稽王既不能拒诸侯兵，遂委罪国宝，付廷尉赐死。王大不平其如此，乃谓绪曰："汝为此欻欻，曾不虑狱吏之为贵乎？"《史记》曰：有上书告汉丞相欲反，文帝下之廷尉。勃既出，叹曰："吾常将百万之军，安知狱吏之为贵也？"【按：此本《史记·周勃世家》。】

◎ "狱吏之为贵"，既是规箴，亦是威慑，听者自知。

27. 桓玄欲以谢太傅宅为营，谢混【按：谢琰子，谢安孙。】曰："召伯之仁，犹惠及甘棠；《韩诗外传》曰：昔周道之隆，召伯在朝，有司请召民。召伯曰：'以一身劳百姓，非吾先君文王之志也。'乃暴处于棠下而听讼焉。诗人见召伯休息之棠，美而歌之曰：'蔽芾甘棠，勿翦勿伐，召伯所茇。'【语本《诗·召南·甘棠》。】文靖【按：谢安卒后，谥号文靖。】之德，更不保五亩之宅？"玄惭而止。

◎ 有孙若此，足慰人意。

捷悟第十一

● 捷悟，即捷才敏悟之谓也。魏晋之世，才性之学大兴，才思敏捷者颇受推重。刘邵《人物志序》云："夫圣贤之所美，莫美于聪明。聪明之所贵，莫贵乎知人。"又夫子曰："不知言，无以知人也。"是知能捷悟者，必能知言以知人也。此门所记七则故事，杨修即占其四，皆隐语字谜之类，占解入微，妙趣横生；后三则记王导解纷、郗超救父、王珣见机事，亦层层点逗，人物神采，跃然纸上。然捷悟如杨修者，终被曹操所杀，足见过犹不及，不善处长者，长亦成短耳。故《人物志·英雄篇》云："若聪能谋始，而明不见机，乃可以坐论，而不可以处事。聪能谋始，明能见机，而勇不能行，可以循常，而不可以虑变。"自恃聪明、好行小惠者，可不慎乎！

1. 杨德祖【杨修】为魏武主簿，时作相国门，始构榱桷【屋椽。】，魏武自出看，使人题门作"活"字，便去。杨见，即令坏之。【修擅自行令，便开祸亡之端。】既竟，曰："'门'中'活'，'阔'字，王正嫌门大也。"《文士传》曰：杨修字德祖，弘农人，太尉彪子。少有才学思干。魏武为丞相，辟为主簿。修常白事，知必有反覆教，豫为答对数纸，以次牒之而行。敕守者曰："向白事，必教出相反覆，若按此次第连答之。"已而风吹纸次乱，守者不别，而谖错误。公怒推问，修惭惧，然以所白甚有理，终亦是修。后为武帝所诛。【毛宗岗云："使修非党植以欺曹操，则操可以不怒，而修可以不死。彼谓修之以才见忌者，殆未为笃论矣。"】

◎ 露才扬己，杨修所以不免。

2. 人饷魏武一杯酪，魏武啖少许，盖头上题"合"字以示众，众莫能解。次至杨修，修便啖，曰："公教人啖一口也，复何疑？"
【曹操甚爱拆字游戏。吴勉学云："魏武奸雄，乃好作此小伎俩。"】

◎ 不写曹操作何应对，逗人猜想。

3. 魏武尝过曹娥碑下，杨修从。碑背上见题作"黄绢幼妇，外孙齑臼"八字，魏武谓修曰："解不？"答曰："解。"【答得干脆。】魏武曰："卿未可言，待我思之。"行三十里，魏武乃曰："吾已得。"令修别记所知。修曰："黄绢，色丝也，于字为'绝'；幼妇，少女也，于字为'妙'；外孙，女子也，于字为'好'；齑臼，受辛也，于字为'辞'：所谓'绝妙好辞'也。"【还是拆字。】魏武亦记之，与修同，乃叹曰："我才不及卿，乃觉三十里。"【按：觉者，较也。吴勉学云："德祖杀身，正坐此等处。"】《会稽典录》曰：孝女曹娥者，上虞人。父盱，能抚节按歌，婆娑乐神。汉安二年，迎伍君神，泝涛而上，为水所淹，不得其尸。娥年十四，号慕思盱，乃投瓜于江，存其父尸曰："父在此，瓜当沉。"旬有七日，瓜偶沉，遂自投于江而死。县长度尚悲怜其义，为之改葬，命其弟子邯郸子礼为之作碑。按：曹娥碑在会稽中，而魏武、杨修未尝过江也。【陈垣云："至于原碑在会稽，魏武未尝过江一节，刘孝标注《世说》时已提出疑问，后来《三国演义》改为壁间悬一碑文，遂将《世说》注文轻轻解答，著者可谓聪明。《宋史》卷四二《谢枋得传》：枋得被系北来，因病迁悯忠寺，犹见壁间有曹娥碑，则又何必过江然后得见此碑也。"】《异苑》曰：陈留蔡邕避难过吴，读碑文，以为诗人之作，无诡妄也。因刻石旁作八字。魏武见而不能了，以问群僚，莫有解者。有妇人浣于汾渚，曰："第四车解。"既而祢正平也。衡即以离合义解之。或谓此妇人即娥灵也。

◎ 魏武之杀杨修，未必忌其才，盖因修太过逞才耳。其党于曹植，本已大触霉头，而况"鸡肋"之事，扰乱军心，直以脖颈试锋刃也，焉得不为操所杀？是修之死，亦咎由自取耳。

4. 魏武征袁本初【袁绍】，治装，馀有数十斛竹片，咸长数寸，众云并不堪用，正令烧除。太祖思所以用之，谓可为竹椑楯，而未显其言，驰使问主簿杨德祖。应声答之，与帝心同。众伏其辩悟。【刘辰翁云："以上四则，皆德祖之所以可惜、所以致疑也。伤哉！"】

◎ 德祖善窥奸雄之心，岂能见容？

5. 王敦引军垂至大桁，明帝自出中堂。温峤为丹阳尹，帝令断大桁，故未断。帝大怒瞋目，左右莫不悚惧。按《晋阳秋》、邓《纪》皆云：敦将至，峤烧朱雀桥以阻其兵。而云未断大桁，致帝怒，大为讹谬。一本云"帝自劝峤入"，一本作"啖饮帝怒"，此则近也。召诸公来。峤至，不谢，但求酒炙。【有撒娇之意】王导须臾至，徒跣下地，【做得出】谢曰："天威在颜，遂使温峤不容得谢。"【说得出】峤于是下谢，帝乃释然。【解得开。双方都须台阶下也】诸公共叹王机悟名言。

◎ 温峤有恃无恐，丞相解围有术。俱可观。

6. 郗司空【郗愔】在北府，桓宣武【桓温】恶其居兵权。《南徐州记》曰：徐州人多劲悍，号精兵。故桓温常曰："京口酒可饮，箕可用，兵可使。"郗于事机素暗，遣笺诣桓："方欲共奖王室，修复园陵。"【忠臣之语】世子嘉宾出行，于道上闻信至，急取笺，视竟，寸寸毁裂，便回。还更作笺，自陈老病，不堪人间，欲乞闲地自养。【谋士之诡】宣武得笺大喜，即诏转公督五郡，会稽太守。【奸雄之举。刘辰翁又云："嘉宾入幕府，岂得已哉？观其处父子间，有足取者"】《晋阳秋》曰：大司马将讨慕容暐，表求申劝平北将军愔及袁真等严办。愔以羸疾求退，诏大司马领愔所任。按《中兴书》：愔辞此行，温责其不从，转授会稽。《世说》为谬。

◎ 心思缜密，当机立断，捷悟可以救人。

7. 王东亭【王珣】作宣武主簿，尝春月与石头【桓迢】兄弟乘马出郊。时彦同游者连镳俱进，石头，桓遐小字。《中兴书》曰：遐字伯道，温长子也。仕至豫州刺史。唯东亭一人常在前，觉数十步，诸人莫之解。石头等既疲倦，俄而乘舆回，诸人皆似从官，唯东亭奕奕在前，其悟捷如此。【刘辰翁云："小夫之谈，何足言'悟'"？】

◎ 东亭不惟捷悟，实亦清拔过人。

凤惠第十二

● 凤惠，即早慧。古时最重家学家教，而神童天才层出不穷。《礼记·大学》云："其家不可教而能教人者，无之。故君子不出家而成教于国。""宜其家人而后可以教国人"。又《颜氏家训·勉学篇》："士大夫子弟，数岁已上，莫不被教，多者或至《礼》《传》，少者不失《诗》《论》。及至冠婚，体性稍定，因此天机，倍须训诱。有志向者，遂能磨砺，以就素业；无履立者，自兹堕慢，便为凡人。"同书《教子篇》云："上智不教而成，下愚虽教无益，中庸之人，不教不知也。"可知古之家学家教，实儿童稚子启蒙之始基，成才之坦途也。此门所记早慧儿童故事七则，无不出于家学渊源之簪缨世家、书香门第。如陈元方兄弟窃听父辈论议，蒸饭作糜；司马绍日近长安之对，问同答异；韩康伯捉熨斗而知冷暖，旨在慰母；司马曜以昼动夜静言养生，不减乃父；似此，无不娓娓可听，玲珑可喜。噫！何今日再无此凤惠神童哉？窃谓究而论之，其因有三：家学崩解，坐失幼教之良机，一也；父母无识，专以快乐为能事，放弃教育之责任，二也；学校为官方所垄断，经典教育中断有年，教材低幼，难收启蒙祛蔽之效，三也。前引《颜氏家训·勉学篇》又云："人生小幼，精神专利，长成已后，思虑散逸，固须早教，勿失机也。"古语曰："教妇初来，教儿婴孩。"为人父母而不早施教者，真"贼夫人之子"也！

1. 宾客诣陈太丘【陈寔】宿，太丘使元方、季方炊。【使童子为炊，好家教。洒扫、应对、进退，自不在话下矣。】客与太丘论议，二人进火，俱委而窃听。【"窃听"二字吃紧。二子必是"中人以上"者也。】炊忘著箄，饭落釜中。【听得入港，至有纰漏。】太丘问："炊何不馏？"【按：馏，蒸饭也。】元方、季方长跪曰："大人与客语，乃俱窃听，炊忘著箄，饭今成糜。"太丘曰："尔颇有所识不？"【按："识"通"志"。】对曰："仿佛志之。"二子俱说，更相易夺，言无遗失。太丘曰："如此，但糜自可，何必饭也！"【吴勉学云："留此佳事，为千古口实。"】

◎ 有子如此，天天吃糜又何妨？

2. 何晏七岁，明慧若神，魏武奇爱之，因晏在宫内，欲以为子。晏乃画地令方，自处其中。【画地为牢也。】人问其故，答曰："何氏之庐也。"【不肯降志辱身，委身阿瞒。何晏可谓小时了了。】魏武知之，即遣还。【魏武此处倒也可观。】《魏略》曰：晏父蚤亡，太祖为司空时纳晏母。其时秦宜禄、阿鳐亦随母在宫，并宠如子，常谓晏为"假子"也。【魏宫遍地"假子"。】

◎ 父在，观其志；父没，观其行。如此，何晏可谓孝子。

3. 晋明帝【司马绍】数岁，坐元帝【司马睿】膝上。有人从长安来，元帝问洛下消息，潸然流涕。明帝问何以致泣，具以东渡意告之。【东渡，南渡，过江，异辞而同义。】因问明帝："汝意谓长安何如日远？"【大哉问。】答曰："日远。不闻人从日边来，居然可知。"【奇思妙想，童言无忌。按：居然，犹显然。】元帝异之。【不得不异。】明日，集群臣宴会，告以此意，更重问之。【便是炫耀。】乃答曰："日近。"元帝失色，曰："尔何故异昨日之言邪？"答曰："举目见日，不见长安。"【此可与《列子·汤问》篇"两小儿辩日"章同看。其文云："孔子东游，见两小儿辩斗。问其故，一儿曰：'我以日始出时去人近，而日中时远也。'一儿以日初出远，而日中时近也。一儿曰：'日初出大如车盖，及日中，则如盘盂，此不为远者小而近者大乎？'一儿曰：'日初出沧沧凉凉，及其日中如探汤，此不为近者热而远者凉乎？'孔子不能决也。两小儿笑曰：'孰为汝多知乎？'"】

◎ 前答已奇，后答更妙。举目见日，不见长安，何其悲慨！

4. 司空顾和与时贤共清言。【清言要紧，不是道家常，为后文铺垫】张玄之、顾敷是中外孙，年并七岁，《顾恺之家传》曰：敷字祖根，吴郡吴人。滔然有大成之量。仕至著作郎，二十三卒。【可惜】在床边戏。于时闻语，神情如不相属。【不相属，实相关，亦窃听也】暝于灯下，二小儿共叙客主之言，都无遗失。【直是留声机】顾公越席而提其耳【可谓耳提面命也】，曰："不意衰宗复生此宝！"

◎ 无家教，则无孝子；有家学，便有神童。

5. 韩康伯年数岁，家酷贫，至大寒，止得襦。母殷夫人自成之，【殷夫人，殷浩之妹，《贤媛》篇有其事】令康伯捉熨斗，谓康伯曰："且著襦，寻作复裈。"乃云："已足，不须复裈也。"母问其故，答曰："火在熨斗中而柄热。今既著襦，下亦当暖，故不须耳。"【童言可观】母甚异之，知为国器。

◎ 母不必知其为国器，至少家中多一熨斗耳。童言如春阳，大可暖老温贫。

6. 晋孝武【司马曜，简文帝子】年十二，时冬天，昼日不著复衣，但著单练衫五六重；夜则累茵褥。谢公谏曰："圣体宜令有常。陛下昼过冷，夜过热，恐非摄养之术。"帝曰："昼动夜静。"【言之有理】《老子》曰："躁胜寒，静胜暑。"此言夜静寒，宜重肃也。【注得恰切】谢公出，叹曰："上理不减先帝。"简文帝喜言理也。

◎ 大有乃父之风。

7. 桓宣武薨，桓南郡【桓玄】年五岁，服始除，桓车骑【桓冲】与送故文武别，《桓冲别传》曰：冲字玄叔，温弟也。累迁车骑将军、都督七州诸军事。因指语南郡："此皆汝家故吏佐。"玄应声恸哭，酸感傍人。【"酸感"二字传神。后王大令温酒，犯其家讳亦哭，奸雄亦有真率处。】车骑每自目己坐曰："灵宝成人，当以此坐还之。"灵宝，玄小字也。鞠爱过于所生。

◎ 观桓玄行事，可谓至孝。乃知求忠臣不必于孝子之门也。

豪爽第十三

● 豪爽者，豪迈俊爽之谓也。《世说》之门类设定，常两两相对，彼此呼应，如《识鉴》之于《赏誉》、《企羡》之于《品藻》、《捷悟》之于《夙惠》、《术解》之于《巧艺》、《任诞》之于《简傲》、《规箴》之于《自新》、《排调》之于《轻诋》、《纰漏》之于《尤悔》、《假谲》之于《谗险》、《俭啬》之于《汰侈》、《宠礼》之于《黜免》、《忿狷》之于《惑溺》，皆其例也。盖编者以为，人之才性品类，或如阴阳之交错，或如形影之相随，常有粗看混沌、细察可辨者在焉。即如《豪爽》一门，实可与《雅量》并观，其显隐张弛，外放内敛，皆人格类型之两极展现。古语云："唯大英雄能本色，是真名士自风流。"若谓《雅量》所关乃光风霁月之名士风流，则《豪爽》所标实为排山倒海之英雄本色。此门所记，如王敦、祖逖、桓温、桓玄之流，多为乱世豪雄，其情其性或失之粗鄙，其言其行则率真疏放，一任天然。唯须剥落道德之成见，方得人性之妙赏、审美之愉悦。《大学》所谓"好而知其恶，恶而知其美"者，正读《世说》之不二法门也！

1. 王大将军【王敦】年少时，旧有田舍名，【犹言乡巴佬。】语音亦楚。【刘辰翁云："王敦楚语。"盖楚地方音浓重之意。】武帝【司马炎】唤时贤共言伎艺事，人皆多有所知，唯王都无所关，意色殊恶。自言知打鼓吹，帝即令取鼓与之。于坐振袖而起，扬槌奋击，音节谐捷，神气豪上，傍若无人，举坐叹其雄爽。或曰：敦尝坐武昌钓台，闻行船打鼓，嗟称其能。俄而一樝小异，敦以扇柄撞几曰："可恨！"应侍侧曰："不然，此是回驲樝。"使视之，云"船人入夹口"。应知鼓又善于敦也。【按：唐本及宋本无此注。据宋汪藻《世说考异》，知为敬胤注，后为宋人羼入。今据袁本录之。】

◎ 雅量在神气不变，豪爽在旁若无人。此篇以王敦为主，亦大有深意。

2. 王处仲【王敦】，世许"高尚"之目。【"高尚"或可以"豪爽"做注。】尝荒恣于色，体为之弊，左右谏之，处仲曰："吾乃不觉尔。如此者甚易耳！"乃开后阁，驱诸婢妾数十人出路，任其所之，时人叹焉。【刘辰翁云："自是可传，传此者恨少。"吴勉学云："快人快事。余尝谓豪杰是借声色娱我，原未尝为声色惑溺，近代赵浚谷谓：'四十而不绝欲者，非夫也。'尤高。"邓粲《晋纪》曰：敦性简脱，口不言财，其存尚如此。

◎ 开阁驱婢，何如开仓放粮？王敦故是可儿。

3. 王大将军自目："高朗疏率，学通《左氏》。"【自视甚高。】《晋阳秋》曰：敦少称高率通朗，有鉴裁。

◎ 不知与杜预孰愈？

4. 王处仲每酒后，辄咏"老骥伏枥，志在千里。烈士暮年，壮心不已"。魏武帝乐府诗。以如意打唾壶，壶口尽缺。【历历如画。王世懋云："老贼故自豪，此意犹可怜。"又王世贞云："即玄德悲髀肉生意也。"】

◎ 魏武已开豪爽之风，宜乎处仲深爱魏武。刘辰翁云："四则皆处仲，至此欲尽。"继者何人？

5. 晋明帝欲起池台，元帝不许。帝时为太子，好武养士，一夕中作池，比晓便成。今太子西池是也。《丹阳记》曰：西池，孙登所创，吴史所称西苑也。明帝修复之耳。

◎ 此直顽劣耳，似与豪爽无涉。

6. 王大将军始欲下都，更分树置，先遣参军告朝廷，讽旨时贤。祖车骑【祖逖】尚未镇寿春，瞋目厉声语使人曰："卿语阿黑：敦小字也。何敢不逊！催摄面去，须臾不尔，我将三千兵，槊脚令上！"【王思任云："催摄面去，犹云快收拾嘴脸去也。槊脚令上，明谓缚在高处也。"】王闻之而止。【此贼亦有所惧。】

◎ 祖逖之于阿黑，犹李阳之于郭氏。祖逖更其豪爽！

7. 庾稚恭【庾翼】既常有中原之志，文康【庾亮】时，权重未在己。及季坚【庾冰】作相，忌兵畏祸，与稚恭历同异者久之，乃果行。倾荆、汉之力，穷舟车之势，师次于襄阳，《汉晋春秋》曰：翼风仪美劭，才能丰赡，少有经纬大略。及继兄亮居方州之任，有匡维内外、扫荡群凶之志。是时，杜乂、殷浩诸人盛名冠世，翼未之贵也。常曰："此辈宜束之高阁，俟天下清定，然后议其所任耳！"【好发落。】其意气如此。唯与桓温友善，桓期以宁济宇宙之事。初，翼辄发所部奴及车马万数，率大军入沔，将谋伐狄，遂次于襄阳。《翼别传》曰：翼为荆州，雅有大志。每以门地威重，兄弟宠授，不陈力竭诚，何以报国。虽蜀阻险塞，胡负凶力，然皆无道酷虐，易可乘灭。当此时，不能扫除二寇以复王业，非丈夫也。于是征役三州，悉其帑实，成众五万，兼率荒附，治戎大举，直指魏、赵，军次襄阳，耀威汉北也。大会参佐，陈其旌甲，亲授弧矢，曰："我之此行，若此射矣！"【王世懋云："闻其语矣，未见其人也。"】遂三起三叠。【三发三中，神武异常。】徒众属目，其气十倍。【吴勉学云："绝好处分。"】

◎ 庾翼诚比庾亮雄爽。

8. 桓宣武平蜀，集参僚置酒于李势殿，巴蜀缙绅莫不来萃。桓既素有雄情爽气，加尔日音调英发，叙古今成败由人，存亡系才，【八字实两晋国运写照。】其状磊落，一坐叹赏。既散，诸人追味馀言。于时寻阳周馥曰："恨卿辈不见王大将军！"【刘辰翁云："馥心不服桓，故优王以劣桓，然桓实胜王。"】《中兴书》曰：馥，周抚孙也，字湛隐。有将略，曾作敦掾。

◎ "豪爽"之门，而有"品藻"之意。妙！

9. 桓公读《高士传》，至於陵仲子，便掷去，曰："谁能作此溪刻自处！"【刘辰翁云："'溪刻'虽不可知，要是苦语。"按："溪刻"有过分苛刻之意。吴勉学云："本色语，故佳。"】皇甫谧《高士传》曰：陈仲子字子终，齐人。兄戴，相齐，食禄万钟。仲子以兄禄为不义，乃适楚，居於陵。曾乏粮三日，匍匐而食井李之实，三咽而后能视。身自织屦，令妻擗纑，以易衣食。尝归省母，有馈其兄生鹅者。仲子嚬颐曰："恶用此鶂鶂为哉？"后母杀鹅，仲子不知而食之。兄自外入曰："鶂鶂肉邪！"仲子出门，哇而吐之。【亦大不近人情。】楚王闻其名，聘以为相，乃夫妇逃去，为人灌园。【李贽云："於陵仲子，于世何用？"】

◎ 桓公亦可谓"掇皮皆真"。

10. 桓石虔，司空豁之长庶也。《豁别传》曰：豁字朗子，温之弟。累迁荆州刺史，赠司空。小字镇恶，年十七八未被举，而童隶已呼为"镇恶郎"。尝住宣武斋头。从征枋头。【按：此太和四年事，桓温率军北伐，战于枋头，大败。】车骑冲没陈，【自陷敌阵也。】左右莫能先救。宣武谓曰："汝叔落贼，汝知不？"【激将之法。】石虔闻之，气甚奋，命朱辟为副，策马于数万众中，莫有抗者，径致冲还，三军叹服。河朔后以其名断疟。【刘辰翁云："小名镇恶，遂能断疟。第不知当时桓温愧此儿不？"】《中兴书》曰：石虔有才干，有史学，累有战功。仕至豫州刺史，赠后军将军。

◎ 镇恶何止豪爽？实乃少年英雄也。败军之将，亦可言勇。《世

说》少有此等人物，读之神旺。】

11. 陈林道【陈逵】在西岸，《晋阳秋》曰：逵为西中郎将，领淮南太守，戍历阳。都下诸人共要至牛渚会。陈理既佳，人欲共言折，【按：言折，即言析。】陈以如意拄颊，望鸡笼山叹曰："孙伯符【孙策】志业不遂！"【刘辰翁云："可叹。"吴勉学云："状可想。"】《吴录》曰：长沙桓王讳策，字伯符，吴郡富春人。少有雄姿风气，年十九而袭业，众号孙郎。平定江东，为许贡客射破其面，引镜自照，谓左右曰："面如此！岂可复立功乎？"乃谓张昭曰："中国方乱，夫以吴、越之众，三江之固，足以观成败。公等善相吾弟。"呼大皇帝授以印绶，曰："举江东之众，决机于两陈之间，卿不如我；任贤使能，各尽其心，我不如卿。慎勿北渡！"语毕而薨，年二十有六。【英雄烈士，令人扼腕。】于是竟坐不得谈。【无脸再谈。】

◎ 此可与新亭对泣相媲美。过江诸人尚有黍离之悲，都下诸人则已逍遥卒岁。陈林道心怀光复之志，一语点醒梦中人，此情此景，可为一时代缩影也。

12. 王司州【王胡之】在谢公坐，咏"入不言兮出不辞，乘回风兮载云旗"。《离骚》【按：《离骚》或为《楚辞》之误。】《九歌·少司命》之辞。语人云："当尔时，觉一坐无人。"【一坐无人，大是佳境。吴勉学云："偶然会心。"】

◎ 熟读《离骚》，便可称名士。觉一坐无人，正是"神超形越"之境。

13. 桓玄西下，入石头，外白："司马梁王【珍之】奔叛。"《续晋阳秋》曰：梁王珍之，字景度。《中兴书》曰：初，桓玄篡位，国人有孔璞者，奉珍之奔寻阳。义旗既兴，归朝廷，仕至太常卿，以罪诛。玄时事形已济，在平乘上笳鼓并作，直高咏云："箫管有遗音，梁王安在哉？"【刘辰翁云："以此为达，可笑。"】阮籍《咏怀诗》也。【按《咏怀诗》第三十一首云："驾言发魏都,南向望吹台。萧管有遗音,梁王安在哉?战士食糟糠,贤者处蒿莱。歌舞曲未终,秦兵已复来。夹林非吾有,朱宫生尘埃。军败华阳下,身竟为土灰。"】

◎ 奸雄心事,发为歌吟,亦可谓豪爽。然此诗后两句云:"军败华阳下,身竟为土灰。"正为桓玄叛逆作谶言也。

卷下

世说新语新评

容止第十四

● 容止，即容仪举止也。《左传·襄公三十一年》："君子在位可畏，施舍可爱，进退有度，周旋可则，容止可观，做事可法，德行可象，声气可乐，动作有文，言语有章，以临其下，谓之有威仪也。"《孝经·圣治章》："容止可观，进退可度。"唐玄宗注："容止，威仪也。"又《礼记·月令》："雷将发声，有不戒其容止者，生子不备，必有凶灾。"郑玄注："容止，犹动静。"盖容止者，君子所必备之礼容威仪也。汉末以迄魏晋，人物品藻大行其道，容止之内涵遂由尚礼容、重威仪向尚形貌、重风神转变，而形神之间，又以神为主，故有"神超形越"之谓。《容止》一门单独立目，盖欲彰显彼时风气之盛，人物之美。而其叙事写人，又多用对比烘托法（如夏侯玄之于毛曾、潘岳之于左思）、自然象喻法（如嵇康孤松玉山、嵇绍鹤立鸡群、王恭濯濯如春柳）、夸张传奇法（如卫玠因美竟被"看杀"、庾亮因美而得"不杀"），要在出奇制胜，令人过目难忘。俗语云：爱美之心，人皆有之。读此篇若不齿颊生香、流连忘倦者，实不足与言美之所以为美也矣！

1. 魏武【曹操】将见匈奴使，自以形陋，不足雄远国，【形陋不足悦人目，正足雄远国也。】《魏氏春秋》曰：武王姿貌短小，而神明英发。使崔季珪代，帝自捉刀立床头。既毕，令间谍问曰："魏王何如？"匈奴使答曰："魏王雅望非常；《魏志》曰：崔琰字季珪，清河东武城人。声姿高畅，眉目疏朗，须长四尺，甚有威重。然床头捉刀人，此乃英雄也。"【"英雄"二字吃紧。】魏武闻之，追杀此使。【李贽云："不得不杀。"】

◎ 匈奴使看穿奸雄心事，不得不杀。盖曹操彼时"挟天子以令诸侯"，正献帝床边捉刀人也。观此一节，与《三国演义》"青梅煮酒"一回，刘备被曹操指为"英雄"，遂大惊失箸，何其相似乃尔！是知"英雄"二字，虽人人所欲，却未可轻出于口。或以此事不可信，正坐不知奸雄之为奸雄，端在其能行常人不可信之事也！

2. 何平叔【何晏】美姿仪，面至白。魏明帝【按《语林》作"魏文帝"。曹丕与何晏同长于宫省，不当有疑。故以明帝为是。】疑其傅粉，正夏月，与热汤饼。既啖，大汗出，以朱衣自拭，色转皎然。《魏略》曰：晏性自喜，动静粉帛不去手，行步顾影。按此言，则晏之妖丽，本资外饰。且晏养自宫中，与帝相长，岂复疑其形姿，待验而明也？【王世懋云："晏养宫中时，尚未有明帝，注驳未当。"按：孝标所谓"帝"，指文帝也。盖孝标所见本与《语林》略同。】

◎ 平叔可谓天生丽质难自弃。魏晋男士美容之风，由斯而起，遂使《世说》有《容止》一科，后人亦多一谈助也。然何郎何止"傅粉"？清谈、服药之风，亦由其所开，平叔实乃汉魏间最具文化创造力之人物也。

3. 魏明帝【曹叡】使后弟毛曾与夏侯玄共坐，时人谓"蒹葭倚玉树"。【绝好品目。真有传神写照之妙。】《魏志》曰：玄为黄门侍郎，与毛曾并坐。玄甚耻之，曾说形于色。【按：《魏志·夏侯玄传》作"尝进见，与皇后弟毛曾并坐，玄耻之，不悦形之于色。"】明帝恨之，左迁玄为羽林监。

◎ 夏侯玄人中龙凤，雅量弘放，不交非类，高自标置，玉树之目，不亦宜乎！毛曾以"蒹葭"之质，欲"倚玉树"，不知丑与美并置，更见其丑，遂传为笑谈耳。

4. 时人目夏侯太初【夏侯玄】"朗朗如日月之入怀"，李安国【李丰】"颓唐如玉山之将崩。"【刘辰翁云："何其开爽！"】《魏略》曰：李丰字安国，卫尉李义子也。识别人物，海内注意。明帝得吴降人，问江东闻中国名士为谁？以安国对之。是时丰为黄门郎，改名宣。上问安国所在，左右公卿即具以丰对。上曰："丰名乃被于吴、越邪？"仕至中书令，为晋王所诛。

◎ 二人俱是伟丈夫。可惜皆为司马氏所杀！《世说》赞人，光风朗月，颓唐玉山，世之奇伟佳丽之物，皆罗致笔下，惊艳骇俗，令人想煞！

5. 嵇康身长七尺八寸，风姿特秀。《康别传》【按：康兄嵇喜所撰。】曰：康长七尺八寸，伟容色，土木形骸，不加饰厉，而龙章凤姿，天质自然。正尔在群形之中，便自知非常之器。【读此妙文，知嵇喜亦非俗辈。】见者叹曰："萧萧肃肃，爽朗清举。"【"萧萧"者，潇洒脱俗也；"肃肃"者，凝定安详也；"爽朗"者，爽直开朗也；"清举"者，清逸高迈也。八字品人，形神兼具，动静相宜，美煞人也。】或云："肃肃如松下风，高而徐引。"【有风入松，何其清爽！】山公曰："嵇叔夜之为人也，岩岩若孤松之独立；其醉也，傀俄若玉山之将崩。"【山公具眼，寥寥数语，道出叔夜精气神。吴勉学云："方是名士风神，觉何平叔辈有脂粉气。"】

◎ 叔夜风神，光耀千古，绝非傅粉何郎可比。

6. 裴令公【裴楷】目王安丰："眼烂烂如岩下电。"王戎形状短小，而目甚清炤，视日不眩。

◎ 眼烂烂如岩下电，非目光如炬者莫能道。目光何以如炬？盖由精神挺动、元气充沛也。寥寥数语，满纸电光。

7. 潘岳妙有姿容，好神情。【神情二字可思。】《岳别传》曰：岳姿容甚美，风仪闲畅。少时挟弹出洛阳道，妇人遇者，莫不连手共萦之。【如众星拱月也。】左太冲绝丑，《续文章志》曰：思貌丑顇，不持仪饰。亦复效岳游遨，【或亦挟弹乎？】于是群妪齐共乱唾之，委顿而返。【刘辰翁云："理不犯群妪，何至委顿？"左太冲之尴尬，盖在弃己从人，非仅由貌丑。】《语林》曰：安仁至美，每行，老妪以果掷之，满车。张孟阳至丑，每行，小儿以瓦石投之，亦满车。二说不同。【王世懋云："太冲纵丑，未闻丑人必为群妪所唾。好事者之谈也。《语林》亦然。"】

◎ 子曰："爱之欲其生，恶之欲其死，既欲其生，又欲其死，是惑也。"晋人爱美恶丑，乃任性如此。

8. 王夷甫【王衍】容貌整丽，妙于谈玄，恒捉白玉柄麈尾，与手都无分别。【言其肤白如玉，如在目前。】

◎《世说》摹写人物，常于全景中突入一特写，绘色绘形，读之使人忘倦。

9. 潘安仁【潘岳】、夏侯湛并有美容，喜同行，时人谓之"连璧"。《八王故事》曰：岳与湛著契，故好同游。

◎ 连璧之美，令人目眩神迷。

10. 裴令公【裴楷】有隽容姿，一旦有疾至困，惠帝【司马衷】使王夷甫往看。裴方向壁卧，闻王使至，强回视之。【如见。】王出，语人曰："双眸闪闪若岩下电，精神挺动，体中故小恶。"【王衍好眼力。】《名士传》曰：楷病困，诏遣黄门郎王夷甫省之。楷回眸属夷甫云："竟未相识。"夷甫还，亦叹其神隽。【神隽胜过肤白。】

◎ 裴楷目王戎之语，复被夷甫璧还。唯有自具"电眼"者，方见人眼中之电。真奇文也。

11. 有人语王戎曰："嵇延祖【嵇绍】卓卓如野鹤之在鸡群。"【鹤立鸡群本此。】答曰："君未见其父耳。"【其父乃龙凤，自非野鹤可比。】康已见上。

◎ 王戎不免骄矜，答此语时，必粲然而笑矣。此正孟子所谓"观于海者难为水，游于圣人之门者难为言"者也。

12. 裴令公有隽容仪，脱冠冕，粗服乱头皆好，【大佳！粗服乱头，不掩国色，正是自然美。】时人以为"玉人"。【美男如玉，晋人独有。】见者曰："见裴叔则，如玉山上行，光映照人。"

◎ 君子比德于玉，名士比美于玉。玉山，玉树，玉人，连璧……触目皆琳琅珠玉。呜呼！不惟美人自美，赏人者亦美也。

13. 刘伶身长六尺，貌甚丑悴，而悠悠忽忽，土木形骸。【余嘉锡云："此皆言土木之质，不宜被以华采也。土木形骸者，谓乱头粗服，不加修饰，视其形骸，如土木然。"】梁祚《魏国统》曰：刘伶，字伯伦，形貌丑陋，身长六尺；然肆意放荡，悠焉独畅。自得一时，常以宇宙为狭。【身小心大，无过刘伶。】

◎ 人不畏丑，奈何以丑惧之？形骸如土木诚不美，视形骸如土木，则别是一美矣。

14. 骠骑王武子【王济】是卫玠之舅，隽爽有风姿。见玠，辄叹曰："珠玉在侧，觉我形秽。"【自惭形秽本此。】《玠别传》曰：骠骑王济，玠之舅也。尝与同游，语人曰："昨日吾与外生共坐，若明珠之在侧，朗然来照人。"

◎ 人比人，气死人。武子本是美男，只怕叔宝在侧也。甥舅如此，亦可谓之"连璧"。

15. 有人诣王太尉，遇安丰、大将军、丞相在坐。往别屋，见季胤【王诩】、平子【王澄】。石崇《金谷诗叙》曰：王诩字季胤，琅邪人。《王氏谱》曰：诩，夷甫弟也，仕至修武县令。还，语人曰："今日之行，触目见琳琅珠玉。"【琳琅满目本此。】

◎ 他人皆可，只王大将军煞风景。其貌狠心黑，与珠玉何涉耶？

16. 王丞相见卫洗马【卫玠】，曰："居然有羸形，【"居然"二字，惊讶欤？亦怜惜欤？】虽复终日调畅，若不堪罗绮。"【刘辰翁云："妇人语。"按：辰翁惯说风凉话，故不得要领。】《玠别传》曰：玠素抱羸疾。【斯人也而有斯疾也！】《西京赋》曰：始徐进而羸形，似不胜乎罗绮。

◎ 叔宝有倾城之貌，丞相有恻隐之心。此一品题，正坐卫玠死因。

17. 王大将军称太尉："处众人中，似珠玉在瓦石间。"【比鹤立鸡群更鲜明。】

◎ 瓦石中亦有大将军乎？

18. 庾子嵩【庾敳】长不满七尺，腰带十围，颓然自放。【如画。】

◎ 子嵩妙在能自颓。

19. 卫玠从豫章至下都，人久闻其名，观者如堵墙。【刘辰翁云："谓候见者多徒欲看耳。"古时亦有追星族。】玠先有羸疾，体不堪劳，遂成病而死，时人谓"看杀卫玠"。【吴勉学云："晋人之好处如此。"】《玠别传》曰：玠在群伍之中，实有异人之望。龆龀时，乘白羊车于洛阳市上，咸曰："谁家璧人？"【妙！】于是家门州党号为"璧人"。按《永嘉流人名》曰："玠以永嘉六年五月六日至豫章，其年六月二十日卒。"此则玠之南度豫章四十五日，岂暇至下都而亡乎？且诸书皆云玠亡在豫章，而不云在下都也。

◎ 美貌岂有罪乎，而教玉人罹此难？目光岂有刃乎，孰料看客竟杀人？不言病杀，不言谈杀，偏言看杀，晋人之浪漫，真能蚀骨销魂。每读此篇，不免废书而叹。

20. 周伯仁【周顗】道桓茂伦【桓彝也，桓温之父】："嵚崎历落，可笑人。"【刘辰翁云："太白全用此语，似切似偷。"李白《上安州李长史书》："白，嵚崎历落可笑人也。"又吴勉学云："合七字味之，其人可思。"】或云谢幼舆【谢鲲】言。【幼舆常与伯仁混淆，盖同类相求也。】

◎ 可笑之人必有可爱之处。不有茂伦之可笑，何来元子之可人？

21. 周侯【周顗】说王长史父：《王氏谱》曰：讷字文开，太原人。祖默，尚书。父祐，散骑常侍。讷始过江，仕至新淦令。"形貌既伟，雅怀有概，保而用之，可作诸许物也。"【刘辰翁云："诸许，犹言一切也。"】

◎ 伯仁非止任达，亦能识人。

22. 祖士少【祖约】见卫君长【卫永】云："此人有旄杖下形。"【谓其有将帅之威仪气度。按《汉书·五行志上》："出军行师，把旄杖钺，誓士众，抗威武，所以征畔逆止暴乱也。"】

◎ 言其有诸侯方伯之象也。犹夫子道冉雍："雍也可使南面。"

23. 石头事故，朝廷倾覆。《晋阳秋》曰：苏峻自姑孰至于石头，逼迁天子。峻以仓屋为宫，使人守卫。《灵鬼志·谣征》曰：明帝末有谣歌曰："恻力放马出山侧。大马死，小马饿。"后峻迁帝于石头，御膳不具。温忠武【温峤】与庾文康【庾亮】投陶公【陶侃】求救，陶公【按：影宋本无"求救陶公"四字，从袁本增。】云："肃祖顾命不见及。且苏峻作乱，衅由诸庾，诛其兄弟，不足以谢天下。"【非杀不可。】徐广《晋纪》曰：肃祖遗诏，庾亮、王导辅幼主而进大臣官，陶侃、祖约不在其例。侃、约疑亮寝遗诏也。《中兴书》曰：初，庾亮欲征苏峻，卞壶不许。温峤及三吴欲起兵卫帝室，亮不听，下制曰："妄起兵者诛！"故峻得作乱京邑也。于时庾在温船后，闻之，忧怖无计。别日，温劝庾见陶，庾犹豫未能往。【只是怕死。】温曰："溪狗我所悉，卿但见之，必无忧也。"【温公真知人也。按："溪狗"，刘盼遂云："按陶久刺交广、五溪卵育之地，故温取以戏之也。"】庾风姿神貌，陶一见便改观，谈宴竟日，爱重顿至。【不杀反爱，陶公不免以貌取人。】

◎ 美貌可被"看杀"，亦可"自救"。晋人风概，大有今人所不解者。

24. 庾太尉【庾亮】在武昌，秋夜，气佳景清，佐吏殷浩、王胡之之徒登南楼理咏。音调始遒，闻函道中有屐声甚厉，定是庾公。俄而率左右十许人步来，诸贤欲起避之。【可观。】公徐云："诸君少住，老子于此处兴复不浅。"【老子，犹言老夫。】因便据胡床，与诸人咏谑，竟坐甚得任乐。【可谓与民同乐。】后王逸少下，与丞相言及此事，丞相曰："元规尔时风范，不得不小颓。"【丞相话里有话，盖以庾亮谈辩，不如殷浩诸人也。】右军答曰："唯丘壑独存。"【美其既能端委庙堂，亦可心存丘壑也。按刘勰《文心雕龙·程器》云："昔庾元规才华清英，勋庸有声，故文艺不称；若非台岳，则正以文才也。"庾亮或如曹丕，竟以"位尊减才"。】孙绰《庾亮碑文》曰：公雅好所托，常在尘垢之外。虽柔心应世，蠖屈其迹，而方寸湛然，固以玄对山水。【绝好碑文。以玄对山水，可为时代写照。】

◎ 有景，有境，有意，有言，叙事甚妙。

25. 王敬豫【王恬】有美形，问讯王公。王公【按：影宋本脱"王公"二字，据袁本增。】抚其肩，曰："阿奴恨才不称！"【按《文字志》曰："王恬字敬豫，少卓荦不羁，疾学尚武，不为导所重。"】又云【按：又云，非王公语，当作或云】："敬豫事事似王公。"《语林》曰：谢公云："小时在殿廷会见丞相，便觉清风来拂人。"【观谢公语，便知丞相气象不凡。】

◎ 敬豫事事拟学，故王公以为才不称貌。

26. 王右军【王羲之】见杜弘治【杜乂】，叹曰："面如凝脂，眼如点漆，此神仙中人。"【叙事如画。正《诗经·魏风·硕人》篇之遗意也。】《江左名士传》曰：永和中，刘真长、谢仁祖共商略中朝人士。或曰："杜弘治清标令上，为后来之美；又面如凝脂，眼如点漆，粗可得方诸卫玠。"时人有称王长史形者，蔡公曰："恨诸人不见杜弘治耳！"【蔡谟不喜王濛，故有此言。】

◎ 弘治相貌，堪称江左第一，比王濛有馀，方卫玠不足。

27. 刘尹【刘惔】道桓公："鬓如反猬皮，眉如紫石棱，自是孙仲谋【孙权】、司马宣王【司马懿】一流人。"【英物果然异相。】宋明帝《文章志》曰：温为温峤所赏，故名温。【桓公名字来历。】《吴志》曰：孙权字仲谋，策弟也。汉使者刘琬语人曰："吾观孙氏兄弟，虽并有才秀明达，皆禄祚不终。唯中弟孝廉，形貌魁伟，骨体不恒，有大贵之表。"《晋阳秋》曰：宣王天姿杰迈，有英雄之略。

◎ 真长，可谓桓公之镜也，每能照出庐山真面。

28. 王敬伦【王劭，王导子】风姿似父。作侍中，加授桓公公服，从大门入。桓公望之曰："大奴固自有凤毛。"【按：有凤毛，即风姿似父意。余嘉锡云："《金楼子·杂记篇上》：'世人相与呼父为凤毛。'据其所言，是南朝人通称人子才似其父者为凤毛。"】大奴，王劭也。已见。《中兴书》曰：劭美姿容，持仪操也。

◎ 丞相仁厚，故多佳子弟。

297

29. 林公【支遁】道王长史【王濛】："敛衿作一来，何其轩轩韶举！"《语林》曰：王仲祖有好仪形，每览镜自照，曰："王文开那生如馨儿！"时人谓之达也。【直呼父名便可谓达耶？此类达者，今人多有，何足道哉！】

◎ 观此知王濛性自喜、善作秀也。

30. 时人目王右军："飘如游云，矫若惊龙。"【凌濛初云："便似评其书法。"】

◎ 此则殊有争议。按《晋书·王羲之传》："善隶书，为古今之冠，论者称其笔势，以为飘若游云，矫若惊龙。"隶书之法，似不宜有游云惊龙之势，《晋书》不免牵强，当以《世说》为佳。

31. 王长史尝病，亲疏不通。【亲疏不通，即息交绝游也。疑仲祖以容貌自矜，病中不欲人见其憔悴之状耳。】林公来，守门人遽启之，曰："一异人在门，不敢不启。"【异人之目，大佳。】王笑曰："此必林公。"按《语林》曰：诸人尝要阮光禄共诣林公。阮曰："欲闻其言，恶见其面。"此则林公之形，信当丑异。

◎ 亲疏不通，而林公丑异，或可得通也。

32. 或以方谢仁祖【谢尚】，不乃重者。【余嘉锡云："言有比人为谢尚者，其意乃实轻之。若曰'某不过谢仁祖之流耳'。"】桓大司马曰："诸君莫轻道，仁祖企脚北窗下弹琵琶，故自有天际真人想。"《晋阳秋》曰：尚善音乐。《裴子》云：丞相尝曰："坚石掔脚枕琵琶，有天际想。"坚石，尚小名。【观此注，则知丞相早有此言，桓公不过转相引据耳。】

◎ 天际真人，亦犹神仙中人也。

33. 王长史【王濛】为中书郎，往敬和许。【按：许，犹言居所。】敬和、王洽，已见。尔时积雪，长史从门外下车，步入尚书省。敬和遥望，叹曰："此不复似世中人！"

◎ 雪中有此一人，令人不作尘世中想。

34. 简文【司马昱】作相王时，与谢公共诣桓宣武【桓温】。王珣先在内，桓语王："卿尝欲见相王，可往帐里。"【帐里，正偷窥之地也。】二客既去。桓谓王曰："定何如？"王曰："相王作辅，自湛若神君。《续晋阳秋》曰：帝美风姿，举止安详。公亦万夫之望，不然，仆射何得自没？"仆射，谢安。【王世懋云："此东亭媚语，安石恐未肯便没。"】

◎ 正此"神君"，而令"万夫之望"失望耳。盖桓温废海西公而立简文，正欲使其禅让于己，然简文终传帝位于孝武。晋祚又得延数十年，正简文之力也。

35. 海西【按：晋废帝司马奕，后为桓温所废，称海西公。】时，诸公每朝，朝堂犹暗；唯会稽王【即简文帝司马昱，时为会稽王。】来，轩轩如朝霞举。【刘辰翁云："与'神君'语映。"】

◎ 写出简文器宇精神、祥瑞气象。其在位虽不足一年，而能深阻桓温，中兴晋祚，不易得也。

36. 谢车骑【谢玄】道谢公："游肆复无乃高唱，但恭坐捻鼻顾睐，【四字大得神韵。谢公因有鼻疾，故常有捻鼻顾睐之举也。】便自有寝处山泽间仪。"【吴勉学云："语不佳。"按：如何不佳？】

◎ 寝处山泽，便是高卧东山注脚，取境反比一丘一壑为佳。

37. 谢公云:"见林公,双眼黯黯明黑。"孙兴公云:"见林公,稜稜露其爽。"

◎ 黯黯稜稜,正是林公"异人"处。

38. 庾长仁【庾统】与诸弟入吴,欲住亭中宿。诸弟先上,见群小满屋,都无相避意。【叙事如画。】长仁曰:"我试观之。"乃策杖将一小儿,【此处吃紧。无此小儿,必不成戏矣。】始入门,诸客望其神姿,一时退匿。长仁已见,一说是庾亮。【王世懋云:"庾亮为是。"】

◎ 诸弟不能退群小,便是群小一类人也。于不经意间写出人才高下,何等笔力!

39. 有人叹王恭形茂者,云:"濯濯如春月柳。"【吴勉学云:"妙拟。"按:"濯濯",鲜亮清朗也。正与"形茂"相映。】

◎ 以物拟人,胜过以人拟物。

自新第十五

● 自新者，改过向善之谓也。儒家最重德行，故迁善改过，进德修业，君子所以自勉。汤之《盘铭》云："苟日新，日日新，又日新。"《周易·益·象传》："君子以见善则迁，有过则改。"可知改过自新不可一日懈怠。孔子教育弟子，尤重修己以敬，反身而诚。尝云："过则勿惮改。"又云："德之不修，学之不讲，闻义不能徙，不善不能改：是吾忧也。"或问："弟子孰为好学？"孔子对曰："有颜回者好学：不迁怒，不贰过。"夫子又尝云："三人行，必有我师焉：择其善者而从之，其不善者而改之。""见贤思齐焉，见不贤而内自省也。""吾未见能见其过而内自讼者也。""过而不改，是为过矣。""丘也幸，苟有过，人必知之。"……似此，皆夫子以改过迁善为好学之证也。夫人非圣贤，孰能无过？要在能自反也。自反而后能自新，自新而后能自强，自强而后能自立；自立方可立人，自达方可达人。古之学者求学路数，莫不如此。《世说》全书三十六门，《自新》一门最短，仅两则，且所记皆与陆机兄弟有关，然切不可以此为凑数，无关宏旨耳。盖《世说》乃"品人"之书，是人则不能无过，故门类实已暗寓褒贬，有此《自新》一门，犹如屋宇而有梁柱，俾使全书主旨不失其正，编者匠心，于此隐约可见矣。

1. 周处年少时，凶强侠气，【此侠当为"以武犯禁"之侠也。】为乡里所患。《处别传》曰：处字子隐，吴郡阳羡人。父鲂，吴鄱阳太守。处少孤，不治细行。《晋阳秋》曰：处轻果薄行，州郡所弃。又义兴水中有蛟，山中有邅迹一作白额。虎，并皆暴犯百姓，义兴人谓为"三横"，而处尤剧。【三横，实三害也。】或说处杀虎斩蛟，实冀"三横"唯馀其一。处即刺杀虎，又入水击蛟。蛟或浮或没，行数十里，处与之俱，经三日三夜，乡里皆谓已死，更相庆。竟杀蛟而出。【竟是志怪笔法，斐然可观。】闻里人相庆，始知为人情所患，有自改意。【自改即自新。】《孔氏志怪》曰：义兴有邪足虎，溪渚长桥有苍蛟，并大啖人，郭西周，时谓郡中三害。周即处也。乃入吴寻二陆，平原不在，正见清河，【刘应登云："陆机为平原内史，陆云为清河内史。"】具以情告，并云："欲自修改而年已蹉跎，终无所成。"清河曰："古人贵朝闻夕死，【背《论语》。】况君前途尚可。且人患志之不立，亦何忧令名不彰邪？"处遂改励，终为忠臣孝子。《晋阳秋》曰：处仕晋为御史中丞，多所弹纠。氐人齐万年反，乃令处距万年。伏波孙秀欲表处母老，处曰："忠孝之道，何当得两全？"乃进战，斩首万计。弦绝矢尽，左右劝退，处曰："此是吾授命之日。"遂战而没。

◎ 周处改过自新，其事可征，唯与二陆兄弟无涉也。劳格《读书杂识五·晋书校勘记》以为"处弱冠之年，陆机尚未生也"，驳之甚详。盖《世说》叙事，原不以征实为尚，实以好奇为趋。此不可不知也。

2. 戴渊少时，游侠不治行检。【游侠，犹凶强侠气也。】尝在江淮间攻掠商旅。【石崇为荆州时亦擅此道。古今富豪皆有见不得人处。】陆机赴假还洛，辎重甚盛。渊使少年掠劫。渊在岸上，据胡床指麾左右，皆得其宜。渊既神姿峰颖，虽处鄙事，神气犹异。【天生将帅之才，为盗殊可惜。】机于船屋上遥谓之曰："卿才如此，亦复作劫邪？"渊便泣涕，投剑归机，辞厉非常。【与孔子收服子路，差可仿佛。】机弥重之，定交，作笔荐焉。虞预《晋书》曰：机荐渊于赵王伦曰："盖闻繁弱登御，然后高墉之功显；孤竹在肆，然后降神之曲成。伏见处士戴渊，砥节立行，有井渫之洁；安穷乐志，无风尘之慕。诚东南之遗宝，朝廷之贵璞也。若得寄迹康衢，必能结轨骥骡；耀质廊庙，必能垂光瑜璠。夫枯岸之民，果于输珠；润山之客，列于贡玉。盖明暗呈形，则庸识所甄也。"【美文。】伦即辟渊。**过江，仕至征西将军。**【李贽云："戴渊时时有，陆机世世无。"】

◎《自新》二则所记，皆吴中人物，且与二陆兄弟有关，岂有意耶？

企羡第十六

● 企羡，举踵仰慕也。此篇可与《品藻》并观。品藻乃自外而第其高下，企羡则由内而见贤思齐，故企羡可谓品藻之中复加品藻也。品藻是外人品头论足，我未必认可；企羡乃己心之所向往，外人哪得知？《周易·乾·文言》云："同声相应，同气相求。"孔颖达疏："'同气相求'者，若天欲雨，而础柱润是也。……言天地之间，共相感应，各从其气类。"企羡亦可作如是观。魏晋之际，儒学式微，故企羡之所由发，未必悉出礼义仁德之域，而多关乎人物风神之美、才情之佳、气韵之妙。如桓彝之叹丞相，胡之之希渊源，固自为佳；即逸少之仰石崇，嘉宾之慕苻坚，亦有何不可？此正《世说》之所以为"新语"也。

1. 王丞相拜司空，【按：据《晋书》本传，时在太兴四年七月。】桓廷尉【桓彝】作两髻，葛裙、策杖，路边窥之，叹曰："人言阿龙超，阿龙故自超！"阿龙，丞相小字。不觉至台门。【"不觉"二字尤妙。】

◎ 丞相过江后，允称天下人望。彼时气象，全从桓彝眼中窥出、口中道出也。

2. 王丞相过江，自说昔在洛水边，数与裴成公【裴颜】、阮千里【阮瞻】诸贤共谈道。羊曼曰："人久以此许卿，何须复尔？"【嫌其伐善也。】王曰："亦不言我须此，但欲尔时不可得耳！"【王世懋云："今非得其人，但欲得其时，尚不可得。"】欲，一作叹。

◎ 不得中行而与之，必也狂狷乎！不得狂狷而与之，必也怀旧乎！丞相之叹，既是逝水之叹，亦讥时人不若前贤风流蕴藉也。

3. 王右军得人以《兰亭集序》方《金谷诗序》，【按：《金谷诗序》详见《品藻》第57则注引。】又以己敌石崇，甚有欣色。王羲之《临河叙》【按：即《兰亭集序》也。】曰："永和九年，岁在癸丑，暮春之初，会于会稽山阴之兰亭，修禊事也。群贤毕至，少长咸集。此地有崇山峻岭，茂林修竹；又有清流激湍，映带左右。引以为流觞曲水，列坐其次。是日也，天朗气清，惠风和畅，娱目骋怀，信可乐也。虽无丝竹管弦之盛，一觞一咏，亦足以畅叙幽情矣。故列序时人，录其所述。右将军司马太原孙公等二十六人，赋诗如左。前徐姚令、会稽谢胜等十五人，不能赋诗，罚酒各三斗。"【按刘辰翁云："敌石崇，亦何等语！"又杨慎云："《金谷序》实《兰亭》之所祖也。"】

◎ 右军不以石崇为非类，正是晋人潇洒处。然究竟言之，《兰亭集序》实青出于蓝而胜于蓝也。

4. 王司州【王胡之】先为庾公【庾亮】记室参军，后取殷浩为长史；始到，庾公欲遣王使下都，王自启求住，曰："下官希见盛德，渊源始至，犹贪与少日周旋。"【司州亦是妙人。】

◎ 以渊源为盛德，足见彼时殷浩声名之隆。

5. 郗嘉宾【郗超】得人以己比苻坚，大喜。【吴勉学云："此比不伦。"按：伦与不伦，外人那得知？】

◎ 郗超本非凡夫，故喜攀附枭雄也。助桓温为篡，助戴逵归隐，皆此类也。

6. 孟昶未达时，【未达二字吃紧。达则不作此企羡态矣。】家在京口。《晋安帝纪》曰：昶字彦达，平昌人。父馥，中护军。昶矜严有志局，少为王恭所知。豫义旗之勋，迁丹阳尹。卢循下，昶虑事不济，仰药而死。尝见王恭乘高舆，被鹤氅裘。于时微雪，【与王洽见王濛"尔时积雪"同一情境。】昶于篱间窥之，叹曰："此真神仙中人！"【按：王恭貌美，"濯濯如春月柳"，雪中望若神仙，良有以也。《颜氏家训·勉学篇》云："梁朝全盛之时，贵游子弟无不熏衣剃面，傅粉施朱，驾长檐车，跟高齿屐，坐棋子方褥，凭斑丝隐囊，从容出入，望若神仙。"可为此则注脚。】

◎ 此则亦可入《容止》。

伤逝第十七

● 伤逝，即伤悼死者之谓也。人既有生，则不能无死，死生虽一体，而不能无别耳。故夫子谓子路："未知生，焉知死？"此语亦可作："未知死，焉知生？"不有临丧之哀，又岂知好生之德哉？夫死生契阔，人鬼殊途，苟未免有情，亦复谁能遣此！潘岳《别赋》云："黯然销魂，惟别而已矣。"生离犹如此，况死别乎？兔死狐悲，物伤其类，伤悼逝者，亦躬自悼矣！悲情常不可抑，故须以礼节之，此丧葬之礼所由出也。孔子以礼、仁固不可分，礼者仁之节文。尝言："人而不仁，如礼何？人而不仁，如乐何？"又云："礼，与其奢也，宁俭；丧，与其易也，宁戚。""临丧不哀，吾何以观之哉？"是知儒家主张礼由情生，情以礼节，所谓"发乎情，止乎礼义"者也。然颜回早夭，孔子哭之恸。从者曰："子恸矣。"曰："有恸乎？非夫人之为恸而谁为？"又曰："天丧予！天丧予！"圣人犹如此，而况我辈？值魏晋之世，变乱相继，死生俄顷，"昨暮同为人，今旦在鬼录"，故礼已无以制情，而情时常过礼耳。观《伤逝》一门，正如一台"主情"大戏，死生互答，彼我冥契，情礼兼到，悲欣交集。至其驴鸣可以送葬，长歌可以当哭；埋玉树著土中，能不恨恨？转麈尾叹残生，此悲何极！黍离之哀，人琴之痛，伯牙辍弦，匠人废斤，凡此种种，怎一个"悲"字了得！王世懋云："《世说》惟《伤逝》独妙，无一语不解损神。"诚哉斯言也！

1. 王仲宣好驴鸣，【按：好读作去声，盖喜听、擅学之意。】《魏志》曰：王粲字仲宣，山阳高平人。曾祖龚、父畅，皆为汉三公。粲至长安见蔡邕，邕奇之，倒屣迎之曰："此王公孙，有异才，吾不及也。吾家书籍，尽当与之。"避乱荆州，依刘表，以粲貌寝通脱，不甚重之。太祖以从征吴，道中卒。既葬，文帝临其丧，顾语同游曰："王好驴鸣，可各作一声以送之。"赴客皆一作驴鸣。【刘辰翁云："不应送客尽能驴鸣。"按：辰翁终是不解风情。】按：戴叔鸾母好驴鸣，叔鸾每为驴鸣以说其母。人之所好，傥亦同之？

◎ 魏文看似放达，实有一往深情在胸臆也。观其《与吴质书》"已成老翁，但未白头"句，居然可知。驴鸣萧萧时，诸贤眼中岂无泪光乎？

2. 王濬冲【王戎】为尚书令，著公服，乘轺车，经黄公酒垆下过。韦昭《汉书注》曰：垆，酒肆也。以土为堕，四边高似垆也。顾谓后车客："吾昔与嵇叔夜、阮嗣宗共酣饮于此垆。竹林之游，亦预其末。【托大之词而偏能自小，不由人不信。】自嵇生夭、阮公亡以来，便为时所羁绁。今日视此虽近，邈若山河！"【陈梦槐云："二语痛绝。"】《竹林七贤论》【戴逵所撰。】曰：俗传若此。颍川庾爱之尝以问其伯文康，文康云："中朝所不闻，江左忽有此论，盖好事者为之耳。"【庾公、戴公俱不信。】

◎ 其事或可疑，其情诚不虚。《世说》叙事，常在信与不信之间。

3. 孙子荆【孙楚】以有才，少所推服，唯雅敬王武子【王济】。武子丧时，名士无不至者。子荆后来，临尸恸哭，宾客莫不垂涕。哭毕，向灵床曰："卿常好我作驴鸣，今我为卿作。"【子荆可谓魏文学徒也。】体似真声，宾客皆笑。【惟妙惟肖，如何不笑？】孙举头曰："使君辈存，令此人死！"【咒人语。】《语林》曰：王武子葬，孙子荆哭之甚悲，宾客莫不垂涕。既作驴鸣，宾客皆笑。孙闻之，曰："诸君不死，而令王武子死乎？"宾客皆怒。【末尾四字可入正文，一笑一怒，其事正对。】

◎ 子荆乃深于情者，悲感已极，故有悖常之举。孙楚《王骠骑诔》云："逍遥芒阿，阖门下帷，研精六艺，探赜钩微。"其情可想。魏文驴鸣，不见吊客皆笑，子荆则不幸遇之，是知任诞之风流衍至于西晋，每况愈下，再无解人知音矣。子荆怒而咒之，正其宜也。

4. 王戎丧儿万子，山简往省之，王悲不自胜。简曰："孩抱中物，何至于此？"【山简虽是好意，殆不成语。】王曰："圣人忘情【圣人何尝忘情，直不为情所累也。】，最下不及情，【最下何尝不及情，惟不善表情而已矣。】情之所钟，正在我辈！"【八字殊妙。成语"情有独钟"本此。子曰："中人以上，可以语上也；中人以下，不可以语上也。""我辈"，盖"中人以上"也。】王隐《晋书》曰：戎子绥，欲取裴遁女。绥既早亡，戎过伤痛，不许人求之，遂至老无敢取者。简服其言，更为之恸。【不得不恸。所恸在言不在人也。言语之力，何啻千钧！】一说是王夷甫丧子，山简吊之。【按：《晋书》以此事属王衍。然王衍玄虚寡情之辈，何得言此？】

◎ "情之所钟，正在我辈。"情中求我之宣言也。真千古妙语，堪为名士作注脚。

5. 有人哭和长舆【和峤】曰："峨峨若千丈松崩。"

◎ 千丈松崩，写出和峤气节风骨。然终不若叔夜"玉山将崩"瑰伟。

6. 卫洗马【卫玠】以永嘉六年丧，谢鲲哭之，感动路人。【谢鲲放浪形骸，不哭则已，哭则必能动人。】《永嘉流人名》曰：玠以六年六月二十日亡，葬南昌城许徵墓东。玠之薨，谢幼舆发哀于武昌，感恸不自胜。人问："子何恤而致哀如是？"答曰："栋梁折矣，何得不哀？"【谢鲲此言，大有深意。盖叔宝过江，实怀家国之痛，黍离之悲。又见王敦非忠臣，乃弃而违之，此绝非一般清谈名士可比，实亦国之忠臣、家之孝子也。夫子临终歌曰："泰山其颓乎，梁木其坏乎，哲人其萎乎！"此必谢鲲所本。】咸和中，丞相王公教曰："卫洗马当改葬。

此君风流名士，海内所瞻，可修薄祭，以敦旧好。"《玠别传》曰：玠咸和中改迁于江宁。丞相王公教曰："洗马明当改葬。此君风流名士，海内民望。可修三牲之祭，以敦旧好。"

◎《论语》记颜回之死，夫子三叹；《世说》于卫玠之死，亦致意再三，颜子卫郎，可谓死得其所哉！

7. 顾彦先【顾荣】平生好琴，及丧，家人常以琴置灵床上。张季鹰【张翰】往哭之，不胜其恸，【一恸。】遂径上床，鼓琴作数曲，竟，抚琴曰："顾彦先颇复赏此不？"因又大恸，【再恸。】遂不执孝子手而出。【余嘉锡云："此条言不执孝子手，后王东亭条言不执末婢手，皆著其独于死者悼恸至深，本不为生者吊，故不执手，非常礼也。"】

◎ 情到深处，礼固不可逮也。死者有知，必为其琴声所感。

8. 庾亮儿【庾会】遭苏峻难，遇害。诸葛道明【诸葛恢】女为庾儿妇，既寡，将改适，【新寡本不宜有此，无奈老子欲行"女儿外交"也。】亮子会，会妻文彪，并已见上。与亮书及之。亮答曰："贤女尚少，故其宜也。感念亡儿，若在初没！"【王世懋云："声有余痛。"】

◎ 庾公宽容，逾显道明势利。

9. 庾文康【庾亮】亡，何扬州【何充】临葬，云："埋玉树著土中，使人情何能已已！"【斯人也而有斯语也。何充此言，情怀畸诡，其功不在土中玉树之下耳。】《搜神记》曰：初，庾亮病，术士戴洋曰："昔苏峻事，公于白石祠中许赛车下牛，从来未解。为此鬼所考，不可救也。"明年，亮果亡。《灵鬼志·谣征》曰：文康初镇武昌，出石头，百姓看者于岸歌曰："庾公上武昌，翩翩如飞鸟；庾公还扬州，白马牵旒旐。"又曰："庾公初上时，翩翩如飞鸦；庾公还扬州，白马牵旗车。"【歌谣如快照，写出庾公人物之美。】后连征不入，寻薨，下都葬焉。

◎ 埋玉之恨，千载难消！晋人缘情体道，每有后人不及处。

10. 王长史病笃，寝卧灯下，转麈尾视之，叹曰："如此人，曾不得四十！"【王濛未及四十而卒，甚不平也。吴勉学云："难堪在上数语。"】及亡，刘尹临殡，以犀柄麈尾著柩中，因恸绝。【以麈尾著柩中，便似以己身伴贤友也。】《濛别传》曰：濛以永和初卒，年三十九。沛国刘惔与濛至交，及卒，恸深悼之。虽友于之爱，不能过也。【按《尚书》云："孝乎为孝，友于兄弟，施与有政。"友于之爱，盖指兄弟之爱也。】

◎ 灯下视麈，犹如镜中窥人；埋麈柩中，恰似魂魄同归。笔力何等婉转缠绵！《世说》此等妙处，直让人眼热鼻酸耳。

11. 支道林【支遁】丧法虔之后，精神霣丧【按：霣同殒】，风味转坠。【风味，风情韵味也。】《支遁传》曰：法虔，道林同学也。隽朗有理义，遁甚重之。常谓人曰："昔匠石废斤于郢人，《庄子》曰：郢人垩漫其鼻端若蝇翼，使匠石运斤斲之，垩尽而鼻不伤，郢人立不失容。牙生辍弦于钟子，《韩诗外传》曰：伯牙鼓琴，钟子期听之。方鼓琴，志在太山，子期曰："善哉乎鼓琴！巍巍乎若太山！"莫景之间，志在流水，子期曰："善哉乎鼓琴！洋洋乎若流水！"钟子期死，伯牙擗琴绝弦，终身不复鼓之。以为在者无足为之鼓琴也。推己外求，良不虚也。冥契既逝，发言莫赏，中心蕴结，余其亡矣！"却后一年，支遂殒。【王世懋云："支公乃尔耶？名理何在？"吴勉学云："高僧偏具深情。"按：名理虽佳，怎敌深情？而况名理深情水乳交融者哉？】

◎ 知音之人，犹精神上之孪生兄弟，只可共生，难以独存。伯牙、子期如此，支公、法虔如此，子猷、子敬亦不免如此。

12. 郗嘉宾【郗超】丧，左右白郗公【郗愔】："郎丧。"既闻不悲，因语左右："殡时可道。"公往临殡，一恸几绝。【"既闻不悲"与"一恸几绝"，写出"白发人送黑发人"丧痛次第。夫子痛失伯鱼，恐亦不免有此也。】《中兴书》曰：超年四十二，先愔卒。超所交友，皆一时俊乂。及死之日，贵贱为诔者四十餘人。【哀荣备至，亦极可感。】《续晋阳秋》曰：超党戴桓氏，为其谋主，以父愔忠于王室，不令知之。将亡，出一小书箱付门生，云："本欲焚此，恐官年尊，必以伤愍为毙。我亡后，若大损眠食，则呈此箱。"愔后果恸悼成疾，门生乃如超旨，则与桓温往反密计。愔见即大怒曰："小子死恨晚！"后不复哭。【此注乃可见郗超为人。李贽云："愔真忠，超真孝。"】

◎ 郗愔、郗超父子，俱是妙人。嘉宾尤妙。

13. 戴公【戴逵】见林法师墓，《支遁传》曰：遁太和元年终于剡之石城山，因葬焉。曰："德音未远，而拱木已积。冀神理绵绵，不与气运俱尽耳！"王珣《法师墓下诗序》曰：余以宁康二年，命驾之剡石城山，即法师之丘也。高坟郁为荒楚，丘陇化为宿莽，遗迹未灭，而其人已远。感想平昔，触物悽怀。【按：严可均《全晋文》收此文，注出《世说》。】其为时贤所惜如此。

◎ 肉体拱木，不免成住坏空；德音神理，当与天地同化，流行不灭。此盖佛家"身命"与"慧命"之别也。

14. 王子敬与羊绥善。绥清淳简贵，为中书郎，少亡。绥已见。王深相痛悼，语东亭云："是国家可惜人！"

◎ 不言国家栋梁，偏道是可惜人，有味有情。子敬国士，宜有此语。若从子猷出，便似不伦。

15. 王东亭【王珣】与谢公交恶。《中兴书》曰：珣兄弟皆婿谢氏，以猜嫌离婚。太傅既与珣绝婚，又离妻，由是二族遂成仇衅。王在东闻谢丧，便出都诣子敬，道："欲哭谢公。"【该哭之人，不得不哭。】子敬始卧，闻其言，便惊起，曰："所望于法护。"法护，珣小字。王于是往哭。督帅刁约【刘应登云："刁乃谢公部下吏。"】不听前，曰："官平生在时，不见此客。"【此吏粗蠢，真不宜在谢公部下。】王亦不与语，直前哭，甚恸，不执末婢手而退。末婢，谢琰小字。琰字瑗度，安少子。开率有大度，为孙恩所

害。赠侍中司空。【情深可原。】

◎ 东亭此哭，可解谢公一生焦渴。王、谢夙怨，至此都消。

16. 王子猷、子敬俱病笃，而子敬先亡。献之以泰元十三年卒，年四十五。子猷问左右："何以都不闻消息？此已丧矣！"【不幸言中。】语时了不悲。便索舆来奔丧，都不哭。【了不悲，都不哭，让人情何以堪？】子敬素好琴，便径入坐灵床上，取子敬琴弹，弦既不调，掷地云："子敬！人琴俱亡！"【绝妙好辞。】因恸绝良久。月馀亦卒。《幽明录》曰：泰元中，有一师从远来，莫知所出。云："人命应终，有生乐代者，则死者可生。若逼人求代，亦复不过少时。"人闻此，咸怪其虚诞。王子猷、子敬兄弟，特相和睦。子敬疾属纩，【按：属纩，谓用新绵置于临死者鼻前，察其是否断气。此谓临终。】子猷谓之曰："吾才不如弟，位亦通塞，请以馀年代弟。"师曰："夫生代死者，以己年限有馀，得以足亡者耳。今贤弟命既应终，君侯算亦当尽，复何所代？"子猷先有背疾，子敬疾笃，恒禁来往。闻亡，便抚心悲惋，都不得一声，背即溃裂。推师之言，信而有实。【余嘉锡云："《世说》《幽明录》均刘义庆所著，而其叙事不同如此，当由杂采诸书，不出一源故也。持矛刺盾，两相乖谬，其为虚诞，不攻自破。盖为天师道者，欲自神其术，造此妄说，以惑庸愚。以子敬兄弟名高，又家世奉道，故托之以取信耳。孝标取以作注，以为实有此事，不免为其所欺矣。"】

◎ 人琴俱亡，远比物是人非沉痛。手足情深，尽在其中。

17. 孝武【司马曜】山陵夕【按：犹言驾崩时。】，王孝伯【王恭】入临，告其诸弟曰："虽榱桷惟新，便自有黍离之哀！"《中兴书》曰：烈宗丧，会稽王道子执政，宠幸王国宝，委以机任。王恭入赴山陵，故有此叹。【按《诗·王风·黍离》："知我者，谓我心忧，不知我者，谓我何求。悠悠苍天，此何人哉！"】

◎ 叹逝者，鄙佞臣，于是乎可思。

18. 羊孚年三十一卒，【此是桓玄可惜人。】桓玄与羊欣书曰："贤从情所信寄，暴疾而殒。孚已见。《宋书》曰：欣字敬元，太山南城人。少怀静默，秉操无竞。美姿容，善笑言，长于草隶。《羊氏谱》曰：孚即欣从祖。祝予之叹，如何可言！"《公羊传》曰：颜渊死，子曰："噫！天丧予！"子路亡，子曰："噫！天祝予！"何休曰：祝者，断也。天将亡夫子耳。【注《世说》，常用《论语》，大有理趣。】

◎ 夫子祝予之叹，是知天；桓玄为逆而叹祝予，是欺天。

19. 桓玄当篡位，语卞鞠云：卞范已见。"昔羊子道【羊孚】恒禁吾此意。今腹心丧羊孚，爪牙失索元，《索氏谱》曰："元字天保，燉煌人。父绪，散骑常侍。元历征虏将军、历阳太守。"《幽明录》曰："元在历阳，疾病。西界一年少女子姓某，自言为神所降，来与元相闻，许为治护。元性刚直，以为妖惑，收以付狱，戮之于市中。女临死曰：'却后十七日，当令索元知其罪。'如期，元果亡。"而匆匆作此诋突，讵允天心？"【诋突，犹言犯上作乱。观此，桓玄亦可谓知其不可而为之矣。】

◎ 腹心爪牙之谋，本不允天心。桓玄谋逆，时有悲慨伤逝之情，奸雄心事，亦可流连。

栖逸第十八

● 栖逸，谓栖隐山林，遗世高蹈。隐逸之风，源自上古：许由、巢父遁迹箕颍，临池洗耳；泰伯三让天下，委身荆蛮；伯夷、叔齐不食周粟，求仁得仁；长沮、桀溺耦耕垄亩，不答问津；至若接舆歌"凤兮"于歧路，晨门叹"不可"于石门；此皆以区区一人之身，而视天下富贵功名利禄蔑如也。孔子曰："士志于道。"又曰："道不行，乘桴浮于海。"实则夫子之道中亦含隐居之志。故其尝谓："用之则行，舍之则藏"；"邦有道则仕，邦无道则可卷而怀之"；"危邦不入，乱邦不居；天下有道则见，无道则隐。邦有道，贫且贱焉，耻也；邦无道，富且贵焉，耻也"。似此皆可谓仕隐之辨。盖隐居非唯消极避世，实亦"道"之显现与践履也。故夫子又云"隐居以求其志，行义以达其道"。按《周易·蛊·系辞》："不事王侯，高尚其事。"《荀子·修身》："志意修则骄富贵，道义重则轻王公。"《庄子·让王》："天子不得臣，诸侯不得友。"俗语谓："天下名山僧占多。"此又可知，隐逸非仅源出道家，儒、道、佛三家皆有隐居之义也。汉末以降，老庄哲学兴起，隐逸之风大张；加之魏晋之际，曹马之政争酷烈，天下名士少有全者，故隐逸不唯求其志，实亦全身远祸之密钥耳。然，邦有道尚可隐，邦无道必须仕。如嵇康身处乱世，托寄高古，既为曹氏女婿，遂不与司马氏苟合。其为人也，龙章凤姿，志在丘壑，故能倡言"越名教而任自然"；又加刚肠嫉恶，遇事便发，竟至"非汤武而薄周孔"，形格势禁，遂遭杀身之祸。嵇康既死，向秀失图，不得已，乃赴京为官。是知魏晋易代之际，隐居亦不可得也。逮及江左，士人溺乎玄风，耻婴世务，漆园义理，柱下旨归，大行其道，至有"居官无官官之事，处事无事事之心"者，故彼时风气，恨不得人人皆隐士，处处是箕山。如戴逵、阮裕之辈，以隐名世，士流无不追慕；许询、支遁之徒，或不拒筐篚之赠，或欲买山而隐，虽为有识所讥，亦足傲视禄蠹者也；又如郗超，性好隐而不可得，乃助人隐遁，斥巨资，筑精舍，俨然隐士经纪人。凡此皆"以玄对山水"之明证，可知东晋一朝，隐居已成时尚，名士竞逐，与道逍遥，即谓之"隐居以求其乐"，亦无不可也。《栖逸》一门，可观可玩者在此，可叹可钦者亦在此。

1. 阮步兵【阮籍】啸，闻数百步。苏门山中，忽有真人，樵伐者咸共传说。阮籍往观，见其人拥膝岩侧，籍登岭就之，箕踞相对。【箕踞相对，盖投其所好也。】籍商略终古，上陈黄、农玄寂之道，下考三代盛德之美以问之，仡然不应。【所问皆人间之事，故不应。】复叙有为之教、栖神导气之术以观之，彼犹如前，凝瞩不转。【所叙皆有为之事，故目不转。真人果然不假。】籍因对之长啸。【籍之长啸，可谓人籁也。】良久，乃笑曰："可更作。"【《论语·述而》："子与人歌而善，必使反之，而后和之。"真人、圣人，皆知音者也。】籍复啸。意尽，退，还半岭许，闻上𠴲然有声，如数部鼓吹，林谷传响。【此却是地籁、天籁。】顾看，乃向人啸也。【以啸相答，可见言语之鄙俗。】《魏氏春秋》曰：阮籍常率意独驾，不由径路，车迹所穷，辄恸哭而反。尝游苏门山，有隐者莫知姓名，有竹实数斛，杵臼而已。籍闻而从之，谈太古无为之道，论五帝、三皇之义，苏门先生翛然曾不眄之。籍乃嗷然长啸，韵响寥亮。苏门先生乃逌尔而笑。籍既降，先生喟然高啸，有如凤音。籍素知音，乃假苏门先生之论，以寄所怀。其歌曰："日没不周西，月出丹渊中。阳精将不见，阴光代为雄。亭亭在须臾，厌厌将复隆。富贵俯仰间，贫贱何必终。"《竹林七贤论》曰：籍归，遂著《大人先生论》，所言皆胸怀间本趣，大意谓先生与己不异也。观其长啸相和，亦近乎目击道存矣。【《庄子·田子方》："仲尼曰：'若夫人者，目击而道存矣，亦不可以容声矣。'"目击道存，谓眼既往、道即悟，不着行迹而可证成大道之存也。】

◎《栖逸》一门，以阮、嵇始，大有深意。邦有道则仕，邦无道则隐。魏晋易代之际，曹马争权，图穷匕见，天下名士，少有全者。嵇、阮辈心性高洁，志不苟求，遂不与时流，乃有入山访道之旅。乱世之音怨以怒，其政乖。苏门啸侣所发之声，实不平之鸣，亦乱世之音也。

2. 嵇康游于汲郡山中，遇道士孙登，遂与之游。康临去，登曰："君才则高矣，保身之道不足。"【吴勉学云："更不及上则。"】《康集序》曰：孙登者，不知何许人。无家，于汲郡北山土窟住。夏则编草为裳，冬则披发自覆。好读《易》，鼓一弦琴，见者皆亲乐之。【孙登似比苏门真人可亲。】《魏氏春秋》曰：登性无喜怒，或没诸水，出而观之，登复大笑。时时出入人间，所经家设衣食者，一无所辞，去皆舍去。《文士传》曰：嘉平中，汲县民共入山中，见一人，所居悬岩百仞，丛林郁茂，而神明甚察。自云"孙姓，登名，字公和"。康闻，乃从游三年。问其所图，终不答。然神谋所存良妙，康每咨嗟然叹息。将别，谓曰："先生竟无言乎？"登乃曰："子识火乎？生而有光，而不用其光，果然在于用光。人生有才，而不用其才，果然在于用才。故用光在乎得薪，所以保其曜；用才在乎识物，所以全其年。【吴勉学又云："老庄微旨，寻常拈出。"】今子才多识寡，难乎免于今之世矣！子无多求！"康不能用。及遭吕安事，在狱为诗自责云："昔惭下惠，今愧孙登！"王隐《晋书》曰：孙登即阮籍所见者也。嵇康执弟子礼而师焉。魏晋去就，易生嫌疑，贵贱并没，故登或嘿也。【按：嘿，同"默"。】

◎ 孙登一语，已为叔夜盖棺矣。然叔夜身事乱朝，临难不苟，杀身成仁，非唯隐士，实亦大丈夫也。

3. 山公将去选曹，欲举嵇康；康与书告绝。【即《与山巨源绝交书》。】《康别传》曰：山巨源为吏部郎，迁散骑常侍，举康，康辞之，并与山绝。岂不识山之不以一官遇已情邪？亦欲标不屈之节，以杜举者之口耳。【知言。】乃答涛书，自说不堪流俗，而非薄汤、武。大将军闻而恶之。

◎ 作书告绝，便是"保身之道不足"之证。然无此则无嵇康也。

4. 李廞是茂曾【李重】第五子，清贞有远操，而少羸病，不肯婚宦。居在临海，住兄侍中墓下。既有高名，王丞相欲招礼之，故辟为府掾。廞得笺命，笑曰："茂弘乃复以一爵假人！"【假者，加也。似有强加、假借之意。】《文字志》曰：廞字宗子，江夏钟武人。祖康，秦州刺史。父重，平阳太守。世有名望。廞好学，善草隶，与兄式齐名。躄疾不能行坐，常仰卧弹琴，读诵不辍。河间王辟太尉掾，以疾不赴。后避难，随兄南渡，司徒王导复辟之。廞曰："茂弘乃复以一爵加人！"永和中卒。廞尝为二府辟，故号李公府也。式字景则，廞长兄也。思理儒隐，【"儒隐"二字可思。】有平素之誉。渡江，累迁临海太守、侍中。年五十四而卒。

◎ 名器尚不可以加人，何况一爵？李廞因有羸病，故不自勉强，适可而止，可谓君子时中者也。

5. 何骠骑弟【何准】以高情避世，而骠骑劝之令仕。答曰："予第五之名，【按：准为何充五弟，故云。】何必减骠骑！"【李贽云："宰相弟正好如此。"】《中兴书》曰：何准字幼道，庐江灊人。骠骑将军充第五弟也。雅好高尚，征聘一无所就。【不事王侯，高尚其事也。】充位居宰相，权倾人主。而准散带衡门，不及世事。于时名德皆称之。年四十七卒。有女，为穆帝皇后。赠光禄大夫。子惔，让不受。【吴勉学云："子亦佳。"】

◎ 何准言下之意，避世之名，亦不输入世之名也。隐既能获高名，何必入仕？

6. 阮光禄【阮裕】在东山，萧然无事，常内足于怀。《阮裕别传》曰：裕居会稽剡山，志存肥遁。【肥遁者，隐逸也。《易·遁》："上九，肥遁，无不利。"后遂以退隐为肥遁。】有人以问王右军，右军曰："此君近不惊宠辱，《老子》曰：宠辱若惊，得之若惊，失之若惊。虽古之沈冥，何以过此！"【吴勉学云："好赏誉。"】《杨子》曰：蜀庄沈冥。【蜀庄，据《世说笺本》："蜀郡严君平也。避汉明帝讳，'庄'皆作'严'。"】李轨《注》曰：沈冥，犹玄寂，泯然无迹之貌。

◎《方正》门记右军与谢安共诣阮公，至门，王语谢曰："故当共推主人。"此则便是右军推语。

7. 孔车骑【孔愉】少有嘉遁意，年四十馀，始应安东【按：安东即司马睿，曾为安东将军。】命。未仕宦时，常独寝，歌吹自箴诲。自称孔郎，游散山石。《孔愉别传》曰：永嘉大乱，愉入临海山中，不求闻达，中宗命为参军。百姓谓有道术，为生立庙。今犹有孔郎庙。【刘辰翁云："谬得人敬礼似死人，可怪羞，可戒。"】

◎ 不知孔郎有何道术而得立生祠？

8. 南阳刘骥之【陶渊明《桃花源记》："南阳刘子骥，高尚士也。"子骥，即骥之。】高率善史传，隐于阳岐。于时苻坚临江，荆州刺史桓冲将尽讦谟之益，征为长史，遣人船往迎，赠贶甚厚。骥之闻命，便升舟，悉不受所饷，缘道以乞穷乏，【盖沿途接济穷人。刘应登云："乞音气。"】比至上明亦尽。一见冲，因陈无用，翛然而退。居阳岐积年，衣食有无，常与村人共。值己匮乏，村人亦知之甚厚，为乡闾所安。邓粲《晋纪》曰：骥之字子骥，南阳安众人。少尚质素，虚退寡欲。好游山泽间，志存遁逸。桓冲尝至其家，骥之方条桑，谓冲："使君既枉驾光临，宜先诣家君。"冲遂诣其父。父命骥之，然后乃还，拂裋褐与冲言。父使骥之自持浊酒菹菜供宾，冲敕人代之。父辞曰："若使官人，则非野人之意也。"冲为慨然，至昏乃退。【吴勉学云："其父已是一高隐矣，冲不能知，闻甚。"】因请为长史，固辞。居阳岐，去道斤近，人士往来，必投其家。骥之身自供给，赠致无所就。去家百里，有孤妪疾，将死，谓人曰："只有刘长史当埋我耳！"骥之身往候之疾终，为治棺殡。其仁爱皆如此。以寿卒。【王世懋云："注尤佳。"】

◎ 骥之不愧高尚之目。

9. 南阳翟道渊【翟汤】与汝南周子南【周邵】少相友，共隐于寻阳。庾太尉【庾亮】说周以当世之务，周遂仕。翟秉志弥固。其后周诣翟，翟不与语。【"子非吾友也。"】《晋阳秋》曰：翟汤字道渊，南阳人，汉方进之后也。笃行任素，义让廉洁，馈赠一无所受。值乱多寇，闻汤名德，皆不敢犯。《寻阳记》曰：初，庾亮临江州，闻翟汤之风，束带蹑屐而诣焉。亮礼甚恭。汤曰："使君直敬其枯木朽株耳。"亮称其能言，表荐之。汤征国子博士，不赴。主

簿张玄曰："此君卧龙，不可动也。"终于家。【与管宁异代同调也。】

◎ 道渊真可谓"隐居以求其志"者也。

10. 孟万年【孟嘉】及弟少孤，居武昌阳新县。万年游宦，有盛名当世。少孤未尝出，京邑人士思欲见之，乃遣信报少孤，云："兄病笃。"狼狈至都，【"狼狈"二字，写出兄弟真情。】时贤见之者，莫不嗟重。因相谓曰："少孤如此，万年可死。"袁宏《孟处士铭》曰：处士名陋，字少孤，【吴勉学云："名字亦奇。"】武昌阳新人。吴司空孟宗后也。少而希古，布衣蔬食，栖迟蓬荜之下，绝人好之事，亲族慕其孝。大将军命会稽王辟之，称疾不至。相府历年虚位，而澹然无闷，卒不降志，时人奇之。【注文方是《栖逸》之选。】

◎ 时贤以弟咒兄，何贤之有？

11. 康僧渊在豫章，去郭数十里立精舍，旁连岭，带长川，芳林列于轩亭，清流激于堂宇。【隐居而好精舍堂宇，不是真隐士。】乃闲居研讲，希心理味。【作秀给谁看？】庾公诸人多往看之。【果然有人看。】观其运用吐纳，风流转佳，加处之怡然，亦有以自得，声名乃兴。【演得好，自有人喝彩。】后不堪，遂出。【"不堪"二字最有针砭，非不堪声名，实不堪寂寞也。】僧渊已见。

◎ 凡心未息，如何能处江湖之远？东晋之名僧高士，多有此弊。

12. 戴安道既厉操东山，《续晋阳秋》曰：逵不乐当世，以琴书自娱，隐会稽剡山，国子博士征，不就。而其兄欲建式遏之功。【按："式遏"，建功立业之意。《诗经·大雅·民劳》："式遏寇虐，憯不畏明。柔远能迩，以定我王。"】《戴氏谱》曰：逯字安丘，谯国人。祖硕，父绥，有名位。逯以武勇显，有功，封广陵侯，仕至大司农。谢太傅曰："卿兄弟志业，何其太殊？"戴曰："下官'不堪其忧'，家弟'不改其乐'。"【按：语本《论语·雍也》："子曰：

'贤哉！回也。一箪食，一瓢饮，在陋巷。人不堪其忧，回也不改其乐。贤哉！回也。'】

◎ 安道真隐士。

13. 许玄度【许询】隐在永兴南幽穴中，每致四方诸侯之遗。【按：遗读作匮，馈赠之意。】或谓许曰："尝闻箕山人，似不尔耳。"【箕山人犹有所执，不若晋人之潇洒。】许曰："筐筥苞苴，故当轻于天下之宝耳！"【刘辰翁云："小辨有理。"】郑玄《礼记注》云："苞苴，裹肉也。或以苇，或以茅。"此言许由尚致尧帝之让，筐筥之遗，岂非轻邪？【注解甚明。】

◎ 玄度此言，盖为隐居作道德减压。自此而后，求志一变而为求乐，隐居遂成时尚矣。

14. 范宣未尝入公门。韩康伯与同载，遂诱俱入郡，范便于车后趋下。【朱门蓬户，又有何异？范宣过门不入，似不如竺法深通达。】《续晋阳秋》曰：宣少尚隐遁，家于豫章，以清洁自立。

◎ 范宣硕儒而为隐士，可见隐士亦分儒、道，儒隐求志，道隐求乐，儒隐尚有执着，道隐则一无所执也。

15. 郗超每闻欲高尚隐退者，辄为办百万资，并为造立居宇。【嘉宾赞助隐士，真是"贼夫人之子"。】在剡，为戴公【戴逵】起宅，甚精整。戴始往旧居，与所亲书曰："近至剡，如官舍。"【亦当"造门不前而返"。】郗为傅约亦办百万资，傅隐事差互【按：差互，读作呲互，犹言出差错】，故不果遗。【吴勉学云："佳话，古今希有。"】约，琼小字。

◎ 嘉宾诚是妙人，只是今世不见。

16. 许掾好游山水，而体便登陟。时人云："许非徒有胜情，实有济胜之具。"

◎ 济胜之具无他，只是一副好身板。胜情常有，济胜之具不常有，奈何！

17. 郗尚书【郗恢】与谢居士【谢敷】善，常称："谢庆绪识见虽不绝人，可以累心处都尽。"【王世懋云："此语故未易当。"】尚书，郗恢也。别见。檀道鸾《续晋阳秋》曰：谢敷字庆绪，会稽人，崇信释氏。初入太平山中十馀年，以长斋供养为业，招引同事，化纳不倦。以母老还南山若邪中。内史郗愔表荐之，征博士，不就。初，月犯少微星，一名处士星。占云："以处士当之。"时戴逵居剡，既美才艺而交游贵盛，先敷著名，时人忧之。俄而敷死，会稽人士以嘲吴人云："吴中高士，便是求死不得。"【吴勉学云："毒极。"】

◎ 长斋供养，化纳不倦，谢居士可谓"佛隐"也。

贤媛第十九

● 贤媛，即贤淑才智之女性。此门之设，于女性研究史上颇具地位。《仪礼·丧服》云："妇人有三从之义，无专用之道。故未嫁从父，既嫁从夫，夫死从子。"《周礼·天官·九嫔》："九嫔掌妇学之法，以教九御：妇德、妇言、妇容、妇功。"此"三从四德"之所由出。有汉一代，妇德尤重，刘向所撰《列女传》，以贤明、仁智、贞顺、节义、辩通、孽嬖六传倡妇德、戒人主、正夫妇。继而班昭又撰《女诫》，以卑弱、敬慎、妇行、专心、曲从之道显坤德、规人妻。然魏晋以降，礼教废弛，风俗大变，三国荀粲甚且谓："妇德不足称，当以色为主。"此虽不免"兴到之事，非盛德言"之讥，要在其对传统妇德迎头痛击，正所谓欲矫其枉，必过其正也。故《贤媛》一门，于才德之间，以才为主，才在德先，可谓超迈时流，拔新领异。观其所载贤母、贤妻、贤妃、贤姊、贤妹、贤女儿、贤侄女之属，无不含蕴"四德"而又超越"四德"矣。盖彼时女子地位已较汉代为高，如谢道韫之嫁凝之，归而竟有"天壤王郎"之叹。今按《说文》："贤，多才也。"是故"贤媛"云者，实亦可谓"才女"也。《世说》有此一门，实妇女解放之功臣。有论者竟以《世说》仅为女性设此一门，而为男子设多门，乃男权中心、歧视妇女，真不知从何说起。

1. 陈婴者，东阳人。少修德行，著称乡党。秦末大乱，【按：此则采秦末事，固有乖体例，然亦适足彰显贤媛之旨，不唯在德行，亦关乎才智也。】东阳人欲奉婴为主，母曰："不可。自我为汝家妇，少见贫贱，一旦富贵，不祥。【君子戒慎恐惧，此母亦有此德，不易。】不如以兵属人，事成，少受其利；不成，祸有所归。"【趋利避祸，乱世常有，不可以嫁祸目之。】《史记》曰：婴故东阳令史，居县素信，为长者。东阳人欲立长，乃请婴。婴母谏之。乃以兵属项梁，梁以婴为上柱国。【注引过简。】

◎ 陈婴少修德行，赖有此良母也。

2. 汉元帝【刘奭】宫人既多，乃令画工图之，欲有呼者，辄披图召之。【看图临幸，堪比晋武帝羊车巡幸。】其中常者，皆行货赂。王明君姿容甚丽，志不苟求，工遂毁为其状。【画工可恨！】后匈奴来和，求美女于汉帝，帝以明君充行。既召，见而惜之，但名字已去，不欲中改，于是遂行。《汉书·匈奴传》曰："竟宁元年，呼韩邪单于来朝，自言愿婿汉氏以自亲。元帝以后宫良家子王嫱字明君赐之。单于欢喜，上书愿保塞。"文颖曰："昭君本蜀郡秭归人也。"《琴操》曰：王昭君者，齐国王穰女也。年十七，仪形绝丽，以节闻国中。长者求之者，王皆不许，乃献汉元帝。帝造次不能别房帷，昭君恚怒之。【恚怒于帝，可谓有勇。】会单于遣使，帝令宫人装出，使者请一女。帝乃谓宫中曰："欲至单于者起。"昭君喟然越席而起。【以今观之，昭君委身事胡，当时不免徒逞意气。】帝视之，大惊悔。是时使者并见，不得止，乃赐单于。单于大悦，献诸珍物。昭君有子曰世违。单于死，世违继立。凡为胡者，父死妻母。昭君问世违曰："汝为汉也？为胡也？"世违曰："欲为胡耳。"【终是胡儿。】昭君乃吞药自杀。【吞药或非情实，王世懋、凌濛初驳论之，此不赘引。】石季伦【石崇】曰："昭以触文帝讳，故改为明。"【李贽云："蔡文姬、王明君同是上流妇人，生世不幸，皆可悲也。"】

◎ 贤媛之贤，或在保身，或在逞才，似昭君者，乃在明志，然生逢斯世，身事胡虏，飘零蛮貊，终究令人悲感。王安石《明妃曲》两首可见此意。

3. 汉成帝【刘骜】幸赵飞燕，飞燕谮班婕妤祝诅，于是考问。辞曰："妾闻死生有命，富贵在天。【语甚警醒。】修善尚不蒙福，为邪欲以何望？若鬼神有知，不受邪佞之诉；若其无知，诉之何益？故不为也。"【有正信，故有正见。】《汉书·外戚传》曰：成帝赵皇后，本长安宫人。初生，父母不举，三日不死，乃收养之。及壮，属河阳主家，学歌舞，号曰"飞燕"。帝微行过主，见而悦之，召入宫，大得幸，立为后。班婕妤者，雁门人。成帝初，选入宫，大得幸，立为婕妤。帝游后庭，尝欲与同辇，婕妤辞之。赵飞燕谮许皇后及婕妤，婕妤对有辞致，上怜之，赐黄金百斤。飞燕娇妒，婕妤恐见危，中求供养太后于长信宫。帝崩，婕妤充奉园陵。薨，葬园中。【班婕妤《团扇歌》云："新裂齐纨素，鲜洁如霜雪。裁为合欢扇，团团似明月。出入君怀袖，动摇微风发。常恐秋节至，凉飙夺炎热。弃捐箧笥中，恩情中道绝。"盖以扇自况，顾影自怜也。】

◎ 班婕妤乃妇德楷模，庶几可见贤淑贞静之义也。

4. 魏武帝崩，文帝悉取武帝宫人自侍。及帝病困，卞后出看疾。【卞后何尝不爱子？】太后入户，见直侍并是昔日所爱幸者。【王世懋云："铜雀台上妓，亦复在邪？"】太后问："何时来邪？"云："正伏魄时过。"【按：伏魄，即人死后招魂附体。曹丕大不孝，故有大不忠。】因不复前而叹曰："狗鼠不食汝馀，死故应尔！"【恨极语。】至山陵，亦竟不临。【曹操卒后七年，曹丕驾崩，卞后不临其丧，盖母子七年未释此嫌矣。】《魏书》曰：武宣卞皇后，琅邪开阳人。以汉延熹三年生齐郡白亭，有黄气满室移日。父敬侯怪之，以问卜者王越。越曰："此吉祥也。"年二十，太祖纳于谯。性约俭，不尚华丽，有母仪德行。

◎ 卞后虽出身倡家，犹有妇德母仪，此其六十余岁时事，大义贞烈可观焉。

5. 赵母【按：三国吴人虞韪妻，后入孙权宫内，称赵姬。】嫁女，女临去，敕之曰："慎勿为好！"【突兀语，必有蹊跷。】女曰："不为好，可为恶邪？"【问的是。】母曰："好尚不可为，其况恶乎！"【答固险怪，终得正理。王世懋云："何必减庄子。"凌濛初云："便是无非、无仪本旨。"】《列女传》曰：赵姬者，桐乡令东郡虞韪妻，颍川赵氏女也。才敏多览。韪既没，文皇帝敬其文才，诏入宫省。上欲自征公孙渊，姬上疏以谏。作《列女传解》，号赵母注。赋数十万言。赤乌六年卒。《淮南子》曰：人有嫁其女而教之者，曰："尔为善，善人疾之。"【言之有理。】对曰："然则当为不善乎？"曰："善尚不可为，而况不善乎？"【按《老子》三十八章："上德不德，是以有德；下德不失德，是以无德。上德无为而无以为，下德为之而有以为。"《庄子·养生主》："为善无近名，为恶无近刑。缘督以为经，可以保身，可以全生，可以养亲，可以尽年。"《三国志·蜀志·先主传》："勿以恶小而为之，勿以善小而不为。"又《金刚经》："法尚应舍，何况非法？"】景献羊皇后曰："此言虽鄙，可以命世人。"

◎ 赵母无好无恶，便是庄子无是无非之旨，已有晋人意趣。

6. 许允妇是阮卫尉【阮共】女，德如【阮侃】妹，《魏略》曰：允字士宗，高阳人。少与清河崔赞，俱发名于冀州。仕至领军将军。《陈留志名》曰：阮共字伯彦，尉氏人。清真守道，动以礼让。仕魏，至卫尉卿。少子侃，字德如，有俊才，而饬以名理。风仪雅润，与嵇康为友。【嵇康有《与阮德如诗》一首。】仕至河内太守。奇丑。交礼竟，允无复入理，家人深以为忧。会允有客至，妇令婢视之，还答曰："是桓郎。"桓郎者，桓范也。《魏略》曰：范字允明，沛郡人。仕至大司农，为宣王所诛。妇云："无忧，桓必劝入。"【知人。】桓果语许云："阮家既嫁丑女与卿，故当有意，卿宜察之。"【丑女后竟可保命。】许便回入内，既见妇，即欲出。【果是丑。】妇料其此出无复入理，便捉裾停之。【料得是，捉得好。】许因谓曰："妇有四德，卿有其几？"《周礼》："九嫔掌妇学之法，以教九御：妇德、妇言、妇容、妇功。"郑注曰："德谓贞顺，言谓辞令，容谓婉娩，功谓丝枲。"妇曰："新妇所乏唯容尔。【自知。】然士有百行，君有几？"【士有百行，不知从何说起。盖仓促应对，唯以数字压人耳。】许云："皆备。"【如此答，已落其圈套。】妇曰："夫百行以德为首。【所言虽不中，亦不远。】君好色不好德，何谓皆备？"《论语·子罕》："子曰：'吾未见好德如好色者也。'"】允有惭色，遂相敬重。【李贽云："此夫嫌妇，太无目也。"又云："事奇，语奇，文奇。"又吴勉学云："非许大胆识不能。"】

◎ 丑女嫁俊郎，古来多有。然妇可无貌，士不可无德也。

7. 许允为吏部郎，多用其乡里，魏明帝遣虎贲收之。其妇出诫允曰："明主可以理夺，难以情求。"【此妇虽貌丑，见识却不凡。】既至，帝覈问之，允对曰："'举尔所知'，【《论语·子路》："仲弓为季氏宰，问政。子曰：'先有司，赦小过，举贤才。'曰：'焉知贤才而举之？'曰：'举尔所知，尔所不知，人其舍诸？'"】臣之乡人，臣所知也。陛下检校，为称职与不？如不称职，臣受其罪。"【此便是理夺。】既检校，皆官得其人，于是乃释。允衣服败坏，诏赐新衣。初允被收，举家号哭。阮新妇自若，云："勿忧，寻还。"作粟粥待。顷之，允至。【王世懋云："得妇如此，故当耐其奇丑。"】《魏氏春秋》曰：初，允为吏部，选迁郡守。明帝疑其所用非次，将加其罪。允妻阮氏跣出，谓曰："明主可以理夺，不可以情求。"允颔之而入。帝怒诘之，允对曰："某郡太守虽限满，文书先至，年限在后，日限在前。"帝前取事视之，乃释然。遣出，望其衣败，曰："清吏也。"【注与正文可互参。】

◎ 读至此，人必感其智，而忘其丑。是知"贤贤易色"之可贵也。

8. 许允为晋景王【司马师】所诛，门生走入告其妇。妇正在机中，神色不变，【雅量不减须眉。】曰："蚤知尔耳！"【见机知祸，料事如神。】《魏志》曰：初，领军与夏侯玄、李丰亲善，有诈作尺一诏书，以玄为大将军，允为太尉，共录尚书事。无何，有人天未明乘马以诏版付允，门吏曰："有诏。"因便驱走。允投书烧之，不以关呈景王。《魏略》曰：明年，李丰被收，允欲往见大将军。已出门，允回遑不走，中道还取绔。大将军闻而怪之，曰："我自收李丰，士大夫何为匆匆乎？"会镇北将军刘静卒，以允代静。大将军与允书曰："镇北虽少事，而都典一方。念足下震华鼓，建朱节，历本州，此所谓著绣昼行也。"会有司奏允前擅以厨钱谷，乞诸俳及其官属。减死徙边，道死。《魏氏春秋》曰：允之为镇北，喜谓其妻曰："吾知免矣！"妻曰："祸见于此，何免之有？"【许允闻此，岂不色变？】《晋诸公赞》曰：允有正情，与文帝不平，遂幽杀之。《妇人集》载阮氏与允书，陈允祸患所起，辞甚酸怆，文多不录。【王世懋云："惜不载其书。"】门人欲藏其儿，妇曰："无豫诸儿事。"【分判得宜。】后徙居墓所，景王遣钟会看之，若才流及父，当收。儿以咨母，母曰："汝等虽佳，才具不多，率胸怀与语，便无所忧；不须极哀，会止便止；

又可少问朝事。"【保身之道。】儿从之。会反，以状对，卒免。【将帅不过如此。】《世语》曰：允二子：奇，字子太。猛，字子豹。并有治理。《晋诸公赞》曰：奇，泰始中为太常丞。世祖尝祠庙，奇应行事，朝廷以奇受害之门，不令接近，出为长史。世祖下诏，述允宿望，又称奇才，擢为尚书祠部郎。猛礼学儒博，加有才识，为幽州刺史。【许允幸赖此妇得以保全门户。】

◎ 奇哉此妇！身处虎狼世界，而能从容应对，巧计纷出，指挥若定，虽无美色，却有智勇，可谓"宜其室家"者也。《世说》彰显之"贤媛"，与以往大不同。

9. 王公渊【王广】娶诸葛诞女，入室，言语始交，王谓妇曰："新妇神色卑下，殊不似公休。"【按：诸葛诞，字公休。】妇曰："大丈夫不能仿佛彦云，【彦云，广父王凌字。】而令妇人比踪英杰！"【妙对。吴勉学云："尔时人故不拘。"】《魏氏春秋》曰：王广字公渊，王凌子也。有风量才学，名重当世。与傅嘏等论才性同异，行于世。《魏志》曰：广有志尚学行，凌诛，并死。臣谓王广名士，岂以妻父为戏，此言非也。

◎ 夫妻以父相戏，可入《排调》。

10. 王经少贫苦，仕至二千石，母语之曰："汝本寒家子，仕至二千石，此可以止乎！"【止足之道，大有玄机。按《老子》第四十四章："知足不辱，知止不殆，可以长久。"】经不能用。为尚书，助魏，不忠于晋，被收。涕泣辞母曰："不从母敕，以至今日！"【儿子终不如母。】母都无慽容，语之曰："为子则孝，为臣则忠，有孝有忠，何负吾邪？"【丈夫语。】《世语》曰：经字彦伟，清河人。高贵乡公之难，王沈、王业驰告文王，经以正直不出。因沈、业申意，后诛经及其母。《晋诸公赞》曰：沈、业将出，呼经，不从，曰："吾子行矣！"《汉晋春秋》曰：初，曹髦将自讨司马昭，经谏曰："昔鲁昭不忍季氏，败走失国，为天下笑。今权在其门久矣，朝廷四方，皆为之致死，不顾逆顺之理，非一日也。且宿卫空阙，寸刃无有，陛下何所资用？而一旦如此，无乃欲除疾而更深之邪？"髦不听。后杀经，并及其母。将死，垂泣谢母。母颜色不变，笑而谓曰："人谁不死，往所以止汝者，恐不得其所也。以此并命，何恨之有？"【注更详审。】干宝《晋纪》曰："经正直，不忠于我，故诛之。"按：傅畅、干宝所记，则是经实忠贞于魏，而《世语》既谓其正直，复云因沈、业申意，何其相反乎？故二家之言深得之。

◎ 王经母可与王章妻、范滂母媲美。

11. 山公与嵇、阮一面，契若金兰。【按《易传》："二人同心，其利断金；同心之言，其臭如兰。"】山妻韩氏，觉公与二人异于常交，问公，公曰："我当年可以为友者，唯此二生耳。"妻曰："负羁之妻亦亲观狐、赵，意欲窥之，可乎？"【韩氏当读过《春秋左传》。】他日，二人来，妻劝公止之宿，具酒肉。夜穿墉以视之，达旦忘反。【偷窥而达旦忘反，千古仅此一见。】公入曰："二人何如？"妻曰："君才殊不如，正当以识度相友耳。"【亦是有识度语。】公曰："伊辈亦常以我度为胜。"【自得之状如见。】《晋阳秋》曰：涛雅量恢达，度量弘远，心存事外，而与时俯仰。尝与阮籍、嵇康诸人著忘言之契。至于群子，屯蹇于世，涛独保浩然之度。【余嘉锡云："嵇、阮诸人，虽屯蹇于世，然如涛浩然之度，则固叔夜之所深羞，而嗣宗之所不屑也。"今按：此言过矣。叔夜若深羞，岂能临终托孤？嗣宗若不屑，何必作表劝进？余氏身怀孤愤，其情可感，然终不免苛责古人，稍欠平允。】王隐《晋书》曰：韩氏有才识，涛未仕时，戏之曰："忍寒，我当作三公，不知卿堪为夫人不耳？"【夫妻私语，声口毕肖。】

◎ 不是一家人，不进一家门。山公若无韩氏，恐亦不得为三公矣。

12. 王浑妻钟氏生女令淑，【二人基因诚佳，儿女皆慰人意。】虞预《晋书》曰：浑字玄冲，太原晋阳人，魏司徒昶子。仕至司徒。武子【王济】为妹求简美对【犹言乘龙快婿也。】而未得。有兵家子，【"兵家子"三字要紧。彼时兵家微贱，婚宦常受歧视，桓温亦难幸免，而况此兵家子？】有隽才，欲以妹妻之，乃白母，《王氏谱》曰：钟夫人名琰之，太傅繇之孙。【名门令媛，果然不同。】曰："诚是才者，其地可遗，【方苞云："'诚是才者，其地可遗'，钟氏识过男子。"按：钟氏明明在乎门第，故作此语以安武子之心也。】然要令我见。"【百闻不如一见，一见便有否决权。】武子乃令兵儿与群小杂处，使母帷中察之。既而，母谓武子曰："如此衣形者，是汝所拟者非邪？"【老妇眼尖。先观衣形，便是以貌取人。】武子曰："是也。"母曰："此才足以拔萃；【欲抑先扬。】然地寒，【说出心声。】不有长年，不得申其才用。观其形骨，必不寿，不可与婚。"【还是在乎门第。】武子从之。兵儿数年果亡。【李贽云："异哉钟氏也！"直一挑剔丈母，何异之有？】

◎ 兵儿早夭，纯属巧合。钟氏盖与王蓝田同调："兵，那可嫁女与之！"

13. 贾充前妇，是李丰女。【大家闺秀，所嫁非人。】丰被诛，离婚徙边。《妇人集》曰：充妻李氏，名婉，字淑文。丰诛，徙乐浪。后遇赦得还，充先已取郭配女，【母夜叉是也。】《贾氏谱》曰：郭氏名玉璜，即广宣君也。武帝特听置左右夫人。李氏别住外，不肯还充舍。《晋诸公赞》曰：世祖践阼，李氏赦还。而齐献王妃欲令充遣郭氏，更纳其母。充不许，为李氏筑宅，而不往来。充母柳氏将亡，充问所欲言者。柳曰："我教汝迎李新妇尚不肯，安问他事！"郭氏语充，欲就省李。充曰："彼刚介有才气，卿往不如不去。"《充别传》曰：李氏有淑性令才也。郭氏于是盛威仪，多将侍婢。【便有示威之意。】既至，入户，李氏起迎，郭不觉脚自屈，因跪再拜。【写出李氏风仪气概，不战而屈人之兵也。】既反，语充。充曰："语卿道何物？"【盖指不如不去之言也。】按《晋诸公赞》曰："世祖以李丰得罪晋室，又郭氏是太子妃母，无离绝之理，乃下诏敕断，不得往还。"而王隐《晋书》亦云："充既与李绝婚，更取城阳太守郭配女，名槐。李禁锢解，诏充置左右夫人。充母柳亦敕充迎李。槐怒，攘臂责充曰：'刊定律令，为佐命之功，我有其分。李那得与我并！'充乃架屋永年里中以安李。槐晚乃知。充出，辄使人寻充。诏许充置左右夫人。充答诏，以谦让不敢当盛礼。"《晋赞》既云"世祖下诏，不遣李还"，而王隐《晋书》及《充别传》并言听置立左右夫人。充惮郭氏，不敢迎李。三家之说并不同，未详孰是。然李氏不还，别有馀故，而《世说》云"自不肯还"，谬矣。且郭槐强很，岂能就李而为之拜乎？皆为虚也。【王世懋云："驳是。"按：是在何处？郭虽强狠，未必不识大体，又李氏刚介有才，正所谓一物降一物。】

◎ 全从侧面写李氏，不着一字，尽得风流。行于当行，止于当止，绝佳文字。

14. 贾充妻李氏作《女训》，【当与班昭《女戒》同一格调。】行于世。李氏女，齐献王【按：即司马攸，晋武帝司马炎弟。】妃；郭氏女，惠帝后。【论年辈，李氏女当为郭氏女婶母也。】充卒，李、郭女各欲令其母合葬，经年不决。贾后废，李氏乃祔葬，遂定。《晋诸公赞》曰：李氏有才德，世称"李夫人训"者。生女合，亦才明，即齐王妃。《妇人集》曰：李氏至乐浪，遗二女《典式》八篇。王隐《晋书》曰：贾后字南风，为赵王所诛。【贾充三女，贾合、贾午、贾南风，皆有故事。】

◎ 此则可为前则补注。

15. 王汝南【王湛。《赏誉》第17则已见。】少无婚，自求郝普女。《郝氏谱》曰：普字道匡，太原襄城人。仕至洛阳太守。司空【王湛父王昶】以其痴，【王湛之痴，实是大智若愚，深藏不露。】会无婚处，任其意，便许之。《魏氏志》曰：王昶字文舒，仕至司空。既婚，果有令姿淑德，生东海，【按：王承字安期，官东海太守。郝氏生一东海，便为王氏立一大功。】遂为王氏母仪。【生子易，母仪难。】或问汝南："何以知之？"【娶妇易，识妇难，故有此问。】曰："尝见井上取水，举动容止不失常，未尝忤观，以此知之。"【竟是自其小处观其大。】《汝南别传》曰：襄城郝仲将，门至孤陋，非其所偶也。君尝见其女，便求聘焉。果高朗英迈，母仪冠族。其通识馀裕，皆此类。

◎ 千里马常有，伯乐不常有。好女子常有，王湛之识见不常有。

16. 王司徒【王浑】妇，钟氏女，太傅【钟繇】曾孙，《王氏谱》曰："夫人，黄门侍郎钟琰女。"亦有俊才女德。《妇人集》曰："夫人有文才，其诗、赋、颂、诔行于世。"钟、郝为娣姒，【按：娣姒即妯娌也。】雅相亲重：钟不以贵陵郝，郝亦不以贱下钟。【难得。】东海家内，则郝夫人之法；京陵家内，范钟夫人之礼。【则、范，皆作动词。】

◎ 王浑、王湛兄弟，钟氏、郝氏妯娌，可谓珠联璧合。齐家不独君子事，光宗端赖淑女德。

17. 李平阳，秦州【李秉】子，李重已见。《永嘉流人名》曰：康【按：当作秉。】字玄胄，江夏人。魏秦州刺史。中夏名士，于时以比王夷甫【王衍】。孙秀初欲立威权，咸云："乐令民望，不可杀；减李重者，又不足杀。"【按：减，差，不如也。刘辰翁云："减语大毒，害事。"】《晋诸公赞》曰：孙秀字俊忠，琅邪人。初，赵王伦封琅邪，秀给为近职小吏。伦数使秀作书疏，文才称伦意。伦封赵，秀徙户为赵人，用为侍郎，信任之。《晋阳秋》曰：伦篡位，秀为中书令，事皆决于秀。为齐王所诛。遂逼重自裁。初，重在家，有人走从门入，出髻中疏示重，重看之色动。入内示其女，女直叫"绝"，了其意，出则自裁。按诸书皆云："重知赵王伦作乱，有疾不治，遂以致卒。"而此书乃言自裁，甚乖谬。且伦、秀凶虐，动加诛夷，欲立威权，自当显戮，何为逼令自裁？【王世懋云："驳是。"】此女甚高明，重每咨焉。【死亦咨询乎？】

◎ 此女叫"绝"，不过坚父自裁之志，不知高明在何处。

18. 周浚作安东时，行猎，值暴雨，过汝南李氏。李氏富足，而男子不在。【男子不在，方显女儿本色。】有女名络秀，闻外有贵人，【"贵人"二字吃紧，写出女子心眼。】与一婢于内宰猪羊，作数十人饮食，事事精办，不闻有人声。【杀猪宰羊，不闻人声，好似训练有素，成败在此一举。无人声，正衬出有心事。】密觇之，独见一女子，【正要让你见。】状貌非常，浚因求为妾。【已有妻，欲求妾，有眼光。】父兄不许。【"父兄之言，亦可畏也。"】络秀曰："门户殄瘁，【《诗经·大雅·瞻卬》："人之云亡，邦国殄瘁。"殄瘁，犹言衰败也。】何惜一女？若连姻贵族，将来或大益。"【有远见。】父兄从之。《八王故事》曰：浚字开林，汝南安城人。少有才名。太康初，平吴，自御史中丞出为扬州刺史。元康初，加安东将军。遂生伯仁兄弟。【母以子贵。】络秀语伯仁等："我所以屈节为汝家作妾，门户计耳！按

《周氏谱》："浚取同郡李伯宗女。"此云为妾，妄耳。汝若不与吾家作亲亲者，吾亦不惜馀年！"伯仁等悉从命。由此李氏在世，得方幅齿遇。【刘辰翁云："方幅者，四面看得一样也。"余嘉锡云："盖截木为方，裁帛为幅，皆整齐有度。故六朝人谓凡事之出于光明显著者为方幅。此言'方幅齿遇'，犹言正当礼遇之也。"】

◎ 李氏复兴弱宗，殊胜父兄，所以为贤媛。

19. 陶公【陶侃】少有大志，家酷贫，与母湛氏同居。同郡范逵素知名，举孝廉，逵未详。投侃宿。【又是不速之客。】于时冰雪积日，侃室如悬磬，而逵马仆甚多。侃母湛氏语侃曰："汝但出外留客，吾自为计。"湛头发委地，下为二髲。一作髢。卖得数斛米，【以发换米，米价竟不如发价耶？】斫诸屋柱，悉割半为薪，剉诸荐以为马草。【可谓倾家荡产。】日夕，遂设精食，从者皆无所乏。【陶母不愧巧妇，可为无米之炊！】逵既叹其才辩，又深愧其厚意。明旦去，侃追送不已，且百里许。【够远。】逵曰："路已远，君宜还。"侃犹不返。【有所求。】逵曰："卿可去矣。至洛阳，当相为美谈。"侃乃返。逵及洛，遂称之于羊晫、顾荣诸人，大获美誉。【吴勉学云："好作用。"】《晋阳秋》曰：侃父丹，娶新淦湛氏女，生侃。湛虔恭有智算，以陶氏贫贱，纺绩以资给侃，使交结胜己。侃少为寻阳吏，鄱阳孝廉范逵尝过侃宿，时大雪，侃家无草，湛彻所卧荐剉给。阴截发，卖以供调。逵闻之叹息。逵去，侃追送之。逵曰："岂欲仕乎？"侃曰："有仕郡意。"逵曰："当相谈致。"过庐江，向太守张夔称之。召补吏，举孝廉，除郎中。时豫章顾荣【王世懋云："注'顾荣'下有刊落。"】或责羊晫曰："君奈何与小人同舆？"晫曰："此寒俊也。"王隐《晋书》曰：侃母既截发供客，闻者叹曰："非此母不生此子。"乃进之于张夔。羊晫亦简之。后晫为十郡中正，举侃为鄱阳小中正，始得上品也。

◎ 剪发待宾，自古传为美谈，然亦不过禄仕之道，今所谓政治投资也。故李贽云："此妇教子求功名也。"所幸陶侃为官尚廉洁，未曾忘本。

20. 陶公少时，作鱼梁吏，尝以坩鲊饷母。母封鲊付使，反书责侃曰："汝为吏，以官物见饷，非唯不益，乃增吾忧也。"【吴勉学云："方是贤母识力。"】《侃别传》曰：母湛氏，贤明有法训。侃在武昌，与佐吏从容饮燕，常有饮限。或劝犹可少进，侃凄然良久曰："昔年少，曾有酒失，二亲见约，故不敢踰限。"【真孝子。】及侃丁母忧，在墓下，忽有二客来吊，不哭而退，仪服鲜异，知非常人。遣随视之，但见双鹤冲天而去。【志怪笔法，反不可信。】《幽明录》曰："陶公在寻阳西南一塞取鱼，自谓其池曰'鹤门'。"按：吴司徒孟宗为雷池监，以鲊饷母，母不受。非侃也。疑后人因孟假为此说。

◎ 此真好母亲，堪为古今官吏之师也。

21. 桓宣武平蜀，以李势妹为妾，甚有宠，常著斋后。【金屋藏娇。】主始不知，既闻，与数十婢拔白刃袭之。【公主失宠多时，拔刀者，乃维权也。】《续晋阳秋》曰：温尚明帝女南康长公主。正值李梳头，发委藉地，肤色玉曜，【黑白相见，好一幅仕女梳妆图。】不为动容，徐曰："国破家亡，无心至此，今日若能见杀，乃是本怀。"【悲苦者人不凌，示弱者人不恨。】主惭而退。【李贽云："贤主哉！虽妒色而能好德，过男子远矣。"又吴勉学云："主亦自可。"】《妒记》曰：温平蜀，以李势女为妾，郡主凶妒，不即知之。后知，乃拔刃往李所，因欲斫之。见李在窗梳头，姿貌端丽，徐徐结发，敛手向主，神色闲正，辞甚悽惋。主于是掷刀前抱之曰："阿子，我见汝亦怜，何况老奴。"【爱美之心，人皆有之。公主此言，足快人意。】遂善之。

◎ 李势妹有才色，南康公主亦贤，桓公两者得兼，夫复何求？

22. 庾玉台【庾友】，希之弟也。希诛，将戮玉台。希已见。玉台，庾友小字。《庾氏谱》曰：友字惠彦，司空冰第三子。历中书郎、东阳太守。玉台子妇，宣武弟桓豁女也，《庾氏谱》曰：友字弘之，长子宣，娶宣武弟桓豁之女，字女幼。徒跣求进。【救人最宜徒跣。】阍禁不内。【按：内同纳。】女厉声曰："是何小人！我伯父门，不听我前！"【理直才能气壮。】因突入，号泣请曰："庾玉台常因人，脚短三寸，当复能作贼不？"【刘应登云："言足短不能自行，因人而行，明其无它，然子妇称其小字，不以为怪。"】宣武笑曰："婿故自急。"【余嘉锡云："友若不获赦，则宣亦当从坐。故曰'婿故自急'。"】遂原玉台一门。《中兴书》曰：桓温杀庾希弟倩，希闻难而逃，希弟友当伏诛。子妇桓氏女，诉温，得宥。

◎ 前有缇萦救老父，今有桓女救公公，并是佳话。

23. 谢公夫人帏诸婢，使在前作伎，使太傅暂见，便下帏。【不见可欲，其心不乱。】太傅索更开，【太傅偏要看，其状可爱。】夫人云："恐伤盛德。"【王世懋云："此直妒耳，何足称贤？"吴勉学云："妙于妒。"】刘夫人已见。

◎ 谢公夫人乃刘惔之妹，岂是寻常妇人？宜其深谙御夫之道也。

24. 桓车骑【桓冲】不好著新衣，浴后，妇故送新衣与。《桓氏谱》曰：冲娶琅邪王恬女，字女宗。车骑大怒，催使持去。妇更持还，传语云："衣不经新，何由而故？"【妙语。】桓公大笑，著之。

◎ 此妇不唯善解纷，亦善事夫也。

25. 王右军郗夫人【即郗子房，便是羲之坦腹东床所娶者。】谓二弟司空、中郎曰：司空愔已见。《郗昙别传》曰：昙字重熙，鉴少子。性韵方质，和正沉简。累迁丹阳尹、北中郎将、徐、兖二州刺史。"王家见二谢，倾筐倒屣；二谢：安、万。见汝辈来，平平尔。汝可无烦复往。"【观此可知右军看重谢氏，远胜郗家。刘辰翁云："语悉世情，可以有省。"】

◎ 妇人心细，常能透过现象看本质。郗氏兄弟识见不如其姊也。

26. 王凝之谢夫人【谢道韫】既往王氏，大薄凝之。【道韫之才，实在王、谢两家诸兄弟之上，故敢大薄其夫。】既还谢家，意大不悦。太傅慰释之曰："王郎，逸少之子，人身【即人才。】亦不恶，汝何以恨乃尔？"答曰："一门叔父，则有阿大【谢安】、中郎【谢万】；群从兄弟，则有封、胡、遏、末。封胡，谢韶小字。遏末，谢渊小字。韶字穆度，万子，车骑司马。渊字叔度，奕第二子，义兴太守。时人称其尤彦秀者。或曰封、胡、遏、末。封谓朗，遏谓玄，末谓韶。朗、玄、渊。一作胡谓渊，遏谓玄，末谓韶也。【刘应登云："封、胡、遏、韶、朗、玄小字，末，疑是末婢谢琰小字。"】不意天壤之中，乃有王郎！"【刘应登又云："此二则皆妇人薄忿夫家之事，不当并列《贤媛》中。"刘辰翁云："怨恨至此，我辈所不能道，未可尽非。"凌濛初云："'忿狷'为是。"袁中道云："眼空两家之妇，太难相。"李贽云："此妇嫌夫，真非偶也。"吴勉学云："此岂妇人语？"今按：诸评均出男人之口，不足为据。】

◎ 谢公家教鼎盛，故能教出此等才女。

27. 韩康伯母，隐【凭依。】古几，毁坏。卞鞠见几恶，欲易之。鞠，卞范之。母之外孙也。答曰："我若不隐此，汝何以得见古物？"【外婆对外孙所言，当有所指。古物者，或有双关之意也。】

◎ 韩母只好说嘴，未见为贤。

28. 王江州夫人【谢道韫】语谢遏【谢玄】曰："汝何以都不复进？夫人，玄之妹。【王世懋云："此岂女弟待兄言？注误矣，妹当为姊。"】为是尘务经心，天分有限？"

◎ 不有此姊，岂有此弟？谢玄能成大事，道韫亦有功焉。

29. 郗嘉宾丧，妇兄弟欲迎妹还，终不肯归。《郗氏谱》曰：超娶汝南周岜女，名马头。【好名字。】曰："生纵不得与郗郎同室，死宁不同穴！"【似哀，似怨。】《毛诗》曰：谷则异室，死则同穴。郑玄《注曰》：穴，谓圹中墟也。

◎ 终于见一贞烈妇人。

30. 谢遏绝重其姊,【刘应登云:"疑即江州夫人,前以为玄妹,非。"】张玄常称其妹,欲以敌之。有济尼者,并游张、谢二家,人问其优劣,答曰:"王夫人神情散朗,故有林下风气;【好品藻。】顾家妇清心玉映,自是闺房之秀。"【吴勉学云:"此尼亦复可思。"余嘉锡云:"道韫以一女子而有林下风气,足见其为女中名士。至称顾家妇为闺房之秀,不过妇人中之秀出者而已。不言其优劣,而高下自见,此晋人措词妙处。"】

◎ 道韫果有竹林名士风度,《红楼梦》中唯黛玉差可拟之。黛玉判词,有"堪怜咏絮才"之语,而其所居为潇湘馆。潇湘馆者,正林下风气也。况黛玉又姓林,岂偶然哉!

31. 王尚书惠【刘应登云:"惠为孙族。"按:惠为王劭孙,默之子,王羲之之孙辈也。】尝看王右军夫人,《宋书》曰:惠字令明,琅邪人。历吏部尚书,赠太常卿。问:"眼耳为觉恶不?"《妇人集》载谢《表》曰:妾年九十,孤骸独存。愿蒙哀矜,赐其鞠养。答曰:"发白齿落,属乎形骸;至于眼耳,关于神明,那可便与人隔!"【吴勉学云:"名通至此。"】

◎ 郗夫人育有八男一女,晚年犹耳聪目明,出言隽永,令人称奇。

32. 韩康伯母殷,随孙绘之之衡阳,《韩氏谱》曰:绘之字季伦。父康伯,太常卿。绘之仕至衡阳太守。于阖庐洲中逢桓南郡【桓玄】。下鞠是其外孙,时来问讯。谓鞠曰:"我不死,见此竖二世作贼!"【盖指桓玄、桓亮叔侄为逆。】在衡阳数年,绘之遇桓景真【桓亮】之难也。《续晋阳秋》曰:桓亮字景真,大司马温之孙。父济,给事中。叔父玄,篡逆见诛。亮聚众于长沙,自号湘州刺史。杀太宰甄恭、衡阳前太守韩绘之等十余人。为刘毅军人郭珍斩之。殷抚尸哭曰:"汝父【韩康伯】昔罢豫章,征书朝至夕发。汝去郡邑数年,为物不得动,遂及于难,夫复何言!"

◎ 韩母乃殷浩之妹，殷浩曾被桓温所废，其子韩范之不听母谏，与桓玄为逆而伏诛，其孙韩绘之又被桓亮所杀。殷、桓两家，祖孙三代皆有仇隙，宜其言怨望伤感至此！

术解第二十

● 术解者，盖解术之倒文，即通晓方术之谓也。夫古时"艺术"，意涵与今不同。观史籍如《史记·日者传》《龟策传》，以及《后汉书·方术传》《魏志·方技传》《晋书·艺术传》《北魏书·术艺传》《北齐书·方技传》《周书·艺术传》《隋书·艺术传》《旧唐书·方技传》《新唐书·方技传》《宋史·方技传》《辽史·方技传》《金史·方技传》《明史·方技传》等可知，古之"艺术"，实即"方术""巫术""方技"耳。《世说》既设《术解》《巧艺》二门，盖明其畛域不同而欲区以别之也。观此门所记，辨音正乐者有之，风水堪舆者有之，相马占冢、预测吉凶者亦有之，至于消灾祛厄、符箓方剂、经脉疗疾，百闻不如一见；又如食笋知劳薪、品酒明好坏，五花八门，煞是好看。唯其年代迢远，秘技失传，今人昧于科学唯物之论，或以为不经，实则正如郭璞《山海经序》所谓"非天下之至通，难与言山海之义矣"。又干宝之撰《搜神》，志在"发明神道之不诬"，而《术解》一门，实仍遵"子不语怪力乱神"之教，虽有志怪笔法，而终为人间言动耳。故此门之设，乃志人、志怪分道扬镳之证，固不可与义庆所撰《幽明录》同年而语，而适可见临川之深思密察、高瞻远瞩、妙笔生花也。噫！义庆之于吾国古小说发育滋荣之贡献，比之干宝，有过之而无不及也！

1. 荀勖善解音声，时论谓之"闇解"，遂调律吕，正雅乐。【荀勖才高人鄙，可谓玩物丧志者。】每至正会，殿庭作乐，自调宫商，无不谐韵。阮咸妙赏，时谓"神解"。【神解总比闇解高。】每公会作乐，而心谓之不调。既无一言直勖，意忌之，遂出阮为始平太守。【颜延之《五君咏》有"阮始平"一首。】后有一田父耕于野，得周时玉尺，便是天下正尺。荀试以校己所治钟鼓、金石、丝竹，皆觉短一黍，于是伏阮神识。【果然神。】《晋后略》曰：钟律之器，自周之末废，而汉成、哀之间，诸儒修而治之。至后汉末，复隳矣。魏氏使协律知音者杜夔造之，不能考之典礼，徒依于时丝管之声、时之尺寸而制之，甚乖失礼度。于是世祖命中书监荀勖依典制，定钟律。既铸律之管，慕求古器，得周时玉律数枚，比之不差。又诸郡舍仓库，或有汉时故钟，以律命之，皆不叩而应，声响韵合，又若俱成。《晋诸公赞》曰：律成，散骑侍郎阮咸谓勖所造声高，高则悲。夫亡国之音哀以思，其民困。今声不合雅，惧非德政中和之音，必是古今尺有长短所致。然今钟磬是魏时杜夔所造，不与勖律相应，音声舒雅，而久不知夔所造，时人为之，不足改易。勖性自矜，乃因事左迁咸为始平太守，而病卒。后得地中古铜尺，校度勖今尺，短四分，方明咸果解音，然无能正者。干宝《晋纪》曰：荀勖始造《正德》《大象》之舞，以魏杜夔所制律吕校大乐，本音不和。后汉至魏，尺长于古四分有馀，而夔据之，是以失韵。乃依《周礼》，积粟以起度量，以度古器，符于本铭，遂以为式，用之郊庙。

◎ 术解之术，乃方术之意，此则论音乐，似亦可入《巧艺》。

2. 荀勖在晋武帝坐上食笋进饭，谓在坐人曰："此是劳薪炊也。"坐者未之信，密遣问之，实用故车脚。【杨慎云："王劭《奏改火疏》云：'昔师旷食饭，云是劳薪所炊，晋平公使视之厨，果然车辋。今传以为符朗事，非也。此又作荀勖。"】

◎ 闇解之人，宜有此事。

3. 人有相羊祜父墓，后应出受命君。祜恶其言，遂掘断墓后，以坏其势。【羊公自坏风水，乃忧谗畏讥，亦属不得已。】相者立视之，曰：

"犹应出折臂三公。"【乌鸦嘴。】俄而祜坠马折臂，位果至公。【不幸言中。吴勉学云："羊公盛德，此故是一端。"】《幽明录》曰：羊祜工骑乘。有一儿五六岁，端明可喜。掘墓之后，儿即亡。羊时为襄阳都督，因盘马落地，遂折臂。于时士林咸叹其忠诚。【此事亦见《幽明录》，同为刘义庆所撰，而趣致不同也。】

◎ 此写相术之微，方入《术解》之港。

4. 王武子【王济】善解马性。尝乘一马，著连钱障泥，【按：障泥者，马鞯也。犹谓披挂着钱文图案之马鞯。】前有水，终日不肯渡。王云："此必是惜障泥。"使人解去，便径渡。【刘辰翁云："马犹惜物。"按：马通人性也。】《语林》曰：武子性爱马，亦甚别之。故杜预道："王武子有马癖，和长舆有钱癖。"武帝问预："卿有何癖？"对曰："臣有《左传》癖。"【同是一癖，杜预注《左传》，可谓不朽矣。吴勉学云："此癖何可无？"】

◎ 爱之方能解之，解之方能御之。武子确有伯乐之资。

5. 陈述为大将军掾，甚见爱重。及亡，郭璞往哭之，甚哀，乃呼曰："嗣祖，焉知非福！"【竟是羡慕语。可哀。】俄而大将军作乱，如其所言。《陈氏谱》曰：述字嗣祖，颍川许昌人。有美名。

◎ 郭璞善卜卦，此盖已自知其祸矣。后果为王敦所杀。

6. 晋明帝【司马绍】解占冢宅，闻郭璞为人葬，帝微服往看，因问主人："何以葬龙角？此法当灭族！"主人曰："郭云：'此葬龙耳，不出三年，当致天子。'"帝问："为是出天子邪？"答曰："非出天子，能致天子问耳。"【刘辰翁云："致问无理，致能来耳。"吴勉学云："此谓神解。"】青乌子《相冢书》曰：葬龙之角，暴富贵，后当灭门。【此注可置于"灭族"句下。】

◎ 此主人专对从容，亦自不凡。

7. 郭景纯过江，居于暨阳，墓去水不盈百步，时人以为近水。景纯曰："将当为陆。"【真敢说。】《璞别传》曰：璞少好经术，明解卜筮。永嘉中，海内将乱，璞投策叹曰："黔黎将同异类矣！"便结亲暌十余家，南渡江，居于暨阳。今沙涨，去墓数十里皆为桑田。【此"今"当指刘宋时也，《世说》仅此一例。】其诗曰："北阜烈烈，巨海混混；垒垒三坟，唯母与昆。"

◎ 景纯博洽灵异，可称晋之东方朔也。

8. 王丞相令郭璞试作一卦。卦成，郭意色甚恶，【不知何卦。】云："公有震厄！"王问："有可消伏理不？"郭曰："命驾西出数里，得一柏树，截断如公长，置床上常寝处，灾可消矣。"【以树替身。】王从其语，数日中，果震柏粉碎。子弟皆称庆。王隐《晋书》曰：璞消灾转祸，扶厄择胜，时人咸言京、管不及。【京、管即汉之京房、三国之管辂，皆以易学著称于世。】大将军云："君乃复委罪于树木。"

◎ 连续四则皆道景纯，其相冢预测，消灾转祸，扶厄择胜，恍如"半仙儿"，唯不能自保，终死于王敦之手，令人兴叹。天命不可违，其斯之谓欤！

9. 桓公有主簿善别酒，有酒辄令先尝，【品酒师也。】好者谓"青州从事"，恶者谓"平原督邮"。【以官名论酒，大有奇趣。】青州有齐郡，平原有鬲县；"从事"言到脐，"督邮"言在鬲上住。【似是自注。】

◎ 能醉人，方是好酒。故"督邮"不如"从事"也。

10. 郗愔信道甚精勤，【按：精勤，犹下文所言精进。】常患腹内恶，诸医不可疗。闻于法开有名，往迎之。既来便脉，云："君侯所患，正是精进太过所致耳。"合一剂汤与之。【泻药乎？】一服，即大下，去数段许纸如拳大，剖看，乃先所服符也。【此其"精进"之物。】《晋书》

曰：法开善医术，尝行，莫投主人，妻产，而儿积日不堕。法开曰："此易治耳。"杀一肥羊，食十馀脔而针之。须臾儿下，羊脅裹儿出。【按：脅，肠上脂肪。】其精妙如此。【刘辰翁云："如此则羊脂可。"】

◎ 此与下一则言医术，亦有可观。

11. 殷中军【殷浩】妙解经脉，中年都废。【"中年"可思，正是殷浩被废为庶人之后也。】有常所给使，忽叩头流血。浩问其故，云："有死事，终不可说。"【既求人，便不该卖关子。】诘问良久，乃云："小人母年垂百岁，抱疾来久，若蒙官一脉，便有活理。讫，就屠戮无恨。"【孝子之言。】浩感其至性，遂令舁来，【按：舁，音余，抬也。】为诊脉处方。始服一剂汤，便愈。【堪称神医也。凌濛初云："写得觳觫，宛转可矜。"】于是悉焚经方。【刘辰翁云："诊之似达，焚方又隘，无益盛德。"吴勉学云："隘甚。"】

◎ 殷浩悉焚经方，好比赌气，犹言治病救人如此灵验，如何竟不能安邦定国？

巧艺第二十一

● 巧艺，谓技艺精巧绝妙。古之大人君子，必学六艺。六艺者，礼、乐、射、御、书、数也。《论语·述而》："子曰：志于道，据于德，依于仁，游于艺。"何晏《集解》："艺者，六艺也。"《礼记·学记》："不兴其艺，不能乐学。"故孔子云："兴于诗，立于礼，成于乐。""吾不试，故艺。"是知夫子精于六艺之学，于诗、书、礼、乐皆极精通。而吾国艺术之自开门户，则在魏晋。观魏晋史书，名臣、儒林、文苑诸列传中多有诗文、书法、音乐之记载，如书法又有篆、隶、章、草、行、楷之分别，可知书体已细，书道已立。《世说·巧艺》一门，记弹棋、建筑、围棋、书、画诸才艺，不唯与《术解》有别，亦将艺术与文学作区分耳，是故《巧艺》之设，正为艺术与艺术家"正名"，意义不容小觑。如"戴安道就范宣学"一则，范宣初以绘画为"无用"，后复改观，甚以为"有益"，一字之转，大有深意。如谓曹魏乃"文学自觉"之时代，则东晋实为"艺术自觉"之时代。至于顾恺之，不唯有"才绝、画绝、痴绝"之誉，更兼画论之伐山者，此门五言其事，为一代天才画家传神写照，意在笔先，味在言外，可谓"绝妙好辞"也。

1. 弹棋始自魏宫内，用妆奁戏。傅玄《弹棋赋叙》曰："汉成帝好蹴鞠，刘向以谓劳人体，竭人力，非至尊所宜御。乃因其体作弹棋。今观其道，蹴鞠道也。"按玄此言，则弹棋之戏，其来久矣。且《梁冀传》云："冀善弹棋，格五。"而此云起魏世，谬矣。【按王世懋云："如此驳，皆极精"。】文帝于此戏特妙，用手巾角拂之，无不中。【以巾角拂棋，非有内力巧劲者不可为。】有客自云能，帝使为之。客著葛巾角，低头拂棋，妙踰于帝。【以头代手，此客真不凡。】《典论》帝《自叙》曰：戏弄之事，少所喜，唯弹棋略尽其妙。少时尝为之赋。昔京师少工有二焉：合乡侯东方世安、张公子，常恨不得与之对也。《博物志》曰：帝善弹棋，能用手巾角。时有一书生，又能低头以所冠葛巾角撇棋也。

◎ 人外有人，强中有强。魏晋人士特爱游戏技艺，蔚成风气，曹氏父子实发其端也。

2. 陵云台楼观精巧，先称平众木轻重，然后造构，乃无锱铢相负揭。台虽高峻，常随风摇动，而终无倾倒之理。【危楼不危，何等佳构】魏明帝登台，惧其势危，别以大材扶持之，楼即颓坏。论者谓轻重力偏故也。【轻重相宜，虽一发不能加之，而况大材撑拄？打破均势，偏于一隅，便有倾颓之虞也。其时工匠真能体天道之大、尽技艺之微也。】《洛阳宫殿簿》曰：陵云台上壁方十三丈，高九尺。楼方四丈，高五丈。栋去地十三丈五尺七寸五分也。

◎ 大厦将倾，独木难支。魏祚不永，此其兆乎？明帝非仅坏此一楼，实亦倾覆一国。

3. 韦仲将【韦诞】能书。魏明帝起殿，欲安榜，使仲将登梯题之。既下，头鬓皓然，【如见。】因敕儿孙："勿复学书！"【痛极语。凌濛初云："岂至学书者必遭此？"】《文章叙录》曰：韦诞字仲将，京兆杜陵人，太仆端子。有文学，善属辞。以光禄大夫卒。卫恒《四体书势》曰：诞善楷书，魏宫观多诞所题。明帝立陵霄观，误先钉榜，乃笼盛诞，辘轳长絚引上，使就题之。【此注更委细。】去地二十五丈，诞甚危惧。【诞必有恐高症。】乃戒子孙，绝此楷法，著之《家令》。

◎ 此则已无关巧艺，但写巧艺之害也。

4. 钟会是荀济北【荀勖】从舅，二人情好不协。荀有宝剑，可直百万，常在母钟夫人许。《孔氏志怪》曰：勖以宝剑付妻。会善书，学荀手迹，作书与母取剑，仍窃去不还。【亏他想得出！】《世语》曰：会善学人书，伐蜀之役，于剑阁要邓艾章表，皆约其言。令词旨倨傲，多自矜伐。艾由此被收也。荀勖知是钟而无由得也，思所以报之。【以怨抱怨，亦非直人。】后钟兄弟以千万起一宅，始成，甚精丽，未得移住。荀极善画，乃潜往画钟门堂，作太傅【钟繇】形象，衣冠状貌如平生。二钟入门，便大感恸，宅遂空废。《孔氏志怪》曰：于时咸谓勖之报会，过于所失数十倍。彼此书画，巧妙之极。

◎ 荀、钟二人，一善画，一善书，皆有巧艺，而俱以巧艺损人，心术大坏，所谓玩物丧志者也。

5. 羊长和【羊忱】博学工书，《文字志》曰：忱性能草书，亦善行隶，有称于一时。能骑射，善围棋。【此亦名士本领。似比王恭所谓"但使常得无事、痛饮酒、熟读《离骚》"，更显风流也。】诸羊后多知书，而射、弈馀艺莫逮。

◎ 此羊家事，可见彼时家学之盛。

6. 戴安道【戴逵】就范宣学，《中兴书》曰：逵不远千里，往豫章诣范宣，宣见逵，异之，以兄女妻焉。【犹夫子以其兄之女妻南容。】视范所为：范读书亦读书，范抄书亦抄书。【夫子步亦步，夫子趋亦趋。】唯独好画，范以为无用，不宜劳思于此。【恐其玩物丧志。】戴乃画《南都赋图》，范看毕咨嗟，甚以为有益，始重画。【赞其陶冶性灵。】

◎ "无用""有益"，皆大可深思。范宣乃当世大儒，主通经致用，视绘画为"虽有可观，致远恐泥"之小道，故初目之曰"无用"。及至看罢安道《南都赋图》，则大为改观，咨嗟甚以为"有益"。范宣"始重画"云云，实已归本孔子"游于艺"之教，盖以技艺虽属形下之器，实亦可载形上之道，关乎人之性情志趣，不可等闲视之也。此一转变，实吾国美学史上一大事件，自"用"至"益"，虽一字之差，而尽显功利实用价值观向审美超越价值观之重心转移。有此转移，始有东晋百年艺术创造之勃兴，文艺美学之独立。故东晋一朝，可谓"艺术自觉"之时代也。

7. 谢太傅云："顾长康画，有苍生来所无。"《续晋阳秋》曰：恺之尤好丹青，妙绝于时。曾以一厨画寄桓玄，皆其绝者，深所珍惜，悉糊题其前。桓乃发厨后取之，好加理复。【彼时已有盗画贼，足见绘事大为时人所重。】恺之见封题如初，而画并不存，直云："妙画通灵，变化而去，如人之登仙矣。"【人道其痴，果真痴！】

◎ 谢公妙赏，一通百通，语虽夸饰，于意无伤。

8. 戴安道中年画行像，【按：行像乃可移动之佛像。】甚精妙。庾道季【庾龢】看之，语戴云："神明太俗，由卿世情未尽。"【轻诋语】戴云："唯务光当免卿此语耳。"【犹言唯有务光可以免此讥评也。李贽云："此答未善，予因代答一转语云：'与俗人看，便是真俗。'"】《列仙传》曰：务光，夏时人也。耳长七寸，好鼓琴，服菖蒲韭根。汤将伐桀，谋于光，光曰："非吾事也。"汤曰："伊尹何如？"务光曰："强力忍诟，不知其它。"汤克天下，让于光。光曰："吾闻无道之世，不践其土。况让我乎？"负石自沈于卢水。

◎ 看似写巧艺，意实在巧艺之外也。《文学》一门，可作"学案""诗话"看，《巧艺》一门，亦可作"画论""艺话"观。

9. 顾长康【顾恺之】画裴叔则，颊上益三毛。【颊上三毛出典】人问其故，顾曰："裴楷隽朗有识具，正此是其识具。"看画者寻之，

定觉益三毛如有神明，殊胜未安时。【恺之历画古贤，皆为之赞也。】

◎ 形以写神，神赖形显。

10. 王中郎【王坦之】以围棋是"坐隐"，【按：此隐，非隐居意，实隐语意。】支公【支遁】以围棋为"手谈"。《博物志》曰：尧作围棋，以教丹朱。《语林》曰：王以围棋为手谈，故其在哀制中，祥后客来，方幅会戏。

◎ 坐隐、手谈，俱是名典。

11. 顾长康好写起人形。《续晋阳秋》曰：恺之图写特妙。欲图殷荆州【殷仲堪】，殷曰："我形恶，不烦耳。"【自知者明。】顾曰："明府正为眼尔。仲堪眇目故也。但明点童子，飞白拂其上，使如轻云之蔽日。"日，一作月。

◎ 此是人物画方法论。亦不离以形写神之旨也。

12. 顾长康画谢幼舆【谢鲲】在岩石里。人问其所以，顾曰："谢云：'一丘一壑，自谓过之。'此子宜置丘壑中。"【知言。】

◎ 一丘一壑，以形写神之助也。

13. 顾长康画人，或数年不点目精。人问其故，顾曰："四体妍蚩，本无关于妙处，传神写照，正在阿堵中。"【余嘉锡云："《书钞》一五四引《俗说》云：顾虎头为人画扇，作嵇、阮，都不点眼睛，便送还扇主，曰：'点睛便能语也。'"】

◎ 传神阿堵，画人心经。

14. 顾长康道："画'手挥五弦'易，'目送归鸿'难。"【按："目送归鸿，手挥五弦"，乃嵇康《赠秀才入军》诗句。刘辰翁云："正似留谱与后人。"】

◎ 写形容易传神难。

宠礼第二十二

● 宠礼者，宠爱礼遇之谓也。此一门主要写君臣间事。古之君臣为五伦之一，所谓"君臣有义"。《论语·八佾》："定公问曰：'君使臣，臣事君，如之何？'孔子对曰：'君使臣以礼，臣事君以忠。'"又同书《颜渊》孔子言"正名"曰："君君，臣臣，父父，子子。"《礼记·大学》论君臣关系称："为人君，止于仁；为人臣，止于敬。"同书《礼运》论"人义"之"君臣"义曰："君仁，臣忠。"无论君礼臣忠，抑或君仁臣敬，皆为君臣互相对待之职分，君臣各有其礼亦各有其道也。故孟子曰："欲为君，尽君道；欲为臣，尽臣道。"然值魏晋之世，政权迭变，名教陵夷，君臣之道遂遭前所未有之挑战，尤其东晋一朝，门阀士族直可与皇权分庭抗礼，至有"王与马，共天下"之谓。夫士权之高扬，于皇权固有所损，却形成一史上罕见之"君臣共治"局面，彼时无论朝廷之君臣，抑或幕府之君臣，皆能超越礼制之藩篱，纯以人格相敬赏，复以交谊相往还。此门所记虽仅六事，亦可藉窥当时风气之一斑。唯"宠礼"云者，实含"过礼"之意，观彼时君臣上下不拘小节之状，憨然可喜，即以"越名教而任自然"视之，亦无不可也。《世说》之妙，常在此等"出格""非礼"处，读者可深体而细玩之。

1. 元帝【司马睿】正会，引王丞相登御床，王公固辞，中宗引之弥苦。王公曰："使太阳与万物同晖，臣下何以瞻仰？"【厚语似佞。】《中兴书》曰：元帝登尊号，百官陪位，诏王导升御坐，固辞然后止。

◎ 此"王与马，共天下"写照。

2. 桓宣武【桓温】尝请参佐入宿，袁宏、伏滔相次而至。湿名，【按：唱名。】府中复有袁参军，彦伯疑焉，令传教更质。传教曰："参军是袁、伏之袁，复何所疑？"【按《晋书·袁宏传》："与伏滔在温府，府中呼为'袁伏'，宏心耻之。每叹曰：'公之厚恩，未优国士；而与滔比肩，何辱之甚！'"】

◎ 同为入幕宾，袁竟耻与伏为伍。

3. 王珣、郗超并有奇才，为大司马所眷拔。珣为主簿，超为记室参军。超为人多髯，珣行状短小，于时荆州为之语曰："髯参军，短主簿，能令公喜，能令公怒。"《续晋阳秋》曰：超有才能，珣有器望，并为温所昵。

◎ "能令公喜，能令公怒"，千古佳话。

4. 许玄度【许询】停都一月，刘尹无日不往，乃叹曰："卿复少时不去，我成轻薄京尹！"【凌濛初云："得刘尹如此，甚难，甚难。"按：尸位素餐，何难之有？】《语林》曰：玄度出都，真长九日十一诣之，曰："卿尚不去，使我成薄德二千石。"

◎《晋书·刘惔传》云："居官无官官之事，处事无事事之心。"此正其写照也。

5. 孝武在西堂会，伏滔预坐。还，下车呼其儿，儿即系也。丘渊之

《文章录》曰：系字敬鲁，仕至光禄大夫。语之曰："百人高会，临坐未得他语，先问：'伏滔何在？在此不？'此故未易得。为人作父如此，何如？"【吴勉学云："矜。"又方苞云："百人高会，先问伏滔；下车呼儿，自夸作父。喜动眉宇，千载如见。"】

◎ 为皇帝众中先问，便得意如此，伏滔之器小哉！今为其下一转语："为人做奴如此，何如？"

6. 卞范之【卞鞠】为丹阳尹。羊孚南州暂还，往卞许，云："下官疾动，不堪坐。"【不知何疾，疑患痔疮。】卞便开帐拂褥，羊径上大床，入被须枕。卞回坐倾睐，移晨达暮。【状甚投契】羊去，卞语曰："我以第一理期卿，卿莫负我！"【按：理期，据龚斌《世说新语校释》，当作理解期望意。窃谓"第一理"三字当连读。究竟是何期盼，语焉未详，此正《世说》略貌取神之妙也。】丘渊之《文章录》曰：范之字敬祖，济阴冤句人。祖嵩，下邳太守。父循，尚书郎。桓玄辅政，范之迁丹阳尹。玄败，伏诛。【按：《伤逝》门有桓玄"祝予之叹"，则二人或商议助桓玄为逆事，亦未可知。】

◎ 两人相得，如在目前。《世说》记事写人，常有他人未到处。

任诞第二十三

● 任诞者，任达放诞之谓也。《论语·子路》："子曰：不得中行而与之，必也狂狷乎？狂者进取，狷者有所不为。"邢昺疏："狂者进取于善道，知进而不知退。狷者守节无为，应进而退也。二者俱不得中而性恒一。"又同书《阳货》："古之狂也肆，今之狂也荡。"是知所谓任诞者，皆狂肆放荡，实亦狂狷之流亚也。又《后汉书·戴良传》："良少诞节，母憙驴鸣，良常学之，以娱乐焉。"又云："良才既高达，而论议尚奇，多骇流俗。"此"诞节""高达"云者，实亦"任诞"之谓也。故明陈继儒《枕谭·任诞》云："世谓任诞起于江左，非也。汉末已有之矣。"《世说·任诞》一门，专为非毁礼法、特立独行、遗世高蹈、痴狂怪诞之辈写照，名典纷纭，掌故腾涌，乃全书最具今所谓"魏晋风度"者。若刘伶、二阮，纵酒佯狂，杯中翻出大乾坤；张翰、毕卓，看破红尘，唯在瓮中观自在。桓子野每闻清歌，辄唤奈何，竹笛三弄，不交一言，直指玄心，成一段大风流，可证知音难觅，客套为俗；王子猷借宅种竹，啸咏此君，雪夜访戴，造门而返，暗触天机，铸一种真境界，故能超迈今古，清音独远。至于山简高阳池边，倒著白篱；孙统山水佳处，去而复返；周伯仁三日仆射，千里一曲；殷洪乔倾人家信，不作书邮；皆可入于狂狷之流，虽小道偏锋，致远恐泥，亦不无可观者焉。读者若能摆落成见，跳脱俗情，便如场中观剧，水中看花，听其言外音，赏其象外意，岂不美哉！

1. 陈留阮籍、谯国嵇康、河内山涛三人，年皆相比，康年少亚之。【三人乃竹林核心也。】预此契者，沛国刘伶、陈留阮咸、河内向秀、琅邪王戎。七人常集于竹林之下，肆意酣畅，【"酣畅"二字吃紧，酒在其中矣。】故世谓"竹林七贤"。《晋阳秋》曰：于时风誉扇于海内，至于今咏之。

◎ 任诞魁首，七贤总纲。

2. 阮籍遭母丧，在晋文王坐，进酒肉。【居丧而饮酒食肉，大非其礼。】司隶何曾亦在坐，《晋诸公赞》曰：何曾字颖考，陈郡阳夏人。父夔，魏太仆。曾以高雅称，加性仁孝，累迁司隶校尉。用心甚正，朝廷惮之。仕晋至太宰。曰："明公方以孝治天下，而阮籍以重丧显于公坐，饮酒食肉，宜流之海外，以正风教。"【吴勉学云："此论自不可少。"】文王曰："嗣宗毁顿如此，君不能共忧之，何谓？且有疾而饮酒食肉，固丧礼也！"【司马昭与籍年相若，甚相得，故每加回护。按《礼记·曲礼》："有疾则饮酒食肉。"或因阮籍服五石散而以酒为解，未可知也。】籍饮啖不辍，神色自若。【饮啖不辍易，神色自若难。】干宝《晋纪》曰：何曾尝谓阮籍曰："卿恣情任性，败俗之人也。今忠贤执政，综核名实，若卿之徒，何可长也！"复言之于太祖，籍饮啖不辍。故魏、晋之间，有被发夷傲之事，背死忘生之人，反谓行礼者，籍为之也。《魏氏春秋》曰：籍性至孝，居丧虽不率常礼，而毁几灭性。然为文俗之士何曾等深所雠疾。大将军司马昭爱其通伟，而不加害也。

◎ 居丧无礼，庄周已肇其端，戴良又承其旨。《后汉书·戴良传》："及母卒，兄伯鸾居庐啜粥，良独食肉饮酒，而二人具有毁容。"阮籍名高，纵酒佯狂，逾节非礼，乃酿成一名士习气。然夫子曰："礼，与其奢也，宁俭；丧，与其易也，宁戚。""丧礼，与其哀不足而礼有余也，不若礼不足而哀有余也。"是阮籍之行迹，看似悖礼，而不违情，实亦合乎礼之本也。

3. 刘伶病酒，渴甚，从妇求酒。【以酒解渴，文献有征。《全后汉文》

卷一九第五伦《上疏论宾宪》，有"犹解酲当以酒也"之句。】妇捐酒毁器，涕泣谏曰："君饮太过，非摄生之道，必宜断之！"【动之以情，晓之以理。】伶曰："甚善。我不能自禁，唯当祝鬼神自誓断之耳！便可具酒肉。"【戒酒亦不离酒肉。不可信。】妇曰："敬闻命。"【竟信了】供酒肉于神前，请伶祝誓。伶跪而祝曰："天生刘伶，以酒为名，一饮一斛，五斗解酲。毛公《注》曰：酒病曰酲。妇人之言，慎不可听！"【吴勉学云："绝妙祝词。"】便引酒进肉，隗然已醉矣。见《竹林七贤论》。

◎ 刘伶饮尽敬神之酒，故可谓之酒神。

4. 刘公荣【刘昶】与人饮酒，杂秽非类。【夫子有教无类，公荣有酒无类。】人或讥之，答曰："胜公荣者，不可不与饮；不如公荣者，亦不可不与饮；是公荣辈者，又不可不与饮。"故终日共饮而醉。【按《吕氏春秋·先识览》："故周公旦曰：'不如吾者，吾不与处，累我者也；与我齐者，吾不与处，无益我者也。'"吴勉学云："达甚。"】《刘氏谱》曰：昶字公荣，沛国人。《晋阳秋》曰：昶为人通达，仕至兖州刺史。

◎ 公荣可谓酒中达人。

5. 步兵校尉缺，厨中有贮酒数百斛，阮籍乃求为步兵校尉。《文士传》曰：籍放诞有傲世情，不乐仕宦。晋文帝亲爱籍，恒与谈戏，任其所欲，不迫以职事。籍常从容曰："平生曾游东平，乐其土风，愿得为东平太守。"文帝说，从其意。籍便骑驴径到郡，皆坏府舍诸壁障，使内外相望，然后教令清宁。十余日，便复骑驴去。【按李白《赠闾丘宿松》诗云："阮籍为太守，乘驴上东平。剖竹十日间，一朝风化清。偶来拂衣去，谁测主人情。"吴勉学云："真慢世"】后闻步兵厨中有酒三百石，忻然求为校尉。于是入府舍，与刘伶酣饮。《竹林七贤论》又云："籍与伶共饮步兵厨中，并醉而死。"此好事者为之言。籍景元中卒，而刘伶太始中犹在。

◎ 闻酒求官，千古一见。

6. 刘伶尝纵酒放达，或脱衣裸形在屋中。【犹今之所谓"裸奔"也。】人见讥之，伶曰："我以天地为栋宇，屋室为裈衣，诸君何为入我裈中！"【妙语天成，非一般酒徒可道也。李贽云："不是大话，亦不是白话。"】邓粲《晋纪》曰：客有诣伶，值其裸袒，伶笑曰："吾以天地为宅舍，以屋宇为裈衣，诸君自不当入我裈中，又何恶乎？"其自任若是。

◎ 此则看似可笑，实亦可敬。刘伶之为人，身长不过六尺，却"以宇宙为狭"，悠悠忽忽，不可一世。其《酒德颂》云："有大人先生，以天地为一朝，以万期为须臾，日月为扃牖，八荒为庭衢。行无辙迹，居无室庐，幕天席地，纵意所如。"古今酒徒众矣，若论形神高蹈，纵浪大化，能与天地精神相往来者，刘伶一人而已！

7. 阮籍嫂尝还家，籍见与别。或讥之。《曲礼》："嫂叔不通问。"故讥之。【注不可少。】籍曰："礼岂为我辈设也！"【振聋发聩。】

◎ 与"情之所钟，正在我辈"可相发明。为我辈设者，非礼也，实情也。此即嵇康所谓"越名教而任自然"之意。

8. 阮公邻家妇，有美色，当垆酤酒。【令人思文君当垆，相如涤器。】阮与王安丰【王戎】常从妇饮酒。阮醉，便眠其妇侧。【《礼记》云："男女不杂坐。"阮籍醉眠妇侧，大悖常礼。】夫始殊疑之，伺察，终无他意。【吴勉学云："千古真好色，惟阮公一人。"】王隐《晋书》曰：籍邻家处子有才色，未嫁而卒。籍与无亲，生不相识，往哭，尽哀而去。【冯梦龙云：《礼》云："知死不知生，哭而不吊。'步兵亦犹行古之道也。"按：阮公一哭，千古同悲。曹雪芹号梦阮，贾宝玉哭众钗，岂偶然哉？】其达而无检，皆此类也。

◎ 阮公好色而不淫，千古一大情种。《红楼梦》之贾宝玉，在此伏形矣。

9. 阮籍当葬母，蒸一肥豚，饮酒二斗，然后临诀，直言："穷矣！"【按："哭穷"者，"哭丧"之辞也。邯郸淳《笑林》云："有人吊丧，并欲赍物助之，问人：'可与何等物？'人曰：'钱布谷帛，任卿所有尔。'因赍一斛豆置孝子前，谓曰：'无可有，以大豆一斛相助。'孝子哭唤'奈何'，已以为问豆，答曰：'可作饭。'孝子复哭'穷'，已曰：'适得便穷，自当更送一斛。'"此处"奈何"与"穷矣"均孝子哭悼之辞，听者误会，故可发噱。阮公临丧，尚知"哭穷"，可见其绝非无视丧礼。后"哭穷"常作"叹苦经"解，不知古人临丧必哭"穷"矣】都得一号，因吐血，废顿良久。邓粲《晋纪》曰：籍母将死，与人围棋如故，对者求止，籍不肯，留与决赌。既而饮酒三斗，举声一号，呕血数升，废顿久之。【吴勉学云："都不近人情，或后人傅会，当删去。"按：此真明于礼义而昧于知人心者也，殊不知"处丧以哀为主"乎？】

◎ 嗣宗虽居丧无礼，而竟至尽哀灭性，吐血数升，可谓"死孝"矣。旁人眼里，嗣宗或大逆不道，其母有知，当叹"吾儿节哀"。孝与不孝，外人哪得知？

10. 阮仲容、咸也。步兵居道南，诸阮居道北。北阮皆富，南阮贫。七月七日，北阮盛晒衣，皆纱罗锦绮。仲容以竿挂大布犊鼻裈于中庭。【按《史记·司马相如列传》："相如身自著犊鼻裈，与保庸杂作，涤器于市中。"裴骃《集解》注："韦昭曰：'犊鼻裈，今三尺布作，形如犊鼻矣。'"又鲁褒《钱神论》："文君解布裳而被锦绣，相如乘高盖而解犊鼻。"】人或怪之，答曰："未能免俗，聊复尔耳。"【明骂北阮鄙俗。李贽云："人旷我亦旷，如此而已。"】《竹林七贤论》曰：诸阮前世皆儒学，善居室，唯咸一家尚道弃事，好酒而贫。旧俗：七月七日，法当晒衣，诸阮庭中，烂然锦绮。咸时总角【此言总角时事，似未安。】乃竖长竿，挂犊鼻裈也。

◎ 仲容一语，骂尽天下逐臭之夫。

11. 阮步兵籍也。丧母，裴令公楷也。往吊之。阮方醉，散发坐床，箕踞不哭。裴至，下席于地，哭，吊唁毕便去。【干脆人。】或问裴："凡吊，主人哭，客乃为礼。阮既不哭，君何为哭？"裴曰："阮方外之人，【《庄子·大宗师》："孔子曰：'彼，游方之外者也；而丘，游方之内者也。外内不相及，而丘使女往吊之，丘则陋矣。彼方且与造物者为人，而游乎天地之一气。彼以生为附赘县疣，以死为决疣溃痈，夫若然者，又恶知死生先后之所在！假于异物，托于同体；忘其肝胆，遗其耳目；反覆终始，不知端倪；芒然彷徨乎尘垢之外，逍遥乎无为之业。彼又恶能愦愦然为世俗之礼，以观众人之耳目哉！'"】故不崇礼制。我辈俗中人，故以仪轨自居。"【明白人。】时人叹为两得其中。《名士传》曰：阮籍丧亲，不率常礼。裴楷往吊之，遇籍方醉，散发箕踞，傍若无人。楷哭泣尽哀而退，了无异色，其安同异如此。戴逵论之曰：若裴公之致吊，欲冥外以护内，有达意也，有弘防也。【戴逵所论，极精审。】

◎ 方外归自然，俗中属名教，唯各循其理，各安其分，方为两得其中。裴楷此语，何其通伟令达！此正"辨异而玄同"者也。乐广"名教中自有乐地"，或即由此开出。

12. 诸阮皆能饮酒，仲容至宗人间共集，不复用常杯斟酌，以大瓮盛酒，围坐，相向大酌。时有群猪来饮，直接去上，便共饮之。【王世懋云："无人道矣。"按：此盖庄、列所昌言者。如《庄子·应帝王》："为其妻爨，食豕如食人。于事无与亲，雕琢复朴，块然独以其形立。"郭象"食豕如食人"句注："忘贵贱也。"又《列子·仲尼》："视生如死，视富如贫，视人如豕，视吾如人。"张湛"视人如豕"句注："无往不齐，则视万物皆无好恶贵贱。"参杨合林《世说新语补疏》。】

◎ 人猪共饮，便是庄子之齐物，亦佛家之无分别心。任诞到极处，真可宠辱偕忘，贵贱等视，物我齐一。此时之诸阮，非酒徒也，实酒神也！

13. 阮浑长成，风气韵度似父，亦欲作达。【"作达"二字有味，盖"达"从"作"出，不"作"不"达"也。】步兵曰："仲容已预之，卿不得复尔。"【李贽云："不是无达意，只是无玄心；不恨无韵，只恨无骨。"】《竹林七贤论》曰：籍之抑浑，盖以浑未识己之所以为达也。后咸兄子简，亦以旷达自居。父丧，行遇大雪，寒冻，遂诣浚仪令。令为他宾设黍臛，简食之，以致清议，废顿几三十年。是时竹林诸贤之风虽高，而礼教尚峻。迨元康中，遂至放荡越礼。乐广讥之曰："名教中自有乐地，何至于此？"乐令之言有旨哉！谓彼非玄心，徒利其纵恣而已。【戴公所论甚高明。阮浑作达，亦不免徒利纵恣而已矣。】

◎ 阮浑作达之意，犹如西施捧心，东施效颦，故嗣宗不欲其入伙也。

14. 裴成公【裴𬱟】妇，王戎女。王戎晨往裴许，不通径前。裴从床南下，女从北下，相对作宾主，了无异色。【皆是达人。】《裴氏家传》曰：𬱟取戎长女。

◎ 闺房细事，有何任诞可言？此若为任诞，则今人无不任诞矣。

15. 阮仲容【阮咸】先幸姑家鲜卑婢。【比乃叔胆大。】及居母丧，姑当远移，初云当留婢，既发，定将去。仲容借客驴，著重服自追之，累骑而返，曰："人种不可失！"【按：盖指此婢已有身孕也。】即遥集之母也。【阮孚，字遥集。吴勉学云："嗣宗不私酒家妇，小阮如此，何以把臂入林？"】《竹林七贤论》曰：咸既追婢，于是世议纷然。自魏末沈沦闾巷，逮晋咸宁中，始登王途。《阮孚别传》曰：咸与姑书曰："胡婢遂生胡儿。"姑答书曰："《鲁灵光殿赋》曰：'胡人遥集于上楹'，可字曰遥集也。"故孚字遥集。【此姑阮氏女，亦自不凡。】

◎ 阮咸重孝追婢，累骑而返，彼时彼地，不啻神人！不有冲决世网之愿力，何能至此也？

16. 任恺既失权势，不复自检括。【按《晋书》本传："恺既失职，乃纵酒耽乐，极滋味以自奉养。初，何劭以公子奢侈，每食必尽四方珍馔，恺乃逾之，一食万钱，犹云无可下箸处。"】或谓和峤曰："卿何以坐视元裒败而不救？"【恺亦自知其败。】和曰："元裒如北夏门，【即大夏门，洛阳北城门也。】拉㩬自欲坏，【犹言自暴自弃。】非一木所能支。"《晋诸公赞》曰：恺字元裒，乐安博昌人。有雅识国干，万机大小多综之。与贾充不平，充乃启恺掌吏部，又使有司奏恺用御食器，坐免官，世祖情遂薄焉。

◎ 任恺、和峤皆与贾充有隙，本属一党，然恺之自败，非同僚所能救也。

17. 刘道真【刘宝】少时，常鱼草泽，善歌啸，闻者莫不留连。有一老妪，识其非常人，甚乐其歌啸，乃杀豚进之。道真食豚尽，了不谢。【后自谢之。】妪见不饱，又进一豚。食半馀半，乃还之。后为吏部郎，妪儿为小令史，道真超用之。【公器私用，古已有之。】不知所由，问母，母告之。于是赍牛酒诣道真。道真曰："去，去！无可复用相报。"【牛酒亦何足报？吴勉学云："亦是俗见。"】刘宝已见。

◎ 一豚之报，殊胜一豚。

18. 阮宣子【阮修】常步行，以百钱挂杖头，至酒店，便独酣畅。虽当世贵盛，不肯诣也。《名士传》曰：修性简任。

◎ 终不如刘伶"死便掘地以埋"。

19. 山季伦【山简，山涛第五子。】为荆州，时出酣畅。人为之歌曰："山公时一醉，径造高阳池。日莫【按：莫同暮。】倒载归，茗芋【即酩酊。】无所知。复能乘骏马，倒著白接篱【帽也】。举手问葛强：何如并州儿？"【按：晋时儿、人相通。并州儿即并州人，盖指葛强。】高阳池在襄阳。【此池乃汉侍中习郁所修养鱼池，乃游乐之所。又称习家池。孟浩然《高阳池送朱二》诗云："当昔襄阳雄盛时，山公常醉习家池。"】强是其爱将，并州人也。《襄阳记》曰：汉侍中习郁于岘山南，依范蠡养鱼法作鱼池。池边有高隄，种竹及长楸，芙蓉、菱芡覆水，是游燕名处也。山简每临此池，未尝不大醉而还，曰："此是我高阳池也！"襄阳小儿歌之。【高阳池，好典故。曾巩《高阳池》诗云："山公昔在郡，日醉高阳池。归时夸酩酊，更问并州儿。我亦爱池上，眼明见清漪。二年始再往，一杯未尝持。念岂公事众，又非筋力衰。局束避世网，低回

继尘羁。独惭旷达意，窃禄诚已卑。"】

◎ 山涛饮八斗而止，可谓不为酒困。山简池边酣醉，豪气过乃翁矣。

20. 张季鹰【张翰】纵任不拘，时人号为"江东步兵"。【刘盼遂云："以季鹰拟阮嗣宗也。"】或谓之曰："卿乃可纵适一时，不为身后名邪？"答曰："使我有身后名，不如即时一杯酒！"【即此一语，身后乃有名矣。】《文士传》曰：翰任性自适，无求当世，时人贵其旷达。

◎ 一语骂尽天下啖名客！

21. 毕茂世云："一手持蟹螯，一手持酒杯，拍浮酒池中，便足了一生。"【达甚。凌濛初云："持蟹螯，犹不如读《离骚》。"】《晋中兴书》曰：毕卓字茂世，新蔡人。少傲达，为胡毋辅之所知。太兴末，为吏部郎，尝饮酒废职。比舍郎酿酒熟，卓因醉，夜至其瓮间取饮之。主者谓是盗，执而缚之，知为吏部也，释之。卓遂引主人谦瓮侧，取醉而去。【瓮间吏部也。】温峤素知爱卓，请为平南长史，卒。

◎ 酒池中更有乐地也。

22. 贺司空【贺循】入洛赴命，为太孙舍人，经吴昌门，在船中弹琴。张季鹰本不相识，先在金昌亭，闻弦甚清，下船就贺，因共话，便大相知说。【依稀有子猷、子野之韵。】问贺："卿欲何之？"贺曰："入洛赴命，正尔进路。"张曰："吾亦有事北京，因路寄载。"便与贺同发。初不告家，家追问，迺知。【不告家，尤妙。】

◎ 季鹰已有秋风鲈鱼之佳话，此又添一风流韵事矣。

23. 祖车骑【祖逖】过江时，公私俭薄，无好服玩。王、庾诸公共就祖，忽见裘袍重叠，珍饰盈列。诸公怪问之，祖曰："昨夜复南塘一出。"【盗贼一出，商旅一劫。】祖于时恒自使健儿鼓行劫钞，在事之人，亦容而不问。【吴勉学云："可知东晋尚能用人，今必不容矣。"】《晋阳秋》曰：逖性通济，不拘小节。又宾从多是桀黠勇士，逖待之皆如子弟。永嘉中，流民以万数，扬土大饥。宾客攻剽，逖辄拥护全卫。谈者以此少之，故久不得调。

◎ 祖逖亦曾作贼。盖能做大事者，必有贼心贼胆也。李贽云："击楫渡江，誓清中原，使石勒畏避者，此盗也。俗儒岂知！"

24. 鸿胪卿孔群好饮酒，王丞相语云："卿何为恒饮酒？不见酒家覆瓿布，日月糜烂？"群曰："不尔，不见糟肉，乃更堪久？"【自比糟肉，妙极。】群尝书与亲旧："今年田得七百斛秫米，不了曲糵事。"【按：曲糵，酿酒所用酒曲。吴勉学云："此书却雅。"】群已见上。

◎ 孔群自倾家酿，豪情可感。

25. 有人讥周仆射【周顗】："与亲友言戏，秽杂无检节。"邓粲《晋纪》曰：王导与周顗及朝士诣尚书纪瞻观伎。瞻有爱妾，能为新声。顗于众中欲通其妾，露其丑秽，颜无怍色。【此行若有，有玷令誉。吴勉学云："太无赖。"】有司奏免顗官，诏特原之。周曰："吾若万里长江，何能不千里一曲！"【狡辩亦似有理。然又"焉用佞"？】

◎ 伯仁小德或有出入，大德不逾闲（限）也。

26. 温太真【温峤】位未高时，屡与扬州、淮中估客樗蒲，【按：一种赌戏，因用于掷采之投子乃用樗木制成，故称樗蒲。】与辄不竞。【不竞，犹言不胜。手气不佳也。】尝一过，大输物，戏屈，无因得反。【输掉一人。】与庾亮善，于舫中大唤亮曰："卿可赎我！"庾即送直，【所值几何？】然后得还。经此数四。《中兴书》曰：峤有隽朗之目，而不拘细行。

◎ 太真一派天真，岂是赌场胜手？庾亮数赎其身，太真救其一命，庾公不亏！

27. 温公喜慢语，【慢语，犹言戏语粗话。】下令礼法自居。【礼法之士诚可畏。谅非真儒。】《卞壶别传》曰：壶正色立朝，百寮严惮，贵游子弟，莫不祗肃。至庾公许，大相剖击，温发口鄙秽。庾公徐曰："太真终日无鄙言。"【李贽云："是正？是反？"】重其达也。

◎ 庾公是温公真朋友。

28. 周伯仁【周顗】风德雅重，深达危乱。过江积年，恒大饮酒，尝经三日不醒。时人谓之"三日仆射。"【贬词。】《晋阳秋》曰：初，顗以雅望获海内盛名，后屡以酒失。庾亮曰："周侯末年，可谓凤德之衰也。"【《论语·微子》："凤兮凤兮，何德之衰！"袁中道云："以酒失，名当更进。"】《语林》曰：伯仁正有姊丧，三日醉，姑丧，二日醉，大损资望。每醉，诸公常共屯守。【诸公皆是厚道人。】

◎ "三日不醒"，或当作"三日不醉"，不然何得谓之"三日仆射"？

29. 卫君长【卫永】为温公长史，温公甚善之。每率尔提酒脯就卫，箕踞相对弥日。卫往温许，亦尔。卫永已见。

◎ 酒能使人人自远，亦能使上下亲近。

30. 苏峻乱，诸庾逃散。庾冰时为吴郡，单身奔亡。民吏皆去，唯郡卒独以小船载冰出钱塘口，蓬䈴【按：音曲除，粗竹席。】覆之。时峻赏募觅冰，属所在搜检甚急。卒舍船市渚，因饮酒醉还，舞棹向船曰："何处觅庾吴郡？此中便是！"【此地无银三百两。】冰大惶怖，然不敢动。监司见船小装狭，谓卒狂醉，都不复疑。【醉亦有此好处。】自送过浙江，寄山阴魏家，得免。《中兴书》曰：冰为吴郡，苏峻作逆，遣军伐冰，冰弃郡奔会稽。后事平，冰欲报卒，适其所愿。卒曰："出自厮下，不愿名器。少苦执鞭，恒患不得快饮酒；使其酒足馀年，毕矣。无所复须。"【此卒达甚！】冰为起大舍，市奴婢，使门内有百斛酒，终其身。时谓此卒非唯有智，且亦达生。【吴勉学云："此卒有名士风。"】

◎ 醉卒虽名不见经传，然忠、勇、智、达，令人想见其人。

31. 殷洪乔【殷羡】作豫章郡，《殷氏谱》曰：羡字洪乔，陈郡人。父识，镇东司马。羡仕至豫章太守。临去，都下人因附百许函书。既至石头，悉掷水中，因祝曰："沈者自沈，浮者自浮，【八字名言。】殷洪乔不能作致书邮！"【邮差岂可或缺？】

◎ 达则达矣，然负人所托，终非善举。

32. 王长史【王濛】、谢仁祖【谢尚】同为王公掾。《王濛别传》曰：丞相王导辟名士时贤，协赞中兴。旌命所加，必延俊乂。辟濛为掾。长史云："谢掾能作异舞。"谢便起舞，神意甚暇。《晋阳秋》曰：尚性通任，善音乐。《语林》曰：谢镇西酒后，于槃案间，为洛市肆上鸲鹆舞，【凌濛初云："舞名亦备一种故事。"】甚佳。王公熟视，谓客曰："使人思安丰。"戎性通任，尚类之。

◎ 王戎或亦善舞耶？

33. 王、刘共在杭南，酣宴于桓子野家。伊，已见。谢镇西【谢尚】往尚书【谢裒，谢尚从父。】墓还，葬后三日反哭。诸人欲要之，初遣一信，犹未许，然已停车；重要【再邀】，便回驾。【夫子曰："再，斯可矣。"】诸人门外迎之，把臂便下。【如见。】裁得脱帻著帽酣宴。半坐，乃觉未脱衰。尚书，谢裒，尚叔也。已见。宋明帝《文章志》曰：尚性轻率，不拘细行。兄葬后，往墓还。王濛、刘惔共游新亭，濛欲招尚，先已问惔曰："计仁祖正当不为异同耳。"惔曰："仁祖韵中自应来。"乃遣要之。【真长不唯善解人意，亦善诱人。】尚初辞，然已无归意。乃再请，即回轩焉。其率如此。

◎ 仁祖幼有颜回之目，今可谓之庄周也。

34. 桓宣武【桓温】少家贫，戏【赌博也】大输，债主敦求甚切。思自振之方，莫知所出。陈郡袁耽俊迈多能。《袁氏家传》曰：耽字彦道，陈郡阳夏人，魏中郎令涣曾孙也。魁梧爽朗，高风振迈。少倜傥不羁，有异才，士人多归之。仕至司徒从事中郎。宣武欲求救于耽，【搬救兵】耽时居艰，恐致疑，试以告焉，应声便许，略无嫌恡。【居艰应赌，达甚】遂变服怀布帽随温去，与债主戏。耽素有艺名，债主就局，曰："汝故当不办作袁彦道邪？"遂共戏。十万一掷，直上百万数，投马绝叫，【吴承仕云："投马之马，当即今所谓筹马欤？"】傍若无人，探布帽掷对人曰："汝竟识袁彦道不？"【狂极】《郭子》曰：桓公樗蒲，失数百斛米，求救于袁耽。耽在艰中，便云："大快。我必作采，卿但大唤。"即脱其衰，共出门去。觉头上有布帽，掷去，著小帽。既戏，袁形势呼袒，掷必卢雉，二人齐叫，故家顷刻失数百万也。

◎ 彦道可谓赌神。

35. 王光禄云："酒，正使人人自远。"【按：自远，犹远自。】光禄，王蕴也。《续晋阳秋》曰：蕴素嗜酒，末年尤甚。及在会稽，略少醒日。

◎ 妙语。欲远离凡我、俗我、伪我、小我，惟饮酒一事可办也。

36. 刘尹云："孙承公【孙统】狂士，每至一处，赏玩累日，或迴至半路却返。"《中兴书》曰：承公少诞任不羁，家于会稽，性好山水。及求鄞县，遗心细务，纵意游肆，名阜胜川，靡不历览。

◎ 流连忘返易，半路却返难。

37. 袁彦道【袁耽】有二妹：一适殷渊源，一适谢仁祖。【皆一流名士也。】《袁氏谱》曰：耽大妹名女皇，适殷浩。小妹名女正，适谢尚。语桓宣武云："恨不更有一人配卿！"【凌濛初云："二人已足尽人意。"】

◎ 男人体己语。彦道善赌戏，嫁妹亦有赌意。

38. 桓车骑【桓冲】在荆州，张玄为侍中，使至江陵，路经阳歧村。村临江，去荆州二百里。俄见一人，持半小笼生鱼，径来造船，云："有鱼，欲寄作脍。"【不速之客，未知何人。】张乃维舟而纳之，【未闻其名而纳之，张玄有眼。】问其姓字，称是刘遗民。【竟是高人，张必欣幸未拒之也。】《中兴书》曰：刘驎之，一字遗民。已见。张素闻其名，大相忻待。【不闻名又如何？】刘既知张衔命，问："谢安、王文度并佳不？"【王谢优劣，在此又加点逗。刘必有答案。】张甚欲话言，刘了无停意。既进脍，便去，云："向得此鱼，观君船上当有脍具，是故来耳。"【所来只为脍鱼耳。】于是便去。张乃追至刘家。【高人果有磁力。】为设酒，殊不清旨。【浊酒也。】张高其人，不得已而饮之。【玄之不能放下身段，故不为主人所亲。】方共对饮，刘便先起，云："今正伐荻，不宜久废。"【伐荻乃应天顺时之事，自比迎来送往为要。】张亦无以留之。【逐客自逐，大妙。】

◎ 遗民方外之人，故能摆落世事，崖岸自高。张玄虽有心访贤，而未能脱略名相，故进退失据，相形见绌矣。

39. 王子猷诣郗雍州【郗恢】。【二人为表兄弟。】《中兴书》曰：郗恢字道胤，高平人。父昙，北中郎将。恢长八尺，美须髯，风神魁梧。烈宗器之，以为萧伯之望。自太子左率，擢为雍州刺史。雍州在内，见有氍毹【刘应登云："氍毹，毹属。"】，云："阿乞那得此物？"阿乞，恢小字。令左右送还家。郗出觅之，王曰："向有大力者负之而趋。"《庄子》曰：夫藏舟于壑，藏山于泽，谓之固矣。然有大力者负之而走，昧者不知也。郗无忤色。【王世懋云："此见雅量乃可耳。"】

◎ 子猷任诞，雍州放达，二人宜作兄弟也。

40. 谢安始出西戏，失车牛，便杖策步归。道逢刘尹，语曰："安石将无伤？"谢乃同载而归。

◎ 不失车牛，岂有同载之佳话？

41. 襄阳罗友有大韵，【风气韵度也。】少时多谓之痴。尝伺人祠，欲乞食，往太蚤，门未开。主人迎神出见，问以非时，何得在此？答曰："闻卿祠，欲乞一顿食耳。"遂隐门侧，至晓，得食便退，了无怍容。【一事。乞食无怍，非达人莫能。】为人有记功。【记功二字有趣。】从桓宣武平蜀，按行蜀城阙观宇，内外道陌广狭，植种果竹多少，皆默记之。后宣武漂洲与简文集，友亦预焉。共道蜀中事，亦有所遗忘，友皆名列，曾无错漏。宣武验以蜀城阙簿，皆如其言。坐者叹服。【二事。默而识之，犹两脚账簿耳。】谢公云："罗友讵减魏阳元！"【魏阳元，魏舒。】后为广州刺史，当之镇，刺史桓豁语令莫来宿。答曰："民已有前期，主人贫，或有酒馔之费，见与甚有旧。请别日奉命。"征西密遣人察之，至夕，乃往荆州门下书佐家，处之怡然，不异胜达。【三事。不遗故旧，从善如流。】在益州，语儿云："我有五百人食器。"家中大惊，其由来清，而忽有此物，定是二百五十沓乌樏。【按：乌樏，即黑色食盒，内分两层，可供二人食。】《晋阳秋》曰：友字宅仁，襄阳人。少好学，不持节检。性嗜酒，当其所遇，不择士庶。【有酒无类，与刘公荣同好。】又好伺人祠，往乞馀食，虽复营署庐肆，不以为羞。桓过营责之云："君太不逮！须食，何不就身求？乃至于此！"友傲然不屑，答曰："就公乞食，今乃可得，明日已复无。"【妙对。凌濛初云："乞祠直齐人之俦，然对桓语自别。"】温大笑之。始仕荆州，后在温府。以家贫乞禄，温虽以才学遇之，而谓其诞肆，非治民才，许而不用。后同府人有得郡者，温为席赴别，友至尤晚。问之，友答曰："民性饮道嗜味，昨奉教旨，乃是首旦出门，于中路逢一鬼，大见揶揄，云：'我只见汝送人作郡，何以不见人送汝作郡？'民始怪终惭，回还以解，不觉成淹缓之罪。"【讥刺桓温也。】温虽笑其滑稽，而心颇愧焉。后以为襄阳太守，累迁广、益二州刺史。在藩举其宏纲，不存小察，甚为吏民所安说。【竟有治民之才。】薨于益州。

◎ 桓温不识罗友，犹武子不识其"痴叔"。

42. 桓子野【桓伊】每闻清歌，【清歌，即挽歌。】辄唤："奈何！"谢公闻之，曰："子野可谓一往有深情。"【一往情深本此。】

◎ 子野宅心仁厚，又善音乐，故能体察天人之际、生死之微，无论彼我，皆能遇之以深情。谢公深有玄心妙赏，故能一语得其窾要。

43. 张湛好于斋前种松柏。《晋东宫官名》曰：湛字处度，高平人。《张氏谱》曰：湛祖嶷，正员郎。父旷，镇军司马。湛仕至中书郎。时袁山松出游，每好令左右作挽歌。【是何爱好？】山松别见。《续晋阳秋》曰：袁山松善音乐，北人旧歌有《行路难》曲，辞颇疏质，山松好之，乃为文其章句，婉其节制，每因酒酣，从而歌之。听者莫不流涕。初，羊昙善唱乐，桓伊能挽歌，及山松以《行路难》继之，时人谓之三绝。今云挽歌，未详。时人谓："张屋下陈尸，【刘应登云："言松柏可为棺具。"】袁道上行殡。"裴启《语林》曰：张湛好于斋前种松，养鸲鹆。袁山松出游，好令左右作挽歌。时人云云。

◎ 道袁行殡差可，谓张陈尸则不免下作。

44. 罗友作荆州从事，桓宣武为王车骑【王洽】集别。车骑，王洽，别见。友进，坐良久，【不如作"吃良久"。】辞出。宣武曰："卿向欲咨事，何以便去？"答曰："友闻白羊肉美，一生未曾得吃，故冒求前耳，无事可咨。今已饱，不复须驻。"【无事可咨，有肉可啖。】了无惭色。【脸皮太厚。】

◎ 罗友吃相难看，宜乎桓公不赏。

45. 张骥【张湛】酒后挽歌，甚凄苦。【亦与桓子野、袁山松同好。】桓车骑曰："卿非田横门人，何乃顿尔至致？"骥，张湛小字也。《谯子法训》

云：有丧而歌者。或曰："彼为乐丧也，有不可乎?"谯子曰："《书》云：'四海遏密八音。'何乐丧之有!"曰："今丧有挽歌者，何以哉?"谯子曰："周闻之：盖高帝召齐田横，至于户乡亭，自刎奉首。从者挽至于宫，不敢哭而不胜哀，故为歌以寄哀音。彼则一时之为也。邻有丧，舂不相引，挽人衔枚，孰乐丧者邪?"按《庄子》曰："绋讴所生，必于斥苦。"司马彪《注》曰："绋，引柩索也。斥，疏缓也。苦，用力也。引绋所以有讴歌者，为人有用力不齐，故促急之也。"《春秋左氏传》曰："鲁哀公会吴伐齐，其将公孙夏命歌《虞殡》。"杜预曰："《虞殡》，送葬歌，示必死也。"《史记·绛侯世家》曰："周勃以吹箫乐丧。"然则挽歌之来久矣，非始起于田横也。然谯氏引《礼》之文，颇有明据，非固陋者所能详闻。疑以传疑，以俟通博。【王世懋云："此注即是挽歌事始，博洽乃尔。"】

◎ 挽歌凄苦，可入《伤逝》之科。

46. 王子猷尝暂寄人空宅住，便令种竹。或问："暂住，何烦尔?"王啸咏良久，直指竹曰："何可一日无此君!"【吴勉学云："以韵胜。"司马光《种竹斋》诗云："吾爱王子猷，借斋也种竹。一日不可无，潇洒常在目。雪霜徒自白，柯叶不改绿。殊胜石季伦，珊瑚满金谷。"又，范成大《种竹子题爱心亭》："洒扫宣华舍此君，烟中月下绿生尘。他年上叶清风满，莫忘今年借宅人。"】《中兴书》曰：徽之卓荦不羁，欲为傲达，放肆声色颇过度。时人钦其才，秽其行也。

◎ 千古美谈。子猷不死矣。

47. 王子猷居山阴，夜大雪，眠觉，开室，命酌酒，四望皎然。【叙次极佳。晚明小品之祖也。】因起彷徨，咏左思《招隐诗》。《中兴书》曰：徽之任性放达，弃官东归，居山阴也。左诗曰：杖策招隐士，荒涂横古今。岩穴无结构，丘中有鸣琴。白雪停阴冈，丹葩曜阳林。忽忆戴安道。时戴在剡，即便夜乘小舟就之。【吴勉学云："幽思无端，想见高人怀抱。"】经宿方至，造门不前而返。人问其故，王曰："吾本乘兴而行，兴尽而返，何必见戴?"【王世懋云："大是佳境。"凌濛初云："读此每令人飘飘欲飞。"】

◎ 子猷可谓万世风流教主。造门不前而返，千古一人也。晋人放达之美，无过于此。

48. 王卫军云："酒正引人著胜地。"【刘辰翁云："与'自远'同。"吴勉学云："不及光禄语。"】王荟已见。

◎ "引人入胜"者，其酒也欤？

49. 王子猷出都，尚在渚下。旧闻桓子野【桓伊】善吹笛，《续晋阳秋》曰：左将军桓伊善音乐。孝武饮燕，谢安侍坐，帝命伊吹笛。伊神色无忤，既吹一弄，乃放笛云："臣于筝乃不如笛，然自足以韵合歌管。臣有一奴善吹笛，且相便串，请进之。"帝赏其放率，听召奴。奴既至，吹笛，伊抚筝而歌怨诗，因以为谏也。【子野风神洒落，第一流人物。】而不相识。遇桓于岸上过，王在船中，客有识之者云："是桓子野。"王便令人与相闻，【令人传话而非亲迎，已失礼数。】云："闻君善吹笛，试为我一奏。"【此语突兀，更无道理。若遇戴逵，便要摔琴。】桓时已贵显，素闻王名，即便回下车，踞胡床，为作三调。【子野大度，可谓"犯而不校"者。按：据传所作三调，便是"梅花三弄"。】弄毕，便上车去。客主不交一言。【王世懋云："佳境乃在末语。"】

◎ 知音者不须多言，妙赏者不待虚礼。每读此文，辄有醉意！

50. 桓南郡【桓玄】被召作太子洗马，《玄别传》曰：玄初拜太子洗马，时朝廷以温有不臣之迹，故抑玄为素官。船泊荻渚。王大【王忱小字佛大，又称王大。】服散后已小醉，往看桓。桓为设酒，不能冷饮，【服散后须饮温酒，此亦将息之道。】频语左右，令温酒来。【酒后失言，道"热酒"可也。】桓乃流涕呜咽。王便欲去。【触人霉头，岂敢久留？】桓以手巾掩泪，因谓王曰："犯我家讳，何预卿事！"【王世懋云："道得灵宝哀乐情状。"】《晋安帝纪》曰：玄哀乐过人，每欢戚之发，未尝不至呜咽。王叹曰："灵宝故自达。"灵宝，玄小字也。《异苑》曰：玄生而有光照室。善占者云："此儿生有奇耀，宜字为天人。"宣武嫌其三文，复言为"神灵宝"，犹复用三。既难重前，却减

"神"一字，名曰"灵宝"。《语林》曰：玄不立忌日，止立忌时。其达而不拘，皆此类。【怪道如此。】

◎ 灵宝果是宝。石崇斩美劝酒，王敦云："自杀伊家人，何预卿事！"王大令温酒，灵宝道："犯我家讳，何预卿事！"奸雄狼抗，口无遮拦，"何预卿事"遂成口头禅。推此而往，起兵为逆时，必道："我自造他家反，何预卿事！"

51. 王孝伯【王恭】问王大【王忱】："阮籍何如司马相如？"【此问可思。阮籍与相如，皆高才异禀、游于王侯之门而不慕权势、越礼自放者也。】王大曰："阮籍胸中垒块，【秦士铉云："言胸中不平之气，如石块之积压也。"】故须酒浇之。"言阮皆同相如，而饮酒异耳。

◎ 王大以阮籍自况，可谓"步兵门下走狗"。

52. 王佛大【王忱】叹言："三日不饮酒，觉形神不复相亲。"【陶珙云："按《文选》嵇康《养生论》曰：'呼吸吐纳，服食养身，便形神相亲，表里俱济。'"】《晋安帝纪》曰：忱少慕达，好酒，在荆州转甚，一饮或至连日不醒，遂以此死。【世有吊死鬼、饿死鬼，王忱乃醉死鬼。】宋明帝《文章志》曰：忱嗜酒，醉辄经日，自号"上顿"。世嗲以大饮为"上顿"，起自忱也。【"上顿"不可解，待考。】

◎ 此是真知酒者语。与殷仲堪"三日不读《道德经》，便觉舌本间强"，同其达情之妙。

53. 王孝伯言："名士不必须奇才，但使常得无事，痛饮酒，孰读《离骚》，便可称名士。"【余嘉锡云：《赏誉篇》云：'王恭有清辞简旨，而读书少。'此言不必须奇才，但读《离骚》，皆所以自饰其短也。恭之败，正坐不读书。故虽有忧国之心，而卒为祸国之首，由其不学无术也。自恭有此说，而世之轻薄少年，略识之无，附庸风雅者，皆高自位置，纷纷自称名士。政使此辈车载斗

量，亦复何益于天下哉？"】

◎ 古今名通，可谓"名士三要素"。或以如此则名士不可胜计，窃谓居其一者多、兼其三者少也。

54. 王长史【王廞，王导孙。】登茅山，大恸，哭曰："琅邪王伯舆，终当为情死！"【"为情死"三字吃紧。吴勉学云："登山时能作此语，故自不凡。"】《王氏谱》曰：廞字伯舆，琅邪人。父荟，卫将军。廞历司徒长史。周祗《隆安记》曰：初，王恭将唱义，使喻三吴。廞居丧，拔以为吴国内史。国宝既死，恭罢兵，令廞反丧服。廞大怒，即日据吴都以叛。恭使司马刘牢之讨廞。廞败，不知所在。

◎ 王廞后被王恭所杀，岂是为情死？

简傲第二十四

● 简傲，狂简傲慢之谓也。《尚书·舜典》云："直而温，宽而栗，刚而无虐，简而无傲。"此"简傲"之所本。《论语·公冶长》："子曰：'吾党之小子狂简，斐然成章，不知所以裁之。'"盖此"狂"可与"狂者进取"之"狂"并观，乃志向远大之意，唯其不免疏落简慢，尚须剪裁调教耳。又《吕氏春秋·行论》："亡国之主必骄，……自骄则简士。"高诱注："简，傲也。"是"简傲"与"任诞"同为人物性情之外现，而与礼法名教相违相悖者。阮籍曾言："礼岂为我辈设也？"此"我辈"，正"任诞""简傲"之辈也。故知仅能痛饮酒、熟读《离骚》者，未必真名士；唯敢于以一己之言语行事，出离名教礼法之藩篱，捍卫自我之尊严者，方可谓"真名士"也。《礼记·曲礼上》云："傲不可长，欲不可纵，志不可满，乐不可极。"此亦至理名言，所谓"百世以俟圣人而不惑"者也。以之为准绳，可矫晋人之枉，是知人生在世，唯从容中道，无过无不及为难能而可贵耳。晋人可赏而不可学者，往往在此，读者不可不知也。

1. 晋文王【司马昭】功德盛大，坐席严敬，拟于王者。《汉晋春秋》曰：文王进爵为王，司徒何曾与朝臣皆尽礼，唯王祥长揖不拜。唯阮籍在坐，箕踞啸歌，酣放自若。【不是简傲，是任诞。】

◎ 阮籍曾言："礼岂为我辈设？"此其证也。

2. 王戎弱冠诣阮籍，时刘公荣【刘昶】在坐，阮谓王曰："偶有二斗美酒，当与君共饮，彼公荣者无预焉。"二人交觞酬酢，公荣遂不得一杯，而言语谈戏，三人无异。【欺人太甚。】或有问之者，阮答曰："胜公荣者，不得不与饮酒；不如公荣者，不可不与饮酒；唯公荣，可不与饮酒。"【刘辰翁云："殆用公荣语调公荣。"】《晋阳秋》曰：戎年十五，随父浑在郎舍，阮籍见而说焉。每适浑，俄顷，辄在戎室久之。乃谓浑："濬冲清尚，非卿伦也。"戎尝诣籍共饮，而刘昶在坐，不与焉，昶无恨色。既而戎问籍曰："彼为谁也？"曰："刘公荣也。"濬冲曰："胜公荣，故与酒；不如公荣，不可不与酒；唯公荣者，可不与酒。"【此以王戎道此语，盖传闻异辞耳。】《竹林七贤论》曰：初，籍与戎父浑俱为尚书郎，每造浑，坐未安，辄曰："与卿语，不如与阿戎语。"就戎，必日夕而返。籍长戎二十岁，相得如时辈。刘公荣通士，性尤好酒。籍与戎酬酢终日，而公荣不蒙一杯，三人各自得也。戎为物论所先，皆此类。

◎ 未知王戎胜公荣乎？抑不如公荣乎？若某在坐，当先与公荣饮也。

3. 钟士季【钟会】精有才理，先不识嵇康，钟要于时贤俊之士，俱往寻康。【慕名拜访，何必兴师动众？】康方大树下锻，向子期【向秀】为佐鼓排。康扬槌不辍，傍若无人，移时不交一言。【此是真傲。】钟起去，康曰："何所闻而来？何所见而去？"【叔夜才高性烈，祸从口出。】钟曰："闻所闻而来，见所见而去。"【袁中道云："有禅意。"按：更有杀机。】《文士传》曰：康性绝巧，能锻铁。家有盛柳树，乃激水以圜之，夏天甚清凉，恒居其下傲戏，乃身自锻。家虽贫，有人就锻者，康不受直。唯亲旧以鸡酒往与共饮啖，清言而已。《魏氏春秋》曰：钟会为大将军兄弟所昵，闻康名而造焉。会，名公子，以才能贵幸，乘肥衣轻，宾从如云。康方箕踞而锻，会至，不为之礼。会深衔之。后因吕安事，而遂谮康焉。

◎ 千古奇冤，于此伏线。钟会小人，安可得罪？

4. 嵇康与吕安善，每一相思，千里命驾。【名典】《晋阳秋》曰：安字仲悌，东平人，冀州刺史招之第二子。志量开旷，有拔俗风气。干宝《晋纪》曰：初，安之交康也，其相思则率尔命驾。安后来，值康不在，喜出户延之，不入。《晋百官名》曰：嵇喜字公穆，历扬州刺史，康兄也。阮籍遭丧，往吊之。籍能为青白眼，见凡俗之士，以白眼对之。及喜往，籍不哭，见其白眼，喜不怿而退。康闻之，乃赍酒挟琴而造之，遂相与善。干宝《晋纪》曰：安尝从康，或遇其行，康兄喜拭席而待之，弗顾，独坐车中。康母就设酒食，求康儿共语戏，良久则去。其轻贵如此。题门上作"鳳"字而去。喜不觉，犹以为欣，【不觉，非蠢笨，实天真不设防也。】故作"鳳"字，凡鸟也。许慎《说文》曰："鳳，神鸟也。从鸟，凡声。"【胡应麟《诗薮》外编卷二："嵇喜，叔夜之兄，吕安所谓题'凤'，阮籍因之白眼者，疑其不识一丁。及读喜诗，有《答叔夜》四章，四言殆相伯仲。五言'列仙徇生命，松乔安足齿？纵躯任世度，至人不私己'，其识趣非碌碌者。或韵度不侔厥弟，然以凡鸟俗流遇之，亦少冤矣。"】

◎ 吕安可赏，嵇喜可伤。

5. 陆士衡【陆机】初入洛，咨张公【张华】所宜诣；刘道真【刘宝】是其一。陆既往，刘尚在哀制中。性嗜酒，礼毕，初无它言，唯问："东吴有长柄壶卢，卿得种来不？"【慢甚。】陆兄弟殊失望，乃悔往。

◎ 二陆兄弟为江南才俊，反不如长柄壶卢哉？道真名高德薄，不足与交。

6. 王平子【王澄】出为荆州，《晋阳秋》曰：惠帝时，太尉王夷甫言于选者，以弟澄为荆州刺史，从弟敦为青州刺史。澄、敦俱诣太尉辞。太尉谓曰："今王室将卑，故使弟等居齐、楚之地，外可以建霸业，内足以匡帝室，所望于二弟也！"王太尉【王衍】及时贤送者倾路。【观者甚众，正好演戏。】时庭中有大树，上有鹊巢。平子脱衣巾，径上树取鹊子，凉衣拘阁树枝，便复脱去。【赤膊上阵矣。】得鹊子，还下弄，神色自若，傍若无人。【正是做给人看。】邓粲《晋纪》曰：澄放荡不拘，时谓之达。

◎ 众目睽睽，裸身探雏，正是"作达"。世风如此，不足为怪。然则入《简傲》不如入《任诞》。

7. 高坐道人于丞相坐，恒偃卧其侧。见卞令【卞壶】，肃然改容，云："彼是礼法人。"【礼法人，亦套中人也。】《高坐传》曰：王公曾诣和上，和上解带偃伏，悟言神解。见尚书令卞望之，便敛衿饰容。【何必投其所好？】时叹皆得其所。

◎ 高坐不高，卞令不令。

8. 桓宣武【桓温】作徐州，时谢奕为晋陵。《中兴书》曰：奕自吏部郎，出为晋陵太守。先粗经虚怀，而乃无异常。及桓迁荆州，将西之间，意气甚笃，奕弗之疑。唯谢虎子妇王悟其旨。虎子，谢据小字，奕弟也。其妻王氏，已见。每曰："桓荆州用意殊异，必与晋陵俱西矣。"【此妇神算。】俄而引奕为司马。奕既上，犹推布衣交。在温坐，岸帻啸咏，无异常日。【果然"新出门户，笃而无礼！"】宣武每曰："我方外司马。"【方外，犹言不拘常礼也。】遂因酒，转无朝夕礼。桓舍入内，奕辄复随去。后至奕醉，温往主许避之。【好上司却非好丈夫。】主曰："君无狂司马，我何由得相见？"【桓公之忧，公主之喜。】

◎ 未见谢奕有甚佳处，倒看出桓公雅量、公主情急。

9. 谢万在兄前【此兄或即是谢奕】，欲起索便器。于时阮思旷【阮裕】在坐，曰："新出门户，笃而无礼！"【按葛洪《抱朴子·外篇·刺骄篇》："世人闻戴叔鸾、阮嗣宗傲俗自放，见谓大度，而不量其材力非傲生之匹，而慕学之。或乱项科头，或裸袒蹲夷，或濯脚于稠众，或溲便于人前，或停客而独

食，或行酒而止所亲。此盖左袒之所为，非诸夏之快事也。"】

◎ 骂得好！谢氏若无谢安，真收拾不住矣。

10. 谢中郎【谢万】是王蓝田【王述】女婿，《谢氏谱》曰：万取太原王述女，名荃。尝著白纶巾，肩舆径至扬州听事见王，直言曰："人言君侯痴，君侯信自痴。"蓝田曰："非无此论，但晚令耳。"【晚令，犹晚成。】《述别传》曰：述少真独退静，人未尝知，故有晚令之言。

◎ 中郎妄，蓝田痴，全无翁婿之礼。

11. 王子猷作桓车骑【桓冲】骑兵参军。桓问曰："卿何署？"【尚可问。】答曰："不知何署，时见牵马来，似是马曹。"【弼马温。】《中兴书》曰：桓冲引徽之为参军，蓬首散带，不综知其府事。桓又问："官有几马？"【不该问。】答曰："'不问马'，何由知其数？"《论语》曰："厩焚，孔子退朝，曰：'伤人乎？'不问马。"注："贵人贱畜，故不问也。"又问："马比死多少？"【还要问！】答曰："'未知生，焉知死'？"【王世懋云："子猷秽行，然风流，多为后世口实，语亦自佳。"】《论语》曰："子路问死。孔子曰：'未知生，焉知死？'"马融注曰："死事难明，语之无益，故不答。"

◎ 桓问之愚，反衬王答之妙。今可借孝伯所言下一转语："名士不必须奇才，但使常得无事，痛饮酒，熟读《论语》，便可称名士。"

12. 谢公尝与谢万共出西，过吴郡，阿万欲相与共萃王恬许，恬已见。【王恬，字敬豫，王导子。】时为吴郡太守。太傅云："恐伊不必酬汝，意不足尔。"【看得透。】万犹苦要，太傅坚不回，万乃独往。【独往不智。】坐少时，王便入门内，谢殊有欣色，以为厚待己。【不知人，亦不知己。】良久，乃沐头散发而出，亦不坐，仍据胡床，在中庭晒头，神气傲迈，了无相酬对意。谢于是乃还。未至船，逆呼太傅安，曰："阿螭不作尔。"【犹谓不做作以应酬也。刘辰翁云："'故作尔'三字极得情态，何必尔。"凌濛初按：旧本"阿螭故作尔"，故刘云然也。】王恬，小字螭虎。

◎ 王恬傲甚，无怪丞相恨其才不称貌，"见敬豫则嗔"。谢万亦不自量也。

13. 王子猷作桓车骑参军。【可接上一则。】桓谓王曰："卿在府久，比当相料理。"初不答，直高视，以手版拄颊，云："西山朝来，致有爽气。"【答非所问。】

◎ 谢奕是桓温"方外司马"，子猷是桓冲"方外参军"。相较之下，温比冲高，王比谢韵。

14. 谢万北征，常以啸咏自高，未尝抚慰众士。【自高如此，必不成器。】谢公甚器爱万，而审其必败，乃俱行，【保其驾也。】从容谓万曰："汝为元帅，宜数唤诸将宴会，以悦众心。"【授其方也。】万从之。因召集诸将，都无所说，直以如意指四坐云："诸君皆是劲卒。"【如此夸人，不如不夸。】诸将甚忿恨之。【胡三省云："如意，铁如意也。凡奋身行伍者，以兵与卒为讳。既为将矣，而称之为卒，所以益恨也。"】谢公欲深著恩信，自队主将帅以下，无不身造，厚相逊谢。【平众怒也。】及万事败，军中因欲除之。复云："当为隐士。"【刘应登云："隐士指安，时未出仕。"】故幸而得免。万败事已见上。

◎ 弟有此兄，夫复何求！

15. 王子敬兄弟见郗公【郗愔】，蹑履问讯，甚修外生礼。及嘉宾【郗超】死，皆著高屐，仪容轻慢。命坐，皆云："有事，不暇坐。"【王世懋云："慢意可掬。"】既去，郗公慨然曰："使嘉宾不死，鼠辈敢尔！"【前恭后倨，确有不妥。凌濛初云："应未见通桓密谋耳。"按：事见《伤逝》

第12则。】愔子超,有盛名,且获宠于桓温,故为超敬愔。

◎ 嘉宾声闻,居然可见。

16. 王子猷尝行过吴中,见一士大夫家极有好竹,主已知子猷当往,【此必在借宅种竹之后。】乃洒扫施设,在听事坐相待。王肩舆径造竹下,讽啸良久,主已失望,犹冀还当通。遂直欲出门。主人大不堪,便令左右闭门,不听出。【留此客,正须用此法。】王更以此赏主人,乃留坐,尽欢而去。【主客互为风景,大是佳境。】

◎ 心中有竹,目中无人,此盖"越名教而任自然"之馀韵。王维诗云:"到门不敢题凡鸟,看竹何须问主人。"

17. 王子敬自会稽经吴,闻顾辟疆《顾氏谱》曰:辟疆,吴郡人。历郡功曹、平北参军。有名园。先不识主人,径往其家。值顾方集宾友酣燕,而王游历既毕,指麾好恶,傍若无人。【鸠占鹊巢,反客为主,实在可恼。】顾勃然不堪,曰:"傲主人,非礼也;以贵骄人,非道也。【说得是。】失此二者,不足齿之伧耳!"便驱其左右出门。【子敬待遇不如子猷也。】王独在舆上,回转顾望,左右移时不至,然后令送著门外,怡然不屑。【顾乃吴中望族,自然不屑侨姓。刘辰翁云:"兄弟所遭不同,达故自堪。"又吴勉学云:"作达不已,故应取此辱。"】

◎ 观子敬所为,知所谓名士风度,读之可赏,历之可恼,只可远观,不可亵玩。《简傲》一门,多王、谢二家兄弟事,岂偶然哉?简傲之为物,固非常人所可效法也。

排调第二十五

● 排调，同俳调，盖俳谐、调笑、嘲戏之谓也。嘲戏之风，后汉已开，至魏晋而大盛。《抱朴子·疾谬》云："闻之汉末诸无行，自相品藻次第，群骄慢傲，不入道检者，为都魁雄伯、四通八达。皆背叛礼教而从肆邪僻，讪毁真正，口习丑言，身行弊事。凡所云为，使人不忍论也。"又谓："不闻清谈讲道之言，直以丑言嘲弄为先。以如此者高远，不尔者骇野。……嘲戏之谈，或上及祖考，或下逮妇女。往者务其必深也，报者恐其不重也。"又《文心雕龙·谐隐》："魏晋滑稽，盛相驱扇。遂乃应场之鼻，方于盗削卵；张华之形，比乎握春杵。曾是莠言，有亏德音。岂非溺者之妄笑，骨骳之狂歌欤？"可知此风之行，盖与教化浇薄，世风嬗变有关。然人生在世，庄固可嘉，谐亦何伤？《诗经》有"善戏谑兮，不为虐兮"之训，孔子亦以"割鸡焉用牛刀"以戏子游，而况我辈哉？观《排调》门六十五则故事，有君臣相戏者，有夫妻相谑者，有同僚相嘲者，有父子相嗔者，有朋友相骂者，无不读之可喜，思之可笑。诚如后世《笑府序》云："或笑人，或笑于人。笑人者亦复笑于人，笑于人者亦复笑人，人之相笑宁有已时？……或阅之而喜，请勿喜；或阅之而嗔，请勿嗔。古今世界，一大笑府，我与若皆在其中，供人话柄。不话不成人，不笑不成话，不笑不话不成世界。"呜呼！乱世之间，而能有此笑语，开此奇葩，足证天不绝人、道不远人矣。以此观之，《排调》门之设，实继踵邯郸淳之《笑林》，而为吾国幽默文学之巨制也。西人谓吾国人不善幽默，不啻笑府之中，又添一笑料耳！

1. 诸葛瑾为豫州，遣别驾【官名，州刺史之佐使】到台，瑾已见。语云："小儿【诸葛恪也】知谈，卿可与语。"连往诣恪，《江表传》曰：恪字元逊，瑾长子也。少有才名，发藻歧嶷，辩论应机，莫与为对。孙权见而奇之，谓瑾曰："蓝田生玉，真不虚也！"仕吴至太傅。为孙峻所害。恪不与相见。【为后"咄咄郎君"伏笔】后于张辅吴【张昭】坐中相遇，环济《吴纪》曰：张昭字子布，忠正有才义。仕吴，为辅吴将军。别驾唤恪："咄咄郎君！"【唤人语，犹喂喂】恪因嘲之曰："豫州乱矣，何咄咄之有？"【恪先发难。王世懋云："恪发端殊未见致。"】答曰："君明臣贤，未闻其乱。"【对答甚正】恪曰："昔唐尧在上，四凶在下。"【语翻一层，坐实其乱。四凶：《尚书·舜典》记尧时有四凶，即共工、驩兜、鲧、三苗。此讽别驾如四凶也】答曰："非唯四凶，亦有丹朱。"【按：丹朱乃尧帝之子，以不肖闻名，别驾以丹朱拟恪也】于是一坐大笑。

◎ 别驾善戏谑，不在诸葛恪之下，惜未显其名。

2. 晋文帝【司马昭】与二陈【陈骞、陈泰】共车，过唤钟会同载，即驶车委去。【委者，弃也】比出，已远。既至，因嘲之曰："与人期行，何以迟迟？望卿遥遥不至。"【遥字犯钟会父钟繇名讳。王世懋云："今人呼钟元常名，类作'由'音，观此定当称'遥'。"】会答曰："矫然懿实，何必同群。"【一石三鸟，妙极。详见刘注】帝复问会："皋繇何如人？"【按：皋繇即皋陶。陶读作遥】答曰："上不及尧、舜，下不逮周、孔，亦一时之懿士。"二陈，骞与泰也。会父名繇，故以"遥遥"戏之。骞父矫，宣帝讳懿，泰父群，祖父寔，故以此酬之。

◎ 君臣以家讳相嘲，百无禁忌，可谓乱自上作。然当时风尚如此，不足深怪。

3. 钟毓为黄门郎，有机警，在景王【司马师】坐燕饮。时陈群子玄伯【陈泰】、武周子元夏【武陔】同在坐，《魏志》曰：武周字伯南，沛国竹邑人。仕至光禄大夫。共嘲毓。景王曰："皋繇何如人？"【袭蹈其弟，耻也。】对曰："古之懿士。"【才亦不及弟。】顾谓玄伯、元夏曰："君子周而不比，群而不党。"【《论语·为政》："君子周而不比，小人比而不周。"又《卫灵公》："君子矜而不争，群而不党。"此截取两句，正犯武周、陈群名讳。】孔安国注《论语》曰：忠信为周，阿党为比。党，助也。君子虽众，不相私助。

◎ 以父相骂，何君子之有？

4. 嵇、阮、山、刘在竹林酣饮，王戎后往。步兵曰："俗物已复来败人意！"《魏氏春秋》曰：时谓王戎未能超俗也。王笑曰："卿辈意，亦复可败邪？"【意既可败，亦未能免俗也。】

◎ 王戎人俗语不俗。

5. 晋武帝【司马炎】问孙皓：《吴录》曰：皓字元宗，一名彭祖，大皇帝孙也。景帝崩，皓嗣位，为晋所灭，封归命侯。"闻南人好作《尔汝歌》，【按：或以为当作《汝歌》，疑是。】颇能为不？"皓正饮酒，因举觞劝帝而言曰："昔与汝为邻，今与汝为臣。上汝一杯酒，令汝寿万春！"【君臣不当称"尔汝"，孙皓大占便宜也。】帝悔之。【活该！】

◎ 孟子曰："恭者不侮人，俭者不夺人。"司马炎不恭，无怪孙皓不敬。

6. 孙子荆【孙楚】年少时欲隐，语王武子【王济】"当枕石漱流"，【按：曹操《秋胡行》："名山历观，遂游八极，枕石漱流饮泉。"又《三国志·蜀志·彭羕传》："枕石漱流，吟咏缊袍。"】误曰"漱石枕流"。王曰："流可枕，石可漱乎？"孙曰："所以枕流，欲洗其耳；《逸士传》曰：许由为尧所让，其友巢父责之。由乃过清泠水洗耳拭目，曰："向闻贪言，负吾之友。"所以漱石，欲砺其齿。"【妙解。王世懋云："误语乃得佳，遂为口实，此王子敬画

蝇也。"】

◎ 佳话可赏。

7. 头责秦子羽云：子羽未详。"子曾不如太原温颙、颍川荀寓，温颙已见。《荀氏谱》曰：寓字景伯，祖式，太尉。父保，御史中丞。《世语》曰：寓少与裴楷、王戎、杜默俱有名，仕晋，至尚书。**范阳张华，士卿刘许**，《晋百官名》曰：刘许字文生，涿鹿郡人。父放，魏骠骑将军。许，惠帝时为宗正卿。按：许与张华同范阳人，故曰士卿，互其辞也。宗正卿，或曰士卿。**义阳邹湛，河南郑诩**。《晋诸公赞》曰：湛字润甫，新野人。以文义达，仕至侍中。诩字思渊，荥阳开封人，为卫尉卿。祖泰，扬州刺史。父襃，司空。**此数子者，或謇吃无宫商，【口吃也。】或尪陋【脊背弯曲，形容丑陋】希言语，或淹伊多姿态，或谨哗少智谞，或口如含胶饴，或头如巾齑杵。**《文士传》曰："华为人少威仪，多姿态。"推意此语，则此六句，还以目上六人。而口如含胶饴，则指邹湛。湛辩丽英博，而有此称。未详。**而犹以文采可观，意思详序，攀龙附凤，并登天府。"**张敏《集》载《头责子羽文》曰：余友有秦生者，虽有姊夫之尊，少而狎焉。同时好暱，有太原温长仁颙、颍川荀景伯寓、范阳张茂先华、士卿刘文生许、南阳邹润甫湛、河南郑思渊诩。数年之中，继踵登朝，而此贤身处陋巷，屡沽而无善价，亢志自若，终不衰堕，为之慨然。又怪诸贤既已在位，曾无《伐木》嘤鸣之声，甚违王、贡弹冠之义，故因秦生容貌之盛，为头责之文以戏之，并以嘲六子焉。虽似谐谑，实有兴也。其文曰："维泰始元年，头责子羽曰：'吾托子为头，万有馀日矣。大块禀我以精，造我以形。我为子植发肤、置鼻耳、安眉须、插牙齿，眸子摛光，双颧隆起。每至出入之间，遨游市里，行者辟易，坐者竦跽。或称君侯，或言将军，捧手倾侧，伫立崎岖。如此者，故我形之足伟也。子冠冕不戴，金银不佩，钗以当笄，帕以代帻，旨味弗尝，食粟茹菜，隈摧园间，粪壤污黑。岁莫年过，曾不自悔。子厌我于形容，我贱子乎意态。若此者乎，必子行己之累也。子遇我如雠，我视子如仇，居常不乐，两者俱忧，何其鄙哉！子欲为人宝也，则当如皋陶、后稷、巫咸、伊陟，保乂王家，永见封殖。子欲为名高也，则当如许由、子威、卞随、务光，洗耳逃禄，千岁流芳。子欲为游说也，则当如陈轸、蒯通、陆生、邓公，转祸为福，令辞从容。子欲为进趣也，则当如贾生之求试，终军之请使。砥砺锋颖，以干王事。子欲为恬淡也，则当如老聃之守一，庄周之自逸。廓然离欲，志陵云日。子欲为隐遁也，则当如荣期之带索，渔父之濯濯，栖迟神丘，垂饵巨鳌。此一介之所以显身成名者也。今子上不希道德，中不效儒墨，块然穷贱，守此愚惑。察子之情，观子之志，退不为于处士，进无望于三事，而徒玩日劳形，习为常人之所喜，不亦过乎！'于是子羽愀然深念而对曰：'凡所教敕，谨闻命矣。以受性拘係，不闲礼义，设与天幸，为子所寄。今欲使吾为忠也，即当如伍胥、屈平。欲使吾为信也，则当杀身以成名。欲使吾为介节邪，则当赴水火以全贞。此四者，人之所忌，故吾不敢造意。'头曰：'子所谓天刑地网，刚德之尤，不登山抱木，则襄裳赴流。吾欲告尔以养性，诲尔以优游，而以虮虱同情，不听我谋，悲哉！俱寓人体，而独为子头！且拟人其伦，喻子俦偶。子不如太原温颙、颍川荀寓、范阳张华、士卿刘许、南阳邹湛、河南郑诩。此数子者，或謇吃无宫商，或尪陋希言语，或淹伊多姿态，或谨哗少智谞，或口如含胶饴，或头如巾齑杵。而犹文采可观，意思详序，攀龙附凤，并登天府。夫舐痔得车，沈渊得珠，岂若夫子徒令唇舌腐烂，手足沾濡哉？居有事之世，而耻为权图，譬犹凿池抱瓮，难以求富。嗟乎子羽！何异槛中之熊，深窖之虎，石间饥蟹，窦中之鼠。事力虽勤，见功甚苦。宜其拳局煎蹙，至老无所希也。支离其形，犹能不困，非命也夫！岂与夫子同处也。'"【刘应登云："文甚奇。"按：注甚长。】

◎ 此游戏笔墨，径从张敏《头责子羽》文中截取，《世说》中不多见。

8. 王浑与妇钟氏共坐，见武子从庭过，浑欣然谓妇曰："生儿如此，足慰人意。"【自夸。】妇笑曰："若使新妇得配参军，【王伦，王浑弟也。早夭。】生儿故可不啻如此！"【刘应登云："不啻，言不但如此。"王世懋云："此岂妇人所宜言，宁不启疑？恐贤媛不宜有此。"】《王氏家谱》曰：伦字太冲，司空穆侯中子，司徒浑弟也。醇粹简远，贵老、庄之学，用心淡如也。为《老子例略》《周纪》。年二十馀，举孝廉，不行。历大将军参军。二十五卒，大将军为之流涕。【天才短命，可惜。】

◎ 夫妻相谑如此，王家门风不谨。

9. 荀鸣鹤【荀隐】、陆士龙【陆云】二人未相识，俱会张茂先【张华】坐。张令共语。以其并有大才，可勿作常语。【欲令二人斗嘴也。】陆举手曰："云间陆士龙。"【按："云间"二字经陆云之口，遂成古华亭、今松江之别称也。】荀答曰："日下荀鸣鹤。"【自报家门。刘应登云："'云间''日下'者，荀字从日，陆名曰云。"】陆曰："既开青云，睹白雉，何不张尔弓，布尔矢？"【发端太弱，授人以柄。】荀答曰："本谓云龙骙骙，【云龙，正犯陆云名字。】定是山鹿野麋，兽弱弩强，是以发迟。"张乃抚掌大笑。【张公坐山观虎斗。】《晋百官名》曰：荀隐字鸣鹤，颍川人。《荀氏家传》曰：隐祖昕，乐安太守。父岳，中书郎。隐与陆云在张华坐语，互相反覆，陆连受屈，隐辞皆美丽，张公称善云。世有此书，寻之未得。历太子舍人，延尉平，蚤卒。

◎ 荀鸣鹤唇齿更利。

10. 陆太尉诣王丞相。陆玩，已见。王公食以酪。陆还，遂病。明日，与王笺云："昨食酪小过，通夜委顿。【似闹腹泻耳。】民虽吴人，几为伧鬼。"【骂人。吴勉学云："短牍佳境。"】

◎ 南北殊俗，常存龃龉。陆玩之于丞相，不唯心口不服，肠胃亦不服。

11. 元帝【司马睿】皇子生，普赐群臣。殷洪乔谢曰：殷羡已见。【便是不作邮差者。】"皇子诞育，普天同庆。臣无勋焉，而猥颁厚赉。"中宗笑曰："此事岂可使卿有勋邪？"【妙！】

◎ 千古谈助。

12. 诸葛令、王丞相共争姓族先后。王曰："何不言葛、王，而云王、葛？"令曰："譬言驴马，不言马驴，驴宁胜马邪？"诸葛恢已见。【按余嘉锡云："凡以二名同言者，如其字平仄不同，而非有一定之先后，如夏商、孔颜之类，则必以平声居先，仄声居后，此乃顺乎声音之自然，在未有四声之前，固已如此。故言王葛、驴马，不言葛王、马驴，本不以先后为胜负也。如公穀、苏李、嵇阮、潘陆、邢魏、徐庾、燕许、王孟、韩柳、元白、温李之属皆然。"】

◎ 变王葛之争为驴马之争，诸葛恢何其习钻乃尔！

13. 刘真长【刘惔】始见王丞相，时盛暑之月，丞相以腹熨弹棋局，曰："何乃渹！"【按：渹读作庆，冷也。】吴人以冷为渹。刘既出，人问王公云何，刘曰："未见他异，唯闻作吴语耳。"【王世懋云："真长故不喜丞相。"】《语林》曰：真长云："丞相何奇？止能作吴语及细唾也。"【李贽云："正此是其奇异。"】

◎ 入乡随俗，从善如流，正丞相高明处。

14. 王公【王导】与朝士共饮酒，举瑠璃椀谓伯仁【周颛】曰："此椀腹殊空，谓之宝器，何邪？"【其用正在其空耳。此正老子所谓"有之以为利，无之以为用"也。】以戏周之无能。答曰："此椀英英，诚为清彻，所以为宝耳。"

◎ 丞相好发难，伯仁善解嘲。

15. 谢幼舆【谢鲲】谓周侯曰："卿类社树，远望之，峨峨拂青天；就而视之，其根则群狐所托，下聚溷而已！"谓颛好媟渎故。答曰："枝条拂青天，不以为高；群狐乱其下，不以为浊。聚溷之秽，卿之所保，何足自称！"【何不云"道在屎溺"？】

◎ 谢、周之德，兄弟也。大哥不说二哥，五十步何笑百步？

16. 王长豫【王悦】幼便和令，丞相爱恣甚笃。每共围棋，丞相欲举行，【犹言悔棋。】长豫按指不听。丞相笑曰："讵得尔？相与似有瓜葛。"蔡邕曰："瓜葛，疏亲也。"

◎ 父子之间，温煦乃尔，可观。

17. 明帝问周伯仁："真长何如人？"答曰："故是千斤犗特。"【犗，音介。犗特即犍牛。】王公笑其言。伯仁曰："不如捲角牸，有盘辟之好。"【牸，音字，母牛。盘辟，犹言逡巡盘旋。】以戏王也。

◎ 伯仁嘲丞相为政愦愦，犹母牛徘徊不前也。

18. 王丞相枕周伯仁膝，指其腹曰："卿此中何所有？"答曰："此中空洞无物，然容卿辈数百人。"【腹中空遥承前言琉璃碗空，伯仁或有空疏无能之目耶？】

◎ 丞相、伯仁相狎，最是好看，所谓"夫人不言，言必有中"。

19. 干宝向刘真长《中兴书》曰：宝字令升，新蔡人。祖正，吴奋武将军。父莹，丹阳丞。宝少以博学才器著称，历散骑常侍。叙其《搜神记》，《孔氏志怪》曰：宝父有嬖人，宝母至妒，葬宝父时，因推著藏中。经十年而母丧，开墓，其婢伏棺上，就视犹暖，渐有气息。舆还家，终日而苏。说宝父常致饮食，与之接寝，恩情如生。家中吉凶辄语之，校之悉验。平复数年后方卒。宝因作《搜神记》，中云"有所感起"是也。刘曰："卿可谓鬼之董狐。"【好品目】《春秋传》曰：赵穿攻晋灵公于桃园，赵宣子未出境而复。太史书："赵盾弑其君。"宣子曰："不然。"对曰："子为正卿，亡不越境，反不讨贼，非子而谁？"孔子曰："董狐，古之良史也，书法不隐。赵盾，古之贤大夫也，为法受恶。"

◎ 子不语怪力乱神，《搜神记》便是一部《子不语》。干宝自序"发明神道之不诬"，真长称其"鬼之董狐"，正为志怪小说正名也。

20. 许文思【许琛】往顾和许，顾先在帐中眠，许至，便径就床角枕共语。许琛已见。既而唤顾共行，顾乃命左右取机枕【按：机枕，袁本作杭，即桁，衣架之属。】上新衣，易己体上所著。许笑曰："卿乃复有行来衣乎？"【行来衣正与睡时衣相对。王世懋云："意似讥其欠真率。"】

◎ 顾和前曾搏虱如故，意似放达；后入丞相床帐，耿耿难寐；此又脱故著新，善修服饰。可知本心并不欲"作达"，观其后来奏疏，实乐广之徒，名教中人。其坦承人心"最是难测地"，良有以也。

21. 康僧渊目深而鼻高，王丞相每调之，【丞相喜调谑，天生幽默人。】僧渊曰："鼻者，面之山；《管辂别传》曰：鼻者天中之山。《相书》曰：鼻之所在为天中，鼻有山象，故曰山。目者，面之渊。山不高则不灵，渊不深则不清。"【山不厌高，海不厌深。】

◎ 脸上一幅好山水。

22. 何次道【何充】往瓦官寺礼拜甚勤，充崇释氏，甚加敬也。阮思旷【阮裕】语之曰："卿志大宇宙，《尸子》曰：天地四方曰宇，往古来今曰宙。勇迈终古。"终古，往古也。《楚辞》曰："吾不能忍此终古也。"何曰："卿今日何故忽见推？"阮曰："我图数千户郡，尚不能得；卿乃图作佛，【图作佛，三字可思。】不亦大乎！"思旷，裕也。

◎ 嘲人不妨先自嘲。

23. 庾征西【庾翼】大举征胡，既成行，止镇襄阳。《晋阳秋》曰："翼率众入沔，将谋伐狄。既至襄阳，狄尚强，未可决战。会康帝崩，兄冰薨，留长子方之守襄阳，自驰还夏口。"殷豫章与书，送一折角如意以调之。豫章，殷羡。庾答书曰："得所致，虽是败物，犹欲理而用之。"【按：治玉为理。】

◎ 败物，语妙。

24. 桓大司马乘雪欲猎，先过王、刘诸人许。真长见其装束单急，问："老贼欲持此何作？"【明知故问。】桓曰："我若不为此，卿辈亦那得坐谈？"【老子有云："驰骋田猎，使人心发狂。"桓温此时正在狂中耳。】《语林》曰：宣武征还，刘尹数十里迎之，桓都不语，直云："垂长衣，谈清言，竟是谁功？"刘答曰："晋德灵长，功岂在尔？"二人说小异，故详载之。【二说各臻其妙。】

◎ 桓、刘二人乃布衣交，观其相骂大有趣。

25. 褚季野【褚裒】问孙盛："卿国史何当成？"孙云："久应竟，在公无暇，故至今日。"褚曰："古人'述而不作'，何必在蚕室中！"【按《论语·述而》："子曰：'述而不作，信而好古，窃比于我老彭。'"】《汉书》曰：李陵降匈奴，武帝甚怒。太史令司马迁盛明陵之忠，帝以迁为陵游说，下迁腐刑。乃述唐、虞以来，至于获麟，为《史记》。迁《与任安书》曰："李陵既生降，仆又茸之以蚕室。"苏林《注》曰："腐刑者作密室蓄火，时如蚕室。旧时平阴有蚕室狱。"

◎ 褚公虽不言，而四时之气备，正"述而不作"者，然褚公当时名高，今其谁知？孙盛因撰魏、晋二《阳秋》而名垂青史。述作之功，岂可轻慢？

26. 谢公【谢安】在东山，朝命屡降而不动。后出为桓宣武司马，将发新亭，朝士咸出瞻送。高灵时为中丞，亦往相祖。【相祖，即饯行也。】先时，多少饮酒，因倚如醉，戏曰："卿屡违朝旨，高卧东山，诸人每相与言：'安石不肯出，将如苍生何！'今亦苍生将如卿何？"【讥其出尔反尔也。王世懋云："似醉不醉，语绝妙。"】谢笑而不答。高灵已见。《妇人集》载桓玄问王凝之妻谢氏曰："太傅东山二十餘年，遂复不终，其理云何？"谢答曰："亡叔太傅先正，以无用为心，显隐为优劣，始末正当动静之异耳。"

◎ 高灵语妙，谢公笑而不答，更妙。

27. 初，谢安在东山居，布衣，时兄弟已有富贵者，集翕家门，倾动人物。刘夫人【刘惔妹】戏谓安曰："大丈夫不当如此乎？"【刘夫人乃引高祖见始皇语以激之。】谢乃捉鼻【如见。刘辰翁云："此捉鼻，似臭。"按：隐而优则仕，何臭之有？】曰："但恐不免耳！"

◎ 形格势禁，谢公不得不出山。此不唯谢氏之幸，实亦苍生之幸也。

28. 支道林因人就深公【竺法深】买印山，深公答曰："未闻巢、由买山而隐。"《逸士传》曰：巢父者，尧时隐人。山居，不营世利，年老以树为巢，而寝其上，故号巢父。《高逸沙门传》曰：遁得深公之言，惭恧而已。

◎ 深公语如老拳，何其爽利！

29. 王、刘每不重蔡公【蔡谟】。二人尝诣蔡，语良久，乃问蔡曰："公自言何如夷甫？"答曰："身不如夷甫。"【故作低调，请君入瓮。】调王、刘相目而笑曰："公何处不如？"【果然上套。】答曰："夷甫无君辈客。"【想看此时王、刘脸面。】

◎ 蔡公竟杀回马枪，妙极！

30. 张吴兴年八岁，亏齿。玄之已见。先达知其不常，故戏之曰："君口中何为开狗窦？"张应声答曰："正使君辈从此中出入！"【吴勉学云："小儿无礼。"】

◎ 为老不尊，莫怪小儿无礼。

31. 郝隆七月七日出日中仰卧。【阮咸晒裈，郝隆晒肚，可谓后来居上。】人问其故，答曰："我晒书。"《征西寮属名》曰："隆字佐治，汲郡人。仕吴至征西参军。"

◎ 腹笥几何，要看腰围几许。

32. 谢公始有东山之志，后严命屡臻，势不获已【按：不获已，即不得已。】，始就桓公司马。于时人有饷桓公药草，中有"远志"。公取以问谢："此药又名'小草'，何一物而有二称？"【设局令钻。】《本草》曰：远志一名棘菀，其叶名小草。谢未即答。时郝隆在坐，应声答曰："此甚易解：处则为远志，出则为小草。"【讽谢公为小草也。】谢甚有愧色。【何愧之有？】桓公目谢而笑曰："郝参军此过乃不恶，亦极有会。"【吴勉学云："机锋偶到，故佳。"】

◎ 远志、小草，以此不朽。

33. 庾爱客【庾爰之】诣孙监，【按：孙盛曾为秘书监，故称孙监。】值行，见齐庄【孙盛次子孙放，字齐庄】在外，尚幼，而有神意。庾试之曰："孙安国何在？"【安国，孙盛字。】即答曰："庾稚恭家。"【庾爰之父庾翼，字稚恭。】庾大笑曰："诸孙大盛，有儿如此！"【诸孙大盛，又犯其父讳。】又答曰："未若诸庾之翼翼。"【以牙还牙，寸土不让。】还，语人曰："我故胜，得重唤奴父名。"【盖指翼翼也。】《孙放别传》曰：放兄弟并秀异，与庾翼子爱客同为学生。爱客少有佳称，因谈笑嘲放曰："诸孙于今为盛。"盛，监君讳也。放即答曰："未若诸庾之翼翼。"放应机制胜，时人仰焉。司马景王、陈、钟诸贤相酬，无以逾也。【王世懋云："更佳在结，注不如矣。"】

◎ 齐庄讨得大便宜。

34. 范玄平【范汪】在简文坐，谈欲屈，引王长史【王濛】曰："卿助我！"【声可闻，人如见。】《范汪别传》曰：汪字玄平，颍阳人。左将军略之孙。少有不常之志，通敏多识，博涉经籍，致誉于时。历吏部尚书、徐、充二州刺史。王曰："此非拔山力所能助。"《史记》曰：项羽为汉兵所围，夜起歌曰："力拔山兮气盖世，时不利兮骓不逝。"

◎ 谓其一败涂地、无力回天矣。清谈之激烈，于斯可见。

35. 郝隆为桓公【桓温】南蛮参军。【南蛮二字吃紧。】三月三日会，作诗，不能者，罚酒三斗。【诗酒人生，于此可见。】隆初以不能受罚，既饮，揽笔便作一句云："娵隅跃清池。"【娵隅，读作居余，少数民族称鱼也。】桓问："娵隅是何物？"答曰："蛮名鱼为娵隅。"【说出"蛮"字。】桓公曰："作诗何以作蛮语？"【正要你问。】隆曰："千里投公，始得蛮府参军，那得不作蛮语也？"【抢白得妙！】

◎ 郝隆不能作诗，而能搞笑，每有惊人之语，桓温幕中，宜有此人。

36. 袁羊【袁乔】尝诣刘恢，恢在内眠未起。袁因作诗调之曰："角枕粲文茵，锦衾烂长筵。"《唐诗》【即《诗经·唐风》也。】曰："晋献公好攻战，国人多丧，其诗曰：'角枕粲兮，锦衾烂兮；予美亡此，谁与独旦？'"袁故嘲之。【用典。】刘尚晋明帝女，《晋阳秋》曰：恢尚庐陵长公主，名南弟。主见诗不平，曰："袁羊，古之遗狂！"【按：袁羊诗乃从《唐风·葛生》化出，诗有独居悼亡之意，故公主不喜。】

◎ 袁羊作诗以嘲刘恢与公主内眠不起，可谓雅谑也。

37. 殷洪远【殷融】答孙兴公【孙绰】诗云："聊复放一曲。"【放者，歌也。】刘真长笑其语拙，【盖以"放"字不雅。】问曰："君欲云那放？"【此问更拙。】殷曰："檎腊亦放，何必其铿铃邪？"【余嘉锡云："此云'檎腊亦放，何必铿铃'者，谓己诗虽不工，亦足以达意，何必雕章绘句，然后为诗？犹之鼓虽无当于五声，亦足以应节，何必金石铿铃，然后为乐也？"今按：檎同楬，檎腊乃击鼓之声。】殷融已见。

◎ 殷诗故拙，刘嘲亦不雅。

38. 桓公既废海西【司马奕】，立简文。【大事一笔带过，正《世说》笔法。】《晋阳秋》曰：海西公讳奕，字延龄，成帝子也。兴宁中即位。少同阉人之疾，使宫人与左右淫通生子。大司马温自广陵还姑孰，过京都，以皇太后令，废帝为海西公。侍中谢公见桓公，拜，桓惊笑曰："安石，卿何事至尔？"【观此知谢公往日见桓，必不拜。】谢曰："未有君拜于前，臣立于后。"【示己未忘君臣之义。】

◎ 讥其擅行废立，僭越主上也。

39. 郗重熙【郗昙】与谢公书，道："王敬仁闻一年少怀问鼎，郗昙、王修已见。《史记》曰：楚庄王观兵于周郊，周定王使王孙满迎劳楚王。王问鼎大小轻重，对曰："在德不在鼎。"庄王曰："子无阻九鼎，楚国折钩之喙，足以为九鼎也。"不知桓公德衰？为复后生可畏？"《春秋传》曰：齐桓公伐楚，责苞茅之不贡。《论语》曰："后生可畏，焉知来者之不如今？"孔安国曰：后生，少年。

◎ 此则入《排调》，盖郗昙以为桓温问鼎之心昭然若揭，年少如王修已有所察觉，岂因"后生可畏"乎？实"桓公德衰"也。

40. 张苍梧【张镇】是张凭之祖，尝语凭父曰："我不如汝。"凭父未解所以，苍梧曰："汝有佳儿。"【妙。】《张苍梧碑》曰：君讳镇，字义远，吴国吴人。忠恕宽明，简正贞粹。太安中，除苍梧太守。讨王含有功，封兴道县侯。凭时年数岁，敛手曰："阿翁，讵宜以子戏父！"【更妙。】

◎ 祖孙三人一台戏，无一人荒腔走板，大佳！

41. 习凿齿、孙兴公未相识，同在桓公坐。桓语孙："可与习参军共语。"孙云："蠢尔蛮荆，敢与大邦为仇！"习云："薄伐猃狁，至于太原。"《小雅》诗也。【按：分别出自《诗·小雅·采芑》与《小雅·六月》。】《毛诗注》曰："蠢，动也。荆蛮，荆之蛮也。猃狁，北夷也。"习凿齿，襄阳人；孙

兴公,太原人。故因诗以相戏也。【无此注必不解。】

◎ 引《诗》相骂,情何以堪?

42. 桓豹奴【桓嗣】是王丹阳【王混】外生,形似其舅,桓甚讳之。【王世懋云:"观此知王混不为风流所与。"】豹奴,桓嗣小字。《中兴书》曰:嗣字恭祖,车骑将军冲子也。少有清誉。仕至江州刺史。《王氏谱》曰:混字奉正,中军将军恬子。仕至丹阳尹。宣武云:"不恒相似,时似耳。恒似是形,时似是神。"【哪壶不开提哪壶。】桓逾不说。

◎ 此则于美学上颇有开拓之功,形似、神似二范畴即由此开出也。

43. 王子猷诣谢万,林公先在坐,瞻瞩甚高。王曰:"若林公须发并全,神情当复胜此不?"【分明讥其神情不佳。】谢曰:"唇齿相须,不可以偏亡。《春秋传》曰:唇亡齿寒。须发何关于神明!"【便似道其不可救药。】林公意甚恶,曰:"七尺之躯,今日委君二贤。"【好可怜!】

◎ 王、谢二人皆豪门显贵,简傲无比,林公亦难免被其品头论足,肆意围剿。

44. 郗司空【郗愔】拜北府,《南徐州记》曰:旧徐州都督以东为称。晋氏南迁,徐州刺史王舒加北中郎将。北府之号,自此起也。【故事。】王黄门【王子猷】诣郗门拜,云:"'应变将略,非其所长'。"【讥其才不称职也。】骤咏之不已。【按:骤咏,犹言反复念叨。】郗仓谓嘉宾【郗超】曰:"公今日拜,子猷言语殊不逊,深不可容!"仓,郗融小字也。《郗氏谱》曰:融字景山,愔第二子,辟琅邪王文学,不拜而蚤终。嘉宾曰:"此是陈寿作诸葛评,《蜀志》陈寿评曰:亮连年动众,而无成功,盖应变将略,非其所长也。王隐《晋书》曰:寿字承祚,巴西安汉人。好学,善著述。仕至中庶子。初,寿父为马谡参军,诸葛亮诛谡,髡其父头。亮子瞻又轻寿。撰《蜀志》,以爱憎为评也。【按

《三国志·诸葛亮传》注引《袁子》："亮，持本者也，其于应变，则非所长也。"又，陈寿《表上诸葛氏集目录》："亮才干治戎为长，奇谋为短，理民之干，优于将略。"人以汝家比武侯，复何所言！"【按：汝家，即汝父。郗超、郗融，皆郗愔之子。】

◎ 嘉宾终是明白人。

45. 王子猷诣谢公，谢曰："云何七言诗？"【大哉问！】《东方朔传》曰：汉武帝在柏梁台上，使群臣作七言诗。七言诗自此始也。子猷承问，答曰："昂昂若千里之驹，汎汎若水中之凫。"【千里驹与水中凫，正"远志"与"小草"也。】出《离骚》。【按屈原《卜居》："宁昂昂若千里之驹乎，将汎汎若水中之凫乎？与波上下，偷以全吾躯乎？"】

◎ 亦是诗话，可入《文学》。

46. 王文度【王坦之】、范荣期【范启】俱为简文所要。【要，同邀。】范年大而位小，王年小而位大。将前，更相推在前，既移久，王遂在范后。【序从长幼。】王因谓曰："簸之扬之，糠秕在前。"范曰："洮之汰之，砂砾在后。"【刘辰翁云："二语易位，乃可。"】王坦之、范启，已见上。一说是孙绰、习凿齿言。

◎ 相推是假，互嘲是真。

47. 刘遵祖【刘爰之】少为殷中军所知，称之于庾公【庾亮】。【殷浩眼拙。】庾公甚忻，便取为佐。既见，坐之独榻上与语。刘尔日殊不称，【遵祖技穷。】庾小失望，遂名之为"羊公鹤"。昔羊叔子【羊祜】有鹤善舞，尝向客称之，客试使驱来，氃氋【羽毛松散萎顿之态。】而不肯舞，故称比之。【后几句似自注之词。】徐广《晋纪》曰：刘爰之字遵祖，沛郡人。少有才学，能言理。历中书郎、宣城太守。

◎ 名不副实刘遵祖，不上台面羊公鹤。

48. 魏长齐【魏颢】雅有体量，而才学非所经。【按：经同精，擅长之意。】初宦当出，虞存嘲之曰："与卿约法三章：谈者死，文笔者刑，商略抵罪。"【商略犹言品评人物。此三句讥其一无所能也。】魏怡然而笑，无忤于色。【果有雅量。】《魏氏谱》曰：颢字长齐，会稽人。祖胤，处士。父说，大鸿胪卿。颢仕至山阴令。《汉书》曰：沛公入咸阳，召诸父老曰："天下苦秦苛法久矣，今与父老约法三章耳：杀人者死，伤人及盗抵罪。"应劭《注》曰："抵，至也。但至于罪。"

◎ 约法三章，分明便是"封杀"其人。虞存大坏。

49. 郗嘉宾【郗超】书与袁虎【袁宏】，道戴安道【戴逵】、谢居士【谢敷】云："恒任之风，当有所弘耳。"【"弘"字要紧，正谐袁宏之名。讥其有才无德也。】以袁无恒，故以此激之。袁、戴、谢，并已见。

◎ 袁宏闻此，合当脸红。

50. 范启与郗嘉宾书曰："子敬举体无饶纵，掇皮无馀润。"【言其体瘦无肉。】郗答曰："举体无馀润，何如举体非真者？"范性矜假多烦，故嘲之。

◎ 宁真毋假，宁缺毋滥。

51. 二郗奉道，二何奉佛，皆以财贿。谢中郎【谢万】云："二郗谄于道，二何佞于佛。"【中郎嘴狠。】《中兴书》曰：郗愔及弟昙奉天师道。【王羲之亦奉此道。】《晋阳秋》曰：何充性好佛道，崇修佛寺，供给沙门以百数。久在扬州，征役吏民，功赏万计，是以为退迩所讥。充弟准，亦精勤，读佛经、营治寺庙而已。

◎ 观此知东晋儒门淡泊，收拾不住矣。

52. 王文度【王坦之】在西州，与林法师【支道林】讲，韩【康伯】、孙【绰】诸人并在坐，林公理每欲小屈。孙兴公曰："法师今日如著弊絮在荆棘中，触地挂阂。"【形象！】

◎ 文度竟能屈林公？大不可信。

53. 范荣期【范启】见郗超俗情不淡，戏之曰："夷、齐、巢、许，一诣垂名。何必劳神苦形，支策据梧邪？"郗未答，韩康伯曰："何不使游刃皆虚？"【刘辰翁云："韩语别似有味，此处用不得。"】《庄子》曰：昭文之鼓琴，师旷之支策，惠子之据梧，三子之智几矣，皆其盛也，故载之末年。庖丁为文惠君解牛，三年之后，未尝见全牛也。用刀十九年矣，所解千牛，而刀刃若新发于硎。文惠君问之，庖丁曰："彼节者有间，而刀刃无厚；以无厚入有间，恢恢乎其于游刃必有馀地。"

◎ 游刃皆虚，似比游刃有馀为高。

54. 简文在殿上行，右军与孙兴公在后。右军指简文语孙曰："此啖名客！"【啖名，犹言好名。按：宋曾慥《类说》卷四九载《殷芸小说》引《世说》作："右军指孙曰：'此是啖石客。'简文曰：'公岂不闻天下自有利齿儿耶？'"以"啖名客"为"啖石客"，别是一说。】简文顾曰："天下自有利齿儿。"【好牙口方好啖名也。】后王光禄【王蕴】作会稽，谢车骑【谢玄】出曲阿祖之。王蕴、谢玄已见。王孝伯【王恭】罢秘书丞，在坐，谢言及此事，因视孝伯曰："王丞齿似不钝。"王曰："不钝，颇亦验。"【孝伯不以为忤，自承好名也。】

◎ 戏言有味。当是右军与简文指孙绰为嘲也。

55. 谢遏【谢玄】夏月尝仰卧，谢公清晨卒来，不暇著衣，跣出屋外，方蹑履问讯。公曰："汝可谓'前倨而后恭'。"【语妙。】《战国策》曰：苏秦说惠王而不见用，黑貂之裘弊，黄金百斤尽，大困而归。父母不与言，妻不为下机，嫂不为炊。后为从长，行过洛阳，车骑辎重甚众，秦之昆弟妻嫂，侧目不敢视。秦笑谓其嫂曰："何先倨而后恭？"嫂谢曰："见季子位高而金多。"秦叹曰："一人之身，富贵则亲戚畏惧，贫贱则轻易之，而况于他人哉！"

◎ 裸身跣足是"前倨"，蹑履问讯是"后恭"。盖"后恭"之时，"前倨"之证尚在。谢公诙谐，可发一噱。

56. 顾长康【顾恺之】作殷荆州【殷仲堪】佐，请假还东。尔时例不给布帆，顾苦求之，乃得。发至破冢，遭风大败。【非破冢，实破帆也。】周祗《隆安记》曰：破冢，洲名，在华容县。作笺与殷云："地名破冢，真破冢而出。【死里逃生也。】行人安稳，布帆无恙。"【余嘉锡云："布帆，物也，非人也，安得谓之无恙乎？盖本当云：'布帆安稳，行人无恙。'因帆已破败，不可言安稳，故易其语以见意。此乃以文滑稽耳。后人习闻此语，而不晓其意，以为长康欲诳仲堪，诡言布帆未破，于是凡言及物之完好如故者，辄曰'布帆无恙'，非也。"】

◎ 妙在后八字。

57. 苻朗初过江，裴景仁《秦书》曰：朗字元达，苻坚从兄。性宕放，神气爽悟。坚常曰："吾家千里驹也。"坚为慕容冲所围，朗降谢玄，用为员外散骑侍郎。吏部郎王忱与兄国宝命驾诣之。沙门法汰问朗曰："见王吏部兄弟未？"朗曰："非一狗面人心，又一人面狗心者邪？"【骂得好。】忱丑而才，国宝美而狠故也。朗常与朝士宴，时贤并用唾壶，朗欲夸之，使小儿跪而开口，唾则含出。【此等人，亦是人面狗心。】又善识味，会稽王道子为设精馔，讫，问："关中之食，孰若此？"朗曰："皆好。唯盐味小生。"即问宰夫，如其言。或人杀鸡以食之，朗曰："此鸡栖，恒半露。"问之，亦验。又食鹅炙，知白黑之处，咸试而记之，无豪厘之差。著《苻子》数十篇，盖老、庄之流也。朗矜高忏物，不容于世，后众逸而杀之。王咨议【王肃之】大好事，问中国人物及风土所生，终无极已。《王氏谱》曰：肃之字幼恭，右将军羲之第四子。历中书郎、骠骑咨议。朗大患之。次复问奴婢贵贱，朗云："谨厚有识中者，乃至十万；无意为奴婢问者，止数千耳。"

◎ 嘲王肃之喋喋不休，言不及义，如无知之奴婢，甚不值钱也。

58. 东府客馆是版屋。谢景重【谢重，谢朗子】诣太傅【司马道子】，时宾客满中，初不交言，直仰视云："王乃复西戎其屋。"《秦诗叙》曰："襄公备其兵甲，以讨西戎。妇人闵其君子，故作诗曰：'在其版屋，乱我心曲。'"毛公《注》曰："西戎之版屋也。"

◎《诗·秦风·小戎》："在其版屋，乱我心曲。"谢重引此，暗嘲司马道子之宾馆，犹夷狄之所居，徒乱人意也。

59. 顾长康啖甘蔗，先食尾。人问所以，云："渐至佳境。"【大妙！按：《太平御览》卷九百七十四虞翻《与弟书》："去日南远，恐如甘蔗，近杪即薄。"】

◎ 一语不朽。

60. 孝武【司马曜】属王珣求女婿，曰："王敦、桓温，磊砢之流，既不可复得；且小如意，亦好豫人家事，酷非所须。正如真长、子敬比，最佳。"【刘辰翁云："谋婿至矣。"】珣举谢混。后袁山松欲拟谢婚，《续晋阳秋》曰：山松，陈郡人。祖乔，益州刺史。父方平，义兴太守。山松历秘书监、吴国内史。孙恩作乱，见害。初，帝为晋陵公主访婿于王珣，珣举谢混云："人才不及真长，不减子敬。"帝曰："如此，便已足矣。"【钦定矣。】王曰："卿莫近禁脔！"【李祥云："晋元帝始镇建康，公私窘罄，每得一豚，以为珍膳，项上一脔尤美，以荐帝，群下未尝所食，于时呼为'禁脔'。"】

◎ 以驸马为"禁脔"，大妙！

61. 桓南郡【桓玄】与殷荆州【殷仲堪】语次，因共作了语。顾恺之曰："火烧平原无遗燎。"桓曰："白布缠棺竖旒旐。"殷曰："投鱼深渊放飞鸟。"【此三句末字皆谐"了"韵，故作了语。】次复作危语。桓曰："矛头淅米剑头炊。"殷曰："百岁老翁攀枯枝。"顾曰："井上辘轳卧婴儿。"【按：儿作倪声。】殷有一参军在坐，云："盲人骑瞎马，夜半临深池。"【所说皆危险事，故称危语。】殷曰："咄咄逼人！"【余嘉锡云："'咄咄'，惊叹之辞。'咄咄逼人'，亦晋人口头常语。"】仲堪眇目故也。《中兴书》曰：仲堪父尝疾患经时，仲堪衣不解带数年。自分剂汤药，误以药手拭泪，遂眇一目。【仲堪可谓"事父母能竭其力"者，亦真孝子。】

◎ 清谈写真，嘲戏实录。

62. 桓玄出射，有一刘参军朋赌，垂成，唯少一破。刘谓周曰："卿此起不破，我当挞卿。"【余嘉锡云："此盖桓玄僚属，分朋赌射。刘、周同在一朋，周当起射，如不破的，则全朋不胜，故戏言激之。"】周曰："何至受卿挞？"刘曰："伯禽之贵，尚不免挞，而况于卿！"《尚书大传》曰："伯禽与康叔见周公，三见而三笞。康叔有骇色，谓伯禽曰：'有商子者，贤人也，与子见之。'乃见商子而问焉。商子曰：'南山之阳有木焉，名乔。二三子往观之。'见乔，实高然而上。反，以告商子。商子曰：'乔者，父道也。南山之阴有木焉，名曰梓。二三子复往观焉。'见梓，实晋晋然而俯。反以告商子。商子曰：'梓者，子道也。'二三子明日见周公，入门而趋，登堂而跪。周公拂其首，劳而食之，曰：'尔安见君子乎？'"《礼记》曰："成王有罪，周公则挞伯禽。"亦其义也。周殊无忤色。【无忤色，非有雅量，盖未听懂。】桓语庾伯鸾【庾鸿】曰：《晋东宫百官名》曰：庾鸿字伯鸾，颍川人。《庾氏谱》曰：鸿祖羲，吴国内史。父楷，左卫将军。鸿仕至辅国内史。"刘参军宜停读书，周参军且勤学问。"【余嘉锡又云："刘滥引故事，比拟不伦，以书传资其利口，故曰'宜停读书'。周被骂而无忤色，盖本不知伯禽为何人，故曰'且勤学问'。"】

◎ 桓玄此语，极有洞见。

63. 桓南郡与道曜讲《老子》，王侍中【王桢之，字公幹，小字思道．】为主簿，在坐。桓曰："王主簿，可顾名思义。"【按《三国志·魏书·王昶传》："欲使汝曹顾名思义，不敢违越也。"】王未答，且大笑。桓曰："王思道能作大家儿笑。"【桢之乃徽之子，羲之孙，可不是大家儿孙？】道曜，未详。思道，王桢之小字也。《老子》明道，桢之字思道，故曰"顾名思义"。【此注解惑。】

◎ 桓玄意谓桢之大笑只是障眼法，未尝真解己意也。矮子观场，笑人之笑，亦足可笑。

64. 祖广行，恒缩头。诣桓南郡，始下车，【必缩头也。】桓曰："天甚晴朗，祖参军如从屋漏中来。"【吴勉学云："传神，千载如见。"】《祖氏谱》曰：广字渊度，范阳人。父台之，光禄大夫。广仕至护军长史。

◎ 桓玄后虽作贼，亦极有兴会。

65. 桓玄素轻桓崖【桓修】，崖在京下有好桃，玄连就求之，遂不得佳者。【桃李总误事。】崖，桓修小字。《续晋阳秋》曰：修少为玄所侮，于言端常嗤鄙之。玄与殷仲文书，以为嗤笑曰："德之休明，肃慎贡其楛矢；如其不尔，篱壁间物，亦不可得也。"《国语》曰：仲尼在陈，有隼集陈侯之庭而死，楛矢贯之，石砮尺有咫。问于仲尼。对曰："隼之来远矣。此肃慎之矢也。昔武王克商，通道于九夷百蛮，使各以方贿贡，于是肃慎氏贡楛矢。古者分异姓之职，使不忘服也，故分陈以肃慎之贡；若求之故府，其可得。"使求得之，金椟如初。

◎ 看似自嘲无德，实讥桓崖吝啬，亦可谓"难兄难弟"也。

轻诋第二十六

● 轻诋，即轻视诋毁之意。曹丕《典论·论文》云："文人相轻，自古而然……各以所长，相轻所短。"此正中文人之弊也。然是人固不能无好恶，人无好恶，则沦为"乡愿"之流而不自知矣。唯好恶亦有分辨：出于是非者为君子，溺于利害者为小人。故夫子云："唯仁者能好人，能恶人。""恶称人之恶者，恶居下流而讪上者，恶勇而无礼者，恶果敢而窒者。""恶徼以为知者，恶不孙以为勇者，恶讦以为直者。""匿怨而友其人，左丘明耻之，丘亦耻之。"孔子又尝讽子西："彼哉！彼哉！"何晏《论语集解》引马融曰："彼哉彼哉，言无足称。"可知圣人直道而行，以直报怨，故不能无好恶、无臧否。魏晋之际，名士雅好风流，其月旦人物，品藻时贤，虽无关天下名教之是非，亦另有一套清旨玄心在焉。观《轻诋》一门所记，乃可见当时名流之别样手眼、不同心声。比之《排调》之当面酬答，《轻诋》多背后贬人；若谓《排调》多是热讽，故而引人失笑，《轻诋》则全是冷嘲，常令人哭笑不得也。如王恭斥孙绰为"不逊"、江彪称王彪之为"酷吏"，声口尚足发噱，而桓温以烹牛况袁宏，声色甚厉，又岂是轻诋，直恫吓矣！呜呼！盖人性中恒有此一面，唯晋人尤为彰著而显明耳，千载之下，读者固当平情视之，无足厚诬而深责也。

1. 王太尉【王衍】问眉子【王玄】："汝叔名士，何以不相推重？"【王衍之重平子，犹谢安之爱中郎。】眉子已见。叔，王澄也。眉子曰："何有名士终日妄语！"【刘辰翁云："两可之辞。"按：辰翁盖谓终日妄语正名士之怪癖也。】

◎ 叔侄之亲，终不如兄弟。

2. 庾元规【庾亮】语周伯仁【周顗】："诸人皆以君方乐。"【方者，比也。】周曰："何乐？谓乐毅邪？"《史记》曰：乐毅，中山人。贤而为燕昭王将军，率诸侯伐齐，终于赵。庾曰："不尔，乐令耳。"【乐广。】周曰："何乃刻画无盐，以唐突西子也？"【自嘲语，竟不朽也。刘盼遂云："按周此语，盖谓以无盐比西子也。正诋庾语失当。"】《列女传》曰：钟离春者，齐无盐之女也。其丑无双，黄头深目，长壮大节，鼻昂结喉，肥项少发，折腰出胸，皮肤若漆。行年三十，无所容入，衒嫁不售。乃自诣齐宣王，乞备后宫，因说王以四殆。王拜为正后。《吴越春秋》曰：越王句践得山中采薪女子，名曰西施，献之吴王。

◎ 伯仁尚有自知之明。

3. 深公【竺法深】云："人谓庾元规【庾亮】名士，胸中柴棘三斗许。"【文字亦奇。柴棘，柴木荆棘之属。讥其胸有城府，狭隘忌刻也。】

◎ 深公果然看得深。

4. 庾公【庾亮】权重，足倾王公【王导】。庾在石头，王在冶城坐，大风扬尘，王以扇拂尘曰："元规尘污人！"【王世懋云："偶然语，亦难定谓无。"】按：王公雅量通济，庾亮之在武昌，传具应下，公以识度裁之，嚣言自息。岂或回贰，有扇尘之事乎？【按：孝标不信，我信。即便有此，岂以一眚掩大德？】王隐《晋书·戴洋传》曰：丹阳太守王导，问洋得病七年。洋曰："君侯命在申，为土地之主。而于申上冶，火光照天，此为金火相铄，水火相炒，以故相害。"导呼冶令奕逊，使启镇东徙，今东冶是也。《丹阳记》曰："丹阳冶城，去宫三里，吴时鼓铸之所。吴平，犹不废。"又云："孙权筑冶城，为鼓铸之所。"既立石头大坞，不容近立此小城。当是徙县治，空城而置冶尔。冶城疑是金陵本治。汉高六年，令天下县邑，秣陵不应独无。

◎ 元规尘，丞相扇，千古如新。

5. 王右军【王羲之】少时甚涩讷。在大将军【王敦】许【住所】，王、庾二公后来，右军便起欲去，大将军留之，曰："尔家司空、王丞相已见。元规，复何所难？"

◎ 涩讷二字诚妙：涩是不欲与人见，讷是不欲与人言。

6. 王丞相【王导】轻蔡公【蔡谟】，曰："我与安期【王承】、千里【阮瞻】共游洛水边，何处闻有蔡充儿？"【蔡充，蔡谟父。】《晋诸公赞》曰：充字子尼，陈留雍丘人。《充别传》曰：充祖睦，蔡邕孙也。充少好学，有雅尚，体貌尊严，莫有媟慢于其前者。高平刘整有隽才，而车服奢丽，谓人曰："纱縠，人常服耳。尝遇蔡子尼在坐，终日不自安。"见惮如此。是时，陈留为大郡，多人士。琅邪王澄尝经郡入境，问："此郡多士，有谁乎？"吏曰："有江应元、蔡子尼。"时陈留多居大位者，澄问："何以但称此二人？"吏曰："向谓君侯问人，不谓位也。"澄笑而止。充历成都王东曹掾，故称东曹。《妒记》曰：丞相曹夫人性甚忌，禁制丞相，不得有侍御，乃至左右小人，亦被检简，时有妍妙，皆加诮责。王公不能久堪，乃密营别馆，众妾罗列，儿女成行。后元会日，夫人于青疏台中，望见两三儿骑羊，皆端正可念。夫人遥见，甚怜爱之。语婢："汝出问，是谁家儿？"给使不达旨，乃答云："是第四、五等诸郎。"曹氏闻，惊愕大恚。命车驾，将黄门及婢二十人，人持食刀，自出寻讨。【惊险】王公亦遽命驾，飞辔出门，犹患牛迟，乃以左手攀车栏，右手捉麈尾，以柄助御者打牛，狼狈奔驰，劣得先至。蔡司徒闻而笑之，乃故诣王公，谓曰："朝廷欲加公九锡，公知不？"【设套令钻。】王谓信然，自叙谦志。蔡曰："不闻馀物，唯闻有短辕犊车，长柄麈尾。"【蔡谟蔫坏。】王大愧。后贬蔡曰："吾与安期、千里，共在洛水集处，不闻天下有蔡充儿！"【出处在此。】正忿蔡前戏言耳。【王世懋云："此非注，不得所以。"按：不读此注，不知丞相何以轻蔡谟，更不知丞相惧内如斯。】

◎ 可为丞相下一转语："我自生我儿，我自惧我妻，何预卿事！"

7. 褚太傅【褚裒】初渡江，尝入东，至金昌亭，吴中豪右，燕集亭中。谢歆《金昌亭诗叙》曰：余寻师，来入经吴，行达昌门，忽睹斯亭，傍川带河，其榜题曰"金昌"。访之耆老，曰："昔朱买臣仕汉，还为会稽内史，逢其迎吏，逆旅比舍，与买臣争席。买臣出其印绶，群吏惭服自裁。因事建亭，号曰'金伤'，失其字义耳。"【金昌由来。】褚公虽素有重名，于时造次不相识别。敕左右多与茗汁，少著粽，汁尽辄益，使终不得食。【尚未骂伧父耳。前钱塘亭被移牛屋之下，今金昌亭又被群小饿肚子，褚公可伤。】褚公饮讫，徐举手共语云："褚季野。"于是四坐惊散，无不狼狈。【王世懋云："此殊不近轻诋，大都是县令沈充意，不足重出。"】

◎ 褚公名号，只宜在此时道出，方有奇效。

8. 王右军在南，丞相与书，每叹子侄不令，【不令，即不佳。】云："虎㹘、虎犊，还其所如。"【刘应登云："言其真如㹘犊耳。"按：谓其虎皮羊质，名不副实也。】虎㹘，王彭之小字也。《王氏谱》曰：彭之字安寿，琅邪人。祖正，尚书郎。父彬，卫将军。彭之仕至黄门郎。虎犊，彪之小字也。彪之字叔虎，彭之第三弟。年二十而头须皓白，时人谓之"王白须"。少有局干之称。累迁至左光禄大夫。

◎ 子侄虽不令，幸有王右军。

9. 褚太傅【褚裒】南下，【按：南下，盖指永和五年褚裒北伐石虎败绩南归事。】孙长乐于船中视之。长乐，孙绰。言次，及刘真长死，孙流涕，因讽咏曰："'人之云亡，邦国殄瘁。'"【与谢鲲哭叔宝同调。然此时哭真长，并以国器目之，褚公情何以堪？】《大雅》诗。毛公《注》曰："殄，尽。瘁，病也。"褚大怒，曰："真长平生，何尝相比数，【比数，犹言重视。】而卿今日作此面向人！"【孙绰虽有失言之过，然褚公亦何必恼羞成怒？雅量何在？故刘辰翁云："邦国之叹，何必平生？"】孙回泣向褚曰："卿当念我！"【可怜。】时咸笑其才而性鄙。【陶珽云："按《太平御览》六十六《湖部》引《语林》曰：'褚公游曲阿后湖，狂风忽起，船倾，褚公已醉，乃曰："此舫人皆无可以招天谴者，唯有孙兴公多尘滓，正当以此厌天欲耳。"便欲捉孙掷水中。孙惧无计，唯大呼曰："季野，卿念我！"'疑即此一事，而此文未全。不然，孙作邦国之叹，亦是常语，何至褚大怒，而孙便作哀鸣。疑临川以褚欲掷孙于水中非佳事，故为褚讳，故节取纂记之。"】

◎ 孙绰虽有鄙吝之过，然其哭真长，当出真情。褚公一怒，遂使长乐骂名千载、难得长乐矣。

10. 谢镇西【谢尚】书与殷扬州【殷浩】，为真长求会稽，殷答曰："真长标同伐异，侠之大者。【按：一说侠同狭。可与《谗险》门"王平子形甚散朗，内实劲侠"条同参。刘注引邓粲《晋纪》："刘琨尝谓澄曰：'卿形虽散朗，而内劲狭，以此处世，难得其死！'"盖殷浩不喜真长，乃以微词相诋。或以侠之大者为刚健之意，非是。】常谓使君降阶为甚，乃复为之驱驰邪？"【王世懋云："此语亦有情。"按：谢尚雅重刘惔，自承"昔尝北面"，故殷浩谓之"降阶"。】

◎ 殷浩谓真长党同伐异，自己亦不免如此。

11. 桓公【桓温】入洛，过淮、泗，践北境，与诸僚属登平乘楼，眺瞩中原，【一路写来，绝好文字。】慨然曰："遂使神州陆沈，百年丘墟，王夷甫诸人不得不任其责！"【英雄壮语。余嘉锡云："温虽颇慕风流，而其人有雄姿大略，志在功名，故能矫王衍等之失。英雄识见，固自不同。"】《八王故事》曰：夷甫虽居台司，不以事物自婴。当世化之，羞言名教。自台郎以下，皆雅崇拱默，以遗事为高。四海尚宁，而识者知其将乱。《晋阳秋》曰：夷甫将为石勒所杀，谓人曰："吾等若不祖尚浮虚，不至于此！"袁虎率尔对曰："运自有废兴，岂必诸人之过？"【不该此时和稀泥。】桓公凛然作色，顾谓四坐曰："诸君颇闻刘景升不？【此问突兀。】《刘镇南铭》曰：表字景升，山阳高平人。黄中通理，博识多闻。仕至镇南将军、荆州刺史。有大牛重千斤，啖刍豆十倍于常牛，负重致远，曾不若一羸牸。魏武入荆州，烹以飨士卒，于时莫不称快。"意以况袁。【威慑。胡三省云："温意以牛况宏，徒能糜体禄，而无经世之用。"】四坐既骇，袁亦失色。

◎ 桓公向有复兴中原之志，殆非乱臣贼子之可比。《晋书》以之入"贰臣传"，大冤！盖成王败寇之史观作祟也。

12. 袁虎、伏滔同在桓公府，桓公每游燕，辄命袁、伏。【刘辰翁云："却又效袁、伏之袁。"】袁甚耻之，恒叹曰："公之厚意，未足以荣国士，与伏滔比肩，亦何辱如之？"【桓公本不以袁宏之意为意，何辱之有？】

◎ 可与上则并观。孟子曰："人必自侮，而后人侮之。"其袁宏之谓欤！

13. 高柔在东，甚为谢仁祖【谢尚】所重。【仁祖心善眼拙，类此。】既出，【出都，即进京。】不为王、刘所知。仁祖曰："近见高柔，大自敷奏，然未有所得。"真长云："故不可在偏地居，轻在角鰯奴角反。【按：犹言偏僻角落。】中，为人作议论。"【刘辰翁云："真长对仁祖语，大是有情，谓偏处言轻，不足为高重耳。高柔误认。别本'爱玩贤妻''隐而不遂'，极可观。"】高柔闻之，云："我就伊无所求。"人有向真长学此言者，真长曰："我实亦无可与伊者。"【有波澜。】然游燕犹与诸人书："可要安固。"【此人可凑趣帮闲。】安固者，高柔也。孙统为《柔集叙》曰：柔字世远，乐安人。才理清鲜，安行仁义。婚太山胡毋氏女，年二十，既有倍年之觉，而姿色清惠，近是上流妇人。柔家道隆崇，既罢司空参军、安固令，营宅于伏川。驰动之情既薄，又爱玩贤妻，便有终焉之志。【爱玩贤妻，不成语。】尚书令何充取为冠军参军，俛俛应命，眷恋绸缪，不能相舍。相赠诗书，清婉辛切。【高柔果柔。】

◎ 高柔不求，真长不与，互不买账也。

14. 刘尹、江㪧、王叔虎【王彪之】、孙兴公【孙绰】同坐，江、王有相轻色。㪧以手歙【同摄】叔虎云："酷吏！"【按《晋书·王彪之》载，彪之为廷尉，执法严，时人比之汉代张释之。】词色甚强。刘尹顾谓："此是瞋邪？非特是丑言声、拙视瞻。"言江此言，非是丑拙，似有怨于王也。

◎ 彪之酷吏，江彪酷人。

15. 孙绰作《列仙·商丘子赞》曰："所牧何物？殆非真猪。傥遇风云，为我龙摅。"【按：龙摅（读作抒），谓羽化登仙。】《列仙传》曰：商丘子晋者，商邑人。好吹竽，牧豕，年七十，不娶妻而不老。问其道要，言"但食老术、昌蒲根，饮水，如此便不饥不老耳"。贵戚富室，闻而服之，不能终岁，辄止，吁将有匿术。孙绰为《赞》曰："商丘卓荦，执策吹竽。渴饮寒泉，饥食菖蒲。所牧何物？殆非真猪。傥逢风云，为我龙摅。"时人多以为能。王蓝田语人云："近见孙家儿作文，道'何物真猪'也。"【节缩其文，意存轻蔑。】

◎ 兴公雕章琢句，故为蓝田所不屑也。

16. 桓公欲迁都，以张拓定之业。【按：永和十二年，桓温表请迁都洛阳。】孙长乐上表谏此议，甚有理。桓见表心服，而忿其为异。令人致意孙云："君何不寻《遂初赋》，而强知人家国事？"【提醒乎？警告乎？】孙绰《表谏》曰："中宗龙飞，实赖万里长江，画而守之耳。不然，胡马久已践建康之地，江东为豺狼之场矣。"【观此表，知孙绰不鄙。】绰赋《遂初》，陈止足之道。

◎ 桓公大事，总有人阻挠，亦天命也。

17. 孙长乐【孙绰】兄弟就谢公宿，言至款杂。【款杂犹言秽杂，或涉风月之事，亦未可知。】刘夫人在壁后听之，具闻其语。【隔墙有耳。】谢公明日还，问昨客何似。【不该问。盖谢公不知妇人窃听其语。】刘对曰："亡兄门未有如此宾客！"【骂宾客亦是嘲主人。按：正照应褚公"生平"之语。故刘辰翁云："是兴公果不为真长所许也。"】夫人，刘惔之妹。谢深有愧色。【王世懋云："此却输真长一着，然乃是谢公享福处。"按：有容乃大，正是谢公高明处。】

◎ 有妇如此，所以为谢公。当与《贤媛》"恐伤盛德"一则并观。

18. 简文与许玄度【许询】共语,【按:此共语非清谈也,当有劝玄度出仕意】许云:"举君亲以为难。"简文便不复答,许去后而言曰:"玄度故可不至于此!"【刘辰翁云:"似谓玄度无忠国事耳。'举君亲',谓忠孝两难也。"】按《邴原别传》:"魏五官中郎将【曹丕】,尝与群贤共论曰:'今有一丸药,得济一人疾,而君、父俱病,与君邪?与父邪?'诸人纷葩,或父、或君。原勃然曰:'父子,一本也。'亦不复难。"君、亲相校,自古如此。未解简文诮许意。【杨勇云:"简文自在君位,故以君先,其所诮责,有何未解?"按:此可谓君父之辨。《郭店楚简·六德》云:"为父绝君,不为君绝父。"父子、君臣皆人之大伦,若论先后,则父自当先于君也。】

◎ 玄度不欲出仕,盖有此语。简文所言,似以玄度可与真长辈一般,仕隐双修,忠孝两全,何必如此固执?

19. 谢万寿春败后,还,书与王右军云:"惭负宿顾。"右军推书曰:"此禹、汤之戒。"《春秋传》曰:"禹、汤罪己,其兴也勃焉。"言禹、汤以圣德自罪,所以能兴。今万失律致败,虽复自咎,其可济焉。故王嘉万也。【此注未安。王世懋云:"此右军故调之。注以为王嘉万,误矣。独不思题是'轻诋'也?"】

◎ 按《左传·庄公十一年》:"禹、汤罪己,其兴也勃焉。桀、纣罪人,其亡也忽焉。"右军言禹、汤之戒,实正话反说,谓禹、汤圣王,犹能罪己,汝虽具圣人之一体,然亦于事何补?

20. 蔡伯喈【蔡邕】睇睐笛椽,【按朱铸禹云:"似如注所云,顾盼所及,识别可为笛材之椽也。"】孙兴公听妓,振且摆折。【朱铸禹又云:"似谓孙听伎乐,振衣而起,且随节奏而摇摆謦折作态也。"按:摆折,谓击打折断也。】伏滔《长笛赋叙》曰:"余同寮桓子野有故长笛,传之耆老,云:'蔡邕伯喈之所制也。'初,邕避难江南,宿于柯亭之馆,以竹为椽,邕仰眄之,曰:'良竹也。'取以为笛,音声独绝。历代传之至于今。"王右军闻,大嗔曰:"三祖寿一作台。乐器,虺瓦一作匜凡。吊,孙家儿打折。"【刘辰翁云:"'三祖'上三代保守此笛。'虺瓦吊',若非地名,即不祥短命。"】

◎ "孙家儿"暴殄天物，着实可恨。

21. 王中郎【王坦之】与林公【支遁】绝不相得。王谓林公诡辩，林公道王云："著腻颜帢，【脏白帽也。】縓布单衣，挟《左传》，逐郑康成车后。问是何物尘垢囊？"【形象描画也。凌濛初云："林公禅伯，不怕口业。"】中郎，坦之。帢，帽也。《裴子》曰：林公云："文度著腻颜，挟《左传》，逐郑康成，自为高足弟子。笃而论之，不离尘垢囊也。"

◎ 林公傲狠，偶露峥嵘。

22. 孙长乐【孙绰】作《王长史诔》云："余与夫子，交非势利。心犹澄水，同此玄味。"《礼记》曰：君子之交淡若水，小人之交甘若醴。王孝伯【王恭】见曰："才士不逊。亡祖何至与此人周旋！"【刘辰翁云："兴公到处为死人所摈。"又，王世懋云："兴公一生受此苦，至死犹烦人。"】

◎ 兴公专爱结交死人，然活人犹在，常揭其短。有趣！

23. 谢太傅【谢安】谓子侄曰："中郎始是独有千载！"车骑【谢玄】曰："中郎衿抱未虚，复那得独有？"中郎，谢万。

◎ 谢玄亦轻乃叔。

24. 庾道季【庾龢】诧谢公曰："裴郎云：'谢安谓裴郎乃可不恶，何得为复饮酒？'庾龢、裴启已见。裴郎又云：'谢安目支道林如九方皋之相马，略其玄黄，取其隽逸。'"【此两段为《语林》原文。置诸《世说》，可入《赏誉》。刘应登云："赏语自是。"】《支遁传》曰：遁每标举会宗，而不留心象喻，解释章句，或有所漏，文字之徒，多以为疑。谢安石闻而善之，曰："此九方皋之相马也，略其玄黄，而取其隽逸。"【谢公素喜林公，故每加回护。】《列子》曰：伯乐谓秦穆公曰："臣所与共儋缠薪菜者，有九方皋，此其于马，非臣之下也。"公使行求马，反，曰："得矣！牝而黄。"使人取之，牡而骊。公曰："毛物牝牡之不知，何马之能知也？"伯乐曰："若皋之观马者，天机也。得其精，亡其粗；在其内，亡其外；见其所见，不见其所不见；视其所视，遗其所不视。若彼之所相，有贵于马也。"既而，马果千里足。谢公云："都无此二语，裴自为此辞耳！"庾意甚不以为好，因陈东亭《经酒垆下赋》。【此赋王珣所作，然王珣与谢公有隙，庾龢甚不智也。】读毕，都不下赏裁，直云："君乃复作裴氏学！"【"裴氏学"实为"王氏学"所累也。按：《伤逝篇》"王戎过黄公酒垆"事，刘注引戴逵《竹林七贤论》曰："俗传如此，颍川庾爰之尝以问其伯文康。文康云：'中朝所不闻，江左忽有此论，盖好事者为之矣。'是王珣所赋之黄公酒垆事，早有不实之论。】于此《语林》遂废。【刘辰翁云："狂托致败。"】今时有者，皆是先写，无复谢语。【"今时"云云，盖临川辈雪泥鸿爪也。】《续晋阳秋》曰：晋隆和中，河东裴启撰汉、魏以来迄于今时，言语应对之可称者，谓之《语林》。时人多好其事，文遂流行。后说太傅事不实，而有人于谢坐，叙其黄公酒垆，司徒王珣为之赋，谢公加以与王不平，乃云："君遂复作裴郎学。"自是众咸鄙其事矣。安乡人有罢中宿县诣安者，安问其归资。答曰："岭南凋弊，唯有五万蒲葵扇，又以非时为滞货。"安乃取其中者捉之，于是京师士庶竞慕而服焉。价增数倍，旬月无卖。夫所好生羽毛，所恶成疮痏。谢相一言，挫成美于千载；及其所与，崇虚价于百金。上之爱憎与夺，可不慎哉！【檀道鸾所言极有理。】

◎ 谢公"特作狡狯"之人，何尝一意求实？与其说其不喜《语林》，毋宁说其不喜裴郎也。道季人云亦云，搬弄是非，亦复可厌。

25. 王北中郎【王坦之】不为林公所知，【所知，即所赏。】乃著论《沙门不得为高士论》，大略云："高士必在于纵心调畅。沙门虽云俗外，反更束于教，非情性自得之谓也。"【凌濛初云："是'尘垢囊'业报。"又，吴勉学云："此论亦是。"】

◎ 坦之自诩高士，然亦小心眼。

26. 人问顾长康【顾恺之】："何以不作洛生咏？"答曰："何至作老婢声！"洛下书生咏，音重浊，故云老婢声。【按：《晋书·谢安传》："安本能为洛下书生咏，有鼻疾，故音浊，名流爱其咏而弗能及，或手掩鼻以敩之。"】

◎ 顾是南人，自轻北音。

27. 殷颢、庾恒并是谢镇西【谢尚】外孙。《谢氏谱》曰：尚长女僧要适庾龢，次女僧韶适殷歆。殷少而率悟，庾每不推。尝俱诣谢公，谢公孰视殷，曰："阿巢故似镇西。"巢，殷颢小字也。于是庾下声语曰："定何似？"谢公续复云："巢颊似镇西。"【颊似，亦形似也。】庾复云："颊似，足作健不？"【作健，犹作强也。】《庾氏谱》曰：恒字敬则。祖亮，父龢。恒仕至尚书仆射。

◎ 镇西有知，当曰："有外孙如此，足慰人意。"

28. 旧目韩康伯："将肘【按：袁本作将肘。】无风骨。【讥其肥大无骨。】《说林》曰："范启云：'韩康伯似肉鸭。'"

◎ 此是康伯快照。

29. 苻宏叛来归国，谢太傅每加接引。宏自以有才，多好上人，【上人，犹言凌驾于人。】坐上无折之者。适王子猷来，太傅使共语。子猷直孰视良久，【孰视要紧，犹医家视疾也。】回语太傅云："亦复竟不异人。"宏大惭而退。《续晋阳秋》曰：宏，苻坚太子也。坚为姚苌所杀，宏将母妻来投，诏赐田宅。桓玄以宏为将，玄败，寇湘中，伏诛。

◎ 子猷语妙，正是妄人药石。

30. 支道林入东，见王子猷兄弟，还，人问："见诸王何如？"答曰："见一群白颈乌，但闻唤哑哑声。"【以白颈乌喻高门子弟，刻画殊妙！哑哑，或以为王氏兄弟效吴语为言也。】

◎《排调》第43则言林公被谢万、子猷以须发相嘲，林公曰："七尺之躯，今日委君二贤。"此则或是林公事后不忿，还以颜色，惜子猷兄弟无从闻见矣。

31. 王中郎【王坦之】举许玄度为吏部郎，郗重熙【郗昙】曰："相王好事，不可使阿讷在坐头。"【刘辰翁云："甚恶之之辞。"按：观"相王好事"一语，知郗昙非不喜玄度，惟坚信玄度必不出山，故以简文为多事也】讷，询小字。

◎ 此可与本篇"简文与许玄度共语"条同参。

32. 王兴道【王和之】谓谢望蔡【谢琰】："霍霍如失鹰师。"《永嘉记》曰：王和之字兴道，琅邪人。祖翼，平南将军。父胡之，司州刺史。和之历永嘉太守、正员常侍。望蔡，谢琰小字也。【凌濛初云："谢封望蔡侯，非小字也。"】

◎ 鹰师失鹰，空无凭借，其惶惶失措之态可想。

33. 桓南郡【桓玄】每见人不快，【不快，谓不聪慧、不敏捷也】辄嗔云："君得哀家梨，当复不烝食不？"旧语：秣陵有哀仲家梨甚美，大如升，入口消释。言愚人不别味，得好梨，烝食之也。【凌濛初云："烝哀家梨者，甚多甚多。"】

◎ 细味此语，既讥哀梨蒸食、暴殄天物，亦讽见事不敏、做事拖沓也。

假谲第二十七

● 假谲，即虚假与欺诈。《论语·宪问》："子曰：晋文公谲而不正，齐桓公正而不谲。"何晏《集解》引郑玄疏："谲者，诈也。"孔子深恶谲诈，亦斥多疑，尝谓："不逆诈，不亿不信。"然孔子亦常被欺罔，故云："始吾于人也，听其言而信其行；今吾于人也，听其言而观其行。""君子可逝也，不可陷也；可欺也，不可罔也。"又《说文》："假，非真也。""谲，权诈也。"是假谲者，谓设诈谋以诳误于人而便其私意也。《礼记·中庸》云："诚者，天之道也；诚之者，人之道也。"然人非圣贤，好恶无节，常随物化，性虽相近，习则相远，故假谲者非不知假谲之为恶，唯蔽于私欲而不得其心之正也。《世说》设《假谲》一门，正欲揭橥人性中有此一面耳。然假谲之为性，亦有正反两端：正者或为自保，或为劝善，如羲之假寐脱险、温峤诈娶表妹、谢公设赌戒侄，读之有味，思之可喜。反者或出阴损，或出贪残，如曹操梦中杀人、愍度讲义救饥、孙绰骗嫁悍女，读之有趣，思之可鄙也。尤可注意者，同属人格类型，假谲之与豪爽，一阴一阳，一内一外，皆借诸奸雄而始得彰显，如《豪爽》一门起自王敦，《假谲》一门开自魏武，其偶然哉？

1. 魏武【曹操】少时，尝与袁绍好为游侠。【此侠盖"以武犯禁"、顽劣无度意，犹周处"凶强侠气"之侠也。】观人新婚，因潜入主人园中，夜叫呼云："有偷儿贼！"【自报家门。一波。】青庐中人皆出观，魏武乃入，抽刃劫新妇，与绍还出。【声东击西。二波。】失道，坠枳棘中，绍不能得动。【乱中出错。三波。】复大叫云："偷儿在此！"【又报家门，四波。吴勉学云："两处俱妙在自叫，胆略俱见。"】绍遑迫自掷出，遂以俱免。【有惊无险。收束。】《曹瞒传》曰：操小字阿瞒，少好谲诈，游放无度。孙盛《杂语》云：武王少好侠，放荡不修行业。尝私入常侍张让宅中，让乃手戟于庭，逾垣而出，有绝人力，故莫之能害也。

◎ 起承转合，波澜跌宕，绝佳叙事，如闻如见。

2. 魏武行役，失汲道，三军皆渴。乃令曰："前有大梅林，饶子，甘酸可以解渴。"士卒闻之，口皆出水，乘此得及前源。【此非望梅止渴，实闻梅、思梅止渴也。刘辰翁云："华池解渴之妙，存想有功。"】

◎ 奸雄虽不明礼义，而常知人心。

3. 魏武常谓："人欲危己，己辄心动。"【烟幕弹。】因语所亲小人曰："汝怀刃密来我侧，我必说'心动'，执汝使行刑，汝但勿言其使，无他，当厚相报。"【迷魂汤。】执者信焉，不以为惧，遂斩之。此人至死不知也。【冤大头。刘辰翁云："文字中留此，鬼当夜哭。"】左右以为实，谋逆者挫气矣。【杀一儆百。然以人命保己命，何其残忍！】《曹瞒传》曰：操在军，廪谷不足，私语主者曰："何如？"主者云："可以小斛足之。"操曰："善。"后军中言操欺众，操题其主者，背以徇曰："行小斛，盗军谷。"遂斩之。仍云："特当借汝死，以厌众心。"其变诈皆此类也。【阿瞒委实善骗，奸雄果然是贼。】

◎ 孟子曰："行一不义，杀一不辜，而得天下，皆不为也。"夫子曰："子为政，焉用杀？"观曹操所为，知古今真能得天下者，大多好杀贪残之辈，论之可也，未足深敬。

4. 魏武常云：“我眠中不可妄近，近便斫人，亦不自觉。左右宜深慎此！”后阳眠，所幸一人窃以被覆之，因便斫杀。【以怨报德，以杀报义，非人也。】自尔每眠，左右莫敢近者。【按毛宗岗云：“周瑜诈作梦中语，只要驱得蒋干一个；曹操之诈，却欲骗尽众人，奸雄之极。”】

◎ 故事虽奇，所不忍闻。

5. 袁绍年少时，曾遣人以剑掷魏武，少下，不著。魏武揆之，其后来必高。因帖卧床上，剑至果高。【刘辰翁云："自非露卧，剑至即上，又不如迁以避之。小说多巧。"】按：袁、曹后由鼎跱，迹始携贰。自斯以前，不闻雠隙，有何意故而剚之以剑也？

◎ 袁绍若命中，省却多少事情。

6. 王大将军【王敦】既为逆，顿军姑孰【今安徽当涂】。晋明帝以英武之才，犹相猜惮，乃著戎服，骑巴賨马【賨读作从。巴賨乃今四川巴郡一带，地产良马。】，赍一金马鞭，阴察军形势。【可谓御驾亲察。】未至十馀里，有一客姥居店食，帝过憩之，【按：憩，古同"憩"，休息也。】谓姥曰："王敦举兵图逆，猜害忠良，朝廷骇惧，社稷是忧。故勌劳晨夕，用相觇察。恐行迹危露，或致狼狈。追迫之日，姥其匿之。"【明帝果有先见之明。】便与客姥马鞭而去，行敦营匝而出。军士觉，曰："此非常人也！"敦卧心动，【奸雄皆会心动乎？可恨。】曰："此必黄须鲜卑奴来！"命骑追之。【凌濛初云："老贼乃灵。"】已觉多许里，追士因问向姥："不见一黄须人骑马度此邪？"姥曰："去已久矣，不可复及。"于是骑人息意而反。《异苑》曰：帝躬往姑孰，敦时昼寝，卓然惊悟，曰："营中有黄头鲜卑奴来，何不缚取？"帝所生母荀氏，燕国人，故貌类焉。

◎ 兵不厌诈，皆情理中事，不关假谲。

7. 王右军年减十岁时，大将军甚爱之，恒置帐中眠。大将军尝先出，右军犹未起。须臾，钱凤入，屏人论事，【钱凤、孙秀，皆奸邪小人，望之可厌。】《晋阳秋》曰：凤字世仪，吴嘉兴尉子也。奸慝好利。为敦铠曹参军，知敦有不臣心，因进说。后敦败，见诛。都忘右军在帐中，便言逆节之谋。右军觉，既闻所论，知无活理，乃剔吐污头面被褥，诈孰眠。【急中生智。】敦论事造半，方意右军未起，相与大惊曰："不得不除之！"及开帐，乃见吐唾从横，信其实孰眠，于是得全。于时称其有智。【可谓虎口脱险。】按：诸书皆云王允之事，而此言羲之，疑谬。

◎ 王敦甚爱右军，故于诈眠，宁信其有，不疑其诈也。即以此论，王敦不愧"可儿"之目。

8. 陶公【陶侃】自上流来，赴苏峻之难，令诛庾公【庾亮】。谓必戮庾，可以谢峻【谢者，原酬谢意，此作退其兵解。】《晋阳秋》曰：是时成帝在襁褓，太后临朝，中书令庾亮以元舅辅政，欲以风轨格政，绳御四海。而峻拥兵近甸，为逋逃薮。亮图召峻，王导、卞壶并不欲。亮曰："苏峻豺狼，终为祸乱，晁错所谓削亦反，不削亦反。"遂下优诏，以大司农征之。峻怒曰："庾亮欲诱杀我也。"遂克京邑。平南温峤闻乱，号泣登舟，遣参军王愆期推征西陶侃为盟主，俱赴京师。时亮败绩奔峤，人皆尤而少之。峤愈相崇重，分兵以配给之。庾欲奔窜则不可，欲会恐见执，进退无计。温公【温峤】劝庾诣陶，曰："卿但遥拜，必无他。我为卿保之。"【遥拜要紧。】庾从温言诣陶。至，便拜，陶自起止之，曰："庾元规何缘拜陶士衡？"毕，又降就下坐，陶又自要起同坐定。庾乃引咎责躬，深相逊谢。【王世懋云："庾实畏死，逊谢未得云谲。"】陶不觉释然。

◎ 陶公吃软不吃硬。遥拜、逊谢乃逃死之计，不可谓之"假谲"。

9. 温公【温峤】丧妇，从姑刘氏，家值乱离散，唯有一女，甚有姿慧。姑以属公觅婚，公密有自婚意，【有戏！】答云："佳婿难得，但如峤比，云何？"姑云："丧败之馀，乞粗存活，便足慰吾馀年，何敢希汝比？"却后少日，公报姑云："已觅得婚处，门地粗可，婿身名宦，尽不减峤。"【不说透。】因下玉镜台一枚。姑大喜。既婚，交礼，女以手披纱扇，【媚态如画。】抚掌大笑曰："我固疑是老奴，果如所卜！"【寡母孤女，一大喜、一大笑，太不矜持则个，然亦皆大欢喜。】按《温氏谱》：峤初取高平李暅女，中取琅琊王诩女，后取庐江何邃女。都不闻取刘氏，便为虚谬。【孝标渊博，却扫人兴。】谷口云：【王世懋云："观此明知后人添注。"】"刘氏，政谓其姑尔，非指其女姓刘也。孝标之注，亦未为得。"【谷口所注，不唯画蛇添足，更兼淆乱是非耳。故李慈铭云："案'谷口'以下，盖宋人校语。既谓其姑，必仍姓温，何得云刘？宋人疏谬，往往如是。"】玉镜台，是公为刘越石长史，北征刘聪所得。王隐《晋书》曰：建兴二年，峤为刘琨假守左司马，都督上前锋诸军事，讨刘聪。《晋阳秋》曰：聪一名载，字玄明，屠各人。父渊，因乱起兵，死，聪嗣业。

◎ 诈婚骗妹，温公不温，太真不真。关汉卿《玉镜台》杂剧由此敷衍，诙谐可观。

10. 诸葛令【诸葛恢】女，庾氏妇，既寡，誓云："不复重出！"【誓不改嫁。】此女性甚正强，无有登车理。即庾亮子会妻。文彪，已见上。恢既许江思玄【江彪】婚，乃移家近之。初诳女云："宜徙。"于是家人一时去，独留女在后。比其觉，已不复得出。江郎暮来，女哭詈弥甚，积日渐歇。江彪瞑入宿，恒在对床上。后观其意转帖，彪乃诈厌，【假装梦魇也。】良久不悟，声气转急。【演技殊佳。】女乃呼婢云："唤江郎觉！"江于是跃来就之，曰："我自是天下男子，厌，何预卿事而见唤邪？既尔相关，不得不与人语。"【王世懋云："此政不必有头巾气。"】女默然而惭，情义遂笃。葛令之清英，江君之茂识，必不背圣人之正典，习蛮夷之秽行。康王之言，所轻多矣。

◎ 父亦诳，夫亦诈，女子何处不受骗？然女子一世为人，怕的是没人来骗也。

11. 愍度道人始欲过江，与一伧道人为侣，谋曰："用旧义往江东，恐不办得食。"【君子谋道不谋食，道人亦谋食耶？】便共立"心无义"。【共立之义，愍度独专，果然无心。】既而此道人不成渡。愍度果讲义积年。【刘应登云："二人元知旧义之非，故共谋过江，不用此义。愍度后遂仍用旧义，为人讲以得食，故讥之。"王世懋云："刘（指刘应登）强作解事。彼谓旧义不得食，故创新义动人耳，为救饥改义，故曰'负如来'。所谓'那可立'、'心无义'，非旧义也。文理尚不通，何妄下雌黄？"按：王说是。】《名德沙门题目》曰："支愍度才鉴清出。孙绰《愍度赞》曰：'支度彬彬，好是拔新。俱禀昭见，而能越人。世重秀异，咸竞尔琛【按：琛、珍可通】。孤桐峰阳，浮磬泗滨。'"后有伧人来，先道人寄语云："为我致意愍度，'无义'那可立？旧义者曰：'种智有是，而能圆照。然则万累斯尽，谓之空无；常住不变，谓之妙有。'【真空妙有之论，竟出于此。】而无义者曰：'种智之体，豁如太虚，虚而能知，无而能应。居宗至极，其唯无乎？'治此计，权救饥尔，【刘辰翁云："以无救饥。"】无为遂负如来也！"【王世懋云："因悟晋人清谈取义，亦是救饥。"吴勉学云："今日俗僧说法，全是救饥。"】

◎ 道心中自有衣食，衣食中却无道心。佛家云："境随心转，相由心生。"岂可"无心"？支愍度此义后为竺法汰所废，不亦宜乎？

12. 王文度弟阿智【王处之】，恶乃不翅【犹言恶劣无比】，当年长而无人与婚。孙兴公有一女，亦僻错【邪僻嚚张】，又无嫁娶理。【言其不能"宜其室家"也】因诣文度，求见阿智。既见，便阳言："此定可，殊不如人所传，那得至今未有婚处？我有一女，乃不恶，但吾寒士，【兴公素不为人所喜，恐亦与门第有关。】不宜与卿计，欲令阿智娶之。"【此定可，乃不恶，兴公措辞极有思理。】文度欣然而启蓝田云："兴公向来，忽言欲与阿智婚。"蓝田惊喜。既成婚，女之顽嚚【顽劣愚妄。嚚读作银】，欲过阿智。【可谓阴阳双煞】方知兴公之诈。【悔之晚矣。】阿智，王处之小字。处之字文将，辟州别驾，不就。太原孙绰女，字阿恒。

◎ 兴公虽使诈，然其安排措置，亦别具苦心。两个老大难，岂非天生一对？只是苦了王家，家有逆子已足忧心，今复添一悍妇，必永无宁日矣。兴公嫁女心切，情有可原，然养女不淑，最终嫁祸于人，实难辞其咎也。诗云："窈窕淑女，君子好逑。""之子于归，宜其室家。"天下有女之父，可不慎哉！

13. 范玄平【范汪】为人好用智数，而有时以多数失会。【聪明反被聪明误。】尝失官居东阳，桓大司马【桓温】在南州，故往投之。桓时方欲招起屈滞，以倾朝廷，且玄平在京，素亦有誉。桓谓远来投己，喜跃非常。比入至庭，倾身引望，语笑欢甚。【情景如见。】顾谓袁虎曰："范公且可作太常卿。"【封官许愿，诱其入瓮。】范裁坐，桓便谢其远来意。范虽实投桓，而恐以趋时损名，乃曰："虽怀朝宗，会有亡儿瘗【按：瘗，掩埋、埋葬。读作义。】在此，故来省视。"桓怅然失望，向之虚伫【虚心以待】，一时都尽。【刘辰翁云："真有如此强口者，《世说》虽鄙，然种种备。"按：辰翁竟言《世说》鄙，殆不可解。】《中兴书》曰：初，桓温请范汪为征西长史，复表为江州，并不就。还都，因求为东阳太守，温甚恨之。汪后为徐州，温北伐，令汪出梁国，失期，温挟憾奏汪为庶人。汪居吴，后至姑熟见温，温语其下曰："玄平乃来见，当以护军起之。"【与正文不同。】汪数日辞归，温曰："卿适来，何以便去？"汪曰："数岁小儿丧，往年经乱，权瘗此境，来迎之，事竟去耳。"温愈怒之，竟不屑意。【吴勉学云："写出情事。"】

◎ 玄平虽有气节，然过于权衡算计，非忠信正直者。

14. 谢遏【谢玄】年少时，好著紫罗香囊，垂覆手【手巾之属】。太傅患之，【恐其玩物丧志也。】而不欲伤其意。【"伤"字吃紧。真体贴。】乃谲与赌，得即烧之。【刘辰翁云："为大人，故难。"】遏，谢玄小字。

◎ 循循善诱，绝好家教。今之为人父母者当思之。

黜免第二十八

● 黜免者，废黜、罢免之谓也。《论语·微子》云："柳下惠为士师，三黜。人曰：'子未可以去乎？'曰：'直道而事人，焉往而不三黜？枉道而事人，何必去父母之邦？'"同书《公冶长》："令尹子文三仕为令尹，无喜色；三已之，无愠色。"此处"已"字，实即罢免之意。又《左传·襄公二十八年》："是以上下有礼，而谗慝黜远。"是可知《黜免》一门，其旨正与《宠礼》相对。盖仕途多舛，载沉载浮，一旦失宠、忤旨、违法，或则兵败名毁，皆不无黜免之虞也。故此门九则故事，如桓温两黜其人，殷浩咄咄书空，殷仲文婆娑之叹，皆特定人物于特定时空之特定表现，虽无关家国宏旨，亦颇婉曲有致，耐人寻味。读者若深思善体之，或不无深造自得之趣也。

1. 诸葛宏在西朝【西晋】，少有清誉，为王夷甫【王衍】所重。时论亦以拟王。后为继母族党所谗，诬之为狂逆。将远徙，友人王夷甫之徒，诣槛与别。宏问："朝廷何以徙我？"王曰："言卿狂逆。"宏曰："逆则应杀，狂何所徙？"【徙甚冤，语甚恨。】宏已见。

◎ 冤假错案，古来有之。莫须有之罪，正不必以常情推理也。

2. 桓公【桓温】入蜀，至三峡中，【彼时三峡，今已荡然，悲夫！】部伍中有得猨子者。《荆州记》曰：峡长七百里，两岸连山，略无绝处，重岩叠嶂，隐天蔽日。常有高猨长啸，属引清远。渔者歌曰："巴东三峡巫峡长，猨鸣三声泪沾裳。"其母缘岸哀号，行百馀里不去，遂跳上船，至便即绝。破视其腹中，肠皆寸寸断。【肝肠寸断。】公闻之怒，【刘辰翁云："此怒亦何可少。"】命黜其人。【该黜。凌濛初云："桓公犹有此，大不似阿黑，忍杀石家妓。"】

◎ 桓公雄豪而不失仁厚，正其可敬可爱处。

3. 殷中军【殷浩】被废，在信安，终日恒书空作字。【用笔乎？用指乎？想必用指也。】扬州吏民寻义逐之，窃视，唯作"咄咄怪事"四字而已。【写出痴狂之态。】《晋阳秋》曰：初，浩以中军将军镇寿阳，羌姚襄上书归降。后有罪，浩阴图诛之。会关中有变，苻健死。浩伪率军而行，云修复山陵。襄前驱，恐，遂反。军至山桑，闻襄将至，弃辎重，驰保谯。襄至，据山桑，焚其舟实。至寿阳，略流民而还。浩士卒多叛，征西温乃上表黜浩，抚军大将军奏免浩，除名为民。浩驰还谢罪。既而迁于东阳信安县。

◎ 似信，似奇，正是野史好材料。

4. 桓公坐有参军，椅烝薤不时解；【犹言以筷子夹菜，缠绕未断也。椅，或作攲，以箸取物也。】共食者又不助，而椅终不放。举坐皆笑。桓公曰："同盘尚不相助，况复危难乎？"【同袍之义，理当如此。】敕令免官。【王世懋云："讥评可耳，何至免官？"按：不如此，带不出好军队。】

◎ 不知参军是谁，免官者又是谁？

5. 殷中军【殷浩】废后，恨简文曰："上人著百尺楼上，儋梯将去。"【只是放不下。凌濛初云："奇恨。"李贽云："当哭。"】《续晋阳秋》曰：浩虽废黜，夷神委命，雅咏不辍，虽家人不见其有流放之戚。外生韩伯始至徙所，周年还都，浩素爱之，送至水侧，乃咏曹颜远诗曰："富贵他人合，贫贱亲戚离。"

【世道写真。】因泣下。其悲见于外者，唯此一事而已。则"书空""去梯"之言，未必皆实也。【孝标有理。】

◎ 诚所谓爬愈高、摔愈狠矣。然北伐失利，责不在人而在己。简文何辜哉？

6. 邓竟陵【邓遐】免官后，赴山陵，【按：山陵本帝王陵墓，此指简文葬礼。】过见大司马桓公【桓温】，公问之曰："卿何以更瘦？"《大司马寮属名》曰：邓遐字应玄，陈郡人，平南将军岳之子。勇力绝人，气盖当世，时人方之樊哙。为桓温参军，数从温征伐，历竟陵太守。枋头之役，温既怀耻忿，且惮遐，因免遐官。病卒。邓曰："有愧于叔达【孟敏】，不能不恨于破甑！"【刘辰翁云："甚真。"】《郭林宗别传》曰：钜鹿孟敏，字叔达，敦朴质直。客居太原，杂处凡俗，未有所名。尝至市买甑，荷儋堕地坏之，径去不顾。适遇林宗，见而异之，因问曰："坏甑可惜，何以不顾？"客曰："甑既已破，视之何益？"林宗赏其介决，因以知其德性，谓必为美士，劝令读书。游学十年，遂知名，三府并辟，不就。东夏以为美贤。【名典。亦见《后汉书·郭太传》。】

◎ 邓遐视官位如破甑，意为吾所以有此，正赖明公所赐耳。

7. 桓宣武【桓温】既废太宰【司马晞】父子，仍上表曰："应割近情，以存远计。若除太宰父子，可无后忧。"【斩草除根，无乃太狠乎？】简文手答表曰："所不忍言，况过于言？"【傀儡皇帝，宜有此说。】宣武又重表，辞转苦切。简文更答曰："若晋室灵长，明公便宜奉行此诏；如大运去矣，请避贤路！"【绵里藏针，不怒自威。晋祚此时不绝，简文厥功至伟也。】桓公读诏，手战流汗，【凌濛初云："不得不流汗。"】于此乃止。太宰父子，远徙新安。【刘辰翁云："桓终可告语者，岂唯不忤而已。"】《司马晞传》曰：晞字道升，元帝第四子。初封武陵王，拜太宰。少不好学，尚武凶恣。时太宗辅政，晞以宗长不得执权，常怀愤慨，欲因桓温入朝杀之。太宗即位，新蔡王晃首辞，引与晞及子综谋逆。有司奏晞等斩刑，诏原之，徙新安。晞未败，四五年中，喜为挽歌，自摇大铃，使左右习和之。又燕会，倡妓作新安人歌舞离别之辞，其声甚悲，后果徙新安。

◎ 最爱桓公流汗时。能流汗，便有良知底线。不若曹、马两家，狼顾虎视，杀人无算，一将功成万骨枯。桓公所以未得大位，正赖其本心尚有侠骨柔情，妙赏真爱，此玄学人格之标志也。折中儒道之际，优游礼玄之间，自对自然、生命、人物之美怀有一往深情，其优柔寡断处，正其灵魂闪光时。其不杀谢安、王坦之，亦可作如是观。故桓公可谓不成功、便成仁矣。后人以逆臣视之，正坐其功败垂成，未为笃论也。

8. 桓玄败后，殷仲文还为大司马【司马德文】咨议，意似二三，非复往日。大司马府听【按：听同厅】前有一老槐，甚扶疏。殷因月朔，与众在听，视槐良久，叹曰："槐树婆娑，无复生意！"【树犹如此，人何以堪！】《晋安帝纪》曰：桓玄败，殷仲文归京师，高祖以其卫从二后，且以大信宜令，引为镇军长史。自以名辈先达，位遇至重，而后来谢混之徒，皆畴昔之所附也，今比肩同列，常怏然自失，后果徙信安。

◎ 每读此文，尤难为怀。《世说》专好捕捉此类瞬间。刹那间之心灵悸动，宛如吉光片羽，常比重大历史事件更能深入人心，传之久远。

9. 殷仲文既素有名望，自谓必当阿衡朝政。忽作东阳太守，意甚不平。《晋安帝纪》曰：仲文后为东阳，愈愤怨，乃与桓胤谋反，遂伏诛。仲文尝照镜不见头，俄而难及。【志怪笔法】及之郡，至富阳，慨然叹曰："看此山川形势，当复出一孙伯符！"【真不平】孙策，富春人，故及此而叹。

◎ 人生一台戏，总有下台时。黜免一途，人皆难免，何必书空咄怪，顾影自怜？

俭啬第二十九

● 俭啬，谓节俭、吝啬。《论语·八佾》云："子曰：'礼，与其奢也，宁俭。'"同书《述而》子曰："奢则不逊，俭则固。与其不逊也，宁固。"又《道德经》第六十七章："我有三宝，持而保之：一曰慈，二曰俭，三曰不敢为天下先。……俭故能广。"王弼注称："节俭爱费，天下不匮，故能广也。"可知儒道两家皆以"俭"为美德。至于墨子，尚质务实，尤为主旨，《节用》《非乐》诸篇，贵本崇俭，反对浮华，其揆一也。然儒家又以俭之为德，须以礼节之，不可无度。《礼记·檀弓下》曾子曰："国无道，君子耻盈，礼焉。国奢，示之以俭；国俭，示之以礼。"又《诗经·魏风·葛屦》毛诗序云："其君俭啬褊急，而无德以将之。"《汾且洳》毛序："刺俭也。其君俭以能勤，刺不得礼也。"《蟋蟀》毛序："俭不中礼，故作是诗以闵之。"是知俭而过礼，则流于悭吝固陋，不唯不美，反是一患。《世说·俭啬》门所记九则故事，如和峤、王戎、王导、郗愔辈，皆少年风流，晚节好货，非为惜物，直是形为物役，守财之奴耳！幸有王武子、郗嘉宾之徒，大捣其乱，遂使此篇尚有可观。夫孔子有"君子三戒"之论，尝谓"及其老矣，血气既衰，戒之在得"，夫"得"者，盖贪且吝也。细味此言，直如当头棒喝，惜乎诸人入乎耳未入乎心也。

1. 和峤性至俭，家有好李，王武子【王济，和峤小舅子也。】求之，与不过数十。王武子因其上直【值勤当班之意。】，率将少年能食之者，持斧诣园，饱共啖毕，伐之，送一车枝与和公，问曰："何如君李？"和既得，唯笑而已。【苦笑。】《晋诸公赞》曰：峤性不通，治家富拟王公，而至俭，将有犯义之名。《语林》曰：峤诸弟往园中食李，而皆计核责钱。故峤妇弟王济伐之也。

◎ 正文不觉俭啬，注引《语林》云和峤计核责钱于诸弟，不唯贪吝，且大失孝悌之道。和峤一世英名，毁于一李，不亦谬乎！

2. 王戎俭吝，其从子婚，与一单衣，后更责之。王隐《晋书》曰：戎性至俭，不能自奉养，财不出外，天下人谓为膏肓之疾。

◎ 此叔不要也罢。

3. 司徒王戎既贵且富，区宅、僮牧、膏田、水碓之属，洛下无比。契疏鞅掌，每与夫人烛下散筹算计。《晋诸公赞》曰：戎性简要，不治仪望，自遇甚薄，而产业过丰。论者以为台辅之望不重。王隐《晋书》曰：戎好治生，园田周遍天下。翁妪二人，常以象牙筹昼夜算计家资。《晋阳秋》曰：戎多殖财贿，常若不足。或谓戎故以此自晦也。戴逵论之曰：王戎晦默于危乱之际，获免忧祸，既明且哲，于是在矣。或曰："大臣用心，岂其然乎？"逵曰："运有险易，时有昏明，如子之言，则蘧瑗、季札之徒，皆负责矣。自古而观，岂一王戎也哉？"【余嘉锡云："观诸书及《世说》所言，戎之鄙吝，盖出于天性。戴逵之言，名士相为护惜，阿私所好，非公论也。"】

◎ 俗物真败人意！即便保身自晦，作此丑态，终为七贤丢脸。

4. 王戎有好李，常卖之，恐人得其种，恒钻其核。【人种不可失，李种亦不可失。】

◎ 钻核卖李，过于计核责钱。

5. 王戎女适裴𫖮，贷钱数万。女归，戎色不悦，女遽还钱，乃释然。【凌濛初云："单衣犹责，何疑数万？"】

◎ 有父如此，亦足寒心。膏肓之疾，无药可救矣。

6. 卫江州【卫展】在寻阳，《永嘉流人名》曰：卫展字道舒，河东安邑人。祖列，彭城护军。父韶，广平令。展，光熙初除鹰扬将军、江州刺史。"有知旧人投之，都不料理，唯饷"王不留行"一斤，此人得饷，便命驾。【又多一只铁公鸡。】《本草》曰：王不留行，生太山，治金疮，除风，久服之，轻身。【按《本草纲目》："此物行走而不住，虽有王命不能留其行。"】李弘范【李轨】闻之，曰："家舅刻薄，乃复驱使卉木。"【此语甚妙。犹言役使草木下逐客令也。】《中兴书》曰：李轨字弘范，江夏人。仕至尚书郎。按轨，刘氏之甥，此应弘度，非弘范者也。

◎ 应改此药作"卫不留行"。

7. 王丞相【王导】俭节，帐下甘果盈溢不散，涉春烂败。都督白之，公令舍去，曰："慎不可令大郎知！"王悦也。

◎ 丞相通达之人，亦有此弊。金无足赤，人无完人，观此信然！

8. 苏峻之乱，庾太尉【庾亮】南奔见陶公【陶侃】。陶公雅相赏重。陶性俭吝。及食，啖薤，庾因留白。【有目的。】陶问："用此何为？"庾云："故可种。"【凌濛初云："直揣竹头木屑之心。"按：此即深公所谓"胸中柴棘三斗许"乎？】于是大叹庾非唯风流，兼有治实。【刘辰翁云："小说取笑，陶未易愚。"】

◎ 此是节财惜物、擅用物力者，非俭吝也。

9. 郗公【郗愔】大聚敛，有钱数千万。嘉宾【郗超】意甚不同，常朝旦问讯。郗家法：子弟不坐。因倚语移时，遂及财货事。郗公曰："汝正当欲得吾钱耳！"【是父亲声口。】迺开库一日，令任意用。【低估嘉宾也。】郗公始正谓损数百万许，嘉宾遂一日乞与亲友，周旋略尽。郗公闻之，惊怪不能已已。【大妙！刘辰翁云："吾见嘉宾，每有可喜。"】《中兴书》曰：超少卓荦而不羁，有旷世之度。

◎ 嘉宾貌似败家子，实是真名士。财富如水，能聚是福，能散亦是福。能聚不能散，反受其祸患。读者详之！

汰侈第三十

● 汰侈，犹言骄奢放侈、挥霍无度。此门之设，正与《俭啬》相对，所谓"过犹不及"也。按《左传·昭公二十年》云："汰侈无礼已甚，乱所在也。"又《诗经·曹风·蜉蝣》毛序："蜉蝣，刺奢也。昭公国小而迫，无法以自守，好奢而任小人，将无所依也。"是知儒家尚俭反奢，无不以礼节度，从容中道也。自古及今，腐败为祸国之因、亡国之兆，史籍班班可考，何劳辞费！尤其西晋一朝，上自皇帝，下至名臣，无不骄奢好货，无所不用其极。如何曾、何邵父子，"食日万钱，犹曰无下箸处"，"厨膳滋味，过于王者"。又石崇、王恺、王济之徒，聚敛无度，争豪斗富，至有斩美劝酒、人乳饮豚者。疯狂之至，变态之极，真夫子所谓"是可忍也，孰不可忍也"！《世说·汰侈》门所记十二则故事，皆西晋时事，正欲以豪奢淫靡之风为五胡乱华、中朝倾覆下一注脚耳。浅人不知，以为"清谈误国"，郢书燕说，张冠李戴，莫此为甚矣！

1. 石崇每要客燕集，常令美人行酒【劝酒也】；客饮酒不尽者，使黄门交斩美人。【刘辰翁云："绝无斩人劝饮，血当盈庭矣。"】王丞相【王导】与大将军【王敦】尝共诣崇。丞相素不能饮，辄自勉强，至于沉醉。【丞相到底仁厚。】每至大将军，固不饮以观其变，已斩三人，颜色如故，尚不肯饮。【天下第一忍人。】丞相让之，大将军曰："自杀伊家人，何预卿事！"【非人语。】王隐《晋书》曰：石崇为荆州刺史，劫夺杀人，以致巨富。《王丞相德音记》曰：丞相素为诸父所重，王君夫【王恺】问王敦："闻君从弟佳人，又解音律，欲一作妓，可与共来。"遂往。吹笛人有小忘，君夫闻，使黄门阶下打杀之，颜色不变。丞相还，曰："恐此君处世，当有如此事。"两说不同，故详录。【按苏轼《东坡志林》卷四："王济以人乳蒸豚，王恺使妓吹笛，小失声韵便杀之，使美人行酒，客饮不尽，亦杀之。时武帝在也，而贵戚敢如此，知晋室之乱也久矣。"】

◎ 斩美劝酒，事或非实，然叙事写人，历历如画，真大手笔也。石崇骄汰而死非其命，王敦残忍而断子绝孙，果报如此，贪残好杀之辈，可不慎哉！

2. 石崇厕常有十馀婢侍列，皆丽服藻饰，置甲煎粉、沈香汁之属，无不毕备。又与新衣著令出。客多羞不能如厕。【方便之处，却有如许不方便。】王大将军往，脱故衣，著新衣，神色傲然。【不知羞方能做贼也。】群婢相谓曰："此客必能作贼！"【此婢眼尖。】《语林》曰：刘寔诣石崇，如厕，见有绛纱帐大床，茵蓐甚丽，两婢持锦香囊。寔遽反走，即谓崇曰："向误入卿室内。"崇曰："是厕耳。"【可笑事，与正文互见。】

◎ 石家厕如此，石家厨如何耶？

3. 武帝【司马炎】常降王武子家，武子供馔，并用瑠璃器。婢子百余人，皆绫罗袴䙱，以手擎饮食。蒸㹠肥美，异于常味。【御膳房无有也。】帝怪而问之。答曰："以人乳饮㹠。"帝甚不平，食未毕，便去。王、石所未知作。【此句要紧。刘应登云："王、石，王恺、石崇。"】䙱，一作裈。【按《东坡志林》卷四云："王济以人乳蒸豚，王恺使妓吹笛，小失声韵便杀之，使美人行酒，客饮不尽，亦杀之。时武帝在也，而贵戚敢如此，知晋室之乱也久矣。"】

◎ 人乳喂猪，大违天理人道，晋祚不竞，不亦宜乎？

4. 王君夫【王恺】以粘糒澳釜，石季伦用蜡烛作炊。【一回合。】君夫作紫丝布步障碧绫裹四十里，石崇作锦步障五十里以敌之。【二回合。】石以椒为泥，王以赤石脂泥壁。【三回合。】《晋诸公赞》曰：王恺字君夫，东海人，王肃子也。虽无检行，而少以才力见名，有在军之称。既自以外戚，晋氏政宽，又性至豪。旧制：鸩不得过江，为其羽栎酒中，必杀人。恺为翊军时，得鸩于石崇而养之，其大如鹅，喙长尺余，纯食蛇虺。司隶奏按恺、崇，诏悉原之，即烧于都街。恺肆其意色，无所忌惮。为后军将军，卒，谥曰丑。【此谥正对。】

◎ 争豪斗富，丑态百出。

5. 石崇为客作豆粥，咄嗟便办。【按凌濛初云："刘贡父曰：咄嗟，宜作咄喏，以司空图诗为证。不知孙楚诗自有'三命皆有极，咄嗟安可保'。咄嗟，犹言呼吸，盖是晋人一时语。"】恒冬天得韭蓱虀。又牛形状气力不胜王恺牛，而与恺出游，极晚发，争入洛城，崇牛数十步后，迅若飞禽，恺牛绝走不能及。每以此三事为扼腕。【有何扼腕之处？妄人心中常有妄念。】乃密货崇帐下都督及御车人，问所以。都督曰："豆至难煮，唯豫作熟末，客至，作白粥以投之。韭蓱虀是捣韭根，杂以麦苗尔。"复问驭人牛所以驶。驭人云："牛本不迟，由将车人不及制之尔。急时听偏辕，则驶矣。"恺悉从之，遂争长。石崇后闻，皆杀告者。【叹杀两人。可恨！】《晋诸公赞》曰：崇性好侠，与王恺竞相夸眩也。

◎ 世尚奢侈，遂使物凌人上，人为物役，斩美劝酒，驭人被杀，皆祸萌灾端也。

6. 王君夫有牛名"八百里驳"，【言此牛犹如日行八百里之良马。驳，毛色黑白之马也。】常莹其蹄角。王武子语君夫："我射不如卿，今指赌卿牛，以千万对之。"君夫既恃手快，且谓骏物无有杀理，便相然可，令武子先射。【不该令其先射。】武子一起便破的，却据胡床，叱左右："速探牛心来！"须臾，炙至，一脔便去。【刘辰翁云："以此为快，是略无容惜意也，要亦君夫杀之。"】《相牛经》曰："《牛经》出宁戚，传百里奚。汉世河西薛公得其书，以相牛，千百不失。本以负重致远，未服辐轸，故文不传。至魏世，高堂生又传以与晋宣帝，其后王恺得其书焉。"臣按其《相经》云："阴虹属颈，千里。"注曰："阴虹者，双筋白尾骨属颈，宁戚所饭者也。"恺之牛，亦有阴虹也。宁戚《经》曰："棰头欲得高，百体欲得紧，大膁疏肋难齝，龙头突目欲好跳。又角欲得细，身欲促，形欲得如卷。"

◎ 己之所无，亦不欲人有，大违恕道。儒学式微，居然可知矣。

7. 王君夫尝责一人无服馀衵，【按：衵，音溺。《说文》："衵，日日所常衣，从衣，从日，日亦声。"或以脱去其衣服，只留贴身小衣以责罚也。】因直，内著曲阁重闺里，不听人将出。遂饥经日，迷不知何处去。后因缘相为，【朱铸禹云："似谓偶值机缘，经人相助之意。"】垂死乃得出。

◎ 视人非人，己亦非人。君夫真天生"人盲"也。

8. 石崇与王恺争豪，并穷绮丽以饰舆服。【王世懋云："石尚有火浣衫，事尤奇。《世说》不载，岂谓更远情实耶？"】《续文章志》曰：崇资产累巨万金，宅室舆马，僭拟王者。庖膳必穷水陆之珍。后房百数，皆曳纨绣，珥金翠，而丝竹之艺，尽一世之选。筑榭开沼，殚极人巧。与贵戚羊琇、王恺之徒竞相高以侈靡，而崇为居最之首，琇等每愧羡，以为不及也。武帝，恺之甥也，每助恺。尝以一珊瑚树高二尺许赐恺。枝柯扶疏，世罕其比。【欲抑先扬也。】恺以示崇；崇视讫，以铁如意击之，应手而碎。【其状可见，其声可闻。故刘辰翁云："此乃足为戏耳。"】恺既惋惜，又以为疾己之宝，声色甚厉。崇曰："不足恨，今还卿。"乃命左右悉取珊瑚树，有三尺、四尺，条干绝世，光彩溢目者六七枚，如恺许比甚众。【目瞪口呆。】恺惘然自失。【所失不在珊瑚树，而在争竞心。】《南州异物志》曰：珊瑚生大秦国，有洲在涨海中，距其国七八百里，名珊瑚树洲。底有盘石，水深二十馀丈，珊瑚生于石上。初生白，软弱似菌。国人乘大船，载铁网，先没水下，一年便生网目中。其色尚黄，枝柯交错，高三四尺，大者围尺馀。三年色赤，便以铁钞发其根，系铁网于船，绞车举网。还，裁凿恣意所作。若过时不凿，便枯索虫蛊。其大者输之王府，细者卖之。《广志》曰：珊瑚大者，可为车轴。

◎ 绝佳文字，小说妙品。然人物可憎，终与大道相悖矣。

9. 王武子【王济】被责，移第北芒下。《晋诸公赞》曰：济与从兄恬不平。济为河南尹，未拜，行过王宫，吏不时下道，济于车前鞭之，有司奏免官。论者以济为不长者。寻转太仆，而王恬已见委任，济遂斥外。于时人多地贵，济好马射，买地作埒，【按：埒，即作为地界之矮墙也。】编钱匝地竟埒。时人号曰"金沟"。【何不曰金墙？】

◎ 圈地跑马，编钱作墙，犹今之烧钱炫富者，臭气熏天而不自知也。

10. 石崇每与王敦入学戏，见颜、原象《家语》曰：颜回字子渊，鲁人。少孔子二十九岁而发白，三十二岁蚤死。原宪已见。而叹曰："若与同升孔堂，去人何必有间！"【真皮厚。】王曰："不知馀人云何，子贡去卿差近。"【子贡富而好礼，且能济众，石崇挥霍无度，相去岂可以道里计？】《史记》曰：端木赐，字子贡，卫人。尝相鲁，家累千金，终于齐。石正色云："士当令身名俱泰，何至以瓮牖语人！"【自相矛盾。】原宪以瓮为户牖。

◎ 子曰："士志于道而耻恶衣恶食者，未足与议也。"观此可知，彼时名士唯求身名俱泰，及时行乐，鲜有志于道者也。

11. 彭城王【司马权】有快牛，至爱惜之。朱凤《晋书》曰：彭城穆王权，字子舆，宣帝弟馗子。太始元年封。王太尉【王衍】与射，赌得之。彭城王曰："君欲自乘，则不论；若欲啖者，当以二十肥者代之。既不废啖，又存所爱。"王遂杀啖。【刘辰翁云："与君父速之同。"】

◎ 王衍如此，正其无情之证。"情之所钟，正在我辈"，绝非此辈所能道。

12. 王右军少时，在周侯末坐，割牛心啖之，于此改观。【刘辰翁云："何足改观？"】俗以牛心为贵，故羲之先餐之。

◎《汰侈》十二则，皆无关道义，读之可厌。西晋亡国，实骄奢淫逸之罪，无关清谈。

忿狷第三十一

● 忿狷，即忿怒、狷急之谓也。此门之设，盖欲为人之忿怒躁急之性情图貌写真。《礼记·礼运》："喜、怒、哀、惧、爱、恶、欲，七者弗学而能。"又《吕氏春秋·贵生》："所谓全生者，六欲皆得其宜者。"高诱注："六欲，生、死、耳、目、口、鼻也。"夫七情，人之所禀；六欲，性之所生；皆动于中而行于外者。凡夫俗子，情欲之所发动，常有一发而不可收拾者。《礼记·中庸》云："喜怒哀乐之未发，谓之中；发而皆中节，谓之和。致中和，天地位焉，万物育焉。"夫怒之为情，常与血气相关。孔子云："少之时，血气未定，戒之在色；及其壮也，血气方刚，戒之在斗；及其老也，血气既衰，戒之在得。"又《淮南子·本经》："人之性，有侵犯则怒，怒则血充，血充则气激，气激则发怒，发怒则有所释憾矣。"故忿怒之情，须有所节制而疏导也。《周易·损》云："君子以惩忿窒欲。"孔颖达疏："君子以法此损道惩止忿怒，窒塞情欲。……惩者，息其既往；窒者，闭其将来。惩窒互文而相促也。"盖惩窒者，正使"不迁怒"也。魏晋玄学兴起之初，尝有"圣人有情无情"之辨。何晏以为"圣人无情"，王弼则驳之曰："圣人茂于人者，神明也；同于人者，五情也。神明茂，故能体冲和以通无；五情同，应物而无累于物者也。今以其无累，便谓不复应物，失之多矣。"后王戎道"情之所钟，正在我辈"，正圣人有情说胜利之标帜也。然则，如谓《伤逝》所记为哀情之过礼，则《忿狷》所载，当为怒情之无节；准乎此，则后之《惑溺》乃为爱之过分，《仇隙》则为恶之失节者也。夫哀不可止，怒不可遏，爱之欲其生，恶之欲其死，此皆"主情"时代人之情欲漫滥无节之征也。临川以此撰成一部大书，岂仅展览人性之丰富哉？抑或暗存济世之志，俾后世读者观其流弊、明其乱源，以期拨乱反正、正末归本、克己复礼、从容中道者欤？呜呼！此意前贤所未道，而为区区于无意中得之，真不可思议者也。

1. 魏武【曹操】有一妓，声最清高，而情性酷恶。欲杀则爱才，欲置则不堪。于是选百人，一时俱教。少时，果有一人声及之，便杀恶性者。【此是"杀人经济学"。】

◎ 杀人也要算计，真不足观。

2. 王蓝田【王述】性急。尝食鸡子，以筯刺之，不得，便大怒，举以掷地。鸡子于地圆转未止，仍下地以屐齿蹍之，又不得。瞋甚，复于地取内口中，啮破即吐之。【李贽云："狀得佳樣出。"按：与拔剑追蝇者同调。】王右军闻而大笑曰："使安期有此性，犹当无一豪可论，况蓝田邪？"【右军轻之太甚。】《中兴书》曰：述清贵简正，少所推屈，唯以性急为累。安期，述父也。有名德，已见。

◎ 绝佳文字，历历如画。

3. 王司州【王胡之】尝乘雪往王螭【王恬】许。王胡之、王恬并已见。恬小字螭虎。司州言气少有牾逆于螭，便作色不夷。司州觉恶，便舆床就之，持其臂曰："汝讵复足与老兄计？"按《王氏谱》：胡之是恬从祖兄。螭拨其手曰："冷如鬼手馨，强来捉人臂！"【如闻如见。】

◎ 嗔态可掬。

4. 桓宣武【桓温】与袁彦道【袁耽】樗蒲。【一种赌博游戏。】袁彦道齿不合，遂厉色掷去五木。温太真【温峤】云："见袁生迁怒，知颜子为贵。"【刘辰翁云："于此识彦道。"】《论语》曰：哀公问："弟子孰为好学？"孔子曰："有颜回者好学，不迁怒，不贰过，不幸短命死矣。"

◎ 桓、袁、温，臭味相投，三个男人一台戏。

5. 谢无奕性粗强，以事不相得，自往数王蓝田，肆言极骂。王正色面壁，不敢动。半日，谢去，良久，转头问左右小吏曰："去未？"答云："已去。"然后复坐。时人叹其性急而能有所容。

◎ 非是蓝田能容人，实是谢奕更性急。

6. 王令【王献之】诣谢公，值习凿齿已在坐，当与并榻。王徙倚不坐，【鄙其寒士也。大家儿常有此骄矜之态。】公引之，与对榻。去后，语胡儿【谢朗】曰："子敬实自清立，但人为尔，多矜咳，【刘辰翁云："矜咳二字，极不成语，然极有似。"按：今见位尊权高者常于稠人广众之中，扭捏作态，故作矜持，以示庄严。细想之，甚无谓也。】殊足损其自然。"刘谦之《晋纪》曰：王献之性甚整峻，不交非类。【余嘉锡云："习凿齿人才学问独出冠时，而子敬不与之并榻，鄙其出身寒士，且有足疾耳。所谓'不交非类'者如此，非孔子'无友不如己者'之谓也。"按：余说甚是。】

◎ 子敬如此，便失自然之道。谢公道其"人为"，可谓巨眼。然亦未可谓之"忿狷"也。

7. 王大、王恭尝俱在何仆射【何澄】坐。《中兴书》曰：何澄字子玄，清正有器望。历尚书左仆射。恭时为丹阳尹，大始拜荆州。《灵鬼志·谣征》曰：初，桓石民【桓豁孙，桓豁子，桓石虔弟。】为荆州，镇上明，民忽歌《黄昙曲》曰："黄昙英，扬州大佛来上明。"少时，石民死，王忱为荆州。佛大，忱小字也。讫将乖之际，大劝恭酒，恭不为饮，大逼强之，转苦。便各以裾带绕手。【刘辰翁云："何物俗状?"】恭府近千人,悉呼入斋;【恭曾言"作人无长物",此时"物"何多耶?斋何阔耶?】大左右虽少,亦命前,意便欲相杀。【叔侄本情浓,全为小人构陷而至此。】何仆射无计,因起排坐二人之间,方得分散。所谓势利之交,古人羞之。【名言。】

◎ 非唯忿猖,实亦仇隙耳。王恭有"濯濯如春月柳"之誉,恭后见"清露晨流,新桐初引",亦云："王大固自濯濯。"同为"濯濯"之人,何必灼灼、浊浊如此!

8. 桓南郡【桓玄】小儿时,【吴勉学云："儿时那得便称南郡?" 按：以字、号、官、望称人,古书常有此,而况倒叙笔法,何足多怪?】与诸从兄弟各养鹅共斗。【不是斗鸡,竟斗鹅。刘辰翁云："不闻斗鹅何如。"】南郡鹅每不如,甚以为忿。乃夜往鹅栏间,取诸兄弟鹅悉杀之。既晓,家人咸以惊骇,云是变怪,以白车骑。【即桓冲,桓玄叔父。】车骑曰："无所致怪,当是南郡戏耳!"【吴承仕曰："车骑口中,何云南郡?此记事不中律令处。"按：此当质疑耳。】问,果如之。

◎ 忿而杀鹅,做贼之象也。

谗险第三十二

● 谗险，谓谗言构陷、为人阴险。子曰："君子坦荡荡，小人长戚戚。"君子心胸，好比原野广漠，坦荡无欺；小人心地，则如悬崖峭壁，无处不险。故颜渊问为邦，夫子告之曰："放郑声，远佞人；郑声淫，佞人殆。""殆"者，"险"也。《诗经·小雅·小弁》："君子信谗，如或酬之。"孔颖达疏："言君子幽王信褒姒之谗，曾不思审，得即用之，如有人以酒相酬，得即饮之。"又《庄子·渔父》："不择是非而言，谓之谗；好言人之恶，谓之谮。"王充《论衡·答佞》："谗与佞，俱小人也。"今读《谗险》一门四则故事，由外而内，由明而暗，特聚焦于人物内心之死角，实有弗洛伊德"精神分析"之况味。虽是小人做戏，难登大雅之堂，然其叙事灵动，笔触细腻，亦瑕瑜互见，颇有可观者焉。

1. 王平子【王澄】形甚散朗，内实劲侠。【"劲侠"二字吃紧。亦"凶强侠气"之类也。】邓粲《晋纪》云：刘琨尝谓澄曰："卿形虽散朗，而内实劲狭，以此处世，难得其死！"澄默然无以答。后果为王敦所害。刘琨闻之曰："自取死耳！"【分明是《识鉴》材料。故凌濛初云："何与'谗险'？"】

◎ 此引刘琨语，言平子好勇斗狠，恐死非其命也。

2. 袁悦【袁悦之】有口才，能短长说，亦有精理。【按：短长说，即纵横游说之术，实苏秦、张仪之流亚，所谓"巧言乱德"者也。《论语·公冶长》："子曰：'焉用佞？御人以口给，屡憎于人，不知其仁，焉用佞？'"】始作谢玄参军，颇被礼遇。后丁艰，服除还都，唯赍《战国策》而已。语人曰："少年时读《论语》《老子》，又看《庄》《易》，【观其读书次第，正玄学门径也。】此皆是病痛事，当何所益邪？天下要物，正有《战国策》。"【子曰："君子上达，小人下达。"袁悦此言一出，知其每况愈下矣。】既下，说司马孝文王，【司马道子】大见亲待，几乱机轴，俄而见诛。【纵横家者流，常以三寸不烂之舌乱天下。】《袁氏谱》曰：悦字元礼，陈郡阳夏人。父朗，给事中，仕至骠骑咨议。太元中，悦有宠于会稽王，【司马道子】每劝专览朝权，王颇纳其言。王恭闻其说，言于孝武。乃托以他罪，杀悦于市中。既而朋党同异之声，播于朝野矣。

◎ 佞者必殆，谗者必险。

3. 孝武【司马曜】甚亲敬王国宝【王坦之第三子。】、王雅。《雅别传》曰：雅字茂建，东海沂人，少知名。《晋安帝纪》曰：雅之为侍中，孝武甚信而重之。王珣、王恭特以地望见礼，至于亲幸，莫及雅者。上每置酒燕集，或召雅未至，上不先举觞。时议谓珣、恭宜傅东宫，而雅以宠幸，超授太傅、尚书左仆射。雅荐王珣于帝，帝欲见之。尝夜与国宝及雅相对，帝微有酒色，令唤珣，垂至，已闻卒传声，国宝自知才出珣下，恐倾夺其宠，因曰："王珣当今名流，陛下不宜有酒色见之，自可别诏召也。"【会说话。】帝然其言，心以为忠，遂不见珣。【国宝大奸若忠，孝武大愚若智，一对活宝！吴勉学云："上蔡黄犬，华亭鹤唳，便是乱世求富贵者榜样。"】

◎ 小人之心绵密审细，终非真智慧。国宝后为奸佞，终成国祸也。

4. 王绪数谗殷荆州【殷仲堪】于王国宝，殷甚患之，求术于王东亭【王珣】。曰："卿但数诣王绪，往辄屏人，因论他事。如此，则二王之好离矣。"【东亭看透小人。】殷从之。国宝见王绪，问曰："比与仲堪屏人何所道？"绪云："故是常往来，无他所论。"国宝谓绪于己有隐，果情好日疏，谗言以息。【刘辰翁云："小人奸态殊未易绝畏哉"】按：国宝得宠于会稽王，由绪获进，同恶相求，有如市贾，终至诛夷，曾不携贰。岂有仲堪微间而成离隙？

◎ 小人同而不和，观此信然。

尤悔第三十三

● 尤悔，犹言过失悔恨之事。按《论语·为政》："子张学干禄。子曰：'多闻阙疑，慎言其余，则寡尤；多见阙殆，慎行其余，则寡悔。言寡尤，行寡悔，禄在其中矣。'""尤悔"一词，盖本于此。孔子教育弟子，以"文行忠信"为四教，实则文行乃忠信之表，忠信是文行之本。其尝云："行有余力，则以学文"，"敏于事而慎于言"，"先行其言而后从之"，"君子耻其言而过其行"，"君子欲讷于言而敏于行"，……皆其证也。又《孟子·万章上》："太甲悔过，自怨自艾。"《吕氏春秋》亦有《悔过》一篇。可知言尤行悔，君子所慎。"言寡尤，行寡悔"，实亦儒家慎独、自反之道也。魏晋之世，礼坏乐崩，子弑父者有之，臣弑君者有之，乃至兄弟相残、朋辈反目、夫妇无礼，故尤悔之失，史不绝书。《世说》以"尤悔"标目，特欲揭橥人性中有此消极一面，以儆后世之效尤也。然世上之人，往往遂事不谏，一旦言有玷、行有亏，则覆水难收，悔之晚矣。

1. 魏文帝【曹丕】忌弟任城王【曹彰】骁壮。因在卞太后阁共围棋，并啖枣，文帝以毒置诸枣蒂中，自选可食者而进。【歹毒极矣！是可忍也，孰不可忍也？】王弗悟，遂杂进之。既中毒，太后索水救之。帝预敕左右毁瓶罐，太后徒跣趋井，无以汲。【余嘉锡云："井水解毒，不见于《本草》，然古人相传有之。"】须臾，遂卒。【刘辰翁云："丕安得为人？太后所以不哭也。"】《魏略》曰：任城威王彰，字子文，太祖卞太后第二子。性刚勇而黄须。北讨代郡，独与麾下百馀人突虏而走。太祖闻曰："我黄须儿可用也！"《魏志春秋》曰：黄初三年，彰来朝。初，彰问玺绶，将有异志，故来朝不即得见，有此忿惧而暴薨。复欲害东阿，【曹植封东阿王。】太后曰："汝已杀我任城，不得复杀我东阿！"【有此毒子，太后可怜。】《魏志·方伎传》曰：文帝问占梦周宣："吾梦磨钱文，欲灭而愈更明，何谓？"宣怅然不对。帝固问之，宣曰："陛下家事，虽欲尔，而太后不听，是以欲灭更明耳。"帝欲治弟植之罪，逼于太后，但加贬爵。

◎ 观曹丕诗文，哀婉缠绵，善体人情，似非残忍好杀之辈，然竟有此事。盖权位之毒，更胜枣蒂之毒，害人复自害也。古今争权夺位者，当以此为戒！

2. 王浑后妻，【按：王浑前妻即王武子母钟氏，《贤媛》门已见。】琅邪颜氏女。王时为徐州刺史，交礼拜讫，王将答拜，观者咸曰："王侯州将，新妇州民，恐无由答拜。"王乃止。【因非礼，故遗患。】武子以其父不答拜，不成礼，恐非夫妇；【借口。盖轻其门第耳。】不为之拜，谓为"颜妾"。颜氏耻之。以其门贵，终不敢离。婚姻之礼，人道之大，岂由一不拜而遂为妾媵者乎？《世说》之言，于是乎纰缪。【王世懋云："此亦非刘注。"】

◎ 颜氏何止耻之，必亦悔之也。

3. 陆平原【陆机】沙桥败，【按："沙桥"，袁本作"河桥"。】为卢志所谮，被诛。王隐《晋书》曰：成都王颖讨长沙王乂，使陆为都督前锋诸军事。《机别传》曰：成都王长史卢志，与机弟云趣舍不同。又黄门孟玖求为邯郸令于颖，颖教付云，云时为左司马，曰："刑馀之人，不可以君民。"玖闻此怨云，与志谮构日至。及机于七里涧大败，玖诬机谋反所致。颖乃使牵秀斩机。先是，夕梦黑幔绕车，手决不开，恶之。明旦，秀兵奄至，机索戎服，著衣帽见秀，容貌自若，遂见害。时年四十三。军士莫不流涕。是日天地雾合，大风折木，平地尺雪。干宝《晋纪》曰：初，陆抗诛步阐，百口皆尽，有识尤之。及机、云见害，三族无遗。临刑叹曰："欲闻华亭鹤唳，可复得乎！"【凌濛初云："犹是'鬼子'余恨。"按：盖指《方正》第18则陆机、卢志事。】《八王故事》曰：华亭，吴由拳县郊外墅也，有清泉茂林。吴平后，陆机兄弟共游于此十馀年。《语林》曰：机为河北都督，闻警角之声，谓孙丞曰："闻此，不如华亭鹤唳。"故临刑而有此叹。【李贽云："早那里去，如天道何！"】

◎ 名为陆机，而未能见机，奈何？华亭鹤唳，千古同悲！

4. 刘琨善能招延，而拙于抚御。【与谢万同病。】一日虽有数千人归投，其逃散而去，亦复如此。【来也匆匆，去也匆匆。越石粗率可知也。】所以卒无所建。【刘辰翁云："意气不足恃，须是规模宏远，甚可鉴也。"】邓粲《晋纪》曰：琨为并州牧，纠合齐盟，驱率戎旅，而内不抚其民，遂至丧军失士，无成功也。敬胤按：琨以永嘉元年为并州，于时晋阳空城，寇盗四攻，而能收合士众，抗行渊、勒，十年之中，败而能振，不能抚御，其得如此乎？凶荒之日，千里无烟，岂一日有数千人归之！若一日数千人去之，又安得一纪之间以对大难乎？【亦有理。王世懋云："敬徽是何人，大都做头巾气者，乱刘注，可恨！"按："敬徽"，影宋本作"敬胤"，袁本作"敬徽"，故云。敬胤乃南朝宋、齐间人，为《世说》第一位注家也。】

◎ 刘琨一世英名，终非精细人。可叹！

5. 王平子【王澄】始下，【盖指自荆州到下都建康来。】丞相【王导】语大将军【王敦】："不可复使羌人东行。"【刘辰翁云："导亦为此言耶？"】平子面似羌。按王澄自为王敦所害，丞相名德，岂应有斯言也？【羌人云云，正是丞相声口。然所为何事，何以入《尤悔》？殆不可晓。】

◎ 似亦可入《排调》。

6. 王大将军【王敦】起事，丞相【王导】兄弟诣阙谢。【家有反贼，敢不谢罪？】周侯【周𫖮】深忧诸王，始入，甚有忧色。丞相呼周侯曰："百口委卿！"周直过不应。既入，苦相存救。既释，周大说，饮酒。

【写出周侯品性胸次，千载如睹。】及出，诸王故在门。周曰："今年杀诸贼奴，当取金印如斗大，系肘后。"【言多必失。】大将军至石头，问丞相曰："周侯可为三公不？"丞相不答。又问："可为尚书令不？"又不应。因云："如此，唯当杀之耳！"复默然。【不答、不应、默然，丞相欲置伯仁于何地？此时丞相良知全被利害所蔽矣。】逮周侯被害，丞相后知周侯救己，叹曰："我不杀周侯，周侯由我而死。幽冥中负此人！"【合当尤悔。刘辰翁云："非茂弘不闻此言。"】虞预《晋书》曰：敦克京邑，参军吕漪说敦曰："周顗、戴渊，皆有名望，足以惑众。视近日之言，无惭惧之色，若不除之，役将未歇也。"敦即然之，遂害渊、顗。初，漪为台郎，渊既上官，素有高气，以漪小器待之，故售其说焉。【王世懋云："注似为丞相解纷。"】

◎ 杀人不必亲手，忏悔何须事后。丞相虽有过，然知耻近乎勇。

7. 王导、温峤俱见明帝，帝问温前世所以得天下之由。温未答。【不敢答。】顷，王曰："温峤年少未谙，臣为陛下陈之。"【有智有勇。】王乃具叙宣王创业之始，诛夷名族，宠树同己，及文王之末，高贵乡公事。【丞相心中有一部信史也。吴勉学云："此岂臣子宜言？"按：王与马共天下，所以敢言。】宣王创业，诛曹爽，任蒋济之流者是也。高贵乡公之事，已见上。明帝闻之，覆面著床曰："若如公言，祚安得长！"【西晋享祚五十余年，委实短命。】

◎ 王导善导，明帝能明。

8. 王大将军【王敦】于众坐中曰："诸周由来未有作三公者。"【按：诸周盖指伯仁父子兄弟也。】有人答曰："唯周侯邑五马领头而不克。"【以赌事喻人事，可谓能言。】大将军曰："我与周，洛下相遇，一面顿尽。值世纷纭，遂至于此！"因为流涕。【真哭？假哭？刘辰翁云："虽无有益，可以得人。"】邓粲《晋纪》曰：王敦参军，有于敦坐樗蒲，临当成者，马头被杀，【王世懋云："非注几不知'马头'作何语。"】因谓曰："周家奕世望，而位不至三公，伯仁垂作而不果，有似下官此马。"敦慨然流涕曰："伯仁总角时，与于东宫相

遇，一面披衿，便许之三司。何图不幸，王法所裁，悽怆之深，言何能尽！"【许是真眼泪。】

◎ 此当知伯仁之救丞相后事。否则，憾恨尚不能已，何来尤悔？

9. 温公【温峤】初受刘司空【刘琨】使劝进，母崔氏固驻之，峤绝裾而去。【刘辰翁云："语晦昧，略不可晓。不知绝裾之是非。"龚斌云："按，温峤奉表劝进望江南，其母留止之，峤去意决绝而不可留。语意甚明，有何晦昧？"】《温氏谱》曰：峤父襜，娶清河崔参女。迄于崇贵，乡品犹不过也。每爵皆发诏。【因温公有不孝前科，故每须皇帝说项方得升官也。】虞预《晋书》曰：元帝即位，以温峤为散骑侍郎。峤以母亡，逼贼不得往临葬，固辞。诏曰："峤以未葬，朝议又颇有异同，故不拜。其令入坐议，吾将折其衷。"【母亡不葬，不孝之尤。】

◎ 忠孝难以两全，观温峤可见。宜乎其不预"过江第一流"也。

10. 庾公【庾亮】欲起周子南【周邵】，子南执辞愈固。【高士状。】庾每诣周，庾从南门入，周从后门出。【隐士态。】庾尝一往奄至，周不及去，相对终日。庾从周索食，周出蔬食，庾亦强饭，极欢；并语世故，约相推引，同佐世之任。【俗人行。】既仕，至将军、二千石，《寻阳记》曰：周邵字子南，与南阳翟汤隐于寻阳庐山。庾亮临江州，闻翟、周之风，束带蹑履而诣焉。闻庾至，转避之。亮复密往，值邵弹鸟于林，因前与语。还，便云："此人可起。"即拔为镇蛮护军、西阳太守。其《集》载《与邵书》曰："西阳一郡，户口差实，非履道真纯，何以镇其流遁？询之朝野，佥曰足下。今具上表，请足下临之无让。"而不称意。中宵慨然曰："丈夫乃为庾元规所卖！"【此语甚俗。谁让你待价而沽？】一叹，遂发背而卒。【不知足，却易死。刘辰翁云："初不自知才品功业所称，两千石不自足，以躁死。"】

◎ 子南固辞坚拒，原来是量入为出，入不敷出时，怪不得他人也。此是仕途经济学好例。

11. 阮思旷【阮裕】奉大法【佛法】，敬信甚至。大儿【阮㬭】年未弱冠，忽被笃疾。《阮氏谱》曰：㬭字彦伦，裕长子也。仕至州主簿。儿既是偏所爱重，为之祈请三宝，按：三宝即佛、法、僧也。昼夜不懈。谓至诚有感者，必当蒙祐。而儿遂不济。于是结恨释氏，宿命都除。便是赌徒心态。故刘辰翁云："思旷如此，复何足道？"以阮公智识，必无此弊。脱此非谬，何其惑欤？夫文王期尽，圣子不能驻其年；释种诛夷，神力无以延其命。故业有定限，报不可移。若请祷而望其灵，匪验而忽其道，固陋之徒耳。岂可与言神明之智者哉！李贽云："阮太俗物，刘太道理。"

◎ 爱之欲其生，恶之欲其死，是为惑也。思旷可谓晚节不保。

12. 桓宣武【桓温】对简文帝【司马昱】，不甚得语。心虚故言拙。废海西后，宜自申叙，乃豫撰数百语，陈废立之意。既见简文，简文便泣下数十行。宣武矜愧，不得一言。

◎ 简文可怜，宣武可爱。

13. 桓公【桓温】卧语曰："作此寂寂，将为文、景所笑！"王世懋云："文、景，司马师兄弟也。"既而屈起坐曰："既不能流芳后世，亦不足复遗臭万载邪？"王世贞云："至今为书生骂端，然直是大英雄语。"王世懋又云："曲尽奸雄语态，然自非常人语。"按：雄豪语，何奸之有？桓温不成，正在其雄而不奸也。二王之评，大王差胜。《续晋阳秋》曰：桓温既以雄武专朝，任兼将相，其不臣之心，形于音迹。曾卧对亲僚，抚枕而起曰："为尔寂寂，为文、景所笑！"众莫敢对。

◎ 此二语真有生命热力，即刘邦、项羽在前，亦不遑多让。

14. 谢太傅【谢安】于东船行，小人引船，或迟或疾，或停或待，又放船从横，撞人触岸。公初不何遣。居上能宽，谢公可敬。人谓公常无嗔喜。曾送兄征西葬还，征西，谢奕。日暮雨驶，小人皆醉，不可处分。公乃于车中，手取车柱撞驭人，声色甚厉。【谢公能怒，故非乡愿。】夫以水性沈柔，入隘奔激。方之人情，固知迫隘之地，无得保其夷粹。【凌濛初云："独此则忽入议论，跌宕可喜。"】《孟子》曰：湍水，决之东则东，决之西则西。搏而跃之，可使过颡；激而行之，可使在山。岂水之性哉？人可使为不善，性亦犹是也。

◎ 子曰："唯仁者能好人，能恶人。"谢公平素无可无不可，而当兄丧事，万念俱灰，故有此狂怒，亦可理解。谢公非无嗔喜，但看何事也。

15. 简文见田稻不识，问是何草，左右答是稻。【真四体不勤，五谷不分也。】简文还，三日不出，云："宁有赖其末而不识其本！"【良知语。】文公种菜，曾子牧羊，纵不识稻，何所多悔！此言必虚。【王世懋云："简文生富贵，不知稼穑艰难。此愧大是良心，而注驳之何居？"】

◎ 可谓"闻稻有先后，术业有专攻"。简文能愧，便无足深愧。

16. 桓车骑【桓冲】在上明畋猎。东信至，传淮上大捷。语左右云："群谢年少大破贼！"【又是大破贼。】因发病薨。谈者以为此死，贤于让扬之荆。【刘辰翁云："谈者刻薄，岂非更让荆耶？"】《续晋阳秋》曰：桓冲本以将相异宜，才用不同，忖己德量，不及谢安，故解扬州以让安。【让得好。】自谓少经军镇，及为荆州，闻苻坚自出淮、淝，深以根本为虑，遣其随身精兵三千人赴京师。时安已遣诸军，且欲外示闲暇，因令冲军还。冲大惊，曰："谢安乃有庙堂之量，不闲将略。吾量贼必破襄阳，而并力淮、淝。今大敌果至，方游谈示暇，遣诸不经事年少，而实寡弱，天下谁知？吾其左衽矣！"【不该赌咒。】俄闻大勋克举，惭慨而薨。【可惜！】

◎ 桓冲乃羞愧而死，故可称贤。

17. 桓公【桓玄，竟也称公。】初报破殷荆州，周祗《隆安记》曰：仲堪以人情注于玄，疑朝廷欲以玄代己，遣道人竺僧憓赍宝物遗相王宠幸媒尼左右，以罪状玄。玄知其谋，而击灭之。**曾讲《论语》，至"富与贵是人之所欲，不以其道得之，不处"**，【按：出《论语·里仁篇》。】孔安国《注》曰：不以其道得富贵，则仁者不处。**玄意色甚恶。**【《论语》如镜，照出奸雄恶态。】

◎ 桓氏尚有廉耻家风。

纰漏第三十四

● 纰漏，谓失误与疏漏。《论语·卫灵公》："子曰：可与言而不与之言，失人；不可与言而与之言，失言。知者不失人，亦不失言。"是知纰漏者，非失人，即失言。又《礼记·表记》："君子不失足于人，不失色于人，不失口于人。"此"失足""失色""失口"，可谓"君子三失"也。同书《大传》："五者一物纰缪，民莫得其死。"郑玄注："纰缪，犹错也。"《荀子·修身》："难进曰偍，易忘曰漏。""漏"者，亦"失"也。此一门可与《尤悔》并观：尤悔常因无识而生，无敬而犯，自当戒慎恐惕；纰漏则由无意而致，无心而为，倒也情有可原。如任育长过江失志，不辨茶茗，令人陡生恻隐之心；司马睿失言而愧，三日不出，亦可谓能迁善改过者；又谢安引己之过以开导谢据，身教如此，难能可贵；王敦、蔡谟之徒，或以澡豆为干饭，甘之如饴；或以彭蜞为螃蟹，吐下委顿，颠顿如此，亦足发噱！余尝谓饭间不可读《世说》，以免绝倒喷饭之虞也。

1. 王敦初尚主，【敦尚武帝女舞阳公主，字修袆。】如厕，见漆箱盛干枣，本以塞鼻，王谓厕上亦下果，食遂至尽。【厕中吃，不知何味？】既还，婢擎金澡盘盛水，瑠璃椀盛澡豆，因倒著水中而饮之，谓是干饭。【刘辰翁云："'干饭'语赘。"】群婢莫不掩口而笑之。【的是好笑。《红楼梦》刘姥姥进大观园或由此敷衍耶？】

◎ 真是吃货。

2. 元皇【司马睿】初见贺司空【贺循】，言及吴时事，问："孙皓烧锯截一贺头，是谁？"【语甚冷酷，失为君之礼。】司空未得言，元皇自忆曰："是贺劭。"【元皇太不晓事。】劭即循父也。皓凶暴骄矜，劭上书切谏，皓深恨之。亲近惮劭贞正，谮云谤毁国事，被诘责。后还复职。劭中恶风，口不能言语，皓疑劭托疾，收付酒藏，考掠千数，卒无一言。遂杀之。【孝标此注，竟未引书。】司空流涕曰："臣父遭遇无道，创巨痛深，无以仰答明诏。"【明诏不明，不答亦答。】《礼》云：创巨者其日久，痛深者其愈迟。元皇愧惭，三日不出。【可谓"知耻近乎勇"。】

◎ 对子戏父，虽属无心，亦当惭愧。

3. 蔡司徒【蔡谟】渡江，见彭蜞【状如小蟹而非蟹也】，大喜曰："蟹有八足，加以二螯。"【此盖蔡邕《劝学章》所云。】令烹之。既食，吐下委顿，方知非蟹。【王世懋云："彭蜞食之乃不吐，此便非实录。"按：吾亦尝食蟛蜞而未吐，然不得以此断其非实录。陆玩食酪，亦曾委顿不堪，蔡谟北人，食彭蜞而吐理所宜然，盖水土不服故也。】后向谢仁祖【谢尚】说此事，谢曰："卿读《尔雅》不熟，几为《劝学》死！"【刘应登云："言几为《劝学》所误而死。"按：荀子《劝学》乃云"蟹六跪而二螯"句，故知此处乃指蔡邕《劝学章》也。】《大戴礼·劝学篇》曰："蟹二螯八足，非蛇蟺之穴无所寄托者，用心躁也。"故蔡邕为《劝学章》取义焉。《尔雅》曰："螖泽小者劳，即彭蜞也，似蟹而小。"今彭蜞小于蟹，而大于彭螖，即《尔雅》所谓螖泽也。然此三物，皆八足二螯，而状甚相类。蔡谟不精其小大，食而致弊，故谓读《尔雅》不熟也。【此注

解惑。】

◎ 仁祖所言亦不合情理。彭蜞非蟹，亦可食，蔡谟无口福，非读书不熟故也。

4. 任育长【任瞻】年少时，甚有令名。武帝崩，选百二十挽郎，一时之秀彦，育长亦在其中。王安丰【王戎】选女婿，从挽郎搜其胜者，且择取四人，任犹在其中。童少时神明可爱，时人谓育长影亦好。【绝好形容，胜过裴楷"粗服乱头皆好"。】自过江，便失志。【此真叔宝之流亚。】王丞相请先度时贤共至石头迎之，犹作畴日相待，一见便觉有异。【异在何处？】坐席竟，下饮，便问人云："此为茶？为茗？"觉有异色，乃自申明云："向问饮为热为冷耳。"【按刘应登云："此皆失志所为。"】尝行从棺邸下度，流涕悲哀。王丞相闻之曰："此是有情痴。"《晋百官名》曰：任瞻字育长，乐安人。父琨，少府卿。瞻历谒者仆射、都尉、天门太守。

◎ 乱世情痴，映照千古。任育长虽只一见，足令读者动容。曹公笔下，贾宝玉亦曾因闻黛玉南归而"失志"，或即育长隔代倒影也。子曰："斯人也而有斯疾也！"其斯之谓欤？

5. 谢虎子【谢据】尝上屋熏鼠，虎子，据小字。据字玄道，尚书衷第二子。年三十三亡。胡儿【谢朗】既无由知父为此事，闻人道"痴人有作此者"，戏笑之。时道此非复一过。【不知者不为过。】太傅既了己之不知，因其言次，语胡儿曰："世人以此谤中郎，亦言我共作此。"【说得巧。谢公仁心可见。】中郎，据也。章仲反。按：世有兄弟三人，则谓第二者为中。今谢昆弟有六，而以据为中郎，未可解。当由有三时，以中为称，因仍不改也。胡儿懊热，一月日闭斋不出。【孺子可教也。】太傅虚托引己之过，以相开悟，可谓德教。

◎ 真德教。今人当学。

6. 殷仲堪父病虚悸，闻床下蚁动，谓是牛斗。【蚁动误作牛斗，病得不轻。】《殷氏谱》曰：殷师字师子。祖识、父融，并有名。师至骠骑咨议，生仲堪。《续晋阳秋》曰：仲堪父曾有失心病【三字要紧。】，仲堪腰不解带，弥年，父卒。孝武不知是殷公，问仲堪："有一殷，病如此不？"仲堪流涕而起曰："臣进退维谷。"【进则不孝，退则不忠，端是两难。】《大雅》诗也。毛公注曰："谷，穷也。"

◎ 未知孝武有愧否？

7. 虞啸父为孝武侍中，帝从容问曰："卿在门下，初不闻有所献替。"【按：献替即"献可替否"，谓进献可行者，除去不可行者，乃直言劝谏之意。】虞家富春，近海，谓帝望其意气，【意气，犹言进贡馈献也。】对曰："天时尚暖，蟹鱼虾鳝未可致，寻当有所上献。"【刘辰翁云："如此谬，子孙之羞也。"】帝抚掌大笑。《中兴书》曰：啸父，会稽人。光禄潭之孙，右将军纯之子。少历显位，与王廞同废为庶人。义旗初，【按：《晋书》本传作"义熙初"。】为会稽内史。

◎ 为人臣者常有此弊。不读书，只有谄。

8. 王大丧后，朝论或云："国宝应作荆州。"《晋安帝纪》曰：王忱死，会稽王【司马道子】欲以国宝代之。孝武中，诏用仲堪，乃止。国宝主簿夜函白事，云："荆州事已行。"国宝大喜，其夜开阁唤纲纪，话势虽不及作荆州，而意色甚恬。【凌濛初云："道意色殊肖。"】晓遣参问，都无此事。即唤主簿，数之曰："卿何以误人事邪？"【刘辰翁云："传闻亦不可无。"】

◎ 国宝自作多情，亦可赏玩。

惑溺第三十五

● 惑溺，迷惑陷溺之意。《论语·颜渊》子曰："爱之欲其生，恶之欲其死，既欲其生，又欲其死，是惑也。"《孟子·告子上》："食、色，性也。"又《礼记·礼运》："饮食男女，人之大欲存焉。"是惑溺者，乃陷溺于情欲而不能自拔也。孟子云："养心莫善于寡欲。其为人也寡欲，虽有不存焉者，寡矣；其为人也多欲，虽有存焉者，寡矣。"魏晋之际，风云突变，唯才是举以轻德，风俗浇薄而重色。诚如干宝《晋纪·总论》所云："其妇女庄栉织纴，皆取成于婢仆，未尝知女工丝枲之业、中馈酒食之事也。先时而婚，任情而动，故皆不耻淫逸之过，不拘妒忌之恶。有逆于舅姑，有反易刚柔，有杀戮妾媵，有黩乱上下，父兄弗之罪也，天下莫之非也。又况责之闻四教于古，修贞顺于今，辅佐君子者哉？"彼时风俗，可见一斑。《世说·惑溺》一门，记魏晋七则情爱故事，或直或婉，或褒或贬，致远恐泥，而皆有可观。如荀粲以色为主，思妻而殒；韩寿窃玉偷香，终成眷属；王戎夫妻私语，卿卿我我；历来脍炙人口，悦目赏心，诚为笔记小说之佳品也。

1. 魏甄后惠而有色，先为袁熙妻，甚获宠。曹公之屠邺也，令疾召甄。左右白："五官中郎【曹丕】已将去。"公曰："今年破贼正为奴。"【杨慎云："何物一女子致曹氏父子三人争之？"按：或以曹植亦钟情于甄氏，后作《感甄赋》，即《洛神赋》也。】《魏略》曰：建安中，袁绍为中子熙娶甄会女。绍死，熙出任幽州，甄留侍姑。及邺城破，五官将从而入绍舍，见为怖，以头伏姑膝上。五官将谓绍妻袁夫人："扶甄令举头。"见其色非凡，称叹之。太祖闻其意，遂为迎娶，擅室数岁。《世语》曰：太祖下邺，文帝先入袁尚府，见妇人被发垢面，立绍妻刘后。文帝问，知是熙妻，使令揽发，以袖拭面，姿貌绝伦。既过，刘谓甄曰："不复死矣。"遂纳之，有宠。《魏氏春秋》曰：五官将纳熙妻也，孔融与太祖书曰："武王伐纣，以妲己赐周公。"太祖以融博学，真谓书传所记。后见融问之，对曰："以今度古，想其然也。"【取死之道。】

◎ 父子争一女，古今罕见，故为惑溺之首。

2. 荀奉倩【荀粲】与妇至笃，冬月妇病热，乃出中庭自取冷，还以身熨之。【真体贴。】妇亡，奉倩后少时亦卒。以是获讥于世。【粲有殉情之嫌，是以获讥。】《粲别传》曰：粲常以妇人才智不足论，自宜以色为主。骠骑将军曹洪女有色，粲于是兴焉。容服帷帐甚丽，专房燕婉。历年后，妇病亡。未殡，傅嘏往唁粲，粲不哭而神伤。嘏问曰："妇人才色，并茂为难。子之聘也，遗才存色，非难遇也，何哀之甚？"粲曰："佳人难再得！【李延年《佳人歌》："北方有佳人，绝世而独立；一顾倾人城，再顾倾人国；宁不知倾城与倾国，佳人难再得！"】顾逝者不能有倾城之异，然未可易遇也。"痛悼不能已已。岁馀亦亡。亡时年二十九。粲简贵，不与常人交接，所交者一时俊杰。至葬夕，赴期者裁十馀人，悉同年相知名士也。哭之，感恸路人。粲虽褊隘，以燕婉自丧，然有识犹追惜其能言。奉倩曰："妇人德不足称，当以色为主。"【按吴勉学云："自是僻语。"】裴令【裴楷】闻之，曰："此乃是兴到之事，非盛德言，冀后人未昧此语。"【终是名教中人。】何劭论粲曰：仲尼称"有德者有言"。而荀粲减于是，内顾所言有馀，而识不足。

◎ 子曰："吾未见好德如好色者也。"子夏亦云："贤贤易色。"又班昭《女诫》："女有四行：一曰妇德，二曰妇言，三曰妇容，四曰妇功。夫云妇德不必才明绝异也，妇言不必辩口利辞也，妇容不必颜色美丽也，妇功不必工巧过人也。"奉倩志在玄远，乃力驳前贤，宣言妇人当以色为主，德不足称，可谓石破天惊之论。尤可叹者，其说到做到，"终当为情死"！古今情种，无过于此耳。

3. 贾公闾【贾充】《充别传》曰："充父逵，晚有子，故名曰充，字公闾，言后必有充闾之异。"后妻郭氏酷妒。有男儿名黎民，生载周【刘辰翁云："周岁也。"】，充自外还，乳母抱儿在中庭，儿见充喜踊，充就乳母手中呜之。【按：呜之犹吻之。】郭遥望见，谓充爱乳母，即杀之。儿悲思啼泣，不饮他乳，遂死。郭后终无子。【果报】《晋诸公赞》云：郭氏即贾后母也。为性高朗，知后无子，甚忧爱愍怀，每劝厉之。临亡，诲贾后，令尽意于太子，言甚切至。赵充华及贾谧母【即贾午，韩寿妻也。】，并勿令出入宫中。又曰："此皆乱汝事！"后不能用，终至诛夷。臣按：傅畅此言，则郭氏贤明妇人也。向令贾后抚爱愍怀，岂当纵其妒悍，自毙其子？然则物我不同，或老壮情异乎？【王世懋云："此亦非孝标注，然犹近古。"按：未必不是。】

◎ 因妒杀人，人之异于禽兽者几希！晋武帝选太子妃，称"贾家种妒而少子，丑而短黑"，盖为郭氏基因所致也。

4. 孙秀降晋，晋武帝厚存宠之，《太原郭氏录》曰：秀字彦才，吴郡吴人，为下口督，甚有威恩。孙皓悖欲除之，遣将军何定溯江而上，辞以捕鹿三千口供厨。秀豫知谋，遂来归化。世祖喜之，以为骠骑将军、交州牧。妻以姨妹蒯氏，室家甚笃。妻尝妒，乃骂秀为"貉子"，【南人骂北人为伧父，北人骂南人为貉子。】《晋阳秋》曰：蒯氏，襄阳人。祖良，吏部尚书。父钧，南阳太守。秀大不平，遂不复入。【受歧视，自不平。】蒯氏大自悔责，请救于帝。时大赦，群臣咸见。既出，帝独留秀，从容谓曰："天下旷荡，蒯夫人可得从其例不？"【以国事谏家事，亦有味。】秀免冠而谢，遂为夫妇如初。

◎ 调和室家夫妇，未可谓之惑溺。

5. 韩寿美姿容，贾充辟以为掾。充每聚会，贾女于青琐中看，见寿，悦之，恒怀存想，发于吟咏。后婢往寿家，具述如此，并言女光丽。【一母所生，贾南风短丑而黑，贾午有何光丽？】寿闻之心动，遂请婢潜修音问。及期往宿。寿蹻捷绝人，逾墙而入，家中莫知。【令人思《诗经·卫风·将仲子》"无逾我墙"之语。盖古时男女幽会，女偷窥、男逾墙乃基本功也。】《晋诸公赞》曰："寿字德真，南阳赭阳人。曾祖暨，魏司徒，有高行。"寿敦家风，性忠厚，岂有若斯之事？诸书无闻，唯见《世说》，自未可信。自是充觉女盛自拂拭，说畅有异于常。后会诸吏，闻寿有奇香之气，是外国所贡，一著人则历月不歇。《十洲记》曰："汉武帝时，西域月氏国王遣使献香四两，大如雀卵，黑如桑椹，烧之，芳气经三月不歇。"盖此香也。充计武帝唯赐己及陈骞，馀家无此香，疑寿与女通，而垣墙重密，门阁急峻，何由得尔？【心理描写甚委细，《世说》少见如此笔墨也。】乃托言有盗，令人修墙。使反，曰："其馀无异，唯东北角如有人迹，而墙高非人所逾。"【骂人话。非人而何？】充乃取女左右婢考问。即以状对。【拷红娘。】充秘之，以女妻寿。【生米熟饭，非嫁不可。】《郭子》谓与韩寿通者，乃是陈骞女，即以妻寿，未婚而女亡。寿因娶贾氏，故世因传是充女。

◎ 相如琴挑文君，韩寿偷香贾午，其事正对。西厢故事，遥遥在此发端也。

6. 王安丰【王戎】妇，常"卿"安丰。安丰曰："妇人卿婿，于礼为不敬，后勿复尔。"妇曰："亲卿爱卿，是以卿卿；我不卿卿，谁当卿卿？"【八个卿字，一气呵成，过足嘴瘾。卿卿我我本此。】遂恒听之。【凌濛初云："长舌妇耳，然故令人溺。"】

◎ 此妇真难养也，然亦甚可爱。堪为今之女权运动先驱也。

7. 王丞相有幸妾姓雷，颇预政事，纳货。蔡公【蔡谟】谓之"雷尚书"。【家有尚书而姓雷，可称步步惊雷。】《语林》曰：雷有宠，生洽、恬。

◎ 琅邪王氏素有惧内家风，"雷尚书"亦可谓"内尚书"。

仇隙第三十六

● 仇隙，犹言仇恨、嫌隙。古礼有复仇之目。如《礼记·曲礼上》云："父之仇，弗与共戴天；兄弟之仇，不反兵；交友之仇，不同国。"同书《檀弓下》："子夏问于孔子曰：'居父母之仇如之何？'夫子曰：'寝苫，枕干不仕，弗与共天下也。遇诸市朝，不反兵而斗。'曰：'请问居从父昆弟之仇如之何？'……曰：'不为魁。主人能，则执兵而陪其后。'"此盖言复仇事大，尤须循礼制、有差等也。魏晋之际，好奇任侠之风盛行，快意恩仇，睚眦必报，而况杀父夺兄之仇哉？故《世说·仇隙》一门，遍布陷阱机关，时见刀光剑影，可谓惊心动魄，险象环生。观孙秀怀恨潘岳，终于借刀杀人，知小人报仇，亦可期以十年。司马无忌本与王胡之为友，既明夙仇旧恨，竟能抽刀于转瞬，必欲诛之而后快。虽曰"血气方刚，戒之在斗"，然如此快人，亦可谓千古如生也。又《晋书·桓温传》载，温父桓彝为韩晃所害，泾县令江播亦预其谋，时温年仅十五，乃枕戈泣血，志在复仇；后值江播病卒，其子江彪兄弟三人守丧，温乃袖内藏兵，乔装以入，竟手刃江彪于丧庐，追杀二弟于歧路，由此而为时人所称。俗语云：冤冤相报何时了？然坊间又有云："仇人相见，分外眼红。"盖人性中本有此一往戾气，如岩浆之蕴深海，一朝破冰而出，又岂可仓促收拾，偃旗息鼓？故视仇隙之局促，乃知雅量之为高。而此门之设，不唯标志吾国文学复仇主题之确立，亦以竣成全书谋篇布局之蓝图，彰明作者体察世事、洞悉人性之深衷也。

1. 孙秀【此又一孙秀也。】**既恨石崇不与绿珠，**干宝《晋纪》曰：石崇有妓人绿珠，美而工笛。孙秀使人求之。崇别馆北邙下，方登凉观，临清水，使者以告。崇出其婢妾数十人以示之，曰："任所以择。"【与其劝酒被斩，不如与人作妾。】使者曰："本受命者，指绿珠也。未识孰是？"崇勃然曰："绿珠，吾所爱，不可得也！"【倒也情痴。】使者曰："君侯博古知今，察远照迩，愿加三思。"崇不然。使者已出又反，崇竟不许。【石崇可谓舍生取色者，亦荀粲之流亚也。】**又憾潘岳昔遇之不以礼。后秀为中书令。岳省内见之，因唤曰："孙令，忆畴昔周旋不？"**【分明提醒凤怨。】**秀曰："中心藏之，何日忘之？"**【如此引《诗》，冷飕飕。】**岳于是始知必不免。**王隐《晋书》曰：岳父文德，为琅邪太守，孙秀为小史给使，岳数蹴蹋秀，而不以人遇之也。【也是因果报应。】**后收石崇、欧阳坚石，同日收岳。**《晋阳秋》曰：欧阳建字坚石，渤海人。有才藻，时人为之语曰："渤海赫赫，欧阳坚石。"初，建为冯翊太守，赵王伦为征西将军，秀为腹心，挠乱关中，建每匡正，由是有隙。王隐《晋书》曰：石崇、潘岳与贾谧相友善。及谧废，惧终见危，与淮南王谋诛伦，事泄，收崇及亲期以上皆斩之。初，岳母诫岳以止足之道。及收，与母别曰："负阿母！"崇家河北，收者至。曰："吾不过流徙交、广耳！"及车载东市，始叹曰："奴辈利吾家之财。"收崇人曰："知财为害，何不蚤散？"【名言。】崇不能答。**石先送市，亦不相知。潘后至，石谓潘曰："安仁，卿亦复尔邪？"潘曰："可谓'白首同所归'。"**《语林》曰：潘、石同刑东市，石谓潘曰："天下杀英雄，卿复何为？"【石以英雄自居也。】潘曰："俊士填沟壑，馀波来及人。"【佳句。】**潘《金谷诗集序》云："投分寄石友，白首同所归。"乃成其谶。**【诗人常作谶语，其真能沟通神人耶？】

◎ 仇隙之文，亦别有情致。

2. 刘玙兄弟少时为王恺所憎，尝召二人宿，欲默除之。令作坑，坑毕，垂加害矣。石崇素与玙、琨善，闻就恺宿，知当有变，【同类人，故相知。】**便夜往诣恺，问二刘所在。恺卒迫不得讳，答云："在后斋中眠。"石便径入，自牵出，同车而去。语曰："少年，何以轻就人宿？"**【体己话。李贽云："石大可人。"】刘濬《晋纪》曰：琨与兄玙俱知名，游权贵之间，当世以为豪杰。

◎ 观石崇救刘氏兄弟，忘其斩美劝酒矣。

3. 王大将军【王敦】执司马愍王【司马丞】，夜遣世将【王廙】载王于车而杀之，当时不尽知也。【真暗杀。】《晋阳秋》曰：司马丞字元敬，谯王逊子也。为中宗相州刺史，路过武昌，王敦与燕会，酒酣，谓丞曰："大王笃实佳士，非将御之才。"对曰："焉知铅刀不能一割乎？"敦将谋逆，召丞为军司马。丞叹曰："吾其死矣！地荒民解，势孤援绝。赴君难，忠也；死王事，义也。死忠与义，又何求焉？"乃驰檄诸郡丞赴义。敦遣从母弟魏义攻丞，王廙使贼迎之，毙于车。敦既灭，追赠骠骑，谥曰愍王。虽愍王家亦未之皆悉，而无忌兄弟皆稚。《无忌别传》曰：无忌字公寿，丞子也。才器兼济，有文武干。袭封谯王，卫军将军。王胡之与无忌，长甚相暱。【胡之乃王廙子，无忌则司马丞子。仇人之子而相友，不祥。】胡之尝共游，无忌入告母，请为馔。母流涕曰："王敦昔肆酷汝父，假手世将。"《司马氏谱》曰：丞娶南阳赵氏女。《王廙别传》曰：廙字世将。祖览、父正。廙高朗豪率。王导、庾亮游于石头，会廙至。尔日迅风飞飙，廙倚船楼长啸，神气甚逸。导谓亮曰："世将为复识事。"亮曰："正足舒其逸耳。"性倨傲，不合己者面距之，故为物所疾。加平南将军，薨。吾所以积年不告汝者，王氏门强，汝兄弟尚幼，不欲使此声著，盖以避祸耳！"【李贽云："仁杰之姊，世俗所夸；无忌之母，卓老所叹。"按：仁杰，东汉李固少子李燮字，其姊文姬贤，故云。】无忌惊号，抽刃而出，胡之去已远。

◎ 复仇故事，跌宕有致。无忌惊号抽刃之声，今犹可闻也。

4. 应镇南【应詹】作荆州，王隐《晋书》曰：应詹字思远，汝南南顿人，璩曾孙也。为人弘长有淹度，饰以文才。司徒何充叹曰："所谓文质之士！"累迁江州刺史、镇南将军。王修载、【按：王耆之字修载，王廙子。】谯王子无忌同至新亭与别。坐上宾甚多，不悟二人俱到。有一客道："谯王丞致祸，非大将军意，正是平南【王廙】所为耳。"无忌因夺直兵参军刀，便欲斫。修载走投水，舸上人接取，得免。《中兴书》曰："褚裒为江州，无忌于坐拔刀斫耆之，裒与桓景共免之。御史奏无忌欲专杀害，诏以赎论。"前章既言无忌母告之，而此章复云客叙其事，且王廙之害司马丞，遐迩共悉，修龄兄

弟，岂容不知？法盛之言，皆实录也。【王世懋云："是。"】

◎ 无忌复仇，真无忌也。然千载凛凛，大有生气。

5. 王右军素轻蓝田【王述】。蓝田晚节论誉转重，右军尤不平。【分明是妒】蓝田于会稽丁艰，停山阴治丧。右军代为郡，屡言出吊，连日不果。后诣门自通，主人既哭，不前而去，以陵辱之。【大家子偏小家子气】于是彼此嫌隙大构。后蓝田临扬州，右军尚在郡。初得消息，遣一参军诣朝廷，求分会稽为越州。使人受意失旨，大为时贤所笑。蓝田密令从事数其郡诸不法，【便是整人黑材料】以先有隙，令自为其宜。右军遂称疾去郡，以愤慨致终。【若被气死，绝非令终。刘辰翁云："右军审尔，非令德。"】《中兴书》曰：羲之与述志尚不同，而两不相能。述为会稽，艰居郡境，王羲之后为郡，申尉而已，初不重诣，述深以为恨。丧除，征拜扬州，就征，周行郡境。而不历羲之。临发，一别而去。羲之初语其友曰："王怀祖免丧，正可当尚书，投老可得为仆射，更望会稽，便自邈然。"述既显授，又检校会稽郡，求其得失，主者疲于课对。羲之耻慨，遂称疾去郡，墓前自誓不复仕。朝廷以其誓苦，不复征也。【凌濛初云："果苦否？然右军风流正不须一仕。"】

◎ 文人相轻，自古而然。右军、蓝田，亦未能免俗耳。

6. 王东亭【王珣】与孝伯【王恭】语，后渐异。【盖指王恭欲杀王国宝，而王珣止之。】孝伯谓东亭曰："卿便不可复测！"【谓其首鼠两端耳。】答曰："王陵廷争，陈平从默，但问克终云何耳。"《汉书》曰：吕后欲王诸吕，问右相王陵，以为不可。问左丞相陈平，平曰："可。"陵出让平，平曰："面折廷争，臣不如君；全社稷，定刘氏，君不如臣。"【故事】《晋安帝纪》曰：初，王恭赴山陵，欲斩国宝。王珣固谏之，乃止。既而恭谓珣曰："此日视君，一似胡广。"珣曰："王陵廷争，陈平从默，但问克终如何也。"【此注审细】

◎ 东亭似有远谋。

7. 王孝伯【王恭】死，县其首于大桁【即朱雀桥。】。司马太傅【司马道子】命驾出，至标所，熟视首，曰："卿何故趣欲杀我邪？"【趣同促。】《续晋阳秋》曰：王恭深惧祸难，抗表起兵。于是遣左将军谢琰讨恭。恭败，走曲阿，为湖浦尉所擒。初，道子与恭善，欲载出都，面相折数。闻西军之逼，乃令于儿塘斩之，枭首于东桁也。

◎ 对人头语，状极可怖。

8. 桓玄将篡，桓修【桓冲子，桓玄从弟。】欲因玄在修母许袭之。【桓修欲杀玄，可谓公私兼顾。】庾夫人云："汝等近，过我馀年，我养之，不忍见行此事！"【憾恨之极，乃以己为誓。】《桓氏谱》曰：桓冲后娶颍川庾蔑女，字姚。《晋安帝纪》曰：修少为玄所侮，言论常鄙之，修深憾焉，密有图玄之意。修母曰："灵宝视我如母，汝等何忍骨肉相图！"修乃止。【桓家儿皆说得听。】

◎ 庾夫人所言，似以君臣之义可弃，兄弟不可相残。是孝悌更甚于忠君也。亦大有见识语。《世说》至此终篇，余音袅袅，千古未尽！

跋尾三则

一

杜预有《左传》癖，余有《世说》癖，浸淫十余载，乐此不疲。前曾纂辑历代评点，以《世说新语会评》之名付梓，其间几度技痒，亦欲雪泥指爪，忝附诸贤骥尾。然自忖才学谫陋，唯恐有辱斯文，终于袖手。

辛亥年赴长沙，岳麓书社饶毅女史诚恳邀约，嘱余对《世说》重加批评，体例风格，皆由自定。遂鼓起余勇，率尔操觚，虽隆冬时节，先父病榻之侧，亦未尝不忙里偷闲、时或点逗评骘也。历时八月，乃告竣工。以今观之，当年《会评》之书，似有意不乖体例，三缄其口，以作他日话头耳。然是书虽有步武前贤之意，而终不敢以著述言之也。

壬辰端午识于沪上有竹居

二

是书撰成后，于师友间辗转一年，其间遵饶毅女史嘱，得暇又补写三十六则篇评，篇幅遂又增加近两万字。付梓之际，蒙前辈学者唐公翼明先生拨冗撰序，又得骆师玉明及江建俊、宁稼雨、金纲、鲍鹏山、吴冠宏、王利锁、杨合林、秋风、陆岩军、张旭、李修建诸先生审阅并推介，感激之情，非言语所能道也。在此再拜稽首，谨表谢忱。

癸巳五月再识于有竹居

三

是书初版于癸巳（2013）初秋，首印八千册，至乙未（2016）年末盖已售罄，坊间遂不易得。余所私藏，仅剩自校本一册，或有友人索书，唯徒唤奈何耳。

庚子初，广西师大出版社张洁女史来电约稿，遂以此书并《四书通讲》二种应之，谈甚悦洽，旋即约成。嗣后疫情方殷，举世震惶，遂息交绝游，深居简出；平日所忙，不外线上讲学，线下著书，偶有出行，三两日必返；非所愿也，不得已也。

如此忽忽一年，至庚子岁末，终将二书陆续交稿。自惟平生未尝遇此年，外有疫毒之虐，内有忧生之嗟，家事国事，郁陶感荡，私心实未尝获一日之宁。所幸尚有文字为伴，寸积铢累，日就月将，春华秋实，流年似水，总算未曾大段虚掷也。犹记曹丕《与吴质书》中语："年行已长大，所怀万端，时有所虑，至通夜不瞑，志意何时复类昔日？已成老翁，但未白头耳。……少壮真当努力，年一过往，何可攀援？古人思秉烛夜游，良有以也。"反躬自问：年已知命，学无所成，才寡人微，世路多艰，抚今追昔，能不伤感！

小书本自浅薄，多年后再读，又增少作之悔。所以修订再版，不过敝帚自珍，聊以自慰，仅此而已，岂有他哉！

庚子腊八后二日谨识于沪上守中斋

两岸学者评鉴

评点古书之难,盖在出入之间:明其时地,通其人情,若置身其境,谓之能入;能入则如晤古人,酌酒以劝,抚膝而谈,或誉之,或讥之,不相得为怒,相得为欢,彼此无隔焉。而上下古今,旁通博达,宏观全照,谓之能出;能出则洞悉变化,览四时消息,抚一叶春秋,有理解之同情,据大道而明审。此固难为也,而刘强君评点《世说》,庶几得之。谓予不信焉,把其书往游古人间,自有兴趣盎然。

——骆玉明(复旦大学教授)

《世说新语》是反映魏晋社会民风士习最直接的文献,以其锐眼、睿识捕捉人物,特写其言行,在"气性"的系统中,展现三十六种不同的人物形貌,而归纳之,则以清谈、品藻、任诞为重点。此书又经刘孝标注之征实、纠谬、补阙、考异,而愈增其史料价值。历代文士多对此书产生浓厚兴趣,且深受其影响,而展现通脱清逸之气质。也有深入研析,从历史文化、玄学、语言学、修辞学、风俗学、宗教信仰、美学等不同视角,以拓延其价值。刘强教授之《世说新语新评》,乃建立在其《世说新语会评》《世说学引论》两部学术论著之基础上,以"新评点"的形式,来指引迷津。因其广阅存世注疏及专题研究论著,掌握"批点"之沿革,另辟蹊径,以"现代心灵"去体贴，推至其中关要，并就语境阐发其意蕴，用以启人思致，融通化成，后出转"妙"。除疏解方面时见功力外，且以引领读者入其中，尝其甘苦，终抉其底蕴，达到"会意尚巧""神超理得"之境，更具别裁。观其时出机捷语、警策语、独到语、会心语、点拨语、谐趣语、臧否语、肯綮语、点睛语；或慢语、或贬词、或戏语、或俚语；有明言、有寓言、有累言；有分析、有赏鉴、有评议，每能发明文字背后之旨趣，名言佳句络绎，多游刃有余，一针见血，无不可喜可愕，举重若轻，却孕巧心。而对于三十六篇的篇名释义，十分周密精诣，颇能综摄全篇之题旨，其优游涵泳，及洞明世道所做的低昂深浅之语，多富佳胜。虽在情境推演及事义解读上，偶有可商榷处，然整体揆之，实属门道话。且每个条目之后，所作的裁断语，如老吏断狱，在随兴中每见慧识卓见，此缘作者遍览《世说》善本，积学酌理所下的功夫深，遂使其批点不流于浮藻。其所条理之义，多能出乎旧说之外，不受常语拘勒，颇以"刘理"自期。读者自当从中深得启发，而得《世说》之智，且达到古为今用的目的。

——江建俊（台湾成功大学教授）

邺下风流，在晋尤多。五弦音妙，归鸿意著。山阴道上，兰亭契阔。情在我辈，何失大橐？集腋成裘，临川《世说》。历代雅士，流连不辍。兼有心者，评骘颇夥。自著至评，刘姓为宗。义庆孝标，自不必说。评点肇始，还由辰翁。吾师叶秋，亦在其中。刘君强者，才华出众。新著可喜，堪续其赓。题此片言，以为推重。

——宁稼雨（南开大学教授）

评点《世说新语》至少需要包括断代史、思想史在内的十几种专门知识谱系。刘强带着幽默、自信，以及理性批判精神，自由地出入于这一部奇书，除了知识谱系之外，更有一种时下难得的道义担当——那是"一切历史都是思想史"的价值投射和梳理。评点，因此而生色。

——金纲（独立学者，宋史专家）

世说今说，直将洛下、江左成一世；刘强真强，欲与义庆、孝标为三刘。

——鲍鹏山（上海开放大学教授）

刘强先生此书，出入二刘与历代评注之间，引用文献详切严谨，功夫下得极深，又能通贯古今，读出箇中殊趣与真味，于点拨勾勒间，宛如《世说》神采再现，洵为当代"世说学"之翘楚也。

——吴冠宏（台湾东华大学教授）

刘强君《世说新语新评》乃当下《世说》研究之别样书也。全书以篇评、条评与夹批组成：篇评析义蕴，明体例，探源说流，宏通远识，要在总揽全局，论其精髓；条评或析人物，或赏文法，或理臧否，或抒感慨，玄心洞见，清通简要，小叩大鸣，随意短长；夹批则补释文义，旁通经史，典章名物，世俗风情，一一出焉。三者相辅相成，异构同质，旨在导引读者登山觅宝，入海探珠，刘君之用心于此可见。欲了解魏晋人物之风度，魏晋文化之魅力，《世说》一书不可不读；而欲了解《世说》之奇异者，刘强君之《世说新语新评》又不失为入室之门径，示学之津梁也。

——王利锁（河南大学文学院教授）

东晋名士有言："酒正自引人著胜地。"《世说》是一片胜地，有竹居主人此评，好比一坛老酒。

——杨合林（湖南师范大学教授）

《世说新语》乃一大奇书，历来备受读书人推重。刘强先生于《世说》浸润有年，非惟胸次博雅，识见高标，更兼一往而有深情，故其运笔之际，胜义纷呈，活色生香，为千古之《世说》别开一生面矣。

——李修建（中国艺术研究院研究员）

刘强先生研读《世说新语》近廿载，浸淫意会，感而后发，次第著为《世说》会评、今读、世说学引论、新评四种，为学日进，渐成格局。本书体大思深，评点通达，揆情析理，会通儒道，多搔至《世说》痒处，其步武前贤、踵事增华之功颇巨，洵为义庆之功臣也。荀子云真积力久则入，观是书，则自可知矣。

——陆岩军（上海交通大学副教授）

"世说学"乃刘家事。刘强先生集其成而开生面，殊为有绩。其《世说新语会评》辑广以宏富，其《世说新语今读》会意以颖悟，其《世说学引论》正名以树立，今又有《世说新语新评》一书问世，亦达观而识见，深味以发明，加之情痴肠热，心玄赏妙，所谓简文帝入华林园，会心不必在远；王子敬行山阴道，自相映发。读之往往见宝，无处不佳。《新评》对《世说》于疏解、评议、生发、证悟处，不唯自成一说，亦自成一种风流。

——张旭（复旦大学文学博士）